情洒赞比亚之援赞医疗日志

主　　审　阚全程

主　　编　苟建军

副 主 编　王良启　刘章锁　欧阳道冰　王培仁　郭万申

编　　者（以姓氏笔画为序）

王玉州　王正斌　王良启　王晓孟　王培仁　王梦琦
付军领　吕志排　朱　骊　朱红赤　任　伟　刘章锁
苏桂显　李甲振　李四保　李莉莉　李新锋　杨　蕾
张　洋　张二伟　陈　刚　陈　曦　苟建军　欧阳道冰
金俊硕　周　辉　高　强　高长辉　郭万申　梅　杰
程国凌　程美英　靳忠良　蔡　琴　谭延召　魏海军

编写秘书　王天天

人民卫生出版社

图书在版编目（CIP）数据

情洒赞比亚之援赞医疗日志/苟建军主编. —北京：人民卫生出版社,2020

ISBN 978-7-117-30043-8

Ⅰ.①情… Ⅱ.①苟… Ⅲ.①日记-作品集-中国-当代②医疗队-对外援助-中外关系-赞比亚 Ⅳ.①I267.5②R197.8③D822.247.3

中国版本图书馆CIP数据核字(2020)第112110号

人卫智网	www.ipmph.com	医学教育、学术、考试、健康，购书智慧智能综合服务平台
人卫官网	www.pmph.com	人卫官方资讯发布平台

情洒赞比亚之援赞医疗日志

主　　编：苟建军
出版发行：人民卫生出版社（中继线 010-59780011）
地　　址：北京市朝阳区潘家园南里19号
邮　　编：100021
E - mail：pmph @ pmph.com
购书热线：010-59787592　010-59787584　010-65264830
印　　刷：北京顶佳世纪印刷有限公司
经　　销：新华书店
开　　本：889×1194　1/16　　印张：22
字　　数：697千字
版　　次：2020年8月第1版　2020年8月第1版第1次印刷
标准书号：ISBN 978-7-117-30043-8
定　　价：228.00元
打击盗版举报电话：010-59787491　E-mail：WQ @ pmph.com
质量问题联系电话：010-59787234　E-mail：zhiliang @ pmph.com

序　一

大爱无疆　心意长存

收到苟建军同志《情洒赞比亚之援赞医疗日志》的书稿，十分高兴。温暖的文字，缤纷的图片，一下子将我带回到远在非洲的赞比亚，带回我同他们曾经共同战斗的日子。

苟建军同志是第 18 批中国援助赞比亚医疗队的队长。他们于 2016 年 4 月 29 日抵赞，2017 年 5 月离开，历时一年。河南省自 1978 年开始即向赞比亚派出医疗队，到第 18 批时，已经派出了 487 名医疗队员。

第 18 批医疗队在赞比亚的一年间，我作为中国驻赞比亚大使，亲眼见证了医疗队员们牢记宗旨、不畏艰苦、大胆创新、勤勉敬业，表现优异，开创了援外医疗工作的新局面。在欢送医疗队离赞的招待会上，我用三个亮点来概括他们的成就：

一是扎根受援医院，圆满完成临床医疗任务。一年时间里，第 18 批医疗队共诊治门诊患者 12 000 余人次，手术病例 1 500 余人次，麻醉 1 800 余人次，抢救危重患者 200 余人次，积极开展新技术、新项目 30 余项，举办前沿医疗知识讲座，帮助医院培养骨干人才。他们精湛的医术和敬业的精神，得到了赞比亚同行的尊重和赞比亚人民的交口称赞。

二是勇于开拓创新，将援赞医疗工作推向新高度。第 18 批医疗队帮助赞比亚建立了第一个远程会诊中心，实现了赞比亚医院与郑州大学第一附属医院的远程连接，为中国援外医疗工作探索了新思路、新举措。积极促成“中赞腔镜中心”项目，作为落实中非合作论坛约翰内斯堡峰会公共卫生合作计划的重要成果。中心建成后将极大提高当地医院的诊疗水平和服务能力。

三是积极融入当地社会，热心服务在赞华侨华人。第 18 批医疗队员热心公共服务事业，不顾自身安危，深入赞比亚孤儿院、基层社区、偏远农村开展义诊，捐赠物资，增进了中赞两国人民的友好情谊。同时，他们还是赞比亚华侨华人紧急医疗救助队的中坚力量，在多次突发意外事故的救治中冲在第一线，积极挽救同胞生命。他们利用节假日时间，深入中资企业和侨社开展健康义诊，举办各类健康讲座，为在赞华侨华人免费提供医疗保健服务，受到使馆、侨界的高度赞誉和普遍欢迎。

作为大使，我深知援非医疗工作是一项艰巨而光荣的任务。苟建军队长和他的队员们用饱满的工作热情圆满完成了祖国交给他们的使命，践行“不畏艰苦、甘于奉献、救死扶伤、大爱无疆”的中国医疗队精神，继往开来，树立了好榜样，做出了新贡献。

我了解到，苟队长在繁忙的医疗工作之余，一直笔耕不辍。他为文、作诗，也曾在驻赞比亚使馆青年读书会主办的《赞比西河畔》杂志小露身手。得知他在赞期间坚持记日记，并且即将结集出版，于我，既是意外惊喜，也在意料之中。苟队长的《情洒赞比亚之援赞医疗日志》，是医疗队在赞比亚最真实的记录，有他们的工作成就，有生活经验和技能“宝典”，有赞比亚的自然风光和多彩文化，还有对生命的思考和感悟。

掩卷之余，我很感动，也很感慨。每次出现在我面前的医疗队，永远朝气蓬勃，快乐向上，他们经历的很多艰难，吃过的很多苦，这是没有去过非洲的同胞很难想象的。我对他们，是由衷地赞赏和敬佩。

在《情洒赞比亚之援赞医疗日志》即将付梓之际，我想说，对于苟队长和他的医疗队员们，此生不枉赞比亚之行。援赞医疗队就像是一场没有终点的接力赛，老的一批走了，新的一批来了，如交接棒的传递。在这周而复始的交接中，是爱和友谊的代代相传。我相信，赞比亚人民会记得他们，祖国会记得他们。

时任中国驻赞比亚大使

杨优明

2018 年 12 月 28 日

序　二

医者的国际情怀

——以“简”代“序”

建军先生：

我的眼睛做了白内障手术后，一直恢复不好，极易疲劳，看书、看稿困难。尽管如此，接到您送来的书稿，我还是很兴奋、很认真地浏览了一遍。

你带队奔赴赞比亚开展援外医疗活动，一年时间历尽艰辛，很不容易。我阅读完书稿后，很为你们的奉献精神所感动，更为你们的乐观情怀所感染。我原来只知道你是个医学家，是位很优秀的管理者，读了书稿后，才知道你的文学功底十分坚实，你的思想情感很接地气，你的语言文风颇具情采，把事与理、情与景、思与悟结合得恰到好处。

总的印象：很好！真的很好！

说好，是因为书的内容很真实、很翔实、很生活、很生动、很丰富、很细腻、很精彩、很感人！特别是对于故乡和他乡、对于亲情和友情、对于大爱和私情等，把握得很合度、很适度。既再现了艰苦的异国环境，又凸显了队员的乐观情怀；既体现了爱国主义精神，又展现了国际主义精神。该书的出版，既有政治教育意义，又有人生启迪意义；既有现实意义，又有历史意义。

书的整个框架，采用“日记”体，既体现了“史”的特色，又方便灵活，随时穿插诗歌、散文、记事、感悟，显得极富文采。

所以，该书既有史料性，又有可读性。出版后，一定会广受欢迎。

最后，谨以几句感言，为其出版志贺——

王继兴

2018 年暮春于松月斋

（高级编辑，曾任《大河报》首任总编辑，河南省杂文学会会长）

目录

序　曲

2016 年 4 月 15 日　星期五　晴

原河南省卫计委李广胜主任为第 18 批中国援赞医疗队授旗

心怀忐忑,因为我们即将奔赴一个陌生的地方——非洲赞比亚,炎热？贫穷？祸乱？疾病？

踌躇满志,因为我们是一支优秀的团队——第 18 批中国援助赞比亚医疗队,国之荣耀,使命担当,抱团前行,无坚不摧。

2016 年 4 月 15 日,河南省卫生与计划生育委员会(卫计委)在河南饭店召开中国第 18 批援助赞比亚医疗队欢送会,会议由卫计委副主任魏琳娜主持,李广胜主任出席并讲话。我作为医疗队队长从李广胜主任手中接过中国第 18 批援助赞比亚医疗队队旗,无比自豪地挥舞在主席台中央。尔后,全体队员面向队旗庄严宣誓:不辱使命,保证圆满完成祖国交给的任务。大家英姿飒爽,气宇轩昂;个个满带笑容,意气风发;充满不畏艰苦、战胜困难的坚强信心。

2016 年 4 月
我们将肩负着
医院的嘱托
河南的重任
离别故土

奔赴异国他乡
救死扶伤
传递祖国和赞比亚
传统的友谊和大爱。

2016 年 4 月 27 日 星期三 晴

惜别

眼润四月柳摆风，
窗幽含月花入瞳。
赞国瀑溅九千尺，
乘虹望君在空中。

送别

四月百花竞芬芳，
恋枝不舍舞飞扬。
西出阳关故人无，
亲语道情似醇香。

启程

朋辞小酒杯杯烈，
友祝亲语句句切。
母赐舍灶一捧土，
深情留心不言别。

（注：河南民俗，在亲人远离故土时，带上家里锅灶烧过的泥土冲水喝，可以预防水土不服，保健康平安）

和建军

苟复国

重任铁肩担国责，
牢记使命不惧艰。
华夏威龙惠非洲，
雄鸡高歌迎凯旋。

清平乐·送别

秦垦

我院援非医疗队即将启程，谈笑中，看队员神情亢奋、斗志昂扬。吾既欣喜又伤别，有感而发，遂赋词一首，难表情怀。

风气碧皱，
相送清明后。
十里长亭一杯酒，
挥别夕阳满袖。

万里行医非洲，
壮士何须言愁？
想细微信咫尺，

归来一度春秋。

悬壶济世

李艳华

古有
扁鹊妙手针，
华佗再回春，
金膏丹空青，
悬壶盖世功。

尔君
欲上青天揽明月，
卧听民间疾苦声，
千山万水川上寒，
一片冰心玉壶中。

再回首
满园杏林春色暖，
历历玄圃皆手树。
不要人夸颜色好，
一壶清气满乾坤。

第一章

启程赞比亚

心语：这一年无论是出去的还是留在家里的，都有很多困难需要面对，也是给予我们共同的成长机会，感受对方在家庭中的重要性。

——队友家属

第一节 真的要走了

2016 年 4 月 28 日　星期四　晴

走了
真的要走了
不回头
也看到您依依不舍
不回头
也看到您泪眼盈盈

责任
总要有人担当
我们明白
前面有许多艰苦
但我们会用经历
亮彩我们的人生

中国第 18 批援助赞比亚医疗队出发的集结号已经吹响，上午 10 点在郑州新郑机场 T2 航站楼集合。

早上 7 点 28 分，妻子躲在卧室：“箱子都准备好了，到了回个信儿，我就不送你了……”“嗯。”“你下午出发到英国参加儿子的毕业典礼，给儿子说一声老爸很遗憾不能亲临现场，你多陪儿子照些相片发给我。小乖送咱姑姑家，告诉她多喂点，常洗澡。”小乖是我家可爱的马尔济斯小狗，很是乖巧，很漂亮，我不在家时常常陪着我的妻子，依偎在她的身旁。

走出房门，小乖歪着小脑袋，两个耳朵张开着，两个小眼睛通人性地一直盯着我。“再见，小乖，一年后我再回来。”门轻轻地带上，没有响声。我知道我的小乖一定是眼泪汪汪的。

彷徨在自己熟悉的道路上。金水河边，柳树低垂着，纹丝不动，几只喜鹊盘旋在我的头顶，叽叽喳喳地叫着。

来到办公室，坐在办公椅子上，环顾这熟悉的环境，仰望案头毛主席伟岸的雕像：“毛主席，我要去赞比亚开国总统卡翁达的家乡了，延续您建立的中赞友谊。我知道您和他交情甚笃。”

8点20分，来到行政楼前。在家的医院领导班子陈清江、赵杰副书记，文建国、孙莹璞、闫新郑、赵松副院长，黄艳纪委书记，党办、院办、组织处、纪委监察处、后勤处、门诊部、体检科、急救中心……还有我亲爱的医务处的全体兄弟姐妹们，一个都不少，全都来了。杨蕾的爸爸舍不得女儿，带着女婿来了；金俊硕的爸爸、妈妈、妻子，还有可爱的小宝宝来了；张洋在家一定是个娇宝，一家5口来为他送行；高长辉的乖女儿知道爸爸要远行，搂着爸爸的脖子不肯松手；王正斌的媳妇很是开朗，挽住老公的手寸步不离；高强的妻子开着车非要把老公送到机场，一路上想再叮嘱叮嘱；李甲振，老革命了，媳妇还是依依不舍，先行开车到机场要给老公一个没人看得见的吻别。“什么，高长辉要出国啦？他是我的学生，我要跟他合个影，送上车！”学校的雷芸芸老师上班时正好遇到了我们，不是家属，胜似亲情。周辉、新锋，你们的媳妇上哪儿去啦？莫非是不想看到离别的场景，在一旁为你们偷偷地送行吧？我知道了，李新锋的爱人和我的媳妇都在无痛腔镜中心上班，一定是商量好的，“有苦她们自己受，有泪她们自己流”。那周辉的媳妇一定是远远地躲在行政楼的大树下，目送老公，泪流成行……我大姐来了，姑姑也来了。“嘀铃铃”电话铃响了，那边传来张水军书记、王家祥和刘章锁副院长的声音，恋恋不舍，语重心长。

8点30分，郑州大学副校长、郑州大学第一附属医院院长阚全程，医院院办主任李静，在参加郑州大学第一附属医院的一个重要活动后匆匆赶来，和出发队员一一握手，亲切话别，并叮嘱我说：“任务很重，条件很艰苦，有啥困难给医院说！一定要带好队伍，保证安全，平平安安归来！”

时任郑州大学第一附属医院院长阚全程和领导班子为援外队员送行

医院领导班子与队员们合影，职能部门领导与队员们合影，阚院长又安排送行家属与队员们合影留念。

有这样好的院长，有这样强大的后方支持，我们队员心里感到坦然自信。

车要出发了，有装行李的车，有队员坐的车，还有到机场送行的队员家属。赵松副院长，党办王庆祝主任，人事处周红英副处长、郑媛科长，院办王振龙科长代表阚院长到机场送行。院办安排得很仔细，很周到。

握手，拥抱，叮嘱，挥手……手机在啪啪啪不停地响着。在大巴车门口，我看到阚院长不舍但含着微笑的牵挂和鼓励；李利大姐，你眼圈红了；管下生、李郁鸿……我没喝上你们弟兄的送行酒，留着归来时为我们把酒洗尘吧……

车队慢慢地、艰难地开出了医学院的大门。

第二节 机场送别

2016 年 4 月 28 日 星期四 晴

队员们出发前在郑州机场航站楼合影留念 摄影 施书芳

队员如约 10 点到达郑州新郑机场。

我所有的朋友都为我的非洲之行鼓励着、惜别着、操心着、忙碌着，电话、短信一个接着一个，情真意切，湿润了我的眼睛……

郑州市公安局航空港区分局副局长王琳为了我们的出行提前与新郑机场和南方航空有限公司进行了沟通协调。机场集团李总、南航集团河南分公司裴总亲自迎接安排，让我们处处感受到祖国的温暖和热情。“你们代表国家出征，你们是河南的骄傲！在机场，南航开辟绿色通道为你们送行”。聚贤阁候机厅宽敞舒适，在候机的不到 2 个小时里，这里充满了队员、家属、送行单位领导和同事的关爱、叮咛，还有依依不舍的惜别和惆怅。来，合个影吧，小家庭的，大家庭的，我们 28 个队员与送行单位的领导、同事一起照了个全家福。

行李在办理托运手续，医务处的小陈一直在忙碌着。

南航公司派来了照相和录像的人员，他们要记录下中国第 18 批援助赞比亚医疗队出发时的魅力瞬间。

李文松大哥来了，他的姑娘李冉一上来就抱着我，热泪盈盈。多年的挚交，嘘寒问暖，像一家人一样。朱冠军来了，给我带来两幅精美的汴绣——清明上河图，让送给赞比亚的朋友……

出发之前，我到家里看望了父母和兄弟姊妹。爸妈不知道我要去非洲，兄弟姊妹也都瞒着他们老人家，说是我的儿子在英国，刚好有个机会，医院派我到英国学习一年。老人家听说我和他们的孙子在一个城市，挺高兴地说：“去吧，我俩你就放心吧！”今天早上，在金水河边，我给老母亲打了个电话，老人还问：“你啥时间走？”我说：“时间还没有定呢！”我是家里的老小，怕老人家亲自来送暴露了去非洲的小“秘密”。哥、嫂和姐姐说：“建军，你走时我们一起去送你！”“谁也不要来，我带一个队呢，怕招呼不了你们。”其实，我是最怕离别的伤感，特别是我三姐，一提到我去赞比亚她就掉眼泪。可在机场，我一下车就看到哥哥、嫂子和四个姐姐，还有一群晚辈们，都已经在机场翘首等候着呢。

这一天，机场充满了亲情、爱恋和依依不舍的伤感……

该登机了。杨蕾松开她父亲紧握的双手，哭了。高长辉眼圈红了，那边娇女儿在喊：“爸爸，等你回来！”金俊硕还挺坚强的，咬紧牙关，强忍着泪水，看着宝贝闺女挥动着稚嫩的小手“赞比亚！赞比亚！”。培训这半年，与我们朝夕相处的省卫计委国际合作处苏桂显主任和队员们一一拥抱道别，他突然把头扭了过去，用双手捂住了眼睛……

11 点 40 分，我们从机场开通的绿色通道顺利安检进入等候区。挥挥手，不回头。12 点 35 分，一架飞机腾空起飞，承载着 28 名队员的责任、留恋和牵挂……

第三节 漫长的旅途

阳光南航 为中国援外医疗队加油助威

2016 年 4 月 29 日夜 星期五 晴

下午近 3 点，飞机降落在广州白云机场。下飞机时队员应邀与美丽的空姐、帅气的机组人员合影留念，“阳光南航，为您自豪”，他们举起早就准备好的送行标语。他们骄傲，他们护送的是一支国际医疗队！

广州机场停留了 9 个小时，在南航的精心安排下，休息、就餐、入关还算顺利，就是行李出现了一点问题。原来听说国际航班一人可以托运 2 个箱子，每个箱子重量不超过 23kg，随身携带的一个箱子不超过 6kg，还可以再拿 1 个电脑包或背包。可是埃塞俄比亚民航规定托运行李每件不能超过 20kg，幸好队伍所带行李的总重量不超标。在候机大厅大家不分你我，把托运行李按要求重新调整到位。打开行李箱一看，队员们准备得很充分，吃的、用的、穿的、娱乐用品、活动用品等等，应有尽有。看来到非洲我这个医疗队队长好当啦！

医疗队员们到达广州白云机场

医疗队员们在广州白云机场等待出关

凌晨0点30分，飞机载着我们飞出了国界。

在漆黑的夜空之中，无法俯瞰山川海洋，无法欣赏云端美景，倦意让我浑然入睡。

北京时间下午3点，我们到达埃塞俄比亚的亚迪司贝巴机场。候机、转机的时间较紧张，大家没有机会出去吃饭。程国凌的媳妇肯定是一个理家能手，她卤制的鸭蛋、鹅蛋在这时让大家很幸福地享用着。这次出行，最大的失误就是没有考虑到大家长途跋涉的用餐问题，飞机上的盒饭索然无味。

“赞比亚跟北京时差有几个小时？”李莉莉问道。“比北京晚6个小时”，“噢，那我不是又年轻了6个小时”，“到赞比亚，你会变得更年轻，更漂亮！”欢声笑语冲刷了旅途的疲惫和无聊。

没有烦恼，没有忧愁，心态决定一切。

飞机途经津巴布韦哈拉雷机场短暂停留后，于北京时间晚上8点30分，赞比亚时间下午2点30分，徐徐降落在赞比亚首都卢萨卡机场。

赞比亚首都卢萨卡机场航站楼

医疗队抵达赞比亚卢萨卡机场

走出舱门，遥望长空，碧洗的蓝天映衬着朵朵浓厚的白云，耀眼的太阳撒下道道金色的光芒，队员们路途中的疲惫一下子得到了舒缓。真是久违了这美好的大自然，我们还记得出发时令人讨厌的雾霾。吕志排以蓝天为背景开心地与飞机来了个自拍。

第17批援助赞比亚医疗队留守队员王震宇、雍翻译和常会计在出口通道向我们招手。他们真是神通广大，竟能接站到飞机旁。到机场迎接我们的还有中国驻赞比亚大使馆经参处柴参、崔秘书，赞比亚卫生部官员戴文先生。

得到这样的重视，使我们明白医疗援赞是一项重要的国家任务，我们既然肩负使命，我们定不辱使命！

车辆载着我们向中国驻赞比亚医疗队专家公寓驶去，陌生的地域，心怀思绪而无暇顾及路边的风景。

晚上，王队长带着我们到中国饭店用餐，在这里，队员陈刚吃上了一路上念叨的河南烩面。

第四节 爱他 就让他去赞比亚吧

2016年4月30日 星期六 晴

时差，对于坐车就睡、躺床就眠的我而言，从来不是什么问题，更何况一路的疲惫。然而，这次在抵达赞比亚的第一个夜晚我却失眠了。

赞比亚时间凌晨1点，我睁开了双眼，再也不能入眠。脑子里满是离开祖国时的情景，父母、媳妇、姊妹，还有许多朝夕相处的领导、同事、亲如手足的挚朋好友……眼眶一下子变得湿润，无法自制。拿出手机，点开记事本，一首《爱他，就让他去赞比亚吧》，伴着哗哗的泪水，宣泄出思念和情感。

陌生的赞比亚　我们来了

爱他，就让他去赞比亚吧

2016 年 4 月 28 日
早晨 5 点 28 分
「爸妈都好吗！」
电话那边
「孩子，啥时候去英国」
「还没定呢，走时我给你打电话」

行囊已背在肩
步履是那么蹒跚
金水河边的杨柳舞动着
像温柔的手
牵拉着　牵挂着
喜鹊喳喳叫着
盘旋在我的头顶
鼓噪着我的心间

「孩子去吧
公家的事一定安排好干好
你爸妈身体都好
不要牵挂
把同志们
一定照顾好团结好
共渡难关」

娘　我没去英国
因为你孙子在英国
我才瞒着你

不让年迈的老爸
天天唠叨
等候在车水马龙的路边

爱他，就让他去赞比亚吧
这是国家的任务
这是你宝贝儿子的执着
你不是常说
公家的事干好
不能挑肥拣瘦
只是一年不能陪伴
明白事理心胸坦荡的
老爸老妈

媳妇一连几天
无声无语磨磨唧唧
整理着箱子
衬衣　袜子　运动衣
连一个老佛爷手串
你也亲自套在我的手上
「走吧我不去送你」

爱他，就让他去赞比亚吧
思念不也是挺好的吗
远在天边朝朝暮暮
「不在身边
看你怎样洗衣做饭」

阚院长一道的同事伙计
你不说他们也心有灵犀
合影　拥抱　牵着手
留个纪念　送去挂念

爱他，就让他去赞比亚吧
他们担着　扛着　拉着
在责任重任面前
不掉链子
28 名队员
为信任为荣誉
耐得住寂寞
抗得住千苦万难

启程一切顺利
赞比西河奔流着

升腾起彩虹迎接
第 18 批医疗队
天高云淡
空气清新
我们已安营扎寨
坚守在中国援建医院的旁边

第五节 亲人们的祝福

2016 年 4 月 30 日 星期六 凌晨

晚上，在赞比亚首都卢萨卡河南饭店吃饭，见到了热情好客的河南同乡会秘书长、饭店老板范先生，他拿出珍藏多年的老酒款待我们。道口烧鸡、河南烩面……这全是家乡的味道啊！我已想好，把我从郑州带来的书法作品“龍”赠送给他，“龙乡儿女逞英豪，世界华人一家亲”嘛。

《爱他，就让他去赞比亚吧》发到了微信朋友圈，收到了很多回复。下面是我的同事，郑州大学第一附属医院麻醉科韩雪萍副主任和其他亲朋好友回复的诗，很是感动！愿与大家分享：

感动·牵挂

韩雪萍@苟

看到了，
泪水啪嗒啪嗒！
是感动是牵挂，
真的难以表达。
好男儿远赴赞比亚
为使命为荣誉为了国家。
肩上的重任与责任，
你们一定能圆满完成它！
记得支持你们的有亲朋好友，
牵挂你们的有那年迈的老爸老妈。
28 个精英，
这一年将是我们最重的牵挂！
待你们建功立业凯旋，
再给你们说说知心话，
再给你们胸前戴上大红花！
泪水尽情地流吧，
是感动更是牵挂！

博爱

风闲居

播种大爱，
收获友谊。
建功立业，
吉祥如意。
平安归来，

祖国等您！

致英雄

李亚歌

燕衔泥，
蛙醉鸣。
枝上柳絮碎萦萦，
白衣向贤英雄志，
清歌妙舞和风行。

送君远行

刘林嶓

闻君，
要远行，
激动，
热泪流。
颤抖的双手，
劝君更尽一杯酒，
壮士行，
壮志酬！

赞君

郭小兵

烟波浩渺绕岸柳，
桃花绽放压枝头。
闻君援非日将至，
顿生几多相思愁。
敢于担当国之事，
功德可比一带路。
扬名又在万里外，
播爱何止一春秋。

建军好

刘林嶓

苟为英雄誉西中，
建功立业杏林风。
军人气质医者心，
好国好家好弟兄。

送君

简玉乐

男儿志四方，
少小离家乡。
举目无亲多困惑，

也曾有泪和汗淌，
长堤问斜阳。

独饮酒易醉，
清歌几断肠。
青春轻叩门声响，
心中有爱细思量，
窗前读月光。

人挪生命活，
树移叶枯黄。
燕雀胸怀鸿鹄志，
求知立业做栋梁，
南飞燕成行。

第二章

初见赞比亚

心语：走路靠自己，成长靠学习，成就靠团队。起床不是为了应付今天的时间，而是必须做到今天要比昨天活得更精彩！昨天再好，走不回去；明天再难，也要抬脚继续。你不勇敢，没有人替你坚强；你不疯狂，没有人帮你实现梦想。不管你昨天有多优秀，代表不了今天的辉煌。要记住，昨天的太阳永远晒不干今天的衣裳，以阳光的心态迎接美好的每一天。

——佚名

第一节 同胞的期待

2016 年 5 月 1 日 星期日 晴

今天是“五一”国际劳动节，没有出驻地公寓。仰望天空，天之广阔，思绪使然，不如来畅谈下赞比亚首都卢萨卡的天吧。

赞比亚首都卢萨卡美丽的天空

早晨 6 点半，太阳努力地喷薄着，透过厚厚的云朵，折射出灿烂的阳光，顿时东方染成一际红色。天空很蓝，云朵很白，就像一块刚刚洗涤出水的蓝布，上面还黏附着点点的皂泡。一架飞机掠空而过，清晰的映入眼帘，没有雾霾，才有这般如同翱翔在蓝天的体验和感觉。微风拂面，凉爽宜人。这个季节，好像是赞比亚的秋天。

队里蔡琴大姐起得最早，沿着公寓里的小路慢跑倒走，风姿绰约。王梦琦带着耳塞跑步，听不到别人打招呼，完全陶醉在自我的世界里。陈刚，体格健壮，和身材瘦小的谭延昭打起了羽毛球，不论胖瘦，重在运动嘛！这不，陈刚刚放下球拍，又和王晓孟踢起了毽子，随即一片欢声笑语回荡在驻地小院里。靳忠良、魏海军、程美英喜欢乒乓球，在活动室里正打得热火朝天。李甲振，起得较晚，快 7 点了，才小跑在公寓的小路上。金俊硕、李新锋、高强操起台球杆，像模像样地在“捯饬”台球，不论白球彩球，见着好进的就打；我也试了两杆，球不听话地在台面上跳着往前跑，“咣当”一声落在了地上。那些没露面的，估计在做早餐？室内锻炼？或是在赖床？时差还没倒过来么？

上午，大家领取生活用品，收拾房间。我，在家不做饭、不洗衣、不拖地，在这里就要自我管理、自食其力啦。一天的家务活，累得腰酸背疼，双腿像灌了铅一样。还好，晚上要参加赞比亚华侨华人总会组织的迎接医疗队、军医组的晚宴。

晚宴简朴而热烈，时时处处洋溢着浓浓的中国情结。医疗队、军医组统一着装，显得潇洒而有风度。医疗队老队长龚队长、于队长鹤发童颜，精神矍铄，见到新队员格外亲切，谈笑风生。在赞的中资企业和华侨华人代表互致问候，认识的、不认识的，就像一家人一样。军医组东部战区总医院的小邵队长，年龄不大，风度翩翩，颇具大将风采。

杨优明大使为中国第 18 批援赞医疗队举行欢迎仪式

中国医疗队员与赞比亚华侨华人在一起

莫副会长宣读了张键会长充满热情和期待的欢迎词。河南同乡会栾春民会长对援外医疗队、军医组在赞守护华侨华人健康做出的贡献给予了高度的评价。栾会长也曾是一名援外医疗队队员，现在赞比亚最大的大学教学医院（university teaching hospital，UTH）工作，他在华人圈里颇具名望。

医疗队队员高强今天最幸福、最开心。一大早，他的爱妻就在援赞医疗队亲情群里发来信息恭贺丈夫的生日。我与栾会长商量，特意安排在今天的晚宴上送去一个大大的生日蛋糕，给他一个意外的惊喜。灯

医疗队员高强在赞比亚过了一个难忘的生日

熄灭了，一个服务员用小车推着生日蛋糕，在熠熠生辉的烛光下，走进了会场。音乐响起，歌声唱起，满堂尽是生日的祝福。

高强在酒店员工的热情簇拥下，许下美好的祝愿。甜美的蛋糕送到每个人的面前，大家共同分享着这份快乐，也祝福我们刚刚开始的赞比亚生活一帆风顺，在未来的时间里收获多多。

第二节 调味生活

2016 年 5 月 2 日 星期二 晴

这几天赶上“五一”国际劳动节放假，赞比亚政府部门都不上班，医疗队下一步的安排日程还不清楚。赞比亚卫生部常务秘书到北京出差还没回来，他是这项工作的总管，他不在什么都办不成。

因为生活物资没有到位，队员的早餐都是王队长开车带我们到中国人开的饭店吃饭。豆浆、油条、包子……都还挺适合队员们的口感，大家吃得津津有味。小骊要了一碗馄饨，做得很慢，我们都吃完了她的馄饨还没上来，不是在家里，想吃点啥也实在不容易呀！一连几天，午餐都是中餐馆员工送到驻地的盒饭，味道还可以，就是量太小，不知道像陈刚、王玉州、高长辉他们这些大块头们是不是吃饱了。

上午召开全体队员会议。根据驻地公寓管理、生活保障，以及今后工作的开展需要，支委会、队委会把队员的分工做了安排。

蔡大姐心细，让她带领李新锋、高强、李四保、程美英、李莉莉等几位同志负责大厨房的管理、生活物资的采购；哈哈，还有队里两只狗——“大灰”和“小黑”的喂养，名曰“医疗队生活保障组”。别看喂狗这个苦差，很多人都有想法，四保、高强，还有几位同志都抢着去喂。但这是专项工作，必须专人去做，必须保证狗食制作、圈舍卫生、洗澡沐浴、放狗关狗等这些琐碎的事样样落实到位。医疗队里的工作就这么细！

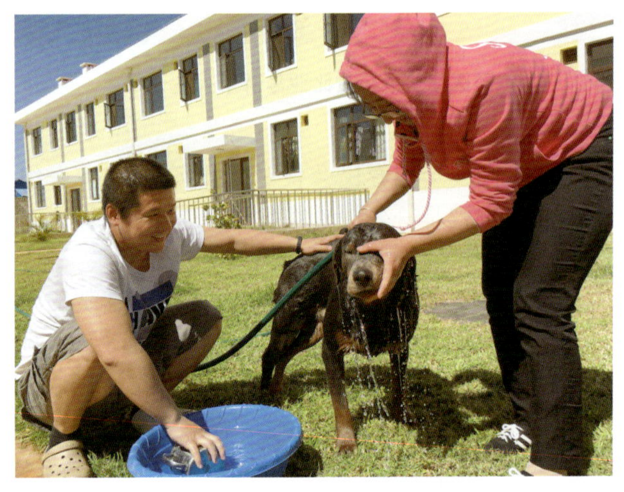

医疗队员给驻地的“门神”洗澡沐浴

队员们准备到赞比亚大学给狗狗们注射疫苗

今天是星期二。卢萨卡有个著名的星期二市场，这里主要卖些队里需要的蔬菜、鱼、肉等生活物资，价格相对便宜点。第一次安排上街采购，大家很兴奋，都想去市场转一转，买些东西，但是队里最大的中巴也只能坐十几个人，最后只好安排生活保障组的同志们前去采购。下午 5 点左右，东西采购回来，米、面、酱、醋、油和青菜，蛮丰富的。因为卢萨卡以外的队员暂时还要在公寓住几天，买来的东西没有分给个人，就放在集体厨房由大家按需索取。

明天，一日三餐大家要亲自动手，丰衣足食了，队友们，特别是男队友们，有信心吗？

第三节 一群精明能干人

2016 年 5 月 3 日 星期三 晴

几天的整理家舍，擦洗、墩地、挪动物品都是挺累的活儿，加上坐飞机几十个小时的颠簸，我的腰实在是抗不住了，走路直不起来，偶尔像突然要断了似地疼痛难忍。队员们都很关心，嘘寒问暖，让我注意休息。很幸运，医疗队里的李莉莉是做中医康复的，帮我行以推拿按摩后，疼痛缓解多了。有意思的是，“莉莉”这个在中国很受欢迎的女性名字，在出境的时候，外国人直呼“LI LI LI”。最后的 LI 他们读四声，可能因为外国人的名字后面是姓的原由。

今天该同志们自己做饭了。王正斌、张二伟昨天晚上就未雨绸缪，张罗着蒸起了馒头。正斌老婆想得挺周到，出国时特地给他箱子里塞了袋发酵粉。处女作诞生了，他们把刚出锅的馒头用微信照片过来，热气腾腾，诱得我垂涎欲滴。我看着照片里的馒头很是喜欢，写诗为证：

赞馍

一盆精粉一瓢水，
一群精明能干人。
酵母催化火助威，
热气腾腾出白银。

毕竟出门在外，良好的生活规划是高效工作的第一保障。

第四节 励志亲语

2016 年 5 月 4 日 星期四 晴

今天，国内许多朋友给我发来微信“祝青年节快乐”！开玩笑，我都五十出头了，还年轻吗？但朋友们对我精神上的鼓励还是让我焕发出了青春的活力！

摘录几首亲人和朋友发来的励志诗句，精神上的食粮，给了我支撑这一年的动力！

征程

长乐

先辈不怕远征难，
中原英才今奉献。
五洲大爱遍足迹，
强盛东方君凯旋。

平安

周上游

国强家和君荣光，
支援非洲显力量。
虽说远行在他乡，
亲朋好友遍四方。

思念

刘林嶓

午夜时分入眠难，
众将身影在眼前。
中赞相隔万里远，
微信传递肺腑言。

援非工作千重难，
救死扶伤只等闲。
悬壶济世育杏林，
中赞友谊万年传。

送兄援赞

付明倜

浊酒停杯茶清浅，
文郎语噎捻素毫。
一椽书舍青阶短，
百尺青峰皓气高。
长风烈烈卷旌旗，
乡情殷殷染征袍。
天高地迥任白鹤，
来年溪旁等青鸟。

南京书诗送弟援非行

杨文治

兄弟援非将远行，
救死扶伤济苍生。
恨无面呈饯行酒，
聊以诗别石头城。
莫道万里无故知，
人道主义君担承。
待到功成归国日，
把酒中州共临风。

送别

王红民

相见时难别亦难，
双眸含水说再见。
君行一去八千里，
来年高奏凯歌还。

医者仁心

孙振涛

援非壮行赞比亚，

鸿鹄高飞走天涯。
医者仁心不畏苦，
功成凯旋早归家。

别离

奕人

胸怀千丈志，
身将万里行。
不语离别泪，
丹心照汗青。

送夫君

张瑞丽（李甲振夫人）

芳菲四月日渐暖，
还慌将衣为君添。
援非路漫凶且险，
谈笑风生泪涟涟。
地震非典英姿展，
蚊虫艾滋又何堪。
自古多情伤离别，
不掩儿女情缱绻。
行期未至归期盼，
唯愿草原鸿愿展。
待到来年春花漫，
十里携酒迎君还。

致夫君

吕蕴琦

夫君出征援非，
嘱托珍重相随。
普度大爱慈悲，
载誉同庆喜归。

第五节 找菜园

2016 年 5 月 7 日 星期五 晴

前几天，四姐提醒我给家人发个视频微信，她想让父母看一下，安抚一下父母日夜牵挂的心，但我没有发，因为我没去英国，不知如何向爸妈说明我并没有和老婆儿子在一起。儿子的毕业典礼结束了，定好的机票成了遗憾的证明，欣慰的是孩子妈妈参加了，希望儿子感到满足、不孤单。只是原本说好的却没有实现（泪哗哗地流）。

母亲节就要到了，一定得给老爸老妈视频一下。“妈，我们到达国外已经 10 天了，这里一切都好，蓝天白云，环境非常好。得会儿儿子把做的中午饭给您发过去，两荤一素，在这里生活没啥问题。”“我们 28 个人心情都不错，团结得都很好。您老多保重。”“幺儿，家里没啥事，你伯和我身体都好得很，不要分心。要

和同志们团结好，生活安排好，啥事多担当点，出门在外不容易，要相互照应。”妈妈不识字，但识大理，她原来当过村妇联主任、村党支部书记，是一名农村基层“老干部”。老爸耳朵有些背，也非要再给我唠叨几句：“建军，哎，我咋听不见哩？”在微信中听到我四姐说：“说吧，建军听着呢。”“好好干啊，我身体可好着呢，天天还能赶集，别操心家里了。”我的泪儿近掉落下来。老爸 86 岁了，干过生产队队长，一生脾气耿直，现在却有着儿女情长。

看着姐姐们发过来很多老爸老妈的照片，身体都硬朗着呢，有兄弟姊妹照顾着，放心！

对于生活的事，大家的意见是想自食其力，生产自救，因为卢萨卡的物价一点都不便宜。

我们公寓后面有一家中资公司职工驻地，因业务转移，驻地只留下一个黑人家庭在看守，听说那院子里有一片已经开垦过的菜地。

队员们为小菜园选址，准备自力更生、丰衣足食

王正斌、王梦琦特别想种菜，出发时早有准备，从国内带来了许多蔬菜种子。王玉州、周辉、李新锋、李四保、陈刚、蔡琴、李莉莉、王晓孟听说开荒种地，也都兴致勃勃地一起前来考察这块菜园。不错，地比较平坦，又有浇地的水龙头，我是非常满意的。地里，赞比亚黑人家庭正在耕作，韭菜长得像烈日下的草坪，瘦骨嶙峋，毫无生机。他有两个可爱的孩子，GOLD（金子）和 VIOLET（紫罗兰），名字里蕴含着多么美好的期望！他们在这里工作的工资每天只有 30 夸查（赞比亚当地币）。王梦琦觉得这里离公寓太远，想开垦公寓院内的土地。女同志怕晒黑嘛，情有可原，毕竟赞比亚阳光毒辣。

活泼开朗的赞比亚小朋友　　摄影　宋文瀚

生活确实乏味。我也在担心，下周一恩多拉、利文斯顿的队员都要走了，姆瓦纳瓦萨、UTH的队员也要进入医院开始工作，采购生活物资就成了一大问题。我接受了梦琦的意见，虽然公寓院内狗圈和报废汽车旁的土地尽是些石块，但我决定，彻底进行改造，让寸草不生的土地变得瓜果满园，生机盎然。

晚上，又是与中国华侨华人的相聚，亲情啊！

第六节　董家亲情

2016年5月8日　星期六　晴

每年的4月到10月是赞比亚的旱季，10月到来年的4月则是雨季。据赞比亚的华侨华人说，到那个时候这里的景色更美。

天气很干燥，我们来后的十几天一直没下雨。蓝天碧空，艳阳高照，连刚来时的朵朵白云也消失得无影无踪。风，飕飕的，裹挟着丝丝的凉意。

中国医疗队门外，时不时有当地的居民来打水。驻地公寓只有一个不大的水塔，28名队员的日常生活用水就靠它来保障。卢萨卡经常停电，特别是白天。他们的电力主要是靠水力发电，现在是旱季，电力特别紧张，一旦停电，用水就成问题。大门外的小路上，出外找水的人络绎不绝。他们运水的方式很特别，不论男女老少都是头顶着水桶，但依然走路如风。李甲振问王队长："当地是不是颈椎病很多？""多着呢，这里老百姓穷，不是万不得已、特别严重，他们基本上都不把它当回事。"

头顶载物的赞比亚人们　　摄影　翁爱军

今天是星期天，大厨房没有生活物资了，大家手里的夸查币也不多了。喊来队里的会计王梦琦、出纳陈曦，商量后先给队员每人预支1 000夸查，以解决队员燃眉之急。生活组蔡琴大姐很是节省："队长，集体伙房的肉和鸡蛋都没有了，我出去买点牛肉。"赞比亚吃牛肉的很多，但医疗队队员吃不习惯。就在上午，队里的周辉、朱红赤还嚷嚷着要上超市买猪肉做红烧肉解馋呢，"出门十几天了，想着就流口水"。今天，特意安排蔡大姐这次去超市多买点蛋白质丰富的食材，包括猪肉、牛羊肉和鸡蛋，还有能储存的蔬菜，像土豆、南瓜也多买点，放在集体厨房，以备生活物资断顿时队员们领用。恩多拉、利文斯顿两个点的队员还没下去，和卢萨卡队员一起搭伙吃饭，做好大家的生活保障是必须的。

上午10点，召集恩多拉、利文斯顿的点长杨蕾、吕志排开了个小会，安排下一步工作和要求。这两个点的队员比较少，每个点只有四名队员，驻地条件也要比卢萨卡差得多，工作起来困难会更多一些。特别是恩多拉，蚊子、芒果蝇比较多，患疟疾、皮炎的风险很高。我更担心的是队员的安全和心理状况，远离队伍，条件艰苦，人员又少，还有两位女同志。杨蕾、志排，你们的担子很重啊！不过，利文斯顿，世界第二大瀑布在那里，景色美丽，这个点里唯一的女孩朱骊，我们期待看到你靓丽的照片和灿烂的笑容！原计划今

天在驻地的队员们各自做几道拿手菜集中起来，为恩多拉、利文斯顿的战友们送行，可王队长很是热情，联系了河南人在卢萨卡开的董家农场，晚上一起在那里欢度良宵。

董家农场在卢萨卡郊区，距离市区大约5公里（1公里=1km）。一到那里，队员们一下子被田园风光吸引了，迫不及待地穿梭在田间地头。白菜、萝卜、茄子、辣椒、生姜、番茄，各类蔬菜应有尽有。灌溉的水龙头不停地向空中抛洒着雨露，菜叶显得绿油油的，煞是新鲜。有几个赞比亚工人在帮忙打理着蔬菜，一台拖拉机"嘟嘟嘟"地在耕耘着土地。农场的路全是土路，窄窄的，凸凹不平。路两边杂草丛生，朵朵小花、片片红缨点缀其间，还有蚂蚱不停地在飞舞跳跃，显得自然和谐，诗意盎然。农场里建了不少鸡舍，里面养的小雏鸡很多。晚霞染红了农场，让这里五颜六色，多姿多彩。

参观赞比亚华人董家农场

董家有18口人居住在这里，董老爷子已经76岁了，依然显得健康硬朗。董总排行老二，带领全家经营着农场。董家农场初建于6年前，一张白纸，靠吃苦耐劳的河南人精神把这里建设得生机勃勃，满园春色，其中苦涩只有董家知道。董家在卢萨卡华人圈里口碑很好，生意也做得很实在，一到出菜时，市区菜市场的商贩们大都愿意到他们这里订购。他家供应的蔬菜品种多，品质好又新鲜。

华灯初上，农场不大的广场上欢歌笑语，热闹非凡。四个木炭燃起的火炉，烈烈火苗熏烤着各种美味。用蔬菜箱子搭起的简易"宴会"桌子上，摆满了饮料、啤酒和白酒，还有热情好客的董家女人们巧手制作的美味佳肴。卢萨卡、恩多拉、利文斯顿，虽然都在赞比亚，但也相距数百里之外。明天就要分别了，碰杯、祝愿，这些日子有太多的离别和伤感。

在董家农场享受赞比亚华侨华人的热情

天空中，明月弯弯，繁星点点，俯视着，闪烁着，显得那么亲切。

第七节 淳朴医患心

2016年5月9日 星期日 雨转多云转晴

早上6点，下楼晨练。

风呼呼地刮着，颇具翻江倒海之势，裹挟着丝丝凉意和利剑般的细雨。树随风摇曳着，带着细雨洗涤后的清亮绿意。天上的云黑压压急速地向西漂移，似乎将有瓢泼大雨落下。

赞比亚近两年遇到大旱，降水量极少，只是听王队长说起这是受厄尔尼诺现象的影响，印度洋的气流难以到达赞比亚的结果，但干旱的事实确实是存在的。来到这里的十几天里，不时地停电是生活的最大难题，一天几乎有一半时间我们在无电生活。现代生活对电的依赖是可以想象的，无电无法看电视，无法浏览微信，无法在电脑上耕耘我们的学术、书写我们的作品。前面说过的，赞比亚的电力供应大多来自水力发电，没水就没电，没电，现代生活一下子又回归到了原始状态。公寓里有台发电机，仅在做饭时才开机发电。发电机由张二伟来负责，他是仓管员。小伙子很机灵，很能干，也乐意为大家伙服务，但很抠门。“做饭了，发电一个小时”，每到开动发电机时，他都会在公寓的楼下大声地喊，声音特别洪亮。因为赞比亚的油很贵，得省着点用！

上午十点钟，驻地公寓开来了一辆小车，车里走下两个赞比亚朋友。他们是赞比亚卫生部医学会的工作人员，今天来帮我们办理会员登记有关手续，只有办理会员才能够取得当地的行医资质。工作人员办起事来很有规矩，有板有眼，一丝不苟。卫生部对资质和技术管理很严格，专门设置一个部门负责这方面的工作。

到驻地为医疗队员办理资质认证的赞比亚卫生部官员

队员们认真聆听赞比亚卫生部门的工作前培训

医疗队员与赞比亚卫生部官员和受援医院的院长合影

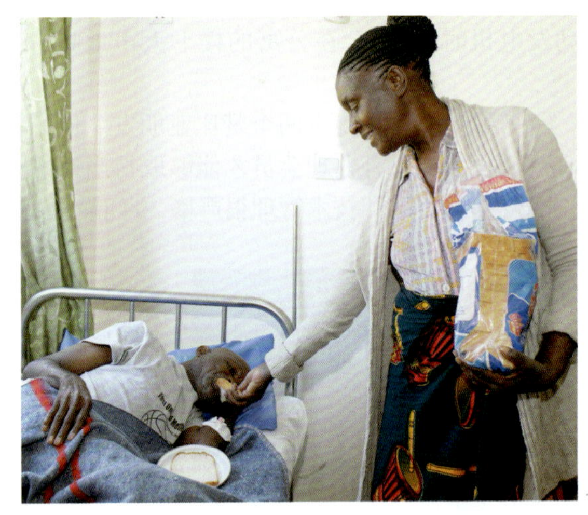

淳朴医患心　　摄影　宋文瀚

赞比亚当地有名医生给我们讲述了这样一个真实的例子：一位赞比亚老人病重，医疗手段已无回天之力，当他呼吸和心跳即将停止时，医生准备给他进行心内注射等治疗措施（过去的治疗方法），患者家属态度坚决地予以拒绝。虽然他们有亲骨肉的感情，但他们明白人总是要死的，这是“上帝的旨意”。听上去感觉有点愚昧、唯心，可反过来想一想，如果最终的结局不可逆转，强加给他的医疗创伤有可能更增加了亲人的痛苦，即便是那时候患者不能张口说话。在国内时，我们医院的一个知名老教授就用他亲身的经历给我上了一堂“孝敬”的家教课。他的母亲突发脑出血生命垂危，医院关心的人很多，神经内科、神经外科、介入科、重症医学科的专家都来了，提出了手术或介入的治疗方案让老教授选择，老教授意见很明确，做介入！因为介入属于微创手术。到后来治疗效果不好，需要做气管切开时，老教授果断拒绝，他说：“老人家虽然说不成话，到这个地步再让她去受苦，不孝啊！”可是，在老人健康的时候，老教授和他的爱人、子女的孝顺是全院公认的，无可挑剔。我接受，期望大家也能够接受这样唯物的观点。还有，医生和医疗界也要反思这样一个现象，我们在宣传的时候，或者在与患者家属沟通的时候，常常会讲，这家医院、那个医生多么的“强大”，某某某“从医多少年从没有发生过一起医疗事故”“我治疗这个病上千例，没有一例不成功的”……但在工作中，缺少医学常识的沟通、疾病愈后的沟通、医疗风险的沟通等。例如一个食管癌患者，即便手术成功了，那也只是这个患者需要综合治疗多种措施中一个环节的成功，但他的预后呢？不是手术能够全面决定的！沟通很必要，人文关怀更重要，就像特鲁多说的“有时去治愈，常常去帮助，总是去安慰”。医生不是神仙，真的不是神仙，是用德和才构筑的神圣职业。在中国，称呼先生的只有医生、老师和丈夫，他们或解除痛苦，或传道解惑，或支撑家庭为己任，他们值得尊重。

以平常心对待别人，以快乐心愉悦别人，以包容心宽慰别人，以担当心理解别人，医患关系的春天不要等待明天，就在今天。别了，魏则西！哭泣，陈仲伟！愿救死扶伤的领地永远是责任和感谢，永远是蓝天白云和一片净土！赞比亚虽然贫穷，但在医院，还是有相互理解和尊重的医患关系，对我们远道而来的医疗队来说，可以毫无负担地发挥自己的才能，同患者一道与病魔抗争。

利维·姆瓦纳瓦萨综合医院（Levy Mwanawasa general hospital）、利文斯顿总医院的院长前来驻地公寓与医疗队队员会面。谈起中赞友谊充满着自豪和感激，从毛泽东主席与卡翁达总统缔结的中赞传统友谊，到坦赞铁路中赞友谊的象征，再到中国医疗队为赞比亚人民带来的福祉，如数家珍，娓娓道来。

第 17 批医疗队留守队员 12 日就要启程回国了，恩多拉、利文斯顿队员的出发时间尚未确定。上报卫生部主管穆林嘎先生，总是说："No problem!"（没问题！），11 日新队员才能出发到各医疗点。在那里留守的队员心急如焚，星期三能成行吗？12 日他们就要回国，家里妻儿老小都在盼望着他们回去，他们在这已经超期服役 4 个月了，挺辛苦的，挺寂寞的，我们理解他们。

早晨的乌云飘走了，洒下的微量雨水没有湿透地皮。晚风习习有点凉，衣服靠自己添加，多保重，队友们！

第三章

感受赞比亚

心语：心要像伞，打开的时候，拥有温暖与阳光。收起来的时候，摒弃烦恼与苦楚。虽然生活不会一帆风顺，但心灵的伞却和命运息息相关，用微笑拥抱盛开的快乐之伞，用平静慰藉收起来的苦痛之伞。其实生活就是这样，想开了，心有多大，伞就有多大，撑得开、收得起就是人生最大的快乐！

——佚名

第一节 走进援建医院

2016 年 5 月 10 日　星期二　晴

早餐吃的是张洋送来的豆浆粉冲制的豆浆，还很贴心地放了点糖，主食是前天晚上陈刚摊的煎饼和昨天晚上王玉州做的烙馍，加上一碟榨菜作为小菜，如此丰盛，这让在国内一般不吃早餐的我很是津津有味地享受了一番。

早上 8 点，队员们统一着装，前去援建医院熟悉情况。在该医院工作的医疗队员有 15 名，分别是翻译付军领、麻醉科蔡琴、消化内科陈曦、心血管内科王正斌、心电图王晓孟、骨科王玉州、泌尿外科张二伟、耳鼻咽喉科高长辉、普外科程国凌、妇产科王梦琦、针灸科李莉莉、放射科高强、检验科陈刚、超声科张洋，以及作为专职队长的我。

驻地距援建医院也就 4 000m 左右，但必须乘车前往，因为赞比亚的路状况很糟糕。路很窄，却是双向单车道，没有设置人行道，两辆车相会的时候，几乎占满了整个道路，路人只能避退到路旁的野草丛中，很危险。好在队里派了专车送队员上班，这是规定，也是队里处处保障同志们安全的体现。

援建医院坐落在卢萨卡大东路(great east road)旁的一个高岗上，这所医院是我国与赞比亚时任总统为增进中赞友谊，造福赞比亚人民，签署协议由中方无偿支援修建的，中文名字叫“援建医院”，赞比亚当地叫“利维 · 姆瓦纳瓦萨综合医院”，这是赞比亚时任总统的名字。

院区面积不大，大约有 30 多亩(1 亩 ≈ 666.7m^2)的样子，精致而干净。白色小楼，在蓝天白云的映衬下，也算得上是卢萨卡的一道风景，煞是好看。门诊楼和住院部连在一体，都

蓝天白云下的利维 · 姆瓦纳瓦萨医院

利维·姆瓦纳瓦萨综合医院的门诊楼外景

医疗队参观利维·姆瓦纳瓦萨综合医院

是两层小楼，这是医院里唯一的一座主体建筑。口字形布局，中间是个天井式小广场，四周搭建数个遮阳棚供患者休息。卢萨卡的阳光非常的毒，如若不加防护，不久的将来，我的皮肤怕是会变得如同我们的黑人朋友一般。

会议室里，医院院长卡钦巴先生及各部门负责人前来迎接我们，仪式虽简单，却感受得到他们充满期待。医院共有170张病床，医生仅有二十几个人，辅助检查科室的医生更是稀缺，我坚信我们的到来将会给他们带来活力和生机。随后，在医院同事的带领下我们参观并了解了医院的环境及设施。门诊患者很多，都在排队，秩序还好，但就诊条件远不如国内。病房专业划分也不那么细，内科在一个病区，外科在一个病区，但患者的隐私保护得非常好，男女患者分房间收治，床与床中间设有吊帘相隔。产科、新生儿科床位不少，患者也很多，加床也有，但都是席地安排，没有病床。赞比亚不实行计划生育，一家都有几个孩子，所以产科医生是这里最忙的医生。“Very very busy！”（非常非常忙！），陪同的医院同事对妇产科医生王梦琦说。急诊室条件很简陋，每天大概接诊5~20个患者，但偶尔也有加床现象。重症监护室有6张床位，这里配有呼吸机、监护仪等装备，可能是医院装备最好、技术含量最高的地方。在放射科，我们看到了中国生产的“东软”牌CT和仅有的1台数字化X光机，且从CT的状态来看估计是坏了，后听本土技师讲已有好长一段时间没有使用了。

利维·姆瓦纳瓦萨综合医院院内一角

队员们向外科主任了解医院情况　　　　摄影　宋文瀚

医生对中国医疗队很友好，一见面就上前打招呼问候。当他知道王正斌是心血管内科的医生，王晓孟和张洋分别负责心电图和超声时，非常高兴和激动，一下子来这么多同道，专业上的合作将会是愉快和富有成效的！不过这里的医生都是全科医生，除了自己本专业的患者外，其他方面的患者也都要看。负责外科的科主任是个塔吉克斯坦医生，他很热情，带领王玉州、程国凌、张二伟、高长辉、蔡琴到外科病房和手术室，与今后将要一起工作的同事见面，并介绍临床工作流程和工作安排。他们太需要中国医疗队了，可以说是迫不及待；这不，刚见面就给王玉州安排了每周上 3 次门诊班的差事。按规定队员到医院后都有 1 个月的适应期，包括语言交流、熟悉环境等。高长辉更是郁闷，整个医院就一个耳鼻咽喉科医生，目前还在休长假，上班后他就要立马独当一面，接诊大量的患者。赞比亚生育不受控制，医院妇产科单独一个病区，可是一个挺忙的科室。生孩子的事关乎两条生命，不论白天晚上，是工作就得干，是急诊都得去；不过，王梦琦已早有准备、信心满满，想在非洲的医院里拯救更多的生命、接生更多新的希望；只是遗憾这里没有她拿手的道具——腹腔镜。检验科面积蛮大的，检验医师在这里被翻译为实验科学家，陈刚，大家看好你！

赞比亚的医院里规则和规矩执行得很好。比如，医生坐门诊到下班时间时，不论门外还有没有患者，医生就要下班，并且星期六、星期日雷打不动要休息；职工要求休假时，只要是在规定期限内，医院也不可能去阻止，就像前面说的耳鼻咽喉科主任，哪怕这个专业关门停诊，但在这里，患者理解，医院领导也理解。

经与穆瓦姆巴女士沟通后，决定下周一正式上班，完全没有 1 个月的适应期。但这并不会影响到大家的业务施展，因为这一批队员大部分都来自郑州大学的几个附属医院，专业呱呱叫，英语也不错，像郑州大学第一附属医院的张二伟就可以担当现场直译的角色，还有郑州第一人民医院的王晓孟英语说得也很好，我听过她的专业英语演讲。这里的上班时间和中国的传统习惯存在较大差异。都是 8 小时工作制，但他们是早上 8 点上班，中午 1 点钟吃饭；下午 2 点上班，4 点钟下班；看来中午 1 个小时的吃饭时间也算工作时间呀！但对于医疗队员来说，要回公寓，要自己做饭，1 个小时根本就不够用，更不用说午休了。经过艰难的交涉，赞方才勉强同意队员 12 点下班，1 点半上班。穆瓦姆巴女士很固执，但很有原则。

医院通往驻地的小路

医疗队很辛苦，工作起来也十分努力，就像卡钦巴院长说的，中国医生的特点就是“hard work！”（努力工作！）。他曾去过北京、上海，领教过中国医生的“拼命三郎”精神。

第五节　千难万苦只等闲

2016 年 5 月 14 日　星期六　晴

这一周的主要工作是加快协调，让各个点的医疗队员能够尽快到位，以便开展工作。

就像前面说的，在赞比亚办事他们的答复永远是"no problem"，但是办起来总是困难不少，效率很低。还好，到目前为止，援建医院、恩多拉中央医院、利文斯顿总医院的队员已与医院联系上，准备下一周上班开始工作。

恩多拉的中国医疗队驻地小院

闲适安静的恩多拉驻地小院

原想着下面两个点的居住条件、生活条件应是万事俱备，队员一到就能够入住，能够取水、用电、做饭。可是，点长和队员一到住处，大失所望，不可想象，条件实在是太差了。先是恩多拉点长杨蕾打过来电话："队长，我们这里没水没电，就一台洗衣机还不能使用；院子大门的锁和房间的锁都是坏的，我住的房间后窗户外就是建筑工地，一群工人在干活，安全一点也没有保障！"金俊硕同志发来微信调侃地说："第一个惊喜，上水管漏水，地上积水。感谢'上帝'，幸亏这是平房！""没水！厕所臭气熏天！蛮大的房子没有人气，迎接我的是很大的蟑螂，真是大啊！现在才感受到援外的不易。不过我很享受这些，简单铺个床睡了，做个美梦是必须的！"究竟梦见的是啥，他闭而不谈。朱红赤乐观自信地回复："自娱自乐，享受生活，完成任务，不负嘱托！"到达的那一晚上，他们啃个面包，喝袋酸奶，伴着荒凉和寂寞艰难地入眠，第二天亦是如此。魏海军真不愧为这个点的老大哥，第二天他租来了煤气罐，夜里在烛光下做出了第一顿热乎的晚饭。杨蕾确实不容易，但这几天也充分展示了她这个点长的强大才能。稳定军心，与院方沟通维修水塔、房屋事宜，购置生活物资保障队员生活，样样事情都放在心上，身体力行，毫不怠慢。恩多拉中央医院院长对医疗队的事情还是挺上心的，没电，他们为每个队员送来了一盏应急灯，安全问题他们也已准备在住所和工地之间修一个篱笆加以解决。

夜色中的利文斯顿驻地

利文斯顿医疗点比恩多拉好不到哪里去。除了缺水、少电、没网络以外，房间冰箱没插头，床垫又薄又湿还有异味，房间里蟑螂、蚂蚁列队示威，泛滥成灾。不过，这些都不成问题，"红军

不怕远征难,万水千山只等闲”嘛! 在点长吕志排的带领下,队员们攻坚克难,信心满怀。他们知道援外就不是享福的事,要享福就别来赞比亚! 队里唯一的女队员朱骊,啃着面包就着水果依然笑容灿烂。这就是一种心态,这就是一种精神!

卢萨卡两个点的队员住的是公寓,生活条件和物资保障都要优于下面,更便利的是这里人多,事情都好解决,也不寂寞。极大的落差,下面两个点的同志们从没计较,从没怨言,他们心中只憋着一股劲,那就是“援外、工作、成绩”。多么好的团队,多么优秀的队员,这是一支敢于吃苦、敢于啃硬骨头的队伍!

烛光下的生活

“更喜岷山千里雪,三军过后尽开颜”。赞比亚大学教学医院、援建医院、恩多拉中央医院和利文斯顿总医院,我们来一个竞赛,一年后晒一晒成绩单,我相信一定是盆溢钵满,满载而归!

第六节 非洲寻宝

2016 年 5 月 15 日 星期日 晴

医疗队虽说只有 28 名队员,但麻雀虽小,五脏俱全。队委会根据工作的需要分别设置了宣传组、文体组、生活保障组、物资保障组、司机班、会计和出纳等岗位,做到事事有分工,人人有担当。为了丰富队员们的业余生活,队委会决定在卢萨卡医疗队驻地里建设三个场所,第一个是活动室,供大家强身健体;第二个是医疗室,主要服务队员和华侨华人;第三个是图书室,让队员“充电”,补充精神食粮。大家伙各司其职,情绪高涨,一天的功夫三个场所就高标准完成了任务。这不,图书室开放的第一天,队员各取所好,乐不可支,“宣传部长”高长辉用文字记录下这幸福的瞬间。

——苟建军

偷偷告诉大家一个秘密,我们今天挖到宝藏了,不用藏宝图,也不用铁锹,更不用翻山越岭、漂洋过海,轻轻松松就得手了,真是“踏破铁鞋无觅处,得来全不费工夫”呀。这都是自己人才跟大家说的,实在是按捺不住心情,太兴奋了! 大家千万千万别告诉别人,今天整理库房时发现库房里面好多箱宝藏就静静地躺在那,似乎就等着我们的到来,又或许是上一批老队员留给我们的见面礼? 前辈们也太大方了,霸气! 豪横!

好吧,不卖关子了,让大家看看我们的宝藏吧。

哎呀,不好意思,可能令大家失望了,不是金银财宝,也不是珍珠玛瑙,那不就是一摞一摞令人瞌睡的医学专业书籍吗? 但它们在我们 28 个队员的眼中就是无价之宝,不信你看看战友们个个如获至宝的模样:大家都乐得合不拢嘴,似乎又重回到学生时代。

是啊,当你选择了从医之路,就应该明白你将踏上的是怎样一个征途。5 年本科、3 年硕士、2 年博士,

在书本中寻找乐趣

医学就意味付出。我们要比别人付出更多的时间和精力来完善自己的专业技能，因为性命相托，意味着更大的责任和义务。我们不仅要学会看病和做手术，还要成为心理学家，成为哲学家；不仅要学好医学专业知识，还要学习法律、学会心灵感应、学习和各种人无障碍交流沟通；因为学无止境、天外有天、学海无涯。对了，还要学好外语，否则来到非洲就没法给非洲的兄弟姐妹望、闻、问、切了。

书中自有黄金屋

书中自有黄金屋，书中自有颜如玉，大家各取所爱。

因为学习不能间断，所以大家在出征非洲之前都在犹豫，这本书带不带？那本书带不带？毕竟要在这片广阔的非洲大地上生活一年，大家行李箱已被生活用品占满了，好在现在可以下载电子书籍，为大家减轻了不少负担。但电子书也不是全都有，并且没有纸质书翻着方便，所以战友们一看有这么多专业书籍，都是喜出望外呀，唯有二姐王梦琦捶胸懊悔："早知道不带那么多书了！"没关系的，二姐，再多也不嫌多，书到用时方恨少嘛。大家各取所需，各自挑选了自己专业相关的书籍，还剩下不少书，就建了一个公共阅览室，这样就能充分利用下班后的时间充实自己。队友们都暗下决心，白天踏实上班，晚上潜心修炼，相信

一年以后大家都会各有所获吧。生活不就是这样吗，有所得就有所失；有成功、有失败；有惊喜、有失落；尝遍酸甜苦辣、人间冷暖，方享有滋有味、精彩人生！

第七节 来自华侨华人总会的感谢

2016 年 5 月 15 日 星期日 晴

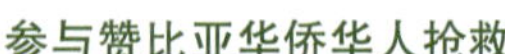

参与赞比亚华侨华人抢救

参与赞比亚华侨华人抢救

2016 年 5 月 4 日，刚刚到达赞比亚第 5 天，我们就参加了一起华人车祸的急救工作，车祸中受伤的同胞转危为安，赞比亚华侨华人总会张键会长发来感谢信，对中国医疗队做出的贡献表示赞赏和感谢。

感 谢 信

团结一致奉献爱心 齐心协力传正能量

2016 年 5 月 4 日，我在赞中国同胞在距离卢萨卡 100 多公里的地方发生严重车祸，造成两名中国同胞伤势严重，生命安全危在旦夕。就在总会平台发布了这一消息之后，我们援赞新老医疗队和军医组的医务人员立即部署，部分奔赴现场接回伤员，部分赶往医院，在我们的伤员到达之前，做好一切抢救、手术的准备工作，并与当地医生沟通协调，使我受伤同胞得到了最迅速、最有效的治疗，从而脱离了生命危险。

在此，请允许我将最诚挚的谢意致以参与此次救助工作的中国第 18 批援赞医疗队队长苟建军医生、骨科专家李甲振医生、骨科专家王玉州医生、脑外科专家周辉医生、老医疗队的内科专家王振宇医生、付慧敏医生、杨永昌医生、王建敏医生、栾春民医生，以及军医组的邵旦兵队长、王俊书记。特别是医疗队专家刚到赞比亚不久却不顾疲惫，从出事当天晚上一直守护到天亮，会诊、商量、制定治疗方案。我们对您们这些驻赞中国医疗工作人员认真工作的敬业精神，对同胞积极救助的救死扶伤精神，以及在当地医疗条件相对简陋，缺医少药的艰苦条件下能够克服困难，知难而上，热情为在赞华人和当地居民提供优质的医疗服务深表敬意。同时，感谢使馆领事保护的陈主任积极协调，在事发当晚就开始往返于使馆和医院，协调医院医生、医疗队、军医组专家等资源，使馆对咱同胞的真切关心使得我们工作的开展有了强有力的保障。感谢总会的栾春民副会长、莫星副会长、吴明副会长、付惠敏理事等以及秘书处的同仁们的辛苦付出；每次遇到医疗急救问题，都是他们冲在最前线，最快的速度赶赴现场，无论何时、无论何地，默默无私奉献着。还有我们的志愿献血同胞，我对你们的热心举动心中一直心存敬佩，你们的无私奉献让赞比亚的中国同胞无不感到温暖和满满的正能量。

在这次事故处理中，还有许多默默在背后奉献和付出的人。正是所有这些人的无私奉献和付出，让我们深切感受到作为在赞比亚的中国同胞，只要团结一致就一定能够战胜困难和挑战，一定能够创造好华人稳定、健康、积极向上的社区环境。再次感谢他们！

第四章

体验赞比亚

心语：梭罗的《瓦尔登湖》确实是一部恬静、寂寞、智慧的书。“我愿意深深地扎入生活，吮尽生活的骨髓，过得扎实简单，把一切不属于生活的内容剔除得干净利落，把生活逼到绝处，用最基本的形式，简单，简单，再简单”。没有比孤独更好的伴侣。

——田地

第一节 家乡味道炸酱面

2016 年 5 月 16 日　星期一　晴

今天，利文斯顿、恩多拉、援建医院的队员都要到医院上班了。

早上 7 点半，援建医院的队员集合完毕，个个精神抖擞，喜笑颜开，显得状态不错。去援建医院的车是一辆小面包，加上司机可以坐 14 个人。车辆不新，前挡风玻璃还有几处裂纹，就在前天早上，这辆车还突然打不着火呢。陈刚以为是没油的问题，急着和二伟拎着油桶到加油站买了桶油回来，导入进去打火仍然没有反应。没办法，队里几个队员用笨办法推车启动，来回两三个回合没有成功，大家却已累得满头大汗。又通过微信询问了老队员雍翻译，他回复说原来就有这种情况，推着车左右晃几下就行了，如此试验 3 次，依然无效。就在陈刚掏出手机准备联系维修车辆的师傅过来时，王正斌走到了车旁，一个人默不作声地推车晃动了几下，然后旋转车辆启动钥匙，嘿嘿，竟然发动着了，陈刚开玩笑说：“这车已经认识正斌了，别的人开不了！”公寓距援建医院并不远，出于安全考虑，队员还是要乘车前往，由王正斌负责驾驶。

人事部门负责人穆瓦姆巴女士仍坚持按照医院的规定要求咱们的队员还是要 12 点半下班，她们的医生只休息 1 个小时，作为关照中国医生可以 2 点上班。医院到公寓的路程耗时我们实地计算过，需要 15 分钟，这样一来队员连做饭带吃饭的时间就只有短短的 1 个小时，实在是太紧张了。

今天中午我打算和还未上班的 UTH 队员一起，给大家做一次正宗的河南老家炸酱面，让中午上班回来的援建医院队员第一时间吃上可口的午饭。

9 点，周辉开着车带我和李新锋来到距离驻地不远的老胡农场采购食材。老胡是河南商丘人，在赞比亚经营已经有数十个年头了。他的农场规模比较大，总共有三个地方。他很有管理头脑，种植、销售、超市多种经营，在卢萨卡华人中也算是个有影响的成功人士。由于他这里的东西比较齐全，蔬菜瓜果、肉类禽蛋、干菜调味品样样都有，所以附近的居民，特别是华人和中资企业常到这里购买。我是第一次来买东西，到这里一看还挺新奇的，所有货位都设在农场院内，购买的人不多，零零星星，只不过购买量都很大，是开着车来拉的，严格地说有点像咱们国内的批发市场。他们知道我们是新来的中国医疗队，常年都会在这里买东西，非常热情。我们这次买的东西不多，都是一些做炸酱面的材料，1 个猪腿，5 个水萝卜，1 袋平菇，3 捆菠菜，还有花椒、茴香、甜面酱等佐料。

驻地大厨房里，李四保和程美英正在熟练地和面，用半自动的轧面条机轧制面条，为了面条筋道好吃，

医疗队员在胡家农场采购食材

来来回回需要8道工序毫不含糊。周辉拿出他的外科绝技，庖丁般剔骨解肉，然后双手操刀将肉片切成炸酱需要的小肉块。李新锋特别心细，萝卜洗后还将皮一点点削掉，熟练的刀工“叭叭叭”，萝卜即刻成片、成条、成丁，一气呵成。我将平菇清洗干净后，完全按纹理手撕如丝，控水待用。

炸酱那是我的绝活，河南人爱吃面条是出了名的，做起来自然十分顺手。将剁好的肉丁盛入不锈钢盆中，然后放入生姜、大蒜、花椒、茴香、酱油、生抽、盐、鸡精和甜面酱，拌匀后腌制数分钟，待其互相串联，入味肉中。花椒、茴香、大蒜也可先放在油锅中爆炒出味，酱油、甜面酱是主要调味料，需要适当多放一些。打开煤气灶，加热至油锅沸腾的时候，将腌制的肉料放入锅中，锅铲快速地不停翻转，使肉料受热均匀。“噼里啪啦”，顷刻间，一股熟悉的味道弥散满屋，真是香气四溢，久久不散呀！美英惊呼道：“Delicious！ Fantastic！ Excellent！ Bravo！”（美味，棒极了！）。然后加水，中火炖煮片刻，再放入加工好的萝卜、平菇微火慢炖。如此程序，11点30分，两大锅色、香、味俱佳的捞面炸酱卤就做好了，看着就让人垂涎欲滴。

大厨李新锋制作炸酱得心应手

四保和美英还在不停地加工着面条。20位队员吃饭，从早上8点一下子干到现在，够他们累的。菠菜是吃捞面必须的，我们清洗了三捆放在菜筐里备用。

12点45分，援建医院的队员回来了，拖着疲惫的身体，但抑制不住第一天新环境上班的激动，议论着、交流着。我催促他们赶紧脱掉工装洗手吃饭。

四保已经下好了面条，捞到了每个队员的碗里。白白的面条，青青的菠菜，浓浓的卤汁，看上去煞是好看,闻起来飘飘欲仙。不过,大厨房的锅一次下的面条只够 6 个人吃,后面的同志不得不耐着性子等一会儿,但是有了这种等待,得以让美食更加美味!

下午 1 点多了,高长辉还没下班回来,他还在医院接诊患者。这就是中国的医生,“以患者为中心”,hard work! 不过没问题,我们医疗队的每名队员都是彼此的大后方,放心工作吧,为了患者安康,为了中赞友谊!

第二节 商务参赞的关怀

2016 年 5 月 18 日 星期三 晴

接到通知,中国驻赞比亚使馆经济商务处柴之京参赞要来驻地来看望我们啦!

今天阳光明媚,天上没有一点云彩。5 月的风,飕飕的,吹着你的发,抚着你的脸,凉滋滋的,倍感舒心惬意。公寓的两层小黄楼在阳光的照耀下,亮亮的,静静的,几只叫不出名字的鸟儿在空中盘旋着,用清脆的声音在歌唱,一切显得那么恬静而和谐。园丁艾利克斯正在为院子里的小草喷洒旱季的甘露,一颗颗小树枝叶茂密,生机盎然。

10 点许柴参亲自驾驶着车辆由崔秘书陪同来到了驻地。柴参和我们队员们都认识,在我们抵达赞比亚机场的第一时间就见到了他,是他在机场亲自接的我们。他身着休闲装,面带笑容,上前和在家的队员一一握手,感觉是那么平易近人和亲切。为了不影响工作,崔秘书在柴参来之前就要求上班的队员不要留在家里,只有我和 UTH 的李甲振点长及队员在大门口迎候。

落座小会议室,柴参嘘寒问暖,非常关心大家的生活和工作。在卢萨卡有多少名队员?恩多拉和利文斯顿的队员都安排好了没有?水电供应都正常吗?队员是集体做饭还是自己做饭?队里有多少名党员?党员可要在医疗队里发挥表率带头作用啊!赞比亚的医疗资源比较匮乏,这次派的队员都是大学附属医院或郑州市较大医院的专家,希望大家发挥自己的专业特长,多与医院同行交流沟通,为医院管理献计献策,帮助医院提升医疗技术水平,造福赞比亚人民和在赞华侨华人。当我说到队员们都是在下班后自己做饭,上下班时间很紧张时,柴参建议说:“这不是长久的事,队员们出门在外,生活一定要保障好!队里安排一下,要么几个队员搭伙,要么配一个厨师专门为队员做饭。”柴参还十分关心队员们的安全问题,提醒道:“公寓用电量大,消防安全一定要注意,每个楼洞要配备一些灭火装备,以防万一。”柴参再三强调赞比亚马上开始大选了,社会秩序有点乱,队员出去要结伴而行,相互照应;赞比亚蚊子多,队员们要配备蚊帐,以防疟疾。柴参对医疗队的工作特别熟悉,特意叮嘱这里艾滋病患者很多,队员在医疗工作中要做好防护,避免职业暴露。中国驻赞大使馆、经参处对在赞华侨华人关心真的是“想到时时刻刻,细到精微之处”啊!

柴之京参赞到医疗队驻地慰问队员并指导工作(前排右一)

与队员们座谈后，柴参和崔秘书参观了我们的大厨房、医务室和图书室。这几个地方是我们这批医疗队来了之后，支委会、队委会为给队员提供生活保障、关心队员身体健康、丰富队员业余生活筹建的。当我说到队员们上班比较忙，队里专门在大厨房备用一些米面和能够存放的蔬菜时，柴参给予了肯定："队员一日三餐一定要保证好，生活好才能干好工作。"医务室配有郑州大学第一附属医院捐赠的便携式彩超、心电图机等装备，还有针灸理疗张贴画和治疗床，柴参建议以后要再配备一些检验设备，以方便华人体格检查使用。阅览室是队员们利用星期天加班整理出来的，两书柜的医学英语专业书籍整齐地摆放在那里，这是这一年队员们学习提高充电的地方。在远程医疗会诊系统装备前，柴参详细地询问了这套系统的功能和作用，听说系统已与郑州大学第一附属医院连通时，非常高兴地说："要建好这个系统，充分利用国内大医院、知名医院的专家资源、技术优势来解决赞比亚的疑难病例诊治问题，培养赞比亚的医学人才。"同时建议国内这些医院能够与赞比亚医院建立固定的、可持续的、富有成效的双边协作关系。柴参透露，中国援助赞比亚建设的利维·姆瓦纳瓦萨综合医院二期工程即将开工，预计 2018 年将会投入使用。

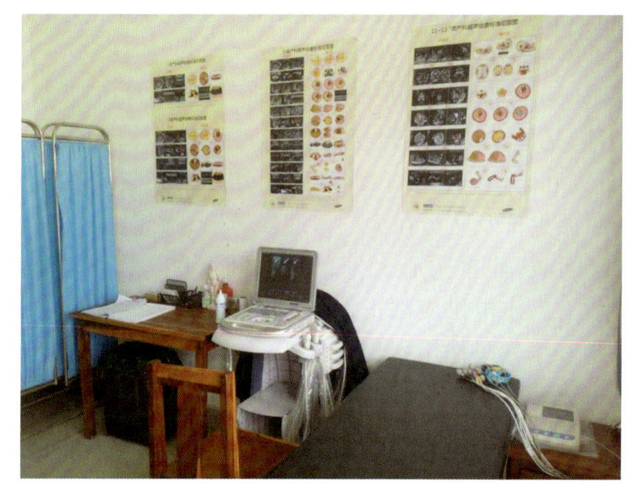

驻地医务室为赞比亚华侨华人提供保健服务

医疗援助赞比亚将是一项长期的国家任务，我们能够作为使者在中赞友谊发展的进程中"培一锹土，播一粒种"，真是我们人生的一大荣幸。我们下决心、有信心干好这一年的工作，请领导放心！请祖国检阅！

第三节 我是中国医生

2016 年 5 月 19 日　星期四　晴

常言道：头三脚难踢，万事开头难。

队员们从星期一开始到现在已经上班整整三天了，情况如何？昨天晚上在利维·姆瓦纳瓦萨综合医院上班和即将到大学教学医院上班的队员集体开了个会，主要了解一下各个队员在这几天工作中的感受和遇到的问题与困难。

赞比亚官方和地方用语都是英语，但地方语系繁杂，种类颇多。李莉莉在给患者治疗时打听到赞比亚地方语达 72 种之多，有本巴语、娘家语等等，因此适应起来还是比较困难的。特别是在医院，与同事们用英语交流问题还不大，要是坐门诊可就困难重重了。来自不同地方的患者，可能操着不同的地方口音，队员们能应付得了吗？老队员交班时对我们说，新队员到医院后有 1 个月的适应期，主要是熟悉语言、环境、流程，可医院管人事的穆瓦姆巴却说没这规定。那就算了吧，我们自己抓紧适应好了。

在会议室里，大家神情自若，交谈甚欢，看到这场景的我心里就坦然多了。我们这批医疗队队员都来自郑州大学的几所附属医院和郑州市的几家大医院，实力自不用多说，很强劲，并且少壮派比较多，英语更没问题。也有一些年纪较大的队员感觉“挺累的，压力也很大，主要是语言问题。”但他们很用功，也很投入。陈曦，医疗队里的老大哥，每天都在病房和门诊第一线，与同行、患者主动去交流、主动去学习，随队翻译付军领这几天也都陪着他，帮助解决一些难题。蔡琴，医疗队里的“大姐大”，已经独立自主开展了好几台麻醉手术，英语是在干中学、在学中练，药品名称、器械名称抄了一小本子，毕竟在来之前已经培训了半年，底子是有的，就缺乏在实战中的胆量和勇气。在与赞比亚人交流时，语法并不显得那么重要，只要能把英语单词表达出来，他们就能明白是什么意思。

赞比亚医院的科室设置不像国内那么细，各个专业诊疗各个专业的病种。他们临床科室只有四个科室，内科、外科（高长辉的耳鼻咽喉科也归属于外科）、妇产科、小儿科（包括新生儿），因此他们的医生都是全科医生，可能有些医生在某些方面有些专长和影响。外科主任问程国凌“你会做胸外手术吗”，我们当然都会，但国凌回答时自然挑最拿手的技术来回答：“我是做肝胆胰腺和胃肠的！”就在昨天他已上手术台演示了 3 台手术，其中一台是胃癌，技法娴熟让赞比亚的同道们赞不绝口。内科更是什么病都收，消化、心血管、内分泌的患者全部汇聚在一个病区。这里高血压、糖尿病患者很多，但患者住院时间都很短，基本上是诊断清楚给患者提个治疗方案就让出院了。患者复查时间很长，一般在三个月到半年。看来，队员们不但要施展自己专业才能，还要巩固其他专业的知识，这不止是增加了一点点任务量！

医院里的医生来自不同的国家，有乌兹别克斯坦的，有印度的，更有咱们中国的。四十几位医生咱们医疗队就占了 15 位，咱们是这里的绝对主力。赞比亚这里好像是允许医生多点执业，医疗队的队员上班后，本院医生就迫不急待地让他们负责起医疗工作，一看队员能独当一面，本院医生上班时就不见了踪影，去了哪里，大家都心知肚明。高长辉，咽喉头颈科医生，来援外时他已做好了充分准备，专门到耳科、鼻科巩固了自己的业务。援建医院原来只有一名耳鼻咽喉科医生，现在还在休假，我们开玩笑说“长辉目前在医院的级别最高，自动荣升科主任了”。他天天坐门诊，预约的手术没法做，因为唯一的一套手术器械被那个医生休假时锁了起来。矛盾啊，我们援外就是来干工作的，不干对不起我们的职责，干吧却又没有设备大展身手呀！

王梦琦，妇产科医生，她适应这里的工作还是挺快的，跟主任上了一台手术就通过了没有言语的“测试”，第二台、第三台子宫全切的手术就交给她主刀来做。因为这里住院患者艾滋病很多，手术医生的自我防护还是很到位的，护目镜、皮围裙、防护拖鞋等全副武装，就连手套也要带双层的。我们初来乍到，这些用品都没有，让手术室提供，他们回答都是医生自己买的。我真的想不明白，为医院干活，医院连这些常用的物品都不配备吗？然而事实就是这样，不能跟国内比较，所以外科医生工作场所所需的更衣柜就更不用想了。

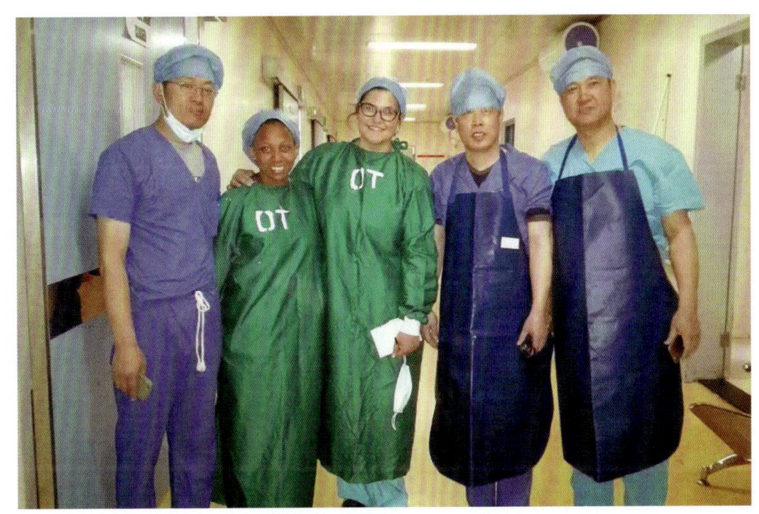

全副武装的手术医师

王玉州、张二伟挺能用心的，“兵若善其功，必先利其器”。他俩到手术室后先行考察了一番。外科总共有四个手术间，其中一个是感染手术间，一间是产科手术间（产科生孩子的多、急诊多），另外两间就按医生们排的手术日来使用。玉州在这里发现了一台骨科手术最需要的设备——C型臂X线机，是中国捐赠的，但在手术室房间里“睡觉”没有启用。玉州让国内放射科的同行发过来了说明书，自己当维修员，就这样既当技师又当使用者，以便让这台设备上岗工作，派上用场。二伟在手术室的库房内发现有前列腺电切和宫腔镜等设备，全都是新的，但配件不齐，他也积极想办法，为的是让这些装备发挥应有的作用。检验科陈刚发现血常规的打印报告有两项指标总是不显示，但这里的工作人员根本就没在意这个问题。陈刚打开机器，熟练地调整维修起来，不一会一张标准完整的检验报告打印了出来，在场的赞比亚同行直伸大拇指称赞。

医技辅助检查部门发报告的医师奇缺，张洋、高强、王晓孟的加入为医院解决了大问题。原来他们这里超声科、放射科、心电图室就一名诊断医师，还是科主任，当张洋在给患者做心脏超声时，他在旁边认真地学习记录。第一天他观察了医疗队同志们的工作情况很是放心满意，第二天下午就不上班了，人也不知去了哪里，据说他和医院的同事在院外开有一家诊所。

这里的工作一切都是慢节奏。设备坏了你急他不急；患者只要不是急诊都要按预约来处理；医疗条件简陋，各种规范执行不那么严格；一切的一切还需要队员们去适应、去理解、去改变。

队委会给大家提出了几点要求：不要强调困难现状，要最大潜力地干好医疗方面的工作；不要强求改变多少，要用我们的规范去影响和带动；不能对自己要求不严，要用我们的真心和行动树立中国医疗队的良好形象！

第四节 走进赞比亚最牛气医院——大学教学医院

2016年5月20日 星期五 晴

赞比亚最著名的教学医院（UTH）

程美英在为患者做影像诊断

程美英，来自郑州大学第三附属医院医学影像科，她贤淑矜持，落落大方，眼睛闪烁着聪颖，脸庞透露着自信，在医疗队中人缘特好，颇具“一笑惹人醉，语出暖人心”的吸引力和感召力。晚饭后在驻地小道上散步，她总喜欢双手背后，结伴慢走，被队里的王玉州大叔戏称为“大官”。今天，咱们就欣赏一下“大官”走进赞比亚最大医院的感受吧。

——苟建军

2016年5月19日下午两点半，在队长苟建军全力协调下，赞比亚卫生部工作人员戴文早早地来到驻地，亲自迎接大学教学医院（UTH）医疗点专家，医疗点负责人李甲振和医疗队翻译付军领带领周辉、李新锋、李四保和我四位队员整装待发，简短的问候之后，队员便在戴文的带领下前往 UTH。UTH 是赞比亚最大的医院，占地约 80 公顷（1 公顷 = 0.01 km^2），直线距离约 1.5km，拥有床位约 1 800 张，工作人员 3 000 名。到达 UTH 后，戴文将医疗队员介绍给公共关系部工作负责人恩特里马西咕噜和其他工作人员，他们对我们的到来表示了热烈欢迎，互相自我介绍，气氛轻松融洽。恩特里马西咕噜首先带我们参观了外科病房，患者非常多，正是用餐时间，恩特里马西咕噜还给我们介绍了餐车上的赞比亚著名主食——Nshima（希玛）。随后来到高级外科病房（premium surgical ward），相当于我们的 VIP 病房，还算干净，家属和患者都安安静静的，虽然都是帘子隔开的病房，但是一点也不吵闹，病房的最里面还有供患者洗澡的浴室。总之，这里的布局非常人性化。接下来，纳塔利带我们参观了骨科假肢中心，看到了带着假肢的患者正在做康复训练，然后在生产假肢的地方，骨科李甲振教授与负责人交流，他告诉我们他们的假肢材料和模板都是来自中国，并竖起大拇指，Very nice（非常好）！下一站是我工作的地方——放射科，负责人热情地带我们参观了 CT、C 臂以及 SPECT，尽管 SPECT 有两道门锁着，可以看到是国际原子能机构 2008 年捐赠的。放射科有至少 8 个检查房间，患者非常多，车水马龙的感觉。路过 CT 报告房间，正好看到一个华人同胞的 CT 片子，周辉教授立即与神经外科会诊，给出下一步治疗意见，本院医生依据周教授意见，安排第二天手术。援赞医疗队心系华人，不得不说天下华人是一家啊！随后，我们又参观了儿科病区，在儿科门诊候诊大厅，电视里播放着中国电影，看来中国电影文化也已经遍布世界各地。时间关系，应儿科专家李四保要求，我们只参观了儿科肿瘤病区及儿科区的 X 线检查区。返回行政楼，尽管已经过了下班时间一个多小时，院长 Dr. Ben Chirwa（本齐瓦先生）和副院长已经在那里等候我们了，两位院长又一次对我们的到来表示欢迎，详细了解了我们的专业及基本信息后，也介绍了 UTH 的一些简单情况。院长告诉我们，他们的手术室分布在 4 个区，每个区都有好几个手术间，尤其是外科，所以麻醉科专家李新锋老师未来的工作任务肯定比较繁重。院长还提出希望我们尽快投入到工作中去，希望中赞双方医生共同努力，造福赞比亚人民。院长最后说，有什么需要可以随时找他们。天色已晚，我们约好第二天来办理相关手续。戴文亲自开车送我们返回驻地。5 月 20 日一早，我们来到恩特里马西咕噜的办公室，在她及人事部门的安排下填写表格，办理了相关手续。马上开始工作了，新的挑战在等着我们。

第五节 白衣天使

2016 年 5 月 21 日　星期六　晴

医疗队抵达赞比亚后很快就融入到在这里的华侨华人社团和群体，并尽最大努力满足他们的医疗保健需求。这段时间，到驻地寻医问药的同胞们络绎不绝，在同胞们遇到突发事件时医疗队也从不讲任何条件，积极参与救治。同胞们爱医疗队，医疗队心系同胞们！华侨华人总会莫副会长的夫人美在气质，内秀诗情，正像她的微信名字“紫梦”一样，紫色晶莹，放飞梦想。看到 18 批医疗队来赞的短短时间里屡有战绩，特赋诗一首，让我看到颇为感动。面对同胞们的期待和鼓励，我们没有任何理由不去做好这一年的援外工作。

——苟建军

《七律　白衣天使》

谨此献给中国第 18 批援赞医疗队

紫梦

悬壶济世越洋来，扁鹊再生风骨皑。
妙手回春誉天下，杏林怀暖赞云台。
仁心南北术为用，合璧东西活教材。
大医精诚何所向，冰心一盏照天涯。

（注：作者为赞比亚华侨）

第六节 生活从艰苦中起步

2016 年 5 月 22 日 星期日 晴

“致红赤：窗外雨飞扬，疑似屋里淌；抬头望蛛网，低头数蟑螂”。这是恩多拉医疗点诙谐诗人金俊硕写的一首打油诗。队员们已经上班一周了，恩多拉、利文斯顿反馈过来的信息：大家的工作和心态都不错，即便这里的生活有诸多不便。

中国医疗队队员工作的恩多拉中央医院

恩多拉杨蕾点长上周到供电局交了 3 000 夸查的罚单，因为原来驻地为了节省费用私拉电线被发现了。虽然心里不悦，但也理解，规矩还是要遵守的。那里经常停电，一日三餐无法保障，他们租了 4 个煤气罐，但一个罐租金就需 1 000 夸查，4 个罐就是 4 000 夸查，这样一算，加上罚金，他们走时发放的 10 000 夸查周转资金已所剩无几了。准备再给打点款，可恩多拉只有一个渣打银行和一个南非银行，没有中国银行，手续很难办。如果到中国银行办理，需要开车到基特韦，他们点的车已经超过报废期限多年了，开车人朱红赤在右方向盘的“新形势下”还不老练，长途出车有点不放心，怎么办呢？我再想一想办法。生活点上的电热水器坏了，没法修理，队员们天天都是用凉水洗澡，他们急着要买热水器，没钱。我很难想象上批队员在那里是怎样生活的，可想而知他们的艰苦程度有多大！现在赞比亚的气温较低，多多保重啊队友们！杨蕾这时显示了她出色的交涉能力，在这样艰苦的状况下，她忙前忙后，与医院里协调，找中国人帮忙，一切事情安排得都算到位。周末了，大家共聚一下，他们一个人做两道菜，摆在一个空床上，打开节能灯，点上几根蜡烛，倒也吃得津津有味。团结就是力量，积极的心态助我们共同战胜困难！

利文斯顿吕志排点长带着队员到附近中国人开的饭店采购了一些生活物资。他们那里的大米煮不烂，面粉是混合的，还没有中国的调味品，做起饭来索然无味。这个城市不像卢萨卡、恩多拉，中国人很少，加上医疗队员也就十几个，中国人在这里经营和开饭店的自然也寥寥无几，老乡见老乡，挺亲热的，他们把从卢萨卡进的货供队员们享用。吕志排是开着车去的，在一个十字路口，车停了下来时，突然一个年轻人拿着抹布不管三七二十一就自行擦起了车子，完毕，伸出手直喊“20 夸查”，犹豫不给，立马三四个年轻人就围到了车前，志排脑子灵活，掏出了 10 夸查就解决了问题。提醒大家，在非洲多一事不如少一事，平安就是福呀！

首都卢萨卡两个点的队员比较多，平时说说笑笑，搞些体育活动，公寓里还显得热热闹闹。这里实行的是双休日，一周的上班劳累，夜里和周末大家都待在室内很是无聊。为了活跃队里的气氛，增加队员们的交流机会，支委会、队委会商议，一周开 3 次会：周一是学习时间，组织队员学习一些国内新闻和赞比亚政策动向，再安排一下队里的有关工作。周三是业务学习时间，利用几个小时，由翻译付老师带领队员练

恩多拉医疗点的无电生活

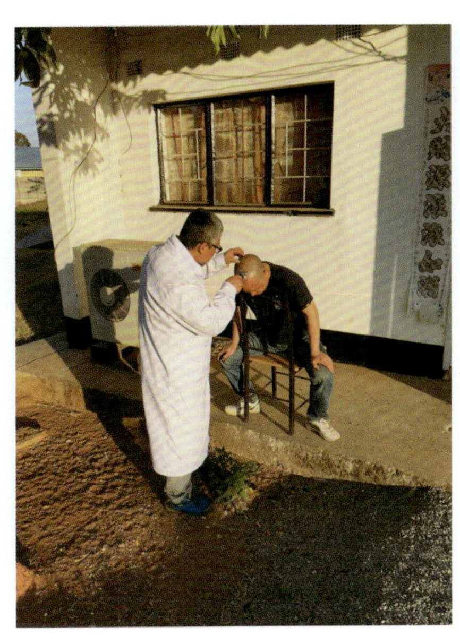

队员们自己操起了理发手艺

练英语对话,巩固专业英语,讲一些接诊患者的技巧。有人建议这一天大家都用英语会话,不能用汉语。提议很好,有建设性意义。周五是交流会,队员每人做一道拿手菜,队里准备些饮料酒品,大家边吃边谈,讲讲工作中的感受,介绍诊疗患者的经验,很有实际意义。这周五,队里买了只羊,四保他们在大食堂做了一锅羊肉糊汤面。队员们做的菜也蛮丰盛的,没有安排,也没有商量,但没有一个重样的。有凉拌黄瓜、油炸花生米、巧拌羊肉、蒜蓉油麦菜等,摆满了一桌子。这里的食品都是有机的,羊肉没一点膻味,猪肉能吃出不一样的感觉,就连黄瓜也显得特别脆甜。国内的黄瓜在赞比亚生长不成,因为皮薄,结果实时经常被虫打眼;赞比亚的黄瓜皮厚,抗虫性好,真的是"一方水土养一方种""适者生存"啊!这次会上,我宣布成立了一个文体组,由李莉莉、程美英、陈刚、高强组成,陈刚羽毛球打得好,高强乒乓球是强项,莉莉、美英自然是女同志的优势项目舞蹈,任务就是在业余时间搞些活动,丰富一下队员们的生活。还有,在合适的时候,组队去华侨华人社团、中资企业举办一些友谊赛和联欢,责任光荣而重大!

出门在外,承担着重任,团队是重要的保证。怎样让团队每个队员能够在陌生的环境中、艰苦的条件下永葆战斗的激情和斗志,特别是恩多拉、利文斯顿医疗点,这是我们支委会、队委会时时刻刻都要考虑的问题、关注的问题、落实的问题!

第七节 黑暗中的光亮

2016 年 5 月 23 日 星期一 晴

赞比亚的夜空别有洞天,深邃无限,让远离故土的人们充满遐想和期待。广袤的苍穹此时仿佛将你置身于一个神秘的世界,周围静悄悄的,无欲无求,展开想象的翅膀,尽情地畅想着白昼的蓝天与夜晚的静谧。月亮似一个硕大的银盘,仿佛悬挂在你触手可及的地方,光亮是那么的柔和,就像嫦娥的绫罗,轻轻地、轻轻地拂过你的脸面。星星在遥远的上空眨巴着眼睛,你数着它,一颗、两颗、三颗,真是数不胜数。忽然间,那颗俏皮的小不点玩起了捉迷藏,消失在你的视线中。风,一阵凉爽的秋风,掠起了你的围巾,吹乱了你的秀发,寥寥数根挡在眼前,仰望天空,啊,非洲世界是这么的朦胧,这么的美丽!

生活就是生活,生活不可能永远只有对黑夜的遐想。黑和亮是矛盾的统一体,黑亮黑亮才有骨感和活力。电是现代生活的象征,没电的日子生活难以想象。

停电了,一片漆黑,唯有手机是亮的。下午 5 点钟市政供电停了,这时正是队员们下班洗洗涮涮、准备菜品做晚饭的时间。张二伟、高强是我们医疗队里的发电员,非常尽职,又特别节省。5 点 45 分,张二伟扯着嗓子在公寓院里高喊:"发电了,1 个小时",每次停电他都是这样重复着。刹那间,满楼灯火通明,院内

繁星点点的赞比亚夜空
摄影 翁爱军

童话般美丽的赞比亚夜空 摄影 翁爱军

空无一人，从厨房的窗户里即刻传出噼里啪啦的锅碗瓢盆交响曲，飘出一阵阵让人垂涎欲滴的煎、炒、拌、炸的混合香味。一个小时，连做带吃很紧张，只能简单的热个馒头，搅个面汤，弄个小菜。7 点到了，二伟停掉了发电机，院里又变成漆黑一片。说停就停，一个小时就是一个小时，不知道二伟吃完饭没有，但他执行得分秒不差。这时，老陈他们搭伙的几个，刚刚从锅灶上端下稀饭，无奈只好享受烛光晚宴了。

真的，我们知道电很重要。尤其是晚上，队员们学习需要光亮，锻炼需要光亮，稍微娱乐一下，打个扑克牌也需要光亮。特别重要的是，没电就没 Wi-Fi，没 Wi-Fi 就无法上网。平常队员们多用微信与亲朋联系，现在没有了这个渠道，更是让人感到寂寞难耐了。但是，发电需要油，买油需要钱，掏钱需要用预算经费，预算经费都是有数的呀！

前面说了，赞比亚的电力供应主要靠水力发电，现在是旱季，电力供应特别紧张，公寓里每天停电四五个小时是常有的事，每小时发电用油 20~40L(开空调时耗油量最大)，卢萨卡当地油价将近每升 9 夸查，这样算下来一小时费用 200~400 夸查，全年油费预算不到 9 万夸查，你算一算，不节约一点能行吗！

没有电，队员们与家里联系只好打电话或用手机流量发送微信，但国际漫游是很贵的。贵就贵吧，想家，也怕家里得不到音信而担心。姑且就提前多储备几张电话卡，没钱时就充进去。

没电，房间里黑灯瞎火的，队员们只好走出住室，三五成群地做一些锻炼。中医的李莉莉开始教大家

队员们心态像晚霞一样灿烂

练习太极拳。“双手胸前抱圆，左腿向外轻轻地跨一步”“转身”“注意，不要把手里的西瓜丢了”……她轻声细语，温柔典雅，带着几个徒弟专心致志地在小院后面的空地上操练起太极神功。一吞一吐，气运丹田；一招一式，行云流水。难怪银盘似的月亮里不见了嫦娥，嫦娥下凡人间正与队友同喜同乐呢！

蔡琴大姐领着李甲振、李新锋、程美英在院里的小路上慢走，一圈、两圈、三圈，不紧不慢地交流着在医院的经历和感受，不知不觉已经走七八圈了。陈刚、张洋不知喜欢什么种类的活动，我只知道到赞比亚后，陈刚体重轻了 10 斤（1 斤 = 500g），张洋减了 8 斤，这时候他们肯定也没有闲着。

21 点电来了，小院子一下子亮堂了起来，队员们赶紧返回自己的住室，看书？洗衣？……我知道张长辉、张洋、王玉州这时一定在编排我们医疗队的工作信息，晚上 12 点前一定会有精彩的内容飞出在“第 18 批援助赞比亚医疗队公众关注号”上。

第八节 赞比亚的五月有点冷

2016 年 5 月 24 日 星期二 晴

提到非洲，人们的印象总认为是荒漠草地，酷暑难挨。非洲的其他国家我没去过，但这次因承担援外任务来到赞比亚，给我的感觉是 Wild Zambia（原生态的赞比亚）！

赞比亚艳阳高照

赞比亚共和国（The Republic of Zambia）是非洲中南部的一个内陆国家，大部分属于高原地区。当地有 3 个季节：干冷季，干热季，湿热季。全年大部分时间可穿着夏季服装度过，但在干冷季时日夜温差大，须穿着毛衣。

我们 4 月 29 日到达卢萨卡的那几天，虽说已进入干冷季，但温度还是比较适宜的，穿个短袖 T 恤正好，有时站在阳光下会感觉到酷热，但只要躲在有阴凉的地方，哪怕是大树底下，也会感觉十分凉爽宜人。陈刚的身体好，他完全是夏季装束，着短裤 T 恤穿凉鞋，一身的潇洒。而这几日，又变天了，风特别大，气温大概在 20℃以下，有点像过去秋末在稻谷场上脱玉米壳时，虽然不能说寒气袭人，但也有点冰凉难耐的感觉。“秋季乱穿衣”，按说平时的着装再加一个夹克或西装正好，可怕冷的人早起和晚上已经穿上了小棉袄或羽绒服，队里的王梦琦、公寓门口的保安戴安娜就已穿得厚厚实实了。出国的时候听别人讲，非洲就像大沙漠一样，天气非常炎热，带些夏季服装、一个毛巾被就行了，现在看来，队员在这里还需要再购买一些防寒保暖用品了。

中国与赞比亚于 1964 年 10 月 29 日正式建交，是南部非洲第一个与中国建交的国家。两国传统友谊深厚，中国援助建设的坦赞铁路成为中赞乃至中非友好的历史丰碑。开国元首卡翁达总统任期内曾 4 次访华，他称中国为“可信赖的全天候朋友”。赞比亚在 2014 年前列为不发达国家，然而于 2014 年人类发展

指数报告中，赞比亚的人类发展指数已达中等水平，意味着赞比亚已发展成为一个发展中国家。随着赞比亚经济和社会的发展，中国与赞比亚的交流和合作日益增多，据不完全统计，目前在赞比亚的华侨华人就有 30 000 人左右。

中赞人民友谊的丰碑坦赞铁路　　摄影　雷颖奇

华侨华人在为赞比亚经济社会发展做贡献的同时，也面临着健康、安全的诸多问题，一是语言交流存在障碍；二是目前赞比亚的总体医疗水平还较低；三是赞比亚华人现有开设的诊所还不成规模。我们来到的这一段短短的时间里，会同军医组就参与了两起车祸和几起急诊患者的抢救和治疗任务。驻地公寓里，队员工作的医院里，也经常会有同胞前来看病、咨询。中国大使馆、经参处和侨界的领导都非常关注和重视这一领域的机制完善和能力提高，华侨华人总会张键会长已指派栾副会长紧锣密鼓地筹备"赞比亚华侨华人紧急医疗救助队"，在赞的医疗界人士、中国医疗队、军医组以及中资企业和商户，参与热情空前高涨。

我的电话已公布在华侨华人圈里，这是救急的生命线，我们时刻准备着，全天候守护同胞的生命与健康，这也是我们援外任务的一项重要职责。

第九节 车来车往赞比亚

2016 年 5 月 25 日　星期三　晴

今天是非洲自由日，全国放假一天。

在赞比亚首都卢萨卡，赞比亚总统埃德加·伦古、赞比亚政府官员、军队代表、各国外交使节等向自由雕像敬献花圈，纪念为非洲国家独立自由做出卓越贡献的先辈们。今年独立日的主题是"庆祝女性在独立斗争中的贡献"。5 月 24 日，伦古总统通过媒体发布非洲自由日的致辞。致辞中，他号召公众缅怀为赞比亚独立而做出牺牲的前辈们，特别是为国家独立默默无闻奉献的女性。伦古赞赏了女性为反对政治排斥、消除饥饿、消除贫困、对抗疾病等事业做出的努力。他表示，虽然赞比亚的女性赋权已经有一定的成果，但是女性的生存与发展还是面临着很大困难。赞比亚政府将致力于促进女性和女童接受教育，保证赞比亚女性获得参与政治的权利，通过司法改革保护妇女权益。1963 年 5 月 25 日，非洲 31 个独立国家的元首和代表在埃塞俄比亚首都亚的斯亚贝巴举行首脑会议。会议成立了"非洲统一组织"（Organization of African Unity），即现在非盟（African Union）的前身，通过了《非洲统一组织宪章》，并决定将宪章签署日 5 月 25 日定为"非洲解放日"（African Liberation Day），简称"非洲日"，取代 4 月 15 日的"非洲自由日"（African Freedom Day）。虽然经过更名，但如今赞比亚人还是习惯将 5 月 25 日称作"非洲自由日"（African Freedom Day）。

中国医疗队在赞工作期间，队员们可以同时休赞比亚的法定假期和中国的法定假期。按说今天应该让队员们到市中心、到自由雕像那里感受赞比亚节日的气氛，但是考虑到交通状况和赞比亚目前正处于大选期间，越是节日，车辆越多，竞选集会越多，因此这天没有让队员们出去，以保安全。

下午，我喊上陈刚让他陪我练了会车，毕竟在国内开过几次，临行之前又让医务处小陈对我进行了强化训练。在这里不会开车不行，队员们都上班后，队里外出办事、协调有关部门等事项只有我和付军领翻译去做，可付翻译没摸过车，更不用说驾照了。医疗队总共有 7 辆车，除了队长开的是自动挡外，其他几辆都是手动挡，其中还有一辆面包和中巴。开车的事在我们出国时没有考虑的太多，因为在家里大部分队员都会开车。但到了赞比亚事情并不那么简单，自动改为手动，左方向盘变为右方向盘，加上赞比亚的路况，队员们心里都有顾虑。还有那辆中巴让谁开，在国内是需要 A 照才能驾驶的。各个医疗点的人员组合也应该考虑到开车的问题。还好，我们这个队还是人才济济的，十八般武艺，每个同志都有绝活。在成立汽车班的时候，一了解，陈刚在国内拿的就是 A 照，还曾经有驾驶依维柯救护车的经历，这辆中巴也就非他莫属了。王正斌私家车是手动挡的，也正好安排在援建医院，这接送 14 名队员的辛苦活就劳驾正斌了。UTH、恩多拉、利文斯顿三个点的车辆只有让周辉、朱红赤、吕志排在原有的基础上加快适应，承担重任了。

首都卢萨卡市区的道路

赞比亚大街上的车很有意思，名牌车不少但绝大部分是二手车，以日本车居多。当地人喜欢把车辆改装一下，前面竖起一个大“烟筒”，发动机声音嘟嘟响，司机坐在驾驶室里觉得豪气无比。二手车当然坏的概率也很高，在赞比亚的道路两边隔不多远就有一个简易的修车摊位，也会经常见到一群人在路边推车。警察对路上的车辆检查很严，这里的车辆就像中国的车辆一样，需要办理的证件比较多，瞥了一眼车的前挡风玻璃上，粘贴的就有五六个。医疗队的车辆挂的是政府车辆的牌子“GRZ”，在道路上行驶、出入机场等方面享有一定特权，警察一般不会给这些车辆找麻烦。大多数人的印象中赞比亚很穷，开车的人很少，道路上不会出现堵车的状况，实际情况不是这样，特别是周一到周五上班的时间。去 UTH 上班的队员就深受堵车之苦，平时从驻地到 UTH 院区也不过半个小时的路程，但上班高峰期间则需要 1 个小时到 1 个半小时，队员们经常是早上 5 点半起床、洗脸、刷牙、做早餐，6 点半车辆出发赶路，日日如此，挺辛苦的！

赞比亚即使堵车也显得很有秩序，就像我的一首诗中写道的“车辆行走自己的轨迹，人们生活着自己的节律”，车成一排，缓缓前行。平常开车时，经常感受到司机们都在礼让，让得那么有耐心，让得叫你肃然起敬。比如进主道让直行，司机们都会眼观六路，耳听八方，待直行的车辆一一通过，最起码 500m 内没有车辆时，司机才会踩上油门驶入前行。在没有红绿灯的十字路口，即便没有警察指挥，司机们像心有灵犀

卢萨卡市区交通状况

骑自行车的女孩　　摄影　宋文瀚

一样，一辆辆交替，一辆辆通过，没有强行通过的，都显得那么自觉。两车相遇时，一方闪一下灯光，意思就是“我”要先过，请您稍稍等待；闪两次灯光时，就是让您先行，后者常常会伸出大拇指向那位司机表示敬意。

我们医疗队汽车班的同志们都感觉“在赞比亚开车比国内好开、省心”，但当地却频发车祸。我们来赞比亚后就参与抢救了两起华人车祸的患者，损失惨重，教训巨大啊！还有近年来卢萨卡街头出现的“小巴”，它作为市政的一种交通工具在路上有很多，这种车很不规矩，见人就停、见缝就插、见道就抢，一不留神就会“嗖”的一下，从你的车后面蹿到你的车前面，很是危险。

马路上炫酷的摩托车骑手

车辆是医疗队的代步工具，也是队员们的安全所系。队里的车辆是固定人员驾驶的，他们进出驻地都需要向队长报告，其他队员是绝对不允许随意动车的，因为责任很重大，后果很严重！

汽车班的同志们，额外的工作，还要保障队员们的安全，辛苦了！

第十节 逍遥挂面

2015 年 5 月 26 日　星期四　晴

哈哈，在恩多拉工作的小金同志发来了一首打油诗，挺逗的，一看就是河南人的特点，爱吃面条。煮着面条写首诗，乐观、向上，生活出在非洲的乐趣和逍遥。

——苟建军

金俊硕与赞比亚小伙伴在一起

挂面

金俊硕

一把硬汉宁折不弯，
温水怀柔忘形成粥。
沸水严刑跪地求饶，
本是面糊烘干成条。
自恃硬功欺负面包，
诈称好汉竹筷单挑。
骨断筋折原是面条。

珍重

郭小兵

三月一为别，
亲友共沾巾。
遥知千万里，
拳拳报国心。
千瀑上思乡，
彩虹中念君。
芳菲重逢日，
福报喜临门。

援外条件委实不好，祝亲人们一切安好！

第五章

分享赞比亚

心语：苦，才是人生；累，才是工作；变，才是命运；忍，才是历练；容，才是智慧；静，才是修养；舍，才是得到。

——佚名

第一节 走进非洲（一）

2015 年 5 月 28 日　星期六　晴

明天是我们到达赞比亚一个月的时间了。从出发前的忐忑，到踏上异国他乡的激动；从初来乍到的陌生，到渐入生活的好奇；从团队日夜相聚的欢乐，到各点孤军奋战的寂寞；从信心满怀的豪情，到迟迟等待的无奈；一切的一切，在第 18 批医疗队这个团结的集体中都会始终坚持这个作风：孤单，众人相拥大家伙暖着；困难，众人相助大家伙顶着；任务，众人一心大家伙担着；幸福，众人分享大家伙乐着。赞比亚日记是第 18 批医疗队集体的日记，这里将记录队员们的点点滴滴、所见所闻、所知所想、所感所悟。下面就是队员王梦琦写的一篇《走进非洲》的感受。

——苟建军

能有机会参加这次万里之外的非洲之行，给了我一次难忘的亲身经历。以前提到非洲，在我脑海中出现的是一望无际的广袤的原野，是无数奔跑的健壮的非洲雄狮和凶残狡诈伺机而动的鳄鱼，或是那轮清亮

陌生的非洲令人神往

陌生的非洲令人神往

的从荒原上冉冉升起的又大又圆的月亮。而非洲人民生活在水深火热之中，遍地疟疾、艾滋病，缺医少药，伸开双手，等待援助……那时，非洲，是个遥不可及的地方。

然而，经过国内半年的培训，全程沿途36小时的艰苦飞行，跨越13 000公里的距离，历经郑州—广州—埃塞俄比亚首都亚的斯亚贝巴—津巴布韦首都哈拉雷，来到赞比亚首都卢萨卡。路途中的艰辛，自不必说。尤其是过广州海关时每人行李最多只准携带40kg，大家的行李基本都超标，我们开箱相互搭配重量，不分你我，平安过关。而非洲人则是大包小包一大堆，到处穿梭，看来他们已是中国的常客了，一切都显得那么熟练。他们有的身着迷彩衣，头戴墨镜，托运一台台中国产的超大彩电，豪气无比，就像"国际商人"一样活跃在中非的贸易浪潮之中。此地此景，好似时光倒流，回到中国刚改革开放的年代。亚的斯贝巴机场安检特别严格，每个人都需要脱掉鞋子、抽掉腰带通过安检通道，我们在这里向国际友人们充分炫了一把中国式"一条龙"服务。前面队员过关后自动组织成群，有专门帮拿鞋的，有专门拎行李的，有专门提电脑及手机的，有专门腾空搁物筐的，循环往复，井然有序，乐得埃航机场人员自在地站在一边，偶尔在我们拍照时干预一下以保护隐私。登机后，国际航班上众多黑色皮肤的乘客和他们之间听不明白的语言交流让我们意识到"我们已经来到了非洲，我们现在是外国人了"。大家此时都十分疲惫，酣然而睡。

好在有队长一路周到的安排，28位同伴相互关照，飞机上无添加剂的原味果汁和葡萄酒很好喝，抚慰着大家的胃，我们顺利的来到赞比亚首都卢萨卡。

下了飞机，已是当地时间2016年4月29日下午2点（北京时间20点整，时差6小时）。天空蔚蓝、蔚蓝的，大朵、大朵的云彩是纯白的，低垂着，像大团的蓬松棉花一样，伸手似可触及。阳光真叫那个"炫"，刺得人们睁不开眼。停机坪上的飞机并不是破旧的，有几架则在蓝天和阳光的照耀下闪着光亮。初来乍到瞅了一眼，赞比亚并不像想象中那么破旧，这是第一印象。

充满神奇的非洲原野　　摄影　翁爱军

蓝天白云赞比亚

终于到达目的地，大家很兴奋，下机后纷纷摆姿势拍照留影。机场不大，中国驻赞比亚大使馆柴参赞和崔秘书以及第17批留守队员来迎接我们，赞比亚卫生部官员戴文先生也来接机表示欢迎。盖上赞比亚的入境章，提取行李，几个热情的黑人兄弟主动前来帮忙运送装车。行将离开时，黑人兄弟将双手伸在队员的面前言道："xiaofei，xiaofei"，翻译付军领一脸茫然："这英语是什么意思？"站在旁边的张二伟马上释疑是"小费"。厉害，全世界都在学中国话，虽不标准，但仔细品味也都能明白。大家面面相觑，正纠结无当地币，是用人民币还是美元时，还是崔秘书付了当地币作为小费给我们解了围，并向我们介绍说这是赞比亚人的习俗。理解，有付出就有所获，劳动得报酬，应该！

驻地到了。干净整洁的院子里，两栋两层小楼令大家耳目一新，一扫疲惫。分配完房间，搁完行李，正好晚餐。中国饭店是真正中国人开的，字是中文的，菜是中式的，与家乡味道一样，也有河南的烩面，只

中国医疗队卢萨卡驻地

有服务员是赞比亚当地人。酒足饭饱，大家抚摸着在飞行中颇为委屈而今终于满足的胃，憨甜一觉。当地时间凌晨4点，自然睡醒时，外面尚漆黑一片，有狗吠声不时传来。一时恍惚，疑似身在国内家中。好不容易挨到了天蒙蒙亮，一咕噜爬起来，院子里已是一片热闹，大家都因为时差缘故，早早醒来。我们在赞比亚的生活也就从这第一觉正式开始了。

开始的一周是热闹而新鲜的。门卫和保洁员是黑人，说英语，见面非常有礼貌，逢人就“Morning！”。有两条狗，大灰和小黑，像狼狗，兄妹俩。据说这两条狗狗非常有灵性，只见到中国人时不叫，见到其他人均叫。大灰左后腿瘸得厉害，骨科医生和麻醉师们纷纷摩拳擦掌，还有脑外、普外的医生也凑热闹，商讨着要给大灰做手术让他恢复雄姿。未来的一年里，狗狗将给我们看家护院，也会在业余时间给我们带来无尽的快乐，我们怎能不对它们好点呢！。

驻地聪明伶俐的“小黑”

早上跑步，始觉天气微凉，15~16℃那样。院子内的草不太青翠，树叶也有些略带微黄，好像缺少雨露的滋润。问了问，才知道现在是旱季，好像我们的秋天一样。天气并不像我们想象的那样炎热得苦不堪言。院子不大，四周围墙很高，上有电网。据说目前赞比亚并不安全，偷窃、抢劫时有发生，特别是针对外国人，在抢匪眼里外国人很有钱。听说我们院子刚建好时就被掏了个大洞，幸好被承建单位发现，及时补上了。医师在当地非常受尊敬，而且中国医疗队不是那么有钱，每月只有200美元零花钱，当地人都知道，他们一般不太会到这里顺手牵羊的。

第二节 到孤儿院送爱心

2016 年 5 月 29 日 星期日 晴

牵着一只小手
把她的心贴在你心上
把爱的暖流灌注到她身上
点亮一支心灯
世界少一份孤单
无邪的脸蛋上
眼睛在说话花儿在绽放
小小的瞳孔里
鸟儿在飞舞蜜蜂在歌唱

爱因为有你而精彩
透过黑暗的光亮
暖着她的心
映出你慈善的脸庞

赞比亚大学孔子学院的李院长前几天与我联系，想在儿童节之前到卢萨卡的一所孤儿院举行一次义捐活动，我很爽快地答应了她的提议，并且跟队员们一说，大家伙儿也都很乐意去。张洋、李莉莉、王晓孟，医务室的这几位同志这几天一直都在忙活准备着需要的物资，从体检流程到体检用品，考虑得非常周到细致，还专门到市场里购买了捐赠给小朋友的一些礼物。

下午 1 点，队员们出发前往去机场路上的一家名叫 House of Moses（摩西）的孤儿院。这家孤儿院的院子并不大，面积有 50～60m^2，地理位置非常僻静，周边空旷，绿树掩映，除了活动播放的音乐声外，听不到孩子们的喧嚣和吵闹。孤儿院大门口设计别致，红墙上孤儿院的英文名字和几个活跃的卡通造型搭配适宜，恰到好处。门头上描绘的太阳、高山、河流、木屋、草地、花朵……和谐景象好似一个梦想的天堂令人神往。院内的两层小楼为城堡式建筑，独具匠心，错落有致。不大的院子里生长着参天大树，还有修剪整齐的草坪，数株景观绿植点缀其间，在园丁的看护下，叶子绿油油的，闪着亮光，透着生机。

为赞比亚孤儿院捐赠学习用品和玩具

“大手拉小手共走友谊路”活动仪式在草坪上进行，各位来宾分别致辞表达对小朋友们节日的祝福。小朋友们在老师的带领下为我们演唱了两首歌曲，羞答答的笑容，铃铛般的童音，犹如玉珠落盘，悦耳动听。扭动的小腰，踩踏的脚步，整齐的节拍，显示出赞比亚人能歌善舞的乐动和天分。孔子学院的赞比亚学员在中国音乐的伴奏下表演了富有中国韵味的“功夫”，一招一式，柔中带刚，虎虎生风。随后，3 家单位分别为孤儿院捐助了一些物品。我们带去的是些适合儿童的学习用具和玩具，有蜡笔、书本、小黑板、小汽车等，这些是张洋、莉莉、晓孟、二伟他们，周六利用休息时间去采购的，挺懂得孩子们的爱好。

体检开始了，蔡琴、梦琦、莉莉负责填写表单、称体重、量身高、测体温；李四保、陈曦、王正斌、高长辉负责查体；张洋、晓孟负责做 B 超和心电图；付军领负责与老师沟通和安排。大的孩子还好，排着队一个一个的等候检查。但也有害怕的，特别是到高长辉这一关，孩子们一见他头上戴一个镜子，手上拿一个工具，仰头就“啊啊”大哭不肯配合。还是李四保有经验，毕竟是儿科专业的，好像与孩子们有特殊的亲和力，扁着嘴来的孩子到他这里，就乖乖地让他掀开衣服检查。小的孩子就难了，老师是怀里抱着一个，手上牵着一个，到每个检查点都很不方便。在称体重处，一个孩子搂着老师的脖子就是不松手，没办法，梦琦就让老师抱着孩子一起称量，用减法再去算出小朋友的体重，真聪明！

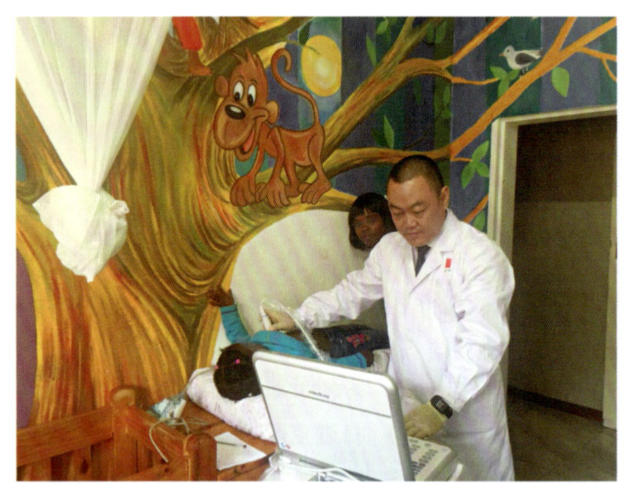

和蔼可亲的中国医疗队叔叔

体检间隙，我到孩子们活动的房间去参观了一下。一跨进门里，眼前就陡然一亮，干净整洁的环境是我没有想象到的。小床铺叠得整整齐齐，还配备有孩子们专用的单人蚊帐，地上一尘不染，水池擦得锃亮，墙上绘制着五彩斑斓的孩子们喜欢的图案。人员进去都要先洗手，脱去鞋子或带上鞋套。老师们对孩子们特别亲近，就像亲生孩子一样呵护着他们，那么体贴、那么心疼，那么到位，难怪在活动仪式开始时我们没能看到孩子们，他们是怕麦克风的嘈杂声影响到孩子们健康。照相要求不能照孩子们的正面，他们要保护孩子们的隐私。亲身的感受，让我发自内心地向辛勤的园丁肃然起敬！

据孤儿院理事会主席 Windu Matoka（文度马图卡）介绍，摩西孤儿院是一所非盈利教会孤儿院，成立于 1998 年，至今已经救治了 900 多名儿童，目前在院儿童 66 人，年龄都在 0~5 岁之间。

让我们共同行动起来，关心儿童们的成长，关注儿童们的生活，关注儿童们的健康，为聪明、智慧、天真、可爱的小伙伴们营造一个充满爱心、充满温暖的幸福乐园！

衷心感谢辛勤的园丁们！祝小伙伴们“六一”国际儿童节吉祥快乐！

站在门口的赞比亚小女孩

天真烂漫的赞比亚小朋友　　摄影　宋文瀚

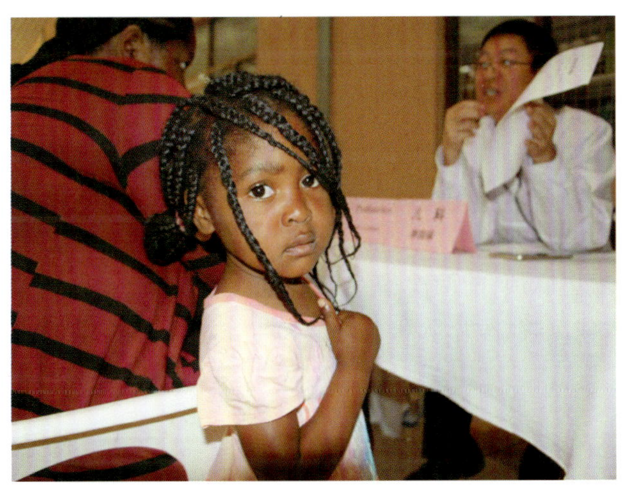

赞比亚可爱的女娃娃在等候体检

与聪明可爱的赞比亚小朋友在一起

第三节 说说赞比亚的医疗

2016 年 5 月 30 日　星期一　晴

下午 4 点，老董农场的董总带着他家的老三开车来到医疗队驻地，要找骨科和康复科医生给老三看病，还顺便捎过来自家种植的蔬菜，有白菜、包菜、黄心菜、大萝卜、莴笋等，看上去就是刚从地里采摘的，叶子支棱着、绿油油的，萝卜上还带着泥土，特新鲜。

老三是在农场干农活儿不注意触电坠落受的伤，腰椎骨折，挺严重的，当时下肢就没了知觉，不听使唤。家里人非常着急，曾商量运回国内进行治疗，但由于病情不允许只好留在了卢萨卡。幸好董总的妹夫杨医生就是骨科的，原来也曾是一名援赞医疗队队员，后又返回赞比亚卢萨卡开了个诊所，在这里他干得很不错。杨医生前后张罗着，为董老三在卢萨卡一家私立医院做了手术。

老三的爱人扶着拄双拐的他来到我们的会议室。李甲振、王玉州、李莉莉仔细观看了他的手术前和手术后的片子，又对他做了全面的检查，认为从 1 月份手术到现在 4 个月的时间里恢复得还算不错，只是左

下肢肌力不够，左足有点下垂，走起路来会有一定的障碍，今后主要是功能康复锻炼。李莉莉现场模拟指点，言传身教，教给他几种科学的锻炼方法。董家人很是感激，当场就决定近一段时间到李莉莉工作的援建医院做针灸治疗，期望早点完全康复。

董老三当过武警，性格豪爽又有毅力，有一股不怕吃苦的劲头，他的病情能恢复到现在的状况就得益于此。董总提起老三和妹夫杨医生那真是赞不绝口，他俩是他在赞比亚白手创业的左膀右臂："小杨在赞比亚援外两年直到现在，连利文斯顿的大瀑布都没去过，一放假就到农场帮忙"，"老三可以说天天就忙在农场里，基本上就没走出过卢萨卡周边 30 里（1 里 = 500m）开外的地方"。老三可是一提到农场的话题就激动和兴奋："农场里引进了很多中国的瓜果和蔬菜，核桃树、石榴树、山药都有，一个石榴我都能育出一百多颗苗！"乖乖呀，他还是个育种专家，我们原来只知道石榴树都是压枝移栽的，还不知道石榴籽还能育出苗，在一旁的莉莉听得目瞪口呆。中国人聪明、智慧、勤劳、善良，中国人为赞比亚的经济社会发展做出了有益的贡献。

经商处柴之京参赞来公寓看望队员时提到了这样一个问题，中国在外创业的人员越来越多，怎样来保障华侨华人的健康和生命安全是个越来越值得关注的问题。一方面医疗队、军医组要发挥应有的作用；另一方面从长远考虑，要建立起一个适应华人就医和突发事件应急保障的医疗体系。赞比亚的医疗卫生事业目前还处于一个较低水平的运转状态，缺医少药客观存在，特别是应急急救体系还未形成一个有效的网络，当地医疗机构及医务人员的应急意识不强是个致命的弱点，但在这里，传染病、交通事故、治安事件等突发风险依然很高。

赞比亚的医疗机构分为公立医疗机构和私立医疗机构，公立医疗机构承担着全民的免费医疗，但只是基本医疗，保障范围和保障水平很有限。比如骨折的患者，医生大部分采取打石膏固定的简单办法；采取植入物固定，一是医院诸如此类的耗材短缺，再者患者也负担不起不在免费范围的医疗费用。李莉莉就接诊过一个长期腰痛的患者，她是驼背拄着拐杖来就医的，给她采用中医的传统针灸疗法，治疗完毕后就感觉症状明显好转，莉莉建议她遵医嘱连续治疗一个疗程，但她直摇头"No，no！"，因为她支付不起每次 5 夸查的自费医疗费用。在这里得了急症或遇到突发事件就更麻烦，前两次华人车祸救治真的得益于在赞华人的接力救助，包括协调救护车、安排随车医生、联系入住医院、医疗队和军医组参与等，保证了救治的时效性和安全性。

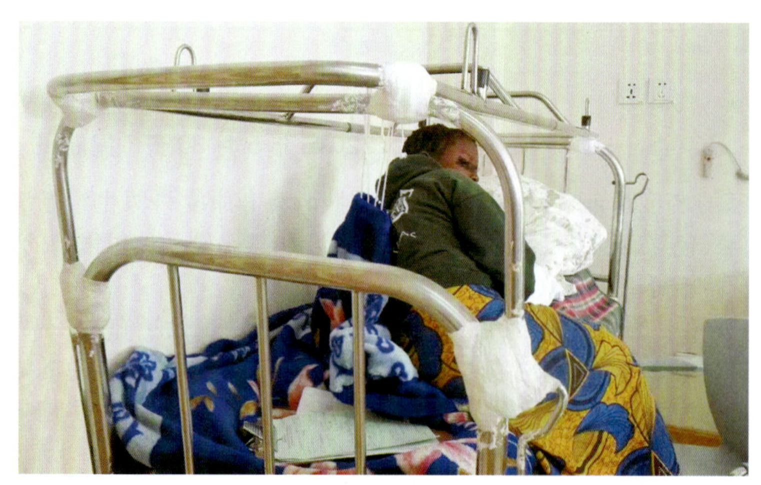

简陋的病房设施

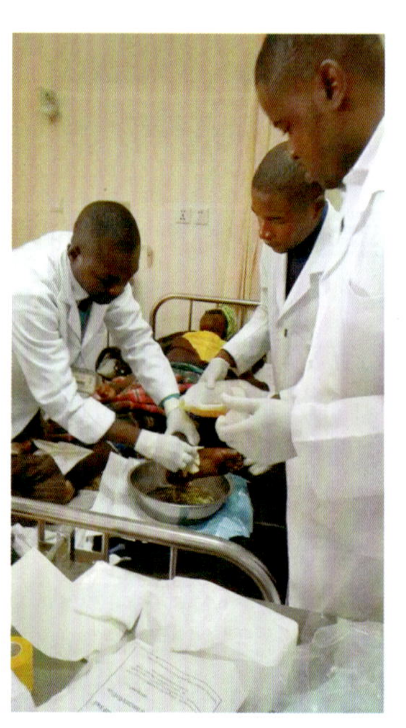

赞比亚医生在为患者做治疗

赞比亚医院急诊科配备的医生基本上都是王队长说的所谓“小医生”，也就是刚毕业的医生和实习生。值班人员很少，急救措施安排得很慢，一切感觉都是“慢节奏”，不像国内医院的急诊科，接诊和分诊护士很多，急救电话一响就马上出诊，出诊时间不能超过5分钟。救护车到医院后警笛一响，医护人员就马上出门接诊，该吸氧的吸氧，该挂点滴的挂点滴……一切都程序化、快节奏、有条不紊地进行，一切都为救命。

赞比亚医院的医疗装备也非常落后，全卢萨卡医院安装的核磁（磁共振成像仪、MRI 仪）最多也不超过5台，CT 也不多，需要做检查常常是从这家医院转到那家医院，要不就是那家医院转往这家医院。前些时候，卢萨卡一个中国援建项目的负责人突发脑出血，急急忙忙送到了一家私立医院。这里的神经科不错，到了这里检查后医生说需要做头颅 MRI，但这家医院没有。他的同事就急忙联系其他医院，好不容易找到了一家能做的医院，可是这里却没有救护车，又赶紧呼叫救护车，一问需要付费1 500 夸查，交钱就交钱吧，救命要紧，折腾来折腾去几个小时就耽搁进去了。做完检查返回医院，说是住院需要预交9 000 夸查，深更半夜的去哪里弄这么多钱。无语呀，没钱不能住院，同事又不得不驱车赶回单位筹措费用。天亮后，我和李甲振陪同医疗组的周辉教授到医院会诊了这位中国老乡，之后，周辉都要隔三差五地去瞧瞧患者的恢复情况，并提出治疗和处理意见。

中国医生在赞比亚开的诊所也不少，但都是单打独斗，规模不大，配置不高，只能收治一些常见病和多发病患者，好像最近一个河南老乡李医生开了一个还不算小的医院，不知怎么样，有机会去参观参观。

虽然说赞比亚国家比较落后，但老百姓对医生的尊重是发自内心的，他们完全相信医生是“上帝派来的使者”，在为他们祛除病魔，解除痛苦；也完全理解治疗中所发生的一切，即便是残疾或死亡。从这一点看，中国的医疗条件不说是最好，也应该说还算可以。中国的医生“Hard work”也是蛮拼的，对患者的付出也是够多的，对患者的爱心也是自然流露的、真诚的。看病难看病贵，只有相对没有绝对，一切都会在改革中进步。善待医生吧，理解医生吧，尊重医生吧，别再让医生流汗流泪再流血！

出门在外安全第一，健康也不能忽视。我们一切准备就绪，这一年，做好在赞华侨华人的健康保健，呵护生命安全在所不辞。

第四节 满月

2016 年 5 月 31 日 星期二 晴

金俊硕，一位豪爽仗义的东北汉子，正直爽快，幽默风趣，喜以野马自居，精通汉语、英语、朝鲜语、日语四种语言，2010 年在韩国取得博士学位后入职郑州大学第一附属医院肝胆外科。2015 年主动报名，勇担重任，成为第 18 批援助赞比亚医疗队队员之一，现在恩多拉中央医院普外科工作，今天特邀这匹驰骋在非洲辽阔大地的恩多拉野马给大家讲述援赞生活的点滴精彩。

——苟建军

闹铃没响我就醒了。但凡侠客都会“鸡司晨，犬守夜”的功夫，可我只是一个援非医生，我苦但微笑。比昨天好点儿，估计凉水澡后小感冒了，不至于刚来恩多拉就“疟疾”了吧？只两片面包夹个鸡蛋下肚，也感觉不出这早餐是吃了没吃。去得医院必眼观六路，耳听八方，车水马龙，靠左还快。会议室门口和同事握手寒暄，几句问候话还能应付，可早会交班就一知半解了。“每天说英语，一天会比一天好”，想起主任马库皮的话嘴角上挑了一下，可想到驻地漏水的管子和生锈的热水器眉毛又皱了皱。早会完毕开始查房，一个下级医生发问：“这个胆囊结石如何处理是好？”初来乍到，试试道行深浅，江湖规矩，我懂。反问道：“胆总管、胰腺及肾脏情况？”他却茫然。守着旁边上腹巨大肿块的患者，他又问如何处理，我一句：“CT 扫描。”他替患者辩解：“患者很穷！”一黄疸伴肝脾肿大、胆囊结石患者，乌兹别克斯坦医生决定动刀将胆囊除之而后快，认为其是黄疸元凶，我果断出手说：“肝脾肿大可能系内科疾患，黄疸性质不明，可查肝功了解，待诊断清楚再确定治疗方式，胆囊切除可暂缓。”他说：“你兄初到此地有所不知，我们这家医院无查胆红素能力！”呜呼！害我这一身百般武艺，在这里却叫如何施展？赞国医疗条件有限甚至简陋，只能尽吾所

能开展医疗救助，也不枉我们不远万里来此一遭。想起早年师傅的话："医生不管在哪里都是治病救人"，此乃医者之大德也！我还是我，一名来自中国的医生。

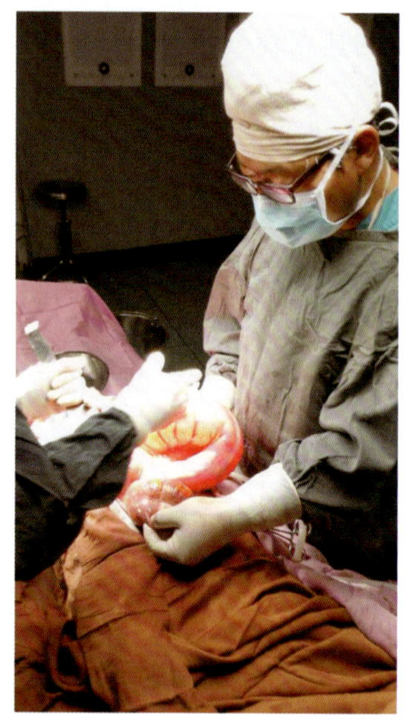

手术台上的中国医生金俊硕

第五节 与蚊子的战争

2016年6月1日 星期三 晴

恩多拉中央医院医疗点的点长杨蕾病了，发热、乏力已经两三天了。起初她以为是得了感冒，吃点药休息休息就会好的，没太在意。可他们驻地附近的中国医生张老师说在这里患感冒的机会很少，一般情况下发热都是疟疾引起的！他在那里已经工作了好多年，很有经验，判断的也应该没有错。昨天晚上，杨蕾开始打上了静脉点滴，用上抗疟疾的药物，今天体温开始下降，感觉也好多了。

按说现在赞比亚即将进入冬季，气温比较低，我们在卢萨卡已基本上见不到蚊子了，不像刚来的时候，每天晚上就是与蚊子的"战争"。睡觉前先要在卧室里侦察一遍，窗帘后、柜子间、床底下、天花板……边缝旮旯一点儿都不能放过，要不你刚关上灯躺下，蚊子就会从你耳旁"轰"然而过，惹得人心烦意乱不能入睡，更可怕的是那让人提心吊胆的疟疾。这里的蚊子很小，但很狡猾。有一天晚上我发现了它们，于是手拿蝇拍，眼睛紧盯不放，落在天花板上的一个让我借助凳子一拍就把它消灭掉了，而另一个却不见了踪影。熄灯静听，蚊子特有的高调音频又拂耳而来，十分闹心，开灯再战，依然踪影全无。不除此敌，怎有安睡之时。拿着蝇拍拉网式清理战场，终于在挪动床头柜的瞬间，死敌飞出，让我一挥拍子解决了问题，才求得一晚的睡眠安稳。但恩多拉就不一样了，这个季节仍然有蚊子，疟疾的病例很多。出国之前给我们培训的防疫站老师就建议，在国内登飞机之前最好吃上抗疟疾的药物，因为到非洲罹患疟疾的概率几乎是百分之百。我们很自信，没想到有那么严重，也因很担心抗疟药的毒副作用，大家都没有吃。到赞比亚后了解到更多详细的情况，卢萨卡蚊子相对来说比较少，驻地公寓条件比较好，门窗防护也比较到位。利文斯顿可能与蚊子的种类有关，虽然蚊子多得撞面，但鲜有疟疾病例发生。但在恩多拉蚊子就凶得很，驻地条件也差，患疟疾的概率非常高。杨蕾他们从卢萨卡出发之前就吃上了青蒿素抗疟药，可还是没有幸免。

这一段时间里，杨蕾确实太辛苦了，也操了不少的心。有天打电话听到她声音哽咽，估计已经掉下了眼泪。住地条件糟糕在前面已经写了就不再提了。经常停电的事也算基本解决，在她协调后医院配备了应急灯，做饭队里同意租用了煤气罐，安全问题医院也答应在队员驻地和施工工地扎一个篱笆，虽然不知何时，但已有了眉目。可偏在这时，电业局前来催缴拖欠的电费，交也就交吧，可到电业局一看还有数目不小的罚款，了解原因是上批队员为了省钱，把驻地的电线绕过电表来使用。几千夸查就这样没了，加上每个煤气罐租金 1 000 夸查，点里所携带的 10 000 夸查周转金已所剩无几。其他事都已解决，不大的事也都可以克服，但洗澡的事就困难了，队员们洗澡用的电热水器是坏的，不能使用。在医院工作不说每天洗澡，起码也得两三天洗一次吧。周转金补充不到位是因为银行账户开不成户，开不成账户是因为队员没有工作签，工作签没办好是因为赞比亚办事太慢，所以到现在他们洗澡用的还是凉水，可现在已是临近赞比亚的冬天。

条件的艰苦，传染病的威胁，恩多拉的队员们能够坚持援外医疗工作的中心任务，不计个人得失，精神可敬可贺。杨蕾发着烧打电话还总是说“没事队长，这些事我们都能够克服的！”

第六节　敬业的医疗队员

2016 年 6 月 2 日　星期四　晴

出国的前四个月为兴奋期，新的环境，不一样的感觉；接着的四个月为思乡期，毕竟离开家乡有一段时间，老人、爱人、孩子哪一个不挂在心上，人之常情；最后四个月是盼归期，掐着指头算天数，回家之日一天近似一天。

最是寂寞队员心

这一年的出国经历不只是在单纯的思念中度过，那是寂寞的、痛苦的感受，在努力工作中充实自己，在团队的集体生活中体味不一样的乐趣。医疗队到赞比亚已经一个月了，队员们精神状态都还不错，适应能力很强，工作已进入常态化，有的同志已有新的产出，可喜可贺。

张二伟、王梦琦发来图片，他们开展了援建医院的第一例膀胱镜检查术和宫腔镜检查术，其实这些装备咱们中国早就援助到位了，但是一直“沉睡”在手术室的库房内没有开箱使用。二伟非常机灵，第一次到手术室就先了解他们的手术装备，很简陋，比不上咱们国内的县级医院。他拉着手术室护士，挨个房间查看，发现了这些躺在库房里的现代化装备，很是兴奋，马上把这消息告诉了王梦琦。前几天，我在拜访院长卡钦巴谈到医疗队工作的时候，他就特别期望队员们能够把医院现有的设备都利用起来，开展一些新技术、新业务，院长真是用心良苦啊！没办法，在这里缺医少药、医疗装备落后是现实，但是把国际援助的现有装备利用起来也是困难重重，因为缺乏技术人才，赞比亚本地现有医务人员更是学习使用的积极性和动力不足。

赞比亚全国大概有 700 多名注册医师，其中 200 多名都集中在卢萨卡。援建医院只有不到 40 名医生，干起工作来捉襟见肘，有些岗位专业甚至空缺。赞比亚允许医生多点执业，医生的工资是卫生部发的，医院体现医疗的公益性，院长只运营医院，对医生的管理也仅仅是对医生每年的评语考核而已，因此在这

里出工不出力、工作不出活的现象比较多见。医院绝大部分的医疗工作是根据医生的时间来安排的。手术预约比较慢，有时已排的手术可以任何一个理由说停就停；医生不在岗的情况也比较普遍，医生值班没有值班室，上级医师值班叫作 On call 班，可以不在医院住，科室有情况时直接电话呼叫。说到这里，想到了目前国内正在推行的分级诊疗工作，其中一项政策就是鼓励大医院的医生到基层医院坐诊、开设工作室，这也许是一个很不错、很丰满的想法，但这项措施的前提条件没有明确。医生的待遇谁来提供、谁去支付、提供多少、支付多少等。像赞比亚这样，由国家承担？那么医院的运营，医务人员的积极性，住院患者的管理模式都将会是一个新课题。

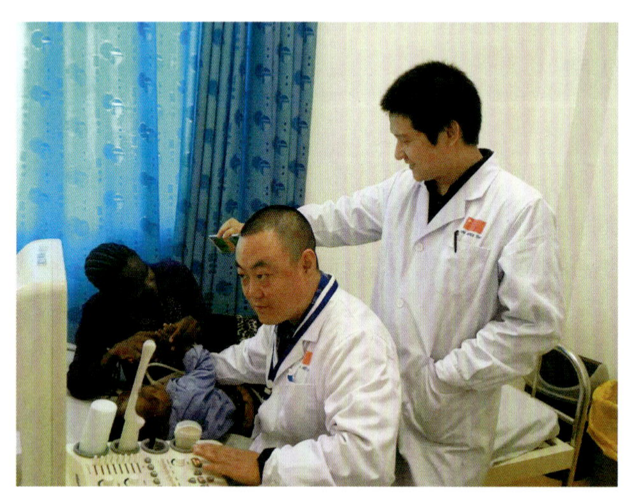

中国医生相互配合为儿童诊察

医疗队的医生在这里还是很拼的，都不想在这一年的时间里虚度光景。张洋到超声科上班后，帮着医院开展了心脏超声检查，连科主任也站在他的身后跟着学习，现在卢萨卡最大医院 UTH 的医生经常介绍患者到这里做检查。负责心电图的王晓孟在这里和张洋一个科室，她没事的时候就帮着张洋写英语报告。过去他们这里的检查报告书写很简单，只有诊断，描述的内容也很少，现在他们发出的报告可能是全赞比亚医院里最规范、最完整的报告了。“2 岁的孩子来检查心脏，哭闹不停，这里没有镇定药，三剑客轮番上阵，终于用动画片把孩子搞定，不一会就配合我完成了心脏检查，他的母亲再三表示感谢，遗憾的是这个小朋友患有先天性心脏病——房间隔缺损”。医技三剑客张洋、高强、王晓孟相互支持，配合默契，工作中已经驾轻就熟，运作自如。高长辉独立自主，一个人撑起了医院耳鼻咽喉专业的诊疗工作。医院没手术器械，他就坚持在门诊为患者治疗，两例外耳道蟑螂，称之异物，就是靠他的耐心一点一点清理干净的。内科王正斌、陈曦整天泡在病房同赞比亚同行一道查房、会诊患者，常用的英语会话一个个记录下来，常用的药物名称一个个牢记心中，现在已开始独立门诊接诊患者。王玉州、程国领、张二伟、高长辉、蔡琴都在外科，条件得天独厚，遇到患者可以相互交流，一有手术都可上台帮忙，工作干得有声有色。针灸科李莉莉，中国的传统疗法在这里传播还是很快的，她的患者现在都是按预约排队来治疗，有华人，也有赞比亚当地的患者。

张二伟，一门心思想把“前列腺汽化电切手术”开展起来，但这台新设备还缺少一个吸引瓶和电切环，他已与国内厂家联系上了，准备让回国的同志顺便捎带过来，至于费用的事，他说“如队里能解决就解决，不能处理他自己买单”。多么好的队员呀，他们想做的是一份事业，他们代表的是中国医疗队，他们处处体现的是中国医疗队的精神！

第七节　医疗队员一家亲

2016 年 6 月 7 日　星期二　晴

“三军未动，粮草先行”，队员们已经上班了，但吃饭的事始终是个问题。正好几天前，和一个中资企业领导在交流时，当他听说中国医疗队是自己做饭，一种责任感油然而生，立马决定为我们无偿输送一名炊事员来帮大家伙做饭，他说：“你们这批队员素质高，一看绝对是来干事的！”让在场的队员们顿时兴奋不已。

昨天晚上，组织在卢萨卡的支委会、队委会成员和三名队员代表开了个会，主要议题就是怎样解决好队员们的生活等相关事项。

恩多拉、利文斯顿医疗点已经打过好几次电话了，说他们那里当地产的大米没法吃，煮稀饭煮不烂，蒸米饭是散的；面没有真正的纯小麦白面，是几种粮食混合磨的面，吃不惯；做饭用的调味品更是短缺，像花椒、大料都买不到。利文斯顿的吕志排点长很有交际能力，与中国饭店经理关系处得比较好，加上都是中国弟兄，这一段时间队员们用的米面都是由他们提供的，但人家毕竟是经营做生意的，米面是从卢萨卡运过去的，时间久了也不太好意思。但是两个点的同志们从没发过牢骚、抱怨过什么，工作照样干，生活也是快快乐乐、开开心心的。恩多拉的魏海军一身好厨艺，时不时做几道好菜，召集人家小聚，虽然说以床为桌，拿理发用的外罩做台布，微弱的烛光映不出饭菜的光泽，但从他们的脸上可以看出同一战壕战友并肩战斗的乐观主义精神和气派！利文斯顿队员也常会弄盘花生米和几道小菜，举杯小饮，交流体会，其乐融融，不亦乐乎。心态可喜，但援外一年时间里，生活和身体都是重要的保证。这段时间整个医疗队的事情基本安排妥当，我们决定周四出发为两个点的兄弟姊妹送些生活物资：大米一袋，面粉两袋，还有做饭用的一些佐料等。

卢萨卡队员不论是住的还是用的都要比下面两个点好得太多。这些年，随着祖国的不断强大和对外援助的力度加大，政府对在国外援助的人员越来越关心。卢萨卡援外医疗队驻地公寓是 2016 年 9 月建成使用的，单独一个小院，两排小楼，共 30 套房子，条件不错，每个队员一个小两室一厅，有单独的厨房和卫生间，还有一个会议室、活动室和大厨房。集体厨房面积较小，供 20 个队员吃饭使用多少有点紧张。活动室也不大，就放置了一张乒乓球台供队员们业余活动使用。不过，门道大厅里还安放有一张台球桌和一套健身器材，这些都是队员需要和喜爱的。但是，如同前面日记中提到的，队员们自己开火做饭也存在许多问题。一是队员们上班后中午休息时间很短，只有 1 个半小时，来回路途加上做饭吃饭，整天就是匆匆忙忙，在吃上总是敷衍了事，更不用说中国的传统习惯午休了。二是队员们自己做饭的原材料，买少了上顿不接下顿，买多了又容易放坏，特别是青菜之类的。做饭的量也不好控制，做一个菜太单调，营养不够；做两道菜有点多，多了就得吃剩饭。三是公寓的市政供电电缆不配套，太细，20 个队员用的都是国外常用的电炉，每个 8 000W，同时开启炉灶电缆受不了，无奈只能让生活保障组计划安排每楼栋开始做饭的时间。更难办的是工作在 UTH 的同志，中午下班与下午上班的时间不够他们路途往返的时间。我们这批队员跟前些批医疗队组成还不一样，外科的多，手术麻醉往往下不了手术台，并且队里要求下午一定要按医院的作息时间上班，纪律执行得很严格，他们的午餐问题一直没能解决。上班前两天都是李甲振点长自己掏腰包带着队员到附近的小餐馆吃的饭，5 个人四菜一汤加点主食，一结账就得消费 700 多夸查，吃不起呀！后来一个中国朋友介绍了一家熟人餐厅，说是可以便宜点，那天就要了 4 份炒面，买单时还花了 400 夸查。没办法工作还是要吃饭的，甲振点长慷慨地说：“不行的话，大家生活费多出的部分我来补贴！”

卢萨卡队员每月生活费是 200 美元，恩多拉和利文斯顿的队员是 400 美元，这个标准在国内应该没问题，基本能够满足温饱。卢萨卡虽然比较落后，但这里的物价一点都不便宜，除了肉类、蛋类价格与国内差不多外，蔬菜、米面都要比国内贵。超市的商品很丰富，吃的、用的样样都有，可价格基本上是国内的三倍甚至更高。因为在这里，这些商品绝大部分都是从中国进口的。队员们在老胡超市买了一瓶洗洁精，价格 25 夸查，服务员见队员们皱眉疑惑时，马上解释说：“这是从中国进口的，名牌洗洁精呀！”

队员们自己动手为大厨房开张做准备

启用大厨房的事，会上意见刚开始还不太统一。有的担心费用从大家生活费里扣，吃多吃少会有意见，有的则考虑队员们饮食习惯不一样，不好调剂，但权衡利弊大家最终还是达成了一致意见。大厨房能够减轻队员们负担，还可以资源共享改善生活，专业的厨师毕竟要比我们做得好吃些，UTH 的队员们也可专心工作，到时派个钟点工把午餐送到队员的手中。陈刚说得非常好："集体生活就是这样，有益的事要从大局出发，不能只考虑自己。我减肥下午不吃饭，但照样愿意像其他队员一样平摊生活费。"

大厨房下周一正式启用，这是支委会、队委会给大家做的一点工作，期望大家能够喜欢。

第八节 神奇四侠

2016 年 6 月 9 日　星期四　晴

不苟言笑的小金同志真是个奇才，时不时弄几句小诗、写一段杂文，来渲染队里的生活、调节队友的情绪、鼓舞战友的斗志。就应该这样，在外一年，每个队员都应该成为诗词中的韵符，或平或仄，合声旋律；每个队员都应该成为杂文中的小句，或繁或简，皆成美篇。

——苟建军

风流倜傥的中国医生和孩子们在一起

神奇四侠

金俊硕

明月当空照，
篝火院中燎。
四人始坐定，
啤酒润肠道。
白天趣味事，
夜晚来说道。
思乡情到处，
一瓶老白烧。
闲来抬抬杠，
蚊子凑热闹。
来赞感慨多，
还是祖国好！

第九节 看望利文斯顿队员

2016 年 6 月 10 日 星期五 晴

回想起 20 世纪七八十年代，那个交通不便利、通信不发达的时代，远在他乡的亲人的一封家书就会让你激动不已，泪落纸湿；一次久别的见面，更会让你夜不能寐，翘首相盼。身在贫瘠、空旷、又缺乏物质和文化生活的非洲国度里，思念亲人的味儿、惦记队友的情儿，自不必说打心眼里更加强烈，那正是“队友相别泪花流，他乡安否心忧愁；望穿双眼盼亲人，一日不见数春秋”。端午节到了，我特意安排在卢萨卡的队委会成员兵分两路到下面的医疗点看望坚守在那里的队友，陈曦和张二伟到恩多拉，李甲振和付军领前往利文斯顿。这不，利文斯顿医疗点的吕志排点长立马发来了见到亲人们的感受。

——苟建军

盼望着，盼望着，援赞比亚医疗队队委会主要负责老师来了！

2016 年 6 月 9 日，咱们国内的传统节日端午节放假期间，受第 18 批援赞医疗队队长苟建军老师的委托，队委会党支部副书记李甲振老师、专职翻译付军领老师和随车赞比亚司机一行三人，经过长途的辛苦行程，牺牲宝贵的假期休息时间，来到赞比亚利文斯顿总医院，实地考察我援赞医疗队 4 名队员在这里的工作、生活、学习情况，并带来苟队长和首都医疗队全体战友的亲切关心和慰问。

利文斯顿总医院位于赞比亚南部省，距离首都卢萨卡 560 公里。这里没有高速公路，李老师和付老师坐着首都医疗队 1.5 排量的汽车，在近 8 个小时的疾速驰骋中，也没顾得上中途吃饭，只是在车上以面包带水充饥，一路风尘仆仆，颠簸劳顿，饥肠辘辘。知道老师们要过来看望我们，我们利文斯顿全部队员提前一个多小时就开车出城 10 多公里迎接。按照预定的时间老师们应该到了，可是迟迟不见，因为信号不好，手机也联系不上。接到通知，老师们是 6 月 9 号早上 8 点就从首都医疗队驻地出发了，但我们直到下午 4 点才看到老师们的汽车，一时间队友们百感交集，激情相拥！原来汽车排量小，加上司机不熟悉道路，一路上这辆有点破旧的汽车只能以 80 码(km/h)的速度前行。李老师和付老师到达利文斯顿市，来不及休息和吃饭，直奔我们利文斯顿医疗队驻地，实地察看了我们住所的生活环境、房间布置以及周围安全情况，一一登记，拍照交流。他们特意给我们带来了面粉、大米、中国佐料、手术衣以及下月的生活费和队员们必备的药品，另外还有援助给利文斯顿总医院麻醉科的急需麻醉药品(丙泊酚和芬太尼)。

按照提前的日程安排，我们向医院的院长和秘书处做了汇报，要参观利文斯顿总医院，拜访医院的主管领导和相关科室，以促进相互之间的交流和合作。了解队员们在这里的实际工作情况及思想动态，掌握第一手的信息资料，互相提出建议和想法，以便找出差距和不足。制订下一步的计划和方案，合理调整资源，把援助医疗工作落到实处，推向深入，进一步提高援助质量。

看望利文斯顿医疗点队员

和利文斯顿医院的同事一起交流

6月10号(周五)上午10点,因院长Dr. Monze(蒙兹医生)在首都卫生部开会,医院安排第一副院长兼外科主任Dr. Nethle(恩德里医生)、后勤副院长Dr. Simonda(赛蒙达医生)以及其他职能部门和秘书处同志热情地接待了我们,在翻译老师付老师的帮助下,用中英文相互交流,气氛热烈,持续一个多小时。恩德里副院长在5月5日到7日去首都医疗队驻地参加过我们的培训工作,大家见过面,不陌生,有种一见如故的感觉。他说上一批的医疗队队员和他们结下了深厚的感情,现在还保留国内的联系方式,一说队员的名字,李老师都认识,其中外科郭贯成老师在这里工作了4年,现在郑州大学第一附属医院急诊外科工作,他是李老师的同事,高兴之际还直接通了电话。中国医疗队精湛的技术,优良的作风,严谨的态度给他们留下了深刻的印象,他还去过中国北京和上海,见识了中国的快速发展和先进的医疗设备,世界级水平的医疗技术,大量的医学专业人才和完善的医学培养模式。他赞叹中国、感激中国、羡慕中国,希望有时间和机会再去中国,到河南看看,到郑州大学第一附属医院和其他附属医院实地考察学习,李主任欣然接受,欢迎大家前往,并表示如果去了一定全程陪同。他还说其实2016年3月,院长蒙兹医生和赞比亚卫生部官员一行5人去过郑州大学第一附属医院参观考察,医院的规模、技术、科研和现代化的管理模式令他们赞叹不已,记忆犹新,永远难忘,希望以后能有更多的交流合作,能够拓宽援助和学习渠道,得到中国的帮助,培养指导更多的医疗人才,造福赞比亚人民,促进中非友谊。最后他还表示医疗队吕志排点长每周能过来和他见一面,大家都露出了会心的微笑。赛蒙达副院长表示全力以赴做好医疗队员后勤保障工作,提供安全和生活用水、用电保障,并主动互相加了手机电话号码,随时联系沟通,解决遇到的实际问题。李甲振老师代表医疗队向他们赠送了河南省特有的中国开封汴绣纪念品并合影留念,恩德里副院长现场把它放在办公桌前,竖起大拇指说:“Good! Good!”李甲振老师要求医疗队员克服困难,服从医院管理,加强学习,尽快能够畅通交流,把我们优秀的一面展现出来,配合好科室工作。同时,一定要保护个人生活安全、医疗安全,团结一致,及时和首都总队联系,定期汇报工作和思想动态,顾大局识大体,力争圆满完成一年的医疗援助任务,不辜负组织和祖国的重托。4名医疗队员吕志排、靳忠良、朱骊、谭延召感谢医疗队的关心和关怀,保证按照组织的要求,严格遵守纪律和队规,排除万难,齐心协力,做好本职工作。大家还分别就各自科室的工作提出了自己的建议和看法,一致表示在现有的医疗条件下,尽职尽责,认真对待每一个患者,力所能及地展现自己的新技术、新方法、新见解,为赞比亚当地人民的健康做出自己的贡献。李老师还向医院领导赠送了这里珍贵、贵重、急需的麻醉药品,院领导马上转送给了麻醉科主任Dr. Ntambwe(尼坦母卫)保存。会后医院安排秘书处带领我们一行分别去眼科、放射科、麻醉科、ICU、妇产科门诊和住院部参观考察并合影留念。

我们4人按照专业要求和队里的统一安排,被派到了利文斯顿总医院。这里远离首都,生活和工作条件有很大的不同和困难。队员数量少,开放性驻地,和当地医生在一起,安全不能完全保障。上周朱大夫房间被盗,丢失了电视、DVD和其他物品,据说我们前一批在这里的医疗队员还遇到了入室抢劫。因为没

医疗点点长定期与受援医院沟通

有中国超市，这里买不到纯白面，只有米面混合粉；超市的大米煮不熟，不能下咽；没有中国佐料，做饭没有中国味道；遇到停电，只有用蜡烛借光；蚊虫的叮咬，还要想办法防护和驱除；我们的工作签证还没有下来，所以不能办理自己的银行卡，上个月过来带的一个月200美金的生活费已经用完。所有的一切都牵挂着首都医疗队战友，特别是队委会苟队长的心，首都医疗队的工作很忙，华侨华人也需要他们帮助。吉林农业大学赞比亚农业技术示范中心工作8年的中国技术专家徐立东同志，因病不幸于当地时间6月3号在首都卢萨卡UTH去世，享年61岁，定于6月10号上午10点举行遗体告别仪式，赞比亚大使馆和华侨华人总会要求相关侨胞参加告别仪式，送德高望重的徐老师最后一程，苟队长要参加，所以不能亲自过来看望我们，特委派李老师和付老师前来，我们理解并表示深深的感谢。队里特意选择在中国的端午节时间周四赶到，能够与大家一起分享节日的快乐。座谈会相约在周五，便于在利文斯顿这里的正常工作时间里能够与院方见面交流。苟队长和队委会老师们牺牲自己的休息时间，把细节安排得这样合理周到，这种严谨的工作态度给大家以力量和鼓舞，值得每一个队员学习！

在这里，我们是队友、战友，也是亲人。李老师和付老师要走了，远在万里之遥，异国他乡，依依惜别的深情难以言表。6月11日上午8点，我们4人送别他们到城外，拥抱话别，互道珍重，捎去我们的感谢和想念。请苟老师和战友们放心，我们一定照顾好自己，有时间、有机会我们再相见。我们都多加保重，努力工作，圆满完成这光荣艰巨的任务，不辱使命！

第十节　下班途中采瓜记

2016年6月11日　星期六　晴

队员们的心态决定这一年的成败。来到的一个多月时间里，我一直在观察每个队员的工作态度、团队意识和生活情调，主动还是被动、随群还是孤僻、乐观还是落寞。放心，我们是一支精英的团队；宽心，我们更是青春阳光的团队。大家勤奋在医院，活跃在业余，“文武之道，一张一弛”。今天，张洋记录下几名队友们在下班途中演绎的“自卖自夸”非洲体验，说明大家已经喜欢上赞比亚、融入赞比亚了。

——苟建军

援建医院东边那条路是我们每天上班的必经之路，路边有一处已经废弃近两年的我们老医疗队的驻地。

下班途经这里，我和长辉、高强好奇地溜进院子里探究了一番。院子里杂草丛生，荒凉无比，但老队员闲情逸致栽下的花木和果树依然开着花、结着果。在石槽做成的洗碗池旁边，用铁丝编制的藤网上爬满了佛手瓜的丝秧，卷曲略带发黄的叶片显得瘦骨嶙峋、营养不良。可非洲的生命就这样的坚强，佛手瓜秧努力向上生长着，并孕育出许多果实挂在藤网上，高高低低的，仿佛列队在向我们来自远方的客人招手致意。

大家笑纳盛情，踮起脚尖，两个人助力增高，笑哈哈、乐呵呵地采摘起了瓜果，不一会个个口袋满满，双手还托着幸福的收获。采佛手瓜也给我们单调的生活增添了一道快乐的色彩。

在中国医疗队驻地旧址采佛手瓜

走出大门，我们突发奇想，何不体验一下赞比亚的平民生活，来一个就地销售。于是，就在路边的土丘上，把采摘的佛手瓜一堆一堆摆放在那里，定价为一堆1夸查。不图钱多少，就是图个乐呵。在赞比亚的集贸市场上，卖的东西都是一堆一堆摆放在那里，如西红柿、土豆等，看中哪一堆付钱拿走就成。大个头的是按个卖的，一个多少钱都写在每样东西上，如西瓜、木瓜等。因为他们没有秤，也就没有计量的统一，按堆儿卖，自然也就没有斤斤计较的绞缠了。

高大夫招揽顾客不惜牺牲形象，扯着嗓门推销起来，可老半天没人应声。猛地一想，高大夫是在国外用的是信阳普通话在叫卖，为什么不用英语呢？难怪没人买。但这种上得了手术台，下得了卖瓜摊的大无畏精神值得大家伙学习。人流稀疏的小路上，好不容易碰见医院下班的保安，长辉热情主动地出示证件并与他进行了亲切交流。

我心飞翔　　摄影　梅新林

保安没吃过这样的佛手瓜，Dr. Gao（高大夫）就耐心地教他怎么吃，但保安坚持说这东西有毒。我们不信，在国内吃过，到赞比亚后我们也吃了好几回了，一点临床症状都没有。最终，这位保安推脱说自己家里就长着佛手瓜回去摘个吃试试，买卖没有成交。又来了三位非洲兄弟，我们又唇干舌燥科普了半天，毕竟非洲人对于佛手瓜能吃的说法还是将信将疑，最终作罢。生意总算没赔，至少心灵得到了安慰，感谢纯朴大方的非洲兄弟。

高强、高长辉和我在瓜摊前合影留念。作为本队非著名记者，我现场采访了高长辉卖瓜感悟，高长辉介绍了卖不出瓜的心得，并表示以后再也不卖了，还是继续专心为赞比亚人民健康事业做贡献吧。瓜虽没卖出去，但并不影响我们在蓝天白云下的愉悦心情。走起，抱着佛手瓜回去犒劳队友们！

第十一节　放飞绿色心情

2016 年 6 月 11 日　星期六　晴

中国的传统节日端午节加上双休日队员们在这里可以连休四天。到赞比亚一个多月了，在这里队员们要么上班，要么待在驻地公寓里，紧张有余，活泼不足。这个假期，队里计划带大家出去转一转，看看风景透透气。昨天，陈刚开车带着文体组的成员到卢萨卡郊外进行踩点探营，发现了一个不错的地方，今天在家的队员准备外出度过阳光悠闲的星期日。李甲振、付军领和陈曦、张二伟代表支委会、队委会分别到利文斯顿、恩多拉慰问看望那里的医疗队员，不在卢萨卡医疗队驻地。

早上 7 点 40 分，文体组负责人李莉莉的集合哨就悠扬地吹响在驻地公寓的小院，大家纷纷走出住所，一袭旅行者的装束，脸上洋溢着喜悦的表情。为了节省活动经费，生活组蔡大姐一班人昨天下午就到市场上购买了一些适合野外就餐用的食材和饮品，据说节省了不少的夸查。装车的时候一看还很丰盛的，有红酒、啤酒、果汁等，这些都是赞比亚绝好的饮品。红酒不亚于澳大利亚的，啤酒不亚于德国的，果汁不亚于中国的。听当地久居的华人讲，赞比亚的一切食用东西都是有机的，光照时间长，生长随其自然，不喷洒任何农药和追施肥料。喝起来，味正绝于纯度，口感绝于浓度，心情绝于高度；品起来，脑清气爽，满口留香。烧烤料理是一盆羊肉和一盆五花肉，还有茄子、土豆和洋葱，肉类在昨天晚上梅杰师傅已加工好并且用各种调料进行精心腌制。赞比亚的肉类很便宜，一只山羊大约 300 夸查，绵羊价格要贵些，大概是山羊的一倍。这里的猪肉、羊肉尽管放心吃，肯定不会添加瘦肉精，记得我们在国内培训时苏桂显主任说“赞比亚农民很穷，吃还顾不上饥饱呢，根本就没钱去买瘦肉精”。

乘坐的大巴车穿过大东路，经过大北路进入到卢萨卡郊区。路上的小车少了许多，但大车多了很多。赞比亚的路特别吝啬，除了汽车行驶的主路是柏油路外，路的两边大多是窄窄的人行土道，行人和少有的骑自行车的人就在这坑洼不平的“路”上艰难地前行着，这让我想起 20 世纪 70 年代孩童岁月的中国农村景象。陈刚真是好样的，他开大车的技术驾轻就熟，老练自如，平时很喜欢言谈，但一坐到驾驶座位上他就一言不发，专注度极高。

路难行　　　　摄影　雷颖奇

赞比亚，好一派“上帝”赋予、纯天然形成的美丽景色。车辆行驶在绿树成荫的道路上，我们的心随着车轮的奔驰而跃动着、澎湃着。百年古树，苍劲勃发，郁郁葱葱，就像一位老者在讲述非洲神奇的往事；灌木丛中物种百态，茂密静幽，时隐时现的花朵有红的、紫的、黄的……，或星星点点，或灿烂一片，透过清凉的空气映入你的眼帘。倏忽间，一只小鸟腾空飞起，好像在告诉你，这里是它们美丽安详的家园。林带蜿蜒连接着无垠的草原，枯黄的枝叶顶着略显紫红的樱穗，在风中跌宕起伏，层层波浪轻击出美妙的自然乐章，像首轻音乐让你侧耳倾听，又像流行乐曲让你随拍起舞，更像首交响曲让你的心情奔放不羁。放眼望去，远处飘起几处浓浓的青烟，升腾着，渐渐地淡去，融入天地相接的朵朵云彩里，这是当地的老百姓在烧荒，他们也知道“野火烧不尽，春风吹又生”，“上帝”赋予的就让它变成纯洁的灰烬，随着雨水渗入大地母亲的怀抱里，来年，这里的生命将会是一样的茁壮茂密。

浓墨重彩赞比亚

和谐共生　　摄影　翁爱军

自由自在　　摄影　翁爱军

生活在美丽的天堂　　摄影　翁爱军

徜徉在非洲原野　　摄影　翁爱军

车辆经过10公里的土路，来到了今天休闲的目的地——华安集团在赞比亚兴建的“前仓农场”。农场地方很大，约700余亩，有休闲住宿、棋牌室、露天烧烤、卡拉OK，还有两个垂钓的鱼塘。园子里有一大片玉米地，秸秆倒伏在地上，一群黄牛和几只毛驴正在悠闲地吃着同样的东西。农场西边是块菜地，十几个赞比亚当地的工人在阳光下辛勤地耕作着。养殖场内，猪是散养的，归其自然属性；鸡因为长有翅膀还要下蛋，所以就委屈地生活在鸡舍里。

大家玩得还算开心，高长辉、陈刚、张洋、王玉州都有一副让人羡慕的好嗓子，一曲《青藏高原》之后，就是《向天再借五百年》；蔡琴、王梦琦、程美英、王晓孟荡起了秋千，笑声欢语陶醉在孩童时代的乐趣里；王正斌头戴草帽，双手叉腰，在庄稼地里时停时行，偶尔与黑人姊妹交流几句，好像正在农村视察一样，很有派头，很接地气，难怪莉莉直称呼他为“乡长”。厂区里养了一只德国黑贝，现在是一个慈母，她生下了6只狗崽。我们在吃烧烤的时候，丢给了她一只鸡翅，狗妈妈嘴里叼着就走了出去，尾随其后看其究竟，果然她是把最好吃的留给了孩子。现在她生的狗崽就剩下2只了，晓梦特别喜欢，正好驻地公寓还需要增加治安保卫力量，我们就抱回了一只，800夸查，起名“小黄”，今后他将和驻地的“大灰”和“小黑”共同生活，担负起看家护院的重任。

快要打道回府的时候，一辆老牛拉的木车运载着硕大的仙人树来到了院子里，农场程经理真是个职场老手，要价750夸查的满满一车仙人树，经过砍价论价，550夸查就挥手无奈成交。前仓农场原先也是一片自然天成的绿色天地，建设农场后，树木、灌木被清扫一光，现在他们正在计划种植大树，让这里重新成为一道靓丽的风景线。农场的对面是一家德国人购买的一块不小面积的土地，那里植被茂密，景色宜人，据说在他们修园区道路时，碍事的树木都无一被破坏地移植到了园区的另外一个地方。

我在想，赞比亚的蓝天白云、适宜气候、美丽景色、迷人风光，不正是“上帝”赐予的一块万物和谐共生的神圣土地，奉献给人类乐享不尽的物质天堂吗！试想一下，如果赞比亚少了绿色的点缀，黄色的渲染，还有让人们心驰神往的魅力吗？绿色发展，守护家园，我们一直在行动！

第十二节　致力于工作

2016年6月14日　星期二　晴

谭延昭，来自郑州大学第五附属医院医学影像科，到赞比亚后工作在利文斯顿总医院。他不苟言笑，但心态平和，是医疗点的黏合剂；他身体单薄，但力小担千斤，工作上从不言苦喊累。来赞一个月就书写了130多份报告，解决了许多疑难杂症的诊断，让赞比亚的同道刮目相看，连连称赞。今天将延昭同志的一篇工作心得当作我的援赞日记记录下来。

——苟建军

今天，正式上班刚好一个月整，工作、生活等都收获了许多非常珍贵的东西。查看工作站，简单数了

第十四节 画中赞比亚

2016 年 6 月 16 日 星期四 晴

昨天下午 14 时，队员们统一着装乘坐大巴前往赞比亚国家博物馆，参加由中国驻赞比亚使馆和赞比亚视觉艺术委员会共同举办的中赞文化交流活动。

医疗队里有个不成文的规定，凡是出席正规活动，或是参加与赞方的交流，队员们都要身着西装领带，黑色皮鞋一尘不染，这是团队的符号，更是中国人的形象，一点都不能含糊。

中赞合璧亦精彩

在赞比亚视觉元素作品前的留影

这一主题为“视觉・共享”的中赞联合画展，共展出中国南京书画院画家的 40 幅作品和赞比亚艺术家的 70 多件作品。赞比亚民间艺术团现场表演了具有独特民族特色的非洲舞蹈，敲击的鼓乐声很有穿透力和诱惑力。舞者服装简洁华丽，舞姿渲染得酣畅淋漓。一颦一笑激情涌动，就像盛开的凤凰花，邀请来自远方的客人；一招一式，古朴奔放，好似饮下一碗美酒荡气回肠。中方展区内摆出桌案一方，宣纸砚台码放其上，书法家许静颇具东方淑女气质，文静典雅，闭月羞花，执起笔墨则行云流水、气贯山河。直笔，钢骨苍劲，站立如松，坐地如钟，一个“静”字了得；伏笔，委婉流畅，滑动如溪，奔涌如涛，全把“动”感擒获。“云鹤游天”，静则了事然，动则知万物，中国书法的博大精深、凝神炫目跃然纸上。

中国书法家在画展挥毫泼墨

参观浏览全部画展作品，更喜爱的还是赞比亚的艺术流派，根植生活，画风淳朴，张弛点睛，粗犷有度。南京作品近观细腻，浓淡相宜。

赞比亚是一个非洲的内陆小国，面积76万余平方千米，1 600万余人口，南方有一个铜带省因富含铜矿而久负盛名。就像人们对非洲大陆的惯性思维一样，赞比亚充满着神秘的色彩，让人怀揣莫测。原始生活的状态？刀耕火种的时代？荒漠沙石的原野？贫穷落魄的景象？其实，你还是要到赞比亚来看一看，会发现这里是一片充满生机和神奇的土地。这里的人民朴实善良，在这地广人稀的土地上劳动着、耕耘着；这里的自然美丽如画，万物生灵和睦相处，嬉戏着、乐享着；这里根植着非洲古老的文明，城市村落绿树覆盖，草原相连，穿行的汽车、空中划过的高尔夫，能让你感受到点滴现代的气息。赞比亚在发展着，变化着。赞比亚人民有种骨子里的傲气，头顶载物，彰显着他们负重的颈椎和不弯的脊梁；西装革履的仪表，花纹精美的服饰，展示着他们对生活的敬重和向往。赞比亚人走在路上，认识的和不认识的，见面都会主动地打声招呼"Morning！How are you！"。遇见中国人赞比亚人显得特别亲切！因为中国开国领袖毛泽东主席和赞比亚开国元首卡翁达总统栽下的中赞友谊之树在这里深入人心，生根发芽。赞比亚的大街上、公共场所见不到吸烟的，在这里随地吐痰更是让人鄙夷讨厌的行为，"可以接受你路旁大小便，但绝对看不起你到处吐痰"，因为，内急能够理解，吐痰完全可以憋回去。真的，不拘小节会丢大人！秩序，在这里都是自觉的行为。公共服务场所排队是必须的，顺序井然；道路上开车的、让车的人们都有足够的耐心，否则很危险；人多的地方互相交谈轻声细语，从不打扰别人，就连医生问诊患者，声音也只有他们两个能听得到……

现实版的赞比亚卖炭人　摄影　宋文瀚

卖炭翁　摄影　宋文瀚

现实中欢快的赞比亚人民　摄影　翁爱军

看到了一幅画作，画中辛勤的赞比亚人有很多在卖木炭，而一个贵妇人则衣着奢侈地在品味美酒，这让我联想到了高中课本读过的《卖炭翁》，这就是赞比亚贫与富的差距。我们驻地公寓旁就毗邻着一个市场，还有一个高尔夫球场。市场内，小商贩在期盼着顾客，讨价还价地卖着自己地里生产的土豆、番茄和其他蔬菜；球场内，绅士装扮的富豪们挥舞着球杆，乐呵呵、笑嘻嘻地谈论着一个球的轨迹。不论如何，生活主宰在每个人心中，穷也好，富也罢，只要坚持梦想，云里终会浮出灿烂的太阳！

美丽的赞比亚，神奇的赞比亚，一个放飞梦想的国度！

第十五节　父亲的味道

2016 年 6 月 18 日　星期六　晴

父亲的欢乐　　摄影　宋文瀚

父亲的背影　　摄影　宋文瀚

父亲的等待　　摄影　宋文瀚

父亲的渴望　　摄影　宋文瀚

我是眼里含着泪水，看完王梦琦写的这篇《父亲的味道》。父亲的艰辛，父亲的担当，父亲的大爱……记忆的点滴，在儿女心中是那么清晰，甜甜的，略带苦涩的味道。父亲是座山，用他不屈的脊梁承载着家庭的欢乐。亲爱的父亲，儿女为您捧上一杯酒，敬上一支烟，酒荡漾您的豪气，烟舒展您的愁眉。父亲，我们深深地爱着您！

父亲

父亲是大海，
心底宽无边。
胸畅载舟行，
浪击志更坚。

父亲是座山，
沧桑刻满脸。
臂膀担家庭，
背承儿女欢。

——苟建军

今天是父亲节。今夜也是月圆之夜。

非洲的夜空，尤其清澈，澄明。走出屋外，一轮圆圆的月亮挂在天空，低低的，似伸手可及，清辉均匀地洒着，四周星星散漫地聚着，闪烁着，像孩童调皮的眼睛，眨巴着，自由自在地看着。远处时不时传来摩托声和狗吠声，证明是身在现代社会。抛开杂音，细细辨着草丛中传来的虫鸣，合唱的声音竟如此恢宏，极力表明着不容忽视的生命。此情此景，正像家乡热闹的夏天。是了，家乡现在可不就是炎热的夏季吗！

去年的夏季，我在干什么呢？在手机的照片里有，我穿着裙子和父母兄弟姐妹的合影。父亲尚健在，尽管脖子的肿瘤已经出现，但气色尚好，声音洪亮。我回到家中，与家人闲话，父亲有些悲观，谈及生死。我调侃他尚不能去世，我儿子的上大学费用和结婚费用还需要他凑份。以往，他会接着我的话题迫不及待地接着谈，谈到给孙女、外孙结婚多少钱，总是眉飞色舞，意犹未尽，而去年，却不怎么多说。我调侃他胆小怕死，以前会辩驳，会骂我，去年，却也不怎么多说。我算是家中最小的一个，以哥哥姐姐的话说是父母跟前最受宠一个，整个满嘴胡说，信口开河，而不惧怕他脾气的娇娇女。

对于父亲，我真的感觉了解得不多。在大人们的闲谈中，知道父亲14岁去从军，跑到部队上却被小脚的奶奶追回，解放后才参加工作。知道他是王家二公子，尽管王家已经破败，但名声在外，当媒人向外公外婆提婚时，外公一口答应。知道年轻时帅哥的老爹亦有红颜知己，差点谈婚论嫁，不知何故两人分开，以至于我们的名字里都有那个阿姨的影子，老妈亦知道，却并不在意。知道不知哪一年淮河发大水，老爹追掉入河中的背包，差点淹死。知道他在工作中兢兢业业，在水利整编中是个中翘楚。知道他胆小，知道他耿直，知道他脾气暴躁。知道他年轻时好吸烟喝酒，逢酒必醉，甚至差点把哥哥弄丢。知道他为人仗义，慷慨善良，看见电视里悲伤处都要掉泪。知道他年老时对妈妈的体贴，知道他在生病时的惶恐。可是，我不知道他呀，不知道他的喜怒哀乐，不知道他的忧伤，不知道他的遗憾，不知道他在临死前的挣扎。我只记得，我上高三时不想参加高考，有工厂招工时他借了两辆自行车，和我一起去看工厂所在地。翻过了几座山，山坳里破败的工厂呈现在眼前时，他不说，我亦不说。回去后我开始认真上学，三个月后考上二本。我只知道在我大学毕业时他搜尽家中所有，以求给我找一个好一点的工作单位。我只知道在我老公第一次去我家认门时，老爹气得去了二姐家，午饭也不吃，却对我未发火；而结婚后，却经常说我言语太犀利，说话伤人，嘱咐我克制。我只知道他在我预产期快来临时，提前一周和老妈去我家，等待我分娩，而我生完孩子后他负责洗尿布，一天一大盆，并为之自豪。知道他每年来我家时就和妈妈一起打扫整理我脏乱的屋子。知道他对四个孙辈的疼爱，几乎有求必应。知道他在我和姐姐哥哥取得成绩时的骄傲，就在他病入膏肓不能活动时，仍挣扎着让前来换班照顾他的姐姐看哥哥的优秀市人大代表证，骄傲之情溢于言表。知道他在离开我们的前一周，我告别他回郑州处理一些事情时他的沉默，可是我不知道呀，他会那么快地离开我们。我以为他比以前好转很多，我以为他至少还有一年寿命，能等我从非洲回来。可是，他怕我不能给他送终，怕我见不到他最后一面，他选择了放手，永远离开了我们。2016年2月29日，多吉利的数字，他离开了尘世。

黑马石陵地，他最后的家，也是他永久的家，他安家了。姐姐曾梦见他叫换药，打开脖子纱布，却见脖子光洁如初。是的，他在另一个世界，无病无疾，无痛无忧，无烦无恼。

今夜父亲节，我只是想起他。他来过尘世，他活过，以他自己的方式，他又离开。他的喜怒哀乐，他的

饱满的感情,都随他一起飘散,去了那个世界。他留下了我们,他的血脉,以我们的方式,活在这个世界。然后,很多年后,与他团聚。

第十六节 欢乐亲情群

2016 年 6 月 22 日 星期三 晴

丝丝相连 摄影 宋文瀚

放牛娃的快乐 摄影 宋文瀚

赞比亚的农家小院 摄影 宋文瀚

今天早上吕志排夫人发来一段视频,说了一段话,让队员们和亲情圈里的人们泪水汪汪的。是的,队员和队员的家属们确实不容易。

我们是中国第 18 批援助赞比亚医疗队,咱们国家医疗援助赞比亚已有 40 余年的历史。起初大家是抱着国际主义精神和极大的爱国热情,积极响应祖国的号召来到非洲,支援赞比亚国家的经济建设和社会发展。坦赞铁路,在那个中国尚处于一穷二白的年代,千军万马、无偿援助,架起了中赞人民友谊的桥梁。对赞比亚的医疗援助一直以来都是由河南组队选派的,翻开河南医疗援外名单,上面一些老前辈的名字历历在目,陈凤苞、王忠富、高铁铮、孙瑞广、谢志徵、牛正先、王书钧、王宗学……他们凭着一腔热血和对祖国的忠诚,孑然一身,无欲无求,远赴异国他乡,用精湛的医术和大爱无疆的情怀,帮助赞比亚医疗卫生事业的发展,防病治病,解除赞比亚人民的痛苦。后来的多少年,医疗队就由各地市组队选派,人员水平参差不齐,加上队员来自不同的地方,造成了管理上和医疗水平发挥上的弊端。

赞比亚卫生部给予援外医疗队很高的地位，consultant——医疗顾问，这是医院职员中最高的级别，可想而知，他们的期待和希望是多么的强烈。在我们到达赞比亚的一段时间里，和想象存在着很大的反差，没有美酒款待，没有笑脸相迎，好像在这个医院有没有医疗队根本就无所谓，就像老队员王振宇说的，那就是“极大的热情，如此的冷漠，总觉得有点不舒服、不自在”。

是的，这些年赞比亚的医疗卫生事业也得到了一定的发展，医院里有许多外聘的白人医生和印巴医生，水平也是蛮高的，特别是在语言交流方面不存在任何障碍。赞比亚的医学教育还是比较规范的，他们培养出的医学院校学生的执业资质能得到西方国家认可，可是赞比亚医疗机构硬件设备目前还很落后，大部分学生毕业后都到了国外从医执业。如果说咱们的医疗队不能树立正确的援外观念，融入不到当地医院的医疗工作中，队员的业务能力不能技高一筹让人佩服，加上语言交流上的劣势，难免会被受援医院轻视。

与赞比亚大学的大学生们在一起

赞比亚人虽然穷，但有骨子里的傲气。当你业务比不上他们时，他们压根就看不起你；一看你业务很棒，他们也会从多方面考验你。有时也会貌似对你不屑一顾，但在向医院领导汇报或在与同事们交流时，他们却会竖起大拇指夸奖你“Very good!（非常棒!）”。这不，上周五我在与姆瓦纳瓦萨综合医院院长卡钦巴沟通工作时，他就对工作在 UTH 的医疗队员——神经外科周辉教授大加赞赏。我想一定是周辉的老板——UTH 副院长奇考亚给他讲的。看来，在赞比亚办好事、做好人也能传千里啊!

我们这批队员心很齐，都是憋着一股劲想着把工作干好，哪怕一点一滴。我们不但是顾问，也是实干家。恩多拉点长杨蕾刚到那里就患上了疟疾，可她轻伤不下火线，招呼着、料理着队里的方方面面；利文斯顿妇产科朱骊等候连台手术 3 个多小时，身体虚脱但毫无怨言；UTH 麻醉科李新锋，身材单薄，科里的主任把重活、累活、难度大的活都往他身上压，他以他精湛的专业技术和吃苦耐劳的敬业精神让那些考验他的人们对他钦佩有加。队员们在这里生活清苦寂寞，工作环境中也不像在国内那样和谐顺畅，但大家都扛着、拼着、努力着，为的是圆满完成组织交给的任务，给中国人脸上增光添彩。

说实在的，这批队员从培训到现在，不只是我的感觉，主管领导、接触过的赞比亚老医疗队队员、赞比亚的华侨华人，都说这是一支素质和技术最棒的援外医疗队。据我了解，队里许多同志不是为了援外那点薪酬或职称晋升优惠而来的。李甲振，郑州大学第一附属医院骨科鼎鼎有名的大教授、党支部书记，负责骨肿瘤专业，他在家里拿的奖金比拿的援外补助要高得多，当组织需要时他没二话就毅然报名参加；王梦琦，郑州大学第三附属医院妇产科副教授，魏海军，郑州大学第五附属医院麻醉科副教授，他们两家的儿子今年都要参加高考，人生转折的一件大事啊，但他们还是舍小家、顾大家参加了援外医疗队；李莉莉、程美英、王晓孟还都不到晋职称的年限，但她们还是踊跃报名来到了条件艰苦的赞比亚。特别是王晓孟还没结婚，这一年恐怕又要耽误过去了，很好的姑娘，国内有好的帅小伙给介绍一下哈!

医针灸 wonderful！并邀请莉莉一起合影留念。

非洲公共服务日是由赞比亚政府部门组织的一场公益性活动，时间三天，很多涉及服务群众的单位都走向街头，宣传相关政策和法规，接受群众咨询。活动搞得非常规范有序，场地布置也显得非常高大上，全部布展摊位都设置在房式帐篷中。姆瓦纳瓦萨综合医院事先经过精心策划，把具有中国特色又深受赞比亚人民喜欢的中医针灸纳入医院的宣传项目中。莉莉和付军领很负责任，展位旁贴上博大精深的彩色中医针灸经络绘图，展台上码放数把中国书法折扇，加上莉莉身着印有牡丹花卉图案的中式旗袍，使得姆瓦纳瓦萨综合医院在所有参展单位中，流光溢彩，独树一帜，前来观摩咨询的人络绎不绝。

在活动结束后的政府总结大会上，姆瓦纳瓦萨综合医院捧了一尊金光闪闪的奖杯，Mr. Wkaqinba 院长笑得合不拢嘴："China medical team，really good！（中国医疗队真的很棒！）"。

第十八节 世相万千

2016 年 6 月 25 日 星期六 晴

"上帝造就了世界，上帝孕育着万物，上帝赐予人们的一切。富者叩拜上帝给予运气，贫者跪求上帝获得希冀。信仰，强大的精神支柱，让芸芸众生理由充分地生活着、生存着"。前些时候，中国诊所接诊一位女性白色人种患者，让医疗队专家去会诊。患者很神秘，必须让在场的其他人员全都回避，我只好到诊所的其他房间参观闲谈，李甲振和周辉教授在诊室为她诊断查看。两位教授出来后很是无语，问起究竟，原来是这位女患者婚后和丈夫感情一直不合，吵嘴、斗架常有发生。一次互殴时，女子脖子上留下了数道伤痕，自此女子运气出现 180°大转弯，做事顺利，夫妻关系也和睦如初。随着时间的推移，女子脖子上的瘢痕越来越细，颜色越变越淡，女子的运气却又变得非常糟糕，诸事不顺，夫妻关系又降到了冰点。她因此顽固地认为脖子上的那道瘢痕就是她的幸运符，瘢痕决定她的人生，强烈要求医生把瘢痕变成原来的样子，甚至不怕动刀子的痛苦。真是无奇不有！但这可难为两位教授了，只好对她摇头说："No！No！"

生活就是幸福　　摄影　宋文瀚

李莉莉代表医院参加完公共服务日后上班时，发现自己办公桌抽屉的用品不翼而飞，不是什么金贵的东西，水笔、消毒棉球等，就连护肤用的雪花膏也被抠走了一大块。虽有不悦，倒也不是多大的事，抱怨一下、调侃一下，一笑而过，因为早就听说在赞比亚丢些小东西叫"拿"不叫"偷"。华人圈给我们介绍，如果在大街买东西的摊位上，发现有黑人"偷"东西被抓住现行，警察来后，也便会婉转地告诫"偷"者："以后想要这东西，别见了就拿，回去准备点夸查再来拿！"口气严厉，表达明确："东西是拿钱买的，可不是随便拿的!”在赞比亚人的理念中,“上帝对所有人是公平的,我需要的东西是上帝赐予的,只不过暂时存放在你那里,当我需要的时候我便可以随时、随地取回来使用”。这也有道理,以当地人的宗教习惯来说,“我们都是上帝普照下的生灵,世上万物都是上帝的造化”,你山珍海味,我也应该有权享用我的小小需求。但是,抢劫、掠夺、狂偷等在赞比亚也是要受到严厉打击的!

赞比亚教堂很多,周末人们基本上不劳苦耕作、经营谋生,休息是必须的。每到这时候教堂周围熙熙攘攘,车水马龙,或独自一人,或三五成群,或亲朋好友相伴,或全家出动,纷纷到教堂顶礼膜拜,重温“上帝”的教诲,反思一周的作为,忏悔自己的过错。男士们西服笔挺,衣冠楚楚;女士们着装鲜艳,花枝招展;孩童们兴高采烈,幸福无比。教堂是个神圣的地方,虽说赞比亚的教堂有些简陋,但众人祈祷忏悔,表情严肃凝重,态度十分虔诚。在与一个在赞比亚工作多年的中国老板交谈时,他给我讲了一个有趣的故事:在他单位工作的一个平时表现很不错的黑人员工,经常会有一些小拿小摸的毛病,领导告诉他这样不好,他说他知道了,他上周已经在教堂忏悔过了;可过了一段时间他又犯了同样的错误,领导再次批评,他又说他错了,下周去教堂时会向“上帝”忏悔的。

赞比亚的平民生活　　摄影　宋文瀚

幸福的时光　　摄影　宋文瀚

在赞比亚,贫富差距有点大。富者拥有大片的庄园,但穷人也好穷啊!据统计,在这个仅有约 1 600 万人口的国家,经济结构单一,以矿业为主且国民经济水平落后,80%以上的人口缺乏消费能力,62%的家庭无法保证一日三餐,其中 51%一日两餐,11%一日一餐。尚处在贫困阶层的赞比亚人民,我们为你们祈求幸福安康!

第十九节 “琦蔡”亮相

2016 年 6 月 28 日　星期二　晴

广袤世界,宇宙苍穹,风云变幻,多姿多彩。富裕,会产生雾霾;贫穷,也可拥有蓝天。是穷好?是富对?人类纠结着。

蓝天白云的赞比亚旱季可真叫倔强,两个月来滴雨未下。可国内郑州,朋友在微信里邀请我们去看海。世上的事都不是一帆风顺的,困难总会历练人的意志,丰富人的智慧。做错的事别人一说转个弯就对了,做的好事别人再说也要一往直前,不要回头。世间林林总总,风景这边独好。

话说今天王梦琦教授在手术室遇到了一件略不开心的事。手术台上援建医院妇产科的一位年资比较高的女医师,冷着面孔,带着有点命令的语气说:“姆瓦纳瓦萨综合医院是你们中国建的,给你们领导说说,再给我们配一台腹腔镜!”挺唐突的,使在场的队员王梦琦和蔡琴有点丈二和尚摸不着头脑。

蔡琴,郑州市中医院麻醉科的一位“老革命战士”,玫瑰样的火热,黄牛样的耐劳,轻风样的随和,在医疗队里人们喜欢称她为“老大”。这可不是语言贿赂,她身兼医疗队里的生活保障组组长,虽然说在医疗

队里年龄不是最大，但她确实像一个家庭里的老大一样，照护着、呵护着、关心着队里的大事小情，每一个成员。来到赞比亚后，她克服语言交流的困难，踏踏实实工作、学习在第一线，更是队里"外科六侠客"施展才艺的幕后英雄。

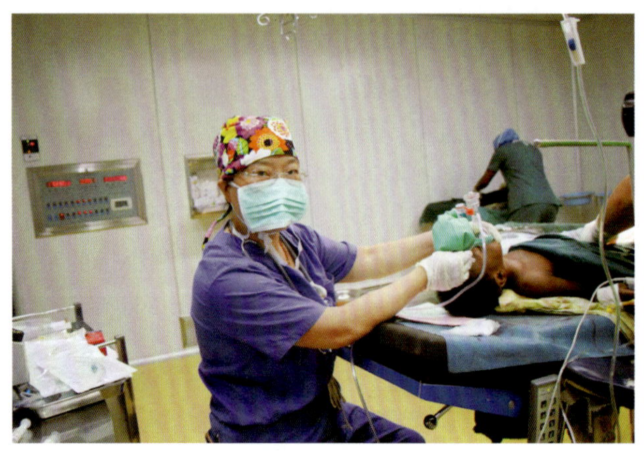

蔡琴在为患者麻醉

王梦琦，来自郑州大学第三附属医院妇产科。受一方山水滋润，颇具信阳女性特质。吃大米真的不赖，脸白皮肤好，眼睛水汪汪、亮晶晶的，脸蛋白里透着红，红里含着羞，羞里藏着笑，笑里带着蜜；鼻梁上架着一副厚厚的眼镜，一看就是个文化人，聪明伶俐，学富五车；她很个性，也很直爽，特具外科操刀的性格，简洁明了，从不拖泥带水；业务棒棒的，来赞比亚后不到半个月科室就给她安排了 on call 班，独当一面，拯救了不少危重产妇的生命。她身兼医疗队会计，在女同志们中排行第二，她的姊妹都叫她二姐，我们这些年龄大的，哎，也就跟着一起喊吧。

梦琦特别睿智，接着那位赞比亚同道的话就给了一个绝妙的回答："不是不给你们，现在中国医院妇产科的手术 90%以上都是应用腹腔镜微创技术来做的，但我们捐赠给你们的宫腔镜到现在还躺在库房里没有应用呢！""新技术很好，患者痛苦小，恢复又快！"她回答得不卑不亢，很是友好。其实，前些时候，梦琦和泌尿科张二伟把库房里的宫腔镜拿出来，已经做了几台妇科检查和膀胱检查。中国每年都要向赞比亚医院捐赠一些医疗器械和物资，几个医疗点一年有 80 万元左右的东西，但是管理和捐赠后使用很成问题。一台手术中用的"C 臂"，价值 50 万元左右，可关键部件的电子锁，因有点像手提电脑，不知让哪位同志顺手牵羊给拿走了。前列腺电切镜少了个专用引流瓶，二伟原打算自己掏钱让国内供应商托运过来，无奈每台新机器只有一个引流瓶，没办法解决……

王梦琦带领学员们查房

另外，赞比亚医院里对新的设备应用欲望也不强，设备来了放在那里没人使用，不像在国内，科主任积极购买新设备，想方设法开展新技术，医生们常常会为掌握一门新业务而勤学苦练。这次医疗队来的虽不敢说个个是大腕，但个个也都具有较高的学术造诣和不错的技术本领。因此，队里专门布置个任务，就是在这一年里积极开展师带徒活动，带领赞比亚的同道们学习新知识，开展新业务，推广新技术，培养一批带不走的赞比亚专家队伍。

梦琦科室的主任还是挺有才的。开始的一个月，他和梦琦一起查房时不显山不露水，只讲英语，直到有一天在安排值 on call 班时，梦琦说医院环境流程还不太熟悉，单独和患者交流还有困难，这时主任突然说"没有问题啦，你可以的啦！"一口纯正流利的中国广东话，一打听才知道他在中国留学了 8 年，是一个地地道道的中国通。值班很操心，也很累，特别是产科急诊特别多，一周两三个 on call 几乎班班都有事。在这里值班是待命，医院有事时会用电话呼叫，不过医院对医疗队还是有特殊待遇的，一般都要安排车辆到驻地公寓接，但常常会等待很长时间。

蔡琴在麻醉科工作。这里一般都是开放式麻醉，废气都排在手术房间里，一天麻醉下来脑子昏沉沉的。麻醉科的主任对蔡琴很是信任，只要她在班上都会给她安排很多手术或很难做的麻醉。有蔡琴在麻醉科，医疗队里的几个外科医生开展手术都很顺畅，相互间配合得非常好，心里也很坦然、有底气。前几天，产科有一台手术患者较胖，黑人麻醉医生以此为缘由跟主刀医生说不好麻醉，产科医生就同意了终止手术。可患者家里很困难，已经住院苦苦等了好几天了，梦琦就示意产科医生让蔡琴来做麻醉，她来主刀完成手术。手术很顺利、也很成功，患者家属直夸蔡医生和王医生棒。身在异国他乡，中国医生依然还是这样处处为患者着想！刚开始进医院时，有个黑人麻醉医生对蔡琴心存戒备，他在做手术麻醉时，一见蔡琴过来就把手术室的门关上，不知是什么意思，后听前期的医疗队员说，这里的医生特别怕医疗队医生的水平超过他们后取而代之。我们是无偿援助的，切磋技艺、互相交流、共同提高不是更好吗！蔡琴明白原因后，就经常主动接近赞比亚的麻醉医生，增进友谊，传授技术，讲解操作要领规范，介绍国内麻醉最新进展，与同道们打成一片，其乐融融。

作为医疗队的一员，在这里要时刻想着你是专家、是祖国派出的使者，展现的是作风，施展的是技术，奉献的是大爱。且不要把自己当成贵宾，让自己成为一个过客，援非的征途中，绝不是美酒佳肴，更不会鲜花簇拥。"援助、帮助、提高、为患者服务"是份崇高的事业。不求回报，但愿付出，这段经历是人生华丽的篇章。一切困难就让它一起随风走远吧！

第二十节 恩多拉艰辛的开局

2016 年 6 月 29 日 星期三 晴

队长为恩多拉队员送行

今天，看到老魏、小金同志在水塔架子上当维修工的照片，心里酸酸的；看到三个大老爷们，光着膀子给驻地小黄洗澡的照片，心里乐乐的；看到杨蕾传过来的“恩多拉艰辛的开局”，心里沉甸甸的。开局，看到了你们的不易；开局，看到了你们的艰辛；开局，敬佩你们的团结；开局，更相信你们无往而不胜。

——苟建军

一个月前的5月11日，我们日夜兼程来到恩多拉(Ndola)，到达驻地已是将近晚上9点，驻地一片漆黑。前任宋点长一直在等着我们，让我们很感动。

这里有点荒凉

驻地的交接班只有在相互见面中进行，因为宋点长还要立马自己驾车赶往首都卢萨卡。宋点长告诉我们：“驻地里主要靠水泵供水，水塔储水量很有限。停电是常有的事，没有电就意味着没有生活用水，队员们一定要计划好。今天晚上就没有水，你们可以把水泵打开，一旦晚上来电，明天就有水用了。”这就是Ndola给我们的第一印象：用水、用电是个大问题！宋点长一个人在这里已经守点三个月了，今晚必须赶回卢萨卡，因为明天要与那里的第17批留守队员一起回国。辛苦了，我的战友，祝你一路平安！

队员魏海军在修理水塔水管

队员金俊硕高空洗头

队员们经过在卢萨卡驻地一上午漫长的等待和近六个小时的长途颠簸，都已经很累了，都想尽快找到自己的安乐窝好好休息一下。分配房间时，除了我的以外，其他三个房间的钥匙混杂在一起，队员们只好挨个开锁各自找自己的房间。来到金俊硕老师分配的单元，发现他的入户门根本就没有锁，手轻轻一推就进去了。陈年老舍安全怎能保障？点上蜡烛一看，意想不到的凄凉，只见厨房里、冰箱里两三厘米长的蟑螂“小强”们在列队迎接我们，好像他们才是这里真正的主人！“二师兄”朱红赤和魏海军老师的宿舍里也是问题多多，抽水马桶在滴滴答答地漏水，床铺光秃秃的，满屋乱七八糟，看来这几个单元已有很长时间没人居住过了。已经接近零点了，大家也顾不上干净不干净、恐惧不恐惧，快速收拾行李，把床单被子一铺就抓紧时间休息了，因为明天天亮还有很多事情等着我们做。

凌晨4点我早早就醒了，实在是睡不着啊。起床到驻地小院转一转，发现老魏已经在院里仰头数星星了。不知什么时间电已经来了，水泵好似还在不停地上水，但是打开水龙头仍然没有水流出。唉，再等等吧！希望晚一会我们能够用水刷牙、用水洗脸！宋点长一个人在这里守点三个月，看来非常的艰苦和不容易，这些情况都是怎么解决的，想必是无奈还是无奈。钦佩之余，心里由衷地为他点赞！

天，终于亮了。看到这空荡荡的院落，想想接下来这一年的生活，说句心里话，我的激情和豪气一落千丈。第一件事情就是想给宋点长打个电话，有许多事需要向他请教，有许多情况需要向他了解，但是想到他在这里坚守这么长时间，今天又是他回国的行程，此时一定归心似箭，我还是忍住把手从电话按键上拿了下来。收拾心情，一切归零。从现在开始，一切依靠我们自己，搞好生活，投入我们的援外工作。

华人相助心里暖

正在我们面临种种困难愁眉莫展时，有一对华人夫妻一大早就来到了我们驻地。相互介绍才知道，他们就是我们早就听说的为人热心，给多批医疗队极大支持的老医疗队员张宝善和魏小丽老师。张老师是第9批中国医疗队队员，也是第1批到Ndola点工作的队员。张老师援外结束后又回到了赞比亚恩多拉，和他爱人一起开了个中国诊所，这个"魏小丽诊所"就在我们的驻地围墙外面。张老师两口的到来简直就是我们的"及时雨"和"救命稻草"，让几个初来乍到、满脑子懵懂的"外国人"一下子有种找到家的感觉，如释重负。他们知道我们这几天就要来，每天都会到驻地看一看。一一介绍，热烈问候之后，他们带着我们对院子里的设施和住室里的用品一一查看，嘘寒问暖，甚是关心。当看到供水的水管没有水时，他立刻返回家中拿来了扳手，亲自检查维修，但发现是供水的总阀门坏了，彻底修理必须先把水箱放空，然后再换阀门，仅有的简单工具似乎没法解决，这些需让医院帮助解决。张老师安抚我们不要着急，当务之急是先让大家能够有水洗脸，有水做饭。他小心翼翼地把生了锈的阀门拧开，水路终于通了，流出了"涓涓细流"。接下来，大家各自检查自己的房间，先把有关安全、用水、做饭的问题汇总起来，张老师开着自己的车，领着我们去商店一一购买，回来时已经是中午时分了。刚到驻地就又停电了，没有电就没办法做饭。我们从首都来的时候带了燃气灶，可驻地里没有液化气，大家只好简单啃几片面包，喝口饮料充饥。下午，张老师为我们送来了一罐液化气，魏海军在烛光下小试身手做了一锅鸡蛋汤面，就这样，我们终于在5月12日的晚上吃上了到Ndola后的第一顿热乎饭。

作为受援方的医院没有接洽，衣食住行的"住"就面临着许多问题。原先封闭的院子，自从医院扩建病房，今年元月份开始施工到现在就已经是完全开放的了，建筑工人的临时住房紧邻着我们北面的两套房子，驻地的房前屋后就成了工人们随意出入的道路。从张老师那里了解到，驻地已经很长时间没有人居住，由于施工，原来的水塔也挪了位置，所以用水管道还没与房间接通。晚上大家商议后，决定明天与医院接洽，确定正式上班的时间，并希望院方能帮助解决这些生活上的问题。

初到赞比亚的我们，毫无经验，一张白纸遇到了一团乱麻。开局，就这样在处理琐碎繁杂的事项中起步。

赞比亚医院的关心

这两夜，对我来说也算是无眠吧，断断续续大概睡了4个小时。我先把要跟医院沟通解决的事一一列出，要说的话想好，然后就是查单词，用英语组织语言。书到用时方恨少啊！仔细阅读《中赞双方议定书》，了解赞方的责任和义务，力求明天谈话有理有据。13日上午8点30分，我们一行四人带着荀队长让我们带给医院的礼物，背着相机出发了，去恩多拉中央医院报到，确定我们正式上班的时间，熟悉熟悉医院环境，再者与院方沟通解决我们驻地的一些困难。

来到医院，我们一边走一边问，还算顺利，找到了院长的办公室。向秘书说明我们是新来的医疗队时，她特别热情，告诉我们院长正在会客，让我们稍等一会儿。大约等了半个小时，院长Mr. Chinkoyo（奇恩库右）接待了我们，说话很和气，对我们的到来表示热烈欢迎，并告诉我们去年他曾去过中国，参观考察过郑州大学第一附属医院，那个医院超级宏大，很现代化，看后令人震撼。我骄傲地告诉他，我就是来自郑州大学第一附属医院的医生，并且医院这次派出了11位专家，其中来到Ndola的就有两位同志。他听后非常高兴，迫不及待地问我们什么时候上班，我们队友一致表示，听医院的安排，明天就可以上班！同时，我们也把生活上的困难向院方一一提出，Mr. Chinkoyo院长很爽快答应尽快解决。他安排医院管后勤的同志加快修一个围栏把我们的驻地围起来，并为我们选派了保安和清洁工人。当得知我们驻地经常停电，大家用蜡烛照明、用液化气做饭时，他说这样很不安全，会安排医院工作人员给我们每人送一盏充电灯。赞方的表态和对中国医疗队的重视让我们非常感动。随后，我代表18批医疗队、代表荀队长向院长赠送了礼物——中国书法"龙"，并且把这个作品的吉祥寓意告诉他，Mr. Chinkoyo非常高兴，表示要把这个装进相框挂在他的办公室里。

从院长办公室出来，初次接触感觉院方还是蛮友好的，所说的事和提出的问题都一一安排和解决。都说黑人办事情很慢，总是"今天拖明天，明天拖后天"，但是这一次还真是快，快得不可想象。我们回到驻

地时，主管后勤的领导带着工人已经先赶到了，他们正在检查水塔和水泵，因为此时无电、无水，工人说中午 2 点来电后再来修理。下午，医院又派人送来了充电灯，同时还问是否需要电热水壶。这些上一批队员已经给我们准备好了，但这一句问候还是让我们觉得挺暖心的。

恩多拉，我们来啦

晚上，铜带省华侨华人联合会的王新会长打来电话，说是明天（5 月 14 日）铜带省分会成立同时成立铜带省华人医疗救护组，邀请我们到 Kitwe（基特韦）参加活动，请示苟队长后，队长表示大力支持。周六中午，我们和邻居张宝善老师夫妇、华人王海（也是医疗队的老队员）一起前往基特韦。会议上，我代表队长向铜带省华侨华人的代表们介绍了我们这批医疗队专业设置以及队员组成等情况，表示医疗队除了完成医疗援助任务外，服务华侨华人是我们义不容辞的责任，我们愿意为铜带省华侨华人医疗救护尽我们的绵薄之力。铜带省的华侨华人很多，长期居住的有四五千人，主要集中在基特韦这一赞比亚工业重镇，其中在恩多拉的华侨华人有 200 人左右。这里的华侨华人对中国医疗队很钟爱、很热情。张宝善老师夫妇自不必说，可以说离开他们的帮助我们寸步难行。刚到恩多拉的几天里，在基特韦开诊所的李敏老师、王振清老师，恩多拉的王海老师，他们都是曾在医疗队工作过的前辈们，知道我们驻地生活条件简陋，初来乍到面临许多困难，为了让我们生活尽快进入状态，适应当地环境，轮流请我们队员聚会交流，言语恳切地说："我们都是过来人，知道在这里生活条件不比国内，我们会尽所能帮助你们，有什么困难一定要跟我们讲，医疗队员永远是我们的亲人。在恩多拉的这一年，要工作好、生活好、快快乐乐的！"满满的情谊，浓浓的亲情，让我们在恩多拉感到了家的温暖。

接下来的一两周，我们不断地麻烦张老师带着我们出去购置生活用品、维修工具，接通网线和卫星电视，交纳电费……生活的框架逐步建立了起来。这中间还出现了一个小插曲，在我们交纳电费时，供电部门发现医疗队驻地曾有私拉电线现象，要求我们先将罚款缴清才能充值电费，询问金额，总共将近 3 000 夸查，这可不是小数目啊！张老师提醒我们这个问题是否可向医院申请解决。回到驻地，阅读援助议定书发现确实有赞方负责解决生活上问题的条款。随即请示队长，考虑到我们点上没有发电机，没有电就没有生活保障的实际情况，苟队长指示说："若要赞方解决可能会拖很长时间，目前是让队员尽快进入正常生活状态，不要耽搁一天，这笔罚款由队里交纳。"这让我们深切地体会到医疗队就是我们的家，是我们的坚强后盾！同时，医院也派人过来在院墙的空缺部分修起了围栏，虽然很慢，但是隔三差五地来装一部分，足以让我们看到了希望。

5 月 17 日我们正式上班了。初到医院，一切都不同，队员们以白求恩精神和满腔热情投入到工作中。医院的黑人兄弟姊妹很友好，一天若干遍地握手，"How are you！""Mulibuwanji！"（赞比亚娘家语，你好！），"Ulishani！"（赞比亚本巴语，你好！），有说不太标准英语的，有用本土娘家语、本巴语的，看来沟通是个大问题。书到用时方恨少，别人说的你听不懂，自己想说的表达还有点障碍，队友们今后就在用中学、学中用吧！随着工作的展开，大家发现，这里完全不像在国内。在国内如果你是被邀请的专家，那将会是很高的待遇，一切都会安排得周全到位。我们到这里后，就是医院的一名员工，一切全靠自己。陌生的环境，陌生的流程，都要由自己尽快去熟悉、去适应。万事开头难，不是有那句话嘛："干得好不好是水平问题，干不干是态度问题"。相信我们的技术和能力，我们就是来支援的，坚持下去，是金子总是会发光的。每天，给自己加油，给队员们打气，工作中遇到什么困难互相交流，思想上有什么小疙瘩，相互倾诉，三位兄长，这一年感谢有你们！

队长派人送温暖

天气逐渐冷了，热水器都坏了，洗澡成了大问题，从卢萨卡回来时带的经费已经用得差不多了。请示队长后，队长当机立断，在队里资金很困难的情况下，报请国内拿出专项资金为我们添置电热水器，这真是雪中送炭啊！

6 月 9 日，中国的端午节，陈曦和张二伟代表队长、代表首都亲人来看我们了。我们这里的 4 名队员很激动，提前一天联系赞方医院领导安排会面事宜，到市场买菜，自擀面条准备迎接远方客人，大家伙激动得一宿没睡。当天一早看着来车的方向，望眼欲穿。中午 1 点半，医疗队出纳陈曦主任、队员张二伟牺牲假日的休息时间，行程 400 多公里，奔波 5 个多小时，终于来到恩多拉。虽然已经为他们事先定好了宾馆，但

杨蕾点长热情接待陈曦和张二伟一行

他们不顾旅途的劳顿，直奔驻地，给我们带了米、面、手术衣、药品等物资以及每人每月 200 美元的生活费，细心的二伟还给我们带了豆蔻、辣椒、花生米等中国味道。他们实地查看我们的生活环境、房间设施、驻地安全等情况。当天下午，按照之前的安排，医院的业务副院长 Dr. Musowoya（马苏吾亚）、Mr. Kasongo（卡松古）带着职能部门和秘书处的同志们热情接待了我们，陈主任代表医疗队向医院赠送了中国的传统工艺品“汴绣”。当得知这个作品是手工制作，要花费绣工 3 个多月时间才能完成时，他们十分赞叹来自中国的工艺。交流过程亲切而愉快，陈主任代表队长了解队员们在这里的工作情况及思想动态，向院方提出建议和想法，对我们的工作提出了期望，就是要把我们的援赞医疗工作落到实处，做得更好、更加深入。院方表示队员们在生活上、工作中遇到什么困难随时都可以提出来，他们会全力以赴做好医疗队的后勤保障工作。副院长 Dr. Musowoya 说他曾到过中国，去过上海、广州、深圳等城市，感慨中国发展之快，医疗水平进步之迅速，大量的医学专业人才及完善的医学培养模式，希望有机会再去中国，同时表示今后将选送优秀的医生到中国、到郑州大学第一附属医院学习进修，希望能够给予帮助。陈主任向两位院领导发出邀请，晚上一起品尝中国特色美食，两位院领导欣然接受。席间，Mr. Kasongo 说他们院长 Dr. Chinkoyo 曾在去年 9 月和赞比亚卫生部的领导一道去过郑州大学第一附属医院参观，医院的规模、技术、科研和现代化的管理模式令他们赞叹不已，记忆犹新，期望以后有更多的交流合作，拓宽援助和学习渠道，帮助他们培养指导更多的医疗人才，造福赞比亚人民。恩多拉医疗点的同志们感谢队领导的关怀，表示一定严格遵守纪律和队规，排除万难，齐心协力，做好本职工作，在现有的医疗条件下，尽职尽责，认真对待每一位患者，力所能及开展新技术、新业务，为当地民众健康保驾护航。

向恩多拉中央医院赠送纪念品

第二天陈主任和张二伟亲自到市场为我们购买了热水器，解决了队员们洗澡的问题。晚上，陈主任一行与铜带省的华人代表见面，他们对新一届医疗队的工作表示肯定。陈曦主任要求队员们克服困难，加强学习，尽快提高英语交流能力，做好医院工作的同时，服务好当地华人。同时，注意个人安全，团结一致，顾全大局，圆满完成一年的医疗援助任务。

6月11日（周六）上午9点，亲人们要返回首都了，不舍惜别，互道一声珍重，互祝一句平安。你们带来了首都亲人的问候，请捎去我们在恩多拉的感谢和思念。我们一切安好，期待与你们的再次相聚。

第二十一节 月夜

2016年6月30日 星期四 晴

队友、挚友加文友，"中国金"真是个多产作家和多面作家，作品频频，诗文并茂，喜怒哀乐，幽默诙谐，有情调、有温度，在医疗队的微信群里互相转发，传递着一种能量，记载着一年不寻常的经历。下面就欣赏一下金俊硕写的《月夜》。

——苟建军

三层蚊帐，倒不是怕蚊子咬，只是想在这遥远的非洲大陆营造一个属于自己的私有空间，好慰藉内心的孤独。掀起一层一层又一层蚊帐，穿拖鞋、拉窗帘、推窗户、望出去，好静谧的夜色！满天的星斗一眨一眨的，估计是困了，只有皎洁的月亮回望着我。

国内的天快亮了吧？他们醒来时会面带笑容吗？打开微信，键上问候，电波即以光速直插苍穹，同步卫星捕获后继而再以光速射向东亚大陆，再被地面接收站通过光缆传送到家，他们起床打开手机时一定是面带笑容的！可我的思念却早先一步飞到了家里！爸妈该去公园散步了吧？亲爱的，昨天是不是加班到很晚？我的宝贝，该去幼儿园啦，记住衣服要自己穿啊！记得接女儿回家时每次碰到非洲的留学生，她总会小声问："爸爸，你就是去给他们看病？"我就会自豪地回答："是啊！"以我是一名援非医生而感到自豪和骄傲，救死扶伤本就是我们的天职，能以一名普通的中国医生在这缺医少药、贫穷落后的非洲尽一份自己的力、履行自己的誓言，我感到无比的欣慰！我不知道我能救助多少非洲患者，但我知道当我离开时我会深深地眷念这片土地、挂念热烈奔放的非洲人民以及热情友好的非洲同事、怀念我的援非岁月！

星星还在自顾自地打着盹儿，好像只有月亮读懂了我的心思，把柔和的月光洒满整个院子，好让我目送我的思绪逐渐消失在茫茫的夜色，想必它会一直飘向我梦想的家乡吧。关上窗户，却不拉窗帘，相信不管这夜幕多么厚重，明天定会有一缕最明亮的阳光照进我的床头。明天必将是一个崭新的一天，在恩多拉中央医院依然会看到四名援非医疗队员活跃的身影。我亲爱的队友们晚安，而在这宁静的月夜我却要说声："早安中国！"

——深夜于恩多拉（谨以此杂文纪念我们援非两个月）

第二十二节 110岁的感悟

2016年6月30日 星期四 晴

冬天，万物凋零，白雪皑皑，一个充满浪漫和诗意的季节。"枝梢凌雪舞白沙，雪描大地淡素雅；巾飘伊人婀娜姿，仰面裸心吻冰花"，这是去年郑州下雪时我即兴写的一首《瑞雪》。现在郑州正是五黄六月，热浪滚滚，骄阳似火，可我们这里地处南半球，这个季节却是冬季。赞比亚的冬季只能说是所谓的"冬季"，除了气温稍低一些，蚂蚱依旧蹦跶在野外的草丛里，柠檬果黄楞楞地挂在树梢上，凤凰花鲜艳地开放着，树木枝繁叶茂呈现着勃勃生机。人们有的身着短裤T恤，有的羽绒衣包裹全身，呈现冷与热的交融，冬与春的交织。这里的冬季没雨，更无雪；这里感受不出四季明显的变换，只能逍遥在时时刻刻的春天里；这里有情趣，更有诗意，《爱他，就让他去赞比亚吧》《赞比亚，我爱你》。

人生最大的幸福就是健康。基因、习惯、空气、饮食、节欲……，都是医生说的，这些因素必须得到重视。但是有些你左右不了，比如说基因和空气；有些缺乏科学依据，你也就听听罢了。昨天看到咱们国家卫计委、中央保健委员会原副主任黄洁夫推荐的一本震惊欧洲医学界的真相著作《无效的医疗》，是德国医生尤格·布来克写的。这本书给我们上了关于医疗领域触目惊心的一课，这的确是一个非常严峻的现实问题。很多药不是该吃的，却在吃；很多治疗是不需要的，却在做；很多手术会使患者更痛苦，刀子却在让患者痛上加痛。在美国 40%的医疗是无效的，在我国，这种现象也已经非常突出。黄洁夫同志说：“我是肝胆外科的，在临床上，很多小的胆囊结石、胆囊息肉，肝上的血管瘤对人是无害的，70%的胆囊结石是无症状的，医学上称为‘安静的石头’，并不影响健康，但是现在只要进了医院，一般都要你去做手术”。怎一个“乱”字了得，相信谁的，只有相信自己，好好地珍惜，好好地活下去。

赞比亚百岁老人和他的孙子

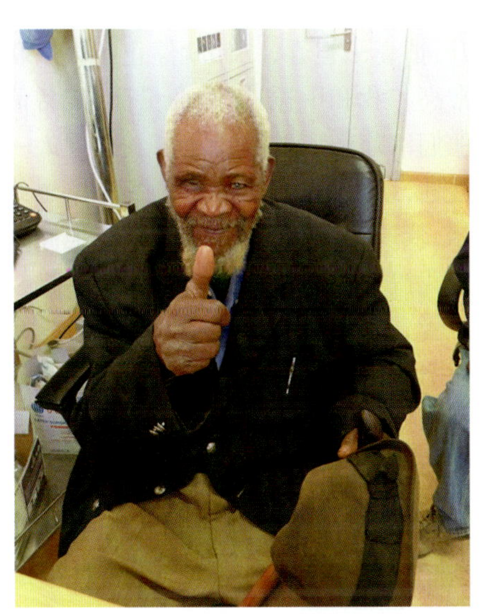

赞比亚百岁老人为中国医疗队竖起大拇指

今天，高长辉在门诊接诊了一个 110 岁的赞比亚老大爷，是他的孙子陪着一起走过来的，耳不聋，眼不花，精神矍铄，侃侃而谈（虽说他的英语不好，需要孙子翻译）。长辉为他取出堵塞耳道的耵聍，贴在他的耳旁笑着问道：“您有几个老婆？”大爷不好意思地回答：“10 个”；再问：“您有几个孩子？”他竟然不知道，还是他孙子接着补充道：“有 28 个孩子，孙子辈那就数不过来了”多么享福的老大爷，多么心宽的老大爷！管他呢，儿孙自有儿孙福，颐养天年才是硬道理！长辉向他讨教长寿的秘诀，他回答：“吃多种食物，多睡觉”，孙子说他现在每天大概要睡十几个小时。陈曦很喜欢了解赞比亚的风土人情和宝藏，他给我们讲，赞比亚有些部落娶一个老婆需要 7 头牛的礼金，男女感情甚笃也不行，提亲时没 7 头牛免谈。还好，没有要赞比亚盛产的祖母绿，不要说 7 颗，就是一颗，老大爷可能就没有这样的幸福生活了。

当地人讲，赞比亚 100 岁以上的老人很多，到底真正有多大年龄却无法考究，因为他们有的甚至不知道自己的出生年月。不过老大爷说他是 1952 年从津巴布韦移居到赞比亚现在住的地方，年龄应该大致不差。赞比亚是自然的天堂。植物是天然的，没农药；动物是吃素的，无瘦肉精；空气是透亮的，看不见雾霾；生活是慢节奏的，一切信奉“神明的赐予”。把一切看好，耐着性子活着，年龄就会一年比一年大。这些不用我说，生命决定于心态！

人吃五谷杂粮谁能没病。前几天不知为何，自己身上的“毒气”特别的大，一大早起来上眼睑内眦处红红的、涨涨的，有点发炎的感觉，第二天更加明显，右眼得了睑腺炎，俗称“角眼”。我很自信自己的抵抗力，没有吃药和局部用药，三四天恢复了正常。紧接着，右足踝关节处红、肿、热、痛，明显的炎症表现，依自己外科的临床经验，一定是得了“丹毒”，来源于脚气感染。医不自治啊！第二天就架起了双拐，队里的同志们非常关心，纷纷到住室来看我。程国凌和我是一个专业——普外科，他果断地、命令式地指示蔡琴、

王梦琦、程美英为我配药挂上了吊针，静脉输注抗生素，早上7点、晚上7点各一次。李莉莉、王晓孟土法上马，从驻地采来了一枝大块头的仙人掌，经过捣碎研磨，另加蜂蜜、面粉调和，平摊在纱布上，每日局部敷用1小时，一连5天，症状明显好转，扔掉讨厌的双拐，慢慢地自己行走到大厨房和大家伙快乐地用餐。这几天，确实辛苦大家了！

二伟真的吓人，高热到39℃，这样的情况已经持续了三天。他是周日感觉到不舒服，有点发热，起初以为是感冒，没太在意。第二天体温继续攀升，因为他曾代表队里到恩多拉看望过队友，那里蚊子厉害，得疟疾的概率很大，加上杨蕾点长经历过的教训，他及时口服了青蒿素奎宁，并按说明书上要求规范服用。恰在这时，卢萨卡华人健康微信群里发出为一重症疟疾患者献血征集志愿者的信息，这个华人也是发热，在诊所按感冒治疗了一周，病情加重，现诊断为脑性疟疾，血细胞破坏严重，急需输血！也在这时，医疗队亲情群里二伟的夫人发来探询情况的信息，前几天夫妻俩微信聊天的时候知道二伟不舒服，后来体温逐渐上升，怕妻子担心，二伟就停止了微信联系。在赞比亚，疟疾以恶性疟为主，一旦转化成脑性疟疾，病死率非常高。我和甲振、陈曦商量后，准备请赞比亚当地中国诊所的翟医生来会诊，指导下一步的治疗方案，毕竟他们治疗疟疾的经验丰富。中国人一家亲啊！接到电话后，翟医生的老公——陆大哥，亲自驾车一同来到驻地，还带来了药物。二伟的体温终于降下来了，气色也恢复得不错。这几天可忙坏了国凌、玉州、蔡琴、梦琦、陈刚、莉莉、晓孟和其他同志们了，有扎针的、护理的、做饭的，跑前跑后，忙得不可开交。可有一点我搞不明白，梦琦在我有病的时候和蔡琴抢着扎针，她琢磨着提前做好准备工作，千挑万拣找到欲扎的血管，又是手拍又是热敷，第一针扎穿了，第二针没有回血，还不错，第三针一针见血，练习成功了！但在二伟治疗时，她很老实地配制液体，没抢着扎针。

医生还是很伟大的！医生也会有病，医生医治医生就像医治患者一样，靠科学、靠技术、靠医治对象的信心和毅力。空气可以给你健康的条件，医生可以给你健康的手段。你，关键是你，体魄、习惯、心态和信心，完全可以把健康掌控在自己的手里。

第二十三节 乡愁

2016年6月30日 星期四 晴

生活中有诗，那就是诗情画意。懂生活、爱生活、乐生活，愁便不是愁，忧更不是忧。乐会增量，喜会驻足眉梢。今天我就与“中国金”和了一首小诗，姑且取名《愁与乐》吧。

——苟建军

贫穷的孩子早当家 摄影 宋文瀚

粒粒皆辛苦 摄影 宋文瀚

燃烧的火　　摄影　宋文瀚

乡愁

金俊硕

独斟独饮独乡愁
蝇飞蝇落酒杯中
可是怜我做伴饮
甘愿献身解我忧

此时黑夜彼时昼
日爬三竿月树梢
昼思夜想不得见
日月同辉共抬头

自然赏赐的美丽多彩
摄影　雷颖奇

生活

苟建军

你把她看成花
她就是花的惊艳
你把她视为叶
她就是叶的奇观
叶生叶落　花开花谢

生活得像模像样
生活得自信满满
生活得风流倜傥
生活得悠闲自得

给生活加点咖啡
给生活加点喜剧
给生活加点幽默
给生活加点清香
坚持住不要摇摆
理想和信念　平淡的心态
不求回报但愿付出
经历就是人生华丽的美篇

推动快乐　　摄影　宋文瀚

第六章

出彩赞比亚

心语：当你懂得：规矩第一，人情第二时，你已敲开了人与人之间最难的一扇门。当你懂得：团队第一，个人第二时，你已从小的自我走向了大的自己。当你懂得：实力第一，人脉第二时，你才会明白只有自己做到了，才会真的有人尊重你！

——张二伟

第一节 光明使者——靳忠良

2016 年 7 月 2 日　星期日　晴

靳忠良在医疗队驻地前留影

利文斯顿是一个很美丽的地方，赞比亚著名的赞比西河流经这里。端午那天，队委会李甲振、付军领代表我去看望了在那里工作的队员，顺便欣赏美景，先睹为快的感觉，让大家心里一直念叨着、向往着。

吕志排带领的几位同志在利文斯顿干得很不错，同志们也非常团结，下班之后，闲暇之余，四位队友在旅游城市的马路上散散步、唠唠嗑，别有一番情趣，工作的劳累和不悦随之烟消云散。

靳忠良，郑州大学第四附属医院眼科医生，他是利文斯顿医疗点里的老大哥。他面目慈祥，心底和善，笑容始终写在脸上；他不太爱说话，但有思想，遇事能处理得很得体；满头白发代表着他的学术和见识，沉

李甲振、王玉洲，神经外科周辉三位专家前往 fairwire 医院，当地华人医疗协会栾春民会长也到达等候。凌晨 2 点多，伤员被送到，三位专家立即查视患者，发现两名患者均为多发伤，其中一名患者左上肢骨折严重，另一患者为颅脑外伤合并肋骨骨折。前者经骨科李甲振、王玉洲两位专家会诊后认为需做截肢处理。后者经颅脑 CT 检查判断颅脑伤，经周辉专家会诊后建议给予伤口处理并严密观察病情变化。将我们的意见与 fairwire 医院医生沟通后，患者得到妥善救治处理。至全部抢救结束，已然是 5 月 4 日清晨时分。

抢救事件二：5 月 12 日晚间，吉林农业大学援赞农业科技示范中心许老师突发脑出血，当晚被送至 CFB 医院抢救，次日吉林农业大学通过中国驻赞大使馆经参处联系到我们医疗队，苟队长随即带领神经外科周辉及心血管内科王正斌两位专家前往会诊。经了解患者已援赞工作 8 年，长期劳累，并且本人有高血压病史导致突发脑出血。经 CT 检查显示左侧基底节区脑出血并破入脑室，出血量在 30~40ml。患者神志不清，血压不稳定，病情危重。我们两位专家根据病情提出药物控制血压及脑室钻孔外引流排出积血等治疗方案，由于 CFB 医院不具备开颅手术条件，经联系后转至 UTH 神经外科进行手术治疗，患者在 UTH 住院期间，周辉专家仍多次前往查看患者并指导治疗。

抢救事件三：5 月 18 日，驻赞比亚华人企业中兴公司一员工夜间突发心脏病，咨询当地华人诊所医生后建议其联系医疗队会诊。得知消息后，忙碌了一天的队长及心血管专家王正斌顾不上休息，半夜前往患者家里，经详细检查后发现患者为非典型常见心脏病表现，仔细询问，得知患者有同时服用感冒药及消化系统药物情况，王正斌考虑为药物不良反应所致，给予相应处理并耐心解释安慰，打消患者疑虑，后患者完全恢复。

三次紧急医疗事件的成功抢救，尽管事发比较突然，却充分显示了我们医疗队的技术水平和精神风貌，为我们的援非医疗工作开了个好头，中国援赞第 18 批医疗队也在赞比亚华人中树立了良好的口碑。事件过后，中国驻赞比亚大使馆及赞比亚华侨华人总会分别发来感谢信表示感谢。

第四节 自然赞比亚

2016 年 7 月 5 日 星期二 晴

动物天堂　　摄影 翁爱军

款款走来

摄影　翁爱军

畅游在大自然　　摄影　翁爱军

武汉受灾了，洪水围城，水漫金山，看到电视上一幅幅画面，扼腕叹息，为同胞祈祷，为武汉加油！

天灾人祸，水火无情。1976 年水灾，1998 年洪涝历历在目，伤痕难抚。记得过去有个口号叫“人定胜天”，人类为了改变生活，藐视规律，取其便捷，破坏自然，自然在某一天也会让人类承受不自然的苦果。

记得小的时候，村庄里到处都有小池塘，塘里的雨水一年四季不见干涸。夏天坐在塘边的树下静卧纳凉，冬天站在塘面的厚冰上嬉戏玩耍。村周的田地旁到处是沟壑，上接着自然的池塘，下连着天然的河流，每当下雨的时候，小孩儿们总爱聚在塘边看着池塘里的水急速地长高，成群儿沿着沟壑随着浪头一起欢快地奔跑，河流里的水翻滚着，打着漩涡急促地流向远方。老人们讲河水最终去了大海，这些水只是沧海之一粟，九牛之一毛。水有宣泄的沟，沟有盛水的塘，塘有溢出的口，口有疏畅的河，河有面向的海，自然天成，水归自然。

赞比亚首都卢萨卡的标志性建筑——铜楼
摄影 翁爱军

卢萨卡，赞比亚的首都，全国的政治、经济、文化中心，拥有人口200多万，区域面积相当于国内比较发达的县级城市。这里是名副其实的“花园中的城市”，绿树掩映，花团锦簇；碧空如洗，空气清新；城市里透露出还算繁华的气息，但少有人头攒动的景象。城市里见不到高楼林立的水泥森林，但见满目的绿色让人心旷神怡；草坪亲吻着泥土，水塘倒映着彩云，五颜六色的鲜花在阳光下绚丽绽放，千姿百态的灌木随其野性张扬生长，年份古树硕大的绿荫过滤着城市尘埃，无际原野风吹草低甜润着城市的空气。

这几天是赞比亚的独立日假期，华侨华人总会莫副会长邀请在卢萨卡的医疗队队员到郊外一家白人开的农场野炊休闲。“PARAYS GAME FAME”，中国人叫“轮胎农场”，因其门前竖着一个巨大轮胎而顾名思义。

好大的一块地，4 000余亩，“与其说是农场不如称其为自然保护区，里面见不到任何种植的农作物，生的、长的、跑的、养的全是自然的东西”，莫会长的介绍陡然间吊起了大家伙的胃口和好奇心。

乐在自然 摄影 宋文瀚

辽阔草原与遒劲的树

鸟巢挂满树枝

汽车进入大门便颠簸在旱季是“扬灰”路、雨季是“水泥”路的窄路上，路两边灌木丛生，野草茂密，给人一种惊惧、神秘的感觉。来到农场中心地带，老莫的好朋友、农场主 Mr. Ranch(阮琦先生)很热情地和我们打招呼。偌大一个农场，他们的活动场所方圆不到200m，小草坪中间种植着一颗棕榈树和几株奇花异草，队员们纷纷在这里合影留念；不大的游泳池被池底的颜色映照得湛蓝湛蓝，几个黑人小朋友正在水里面嬉戏打闹；大斜坡造型的房屋是个独具特色的酒吧，房梁上很有意思的悬挂着各国的钱币；酒吧旁边，幼儿园的老师们正带着小学生在唱歌、做游戏。酒吧对面设置了几个烧烤炉，几个黑人工作人员正忙活着点燃木炭，准备制作莫太太昨夜提前腌制的美味佳肴。今天是我们医疗队和军医组的第一次联谊活动，老莫很用心，用非常流利的英语和农场主欢快地交谈、安排着，“白人懂得生活，自己居住着庄园，还要出远门到其他地方去度假”老莫感叹，我们羡慕。

队里的几个小伙子和军医组的队员在岗坡下的草地上踢起了足球，“五朵金花”在不远处的几个轮胎上尽其极致，摆出各种造型，浪漫着青春的记忆。天然的池塘面积挺大的，老莫放下了几个海竿，就另寻逍遥去了，可我们的“乡长”戴顶遮阳帽执着地投食、放线、收杆。一个上午大家伙聊得眉飞色舞，玩得不亦乐乎。午餐美食自不必说，还享用了栾会长和莫家二公子的生日蛋糕。

下午队员们坐车由莫太太带路穿越农场，领略自然的风光。茂密的森林，厚厚的草场，汽车驶过尘土飞扬，闭上眼睛就像电影蒙太奇一样的虚幻。睁开双眼，哇塞！这里竟有一片陌生的土地，自然的天堂。梅花鹿穿梭在林间，乖巧地舔吮着树干上干涩的青苔；野牛静卧在地上，悠闲地反刍着胃内饱享的食物；珍珠鸡咯咯咯，欢快地追逐着飞舞的昆虫；蜂鸟来去匆匆，时隐时现在姹紫嫣红的百花丛中。如诗如画，好一幅美丽的景象。随后，又观赏了在这里圈养的几头狮子，其中一公一母的白狮子极其珍贵。非洲雄狮不鸣则已，一吼如雷贯耳，惊天动地。

享受赞比亚的美丽

自然着你的自然

自然给予你许多美丽
你却把他自私地揣在兜里
风雨雕琢的道道水墨痕迹
你却不在乎将他轻浮地抹去

硬化一片土地舒服你的感官
封堵的却是城市的毛孔
填埋一处湖泊耸起座座漂亮的高楼
毁损的却是城市的肾脏
推平一条沟壑制造一个人为的广场
阻塞的却是城市的血脉
砍伐一颗树木透亮了你的视野
摧残的却是城市的呼吸
落雨就让它自由地流淌
飘雪就让它任性地飞扬
起风就让它随意地激荡
降霜就让它的静思与万物分享

自然放飞你许多梦想
你的爱护才能获得鸟语花香
敞开大地的毛孔
清新城市的肺脏

通则不痛
才会让这座城市心情舒畅

第五节 情趣

2016 年 7 月 9 日

“中国金”又有作品了。一个大宅院，三个大老爷们、一个女当家，还有一只狗妈妈和她的儿子“萨卡”，生活的元素应有皆有。把所有情感融进诗里，把每个元素写在句里，多年以后，那将是多么有意思的回忆！

医疗队的业余生活之一

男人、女人和狗

金俊硕

四宅三座两侧一庭院，墙白地绿。
三须两黄一眉无声息，倚白卧绿。
人无语，黄不吠，惜别残阳当庭照。
火云烧，黄昏烙，燃烬霓裳清月羞。
月不见，藏娇梢间芒果后。
望尽头，夜无休，难寻归乡径深幽。
邀明月，入梦游，乡亲沁肺藉乡愁。
黄无狺，生长于斯何故忧？

第六节 在赞比亚把人间大爱播撒

2016 年 7 月 10 日 星期日 晴

医疗队员日夜思念着故土，家乡的人们也分分秒秒牵挂着身在远方的亲人。我的好同学——河南电视台杨文治写了一首诗，里面浓缩着众多亲朋好友一样的叮咛、一样的牵挂、一样的鼓励、一样的祝愿，让我们得到安慰、充满信心。

——苟建军

在赞比亚把人间大爱播撒

杨文治

去赞比亚
把人间的爱
向那片美丽的土地
播撒！
记住
父母的叮咛
揣好
亲友的牵挂！
莫犹豫
潇洒地去吧
把爱带走
思念留下！

去赞比亚
那里需要爱的阳光
尽情挥洒
也许
没有灯红酒绿
也许
缺少闹市繁花
只要在贫瘠的土地上
在蔚蓝的天空下
出现来自中国的
“白大褂”
对于赞比亚
便是赐福消灾的
耶和华！

当又一个春暖花开
也许你该离别赞比亚！
挥挥衣袖
把思念带走
把爱留下！
当亲人的真情
化成美酒
在故乡的怀抱
为你接风
你会自豪地说
我来自赞比亚！
曾在那里

救死扶伤
曾在那里把爱
播撒！

追寻蓝花楹的芬芳

张瑞莉

三百六十五天漫长
十万八千里路遥望
抛妻
别子
跪爹娘
只为追寻蓝花楹的芬芳

早随星辰晚伴月
柳叶刀舞出生命坚强
践行天使的职责
播撒闪耀祖母绿的希望
夜不寐
满院星光
化儿女情长
成美文诗行
遥寄那厢
传递满满正能量

看大草原天苍野茫
无限风光
酸甜苦辣又何妨
苟将他乡当故乡
一干英雄好儿郎

第七节　恩多拉的星星

2016 年 7 月 11 日　星期一　晴

你知道吗，星星会说话，真的会说话！尤其是赞比亚的星星，他们是中国医疗队的忠实伙伴。夜幕降临，拖着一天的疲惫，环顾徒有四壁的寒舍，桌椅板凳不会言语，心中空落落的，一年 365 天实在难熬。忙不迭地走出房间，来到驻地的小院，抬头遥望辽阔的星海，陡然间眼前一亮，“莫道非洲无知己，心若无弦星做弦”。闪耀着光芒的那颗不就是母亲吗，她在为远方的儿女点亮心灯，指明方向；眼睛一眨一眨的那颗好似初恋情人，她是那样的羞涩，但却含情脉脉；聚在一堆的是不是想拉我上去唠嗑说话，留在一边的是不是想邀我对酒当歌、吟诗作赋……在非洲有颗星星相伴，足矣！“中国金”，我和你一样，心中有颗星星！下面是金俊硕写的一篇《恩多拉的星星》。

——苟建军

宁静的赞比亚夜空　　　摄影　翁爱军

在国内是无暇仰望星空的，暂且不说能不能看见星星。恩多拉空灵的天幕上却镶嵌着无数颗星星，有远有近，有的一直亮着，有的一闪一闪，看着像是随意钉上去的，可仔细看又好像有什么规律一样。如果没有星星嵌着，这天幕笼罩下我们的世界该多么的压抑、烦闷和恐慌！这时要是有天梯下来，我真想爬上去看看星星是否松动了。康德说唯一让他敬仰的就是头上灿烂的星空和内心崇高的道德法则。如果有流星雨，也许我会祈求它涤荡我们内心的假恶丑。在大自然面前我们是如此渺小和无知，我们不是征服着大自然，而是被大自然折服着。在非洲草原上觅食的生灵们一定也会仰望星空，它们也会像我们人类一样如此矫情吗？前几天手术中一个在乌克兰学医的赞比亚小伙跟我说赞比亚人民工作很努力，"你在套我话么？"我心里想，拥有五千年古老文明的中华民族更勤劳更善良。回国时我也许晒得更黑了，那我的内心呢？是否学会了真诚与宽容？记得和恩多拉中央医院的领导说过，我不是政客，我只是一个医生，其实我更想成为一个藏经阁的扫地僧。

（谨此杂文纪念我们的恩多拉岁月）

第八节 守护华侨华人健康

2016 年 7 月 12 日　星期二　晴

华侨华人总会正在紧锣密鼓地筹备建立一个服务于华人的紧急医学救助队，张键会长很重视，已经召集筹备组开了几次会议，就救助队的规则章程、队伍组建做了许多前期工作，驻赞使馆、经参处都很支持，具体事项由栾春民副会长带领秘书科在操办。医疗队、军医组当然是医疗救助队不可或缺的主要技术力量。

医疗队员在医院参与华人救治

医疗队员为华人救治提出方案

星期天一大早李甲振教授就接到了一个求助电话，是山东建工打过来的。他们单位的一名员工从脚手架上跌落下来，情况紧急。我和甲振商议后决定让他们抓紧赶往利维·姆瓦纳瓦萨综合医院，因为星期天医院的科室不上班，在这里咱们的医疗队员多，协调起来方便。伤员被汽车运到了医院，骨科李甲振、王玉州和普外科程国凌马上对患者进行初步的问诊和体格检查，影像科高强、超声科张洋给患者做了胸片和腹部超声检查。还好，除胸部软组织擦伤外，其他地方没有大碍。听一起护送过来的同志讲，脚手架有3层楼那么高，垮塌的时候是慢慢滑落的，所以没造成太大的伤害。真是谢天谢地，出门在外安全是第一。

星期一下午，利文斯顿队员谭延昭说有个华人车祸患者在距利文斯顿20公里外的医院住院，因当地医疗条件差，又存在语言沟通不畅，要求转到有咱们医疗队的利文斯顿总医院去治疗。谭医生考虑到利文斯顿总医院中国医生少，又没有普外科医生，就建议他与我联系到首都卢萨卡来治疗。我一直等到晚上10点，见没有人打电话，就又与利文斯顿点长吕志排进行确认，他说确有这个事。第二天一早电话就打了过来，是个年轻小伙，不知他是搭乘什么交通工具过来的，可以肯定不是救护车，因为他到卢萨卡时已经很晚，没住医院而是就近住在了宾馆。普外科程国凌教授接诊并详细询问了病史，患者说是三天前出的事，到医院后医生建议做手术，他心里没底，就没接受手术，但还是放心不下，就赶来卢萨卡找中国医疗队求助。医疗队对所有前来就诊的华侨华人都是提供全程服务，因为流程不熟悉，语言交流障碍，他们在赞比亚看病时困难重重。程国凌带领患者到张洋那里做了超声检查，发现腹腔有大约200ml积液，肝脏周围有积血，血压正常，生命体征都还平稳，根据患者情况应该诊断有腹腔脏器损伤，但也有观察的指征。程国凌请示我怎么办，为了便于患者的管理和沟通，最后决定将患者安排在一个王医生开的华人医院住院。今天询问了一下王医生，患者情况很好，这位华人也很满意。

随着中国改革开放的持续推进，在外打拼创业的中国人越来越多，但他们很不容易。生活工作、安全健康，方方面面、点点滴滴都不那么方便，更担心的是意外伤害和罹患疾病。来赞后，医疗队已参与了四起车祸华人的抢救、多起急症华人的紧急出诊，还接诊了不少华人平诊患者。我就在想一个问题，中国的医疗是否有信心随着中国的企业，随着华侨华人走出国门，一同开拓领域，展示中国医疗技术，服务当地华侨华人？

在赞比亚，已开设有规模不一的外资独立医院。

第九节 走好路

2016年7月13日 星期三 晴

赞比亚7月的天就是奇怪，天空黑压压的云，就是带不来一丁点雨，风飕飕的，有点刺骨。这是赞比亚

最冷的季节,晚上睡觉需要盖上一床被子。

普外的程国凌和泌尿科的张二伟昨夜又被 on call 班叫去了,患者是一个 16 岁的小伙子。说来也怪,骑个自行车,裤子没破,却把自己搞了个阴囊撕裂伤,不知道他骑车骑得有多快,也不知道赞比亚的路有多么难走,一个病因奇特的病例!

要说赞比亚堵车,很多人难以置信,一个贫穷落后的国家,温饱问题还没解决,哪有多余的钱去买车?我来之前也是这么想的,赞比亚就像想象中的撒哈拉大沙漠,干旱少雨,人们靠骆驼代步。时代在进步,非洲也在发展。今天的赞比亚虽然还属于不发达国家,但绝非昔比。大街上可以看到不同国家的产品广告,商场内整齐摆放着琳琅满目的进口商品,道路上行驶着不同品牌的车辆,你能感受到卢萨卡是一座美丽的城市、开放的城市,处处透露出现代化进程的气息。

原来卢萨卡城市内的道路全是土路,坐在飞机上鸟瞰,一条条红线就能勾画出卢萨卡城市的脉络。现在柏油马路横贯卢萨卡东西南北,车辆在还算宽阔的道路上川流不息。车确实多了起来,特别在上班的时间,车流会变得很慢很慢。在 UTH 上班的队员一般都会在早上 6 点半乘车出发去上班,虽然说到达医院的时间有点早,但是如果 7 点发车,上班高峰的堵车状况,让你不可预测何时才能赶到医院,队员们坚守着医院的劳动纪律和上班时间,这就是中国医生的作风。

赞比亚的道路也添堵(UTH 队员上班途中)

车来车往赞比亚

赞比亚的乡间小路　　　摄影　翁爱军

行走在丛林中的小路上　　摄影　翁爱军

赞比亚的车祸很多。李甲振、王玉州教授所在的骨科，大部分患者都是车祸外伤造成的骨折，伤情不像国内的简单，这里多以粉碎性骨折为主。在赞比亚开车必须得先观望，要有足够等待的耐心。英式的右侧驾驶位着实需要中国的司机打消自信的念头，还是在对赞比亚交通规则比较熟悉的朋友指引下开车为好。有一天队员们出去，我们选拔的高手司机，在出门转向的时候还是下意识地按靠右行驶的习惯，与对面的车辆闹了个紧张，看来习惯有些不是一天两天就能改变过来的。辅道让主道是必须的，赞比亚的司机只要他是按照规矩行驶，撞你白撞，还不负任何责任。在这里会招来极高的安全风险。乘坐老华侨的车从辅道进入主道，不仅至少看 500m 以内有没有车辆通过，还要看车速，车速快时，你在间距 1 000m 时插入可能都有点危险。卢萨卡虽然说有时会堵车，但大家都守规矩。没有红绿灯、没有警察的路口，如果车辆排长队，大家会很自觉地一对一交替通过；两车相遇的时候，双方会用车灯示意，闪烁一次的意思是我要通过，闪烁两次就是让你先行，你礼让三先，他在经过你的旁边时也会竖起大拇指向你表示钦佩；你若抢道，黑人司机会毫不客气地训斥你一番，挺可怕的。黑人也不乏绅士风度，遇到女同志开的车辆，总是减慢速度或稍停片刻，等待着接受女同志的伸指夸奖和微笑致意。这里看不到见缝插针，这里看不到抢道变道，这里更看不到“路怒”。两车剐蹭，双方下车绕着各自的车辆仔细端详一番，冷静地候在路边等待警察前来处理。规矩有了，车速就变得很快，一旦冒出个不讲规矩的，事故的发生也都比较惨烈，难怪医院骨科的骨折患者处理起来很麻烦。

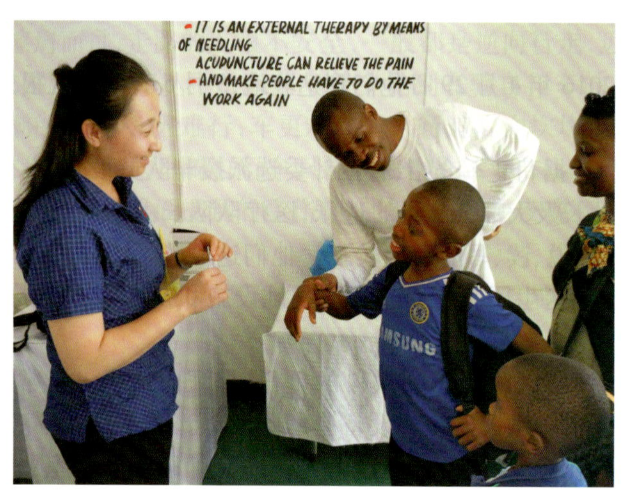

李莉莉在为赞比亚小朋友诊疗疾病

场景:男围着围裙边干家务边背英语,面对观众;哎,大家是不是很奇怪我这怎么开始学英语了,不瞒大家说,我要去非洲了。

观众说:去旅游。

男:不,我这是去工作,上大学的时候呢,我就想去非洲,这种想法一直在我的心里埋藏。想着现在也结婚生子了,工作也一直很稳定,去非洲估计也是一种夙愿了。这说来也巧,现在正在选拔去非洲支援的医务人员。我这也就报名了。

观众:你老婆会舍得让你去吗?

男:嘿,真让您说着了,这不,我做了俩菜,准备一会儿说。哎,什么味,坏了,我炖的汤。

(说着跑到后台,此时女上台)

女:哎呀,大家好,想死你们了。

(开门进屋,惊呆)咦! 老公回来了,还打扫了卫生,不对,有情况啊!

女:老公,嘛呢?

男(拉着女):在厨房呢,来,老婆,上了一天班,累了吧! 快休息一下,我给你倒杯水啊。

女(惊讶):不对啊! 又是做饭,又是倒水。跟平时不一样啊,有情况,肯定有事。

男:老婆,来喝水。

女(摸摸男的头):老公,没事吧!

男:没事啊! 怎么啦! 累不? 我给你捶捶腿。

女(很享受,一会儿,突然站起):不对,老公,你这从来都是一早走,半夜回,从来没有做过家务,今天你这什么都做了,不对,咱上医院吧,你这肯定是生病了。

男(很生气,甩开老婆,郁闷地坐下):我干个家务怎么啦,在我这有生之年干个家务怎么啦!

女(惊呆);有生之年,有生之年。(大哭,边摸着老公边说)老公,你是不是得癌症了,是不是还是晚期。

男(吐吐唾沫):呸呸,我没得病,我说错了,不是这个意思,我就给你做这一次。

女(擦擦眼泪):真的?

男:真的。(自己转个圈)看,好好的,结实着呢! (向大家展示一下肌肉)

女:别展示啦! 都是五花肉啦!

男(羞涩,拉着老婆坐下):我今天没有别的意思,就是想咱们两个,就咱们两个美美的,安安静静的(此时老婆一脸幸福的趴在老公肩膀)吃个散伙饭。

女(一下站起,男一脸懊恼拍着自己的嘴)

男:老婆,口误,口误!

女:好个散伙饭,你外面有人了?!

男(呆了一下,弄了弄发型):对! 有人了。

女(停止了哭啼,做了深呼吸,努力让自己平静):说吧！多久了?

男(对着观众坏笑了一下):五年了。

女(一脸惊呆):五年了?!(愤怒地说)潜伏得够可以,五年了,我竟然不知道。

男:老婆,你这个侦察能力不行啊,敌人都打入内部了,还不知道呢!

女(翻个白眼,怨气悠悠地说):我不是你老婆,(面对观众)现在常说防火防盗防小三,(观众说:防闺蜜)对对,你们好有经验啊!

男:五年前,我和她第一次相遇,胖嘟嘟的小脸,粉嫩的小手,就让我深深地爱上了她,她的第一次……

女(气愤地说):你们,你们……

男:她第一次笑,第一次翻身,第一次迈步,(深情地看着老婆)第一次叫爸爸。

男(握着女的手):谢谢你给我生了个可爱的女孩,她就是我这辈子的小情人,你就是我这辈子的宝。

女:老公,你好坏,把人家都弄哭了。

男:对不起啦！老婆,来,咱们吃饭。

女:不对,老公,我还是感觉你有事。

男:还是老婆厉害,还真有事……

女:看,你还是有人!

男:老婆,真没啥啦,就是,就是……

女:别就是就是啦！有事快说!

男(低声喃喃):我要去非洲医疗援助……

女:什么?!(大声)

男(喃喃):我要去非洲医疗援助……

女(怒了):说人话!

男:我要去非洲医疗援助!

男用余光看着女,女沉默了。

女:多久?

男:一年……

女(慢慢地站起来):你今天一早回来打扫卫生,做饭,就是为了这个吧,如果我没有猜错的话,你已经报过名了,只是通知我。

男:我……

女:我知道你是个医生,在你眼里患者最重要,无论何时何地,医院的一个电话,就能把你从我身边带走。每次我总说,没事,你去吧！可是望着你离去的背影,我的内心是多么希望你能留下。每次你出急诊,我总是很担心,担心你的人身安全。每次你深夜回家,都是轻轻的,怕影响我和孩子,其实我一直没有睡,在等你,只有你回家了,我才放心。在嫁给你的这六年里,你没有假期来陪我们,孩子问我,妈妈,为什么别的小朋友有妈妈爸爸一起陪着玩,我只有奶奶和妈妈。我告诉孩子:爸爸是医生,他要救治患者。孩子反问我:医院里有很多医生,爸爸为什么要一直待在医院呢！我告诉孩子患者很需要爸爸,爸爸的职业很高尚,能帮助很多人。孩子很高兴,想快快长大,也做一名医生,和爸爸一起帮助别人。老公,你不用担心,去吧！非洲缺医少药,需要你们。家里有我,就放心吧!

男:我……我知道陪你们的时间太少了,我是个不称职的丈夫,我……

女(抢着说):嫁给你不后悔。(面对观众)让我们向远离祖国,远离亲人,来赞比亚工作的朋友致敬!

(为医疗队参加华侨华人中秋晚会写的短剧)

第十二节 心态决定一切

2016 年 7 月 16 日 星期六 晴

“心态决定一切”,这是王正斌夫人在亲情群里发给援赞医疗队全体队员的宽心话,虽然这句话的原创不是她,但从一个援外队员家属心里飞出来的声音,我们倍感亲切和温暖。

是的，这一年我们就一项任务——医疗援助赞比亚。家里的事不需要牵挂，好事家里人会迫不及待地给你传递信息，烦心事压根就不会让你知道一丁点信儿；单位的事更不需要操心，领导安排的工作就是把这一年的援外任务完成好，安全、载誉回去就成。说来简单，一年时间，陌生环境，艰苦条件，寂寞生活等等，要去面对，要去适应，要去克服、要去耐受、要去度过，靠自己的信心、靠团队的力量，我们会以良好的心态去面对这一切！记得在一次全体队员会议上我说：“咱们队员谁能想到这一生能够来到非洲，即便有出国想法的也一定选择的是欧美国家。再者出国还需要自己掏腰包，而咱们来这里所有费用由国家负担，还有援外补助。一年的时间咱们不享受生活，徒找烦恼，何苦着呢?！不干好工作，虚度光阴，对得起组织吗?!”

草丛中健硕的羚羊　　摄影　翁爱军

贫穷但也美丽　　摄影　翁爱军

昨天，援赞亲情微信群和第18批援赞队员内部群里飘来了祝福的花海，这天是恩多拉医疗点点长杨蕾的生日。一张简易的床板上铺着报纸和理发用的罩衣，上面摆放着4个空空的盘子和一个生日蛋糕，旁边用塑料袋隐蔽着的肯定是三个大老爷们为杨蕾准备的生日“饕餮盛宴”。点燃熠熠生辉的生日蜡烛，杨蕾坐在椅子上双手合十，默默地许下美好的心愿，手机的闪光灯“啪啪啪”定格这难忘的瞬间。据说，这个时刻可以许下三个心愿，我猜杨蕾的第一个心愿一定是祝她的父母老人家“健康长寿，福如东海！”第二个心愿应该是祝她的宝贝女儿“茁壮成长，天天向上！”第三个呢，肯定是祝她的队员们“出门在外，事事平安”！她的老公在生日当天没有公开露面，必定是偷偷地干活，私下窃窃私语、情意缠绵，第二天便在亲情群里感谢大家为杨蕾的祝福。

真的，我看到队友发的照片，眼眶不禁湿润了，是那乐天派的情怀感动了我。

饭菜聚在一起吃最香

时间不成问题，陌生不可退却，艰苦不能惧怕，寂寞又耐我何，这就是我们第 18 批医疗队的作风，我们的精神！

杨蕾，郑州大学第一附属医院产科，见过一面你就会被她的朴实和真诚所感染的“女汉子”。

第十三节　吃瓜

2016 年 7 月 17 日　星期日　晴

败火，不如来到非洲的炎炎烈日下，光着臂膀酣畅淋漓地啃几块无污染、沙瓤蜜甜的西瓜，那个才真的叫爽，实在是爽呆了！“中国金”把一个西瓜切成四瓣来吃，既不是中国的吃法，也不是赞比亚的吃法，只是因为医疗点里有四位弟兄姊妹，不偏不倚，把甜蜜四人分享，悠哉！乐哉！下面就是金俊硕写的吃瓜感想。

——苟建军

赞比亚庆祝西瓜丰收的方式很特别

听说雨季将至，这几日倒是漏了几滴雨，可天闸还没完全打开，蓄了一季的雨水就要倾泄了，这燥热的土地也该败败火了。自觉多吃西瓜也能泻火，趁着瓜季美美地吃上几顿，何况雨季瓜就不甜了。一个瓜切成四瓣，不偏不倚，拿起来吃也方便，果肉鲜美多汁，尽可以吃到红白分界，食量也好控制，末了还得赞叹一

声，西瓜是大自然给我们最好的礼物！可这瓜要是只劈成两瓣吃那就不方便了，满脸花不说，反而很多果肉也吃不尽，如果拿勺子挖着吃每次又撑得不行。现在老家应该是过了吃瓜的季节了，天气也是由凉转冷了，不过我倒是喜欢老家的四季分明，每个季节都有它的乐趣，而时下一个节气正好赶到。一轮下来不觉中又是一岁。可这里和老家不同，遥远的空间距离把这一年直接拉成了旱季和雨季，想来倒也简单明了，可和家乡的多姿多彩比起来这里就是索然无趣了。不过这里的人定会觉得裹着汗水、灰土直接跳进水里岂不是更加酣畅淋漓?！向极度干渴的大地倾盆不是更能迸发生命的欲望?！

当然，谁不说自己的家乡好呢?！

第十四节 送别

2016 年 7 月 21 日 星期四 晴

红赤这小子沉默得很，到恩多拉以后就很少发言说话，但这次他对狗动了情，写了一篇感人至深的《送别》。卢萨卡和恩多拉医疗点里都养狗，利文斯顿因为住所是混住的两层小楼没有养狗。狗对医疗队来说很重要，一是看家护院，再者，狗也是队员们忠诚的朋友，可以消除寂寞。卢萨卡的大灰、小黑和小黄很是可爱。大灰老实憨厚，很少听到他的叫声，但尽职尽责，一但有情况，他的吼叫声撼天动地，很是吓人；小黑聪明伶俐，善解人意，白天关在狗舍里和大灰为伴，夜间放出来守护着驻地的安全；小黄年龄较小，来到驻地时间不长，她夜里在我的居室里修养，白天在院子里撒欢乱跑。大灰和小黑是上批队员留下的，一公一母，小黄则是我们这批医疗队来后领养的，虽然来得晚，但很受宠，她也不把自己当外“人”，跟每个队员混得都很熟。恩多拉驻地养的一只狗也叫“小黄”，个子不大，但是一个忠诚的卫士，狗接连怀孕，生出很多不知如何处理是好的狗家后代。这不，最近一窝又生下了八个狗崽，有几个夭折了，有几只送给了当地华人。留下的三只，几个队员绞尽脑汁商量着给他们起了个不错的名字，“萨卡”“多拉”和“利文”，分别代表着三个医疗点所在城市的名字，名字里寄托着各个医疗点队友相互思念的情感。小狗崽子一天天长大了，今天杨蕾要到首都卢萨卡医疗点汇报工作，几个队员一大早就忙活着把“多拉”和“利文”一同带到卢萨卡……

——苟建军

李四保和多拉、利文在一起

今天杨蕾点长要代表恩多拉医疗点去首都卢萨卡向队长汇报工作。

早上 5 点半起床，收拾好行李后，我和魏老师就去抓小狗，他们似乎预感到了什么，每只小狗都夹着尾巴，身体微微颤抖。担心? 恐惧? 或许是知道要分别了，被逮的两只小狗和狗妈妈都发出“呜呜呜呜……"的声音，我的心"咯噔"一下，一种莫名的伤感涌上心头。魏海军老师安慰道："早晚是要分开的，你总不能照顾它们一辈子吧"听得出魏老师话语有些哽咽，我的心里也有些酸酸的。前两天丢了三只小狗，狗妈妈几天都食欲不振，狂躁不安。我们几个心里也很难受，最伤心的莫属魏老师。请狗妈妈放心，你的孩子虽然离开你，到远方的卢萨卡去，我坚信那儿的兄弟姐妹会比我们照顾得更好！那儿毕竟是首都，你的孩子会有更多、更大的发展空间。

离别的车站早上风很大，显得离别的场景有些凄凉！车徐徐开动，杨点长带着两只小狗离我们渐渐远去……

太匆忙啦，两只小家伙连名字都没来得及起。谁帮我看一下他们的性别？一只就叫"多拉"，一只叫"利文"，你们看怎么样？留在他们妈妈身边的兄弟，就叫"萨卡"。支持的请点赞。

刚才擦完车顶，发现一只拖鞋不见了。我放眼望去，30m 开外，萨卡和它玩得正欢，还有两个兄弟帮忙，小黄蹲在旁边。我赶紧跑过去给抢了过来，发现鞋已经被撕破啦！我一气之下，抡起烂鞋照小黄屁股上打了一下，小黄没有躲避，用无奈的眼神望着我。也许她知道，孩子们犯了错，她这个做母亲的难辞其咎！看着小黄，我也气消了。小黄是我们的保安，她很懂事，从来不进屋，外边有个风吹草动的，她异常警觉；如果见了陌生的黑人，她扑上去就是撕咬。没事的时候，她时常卧在草地上，两眼凝视远方，也许是思念远在首都的孩子们……

第十五节　助力健康丝绸之路——赞比亚连通千名中国医生

2016 年 7 月 22 日　星期五　晴

"这是援外医疗开创性的举措""拓宽了援外医疗新的方式""可复制、可持续、面更广"。今天，赞比亚首条连线中国知名医院的国际医疗远程会诊中心，在河南省卫计委黄玮副主任、中国驻赞比亚使馆经参处崔文嘉、卢萨卡卫生官肯尼迪·玛拉玛、利维·姆瓦纳瓦萨综合医院副院长奇鲁巴，以及中国第 18 批援外医疗队、利维·姆瓦纳瓦萨综合医院员工的见证下正式启用了，并现场连线，双方嘉宾互致问候。这一项目不仅满足赞比亚疑难危重患者会诊的需求，更能够开展新技术新业务的应用指导、学术交流、医师培训等多项有益于赞比亚医疗服务能力提升的全新互动方式，是"一带一路"医疗合作的新探索，受到了赞方的高度赞赏。《非洲华侨周报》《新华非洲》以及赞比亚的媒体都给予了宣传报道。

——苟建军

助力健康丝绸之路——赞比亚连通千名中国医生

作者：杜莉莎　非洲华侨周报

黄玮副主任（右二）在远程医疗会诊中心揭牌仪式

黄玮副主任在远程医疗会诊中心开通现场

“从此以后，赞比亚可以与3 000多名中国医生保持联系了！”赞比亚利维·姆瓦纳瓦萨综合医院副院长奇鲁巴兴奋地说。

7月22日，中国-赞比亚远程医疗会诊中心在由中国援建的利维·姆瓦纳瓦萨综合医院正式成立。远程医疗会诊中心将利维·姆瓦纳瓦萨综合医院和河南郑州大学第一附属医院连接，双方可以通过远程医疗系统进行会诊，实现异地专家与患者、专家与专家的面对面交流。

中国驻赞比亚大使馆经济商务参赞处崔文嘉、河南省卫计委副主任黄玮及河南访赞医疗代表团、第18批中国援赞比亚医疗队、卢萨卡卫生官肯尼迪·玛拉玛、利维·姆瓦纳瓦萨综合医院副院长奇鲁巴、赞比亚大学教学医院院长、柴纳玛医院院长等出席了成立仪式。

河南省卫计委副主任黄玮表示，通过建立远程医疗会诊系统，中方将与赞方同行分享先进医疗技术，更好地造福赞比亚人民。黄玮介绍道，郑州大学第一附属医院始建于1928年9月，设计开放1万余张床位，有中国临床重点专科建设项目20个，医疗设备在数量和质量上位居国内前列，远程医疗系统设备先进，技术力量雄厚，目前在赞比亚工作的第18批中国医疗队就是由该院牵头组建。河南省卫计委注重医疗队建设，希望中赞双方加强沟通，开展更多合作，推动中赞医疗合作不断取得新成效。

利维·姆瓦纳瓦萨综合医院副院长奇鲁巴说，通过远程医疗系统赞方医院可以与3 000多名中国医生保持联系。如果碰到疑难病例，医院能在短时间内咨询中国专家，我们的诊断服务将得到提升。虽然不稳定的网络是医院面临的一大挑战，但我们会努力维持系统顺利运行。奇鲁巴向中国政府对赞比亚医疗事业的支持表示了感谢。他说，每届中国医疗队都为赞比亚医院做出了贡献，中国医生得到了赞比亚医生及患者的信任和赞赏。

卢萨卡卫生官肯尼迪·玛拉玛说，中赞远程医疗会诊中心是赞比亚省级医院第一个远程会诊中心。他说，两人智慧胜一人。远程医疗系统能帮助减少死亡率，促进当地医生队伍取得进步。目前，卢萨卡以外的省份还没有这样的系统，希望将来该系统能惠及赞比亚全国的民众。

成立仪式后，赞比亚代表通过远程医疗系统与郑州大学第一附属医院进行了连线。郑州大学第一附属医院院长阚全程表示，医院将利用好远程系统服务平台，按照国家援建要求将工作做扎实，更好地为赞比亚民众提供服务。

远程医疗会诊中心与会人员合影留念

援赞医院远程医疗会诊中心成立

作者:彭立军 新华非洲

7月22日,中国-赞比亚远程医疗会诊中心在由中国援建的利维·姆瓦纳瓦萨综合医院正式揭牌成立。该中心将利维·姆瓦纳瓦萨综合医院与郑州大学第一附属医院相连接,双方实现远程医疗会诊,帮助援赞医院提高医疗服务水平。

第18批中国援赞比亚医疗队、河南省卫计委副主任黄玮、卢萨卡省卫生官员等出席了当天的成立仪式。黄玮表示,开通中赞远程医疗系统是中赞医疗卫生合作领域的一件大事。通过该系统,与赞方同行分享先进医疗技术,更好造福赞比亚人民。同时,也希望双方加强沟通,能够开展更多合作,推动中赞医疗合作不断取得新成效。

利维·姆瓦纳瓦萨综合医院副院长奇鲁巴对中国政府向赞比亚医疗卫生事业的支持表示感谢。他说,通过远程医疗系统,援赞医院将与3 000多名中国医生保持联系,如果遇到疑难病例,医院就可以在短时间内向中国医生和专家咨询,将大大提高我们的医疗诊断能力。他说,历届中国医疗队都为赞比亚的医疗事业做出了贡献,中国医生也得到了赞比亚医生和患者的信任和赞赏。很多患者来到医院后,表示想找中国医生为其看病。

卢萨卡省卫生官员肯尼迪·玛拉玛说,中赞远程医疗会诊中心是赞比亚省级医院的第一个远程会诊中心。他说,该中心不仅使援赞医院受益,而且将惠及其他省份和赞比亚全国的医院。

成立仪式后,援赞医院通过远程医疗系统与郑州大学第一附属医院进行了连线对话。郑州大学第一附属医院院长阚全程鼓励医疗队队员们继续做好援外医疗工作。

自1978年中国派出第一批援助赞比亚医疗队,38年来共派出18批489名医务人员到赞比亚工作。目前在赞工作的第18批中国医疗队由郑州大学第一附属医院牵头组建。

援建医院利维·姆瓦纳瓦萨综合医院位于赞比亚首都卢萨卡,于2011年8月开始营运,拥有床位150余个,中国医疗队多名医生在该医院工作。2014年10月,两国达成协议,由中国出资扩建该医院,扩建后总床位将达到850个。

第十六节 国内亲人来赞比亚看我们

2016年7月24日 星期日 晴

河南省卫计委和派出单位的领导十分挂念在非洲援外的医疗队员,我们早已接到消息,省卫计委黄玮

河南省卫计委黄玮主任一行与卢萨卡医疗点队员合影

副主任将带领考察团来赞比亚看望我们。离家快三个月了，能够在异国他乡见到国内的亲人们，队员们真的是耐不住心情，焦急地在盼望、在等待。

7 月 21 日，河南省卫计委黄玮副主任带领省艾防办主任刘心想、疾控中心副主任王哲、开封市疾控中心主任杨跃进及援外医疗队员派出单位代表郑州大学第一附属医院副院长文建国、郑州市第一人民医院院长许金生到达赞比亚考察医疗卫生援外工作，并慰问正在这里工作的我们这批援助赞比亚医疗队员。

考察团与队员亲切交流

7 月 22 日，黄玮副主任一行考察了利维 · 姆瓦纳瓦萨综合医院和利文斯顿总医院，为郑州大学第一附属医院和利维 · 姆瓦纳瓦萨综合医院共建的“中赞远程医疗会诊中心”揭牌，并通过视频与国内会议现场领导通话互致祝贺。之后，考察团赶往卢萨卡医疗队驻地，实地查看了医务室、图书室、活动室、大厨房和队员们住室，详细了解队员们在这里的衣食住行和工作情况。中午，慰问团领导和卢萨卡、恩多拉的队员在驻地食堂进行交流，共进午餐。我代表医疗队向考察团汇报了援外医疗队的工作、学习和生活情况。“医疗队在支委会、队委会的带领下，团结一心，克服困难，努力工作，取得了援外任务的阶段性成果。队员们到达赞比亚后，积极主动适应赞比亚的工作环境、工作流程，全天候参与受援医院的医疗服务，到 6 月底共完成手术 388 例，麻醉 255 例，门诊 1 740 人次，抢救危重患者 40 例，会诊疑难病例 48 人例，放射科 X 线、CT 报告 1 776 份，B 超 452 份、ECG 585 份，检验报告 172 份。开展新技术、新项目 6 项。参与华侨华人抢救 4 起，诊疗华侨华人 80 余人。注重加强队员管理和驻地建设，建立了医务室、图书室和大厨房，开展丰富多彩的文体活动，活跃队员的业余生活。队员们具有饱满的精神状态和良好的工作作风，队里每个队员都有闪光点和感人的故事，比如杨蕾、张二伟罹患症疾，不言惧怕，病情稍有好转后便投入临床一线工作，正是这种团队的协作氛围，个人的敬业精神，使得第18批医疗队不论是在受援医院还是在华侨华人群里都赢得了极高的声誉。良好的开端、赞方的肯定、侨胞的支持，我相信我们这支队伍一定能够圆满完成祖国交给的任务！”黄玮副主任代表省卫生与计划生育委员会向全体援外医疗队表示慰问，对医疗队能够面对艰苦条件、传染病威胁和远离家乡的孤单，全身心投入援外医疗工作表示感谢；对医疗队在短时间内能够打开局面，取得赞方的认可和侨界的赞扬表示满意。希望医疗队再接再厉，发扬成绩，广开思路，创新工作，为我省的援外医疗工作谱写新的篇章。

考察团走访驻地

考察团参观驻地

23日上午，我和考察团全体成员驱车来到中国驻赞比亚大使馆，杨优明大使亲切接见了考察团一行。黄玮副主任向大使汇报了河南省的对赞医疗援助工作，他说：“河南省承担着中国政府对赞比亚的医疗援助任务，自1978年派出第一批援助赞比亚医疗队到目前的第18批医疗队，已有近40年的辉煌历程，累计派出医务人员489名。专家们在赞比亚不畏艰苦，辛勤工作，致力传授医疗业务知识，帮助提高技术水平，与赞比亚同道一起解除患者痛苦，呵护人民生命健康，为中赞两国的友谊做出了突出贡献。近年来，河南省根据国家对非洲合作援助政策的进一步加大，调整了医疗援助的一些机制和举措。首先，队员选派注重思想素质、英语交流能力和专业技术水平，目前在赞比亚工作的队员全部来自大学教学附属医院和省会郑州市的三级医院；二是结合赞方需求专业选派医生，以便更好地发挥作用；三是积极探索建立援助工作的长效可持续机制，这次考察团来赞，开通了赞比亚与中国的第一个跨国界医疗远程会诊系统，实现技术交流、人员培训、急危重患者救治全方位的合作。”

杨优明大使在中国使馆亲切接见考察团一行

杨优明大使与考察团及医疗队员合影留念

杨大使对河南省援赞医疗工作所取得的成绩和采取的进一步强化措施给予了充分肯定和赞扬。杨大使表示:“河南省选派的这一批医疗队员层次很高,都是博士、硕士,在赞比亚工作非常努力,已取得了初步成效,赞方和侨界反响很好。赞比亚经济落后,目前还存在缺医少药的情况,政府和人民群众对中方的医疗援助寄予很大的期望。近些年在赞工作和创业的侨民越来越多,他们的医疗保障也是使馆考虑的重要事项。希望河南省在医疗援助方面积极探索,推动我国医疗卫生和药品行业走出去,在中赞医疗卫生合作领域发挥牵头引领作用,帮助赞比亚医疗卫生事业的发展,保护在赞华侨华人的生命健康与安全。”

考察团在利文斯顿医疗点驻地了解队员生活情况

在赞期间，黄玮副主任和考察组成员特地来到利文斯顿医疗点看望在那里工作的 4 名医疗队员并送去了慰问品。当看到队员们住的是开放式楼房，条件十分简陋，安全没有保障，生活物资匮乏之时，一再叮嘱我要想办法保证队员的生活，保证队员的安全。7 月 24 日，黄玮副主任还与第 18 批援赞医疗队员一同参加了赞比亚华侨华人紧急医疗救助队成立仪式。

第十七节　助力华侨总会医疗救助

2016 年 7 月 25 日　星期一　晴

赞比亚华侨华人紧急医疗救助队成立现场

赞比亚华侨华人紧急医疗救助队队旗飞扬

2016 年 7 月 24 日上午，总会紧急医疗救助队成立仪式在卢萨卡穆伦古稀国际会议中心成功举行。中华人民共和国驻赞比亚杨优明大使、陈世杰参赞、孙明武官及使馆领事保护陈志宇主任、赞比亚卫生部常秘，UTH，FAIRVIEW，SES 等医疗机构，河南省卫计委黄玮副主任及考察团成员，中国第 18 批援赞医疗队，第 19 批援赞军医组，紧急医疗救助队志愿者医生，华侨华人代表等将近 300 余人参加了此次成立仪式。

健康和安全一直是在赞华侨华人最关心的问题，有效的健康和安全保障能够为华侨华人投资兴业带来便利。总会也因此把成立区域联防组织和紧急医疗救助队作为今年的重点工作任务。

杨优明大使在致辞中对华侨华人总会的工作给予了充分肯定，同时也期望将来工作的开展能够充分体现以人为本的理念，借同胞之力，救同胞之急，努力把紧急医疗救助队打造成一支作风过硬、技术信得过，“召之即来，来之能战，战无不胜”的队伍。

赞比亚卫生部常秘 Peter Mwaba（皮特姆瓦巴）先生在致辞中对总会紧急医疗救助队的成立给予了充

分的肯定，同时对中国政府一如既往的帮助表示感谢，他还志愿加入总会紧急医疗救助队，成为其中的志愿者之一。

河南省卫计委黄玮副主任在致辞中表示，援赞医疗队将为总会紧急医疗救助队的工作开展提供技术方面的有力保障和硬件上的有力支持。成立仪式上还为来自医疗队、军医组、中国医生等62位医生志愿者颁发了志愿者聘书，同时也启动了赞比亚华侨华人血型数据库。

华侨华人向中国医疗队赠送锦旗

至此，总会今年对于治安联防组织和紧急医疗救助的部署工作已全部圆满完成，未来将在工作细化、科学管理以及有效实施方面逐步落实到位，真正建立起一个人人共建、人人共享的安全、健康华侨华人社区环境。

中国医疗队是赞比亚华侨华人健康守护者

第十八节 点长与队长的对话

2016年7月26日 星期二 晴

微信朋友：

与人相处只有你爱别人，别人才会爱你；你帮别人，别人才会帮你。你施予别人，别人才会回敬于你。你给世界几分爱，世界才会回你几分爱。人性的弱点，就是常常看到别人的缺点，却看不到自己不足。然而，世间万物都是相互的。给人多少，人会回敬你多少；若想被人尊重，先去尊重别人；若想被人理解，先去理解别人；若想被人宽容，先去宽容别人；若想被人欣赏，先去欣赏别人；若想被人谦让，先去谦让别人。因为：人生是相互的。

吕志排带领队员开垦的小菜园

利文斯顿医疗点点长吕志排：

队长：夜已经很深了，我夜不能寐。到赞比亚三个月了，一切都步入了正轨。铁一般的纪律、半军事化的管理、高标准的援外要求，一定给大家伙寂寞的心头上增加了不少压力。这个点了，发个微信想和您交流一下思想和感受。

利文斯顿很偏僻，点里也就我们四位同志，其中一位还是个女同志，想一想这一年怎样去度过、去完成工作才能够不辱使命，还是要想许多法子的。在已走过的短短时间里，队友们的出色表现，让我宽慰，信心倍增。朱骊在等候接台手术时虚脱，喝口糖水继续上台完成手术；靳忠良的眼科急诊很多，白天晚上都要到医院去接诊，从没抱怨过；谭延昭埋头苦干，他把医疗队来之前积压的几百份报告一一书写出来，彰显了咱们队伍的实力和敬业精神。我们本来就是来援助的，就不是来享福的。我们每个人都是经过医院选拔，自愿来援外的，两年前就定医院、定专业的，每个人该去哪个地方都是以前注定的。老天眷顾我们，2014年的文件说援外任务是两年，到了 2016 年变成了一年，并且国家在援外期间给了我们很高的荣誉，还有不错的待遇，我们也算是很幸运了。我们大家以前素不相识，缘分让我们走到了一起，每个人、每个点都是集体的一部分，每件事都是我们 18 批医疗队的事，我们的所作所为每天都有亲人、单位、华侨华人、赞比亚同道、省卫计委、国家卫计委在看着我们。我们在这里的基本条件算是很不错了，有车、有房、有吃的、有住的，还有网络，应该很知足了。每个人都不容易，家里家外一堆事，我们既然来了，我们应该珍惜友情，热爱集体，吃亏在前，享乐在后，服从大局，不求回报，平平安安、有所收获地度过这一年。党员同志更要在援助赞比亚的特殊时刻、特殊地方发挥模范带头作用，这些不是空话，而是需要大家每个人每天都要考虑的问题。队里的工作很多，财务、后勤、生活、宣传、汽车管理、对外联系等，很多同志都做出应有的贡献。想一想、比一比，以前的医疗队员有的失去了生命，我们现在的队伍里有的同志也得了疾病，就是一年后我们还要有几个同志必须留下来值班留守……将心比心，作为省会大城市、大医院医生，每一个队员都很有修养和素质，从不去斤斤计较、讲吃讲住、互相攀比、满腹牢骚，而是深度融入队伍、严格服从组织、虚心听从领导，这是多么难能可贵的啊！

医疗队队长荀建军：

志排：我知道你很辛苦！利文斯顿医疗点的事你摆活得挺不错！在这特殊的一年时间里，管理方面的事一刻也不要掉以轻心，随着时间推移可能还有许多困难和问题等着你去解决、去处理。要多观察、常谈心、善沟通。开会讲规则、讲纪律，考核讲绩效、讲贡献。小事不计较，大事按规矩，不让小事转化成大事，不让大事不了了之，也不要让难事弄得一塌糊涂。团结带领多数，影响改变少数，借管理之力凝聚全体队员之心。一年援外，保安全放在第一；干工作、树形象永远是主题；丰富队员业余生活，让大家开心愉快每一天。

第十九节 到中资企业送健康

2016 年 7 月 30 日 星期日 晴

出发，为在赞比亚辛勤工作的中国员工服务去。

早上 7 点，12 名医疗队队员乘坐大巴前往中国水电十一局（以下简称中水电）在赞比亚下凯富峡的施工现场，为日夜奋战在工地的祖国同胞进行健康体检、普及医学知识。这是前一段时间我与夏水芳局长见面时商定的，中水电在那里承建一个规模很大的水力发电项目。

车沿着开罗路、卡福路进入到为工程项目专门修建的一条宽阔而崎岖的山石土路，三个小时的车程，一路欢语一路歌。

山峦叠嶂，层林尽染。片片相连的原始森林，形随自然，千姿百态，好像终生有约一样相互伴生攀附着。树高风必摧之，同心才有力量。阳光洒向大地，山脉隔断成阴阳界面，树叶折射出不一样的色彩图案，一幅幅凝重的油画随车速飘逸、随心动升腾。沿途荒无人烟，偶尔有几只小猴子惊奇地注视着行驶的车辆，鸟儿扑楞楞飞起，消失在蓝天白云之间……

路还正在修筑，看不到人山人海的会战场面，但见一台台大型工程机械在黑人司机的操纵下，遇山劈路，填沟铺壑，黄色纽带蜿蜒在崇山峻岭之间。这是一条赞比亚人民的梦想之路，也是他们的幸福之路。

到达目的地后，队员们穿上工地配发的反光背心和安全帽，“乡长”王正斌一本正经地在中水电标志前照了个标准照，挺像回事，估计到施工现场又换了个身份——“监工”。在会议室，按照惯例由负责安全的组长为我们进行了安全相关知识培训，真不愧是国有大企业，规则贯彻到细节，安全六要素记忆犹新。

在夏局长的引导下，我们参观了大坝建设的选址场地。下凯富峡是卡富埃河流的下游，不宽的河面深达 17m，水流湍急，浪花飞溅，奔袭的轰鸣声响彻山谷。旁边施工队正在开挖一条导流洞，直径 10m、长度 60m 的山中隧道靠一炮一炮爆破而成，这条导流洞将是大坝建设时的河水疏通通道。拟建的大坝高约 100m，宽约 300m，装机容量 75 万千瓦，灌注的混凝土是建在很远的搅拌站用传输装置运送而来。我们原来认为发电机组就安装在水电大坝的坝体中，听夏局长介绍后我们才豁然开朗，建成的水电站主要有两部分组成，一个是拦水蓄水的大坝，一个是发电的厂房，发电厂房和大坝之间由 400m 的地下导流洞连接，靠水流的落差驱动发电。就像国内一样，伴随着一个大型水利设施的竣工，就会兴起一座新兴的城市，附近正在进行平整的一片山地就是规划中 5 000 人口的小镇，有学校，有警局，还有居住的别墅，以后的这里肯定是物华天宝，美丽绝伦。道路、电站、小镇，统筹规划，同步施工，多么宏大而艰巨的工程。在工地的仓储库房内和广场上，摆满了建设物资，停放许多施工车辆，这些都是从国内运送过来的现代化装备。

医疗队员在中水电十一局赞比亚项目工地参观

祖国强大体现在对兄弟国家经济民生领域的支援和日益增强的开发能力。雄厚的资金实力、集团式承揽工程是中国企业纵横国际市场的独特优势。队员们为祖国而自豪，为奋战在异国他乡的同胞们深感钦佩和骄傲。

水电项目地处深山僻壤，职工外出就医很不方便。医疗队与项目部提前沟通，制订了此次体检方案，有70余名职工参加体检。体检项目主要包括测量血压、血糖、体温、身高、体重、做心电图、彩色超声波，以及心血管内科、消化内科、骨科、耳鼻咽喉科、泌尿外科、普外科、神经内科等专业的健康体检。接受义诊体检的工友们很是高兴和期待，有的一大早就来到体检点等候，有的没脱下工装就风尘仆仆地赶到了现场，医疗队员怀着崇敬的心，用热情的服务、精湛的医术为工友们认真仔细地问诊和检查，耐心地解答工友们咨询的健康问题。通过体检发现部分职工患有高血压、心脏病、腱鞘关节损伤、颈椎病、胆囊息肉、胆囊结石、脂肪肝、甲状腺结节、胃肠炎、过敏性鼻炎、慢性扁桃体炎等疾病，医疗队的医生针对性给予了治疗及保健方面的健康指导，并详细地答疑解惑，消除他们的顾虑和认识盲区。同时，针对一些常见病、多发病，向职工提出了实用的预防措施，指导职工通过改善自身的作息和饮食习惯，保持身心健康。

职工们远离故土，在缺医少药的赞比亚，大家真心不敢生病。据中水电十一局夏水芳局长介绍，职工们对医疗队的到来期待已久，华侨华人远离祖国在赞比亚创业不易，下凯富峡水电站项目部的广大职工常年工作在户外，工作环境相对险恶，大家渴望医疗队能够为在赞工作的中国同胞的健康保驾护航。

第二十节　淳朴善良的赞比亚人

2016年8月2日　星期二　晴

淳朴善良的赞比亚人

今天中午一下班，UTH医疗点点长李甲振教授就被那里的黑人医生朋友诚邀到一家酒吧闲叙，他要在那里等他从南非来的女朋友。

赞比亚原来属于英国的殖民地，酒吧文化在这里非常盛行，酒吧是当地人会友、交流、娱乐常去的场所。富裕、有身份的，经常光顾比如MAKENNI、EAST PARK（马可尼、东方广场）的高档酒吧，闲情逸致，推杯交心，在舒缓的轻音乐中放松一天工作的劳累；钱紧、工薪阶层的，一般到街边路旁的简易酒吧，洒脱热舞，放纵狂饮，在激越的摇滚乐中宣泄一周的苦闷。甲振和黑人朋友要了几瓶啤酒，还有一份希玛，品饮着，一道享受等待的渴望和喜悦。黑人也很“虚荣”，见到熟悉的人，就要炫耀一番和他在一起的中国医生朋友，很是骄傲和自豪。在赞比亚，医生特别受人尊敬，更何况还是中国医生，凡见面的临走时都要奉送两瓶啤酒作为幸会的心意。朋友多得介绍不完，啤酒多得也喝不完，直到下午5点，在甲振的强烈要求下才终止了这次充满盛情和友谊的聚会。

赞比亚的乡村　　摄影　宋文瀚

赞比亚人很有礼貌、很友好、很忠诚。

前几天，一家华人企业的一个黑人班组长在工作中受了伤，老板史总特别焦急，求助于也是医生的华侨华人总会栾春民副会长，要求组织最好的医生为伤者治疗，一定要保住伤者的手指。栾会长首先想到并联系了中国医疗队的骨科李甲振和王玉州教授、普外科程国凌教授，他们急忙赶到康达诊所为患者检查伤情并成功地施行了手术治疗。史老板对教授们说："这是一名非常优秀的黑人员工，要在国内，我一定为他申报五一劳动奖章，他讲正义，很忠诚。公司丢了东西，他会毫不犹豫地站出来指证他所看到的，即便是他的同胞——赞比亚人"。

还有一个真实的故事让人感动和钦佩。一次医疗队、军医组以及前来赞比亚探亲的家属和孩子们应邀到赞比亚华侨华人妇女联合会刘桂芬会长家做客，他们一家用拿手好菜招待我们，带有东北特色的炖猪蹄、炖羊肉、红烧肉、酸豆角、东北烙大饼和多种食材的户外烧烤。佳肴美味全在手艺和功夫，味鲜极致尽在满口留余香。刘大姐和她的老公姜哥都是军人出身，为人直爽，热情好客，每批军医组、医疗队来到赞比亚，他们都会摆下酒菜宴请一番，国人一家亲啊！在制作烧烤期间，我发现一个个子不高的黑人小伙子很不把自己当外人，别的人都在专心致志地码放肉品、刷油撒料、翻转烤制，完毕后盛盘送给客人，唯有他一手拿着啤酒边烤边吃，坐在一旁的姜大哥看着只是抿着嘴笑。

趁着一个没人的机会我向姜大哥求解答案，大哥给我讲述了这个特殊黑人员工的传奇经历。十几年前，姜大哥和刘大姐来到赞比亚创业，一开始经营着几家零售商店，因为点多路远，自己人手不够，每天晚上完工的时候就安排这个小伙子去收取营业款。谁知他不久就被人盯上了，在一次收款回来的途中遭遇劫持，小伙子机智反抗，虽然受了点伤，但当晚还是如数把营业款交给了雇主。以后随着业务的扩大，为了安全起见，家里配备了一辆汽车，还是由这个小伙子负责送货收款，但又被抢劫了一次。这次比上次厉害，不但车辆被抢走，他也被打伤住院，家里人都不知道咋回事，还以为小伙子心起歹意监守自盗呢。让人感动的是，出事的第二天小伙子怕雇主担心，没经医生同意他就从医院跑了出来，给雇主报告了事情的经过，并把那天收到的数目不小的营业款分文不少地抱给了老姜，抢走的车辆后来也被警察在很远的地方找了回来。正说着老姜把小伙子叫了过来，给我介绍说："就是这个小鬼，聪明得很，忠诚得很，跟着我干快20年了！"然后一手捏着小伙子的脖子，一手轻轻地拍拍小伙子的脸蛋："给我说，今天喝了几瓶啤酒？""两瓶"小伙子调皮地回答道。那言语，那笑容，就像一家人一样，充满着信任，洋溢着亲情！

前几天，从国内来的一位医药企业大老板到医疗队找到我，咨询在这里投资建药厂的事。三年前他曾来过赞比亚，就在那次，他到著名的维多利亚大瀑布观光的时候，一不小心从悬崖上跌落，幸运的是他在慌乱中一把抓住了生长在崖壁上的乱草，然后双脚蹬在突出的不大的岩石上，就这样在距崖顶几十米的半空中苦苦挣扎一个多小时，下面就是万丈深渊。在附近的当地居民看到这一幕后，立马告诉景区工作人员，赞比亚方随即调派空中救援队前来营救。营救队员冒着生命危险，用尽一切办法，终于把他从死亡线上救了出来。三年了，他仍念念不忘赞比亚的恩人们，特意再次来到赞比亚，来到利文斯顿设宴答谢当时营救他的那些好心人们，并决定在赞比亚投资建厂，以报答赞比亚人民的救命之恩。

“这里人信教，可能都善良礼貌吧，每天上班，进病房楼见当地人和同事，每个人都打招呼，可能看我们是中国人吧。‘Good morning!’（早上好！），刚开始不习惯，嗯一下算了。后来手术室老护士说我说得太简单，我现在也是‘Good morning!’再加句‘Fine, thank you!’（好，谢谢！），或再加句‘And you!’（你好！），还是感觉别扭。国内上班见面打招呼，微笑下点头就是。或者电梯里，都不说话，默默无言最好。回去了见人都‘Good morning!’估计要被嘲笑。这是利文斯顿吕志排同志发来的感言。

“红砖水泥外墙，室内墙面油漆处理，一尘不染的玻璃窗和地面，通过赞比亚最大医院 UTH 的几张随拍，感受到赞国西化、贫穷、务实、敬业的多重性格文化！”“赞比亚生活区真实景象，无论在贫民区，还是偏中等收入居住区，老百姓很讲究，虽穷但活得都很开心！物质生活和精神生活真的是两回事，主要是生活氛围和自身心态”。这是陈刚在医疗队群里发来的切身感受。

快乐的赞比亚人　　摄影　宋文瀚

不论贫富、不论种群、不论肤色，内心善良、柔和、宽厚，“礼、义、仁、智、信，温、良、恭、俭、让”，高尚的人品是多么昂贵的化妆品都装扮不出来的。心存净土，修养自我，闪耀美好，愿人间处处充满爱的温暖！

第二十一节　赞比亚农展会一游

2016 年 8 月 3 日　星期三　晴

医疗队实行的是半军事化管理，上班集体行动，下班外出必须请假，这些措施主要是保证队员在赞比亚期间的绝对安全。这几天，赞比亚因为举办农展会就全国放假 4 天，医疗队也同样享受这天上掉下来的幸福。队员李莉莉代表利维·姆瓦纳瓦萨综合医院参加现场的布展活动，并展示中国的针灸技艺。张洋一班人厌倦了难耐的“囚禁”生活，死磨硬缠着要求去看看在展会上辛苦工作的莉莉同志。我知道是借口，但让大家去感受一下赞比亚的盛会，也是做队员思想工作的一种方式。不错，张洋这一天过得很充实，也有收获。

——苟建军

赞比亚的农展会一年一届，很隆重，全国放假 4 天，连总统奥德加·伦古和夫人都参加了开幕式。8 月 1 日是农展会的最后一天，队长“开恩”，特许队员到现场一睹农展会盛况。因为现在正是赞比亚总统竞选期，因素很多，不安全。

一大早，我们便驱车来到距离医疗队驻地十几分钟路程的农展会现场。展会 9 点开始，但这里已是熙

得有点冒犯或不尊。但人这样死在、伤在一看就明白、一想就清楚的规矩上,也真让人不可思议、不能接受。

不论法家还是儒家,不论佛教还是道教,即便你是个无神论者,也要有信仰、有底线,这个底线就是讲规矩。规矩,在你的人生旅途中,带你走的不一定是近路,但永远是最放心、最平安的路!

下面是我们医疗队在赞比亚的亲身经历。事无大小,切记规矩。有些经历,是你走向成功的宝贵财富;有些经历,一次就有点多余,只能是吃一堑长一智罢了。

UTH 队员李新锋讲述的故事:

下午 4 点多该下班了,美英还放不下手头的工作,她准备把当天的检查报告全部发出去。UTH 5 位队员坐的是一辆车,通常都是大家集合齐后才一起返回驻地。其他队员趁着等美英的机会来到医院旁的总统府附近,想在独立纪念碑前留影纪念。拍照正在尽兴的时候,走过来了三个荷枪实弹的警察,严厉地拿去照相用的手机,并检查我们的证件和身份。还好,警察一看是中国医疗队的,告诫说这里是总统府区域不允许照相,在监督下删除手机里的相片,驱使着赶快离开。没有照一张纪念碑照片的队员有点于心不甘,走了好一段距离后,想着没有问题了,便又掏出手机快速地抓拍了几张。回途中谁知警察又赶了上来,训斥了一番,再次删除相片,亲自护送到我们上车离开医院后,警察才返回他们的岗位。

队员微信号钢蛋儿:

前天下午陪付老师到卫生部办工作签,等待闲暇到离卫生部不远的有两架巨大飞机模型的门口拍照,被门卫控制,因语言不通,联系翻译付老师过来,才明白是空军基地,走近看有不让拍照的提示牌。军方怀疑我是"间谍",我刚刚还纳闷在想门卫咋都带着枪呢!队长也过来了,因未带有效证件,当晚又被移交警局,手机被暂扣!当晚差一点关在号里,次日上午经援建医院人员协调才要回手机!后来想想:如果我不是华人,可能在空军基地门口就被撂倒了。

总结:

(1)身在异国,语言举止要注意。

(2)出门带上有效证件!

(3)没有知识真可怕!像我这样英语不好的,基本就老实点吧!

吕志排@刚蛋儿:

刚刚:你一说吓一跳,受惊了!确实如此,还是多留个意,包括拍照、言语,你把这次经历发在微信里更能让大家加强管理和约束。上周外院大夫过来我们这里指导工作,刚开始第一天,有大手术,邀请实习学生同我拍照,他们说不。第二天解释了说我要保存资料,沟通熟悉后才合了个影,现场通过蓝牙直接可以发给黑人和白人实习生。还有,去超市不让公开拍照,特别是在出入口,咱遵守就是。

重点提醒队员们:近期有点乱,大选期间。

第二十三节 在异国他乡我很想母亲

2016 年 8 月 6 日 星期六 晴

思念故乡,思念亲人们,是让海外游子最为煎熬的日子。陈刚,健壮体魄,总在驻地内不长的"环院小道"上快跑跳跃,冷不丁发出"哼哼哈哈"的响声——我知道,这是我在队里的规矩太严造成他没有发泄的机会。高长辉,晚上闷点小酒,时不时在自己的斗室里夜半歌声,如泣如诉——我知道,离家太久,家乡的味道依然萦绕在心头。王梦琦,抬头仰望明月,脱口就是古典诗句的乡愁——我知道,女人当家,离开女人的一年老公在家何等的辛苦。杨蕾,总说不怕,但家里的老娘、孩子怎不牵肠挂肚!我,视频一下夫人,微信联系一下朋友,默默祝福一下父母。这一年我们撇下的是亲情,扛起的是无上荣光的责任。晚上,援外队员最大的快乐就是阅读微信,朋友的鼓励、家属的宽慰、圈里的问候,以及那些你意想不到的微信里点点滴滴的信息,都是身在异国他乡游子的精神寄托和鼓励。今天,我在信息里拜读了一篇名字叫《舍得》的文章,感人至深。我也即兴写了一首小诗《母亲》,以代表全体队员对母亲和家里亲人们无限的情思。

母亲的笑容　　　　摄影　宋文瀚

母亲

苟建军

家字像个靶，
母亲一生拿。
劳作播希望，
苦心梳理家。
家字像把伞，
母爱呵护俺。
幸运泽儿女，
福报妈康安。

第二十四节 心相交 力断金

2016 年 8 月 12 日　星期五　晴

富，逍遥一辈子；贫，清苦一辈子；富，烦恼的是怎样守住钱财；贫，最放心的是不被贼惦记。福，不在于腰缠万贯，在于境界，"大老虎"位高权重，最终进了笼子；福，不在于贫门寒舍，在于奋斗，播撒汗水勤耕耘，果实终归囊中。人生的最高境界就一个字——"给"："给掌声"不必吝啬；"给面子"不论童叟；"给信任"多多益善；"给方便"处处时时，"给礼节"魅力四射；"给谦让"待人低调；"给理解"方便为人；"给尊重"积极向上；"给帮助"乐于施善；"给诚信"重守承诺；"给实惠"远离私利；"给虚心"大肚能容；"给欣赏"看人长处；"给感激"知恩图报；"给口德"雁过留声。

快乐属于自己，看你怎样去把握、去营造。知足常乐是一方面，在一个群体、一个团队里面更重要的是你抱着什么样的心态，起着怎样的作用。是心胸狭隘，还是宽容豁达？是斤斤计较，还是大公无私？是相互攀比，还是甘愿付出？是是事不算事，还是不是事都是事？累并生活着，苦并奋斗着，痛并快乐着，希望永远就在前头。

"船停在码头是最安全的，但那不是造船的目的；人待在家里是最舒服的，但那不是人生的意义。最美好的生活方式，莫过于和一群志同道合的人奔跑在理想的路上"。第 18 批医疗队是一个气氛活跃、会找乐趣的大家庭。这里有亲如兄弟姊妹的战友，还有小字辈王晓孟追着喊的王玉州大叔。王玉州是我们队里的"老大"，王晓孟是队里年龄最小的"娇宝"。

生活保障组组长蔡琴工作做得很细心，队里每个队员的生日她都记在手机的备忘录上。8 月 12 日、14

日分别是队员李新锋和王玉州的生日，按照过生日靠前不错后的习俗，队里筹划今天为这两位生日明星点烛庆生。亲情微信群里一大早就发出了祝两位队员生日快乐的短信，随后便满是祝福的蛋糕蜡烛，就像春雨润物一般洋洋洒洒，飘落不断。利文斯顿发来了维多利亚大瀑布美丽的彩虹；恩多拉发来铜带省蓝天上朵朵吉祥的彩云；新锋爱妻发来最牵挂不舍的儿子照片；王玉州太太发来意味深长的表情笑脸。小会议室里，队员们把环境营造得欢乐融融。小生日蛋糕旁点上红、黄、蓝、紫的生日蜡烛，火苗闪烁，柔和动情；桌上摆放着梅师傅精心烹饪的四菜一汤，凉拌猪耳、油炸花生、家乡和菜、肉片青笋和啤酒饮料；卡拉 OK 里播放着生日歌，欢快悦耳，声声煽情；队员们手拿照相机、手机，“咔咔咔”不停地拍照，记录下每一个动人的瞬间。一句句祝福的话语，道出的都是战友之爱；一杯杯祝福的美酒，碰出的都是缘分真情。他俩的脸上涂满了甜蜜的彩色奶油，洋溢着开心灿烂的笑容。玉州眼角流出热泪，品味着这一年不寻常的经历；新锋露出了醉意，感动着这一年手足兄弟并肩战斗的火热情谊。

“为每个队员过生日”这是支委会、队委会作为关心队员生活的一项规定。远在异国他乡，不论工作多累、用品多缺、吃得多差，保持积极向上的热情、欢快愉悦的心情，过充实、少念家、不寂寞是顺利度过这一年的关键。卢萨卡是大部分队员聚集的地方，生活条件相对来说还不错，利文斯顿、恩多拉的兄弟姊妹们就艰苦得多、寂寞得多。当看到恩多拉杨蕾点长生日的图片，我没有什么再好说的，只有用我的日记和照片，留下赞比亚经历的点点滴滴去证明，我们的队员个个都是好样的，他们用毅力、用信心、用“洪荒之力”在履行祖国交给的光荣使命！

吕志排点长的感言：一年的时间有很多工作可以做。短短三个月，我们在队长带领下，克服重重困难，适应环境，步入正轨；我们以诚相待，敢于做前面没有做的工作，处处大手笔，展示我中国新实力、河南新形象，充满着河南省最大、最好医院的自信和担当。领头羊也好，大树底下好乘凉也罢，总之有个好的开端，我们坚信一定会有一个完美的结束，永恒的记忆！我们开拓进取，广交朋友，履行我们的义务，承担我们的责任。

好队友，共风雨；心相交，力断金！

第二十五节 GOOD BYE 孤独

2016 年 8 月 14 日 星期日 晴

三个月兴奋期过后，一切都会转入平淡。工作已成为常态，业务处理得心应手，上班时有同事说笑，有患者忙乎着，过得还算充实，但是下班呢？

赞比亚的天依然是蓝的，飘过的云就像心中的思绪，游走不定；月依旧是柔和的，洒下的月光就像心中的惆怅，显得冰凉；路边的小花无助地在呼啸的烈风中左右摇摆，驻地水塔上的乌鸦在这干热季节“呱呱呱”烦心地瞎叫着。

记得上高中的时候，教数学的周正兴老师在课堂上提了一个问题让同学们回答，那节课讲的是“圆”。周老师个子很高，满头银发，平时不苟言笑，但讲起课来诙谐幽默，滔滔不绝，把枯燥的逻辑定律演绎得深入浅出，栩栩如生。“如果一个人落魄到了一个孤岛，他最需要的东西是什么？”高中生正处于青春期，对女生已表现出懵懂的好感，一位姓钱的同学站起来不加思索就回答：“女人”，顿时课堂上笑声一片。周老师不紧不慢地讲解道：“非也。钱同学你只是站在你的角度想问题，我说的一个人没说是男人也没说是女人。如果是个女人她还需要女人否？”“男人需要女人，女人需要男人都很必然，可皮之不存，毛将焉附？落魄孤岛首先要考虑到生存，生存最需要的就是一个圆形的碗和一双挑起食材的筷子；碗，保证吃饭用，筷子，可以敲着碗边不寂寞；哈哈，这个碗，就是今天我要讲的内容——圆。”

身在一个遥远的陌生国度，虽然说不是孤岛荒漠，之所以被援助也就意味着这个地方还不是那么好。要不，医院同道到美国、到欧洲去，身份就是访问或交流；要不，医院选派援助队员还要强力宣传，充分动员，还需要耐心做思想工作，有的甚至用抓阄来确定某个人命运。据说有个医院通过抓阄产生了援外人选，但抓到的人硬是不去，最终医院领导铁面无私，给予抗令不遵者免去了科室副主任、降级业务职称等处分。出门在外生活固然很重要，吃喝拉撒睡，吃字排在第一位，周老师说的碗和筷子还是需要的；但吃完干啥？工作；工作完干啥？孤独、寂寞？读过陶渊明的《桃花源记》的人都羡慕不已，世外仙境，自我天堂，但也不过是陶老愤世嫉俗，渴望解脱，舞文弄墨，饮酒思醉，脑海里勾勒的虚幻世界罢了。援外医疗工作由两年改为一年的决策者一定学过心理学，绝对的英明！在我带队来赞比亚的时候，曾在医疗队担任过队长的谢志徵老师，给我讲述了许多援外的亲身经历和切身感受。带队在外最难的不是医疗工作，赞比亚医疗技术比较落后，中国派去的队员临床方面工作都能胜任，并且会干得很好。最难的就是带队伍，时间长了变化最大的就是队员心理，啥情况都有，啥问题都可能会发生。有些不是事都成事，无事生非；有些鸡蛋里挑骨头，不可理喻；有的变了个人似的，不可想象。

支委会、队委会运筹帷幄，对这一年队员的工作、生活、学习、娱乐都有精心的安排，时刻关注了解队员心理一丝一毫的变化，通过开会、聚餐、活动、锻炼四种形式，增加群体在一起的交流机会。大家在一起就有情趣、就有温暖、就有活力。

今天卢萨卡驻地文体组莉莉、高强、美英、陈刚组织大家搞了一场乒乓球比赛，分男单、女单、双打三个项目。别看队员少，这里可藏龙卧虎。手握横拍决战对手的有高强、新锋、正斌，可以与他们交锋的快球手也只有陈刚、国凌、陈曦和玉州。四保和张洋绝对是表演型的选手，在赛场上一刻也不消停；张洋打急的时候鞋子一脱，光脚上阵没有负担，就像摔跤运动员一样动个不停。四保在场上嘴就没消停过一刻，俏皮话张口就来，发起球来直拍、横排变幻莫测，只要他舌头一伸就知道“歪”点子又来了，直叫对手防不胜防。二伟和长辉是绝对的猛将，往往主动掌握前三拍，可惜就是准头略差了一点。女队员中美英可谓高手，提拉球是她的绝招，与男选手对决不成问题；蔡琴打球特认真，发起球来又低又快，猝不及防。梦琦防守有方，只要你不急，来往球能打到天亮。莉莉的球技就值得商榷了，四保让她个左手还是以输球而告终。颁奖仪式在欢快的运动员进行曲伴奏下进行，队长和支委会、队委会成员为获奖球员颁奖并合影留念，一等奖一块香皂，二等奖一袋洗衣粉，三等奖一管牙膏，全是中国进口的，有点破费，有点奢侈。

我最后总结说：“这场比赛，赛出了友谊、演练了技术、比出了实力，为我们进军在赞华侨华人乒乓球圈增强了信心。下次竞赛项目，台球。”笑声久久回荡在不大的乒乓球比赛场馆里。此次比赛受到中国第18批援赞比亚医疗队亲情圈围观者的高度关注，赞扬声此起彼伏。更可贵的是一微信名“付军领亲-章帆”的微友发来感言：付老师居然也出现在了活动室，真不容易，想必也是尽了“洪荒之力”才“挪”过去的，要知道付老师堪称宅神中的“坐圣”。利文斯顿医疗点也在简易的水泥乒乓球台面上架起了一张网，开始锻炼起来了，只可惜恩多拉还没有活动的场地和器材。

出门在外要抱团，“一个人可以走得很快，但不可能走得很远”。抱团，需要你放电，用光亮引领大家前行的步伐；抱团，需要你送暖，用温度去消融彼此内心的冰寒；接受你的脾气，享受你的滑稽，把交流沟通作为团队的助力站，让每个队员的心灵窗口始终敞开。

孤独好似疟疾，可防可控，如果我们把团队的蚊帐编制好，蚊子无处叮咬，队员就不会发热、打摆子（患疟疾）了。

第二十六节 命运靠自己转弯

2016年8月21日 星期天 晴

一只小鸟（我想应该是麻雀家族，因为它的体型大小和皮毛花纹颜色与国内见到的差不多。世界是相通的，人长得都一样，除了黄、黑、白肤色不一样以外；鸟也一样，连叫声都一模一样），无意间，也可能是觅食，迷失在我的住所一楼和二楼的楼道间。一楼的两扇大门是敞开的，它一定是从这里进来的。一楼和二楼有两个很大、装着透亮玻璃的窗户，为防止蚊子飞入且近几日赞比亚的风有点大，窗户都处于关闭的状态。小鸟长有两只翅膀，当它意识到自己进入到不该来的地方的时候，本能地就往高处飞去，但二楼楼顶阻挡住了它的出路。窗户外蓝天白云，它在想那应该是它自由翱翔的空间。一个俯冲，拼命地想尽快逃脱出去，“咣当”一声碰得个头晕目眩、眼冒金星，便落在窗户棱上，傻傻地、呆呆地心里纳闷：“明明看着一片

天空为何就飞不出去呢？”再来一次，力量更大，“扑楞楞”差一点头破血流坠落在地上。屋里的“小黄”（队里养的一只德国黑贝）听见楼道的动静，“汪汪汪”跑了出去，上蹿下跳追逐了好几个来回没有擒获这个猎物，“不给你玩了”，小黄知趣地溜达出大门，去找它的小伙伴“利文”和“多拉”去了。老婆出门交代过：“不能杀生，见到生灵要放一条活路”。望见小鸟惊恐、无助的眼神，怜悯之心油然而生。打开二楼的一扇窗户蛮认真地对着小鸟说：“来吧，从这里飞出去”，自己以为它能听懂似的。小鸟飞来飞去尝试了好几次，就是辨别不出开着的窗户和关闭的窗户，最终还是没能够找到成功出逃的路。水天一色，可水会流动、也有波纹显现，还能够辨别出那是天、那是地，但玻璃的里和外都是空气，无色、无味、无影、无踪，无法识别呀。

楼下的门是敞开的，楼道的窗户也打开了通道，“不可理喻的小鸟，你自己看着飞吧，上下都是你飞翔的路”。晚上吃饭时，我打开了房门。小鸟不见了，它一定是在不停地碰壁中找到了求生的方向……

有时，你自以为是的那条路不见得走得通，固执地走，会碰壁，会头破血流。困惑时，好心人指的路，你可以试一试，那不是坑，他或许已经帮你移走了你看不见的那道玻璃。

人的一生有清亮的时候，也有混沌的时候；人生旅途不可能处处一帆风顺，也可能时常遇到荆棘坎坷。“没有一种工作是不委屈的”，这是《艺术人生》节目采访人们最喜欢的歌手刘若英说的一句话。朱军问她，为什么你总能给人一种温和淡定，不急不躁的感觉，难道生活中遇上难题的时候你不会很气急败坏吗？刘若英的回答就是“那是因为我知道，没有一种工作是不委屈的”。很多人都知道，刘若英在出道前曾经是她师父——著名音乐人陈升的助理，刘若英在唱片公司里几乎什么都要做，甚至要洗厕所，她跟另外一个助理两人一周洗厕所的分工是一三五和二四六。微信公众号“她在江湖飘”的作者达达令写过这样一段话：“所以回到如今现实中的问题，作为一个非职场新鲜人，我能想起来的这三四年的工作感受也是美好多于不快乐的部分。但是这个过程中我自己感悟到的一件事情就是，我以前总以为熬过这一段时光就会好起来了，这种观点有可能是错误的。一是没有人能给出一个答案，所谓好起来的生活是什么样的；二是这个熬过去的日子里，很多时候只是我们当下觉得困难重重，殊不知其实你所经历的，也正是大部分人正在经历的一切”。

“不进一寸，也不失一毫，我始终觉得，这个世界从来是有经纬度的，不会因为你的忍让而缩水，也不会因为你的强悍而膨胀，你要懂得游刃有余最好的方式是，内心柔软而有原则，身披铠甲而有温度”。这是我非常赞同的几句话。

经历艰难，记住美好，只要你没死掉，那就一定能过上好的生活，尼采说过一句话：“那些没有消灭你的东西，会使你变得更强壮”。

命运靠自己转弯。

别给规矩叫板，别给人生叫板。烈风不是刀，它给你刮过来的还有甜甜的空气；冰雪不是寒，它给你飘来的只是季节不同的颜色。心宽了，扬起头就是一片蔚蓝的天空。

第二十七节 “乡长”王正斌

2016 年 8 月 23 日 星期二 晴

今天，赞比亚的风特别大，阵阵呼啸声穿窗透墙在耳旁不停地回响，大风裹挟着大地的沙土和烧荒的灰烬回旋在空中，遮天蔽日，这阵势颇具摧枯拉朽、翻江倒海之气势，大自然一改往日晴空万里的景象，让我们重温一回郑州那种灰蒙蒙的感觉。

晚上风小了许多，驻地旁的村庄传来阵阵悦耳的歌声。也许是当地人声音嘹亮的唱歌特质，那声音刚性、脆性和磁性特强，极富穿透力和诱惑力。男声高亢张扬，就像非洲的野马，桀骜不驯；女声清脆爽朗，就像草原的小鹿，欢快奔放。男女声此起彼伏，时而抑扬顿挫，时而合音涌动，没有绕梁三日的缠绵，只有“短、平、快”的节拍，仿佛让你感受到他们舞动的身姿，犹如身临其境的感觉。

这几天晚饭后出来锻炼的队员越来越多了，有打乒乓球的、有散步的。打乒乓球的学奥运健儿，双方对阵，热火朝天，激战尤酣；散步的三五成群，唠唠当天的医院见闻，听听墙外的天籁之音，悠闲自得，不亦乐乎!

工作就是工作,兢兢业业,一丝不苟,毫不含糊。生活就得自己调味,苦时,给咖啡加点糖;闲时,为思乡找点乐;即便是赞比亚的"糖不甜""盐不咸",也要把握度,让每一天丰富而充实。

王正斌与赞比亚卖玉米的小女孩

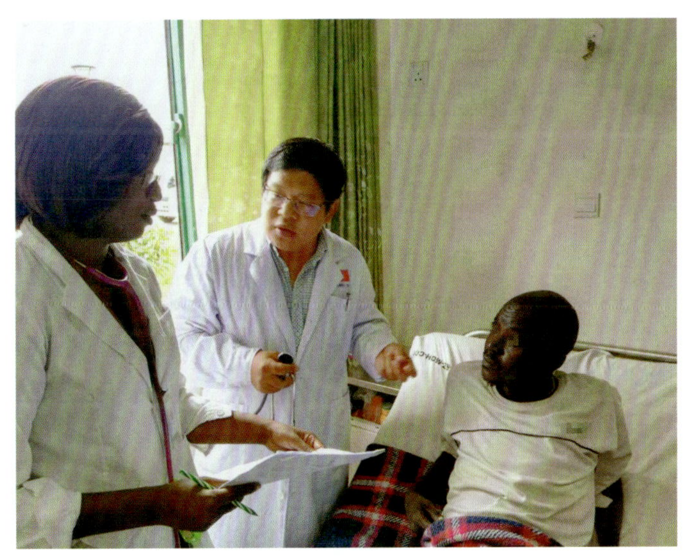

王正斌在临床工作中

王正斌,郑州大学第一附属医院心内科副教授。个子不高,走路沉稳;轻言细语,学富五车;说话严谨,不失幽默;儒雅风度,爱好极广。队友们喜爱称呼他"乡长",他总是双手一背,仰头一笑:"叫呗,只要你高兴",说实在的,他挺有乡长的"范儿"。

在援外医疗队里,对内科医生的要求要比其他队员高,工作起来也要比其他队员难度大。门诊、查房、病例讨论等临床工作,都需要较强的英语语言沟通能力去实现。正斌业务能力很强,英语功底也扎实,一向较为挑剔的心内科 consultant Mr. Banda(班达顾问医生)对正斌也是赞赏有加。刚进入医院的时候,正斌随着 Dr. Bada 坐门诊,一周后就得到了授权,单独坐门诊接诊患者。正斌是个很用心的人,为了方便与患者的沟通,拉近中国医生与赞比亚患者的距离,他向叫号的护士认真学习赞比亚当地的俚语,一句"Alongo"(对女同志称呼),"Mulibwanji!(你好)",让就诊的患者感到无比的熟悉和亲近。心内科门诊的患者很多,正斌总是坚持送走最后一个患者才下班,不论时间多晚,他常说:"老百姓来卢萨

卡医院看病不容易,不看完对不起患者。”这和赞比亚当地医生的习惯不一样,到下班时间就走人,要看,上班时间再来。

正斌负责开车接送同在援建医院的队员,因为他不能按时下班,援建医院又增加了一名开车司机,而他回驻地只能吃凉了再热的剩菜剩饭。赞比亚门诊患者和住院患者合并艾滋病的非常多,一般人群艾滋病病毒携带率约15%,住院患者有的说可达30%~40%,最可怕的是在患者初诊时无法知晓他是不是艾滋病患者。作为一名救死扶伤的医生,正斌知道自己的职责,他默默无闻为赞比亚人民奉献着真诚和大爱,不嫌弃、不鄙弃每一位病友,总是耐心细致地去给患者沟通和诊疗。坐一上午门诊,正斌不喝一口水,为的是不上厕所,怕耽误患者时间。赞比亚的心脏病患者很多,特别是心衰患者,有些还特别年轻,多数都是拖到病情严重影响生活时才来就诊,看到这些患者,正斌心里非常沉重,“心脏病如果能够早期就诊检查,早期预防控制,患者都会有非常好的治疗效果和生存质量。”可赞比亚缺医少药,连在国内已经普遍开展的冠脉造影技术都没有开展。患者的痛苦、家庭的负担,更加激发正斌努力干好援外工作的信心和力量。他向队里建议,是否可以编一部援外医疗工作手册,以方便今后援外队员了解赞比亚医疗工作流程和医疗现状,还特别想在条件具备时在赞比亚开展心脏介入手术,哪怕自己自费从国内带来所需耗材。

正斌是个思想者,也是个乐观派,他能把动静结合得相得益彰、丰富多彩。下班时就和“老相好”陈刚谈笑风生,练球交手,他横握球拍,抽削莫测,让小小乒乓球疾去徐来,打得陈刚急头怪脑、俯首称臣。夜晚品茶小怡,习书修性,在茶韵中畅想,在墨香中陶醉,还时不时在微信中与爱妻调侃数句,逗得群里的队友们皆大欢喜。

心若接地气,便会开出鲜花;心若会升腾,亲吻的就是白云。正斌——第18批援赞医疗队,笔墨书写的是一撇一捺,足迹迈出的是一行行诗篇。

第二十八节 大爱无疆——中秋歌会合唱曲

2016年8月24日 星期三 晴

赞比亚华侨华人总会计划中秋节在卢萨卡举办一场联谊会,邀请我们医疗队参加。表演的节目怎样才能反映中国医疗队的团队精神和大爱情怀,我思考了很久,最终确定采用大合唱的方式,选用我们郑州大学第一附属医院高亢奋进、尽显“厚德、博爱、敬业、创新”的院歌,作为主打歌曲进行演出。我对院歌歌词进行了部分修改,从中体现援外队员的拼搏奉献和豪情满怀。董家妹子是音乐老师,这些日子每天到驻地给大家排练。老师教得好,队员热情高,大家配合默契渐入佳境,相信中秋节那天一定会演出成功,与精彩同行。

大爱无疆

(改编自郑州大学第一附属医院院歌)

风雨洗礼
岁月见证
非洲大地铭刻着我们的忠诚
白衣天使的情怀
万里传友谊
救死扶伤的圣地
妙术济苍生
厚德铸医魂
拼搏乐奉献
大爱无疆托起生命的永恒

厚德铸医魂
拼搏乐奉献
大爱无疆托起生命的永恒

长城绵延
赞比奔腾
非洲大地召唤着天使的豪情
不畏艰苦的风采
悬壶解病痛
国际主义精神鼓舞再攀登
万里播大爱
健康为人类
走向辉煌征程与精彩同行
万里播大爱
健康为人类
走向辉煌征程与精彩同行

第二十九节 为了抢救华侨华人的生命

2016 年 8 月 26 日　星期五　晴

在赞比亚我们已深深地扎下了根。队员们在受援医院工作得热火朝天，捷报频传；在驻地，大家生活学习、浇水护绿，营造出一个其乐融融的家园。更可贵的是，医疗队已融入华人群体，服务于华人群体，享受在华人群体，华侨华人也对医疗队厚爱有加，颇多信任。健康有问题找医疗队，现在已成为在赞华侨华人最为放心的一件事，医疗队也把华侨华人的每一次求助放在心上，不遗余力地去服务。下面是队员王正斌写的一篇救治华人纪实。

——苟建军

2016 年 8 月上旬，正值赞比亚大选之前，第 18 批援赞医疗队苟建军队长接到卢萨卡华人诊所求助电话：一名在赞华商突发持续胸痛，在诊所治疗无好转，考虑急性心肌梗死，要求医疗队提供紧急救助。苟建军队长建议患者尽快转来利维・姆瓦纳瓦萨综合医院，并立即成立由心内科王正斌副主任医师、超声科张洋主治医师、心电图王晓孟主治医师组成的应急抢救医疗小组前往医院待命，并从医疗队驻地带去必要的检查设备和急救药品。约 20 分钟后患者在华侨华人总会领导及家属陪同下到达医院，立即行心电图及心脏彩超检查并给予硝酸甘油片舌下含化。

患者侯某勇，男，46 岁，肥胖，有多年高血压及糖尿病病史，曾有多年吸烟史。清晨 7 点左右突发胸痛，位于心前区，呈闷压样痛，并放射至咽喉部及左侧肩背部，胸痛呈持续性并阵发性加重，诊所给以速效救心丸及静脉输液治疗近 2 小时，效果差。患者痛苦面容，胸痛伴出汗。常规十二导心电图提示窦性心律，无明显心肌缺血或损伤改变，加做右胸导联及正后壁心电图提示 V3R 呈 rS 型、V4R 与 V5R 呈 QS 型，心脏彩超无明显阶段性心肌搏动异常。患者既往无消化道疾病史，查体腹软，腹部及胆囊区无压痛，无消化道症状，排除急腹症；患者心律、血压正常，无撕裂样胸骨后剧烈疼痛，排除主动脉夹层动脉瘤；根据患者具有心血管疾病危险因素、胸痛特点及心电图检查，含化硝酸甘油数分钟后症状有所缓解，高度怀疑急性右室梗死，立即给予硫酸氢氯吡格雷片 300mg，阿司匹林 250mg 口服，同时办理住院手续。1 小时后再次查心电图无明显变化，胸痛明显缓解。赞方医院不能进行心肌酶及心肌标志物检测，因此，患者住院第二天症状消失、病情稳定后到院外某检测机构查 CTnT（肌钙蛋白 T）阴性，排除急性心肌梗死，诊断为冠心病，不稳定型心绞痛。继续双抗血小板、低分子肝素抗凝、降压、降糖、扩张冠脉、降低心肌氧耗、改善心肌血供等方案

治疗，患者未再出现明显胸痛症状。

患者住院期间，苟建军队长亲临病房查看患者，安慰患者及家属，解除患者远离家乡对疾病的恐惧及焦虑心理，住院6天后痊愈出院。

第三十节 辣木籽的神奇不在辣

2016年8月29日 星期一 晴

整整4个月了，122个日日夜夜，2 928个小时，我们在赞比亚没能沐浴到一点雨露。

这里的天气就这么倔强，旱季就是旱季，正儿八经的旱季，即便是乌云密布，也不会带来半丁点儿雨水。我们在这里已经度过了6~8月的冬季。南半球和北半球的季节不一样，当我们在赞国感受低温凝冻时，却在微信中和亲人们聊着国内热浪中的干蒸；当我们在赞国渴望雨水双眼欲穿时，滂沱大雨却时常光顾祖国的大江南北，车如行舟，扰人心烦。生活就是这样，冒着黑烟的烟囱能给你送去点点的明亮，你却看不到了太阳缕缕的光芒；妖娆在山舞银蛇、原驰蜡象的雪天，你却悦目不了鲜花冬日惊奇斗艳、绚丽多姿的美丽画卷。生活有甘就有苦，有苦才会感受到甜。

赞比亚有一个神奇的树种——辣木（moringa oleifera），它（特别是印度尼西亚的辣木）与中国的灵芝、美国的西洋参并称“世界三宝”。它可以辨证施治，调理机体不同的紊乱。原本长在树上没人要的果实，不知何方仙人就这样把它包装成天然的灵丹妙药，一夜之间身价倍增，现在市值接近每千克100夸查。

辣木树的树形像一把伞，开白色的花，十分优美。每棵树每年可结15 000~25 000粒果子，果子为褐色，其上有三个纸质白翼。正常健康的人吃辣木籽是纯甘味甜的，如果有偏向以下的五种味道即知症状所在：入口苦者即为肝功能受损；酸者提示心脏小肠虚弱；涩者提防肺、脾、肠失衡；呕者考虑脑神经病变及体弱；腥者注意肾脏、膀胱亏虚。中国诊所栾医生的院子里就种了几棵，据说挺有经济价值和药用疗效。我试吃了几颗辣木籽，入口细嚼确感黄连之苦，清水含口片刻，顿觉满嘴甜腻久之不散，有点苦去甘来的回味。肝脏有没有问题我没去化验，就当是个提醒注意保养总是没错的。队里小李吃了说是甜的，因为她还年轻，年轻是本钱，年轻啥都好。老王品后觉得是腥的，毕竟年龄大了，肾亏也很正常，但可得要注意保健啦。

这几天，国内来了几位贵客，万里之外，异国他乡，真有些“老乡见老乡，两眼泪汪汪”的感觉，更何况他们是专门为我们援外医疗队待遇前来赞比亚调研的。武汉大学公共卫生管理学院毛院长、肖副院长带领手下的海归课题组一行6人到达赞比亚的第二天，就马不停蹄地穿梭在经参处、医疗队、国家农业科技示范中心、中水电十一局、孔子学院开展相关内容的现场访谈、调查问卷等工作，内容挺温馨的，主要是关乎援外医疗队的吃、住、行、娱等问题，随行听到各行各业的情况感觉都挺不容易的。中水电十一局承揽的是上百亿的大项目，操的心可想而知；职工们日夜战斗在施工工地，风吹日晒，几年不能回家，后勤保障必须是系统的、完善的、绝对有力的。农业科技示范中心老包主任从中心建设初期就来到了赞比亚，一干就是8年，满面沧桑折射出他的操心和付出；现在的中心已颇具规模，凸显中国实力和大国形象；他们中心的老徐就在前不久，退休即将回国的时候，突发脑出血牺牲在赞比亚的土地上，可这名老援外将士最后连一个亲人都没见得上。孔子学院刚刚落成不久，巾帼不让须眉的李院长带领一帮年轻的骨干老师，还有一帮志愿者，默默耕耘在赞比亚的19个教学点里，传播着中国元素和中国文化；她们很艰苦，没有班车，没有公寓，有些就独自一人工作在很远、很偏僻的学校里。我们医疗队还算可以，这些年条件改善了不少，下面的点和首都的点差别还是有些大，吃的、住的、用的都还存在许多困难。队里经费预算是上一批编制计划下一批遵照使用，肯定有脱节不合拍的情况，没预算有些事情就不能办，比如说在驻地公寓想种几棵大树、会议室想安装一台空调等现实问题；队员8小时工作以外的时间怎样安排，闲着就无聊，困着就想家，我的体会是丰富队员的业余活动很重要，凝聚团队、激发干劲必不可少，但钱呢？医生嘛，职责就是救死扶伤，总是考虑别人的多，善待自己的少。不过，这些问题调研组的同志们都一一认真地记录了下来。

武汉大学专家一行到中国医疗队驻地调研

记得赞比亚的一个知名作者在我们刚到不久就到援建医院采访了我们。他提问的第一个问题是:"你们中国医疗队对赞比亚的援助是不是为了双赢?"双赢什么?中国就是礼仪之邦,滴水之恩,当涌泉相报。当年中国加入联合国,非洲兄弟们的正义一票,我们始终记在心上。第二个问题反复地问:"你们医疗队员不远万里来到赞比亚,不得报酬还要工作,到底为的是什么?"难回答,很难回答!我们生在大中国,长在新时代,祖国的使命就是我们的责任,第18批医疗队的每个队员都是坚守着这样一个信念努力工作、无私奉献在你们的国土上!这不是在唱高调,这样的高度、这样的执着、这样的无私,我们只能装在心里,落实在行动上,你跟国外人讲,他不懂也更不会明白,但是有一点,他们肯定是佩服的!

第三十一节　经历便是人生华丽篇章

2016年8月30日　星期二　晴

爬格子,和援非一样,是一件非常累人的苦差。自从国内出发踏上援非征途的那一天,我就笔耕不辍。坚持每天夜间敲键盘写日记,的的确确挺累的。但在赞比亚,记录每天的经历,写下每天的见闻,敲出每天的感悟,也的的确确是一件非常有意义的事,也是一件快乐幸福的事。毕竟对每一个队员来说,这一年都是难忘的历程和值得骄傲的付出。就像我们第18批援赞医疗队微信公众号的主题词:"不求回报,但愿付出,经历是人生华丽的篇章"。高长辉应武汉大学之约在其援外专刊上,也写了一篇专稿,今天我们就在文字中领略一下他的感受吧。

——苟建军

2016年4月28号上午10点中国援赞比亚第18批医疗队总算出发了,原定于一月份赴赞接替上一批医疗队员执行援外任务,但因为赞方迟迟不能签订意向书及发送邀请函,只能一再推迟,多少有点热脸贴人家冷屁股的感觉,但其实这就是非洲人的生活节奏,从这一刻起我们就应该学会适应赞比亚的生活节奏和生活工作方式。途中花了36个小时,跨越13 000公里终于顺利抵达赞比亚。大家热情高涨,纷纷摩拳擦掌准备大干一番,简单休整,尽快熟悉环境,都希望能尽快投身到工作当中去,时差尚未调整好,便于抵赞第5天参与到华人车祸的急救中去,赞方卫生部官员说要进行相关培训及办理医师资格注册等手续,不知道什么时候才会去上班,苟建军队长主动和受援医院联系沟通后,与抵赞半个月所有队员便投身到各自的工作岗位中去,援建医院的院长说,你们这一批队员是适应最快的,希望你们能给以后的队员多培训一下,都能够像你们一样适应得这么快。确实,近年来,河南省根据国家对非洲合作援助政策进一步加大,调整了医疗援助的一些机制和举措。队员选派注重思想素质、英语交流能力和专业技术水平,我们这一批队

员全部来自教学附属医院和省会郑州市的三甲医院，大部分都是博士或硕士。其实工作适应得快慢，克服语言障碍是很重要的一关，因为医疗行为离不开交流。

来赞比亚三个月了，最大的体会就是中国的老百姓在医疗服务方面太幸福了，至少不能再提看病难、看病贵的说法。在国内如果你需要手术治疗，当天住院，准备两三天，很快就能手术康复，至少在河南是这样的。赞比亚经济落后，缺医少药现象还比较严重，这边都是免费医疗，但免费医疗只能提供最基本的医疗服务和药物，大型检查一般还是要收费，并且价格不低。医院一般有两个药房，一个是免费的，一个是high cost pharmacy，也就是高消费药房，高消费药房的药都需要自己购买，需要手术的患者要排队预约等待，有的要等几个月甚至一年，如果不想等待也可以，可以直接住到高消费病房(high cost ward)，只是所有的医疗服务都要自己掏钱。因为没有药品，没有医疗设备，好多患者只能无奈的等待，我们好多队员带着新技术、好技术来了，没有设备、没有药品，开展工作也相对困难，正所谓巧妇难为无米之炊，战士打仗，没有枪怎么打胜仗？我经常开玩笑，非洲最需要的是不用药就能把病治了，不要任何器械就能把手术给做了的神医。好多队员来到这里要重拾早被淘汰的几十年前老方法、老技术，所以现在援助周期改为一年还好，如果时间长了，回国后可能真的就跟不上队伍了，因为在这里很难推进新技术，很难跟上现代医学快速发展的步伐。这里的老百姓很淳朴，对医生言听计从，绝对信任，依从性非常好，他们去医院看病和去教堂时都要盛装打扮、体体面面。所以在这里医生需要做的就是专心思考如何才能把病看好，不用操心养家糊口的事，因为医学行业在这里是高收入行业，你会觉得如果不好好安心工作真的对不起国家发的那份工资。在这里你不用操心患者会不会投诉你，你也不用操心患者会不会因为疗效不好或误解而伤害你，因为这里几乎所有人都信仰“上帝”，而他们把医生就当成“上帝”一样去尊重，因为他们的工作性质是一样的，都有一个共同的目的，就是解除大众的痛苦。在这里医生对治疗、对患者拥有绝对的主导权，这里的老百姓很淳朴，医生可以以任何理由随时停掉早已预约好的手术，可以随时关上伤口停掉正在进行的手术改天再接着做。尽管缺医少药，尽管医疗队在这里只是无偿援助，但队员们工作的热情依然高涨，所有队员只想尽己所能，利用一切可以利用的条件，尽可能多的为非洲人民健康做好服务。一方面是因为看着老百姓忍受着病痛的折磨实在是不忍心，另一方面我们必须要对得起患者对自己的那份尊重，对得起患者的那份信任，否则真的是于心有愧。

按照常规思维方式，到一个新的地方一般是必须要尝尝当地特色食物的，但赞比亚的传统主食我一直没去尝试，可能还是不太习惯。赞比亚传统美食以白玉米为主，加水熬成糊状，称为“希玛”。他们习惯用手抓着吃，许多中下层家庭终日只吃“希玛”，富裕的家庭则辅以简单的蔬菜汁、烹小鱼、炸鸡腿等。当地人一致评价 very delicious(非常美味)，赞比亚同事每次到了饭点都会建议我应该尝尝他们的“希玛”，但在医院这种环境让我用手抓着像糊糊一样的“希玛”吃实在是做不到，或许将来换个环境可以尝试一下。截至目前，到赞比亚一直在吃中餐，主要是自己做，正所谓自己动手丰衣足食，但做中餐必须用到的佐料在这里就是进口的了，并且卖中国货的老板也都是中国人，价格基本上相当于国内的三倍。蔬菜也基本上出自中国农场，价位不低，好在牛羊肉相对国内便宜，总之在赞还是要发扬勤俭节约的传统美德才能把日子过得长久。

赞比亚人喜欢慢节奏的生活方式，所以我们每个刚到赞比亚的人都需要时间慢慢适应，这里虽然经济落后，老百姓的文明程度还是比较高的。在公共场所很少见到有人抽烟、插队、随地吐痰或高声喧哗，路口很少有红绿灯，但大街上开车时都是自觉相互避让，高峰时段也会堵车，但从不会堵死。在赞比亚，如果没有车出行是非常不方便的，没有公交车，只有公共小巴，大部分老百姓出行主要靠步行，出远门的就只能坐大巴和小巴了。一部分比较富裕的都有私家车，也主要是以二手车为主。赞比亚的街道比较窄，没有人行道，路上的车辆车速比较快，所以步行也是非常危险的。我们驻地距离援建医院步行也就 15 分钟的路程，但为了安全还是要开车去上班。我们医疗队配的车，挂的政府牌照，路上交警一般不查我们的车，但遇上国家法定节假日也可能会成为重点检查对象，防止公车私用之类的。赞比亚这边靠左行驶，驾驶座在右侧，跟国内正好相反，所以即使是老司机，到这边开车也需要时间去改变一下习惯。医疗队专门有司机组，安排有固定的几个队员专门开车，一切只有一个目的就是保证大家的安全，非洲兄弟平时还是比较规矩的，但到了节假日大家喜欢到酒吧喝点酒放松放松，这里不查酒驾，所以节假日、周末开车要更加小心。

赞比亚自然环境优美，蓝天白云几乎天天可见；这里地广人稀，显得比较宁静，即使是大城市也很少有高楼大厦，喜欢慢节奏及恬静安逸生活比较适合在这里居住，但这边夜生活相对单调。夜间出去还存在一定的安全隐患，所以对于医疗队来说，晚上的娱乐生活一般就只能在驻地了。驻地公寓是新建好的，去年9月才正式入驻使用，崭新的院落和家具还是挺让人心情舒畅的，驻地为了大家业余时间不那么寂寞，专门安装了一套健身器材、一个乒乓球室、一个台球桌，队里专门建了一个阅览室，大家白天上班，晚上可以在公寓里练练毛笔字和自己喜欢的乐器，也可以在院子里跑步、快走、打台球、乒乓球，也可以看书，给大脑充电，总之健康是第一位的，只有运动起来才能增强体质，防病防灾。

河南省一直承担着中国政府对赞比亚的医疗援助任务，自1978年派出第1批援赞医疗队到目前的第18批医疗队，已有近40年的辉煌历程，累计派出医务人员489名。第18批援助赞比亚医疗队共有28名队员，由郑州大学第一附属医院组队，担任组长单位。队员分别来自郑州大学第一附属医院、郑州大学第三附属医院、郑州大学第四附属医院、郑州大学第五附属医院、郑州市中医院、郑州市妇幼保健院、郑州市第一人民医院、郑州大学外语学院等。专业涵盖骨科、神经外科、普外科、泌尿外科、妇产科、眼科、耳鼻咽喉科、麻醉科、消化内科、心血管内科、小儿科、中医科、超声科、医学影像科、心电图和检验科等。这是第一次由处级领导带队，以提高协调能力和队伍管理水平；也是第一次以大学附属医院专家为主组建医疗队，队员全部是主治医师以上职称，其中有7名队员具有高级职称资质。专家们在赞比亚不畏艰苦，辛勤工作，致力传授医疗业务知识，帮助提高技术水平，与赞比亚同道一起解除患者痛苦，呵护人民生命健康，为中赞两国的友谊做出了突出贡献。第18批援赞医疗队还进行了援助方式的创新和探索，开通了赞比亚与中国的第一个跨国界医疗远程会诊系统，实现技术交流、人员培训、急危重患者救治全方位的合作。相信河南省在医疗援助方面积极探索，能够向其他行业一样采取走出去的方式，帮助赞比亚医疗卫生事业的发展，保护在赞华侨华人的生命健康与安全。

第七章

诗情赞比亚

心语：若晴天和日，就静赏闲云。若雨落敲窗，就且听风声。若流年有爱，就心随花开。若时光逝却，就珍存过往。人应做这样一枝花，开时静香绕花枝，落时抱香枝上老。开也美好，落也美好。

——佚名

第一节 赞比亚 我爱你

美丽赞比亚 摄影 宋文瀚

贫苦但快乐的赞比亚人民 摄影 宋文瀚

赞比亚 我爱你
一片神奇的土地
偌大的旷野
铺就一望无际的草绿
层层树荫遮掩不住
草的萌动花的艳丽

赞比亚 我爱你
上帝赐予的神圣土地

仰望喷薄阳光的蓝天
乐享繁星闪烁的静谧
风飘着云　云衬着天
天照着你　你悦着心
风中飘溢着甘甜
土里孕育着希冀
荒原不苍凉
处处充满伊甸园的神秘气息
彩蝶舞姿翩跹
蚂蚱登枝摇曳
非洲菊点缀黄丫丫的枯草
凤凰花装扮凉爽爽的秋意

赞比亚　我爱你
你的胸怀哺育着纯洁的人民
这里没有压抑的高楼大厦
这里没有焦躁的川流人群
车辆行走着自己的轨迹
人们生活着自己的节律
百花竞艳开放在刚毅的旱季
绿草茂密陶醉在豪放的雨季

赞比亚　我爱你
雄鹰翱翔的圣地
这里积淀着古朴的文明
这里洋溢着纯真的友谊
雄鹰闪亮的瞳孔里
草的风动　花的绚丽
（2016 年 5 月 17 日写于赞比亚）

赞比亚街头即景

第二节 爱 在麦黄的时候

跑在收获的季节 摄影 宋文瀚

——写在故乡麦收的季节

记忆中
那片黄色的土地
犁铧将枯叶深深地翻在泥下
我坐在耙上
看耙齿划出道道耕耘的痕迹
那是略显凉意的秋季
汗水把种子浸泡
播撒希望在田野里

小芽子悄无声息
披着冷凝的露珠
执着地钻出土地
在旷野上任风霜雨雪洗礼
叶含着露 露闪着光
光生成能 能积蓄绿
像吸吮母爱赋予的乳汁
像父爱血脉传递的动力
盘根分蘖
孕育着生命的希冀

三月里春雨滋润着大地
嫩芽子透出覆盖的雪被
一节一节地拔高

迸发出向上的勇气
沙沙沙　像诱人少女曼妙的步履
把风声放大在夜晚的静谧
烈烈烈　似强悍小伙锤炼时的汗迹
把骄阳吸纳在午时的夏季
花不成朵却不吝惜
洋洋洒洒把爱融入蓝天的胸怀里

爱在麦黄的季节
虽然绿润嫩芽换锋芒
却把成熟浪漫在金色波浪的记忆
爱在麦黄的季节
虽然你的腰杆不再挺立
却像草帽下弯曲的身躯让人敬意
爱在麦黄的季节
虽然你头顶的只是一穗
但你他相助才获得满囤丰溢

爱在麦黄的季节
低头凝视这片深情的土地
撒下一粒种把爱根植
来年这里定会是一派勃勃生机
（2016 年 5 月 21 日写于赞比亚）

第三节　美哉　卡富埃河

静静流淌的卡福埃河　　摄影　翁爱军

卡富埃河流淌着
浸溢出静谧的一片蓝色
抖几朵天空的云棉
摘几束晚霞的尼采

远处飘来一块少女的裙巾
把蓝色晃动得如此炫目灿烂

卡富埃河欢腾着
波浪奏出优美的音乐
树影婆娑　昆虫嬉戏
草丛合声　船槁水溅
鸟儿翱翔在水天一色的碧空
鱼儿穿梭在星星月亮的中间

卡富埃河奔袭着
飘溢出沁人的甘甜
汇入彩蝶抖落的花粉
融入赞乡泥土的回味
远处一嗓小伙子清亮的歌喉
把甘甜搅动得如此廊桥魂断

卡富埃河流动着彩虹
卡富埃河流动着自然
她把白云和花朵漂染在少女的裙巾
她把故事和爱情沐浴在小伙的心田
孩子们踏着浪花在追逐
那道彩虹　那个梦　在每一天
（2016 年 6 月 17 日写于赞比亚）

第四节 蓝花楹

蓝花楹色染蓝天

蓝花楹色染蓝天

第六节　火焰树

火焰树

你的红　红得是那么热烈
繁花锦簇灿烂在宇宙的中央
像千度熔化的钢水升腾起
燃烧天边的云朵
似赞比西河的夕阳倾泻着
书写荒原的诗行

你的红　红得是那么羞涩
孤芳自赏躲藏在绿叶的中央
像情窦初开的少女倩影婀娜
让月亮朦胧诗意般的遐想
似奔放的非洲姑娘颦笑大方
让太阳躁动火一样的光芒
是火焰　红得就要激荡张扬
因为我燃烧在非洲贫瘠的土地上
是花儿　艳得就要骄傲荣光
因为我是赞比亚浴火重生的凤凰

太阳炙烤着火焰树成长
雨水滋润着花儿朵朵绽放
鸟儿盘旋在树梢恋爱
风儿带着火焰树的花香
飘扬　飘扬……
（2017 年 2 月 23 日写于赞比亚）

第七节 秋天 那片叶很美

来自赞比亚对中国的问候 摄影 宋文瀚

Hello China 摄影 宋文瀚

——写在大学毕业三十年相聚的时候

记得
三十年前的那个九月
我背着行囊
来到向往的城市
寻找不一样的秋天

那时
郑州的秋天很美
大学校园里成片的梧桐树
把天空映照成金色
道路上铺就一片片黄叶

偶尔风儿吹起
落下的飘起的
在眼前是那么美的画面

医学院大礼堂前
我从口袋里掏出家乡的秋叶
那是在村南头地里捡起的
带着黄色的泥土和柿子的清甜
贴在脸庞抛在空中
那一片叶
缓缓地消失在黄色中
只露出筋络处点点的红色

夜自习的教室里
静得落一片树叶就能听到响声
那一片叶
是妹妹从云台山上采来的枫叶
带着山风的清新
浸着露珠的甘醇
醉红如靥
色润如棉
这一片叶
从厚厚的解剖书的扉页上滑落
像风姿绰约的少女
在眼前勾勒出诱人胴体的曲线
我的心不再跳动
我的大脑不再转弯
思绪定格在这片真的很美的秋叶

五年里
静听小提琴的旋律
醉享这片秋叶飘舞的样子
二十五年
踏遍群山
秋叶遍野只为找回那片梦中的红叶

三十年
秋天来了　郑州在邀请
我去了趟老家
捡回了一片柿子叶
和三十年前的颜色一样
童真地装在贴身的兜里
去和那一片枫叶相聚

mm会来的
她会像那片叶一样飘然而来

秋天 树上结的果不一定是甜的
只要你记着那一片秋叶
心中就会有一片美好
（2016年9月我的大学毕业三十年写于赞比亚）

第八节 年的味道

贴对联迎新春

思念的味道 摄影 宋文瀚

年 是抬头仰望的那片云
带来家乡的雨滴
匆匆散去
露出太阳金灿灿的笑脸

年 是探首窗棂的蔷薇花
飘来淡淡的清香
拒之不去
浸入游子梦乡的甘甜

年有多长
母亲的白发就有多长
年有多远
父亲的脚步总在丈量
却永远驻足在村口的马路旁边

年　是咱娘
用筷子夹进孩儿嘴里的一块肥肉
年　是咱妈
用针线为孩儿编制的一身温暖
年　是咱伯
迎在门口等待孩儿张贴的春联
年　是咱爹
眼角皱纹掩藏不住的无限挂念

赞比亚的云向东方飘去
那是孩儿给母亲捎去的五彩霓裳
非洲的鹰展翅飞翔
衔支蔷薇花为父亲送去安康吉祥

这一年
让思念化为腾空的烟花
如白衣天使的胸怀
把美丽点缀在非洲的草原
把精彩留在赞比亚人民的心间
——赞比亚，写在 2017 年春节前夕

第九节　凤舞赞比亚

——“三八”国际劳动妇女节为医疗队“七仙女”而作

享受赞比亚

你是一只来自中国的凤凰
像赞比亚盛开的蓝花楹
伴随着监护仪的节律
舞动在无影灯下
你的翅膀轻抚患者的脸庞
你的美丽催眠患者的安详

你是一只来自中国的凤凰
像赞比亚浪漫的红花楹
伴随着柳叶刀的乐动
轻走在血管神经之上
你浓浓的爱让婴儿歌唱
你和煦的风让母亲心花怒放

你是一只来自中国的凤凰
像赞比亚烂漫的菊花
伴随着艾灸袅袅青烟
欢乐在经络穴位之间
你的温柔散发着迷人的芬芳
你的凤眼猛拉力杀病魔的狂妄

你是一只来自中国的凤凰
像赞比亚水墨的玉兰
伴随着太阳的光芒
明察五脏六腑的模样
你的典雅征服他人的眼光
你的丰满厚实援外医疗的篇章

七仙女
来自中国的凤凰
撒下根根靓丽的羽毛
染色非洲大地满园花香
瀑布为你升腾起七色的彩虹
赞比西河载着你的美丽流淌 流淌
（2017 年 3 月 8 日写于赞比亚）

第十节 非洲菊

非洲菊　　摄影　翁爱军

你仰望空中
亲吻纯洁的白云
你舞动荒野
轻曳甘醇的清风
非洲骄阳浴炼你的金黄
赞比西河飘溢你的花香

一棵棵孤芳自赏
虽寂寞精神依然在歌唱
一片片绵延远方
相簇拥微笑在自然的天堂
在贫瘠中张扬向上的坚强
在草丛中透射浓艳的光亮

白云羡慕你的色彩
清风拥抱你的芳香
是种子就扎根在土壤
是棵苗不计较生长在何方
非洲干涸的土地
依然孕育不羁的生命
赤道炎热的温度
总是催生神奇的茁壮

非洲菊
去年今时不曾见你的模样
非洲菊悄悄绽放
只因爱你的人即将回到远方

非洲菊
黄色的留恋黄色的瑞祥
花开遍野　烂漫沟壑山岗
（2017 年 5 月 7 日写于赞比亚）

第十一节 赞瀑

非洲奇观之一——维多利亚大瀑布

赞比亚第二大瀑布卢曼卡瀑布
摄影　翁爱军

遥望碧水接蓝天，俯瞰玉帘悬石川。
雨雾升腾营圣境，飞流荡谷疾风旋。
雀登鹿顶享原野，月映彩虹舞蹁跹。
上帝赐恩倾国美，静听瀑曲醉吟还。

第十二节 痴春

晚霞映衬的赞比亚面包树　　　　摄影　翁爱军

我有一壶酒，
邀月品三春。
举首花一树，
低头艳满杯。
思醉月摇影，
神痴不知归。
半夜忽惊寒，
瓣落飘风尘。

第八章

画意赞比亚

心语：走在生活的风雨旅程中，当你羡慕别人住着高楼大厦时，也许瑟缩在墙角的人，正羡慕你有一座可以遮风的草屋。

——李四保

第一节 周辉尽显中国技艺

2016 年 9 月 13 日 星期二 晴

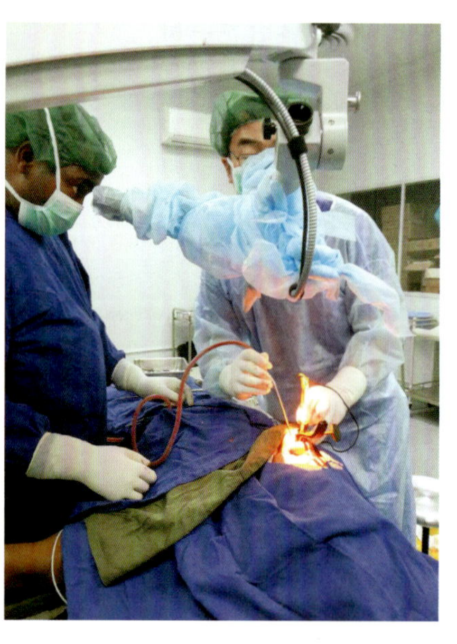

周辉教授在 UTH 实施赞比亚首例神经显微外科手术

2016 年 9 月 13 日，赞比亚大学教学医院（university teaching hospital，UTH）手术室里，中国医疗队神经外科专家周辉教授正专心致志地目视显微镜里的组织结构，小心翼翼地分离、钳夹、电凝、刮除……步骤清晰，双手灵巧，还不时地为同台手术的赞比亚同道和台下观摩的医生讲解每一道环节、每一步操作要领和需要注意的事项。“肿瘤被全部切除，正常垂体组织保护良好，减压效果明显，无脑脊液渗漏，鞍区止血过程顺利”，周辉教授脸上露出满意的微笑，并让赞比亚国内神经外科“一把刀”Mr. Chikoya（奇考亚先生）主任通过显微镜观看瘤体切除后的创面，“非常彻底！非常干净！”Mr. Chikoya 伸出双手大拇指连连称赞。患者在中国医疗队麻醉医生李新锋的麻醉看护下很快恢复了意识，被安全送回病房，可参加手术的人们却依然兴奋度不减，纷纷围着周教授求知若渴地讨论着有关手术的技巧和操作。这是UTH神经外科开展的第一台神经外科显微手术，赞比亚国家电视台到现场进行了采访和报道。

显微外科是神经外科精准医疗的一项关键技术，借助手术显微镜，手术医师可以在微观的视野里辨别病变周围组织结构、重要血管神经以及病变的边界范围，达到切除更彻底、手术更安全的效果。

该例手术是一名52岁的男性患者，以“双眼视力下降半年”为主诉住院，经CT及MRI检查确诊为“垂体瘤”，该患者也是副院长兼神经外科主任Mr. Chikoya的老朋友。自两个月前检查出该疾病后，因该院神经外科尚未开展外科显微手术，曾准备去印度接受手术治疗，恰好这时UTH新引进的一台手术显微镜安装到位，并了解到有精通此项技术的中国医疗队专家周辉在这里工作，患者对中国医疗队专家主做手术很信任，决定留在赞比亚国内进行手术治疗。患者入院后，周辉教授同Mr. Chikoya主任及其同事一起到病房床旁询问患者病史，并详细查体，了解患者视力受损情况及有无内分泌受影响情况。综合患者临床症状、影像学资料及实验室内分泌检查结果，判断为“垂体腺瘤（无功能性）”。肿瘤瘤体较大，自蝶鞍向颅内生长，瘤体实质性成分大部分位于蝶鞍内，鞍上部分大多为囊变，根据此特点，决定采用经鼻蝶入路切除肿瘤。因为这是UTH的首例显微神经外科手术，为了保证手术能够顺利完成，重在培养赞比亚当地人才，周辉教授制订了详细的手术方案，结合显微操作技术的理论、技巧和进展，对赞比亚医生进行了培训和指导。

UTH是赞比亚全国最大的一所国家级综合性医院，这所医院的医疗技术代表赞比亚当前医疗的最高水平。中国第18批医疗队有神经外科、骨科、麻醉科、小儿科、医学影像科的五位专家在这里工作。

第二节　万里送真情　赞国寄相思

2016年9月14日　星期三　晴

思念在中秋。赞比亚的月光，映照着我，牵挂着你。秋天是五彩缤纷的季节，秋天是硕果累累的季节，秋天是相思月圆的季节，秋天是充满诗意的季节。我们的队伍从组建培训相识半年，到我们在赞比亚共同生活四个半月，我们一直相互关爱，同舟共济，和谐欢乐一家亲。我们在这里挺好的，请您不要牵挂。节日里，我把赞比亚的诗和美景送给我们最亲爱的人们！

红红火火的中国援赞医疗队

秋

天高云淡雁归乡，
金叶折风河中漾。
波走诗行影秋意，
只写思念不言殇。

中秋

月盈宫阙秀柔光，
叶泛金波风送爽。
云走树梢悄悄语，
撒落相思鬓染霜。

致秋

致秋意念春绚丽，
念春绚丽花竞奇。
丽花竞奇果几许，
奇果几许致秋意。

赞比亚的一抹中国红　　摄影　雷颖奇

想家的时候话语浓

第三节 老酒一壶征赞国

2016 年 9 月 15 日　星期四　晴

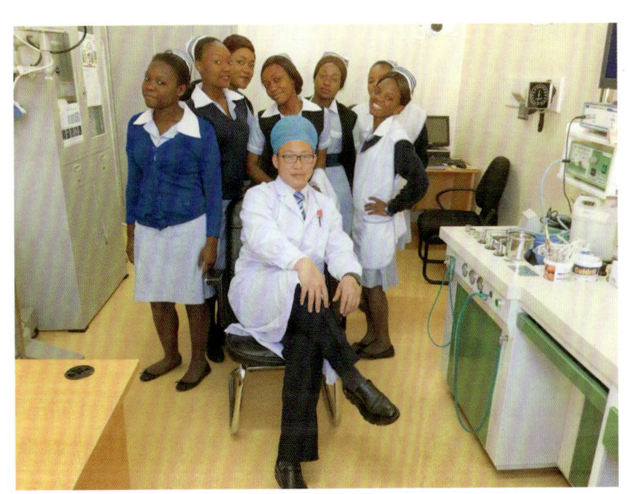

高长辉和他的赞比亚护士姊妹在一起

"……
喝上这壶老酒
那是妈妈你酿的酒
千折百回不回首啊
我大步的往前走啊
……"

高长辉放歌在 2016 年赞比亚华侨中秋歌会

在赞比亚第 2 届华侨华人中秋歌会上，中国第 18 批医疗队队员高长辉，以他的一曲酣畅淋漓、荡气回肠的《一壶老酒》，浓醇甘冽，满满乡愁的深情演唱，醉了观众、醉了评委，毫无悬念摘得桂冠。杨优明大使亲自为他颁奖，他的脸上乐开了花。

高长辉，郑州大学第一附属医院咽喉头颈外科医师。浓眉大眼，甜蜜的微笑始终挂在白皙的脸上。一米七五的个头，练就了双臂发达的肌肉；衣冠楚楚，讲究生活的每一道细节；喜欢照相、歌唱，人生阳光而充

实。女同志夸他像张嘉译,偶像派;男伙伴称他为陈道明,特有型。

"穷人的孩子早当家"。长辉出生在河南信阳一个比较贫穷的小山村,他起初懵懂的梦想,就是出门挣钱,让生他养他的父母吃上肉,过上幸福的生活,因为他再也无法忍受两位老人起早贪黑,为了家庭、为了孩子,面朝黄土背朝天的辛苦劳作一辈子。上高中的时候,他曾想辍学去学厨师,早点为家里分担一些生活的压力,结果被老父亲臭骂了一顿:"就是砸锅卖铁,老爹也要供你读书!"家里虽然穷,但父亲看得很远,也知道长辉有出息以后一定会争气。鲤鱼跃龙门,穷山沟里飞出了一个大学生,长辉的不懈努力成就了他自己的另一个远大理想:考上河南医科大学(郑州大学医学院的前身),当一名治病救人的好医生!

去年,郑州大学第一附属医院选派援外医疗队员。说实在的,连长辉自己当时也没有思想准备。论资历,上面还有兄长学姐,轮不到他;讲优惠,还不到晋升职称时间,不需要免试照顾;说困难,难念的经也不比谁少,上有老下有小,老大才3岁,老二刚刚出生3个月。当科主任娄卫华正在为派谁去犯愁时,长辉主动请缨去完成这一年的援外任务。娄主任很不情愿让他去,因为他是科室的主力干将,也是主任的得力助手。到条件艰苦的非洲工作,有金刚钻那是必须的,但思想的主动,更是战胜、克服一切艰难困苦"金不换"的基础所在。

长辉是个顶天立地的汉子。他说:"舍家离口来到这里就是为了干番事业,不然谁来赞比亚受这个洋罪!"记得到利维·姆瓦纳瓦萨综合医院的第一天,大外科主任带着队员们一个个熟悉科室,其他专业都有科主任接待、同道们相迎,唯独到耳鼻咽喉科门诊唯一的诊室还是铁将军把门,闭门谢客。大外科主任解释道:"医院就一名耳鼻咽喉科医生,是聘用的乌兹别克斯坦人,现在正在休假"。就这样,长辉在一个完全陌生的环境里,熟悉流程,学习语言,与叫号的护士交流配合日见默契,和患者达到使用本土俚语熟练沟通的程度。为了学习本土语言,他主动带教学生,教他们技能,教他们业务,教他们中国话,激发他们的学习热情,每次在他坐门诊时总有一帮赞比亚大学的医学生们聚集在他的周围,他也借助这些机会让学生们为他翻译患者讲的赞比亚当地俚语,他一一记录拼写在小本子上,便于记忆和温习。当患者来就诊时,一句"穆里布玩基(娘家语,你好的意思)""屋里夏尼(本吧语,你好的意思)",即刻拉近了与患者间的距离,让患者倍感亲切温暖。那位乌兹别克斯坦医生原来说6月上班,可直到9月了还不知晓他的归期。快5个月了,长辉在赞比亚已经人气大涨,门诊、病房、手术、会诊、on call,一切都应对自如,他完全把利维·姆瓦纳瓦萨综合医院的耳鼻咽喉科事业当成自己的事业,把赞比亚患者的需求当成自己的责任,因为整个卢萨卡也就只有4名耳鼻咽喉科医生。

医疗队记者高长辉与赞比亚国家电视台记者

长辉是有能力、充满激情的一个人。在医疗队里他和玉州、张洋负责宣传工作,在异国他乡,宣传组使出了洪荒之力。队里组织活动时,他肩挎相机,手握摄像机,忙前忙后,俨然一个不知疲倦的战地记者。为了让中国的医疗援助在赞比亚深入人心，长辉主动与赞比亚媒体人建立友谊、结交朋友，帮他们找中国专家解决疑难病症，还时不时请他们品尝中国美味，关系已经上升到亲密挚友的程度，有国家电视台的、有国家主流平面媒体的、也有在赞比亚很活跃的私家电台、报纸，每次活动邀请，只要他打一个电话，这些朋友们都会欣然应允，高兴而来，满意而归。长辉和宣传组的队友们还建立了一个"中国第18批援赞医疗队微信公共号"，利用业余时间，伏案编辑，把我的援赞日记和队友们在赞比亚的工作经历、业务成就、感想感受、生活见闻及时地发布出去，得到了良好的反响，吸引了不少粉丝的关注。

长辉在参加赞比亚华侨华人中秋歌会挑选演唱歌曲时起初选了两首，一首是《一壶老酒》，一首是《少年壮志不言愁》。来赞比亚半年了，断不了的思乡之情，忘不了妈妈的再三叮咛。就唱着、品着这一壶老酒吧，让妈妈用五谷杂粮酿制的美酒醇香萦绕在我们的梦里。长辉和我们决心不想家，不回首，不言愁，迈开大步往前走啊，往前走！

杨优明大使偕夫人与参加中秋歌会的侨领和演员合影

9月15日晚，赞比亚2016年第2届中秋歌会在卢萨卡正式举行，中国驻赞比亚大使杨优明及其夫人耿海凌、政务参赞陈世杰、在赞侨社代表及在赞华侨华人逾500人出席观赏。歌会以"中国梦·团圆梦"为主题，当地华侨华人踊跃参赛、纷纷上台献艺。经过激烈的角逐，最终第18批中国援赞医疗队以一首《大爱无疆》摘得合唱组的桂冠、同属医疗队的高长辉凭借《一壶老酒》获得独唱组的冠军。

中国医疗队在中秋歌会上合唱《大爱无疆》

杨优明大使为独唱冠军高长辉颁奖

第四节 走进非洲(二)

2016 年 9 月 18 日 星期日 晴

今天的日记就以王梦琦的一篇《走进非洲》带你领略一下赞比亚的"一花一世界，一草一天堂"。

——苟建军

聚焦赞比亚美景 摄影 宋文瀚

香烟袅袅，思绪长长。异国他乡，一杯清茶，一曲叩扉，静静地品着……再读鲁迅的《秋夜》，开篇即是"在我的后园，可以看见墙外有两株树，一株是枣树，还有一株也是枣树"。我的窗外，却是有电网的围墙，以及围墙根几株低矮的花树。围墙外，杂草漫无边际，肆意生长着。极目远眺，探入视野的，还有叫不出名字的树，鹤立鸡群地站着，扭着身子，张开如伞的手臂，尽力阻挡着非洲大地炫目的阳光。有些树上开着繁密的花，红的，白的，紫的，黄的……有大有小，一朵一朵的，密密匝匝，如空中的飞鸟。树与树间间距极大，个个远远地站着，并不像树丛肩并肩并排站着，真正好像是懒洋洋随性长着，不受拘束。叶子在赞比亚的冬季也是绿的，不管有没有花，都恣意地伸展着，给人以欣欣向荣的感觉。树荫之外到处可见杂草，一片片、一丛丛，有匍匐地面的，也有长可及膝的，还有高过人头的，这些杂草，有我认识的趴在地上的是巴巴草，有张着巴掌大黄色花朵的叫非洲菊，其他更多的是茅草。还有一些紫色的、黄色的、红色的小野花，散于草丛中，艳得如星星的眼睛。也随处可见草中焦黑一片，是村民烧出来的，走近可见一簇簇新生的嫩绿，正是野火烧不尽，年年复又生啊！有水的地方还有芦苇，芦苇花絮飘起的时候，恍惚身在江南。

离驻地不远有高尔夫球场，不设围栏，任人进入。下午下班漫步于此，热浪被阻在外，有风拂面而过时，毛孔都舒畅，负氧离子自然是足足的。极目望去，只觉满目青翠，漫天满地，扑面而来。在这样的大自然中，有那么一刻，让人感觉自己是多么的渺小，真想在地上打个滚，想撒开脚丫奔跑起来。整个高尔夫球场走一圈，大约需要一个半小时，经常有非洲小孩在球场踢球、玩耍，也有非洲少年在练舞蹈。看见中国人经过，都会停下来打声招呼“你好，你好！”，虽然不太标准，却真真正正是汉语。我们也热情回应。想合影，没问题，摆个姿势，让你“咔嚓”一下又一下，不厌其烦，然后看看照片中的自己，笑闹着跑开。非洲小姑娘们个个扎着辫子，辫梢上坠着彩色的珠子。男孩们也很清秀，尽管肤色是黑色的，但牙齿是真正的白。

脚下是绵软的，如绿色的地毯。周边有树，一种开着绚丽红花的是凤凰树。一种结满了果子的，不知名，果子如核桃果，皮很硬，种子很小，不知能不能吃。我想，可能是鸟儿的食物。还有一种只见高高直直的白色树干，一点叶子也没有，走近它，有一种苍凉孤独感。面包树不多见，尽管来非洲前面包树和小王子早早存在于记忆中。先前在非洲的一座山中曾见过面包树，可它与我想象中的相差极远。

高尔夫球场中间有一片芦苇荡，四周密密麻麻围着芦苇，微风经过时芦苇摇曳，舞姿优美。人走近的时候，有鸟从水面掠过，静静的，不见一丝涟漪，如果在月圆之夜，又是一幅极美的静谧图。球场毕竟是人工打理的，小动物少，不像利文斯顿，在一个饭店的外边，就可见慢步的食草类动物。长颈鹿伸着脖子攀吃树叶，斑马和羚羊自在地吃草。人走自己的，它们吃它们的，互不理睬。而在我们驻地，蜥蜴是随处可见的，在草丛中、在台阶上，随意地趴着，瞪着圆圆的、黑黝黝的小眼睛。人一走近，“哧溜”一下子钻入草丛或躲入门缝就让你寻不见踪迹。一只翅膀带黑色斑点的大黄蜂，在一棵花树旁飞来飞去，挑逗着驻地的小黄雀跃地去捕捉，然后得意洋洋地飞走。一蜂一狗，天天如此，乐此不疲。偶尔，有黑色的大鸟掠过，站在高高的水塔上或围墙上，斜着眼睛看人。水塔上方是蔚蓝的天空，白云悠悠地荡着，大片、大片的洁白，衬着一望无际的、广袤的、深邃的蓝，宣告着——大自然本来就应该是这样子的。

第五节　危急时刻显身手　中国医生誉赞国

2016 年 9 月 21 日　星期一　晴

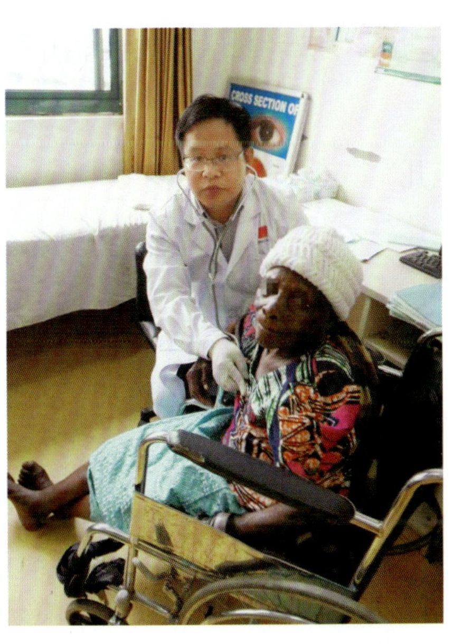

心血管内科王正斌在为患者做检查

在赞比亚利维·姆瓦纳瓦萨综合医院重症监护室,中国第18批援外医疗队心内科王正斌副教授娴熟地调试好仪器的各项技术参数,双手握持放在患者胸前的心脏除颤仪手柄并按下电钮放电,随着患者身体的剧烈颤动,放在床头的心电监护仪上显示,患者紊乱的心律一下子恢复正常,站在周围的赞比亚医生、学生和护士纷纷竖起大拇指直呼:"神奇!厉害!中国医生太了不起了!"

2016年9月21日上午9时,中国医疗队工作的赞比亚利维·姆瓦纳瓦萨综合医院内科病房收治一例患者,中年女性,心悸、头晕,心率204次/min,不能站立行走,病情危重。医疗队张洋医师为患者检查心脏彩超,排除了器质性心脏病变;王晓孟医师为患者做心电图,显示患者为阵发性室上速。Dr. Chibeka(奇贝卡医生)急请医疗队王正斌医师查看患者参与抢救治疗。王教授到床旁仔细询问病史并查看患者,了解患者已间断心悸4年余,症状发作越来越频繁,近1周来每天均有发作,此次症状发作已有数小时,持续不缓解。根据病史、症状、体征及超声、心电图检查,诊断为严重心律失常,阵发性室上性心动过速。患者心室率极快,既往无心电图检查结果,不能排除预激综合征(Wolff-Parkinson-White综合征),因此,应用洋地黄、β受体拮抗药、维拉帕米等有加速旁道前传导诱发室颤的风险。医院无普罗帕酮和胺碘酮针剂,只有胺碘酮口服制剂,但后者半衰期很长,起效很慢,患者目前症状严重,王教授指示立即行直流电复律治疗。Dr. Chibeka表示病区无电复律设备,全院只重症监护室有唯一的一台,在此之前,该院从未进行过电复律治疗。赞比亚医生对电复律治疗充满疑虑,迟迟做不出治疗的决定。

上午12时,患者的病情进一步恶化,心电监护提示快速性心律失常,个别QRS波群开始出现增宽,心室率205次/min,血压75/58mmHg,全身湿冷,意识模糊,出现了心源性休克,必须立即行电复律治疗。王教授急患者所急,为了说服赞比亚医生,他直接找到齐鲁巴副院长汇报患者的情况和电复律治疗的可行性和必要性,在征得同意后,将患者协调转入到重症监护室。考虑到患者无既往心电图等健康资料,不能确定窦房结功能是否正常,赞方无临时及永久起搏器设备及技术,因此电复律有一定风险。虽然王教授详细介绍了电复律的使用方法和步骤,但赞方医师拒绝操作。他立即请示我做决定,我和他沟通后认为:患者恶性快速性心律失常伴血流动力学障碍,心源性休克是电复律适应证,应立即为患者施行直流电复律,以挽救患者生命。王教授立即开始电复律准备,但赞方无电极片,除颤仪监护导联不能和皮肤很好接触,除颤仪不能识别QRS波群,因此不能放电。王教授和Dr. Chibeka沟通后决定土法上马,要来生理盐水和纱布,用刀片把生理盐水浸湿的纱布切成小块,放在患者皮肤和监护电极之间,用胶布固定,除颤仪上清晰显示心电波形。王教授亲自操作,将两个电极板分别置于心底部和心尖部,200J同时放电后,心电监护马上显示患者转为窦性正常心律,收缩压上升至86mmHg,患者恢复了意识。在患者住院的时间里,王教授每天都要到病房两次查看患者,提出用药方案,指导赞比亚医生的治疗。经过5天的观察,患者自我感觉良好,痊愈出院。

第六节 中国医生的国际"范儿"

——中赞开展第一例远程疑难病例会诊

2016年9月22日 星期四 晴

9月22日上午8点,赞比亚利维·姆瓦纳瓦萨综合医院的中赞远程医疗会诊中心内,各路记者的相机"啪啪啪"照个不停,有华侨周报的,也有赞比亚当地的知名媒体。我和赞方院长Mr. John Kachimba(约翰·卡钦巴先生)、副院长Mr. Clarence Chiluba(克拉伦斯·奇鲁巴先生)就坐在赞方的专家队伍中。在这里,中赞医疗专家正在为赞比亚的一位疑难杂症病例进行联合会诊。

患者名叫Catherine Tembo(凯瑟琳·坦博),女性,54岁,高血压病史5年,主要症状是全身乏力,步行500m就很困难,甚至躺在床上连翻身的力气都没有,体检和仪器检查只有剑突处压痛和心包少量的积液。近几年病情反复并且逐渐加重,诊断不明确,治疗不见效果,用患者的话说就是有点生不如死的感觉,严重影响日常生活和工作。

利维·姆瓦纳瓦萨综合医院副院长奇鲁巴(左前一)在远程会诊现场

远程会诊系统连接着郑州大学第一附属医院的专家和利维·姆瓦纳瓦萨综合医院的专家。Clarence Chiluba首先汇报患者的病情和检查相关情况,请中国专家提出诊断意见和下一步的检查治疗方案。郑州大学第一附属医院心内科陶海龙、赵晓燕教授,风湿免疫科刘升云教授,感染性疾病科孙冉博士,现场视频对患者进行了详细的问诊和指导检查,并根据患者的症状、体征和辅助检查结果,从专业理论、临床经验、鉴别诊断等方面,分别对患者的病情做了认真的分析、判定和讨论,集中意见为可疑结缔组织疾病,需排除结核和其他炎性疾病,指出进一步明确疾病诊断的检查检验项目。

在将近两个小时的会诊交流中,郑州大学第一附属医院专家不仅显示出渊博的理论知识、丰富的临床经验和严谨的逻辑思维能力,也充分展示了郑州大学第一附属医院专家的国际"范儿",个个专家全程英语讲解,沟通流畅,医疗队队员王正斌、张二伟、高强、张洋、王晓孟在赞方现场参与交流互动,整场会诊完全不存在语言方面的障碍。这是郑州大学第一附属医院近些年来注重国际学术交流,广纳博士贤才,致力打造国际一流医院所取得的优异成绩。会诊结束后,John Kachimba院长及在场参加的医院同行对这种远程会诊的形式非常满意并表现出浓厚的兴趣。

中赞远程医疗会诊中心是由郑州大学第一附属医院捐赠设备,中国第18批医疗队于今年7月在赞比亚利维·姆瓦纳瓦萨综合医院建立的,通过该中心可实现与郑州大学第一附属医院的远程疑难病例会诊、手术指导、学术交流和专业人员培训等。今天的会诊,系统双屏显示赞方和中方会诊现场,图像完美,语音清晰,病历资料传输顺畅,显示出良好的功能和性能。

今后,医疗队计划每月组织两次这种形式的会诊和交流,相信这种互联网信息化的优势将助力医疗援外工作再上一个新台阶,更好地造福赞比亚人民生命与健康。

第七节 医疗队向赞比亚当地医院捐赠医疗物资

2016年9月23日 星期五 晴

9月23日下午,中国援赞比亚第18批医疗队向赞比亚首都卢萨卡市的利维·姆瓦纳瓦萨综合医院捐赠了共计227项、价值44万人民币(折合成当地币为668 490夸查)的医疗物资,出席捐赠仪式的有中国驻赞比亚使馆经商处参赞柴之京、卢萨卡卫生官员代表Mr. Chilambo(奇兰博先生)、利维·姆瓦纳瓦萨综合医院院长Mr. John Kachimba(约翰·卡钦巴)、副院长Mr. Clarence Chiluba(克拉伦斯·奇鲁巴)、第18批援赞医疗队全体成员及赞方医院代表等。

中国医疗队队长与利维·姆瓦纳瓦萨综合医院院长签署捐赠协议书

利维·姆瓦纳瓦萨综合医院院长 Mr. John Kachimba 在捐赠仪式上说:“第 18 批医疗队队员外语水平及专业技术水平很高,团队意识很强,抵赞后适应工作很快,能够积极履行职责、工作认真努力,医疗队队长管理能力很强,期待这支队伍能够做出更加优异的成绩。同时,感谢第 18 批援赞医疗队向利维·姆瓦纳瓦萨综合医院捐赠医疗物资,医院会充分利用这些医疗设备,进一步提升医疗水平,为当地病患提供更好的服务。”

中国医疗队队长向姆瓦纳瓦萨医院院长递交捐赠支票

我代表第 18 批援赞医疗队表示:“利维·姆瓦纳瓦萨综合医院是由中国援助建设的医院,也是中赞卫生领域合作的典范,向该院捐赠医疗物资,是中国医疗队致力于赞比亚医疗卫生事业发展、更好地服务于赞比亚人民的具体行动,亦充分展现了中赞人民的深厚友谊。”到达赞比亚的近 5 个月里,中国医疗队的专家与赞国的医务人员一同奋战在临床第一线,诊疗救治了许多疑难危重患者。第 18 批医疗队队员均来自河南省郑州市的“三甲医院”,我们带着先进的技术和专业技能奔赴万里之外,一心想为赞比亚的医疗多做点贡献,但当地医疗物资极度短缺,队员技术优势的施展受到一定程度的限制。今天捐赠的医疗物资,相信能够在一定程度上改善该院的医疗条件,能够助力发挥赞国医生和中国医疗队专家的服务潜能,共同为赞比亚患者提供优质的医疗服务。

卢萨卡卫生官员代表 Mr. Chilambo 称,他谨代表赞方政府感谢中国援建利维·姆瓦纳瓦萨综合医院并每年派出医疗专家来赞支援。如今,第 18 批医疗队不仅在医院工作很出色,更是捐赠了大量的医疗物资,这是在帮助卢萨卡,更是在帮助赞比亚。相信有了这些医疗设备,赞方和中方医生能更好地为病患服务。

中国驻赞比亚经商处参赞柴之京在致辞时说:“中国与赞比亚在医疗领域方面的合作甚好,中方每两年都会向赞方派遣医疗队，截至目前，这已是派遣的第 18 批援赞医疗队，这支医疗队将在赞比亚工作一年。利维・姆瓦纳瓦萨综合医院则是中国在非洲援建的医院当中，管理有效、运行良好、合作十分成功的典范，所以中方正计划扩建这家医院，扩建后床位规模将达到 800 余张。第 18 批医疗队的队员非常优秀，希望以后的医疗队也能像这批医疗队一样优秀，甚至更出色。同时，也希望院方能更好地利用这些设备提升医院的医疗水平，更好地为卢萨卡的病患服务。"

李甲振点长带领医疗队员向 UTH 赠送纪念品和医疗物资

恩多拉队员向恩多拉中央医院捐赠医疗物资

第八节　中国医生把中医和针灸带到赞比亚

2016 年 9 月 27 日　星期二　晴

"只有民族的，才是世界的"，治未病科队员李莉莉在赞比亚真的成了红人，名气很大。下班时来医疗队驻地的华人患者络绎不绝，上班时医院康复针灸科门庭若市，赞比亚民众和在赞华侨华人被她的中国传统医疗技艺所折服。赞比亚也有传统医学，他们所使用的针灸针有点像原始的"砭石"，草药没有经过考究的炮制加工，就是一包包铡成寸巴长的原叶原杆。在边远僻壤地区，巫术仍在盛行。

今天，莉莉应邀到赞比亚著名的 5FM 电台传播中国的传统医学——中医和针灸，当然是全英语讲解，不过有医疗队翻译付军领老师精心指导和现场助阵。《非洲华侨周报》的记者杜莉莎全程参与并写了一篇报道。

——苟建军

中医和针灸对于赞比亚人来说遥远而又神秘。9 月 27 日，在赞比亚的一档广播节目中，援赞医疗队的

医生和队员为赞比亚听众揭开了中医和针灸神秘的面纱。

应赞比亚 5FM 电台(调频 89.9MHz)之邀,第 18 批中国援赞医疗队的针灸医师李莉莉医生和付军领老师参与电台《三人行》节目直播,向赞比亚听众介绍了中医和针灸。

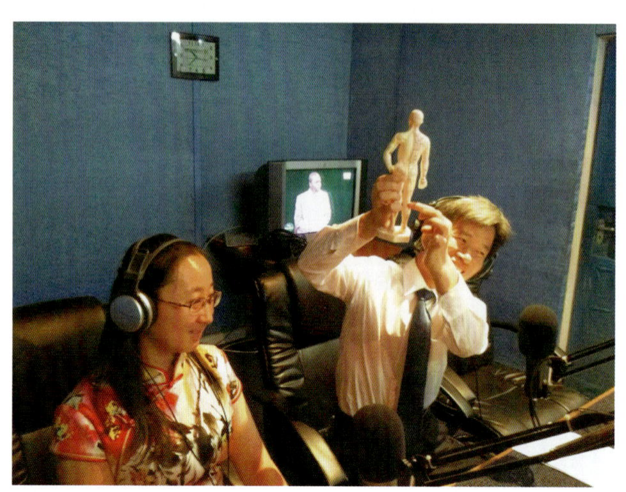

李莉莉在向赞比亚听众讲解中国针灸技艺

节目中李医生和付老师首先对中医进行了介绍。传统的中医聚集了中华民族数千年的文化,其独特的理论博大精深,临床经验丰富多彩,一枝独秀屹立在世界传统医学中。从 21 世纪以来,中国传统医学在国际上获得了越来越多的认可。中医针灸作为一种绿色的疗法,以及其具有的天人合一的整体观念也越来越被人们所接受。在现代世界中,西医学占了很大优势,但在中国有很多的医学院校设立了中医学,甚至有些学校是专门的中医学院校。

针灸是李医生的专长,她学习针灸已有十五年的时间。电台赞比亚主播艾伦非常好奇地询问了李医生是如何练习针法的、针灸是如何治病的、针扎到身上疼不疼等问题。李医生回忆说,最初她在针垫上练习扎针。随着指法的进步,她开始选择一些坚硬的材料比如肥皂和塑料盒等。随着长时间艰苦的练习,慢慢指法日益娴熟。在中国有很多针灸大师可以用很细的针灸针刺破玻璃。主播艾伦听后大呼神奇。

为了解释针灸的治病原理,付老师介绍了脏腑、经络和气等概念。在西医学中脏腑是指组织的解剖结构,但在中医中脏腑指的是人体的一个系统。经络是经脉和络脉的统称,是人体中非常复杂的结构,是连接身体各个通道的道路。经脉中有一些重要的点,称为穴位。穴位不是独立的,而是和组织相互联系的。针灸通过刺激这些穴位调节机体功能,促进气和血的流通,达到治疗和预防疾病的目的。付老师使用通俗易懂的语言帮助听众更好地理解了针灸。

直播中,李医生向主播艾伦展示了针灸针。李医生在实践中碰到过不少赞比亚人对针灸针存在一定的困惑。很多赞比亚人认为针灸使用的针上有药物。他们认为针扎在身上会出血,会很疼,因此对针心存恐惧。李医生和付老师解释说,实践中,医生会非常迅速地将针扎入患者体内,患者可能会有酸、沉、胀、麻等感觉,这些感觉是正常的针感。

主播艾伦提出了中医和西医水火不容的说法。对此,李医生和付老师回答道,中医和西医是两套不同的理论体系。中医具有整体辨证,治病求本,不治已病治未病等特点。中医讲究天人合一,促进身体平衡,在治疗某些疾病上有很好的效果。而西医在急救和手术上则占有很大优势。中医和西医各有所长,如果取各自的长处用于临床,则能使患者获得最佳的治疗效果。

直播中,电台播放了对李医生的两位赞比亚患者进行的采访。这两位患者均接受了很长时间的西医治疗,为了寻求更好的治疗效果他们选择了针灸治疗。果然,在治疗后他们收获了令人满意的效果,他们对针灸给予了很高的评价。

节目最后,李医生针对现代人常得的颈椎病、头痛和背痛提出了改善建议。李医生向听众介绍了合谷穴和委中穴。按摩合谷穴不仅可以缓解颈肩腰腿疼,还可以缓解头痛、牙痛和咽喉疼痛。而按摩委中穴可以缓解背疼。

第18批援赞医疗队共有28名队员，由郑州大学第一附属医院组队并担任组长单位，专业涵盖骨科、神经外科、普外科、泌尿外科、妇产科、眼科、耳鼻咽喉科、麻醉科、消化内科、中医科等。队员在利维·姆瓦纳瓦萨综合医院、赞比亚大学教学医院、恩多拉中央医院和利文斯顿总医院四个地点工作。

5FM电台成立于2004年，是赞比亚知名商业英文电台，多次被评为赞比亚最受欢迎媒体，名列首都卢萨卡地区收听率“前三甲”。

第九节 十月是你的生日我的中国

2016年10月1日 星期六 晴

今天是你的生日，我的祖国。我们援外医疗队员在赞比亚为祖国母亲献上深深的爱意和美好的祝福！

行驶在赞比亚大路上的东方红拖拉机

中国援助建设的赞比亚英雄体育场

记得上大学的时候，一首名为《游子吟》的歌曲在祖国大地上广为流传，倾诉着海外游子对祖国母亲无限的眷恋和思念。当时，自己身在祖国母亲的怀抱，只是聆听感悟那委婉优美的音乐旋律，感动着海外赤子的爱国情怀，没有太多的感性认知和体验。今天，自己身处异国他乡，当祖国母亲生日到来的那一刻，我不自主地站在阳台上，凝望着祖国的方向，脑海里浮现出天安门广场国旗冉冉升起的景象，眼角微润，心潮澎湃，国歌雄壮的旋律犹在耳畔响起，心底深情地诵唱着那首动听的歌曲——《我爱你中国》。

爱是情的升华，情就像大地母亲用温暖的怀抱孕育出嫩绿的小芽；爱是一种责任，爱是无私的付出；爱是温暖的传递，爱是幸福的相托。

在医疗队卢萨卡驻地的会议室，在利文斯顿医疗点点长的居室里，墙上那面鲜艳的五星红旗时刻在召唤着我们、激励着我们、温暖着我们。医疗队每次的集体活动，队员们都会身着整洁的队服，打上领带，再把带有中国国旗和赞比亚国旗的徽章庄重地别在自己的胸前，显得那么光荣和自豪。在中国驻赞比亚使馆，医疗队员纷纷站在刻有中国国徽标识的大门前照相留念，三五成群地来到使馆大楼的国旗下留下难忘的记忆瞬间。在一次聚会上，我和医疗队的老前辈龚队长坐在一起，他给我娓娓道来他们援外期间的艰苦经历和在赞比亚创业的喜乐人生。中国医疗队就是凭着一种中国责任、一股中国力量，一批批队员无私奉献，薪火相传，播撒中国人民对赞比亚人民的无私大爱，为中赞友谊的大树培土浇水、增光添彩。

9 月，我们医疗队做了三件非常漂亮、有意义的事。一是在赞比亚华侨华人第 2 届中秋歌会上，医疗队包揽了合唱和独唱两个冠军，体现了第 18 批医疗队队员的个人才华和团队的凝聚力；二是成功进行了利维 · 姆瓦纳瓦萨综合医院和郑州大学第一附属医院的首例远程疑难病例会诊，标志着第 18 批医疗队建立的远程会诊系统已进入应用阶段，以此搭起的“健康丝绸之路”必将为提升赞比亚医院的疾病诊疗救治能力发挥积极有效的作用；三是第 18 批医疗队为赞方医院捐赠共计 300 余项，价值 50 万人民币的医疗物资，其中捐给利维 · 姆瓦纳瓦萨综合医院 277 项。《TIMES OF ZANMIE》（赞比亚时报）、《SUNDAY MAIL》（周日邮报）、《华侨周报》《新华非洲》《河南日报》《郑州日报》《河南医药卫生报》《澎湃网》《今日头条》等媒体都给予了报道。大使馆陈志宇主任打来电话说：“荀队最近连续推出大动作，你们做得很好，杨大使专门提到并表扬了医疗队！”我回复道：“一年的时间，不尽洪荒之力怎么行啊！”

今天杨优明大使在赞比亚接受了 5FM 电台独家专访，详细介绍了中非和中赞关系。他在节目中特别为听众推荐了两首歌曲，一首是由赞比亚独立后第一任总统肯尼斯 · 卡翁达创作的《团结一心》，另一首是脍炙人口、表达亿万民众心声的《十月是你的生日我的中国》。在此时此刻，在异国他乡，在非洲大地，听着这两首歌有一种不一样的感觉。

非洲在赞赏中国，世界在认知中国，中国走向了世界。中国的“一带一路”“中非合作”深入推进，造福人类，昂首阔步，取得了合作国共同欣赏的累累硕果。在赞比亚，小孩走在路上遇到你的时候，会用不太流利的汉语直呼：“你好，中国，夸查！”童真的感动，会让你不由自主摸摸自己的口袋；在医院，同道们会毫不客气地说：“给我点夸查吧，我去买点饮料”“我跟你一起去吃饭吧！”“你的手机不错，给我一个呗！”……中赞友谊啊，真的不把中国人当外人！

中国的华侨华人聪明智慧，吃苦耐劳，为赞比亚的经济和民生做出了卓有成效的贡献。中国在赞企业达 600 余家，中赞贸易达到了 30 亿美元左右，中赞合作项目全面，包括水电、农业、公路、机场、体育场馆、医院等，目前赞比亚 90%的运行公路都由中国企业修筑，中国援建的利维 · 姆瓦纳瓦萨综合医院二期工程也已计划启动，建设完毕后，医院的床位数将达到 850 张。在赞华侨华人团结一心，同舟共济，拼搏向前，侨界成立了联防组织和医疗紧急救助队，着力为在赞的华侨华人排忧解难，保驾护航。

规模宏大的中国企业助力赞比亚经济发展

规模宏大的中国企业助力赞比亚经济发展

规模宏大的中国企业助力赞比亚经济发展

规模宏大的中国企业助力赞比亚经济发展

规模宏大的中国企业助力赞比亚经济发展

不久前的一次聚会上，赞比亚第一任总统卡翁达应邀参加。老先生 92 岁高龄，精神矍铄，步履如风，左手依旧拿着那条与他形影不离的白色手帕，与人交流起来思路清晰，谈笑风生。他和毛泽东主席亲自缔造了中赞友谊，并见证了中赞合作与时俱进所取得的丰硕成果。"ONE ZAMBIA，ONE NATION；ONE NATION，ONE CHINA！"（同一个赞比亚，同一个国家；同一个国家，同一个中国），老先生对和平、民主、富强的中国充满深情厚谊和兄弟手足之情。

今天是你的生日我的中国
清晨我放飞一群白鸽
为你衔来一枚橄榄叶
鸽子在崇山峻岭飞过
我们祝福你的生日我的中国
愿你永远没有忧患永远宁静
我们祝福你的生日我的中国
这是儿女们心中期望的歌

第十节 心如止水卧云息

2016 年 10 月 3 日　星期一　雨

在赞比亚生活 5 个月了，正遇上这里的干冷季和干旱季，直到昨天为止一点雨都没下，就连我们刚来时蓝天上漂浮的朵朵白云，也被灿烂的阳光蒸发得无影无踪。蚊子不时地亲吻你的躯体，苍蝇不停地在你的饭碗边打转。杨蕾、张二伟、高长辉不幸"中枪"得了疟疾，王玉州、李四保、张洋被苍蝇的口水弄得翻江倒海、腹泻不止。非洲的天呀，那个热啊，那个旱啊，那个燥啊，冲淡了队员们刚到赞比亚时新鲜和喜悦的心情，真的期望伦古总统再来一个全国祈祷日，让"上帝"洒下恩赐的甘露，凉爽一下队员们的心情，滋润一下队员们的心田。

国庆节 9 天长假，队里安排队员们到卡里巴湖放放风、散散心，领略欣赏一回赞比亚的自然风光，我和翻译付老师留守驻地，看家护院。

在赞比亚的这 5 个月里，队员们都很敬业工作在各自的岗位上，下班后也就在驻地做些简单的健身活动，卢萨卡的队员没出过卢萨卡，恩多拉的队员没离开过恩多拉，利文斯顿的队员就封闭在那个不大的城市里。虽说一个队有28位同志，但除了卢萨卡两个点的队员经常见面外，其他两个点的队员自5月一别后就再没有见过面，大家都惦记着、想念着，期待着久别的重逢。小长假，正好队里计划开一次全体队员会议，就把大家召集到卢萨卡，总结前一阶段的工作，部署下一阶段的任务和要求，也好让久别的兄弟姊妹们见见面、叙叙旧，在一起团聚乐呵几天。

志同道合呀！从恩多拉医疗点来的金俊硕一股脑就倒在了张洋的床上，杨蕾也选择和二姐住在了一个房间，队员之间有说不完的话，道不完的情。驻地的梅师傅特意为远道而来的“客人”调剂了食谱，让他们吃上了朝思暮想的家乡饭。这几天，大家喝了味似西华县逍遥镇的胡辣汤，尝了地道的河南烩面，馋了美味纯正的炸酱面……

卡里巴湖的短途、短时旅游，大家伙玩得也很嗨，只是晚上的九级狂风让同志们着实吓了一跳。不太结实的门窗和房顶被吹得噼里啪啦作响，停电带走了那里的一切光亮，大家只好在微信群里发红包、抢红包，相互传递着无声的关爱和温暖。返程途中我给大家发去了一个重磅消息，10月3日下午3点10分，卢萨卡下起了干旱季的第一场雨，这场雨比往年来得要早一点。历年来，第一场雨基本都是在10月底、11月初光临。这场及时雨呀，急叩门窗，敲击蕉叶，洋洋洒洒飘落而至，那个酣畅啊，那个淋漓啊，那个舒心啊，就像美酒醉了心窝！地面上的小草仰着头在品饮着，院子里的青竹张开叶子在歌唱着，水塔上的燕雀在乌压压的云端穿梭往来，就连“小黄”和“多拉”也在驻地里追逐着、撒欢着、浪奔着。赞比亚的万物好像都在说“让暴风雨来得再猛烈些吧！”

水，悦心、宽心、静心。滴水入海蓝静谧，涓流成溪谷底语；瀑高跌宕潇洒落，心如止水卧云息。

第十一节　柴之京参赞和中国医疗队在一起

2016年10月7日　星期五　晴

致柴之京参赞

和柴之京参赞在一起

您风度翩翩
驰骋在非洲广袤的原野
您谈笑风生
播植着中国文明的灿烂
您和蔼可亲
洒向侨胞的满满是爱

您才贤睿智
让中赞合作之路果实累累
柴参您与中国医疗队
结下了深厚的友谊
我们谢您我们爱您我们愿您
在新的履职征途再创辉煌万事如意

记得
2016 年 4 月 29 日下午
您带着经参处的同志们
到卢萨卡机场迎接我们
我们顿时感觉
赞比亚是那么的亲　天是那么的蓝

在赞比亚经参处的会议室
您和医疗队的队员们一一握手
传递着暖流
赞国中国
他乡故乡
我们找到了家
异国他乡我们不再寂寞孤单

您
巨龙腾跃
驰骋赞比
经贸搭台
培土植绿
运筹帷幄
处心积虑
国之大计
构筑友谊

巨龙腾跃驰骋赞比亚

非洲草原
给您宽厚的胸怀
您像蓝天的雄鹰
张开翱翔的翅膀
搏击长空永不停歇

非洲人民
邀请着中国的善良与力量
您像草原上的野马
奋蹄驰骋不知疲倦
从赞比西河畔到加纳可可之乡
传递着中国的友谊
续写着中国的奇迹

2016 年 10 月 7 日晚上
赞比亚卢萨卡机场
中国医疗队来了 华侨华人代表来了
我们真的不想让您走

柴参
我们爱您
中国医疗队爱您
赞比亚华侨华人爱您
为您送上我们深深的祝福

第十二节 技舞刀锋“二侠客”

2016 年 10 月 11 日 星期二 晴

“侠”示义胆雄心，“客”为漂泊他乡。身怀“功夫”绝技，游走天地之间，降妖除魔，造福一方，始得称为“侠客”。

在赞比亚，提起“功夫”无人不知、无人不晓，并且大都会摆出一个功夫造型，嘴中马上直呼大名鼎鼎的“李小龙”，有的还会用不太流利的汉语说出“成龙”“陈真”和“霍元甲”，就连赞比亚大学教学医院（UTH）儿科门诊候诊室的电视里，每天都在不停地播放着中国的功夫影片，孩子们看得如痴如迷，完全忘记了对病痛的恐惧。中国符号、中国元素在赞比亚已经生根、发芽、结果。

今天要说的两位侠客号称“白衣天使”，擅长用刀，日夜游刃在“骨”与“肉”之间，但这刀既不是关云长挥舞的青龙偃月刀，也不是沈琇师太珍藏的屠龙刀，而是降服病魔的柳叶刀，亦称 lancet。

侠客“冷眉人”，视病魔如仇敌，“横眉冷对众瘟神，妙手舞刀斩除根”。他不苟言笑，但心存善良；他步履如蚁，但手快如风；他垒砖砌墙，但做饭也香；他事事坦然，但福运相随。他就是郑州大学第一附属医院普外科教授——中国第 18 批医疗队员程国凌。

侠客“如来笑”，喜好排堵畅疏，“高山一啸瀑飞泻，下水道里纵驰骋”，此人脑壳锃亮，皓齿牙洁；年少才俊，学富五车；风流倜傥，球技见长；刀淬刃锋，武艺了得。此人正是郑州大学第一附属医院泌尿外科教授——中国第 18 批医疗队员张二伟。

程国凌和张二伟为患者联合手术共同查房

国凌和二伟同在外科，周一一起大查房（major round），周二 on call，周三门诊，周四、周五一起手术，生活好不充实！这两位兄弟不是亲兄弟胜似亲兄弟！他们一起吃、一起住、一起玩、一起工作，on call 一起上，可以说是相伴相随，形影不离！高尔夫球场、乒乓球台前、台球桌旁、手术台上，两人总是缺一不可！由于老二"如来笑"英语水平超高，又当起了老大"冷眉人"的兼职翻译，他和赞比亚的同行交流起来，简直是妙语横生，对答如流，时不时逗得黑人小护士咯咯地笑，一见面总是"doctor zhang，尼叩叩嗯哒！（当地娘家语，意思是我喜欢你！）"喊个不停，他也落落大方回应"屋里木苏玛（赞比亚语：你很漂亮），I love you too!（我也喜欢你！）"。这就是和谐，他与医院的赞比亚同道打成了一片。大哥程国凌，虽已知天命之年，仍不远万里来到赞比亚，奉献跨国界的大爱。二哥张二伟，血气方刚一少年，因名字中带有二字无疑暴露了家里排行，所以不管是不是排行老二都被称作二哥，永远没有大哥的命！

大哥专业为普外科，即外科的鼻祖，一切外科的发端，涉猎广泛几乎涵盖从头到脚。初来乍到即开展乳癌根治术、甲状腺癌根治术、胆囊切除术、脾脏切除术等高难度手术，令赞比亚普外科同行大开眼界，甚至有高年资医生自愿当助手学习，在这里往常可并不多见，就连外科主任的手术也没人参观。这里的工作机制与国内不同。如果患者治疗不理想，或者出现并发症，以后接着处理的医生职位必须"节节高"，这是对患者的负责。有一例肠穿孔患者，当地医生做了第一次没有成功，高资历医生补救手术又漏了，只得求助于大哥，问他们为什么？回答说："因为你是高级医生，低级医生手术出并发症必须换人治疗"在国内一般是谁主刀谁要负责到底！不愧于中国医疗专家的称号"consultant"，这次手术非常成功，挽救了患者的生命，正是"危难之际，方显英雄本色"。

二哥专业是泌尿外科。在国内，泌尿外科手术已基本上腔镜化、微创化，很少动刀，来赞比亚后又重新操起柳叶刀，驱除病魔。他在赞比亚的第一台手术即是阴茎癌手术，手术很成功。他还创造性地将这里沉睡多年的宫腔镜拿来做膀胱镜使用，效果很好。有一次和骨科医生说，这镜子可以做关节镜，在我看来至少可以做检查用吧！来这里后他相继开展了肾癌根治术、肾盂结石切开取石及肾实质切开取石、前列腺剜除手术等难度极高的手术！他来之前这里的前列腺活检采用的都是"截石位"，但在这里凑齐两个腿架就需要半个小时，他就索性改革为侧卧位穿刺，就这么解决了他们的大问题！

两位中国外科医生的到来，作为普外科医生的外科主任日子好过多了，甚至可以不用常来手术室了！

第十三节 医疗队健康大讲堂开讲啦

2016 年 10 月 24 日　星期一　晴

呵护健康，营造快乐幸福生活；让我们行动起来，共同打造花一样美好的生活。

李莉莉为赞比亚华侨华人讲健康保健知识

中国医疗队组织中国诊所医师培训

《“健康中国 2030”规划纲要》近日新鲜出炉。中国政府把全民健康作为惠及民生的重大工程上升到国家战略，致力于人民的幸福美好生活，为“中国梦”注入了新的内涵。华侨华人，特别是旅居在贫穷落后国家的同胞们，为了构筑中外经济发展桥梁，传递中国灿烂文化，增进中外人民友谊，不惧艰难困苦，面对疾病威胁，耐受寂寞孤单，长期奋斗在异国他乡，甚至生活在缺医少药的边远地区。关注健康，我们每个人都应重视；呵护健康更是我们“白衣天使”的责任和义务。中国第 18 批援助赞比亚医疗队特开设讲健康专栏，将利用医疗队专家、国内医疗界专家以及文献检索的最新知识，为赞比亚的华侨华人、赞比亚人民传播健康理念、健康知识、健康行为，并乐意接受大家的健康咨询。期望“中国医疗队在赞比亚讲健康”栏目能够为您送去健康和快乐。

第十四节　医疗队　华侨华人爱你们

2016 年 10 月 26 日　星期三　晴

感谢信（一）

2016 年 8 月 5 日，因为肩周疼痛和右臂麻木，锻炼康复效果不佳，在陪同一位同事去中国医疗队看病时，顺便与荀建军队长讲述了我的症状和痛苦，荀队长听后马上安排医疗队的针灸医师李莉莉给我会诊，

李医生望、闻、问、切很仔细，建议我做一段中医治疗，我就抱着试试看的心态在医疗队驻地做了第一次针灸，意想不到的效果让我高兴不已，从小到大，一直不热的手，在当晚居然发热，觉得有点神奇，产生了坚持治疗的想法。

针灸治疗了几次之后，由于工作较忙，不能常去治疗，李莉莉医生又推荐了新的理疗方法——走罐和放血疗法，并且托人从国内专门为我买了一套放血用的气罐，不远万里让人捎带到赞比亚。初次放血治疗，黑紫色的血液充满气罐，两次之后，黑紫色的血液已经很少，每次治疗之后，都会感到肩部轻松，肩周疼痛和右臂麻木的感觉在这期间不知道什么时候已经消失了。

每次治疗，李莉莉医生总是细心询问病情，针对病情耐心告知注意事项。在这里我要感谢医疗队苟队长和李莉莉医生，在异国他乡，不仅治疗了我身体上的病痛，更让我体会到中国医学的博大精深。为他们和中国医疗点赞。

再次感谢医疗队的白衣天使，谢谢！

中水电十一局职工：底女士

感谢信（二）

我是3S五金建材的严某某，本周三我丈夫身体突然不适，我紧急联系了华人总会栾大夫，栾大夫立即帮我联系了援赞医疗队和军医组，及时采取医疗措施，现在我丈夫病情已经基本稳定。

身在异国他乡，突患疾病感到特别无助。但在我丈夫的这次救治过程中，时时刻刻都能体会到华侨华人的爱心和祖国的温暖。中国医疗队把华人的安危当作急事、要事来办，到达援建医院时医疗队的专家就已经在那里等候，王正斌大夫给我丈夫进行了仔细的问诊、听诊，张洋大夫和王晓孟大夫还把医疗队驻地的心电图机、超声机带到医院为我丈夫检查，还跑前跑后帮我们办理住院手续。住院期间苟队长和专家们每天都到病房查看我们，不但给予治疗，还给我们心理上的安抚。他们周密的安排、精心的治疗、细心的呵护让我们全家备受感动。

在此我要真诚感谢华人总会的栾大夫、金桥酒店许大姐、刘大妈、刘桂芬大姐和沈秘书对我们的关心和帮助，我更要特别感谢援赞医疗队的苟队长和三位大夫，正是他们精湛的医术挽救了我丈夫的生命。

作为已经在赞比亚打拼了7年的华人，我现在越发体会到了赞比亚华人总会对在赞华人的重要性，祝愿赞比亚华人总会越办越好，也祝愿在赞比亚的所有华人健康、平安。

谢谢！

赞比亚华侨：患者家属

第十五节 中国医疗队的恩多拉协奏曲

2016年10月29日

前一段时间，我去了一趟恩多拉，任务是看看我们的医疗队队员，再向恩多拉中央医院捐赠一些医疗物资。

序　　曲

恩多拉距离卢萨卡400多公里，开车需要5个多小时。平常，杨蕾点长和队员来卢萨卡都是挤大巴，按他们的话就是充分享受了从乡下到城里的那种感觉：来一程，摇晃出心里希望的田野；回一程，颠簸出走四方的荒凉和寂寞。我们的小中巴由陈刚和张洋轮换驾驶着，驰骋在赞比亚的公路上。对初来乍到的人们来说，这一路的风景还是很诱人的，原始、生态、自然的点缀和着色，构成一幅幅清新、悦目、梦幻的画面，景随车移，目不暇接。

艳丽在每个角落

赞比亚这个季节是春夏秋冬世间万般景象的绝妙融合，和谐而美丽。蓝花楹、鸡蛋花点缀在无垠的旷野，就像天降五彩绫罗的仙女，让你怦然心动；那颗叫不出来名字的红叶树，浓烈而鲜艳，伫立在路旁随风轻轻地摇曳着，仿佛释放着热情等待你的拥抱；片片芒果树卸下米黄色的外套，隐藏在郁郁葱葱树叶子里的果实已经散发出青涩的味道，独特而诱人；丛林里，各种各样的灌木，密密麻麻生长着，一株株老树倔强的将枝干伸向空中，千姿百态，惟妙惟肖，酷似一尊艺术雕像，定格着赞比亚人民与天地抗争的画面；广袤的草原风起浪涌，与天际相连，偶尔可以看到成群的牛羊悠闲地吃草和嬉戏；零星的、圆形的、面积还算不小的农场上，机翼样的灌溉设备静静地歇息在那里，金黄色的麦穗沉甸甸得弯下了腰。地头支起的帐篷旁边，停放着几台收割机，有几个工人正在忙碌着，看来，赞比亚的收获季节马上就要到来了。公路上川流不息的车辆大多都是运输车，车型非常漂亮，有德国的奔驰、瑞士的沃尔沃。陈刚是个汽车发烧友，看到急速驶过的车辆，嘴里不停地啧啧赞叹。

沧桑而执着的古树点缀着赞比亚的原野

沧桑而执着的古树点缀着赞比亚的原野
摄影 雷颖奇

土地贫瘠，干旱少雨，在赞比亚坚强的土地上，处处展现着适者生存的奇迹。放火烧荒是这里的传统作业。炙热的烈焰横扫荒野，火光过处，久经考验的老树依然骄傲的挺拔着，顽强而稚嫩的幼苗经受狱炼，一年年长高，残余的灰烬待雨季来临时浸入泥土，滋养着这些守护自然的勇士们。车窗外突兀的蚁穴映入眼帘，像一座座山丘，似一栋栋殿堂，如一片片地堡，神奇而不可思议。在卢萨卡我常常疑惑高大树木上粘着的层层黄土，从树根直至枝丫；没有洪水的侵袭，人们也不会无聊的故意，在赞比亚清澈的空气里，这也绝对不是雨的痕迹、风的作品；情趣使然，让我近距离观察到这就是一只只蚂蚁用小小的身躯运来泥土，混合自己分泌的黏液，在树皮的缝隙间筑起的安全巢穴。

蚁穴奇观
摄影 翁爱军

赞比亚，动物的天堂　　　　　　摄影　翁爱军

恩多拉(Ndola)是赞比亚的第三大城市，是铜带省的省会所在地，铜矿是赞比亚的主要经济支柱。曾经一时，矿产经济助力赞比亚位居非洲第一的宝座。但随着世界铜矿价格下滑，加之赞比亚经济结构单一，也曾造成赞比亚民不聊生、政权更迭的困局。有人形象的表述，如果看到赞比亚公路上运输车装载的都是铜矿产品，那就说明赞比亚的经济还不错。可惜，我们这一路上没有看到这样令人期待的景象。

恩多拉市景一瞥

我们一行下午 12 点半赶到了恩多拉，杨蕾和队员们早早就等候在医院门口的路边。一见面，就像多时不见的老战友，那个亲热劲啊，给彼此一个猛烈的拥抱，传递着相互的问候和温暖。恩多拉是一个环境优美的袖珍城市，翠绿环抱，道路整洁，没有首都卢萨卡车辆的喧嚣和拥堵。“这里的人们就喜欢这样悠闲、舒适、慢节奏的生活模式”，已在这里扎根的老队员张宝善老兄和王海老弟设午宴款待我们时介绍说，他们在这里生活得还算可以。

协　奏　曲

下午 2 点，我们按预约时间来到了医疗队工作的地方——恩多拉中央医院。这家医院也是外国援建的，规模不算小，在赞比亚可以排到第二位，八层的病房楼在整个恩多拉市区内显得特别醒目。会议室里，

Dr. Makupe(马库佩医生)院长介绍了我们医疗队在这里的工作情况,对每个队员都一一做了评价,显得很满意。随后举行了医疗队捐赠医疗物资的简短仪式,他们对中国的无私援助大加赞赏。陪我一同去的王晓孟真是个小精灵,活泼、洒脱、阳光,英语说得好,全程现场翻译不打折扣。80 后十分了得,令人刮目相看。

在恩多拉医疗点工作的有 4 位队友,杨蕾、魏海军、金俊硕和朱红赤。杨蕾(产科,郑州大学第一附属医院)是个女强人,出门在外就需要这样一个既懂得操心,又乐意付出的人。她能把医院的事运作得很得体,医疗点里的事和谐得很到位,工作岗位上的事闪亮得很精彩。魏海军(麻醉科,郑州大学第五附属医院),老大特有的沉着,在医疗点里发挥着举足轻重的角色,稳定军心,善解人意,老黄牛的作风,身上总有一股使不完的劲。金俊硕(普外科,郑州大学第一附属医院)满身色彩,人见人爱,面孔透露着刚劲,微卷的头发显示着睿智,野马驰骋总能腾起不一般的高度,诙谐语言总能折射出人生的思考和境界。朱红赤(医学影像科,郑州市中医院),朱深是红,红深是赤,一样的颜色,点缀额心则妩媚,轻染花朵则灿烂,洒向朝阳则如火。

队员驻地是一个不算小的院子,距离上班的医院很近。院外精神病院的工地正在施工,与驻地之间的围墙是用挡板和几根木桩支起来的,生锈的大铁门在开启的时候吱吱呀呀、摇摇晃晃,守护着驻地出入的门户。院子里的草坪在干旱季已经枯黄,中间的曲折小路,是俊硕他们从附近的工地上运来石子铺就的。两颗芒果树郁郁葱葱挂满不大的果实,其中长在朱红赤门前小的那一颗,身世传奇且富有纪念意义。它是原来的队员在吃完芒果后遗弃的一粒果核,不经意间在雨的滋润、风的洗礼、光的温暖中生根、发芽自我成才的。队员的住所分布在院子的四个角落,石棉瓦构筑的屋顶让人感觉有点乡村的味道,距离大门近处的一栋自然是魏海军居住,负责着开门和锁门的任务。小黄和萨卡是母子俩,忠诚的守护着这个院子。据队员讲,小黄从来没进过队员们的住室,也没离开过院子,它生怕打扰主人的安静和生活。

金俊硕在为受伤的小鸟疗伤

上班的时候院子空荡荡的,下班的时间这里充满着生机和欢乐。一年的光景,没有相依就会孤单,没有笑声就会抑郁,生活需要协奏,哪怕是锅碗瓢盆的交响,还是激烈争辩的高潮,有声音就有欢乐,有知己才觉幸福。大老魏时不时出手搞几样拿手好菜,大家铺张桌子,带把凳子,在双休日、在队员生日时,叨上几口小菜,碰上几杯小酒,何不悠哉！皓月当空,静心思绪,四个人围坐在小院里,互诉衷肠,谈天说地,杨蕾的女人花,大老魏的人生经历,红赤的壮志凌云,加上俊硕冷不丁的冷笑话,总能让院子里热泪飞扬、笑声回荡、温馨满涨。幸福就这么简单,只要你的思想不复杂,只要你的要求不太高,只要你懂得感受身边的朋友和友情。

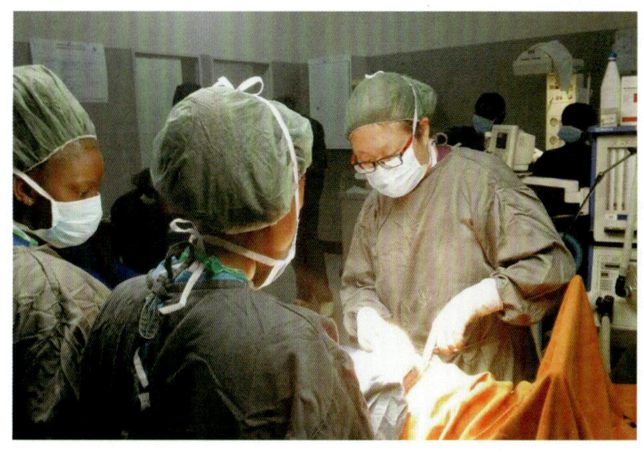
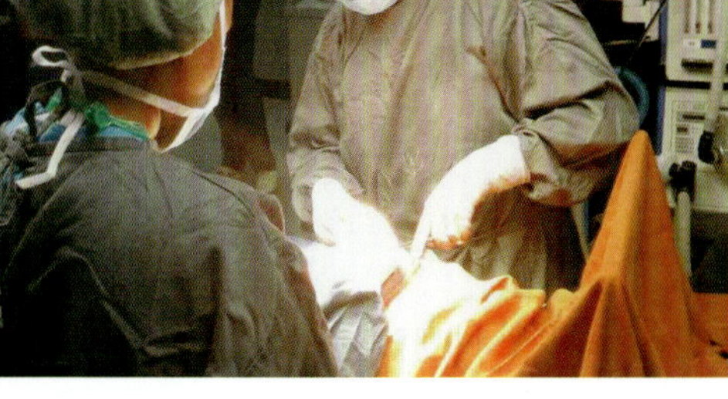

恩多拉医疗点点长杨蕾在手术中

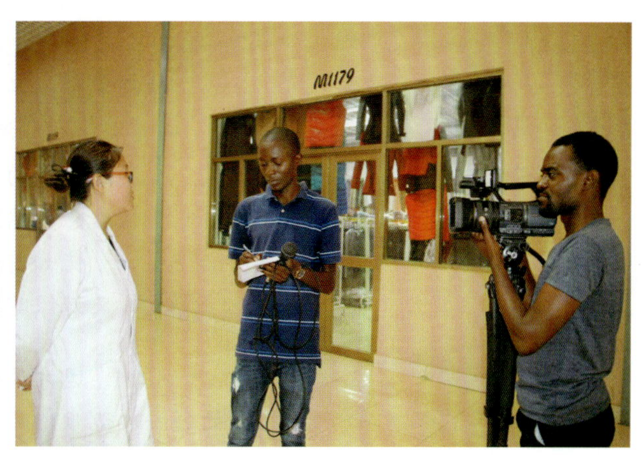

杨蕾接受赞比亚国家电视台采访

大老魏深夜又被 on call 班喊去了。到了科室,他急忙准备物品,扎针,插管,利索地将等待急诊手术的患者麻醉到位。歇息的时候到值班室喝口水,一看很是生气,原来当夜值班的赞比亚医生正在床上呼呼睡大觉。但大老魏还是以中国医生的作风,从患者的生命安全考虑,全心全意完成了这台手术。老魏在恩多拉中央医院人缘非常好,业务技术更不用说,急诊、疑难麻醉只要需要,他便召之即来,就像他说的“无论在哪里,工作都要干好,治病救人是咱的天职”!援外工作随着时代的变迁变得越来越难。一方面世界各国都在竞争非洲,你带着能力和技术来不如其他国家时不时搞些设备物资上的捐助更直接;另一方面赞比亚的医疗也在进步,你没有两把钢刷,人家根本就不会容纳你。金俊硕倔强哥一个,做起手术来也是个拼命三郎,对诊治原则、技巧规范真是一丝不苟,较真得很。“乡医院设备,省医院水平!我给赞比亚医院正名,今天手术中发现他们居然也使用捷立特(捷立特指的是一种高值医用耗材)”,捉襟见肘的医疗资源让他在这里开展工作困难重重。赞比亚的医务人员很“原则”但又不乏幽默感,在日常相处中、在工作配合上总能磨合出乐趣,碰撞出火花。“宁交一帮抬杠的人,不交一群圆滑的鬼”,他在这里交了一帮志同道合的黑人朋友,培养了许多赞比亚徒弟。“其实别人没有我们想象的那么优秀,其实我们自己比想象的优秀很多,关键是激发内心的小宇宙”,“人生路上一年年,援非岁月一天天,沸腾过的热情还有余温,好在我的内心一直坚强,见证了老树都能开花,我的人生怎能不精彩”,他在这里用不断创造的优秀书写人生的精彩。就在前天,接到两名华人严重外伤信息后,杨蕾带领四名医疗队队员立马赶到了中国诊所参与抢救。在这里生活的华侨华人都知道中国医生、相信中国医生,遇到困难也是第一时间求助中国医生。患者是闭合性胸部外伤合并其他脏器复合伤,生命危在旦夕。杨蕾当机立断,大老魏、俊硕、红赤轮番手举输液吊瓶,将患者一路护送到中赞友谊医院,企业领导和同行的人们对中国医疗队的亲情钦佩不已。

后　记

生活就像一杯白开水,你每天都在喝;不要羡慕别人喝的饮料有各种颜色,其实未必有你的白开水解渴。人生不是靠心情活着,而要靠心态去生活;调整心态看生活,处处都是阳光。

第十六节　援非半年随感

2016 年 10 月 29 日　星期六　晴

今天是我们离开祖国整整半年的时间,我们在赞比亚棒棒的。为我们的团队干杯!为我们取得的成绩喝彩!为我们的领导报喜!为我们可爱的家属敬礼!再有半年我们将凯旋,不忘初心,继续前进!下面是我们 18 名队员的半年感言,字里行间展示满满的游子的思乡情怀,医者的大爱情怀,团队的乐观情怀和勇者的担当情怀。

——苟建军

中国第 18 批援赞比亚医疗队顺利抵赞
时光荏苒
转眼不觉间半年已悄然流转
从首次踏足非洲的兴奋与不安
到故土般的熟悉与淡然
从春意盎然到秋风萧瑟
恍如前世今生
又好像昨天到今天

远方的亲人呐
我的每一次迈步都离不开你的守望和期盼
不要问我到哪里去　我的心依着你
不要问我到哪里去　我的情牵着你
我是你的一片绿叶
我的根在你的土地

春风中告别了你
今天这方明天那里
不要问我到哪里去　我的心依着你
不要问我到哪里去　我的情牵着你
无论我停在哪片云彩
无论我驻足哪片土地
我的眼总是投向你

如果我在风中歌唱
那歌声也是为着你
不要问我到哪里去
我的路上充满回忆
请你祝福我　我也祝福你
这是绿叶对根的情意

——高长辉

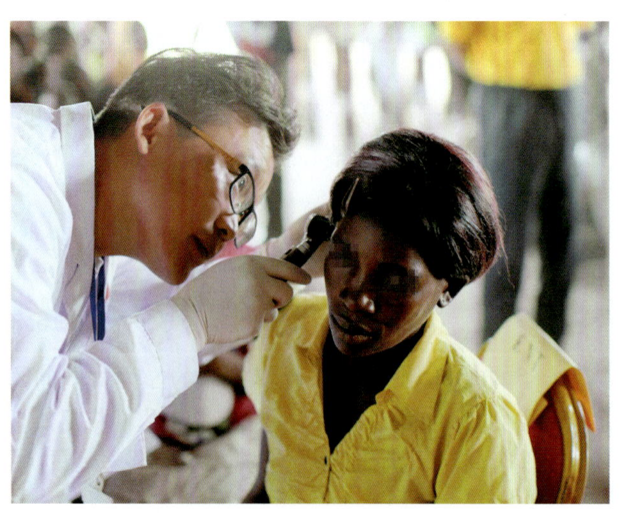

高长辉为患者仔细检查

每一次轻易的放弃
都是人生的一处败笔
堂堂正正做人
踏踏实实做事
但求无愧我心

宁静的夜晚
你也思念,我也思念

你守在婴儿的摇篮边
我守在非洲百姓的病床前
你在国内守护着家园
我在非洲值着 on call 班

宁静的夜晚
你也思念,我也思念
你孝敬父母任劳任怨
我肩负着援非的重担
祖国昌盛有你的贡献
也有我的贡献
早日团圆,是你的心愿
也是我的心愿
任期已然过半
很快我们便能团圆

郑州大学第一附属医院
医疗队宣传组
利维·姆瓦纳瓦萨综合医院
高长辉

李甲振为患者详细诊察病情

郑州大学第一附属医院骨科李甲振教授工作在赞比亚最大的教学医院,虽在万里之外,仍不失大家风范并承担着 UTH 临床、教学、科研等重要任务,任劳任怨,无怨无悔,任期过半,归国之日赞国的学生定会

不舍和挂念，珍惜眼前，昂首向前，珍惜在赞相伴的每一天。

郑州大学第一附属医院
UTH 医疗点点长
李甲振
苟建军代记

陈曦与赞比亚同道在一起

时间过得飞快
来赞已过半年
从陌生到熟悉
从不适应到适应
28 人大家庭团结奋斗向前进
思念祖国及亲人
华侨华人是一家
中赞人民友谊长
不忘本职报祖国
同舟共济盼凯旋

郑州大学第五附属医院
医疗队出纳
利维・姆瓦纳瓦萨综合医院
陈曦

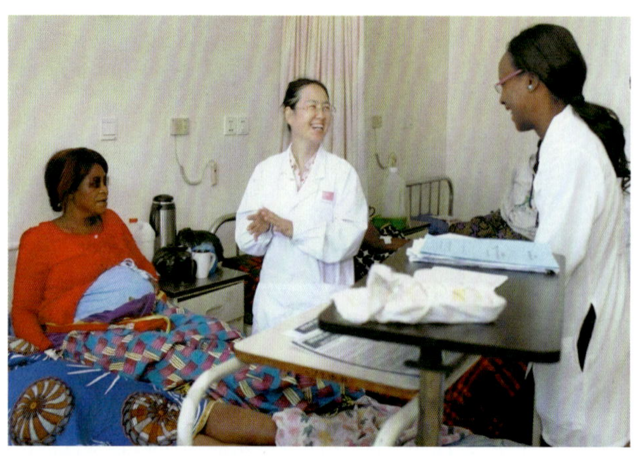

王梦琦带领赞比亚学员查房

予虽远离兮，勿怅然以为念。
为亲朋兮，不敢以自贱。
唯愿慈母及亲人兮，体健心宽。
身遥心留兮，夜夜旦旦。
为传医术兮，不畏阻险。
救死扶伤兮，白衣使然。
尽我所能兮，藏私拙不敢。
医疗队会计，
殚心竭力兮，冰心一片。

郑州大学第三附属医院
医疗队会计
利维·姆瓦纳瓦萨综合医院
王梦琦

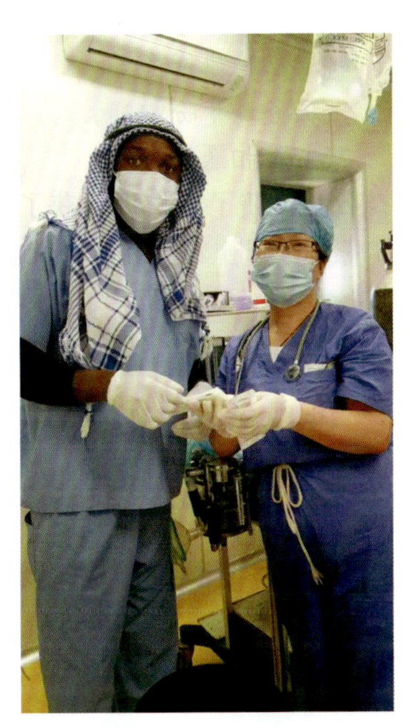

工作在幕后的麻醉医师蔡琴(右)

半年的援非心路历程，典藏着我们最美的时光。我们第18批援非医疗队，不是一家人胜似一家人。在这陌生的环境、简单的生活，我们相互陪伴、温暖的语言、细腻的情愫，取一枚、折一枝枫红无数，思念不尽。余下的半年时光，我们更有信心过好每一天，请国内的亲人放心。我们相见，指日可待。

郑州市中医院
医疗队生活组组长
利维·姆瓦纳瓦萨综合医院
蔡琴

赞比亚，一个神奇的国度。这里自然与人类共生，繁华和简陋并存，现代和原始交错，富贵和贫穷共处。看到土地荒草丛生，但见人们生活还悠闲自得，却很少看到在田地里辛勤劳作的人们。满足感很强，兴奋点很低，但从孩童的眼光里感受到他们对幸福生活的向往和梦想。我们不只是赞比亚的过客，不辱使命的一年，就要拼命地干。

郑州大学第五附属医院
医疗队宣传组
利维·姆瓦纳瓦萨综合医院
王玉州

中国医生张二伟（右一）与赞比亚患者沟通

心拥蓝天逐梦想，
肩负使命非洲帮。
脚踏实地勤工作，
治愈患者爱无疆。
传技授业多创新，
团队相助劲无量。
半年不觉入归期
身在异乡思故乡。

郑州大学第一附属医院
医疗队保管
利维·姆瓦纳瓦萨综合医院
张二伟

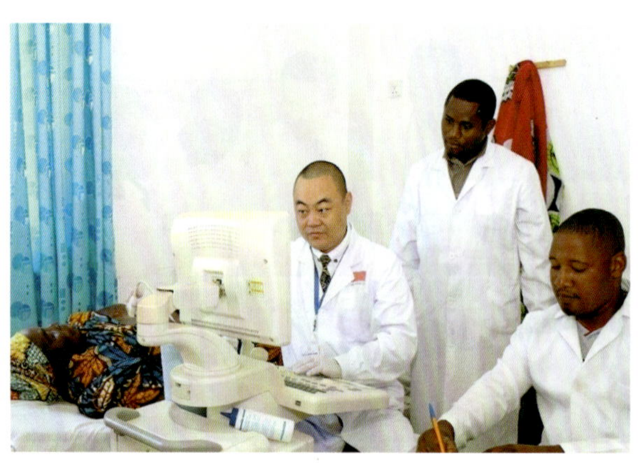

张洋在工作中认真带教

简简单单做人，
认认真真做事。
兢兢业业援赞，
平平安安归国。
勿忘初心，
继续前行！

郑州大学第一附属医院
医疗队宣传组、保健组
利维·姆瓦纳瓦萨综合医院
张洋

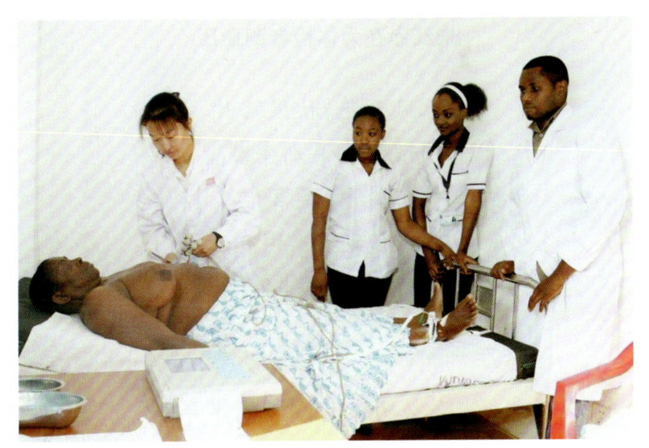

王晓孟在工作中示范操作

日升日落，岁月如梭。
半年时光，转瞬即逝。
小小分规，测量图形。
认真查看，仔细分析。
帮助同事，协助诊断。
解决病例，皆大欢喜。
年龄最小，经验最少。
傻傻乎乎，大大咧咧。
各位队友，关心爱护。
谢谢大家，一生难忘。
还有半年，继续努力。
尽职尽责，圆满回国！

郑州市第一人民医院
医疗队保健组
利维·姆瓦纳瓦萨综合医院
王晓孟

朱红赤在为体检者测血压

春风开花,秋风落叶
转眼,已离别半载
无限事,不言中
只记得最初的梦田和誓言
还有曾经许下的愿
不回头远去的昨天
有您做后盾
我会努力干好剩下的半年
是什么模糊了我的视线
是对您的思念
还是梦中熟悉的脸

郑州市中医院
医疗队司机
恩多拉中央医院
朱红赤

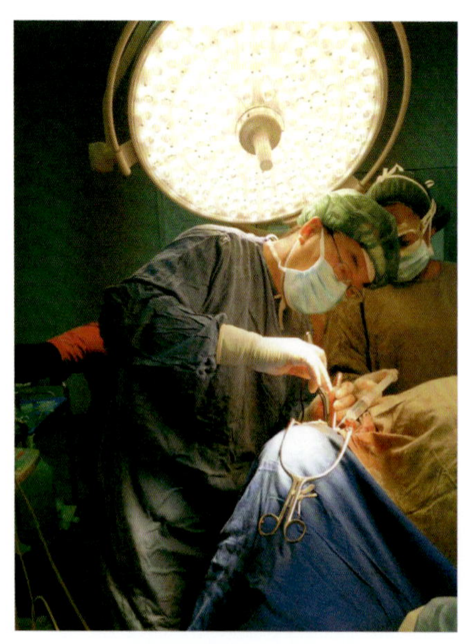

无影灯下的周辉医生

半年了，最真实的感受：赞比亚，想说爱你不容易！最真实的想法：干好每件事，出彩赞比亚！

郑州大学第一附属医院
医疗队司机
UTH
周辉

青春靓丽的中国医生朱骊

胸中有天地，眼中有苍生；心在，念在，各安天涯。

郑州市妇幼保健院
利文斯顿总医院
朱骊

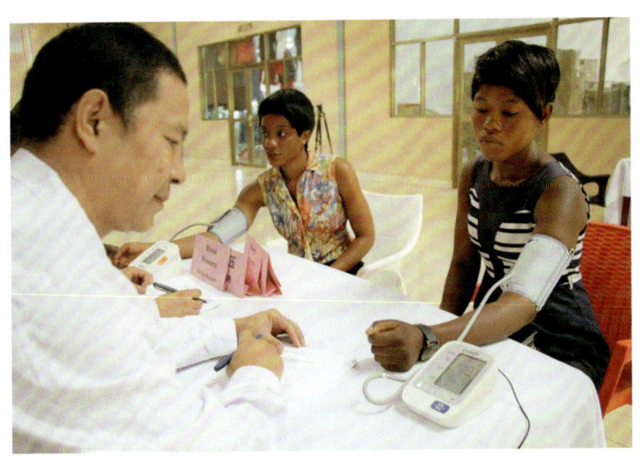

魏海军为赞比亚民众服务

一月两月三四五六月
已经过了半年了
剩下一个月两月三四五六月
半年后可以回家了
经历的是人生一瞬间
留下的是赞比亚患者的一生幸福

郑州大学第五附属医院
恩多拉中央医院
魏海军

内科医师王正斌详细问诊

半年了，从最初对赞比亚的好奇、一无所知，到现在慢慢熟悉，让我们感叹这世界是如此不同。喜欢这里的蓝天白云，青草绿树，不喜欢有人随意焚烧垃圾；喜欢这里和谐的医患关系，不喜欢大量艾滋病患者住在毫无隔离保护措施的普通病房；喜欢这里的交通规则和高素质的司机，不喜欢大街小巷清一色的二手车；喜欢这里朴实善良的黑人朋友，不喜欢办事拖拉从不守时办事风格……半年了，这就是我眼中的赞比亚，不管喜欢还是不喜欢，赞比亚就在这，援非的日子还有半年，且行且珍惜吧！

郑州大学第一附属医院
医疗队司机
利维·姆瓦纳瓦萨综合医院
王正斌

谭延召和赞比亚同道在一起

来赞工作、生活也已半年，回想起来却不知道具体是在哪一天我的工作、生活已步入正轨化、常态化。上班、下班、做饭、刷锅、刷碗、休息、听音乐、还有欣赏利文斯顿公寓楼下那片温馨的菜地里茁壮成长的各种蔬菜和亲自浇水施肥催生出瓜果满园的幸福……，开心不开心都有，不过足够充实和忙碌。感谢中国政府给予的来赞机会、18 批援赞医疗队集体如家般亲情的照顾，请所有关心我的人放心！I love Zambia，I love my family（我爱赞比亚，我爱我的团队）！

郑州大学第五附属医院
利文斯顿总医院
谭延召

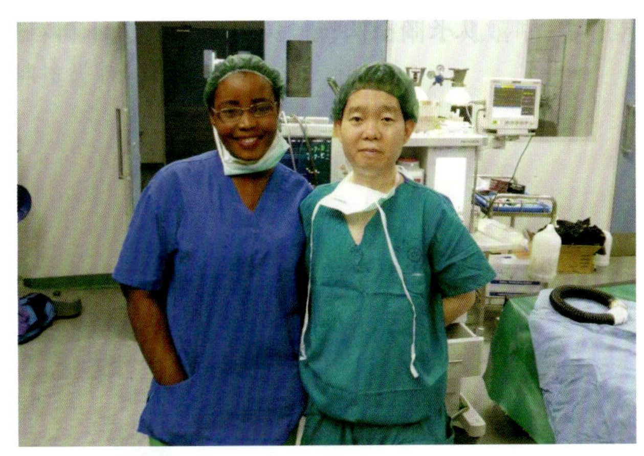

李新锋与赞比亚麻醉科同道在一起

时光如梭，岁月如歌。
离家半年，有失有得。
万里援非，亲人所托。
融入赞国，安心工作。
再有半年，我要回国！
……

郑州大学第一附属医院
医疗队生活组
UTH
李新锋

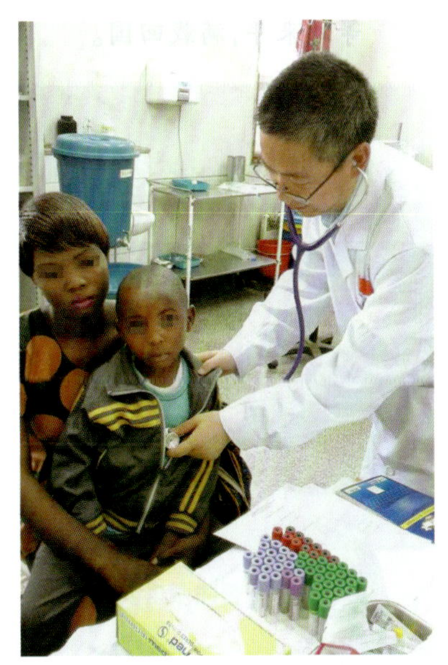

暖心叔叔李四保

援非已半年，收获特别多。
每晚学英语，白天忙工作。

第九章

播爱赞比亚

心语：不忘初心，继续前进。

CRI：We will remain committed to our mission, and continue to forge ahead.

CCTV：We should not forget the original aspiration and will carry on.

大家撸起袖子加油干。

CRI：The nation remains mobilized for brand new endeavors.

CCTV：We roll up our sleeves and work with added energy.

世界大同，天下一家。

CRI：The world is a commonwealth.

CCTV：Everyone belongs to one family in a united world.

CRI：中国国际广播电台；CCTV：中国中央电视台

第一节 在异国他乡打造“中国印记”

2016 年 10 月 30 日　星期日　雨

题记：一副对联，非常有意思，功力深厚，堪称神联。上联：若不撇开终是苦。下联：各自捺住即成名。横批：撇捺人生。

“若”字的撇如果不撇出去就是“苦”字；“各”字的捺笔只有收得住才是“名”字；一撇一捺即“人”字。凡世间之事，撇开一些利益纠结就不苦了；看方寸之间，能按捺住情绪才是人生大智。

赞比西河落日　　　　摄影　翁爱军

晨曦中的赞比西河

赞比亚(Zambia)在英国殖民地时代被称为北罗得西亚(North Rhodesia)。利文斯顿(Livingstone)是以发现维多利亚大瀑布的英国探险家的名字命名的小镇,当地人靠山吃山,靠水吃水,旅游业是小镇的经济支柱。

所谓小镇,也确实有点小,如果在道路的这一头吕志排喊一声,正在那头散步的朱骊就会转回头,走过来也就不到十分钟的时间。这座小镇,就一条主要道路贯穿于城市的这头和那头。还不错,街道还是蛮干净的,满眼郁郁葱葱。最常见的是芒果树,上面开满"迷你"的黄色小花,据志排讲这是赞比亚的国花,我没有考证过。走着走着,时不时会有几株盛开花朵的大树飘下缤纷的花雨,让你心旷神怡;趴在墙上怒放的、呈现各种色彩的三角梅、蔷薇花偶尔探出来几瓣向你问好,愉悦你的心情。小镇居住的人很少,见不到熙熙攘攘的场景,中国人就更少,加上医疗队的 4 位同志,在这里的也就十来个人。道路上跑着在首都卢萨卡都很难见到的正规出租车(卢萨卡的出租车都是不正规的车,没标识。中巴是市政的主要交通工具,可坐十几个客人),说明这是一座驰名海内外的旅游胜地。维多利亚大瀑布就在小镇旁边几公里的地方,非常壮观。小镇为来这里旅游的客人专门开动的火车旅馆、餐馆,往返在不长的铁轨上,慢悠悠的,很能体现赞比亚人的性格和节奏——你急他不急,你慌他不忙。

利文斯顿总医院占地面积很大,医疗队的吕志排(麻醉科、点长)、靳忠良(眼科)、朱骊(产科)、谭延昭(医学影像科)就工作在这里,他们去上班,从住的地方出发到科室大概需要十几分钟的路程。他们的驻地是一栋两层单面小楼,里面居住的还有利文斯顿总医院的医生、乌兹别克斯坦在这里工作的医生等不同肤色的人们。驻地没有院墙,就像建在荒郊野外一样,任何人都很容易靠近、上楼或干点其他事情。按规定医疗队可以养只狗看门护院,但这个驻地是开放的,没法圈养,倒是每天深夜成群觅食的野狗狂奔而来,吠声瘆人,游荡在驻地的周围,白天还会在满是沙土的地面上留下一个个凶狠的印痕。几个月前,也就是队员们刚到不久,朱骊房间的一台电视机、DVD 和一些化妆品、洗漱用品就在光天化日之下被偷了,估计小偷也是经过多次踩点,精心预谋过的。朱骊住的小客厅紧邻单面楼走廊,窗户安装有姑且算是防盗网的防盗钢筋,稀稀拉拉就几根,客厅的地面铺的是地板砖,有点光滑,客厅靠近窗户的地方摆放一张桌子,桌子上就放着一台 6 英寸的电视机和 DVD,桌子的抽屉里有每天都要用的牙膏和护肤用品。失窃后,医院的保卫部门到了现场勘察,分析情况,推测可能是偷盗者用一个带钩的东西,将桌子通过光滑的地面拉到窗户底下下手的。好在遇到的是个"小偷",人没事,丢的东西也不值太多的钱。吃一堑长一智吧,在这里生活不太平,不安全,可得处处小心呀!

圈子小,生活氛围自然得靠自己去营造。点长吕志排挺用心的,忙碌的工作之余,把四个队员的情绪调动得阳光灿烂、生龙活虎。点里的老大靳忠良时不时做些好菜召集大家伙聚餐一顿,说说话,唠唠嗑,消化一下漫漫长夜的寂寞和无聊。朱骊是点里唯一的女同志,身材苗条,面色姣好,一颦一笑,自然天成;独特的个性,单纯耿直,不容沙子,是点里的黏合剂和笑声的创造者;流利的英语,熟练的业务使她在病房、门

诊、手术台上应对自如、技惊同行。谭延昭聪明智慧，力小拨千斤，干起活来干净利落，从不拖泥带水、患得患失；到医院后他埋头苦干，把积压近半年的放射影像报告一一发出，得到医院的大加赞赏。这四位队员一点都不闲着，商量着怎样给枯燥的生活增添点小乐趣，于是大家忙活起来，在楼前开垦了一块“沙漠”地，栽上几棵小树，种上几垄蔬菜，发出的小芽，长出的小苗，绿油油，水灵灵，充满生机，煞是好看，每天晚上队员们都要来“田间地头”拔草浇水，和绿色说说话、谈谈心，不亦乐乎！

驻地的乒乓球活动场地

半年了，队员们工作成绩斐然。他们与利文斯顿有了感情，他们与医院同仁结下了深厚友谊。按照队里要求，点长每月要与受援医院院长进行一次沟通。这一次，半年啦，吕志排弄得动作有点大，也很正规，带领全体队员与医院领导、同道们进行了座谈。下面是志排同志写的座谈会纪实。

医疗队员和利文斯顿总医院领导在一起

医疗队向利文斯顿总医院捐赠医疗物资

10 月 25 日下午 4 点，我们利文斯顿医疗点按照和医院领导提前预约的时间，如期在院长办公室召开医疗队援赞半年总结交流座谈会，院长办公室干净整洁，秘书处提前做了布置和安排。出席会议的有我们援赞医疗队的四名队员，利文斯顿总医院 Mr. Monze（蒙兹先生）院长、Mr. Nethle（恩特里先生）第一副院长，以及医务科、后勤部和秘书处的工作人员，并特邀妇产科实习医生 Qigale（奇嘉丽）做适当翻译沟通。奇嘉丽的中文名叫秦国丽，她曾在中国医科大学（沈阳）留学七年。会议开始前，队员们和秦国丽医生就会议汇报内容进行了简单沟通。听她介绍在赞比亚学医也非常不容易，她原毕业于赞比亚大学医学院，作为优等生通过考试被政府选派去中国医科大学公费留学，第一年先在北京语言大学学习一年强化汉语，其后六年的工作学习中必须全部运用熟练掌握的中文交流。她对中国的快速发展深表赞叹，也很感谢中国对她自己和国家的友善帮助。她现在正在利文斯顿总医院实习，时间为一年，然后要按政府安排到基层、农村工作两年后才能考虑今后的正式工作医院。这样掐指算一下，一个医学生从上大学到工作稳定、成家立业也差不多快要30岁了！会议开始，Mr. Monze院长首先对四位医疗队队员不远万里来到赞比亚、来到利文斯顿市工作表示真心感谢。特别提到本月，中国国庆节后志排他们从首都带过来援助的医疗器械物资都是很管用、很及时的宝贵物品。他还开玩笑说，这一批医疗队过来工作，政策做了改变，政府合同时间为一年，现在已经过半，有点遗憾，希望大家能多留下些时日继续工作。接着吕志排全程用英语汇报了半年来的工作。一是第18批援赞医疗队有28名队员，全部来自郑州大学附属医院和郑州市部分医院，队员技术、英语、素质相对比较高；二是7月23日中国援赞医疗队在首都卢萨卡利维·姆瓦纳瓦萨综合医院首次建立中国-赞比亚远程医疗会诊中心，并且每月至少开展两次活动，今后利文斯顿总医院也可以利用现代化信息技术网络传送照片、病历资料，和赞比亚首都医院、中国国内知名医院进行疑难病例会诊和手术指导；三是7月25日赞比亚华侨华人总会首次在首都卢萨卡成立紧急医疗救援队，整合华侨华人在赞比亚的医疗资源，援赞医疗队作为最主要的核心力量，不但服务赞比亚人民，同时也服务为赞比亚发展做贡献的华侨华人。利文斯顿医疗点作为救援队的分支机构，如有需求，24小时确保应诊；四是从8月开始，医疗队实行每月工作量登记，内容包括门诊量、手术量、查房量、麻醉量、影像报告量、危重病例抢救量、带教学生量、急会诊量等，并且由受援医院科主任签字，点长每月写工作总结，目的就是实实在在把援赞医疗工作做好；五是下一步将按照总队要求，做好讲课培训和带教工作，每人准备课件，给科室和相关医务人员讲课培训，传授学科领域的新知识、新理论、新技术、新业务；六是中国医疗队队员到赞开始工作以来，除了工作时间之外，全天24小时应诊，电话联系时每次都能保证及时赶到，完成任务；中国医疗队真心把利文斯顿总医院当作家，中国医疗队热爱这里的工作；最后吕志排说他们四名队员在利文斯顿生活满意、充实、安全，队员们会倍加珍惜在这里剩下的工作时间，并对医院上上下下给予中国医疗队的关心和照顾深表感谢，中国医疗队做了这么多工作，并能把医院当作家，感动了所有在场的人，Mr. Monze院长当即表示把已经拖欠的8月、9月、10月三个月电话费补助周五落实到位。眼科靳忠良医生、妇产科朱骊医生、影像科谭延召医生分别就自己工作的切身体会一一发言，真情实意地交流沟通。Mr. Nethle第一副院长也在会议上发了言，他说通过每周一例会，通过各科主任反馈知道医疗队四人在这里工作很踏实、很勤奋，表示感谢和赞扬。他说他是普外科大夫，在手术室经常和麻醉科Dr. LU(吕志排)在一起配合手术，Dr. LU婴幼儿麻醉技术让他印象特别深刻。他说这些术前准备、术中管理、术后护理的先进技术和理念一定要留下来教会他们的医护人员，吕志排表示一定竭尽所能，毫不保留地指导身边同事、监护室护士一起学习掌握。医务科，后勤处和秘书处工作人员也愉快表示，中国医疗队员有事直接过来和他们沟通，全力支持讲课培训工作，祝愿中国医疗队在这里工作愉快。两位院长对第18批医疗队所做的大量开创性、实实在在的工作表示赞扬，特别是对中赞远程会诊系统很感兴趣，当场要求部署在利文斯顿总医院的设备尽快开通，并指出医疗队每月工作量统计是个有效的好办法，讲课和培训指导学生工作也是首次开展，以前医疗队没有做过……。最后，Mr. Monze院长表示这样的座谈会以后每月组织一次，和秘书处联系或者直接打他电话，互相学习交流，促进工作，也能及时了解队员的实际情况，吕志排欣然表示支持和赞同。

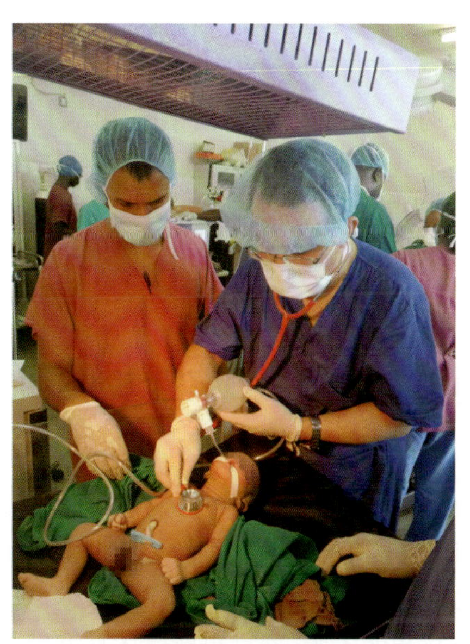
吕志排在抢救新生儿

赞比西河流淌有中国医疗队队员的汗水，赞比西河映衬着中国白衣天使矫健的身影，维多利亚大瀑布的彩虹就像中赞友谊的桥梁，绚丽多姿。

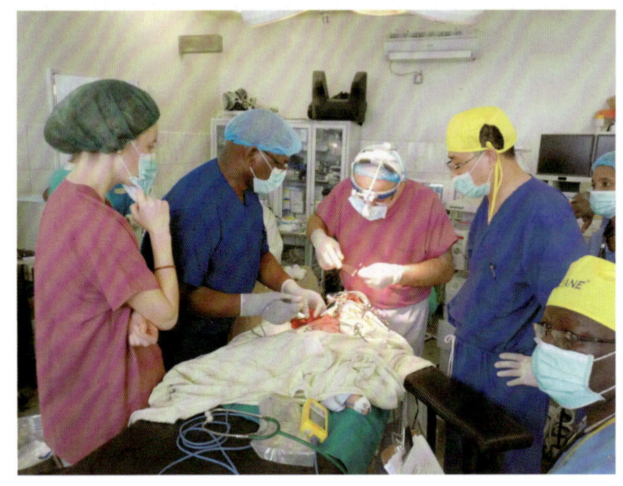

五国医生同台为患者进行手术

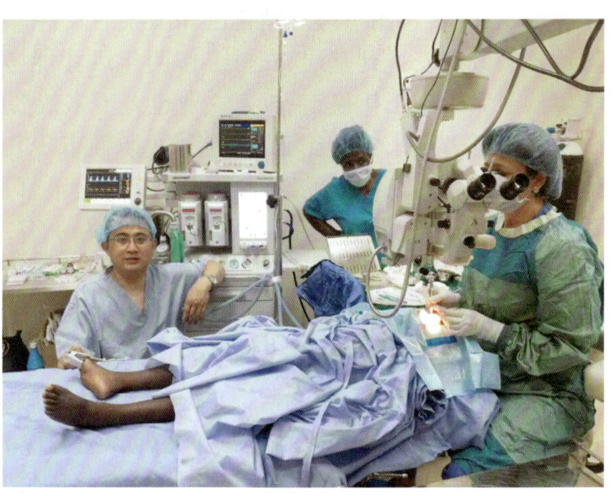

吕志排在手术麻醉中

祖国在我们心中

后记:2016 年 4 月 28 日,中国第 18 批援助赞比亚医疗队带着祖国的重托,启程远赴赞比亚开展工作。今天是 10 月 30 日,一年的援外任务时间已经过去了一半,昔日别离祖国的情形历历在目,亲人的温情,领导的嘱托我们时刻记在心上,这是我们克服一切困难、干好援外工作的力量源泉和动能。更值得欣慰的是:我们是一个团结的团队、一个和谐的团队、一个充满活力的团队、一个特别能战斗的团队。这半年来我们尽心了、尽力了,干出了让赞比亚受援医院、赞比亚华侨华人认可的成绩。我们在赞比亚棒棒的,为我们的团队干杯!为我们的成绩喝彩!为我们的领导报喜!给我们可爱的亲人们敬礼!今天推出中国第 18 批援助赞比亚医疗队记事——利文斯顿篇:《异国他乡打造"中国印记"》。不忘初心,继续前进。

第二节 中国医疗队登上赞比亚讲台

2016 年 11 月 2 日 星期三 晴

进入十一月份,赞比亚的天空出奇的蓝,蓝得深邃宁静;云彩特别的白,白得冰清玉洁;晚霞惊人的艳,艳得如梦如幻。酷热的天气,让人静坐在那里就会感觉背上湿漉漉的,冒着汗滴,这时间是赞比亚最热的季节。郑州的人呢,在这里感觉还是挺惬意的,没有雾霾,没有夏季的高温,甚至晚上还能享受到阵阵让人舒缓心情的凉风。当地人更不把太阳当回事,出门时,很少看到打着细花阳伞的人们,就连最爱美的女人们也是如此，他们是在尽情享受“上帝”赐予他们的灿烂阳光。驻地的保安戴安娜，一个尚未婚配的芳龄女郎，天真活泼，就像鸟儿一样驻足在驻地的草坪上，享受在绿色，陶醉在阳光。她的皮肤像绸缎一般，脸庞像花儿一样。偶尔，在蔚蓝的天空中，在万丈的光芒下，一块乌黑的云朵随风飘悠而来，匆匆洒落几滴甘露，喜得张二伟变了调地喊“快出来看呢，下雨了”，惊得程美英在微信群里直呼“下雨了，同志们赶快收衣服。”哈哈，陈曦跑出来了，连个地皮湿都没看到；王晓孟打着雨伞乐呵呵走出来了，却始终没等到雨打花伞的绝妙声音。

驻地的小树发出了绿油油的嫩叶，墙边的仙人掌在不经意间已长出三个鲜嫩的芽片，院外灰烬掩埋下的“草原”萌动着一棵棵刚刚露出泥土的芽尖……，生灵万物知道，不多时日，非洲的雨季就要到来啦！我们等着！候着！望着！期盼着！

按照队里的计划，抵赞半年后重点推进学术交流和“师带徒”工作，目的是提高受援医院的医疗业务水平，培养一支带不走的赞比亚本土高水平医疗队。为此，医疗队制定了授课计划，内容主要是专业技术前沿和进展，以此激发受援医院医生探索新技术、新业务的兴趣和积极性。今天，张二伟是第一个用全英语开讲的，他和高长辉原来曾到使馆进行过健康知识讲座，张二伟用自己的亲身经历和掌握的知识，把疟疾防治讲得深入浅出，栩栩如生，很受听众欢迎；高长辉针对非洲常见的艾滋病做了艾滋病的起源、传播途径以及预防措施等内容的精彩授课，让大家受益匪浅。

张二伟为赞比亚医生讲授新技术

利维·姆瓦纳瓦萨综合医院规模虽说不大，但在赞比亚也称得上是一所知名的医院，承担着赞比亚大学医学院学生的临床实习带教工作，因此，他们对医生要求很严格，院领导对学术活动也非常重视。

医院门诊楼的二楼走廊里就是今天学术讲座的报告厅，一个讲台，一个投影仪，七八排座椅，利维·姆瓦纳瓦萨综合医院院长、副院长、APEX 医学院院长，以及内科主任、外科副主任等身着正装就坐在前排，就像我们国内教学医院的病例讨论会一样，显得庄重规范，气场十足。APEX 医学院院长主持这场讲座，他首先介绍了主讲人——中国医疗队张二伟医生，对中国医生能在这里讲座很感兴趣。

张二伟讲座的题目是《微创技术在外科领域的应用》。为了此次讲座，他熬夜数日，查阅大量资料，花费心血制作了精美的课件。开篇介绍了近年来发展迅速且备受关注的郑州大学第一附属医院的概况，宏伟的建筑，精良的装备，先进的技术，令在场的听者羡慕不已。达芬奇机器人，造价上亿的磁共振手术室，广泛开展的腔镜技术等，在他们听来也只是个概念，甚至是天方夜谭。接着张二伟就腔镜技术的起源、优势以及腔镜技术在中国各专业领域开展的现状做了精彩的讲演，并播放了由郑州大学第一附属医院泌尿外科张雪培教授主刀的“腹腔镜下肾癌根治术”“腹腔镜下输尿管成形术”等经典手术录像。医生们听得全神贯注，看得如痴如迷，加上外科同道 Dr. Husain（侯赛因医生，他在美国留学时曾观摩过几例腹腔镜手术）的穿插互动，几个大牌专家的启发式提问，现场氛围活跃而热烈。张二伟真可谓后生可畏，专业英语、公共英语、还有这半年学的当地娘家语、本巴语，讲座、交流、答疑起来，熟练有道，娴熟从容，最后一句“ZEKOMO”（当地语，“谢谢”）结束了这场讲座，会场响起一片感谢的掌声。

赞比亚人盛赞中国医疗队

赞比亚医疗卫生特别落后，缺医少药的情况还十分严重，虽然说国家实行的是全民免费医疗，但医疗保障水平非常低，就像利维·姆瓦纳瓦萨综合医院这样在赞比亚算不错的省级医院，医疗设施和装备远比不上国内的县级医院。磁共振是空白，一台CT还处于有病修养状态，已经半年没有开机了；药房就是些很普通的药物还不很全，王正斌说这里治疗糖尿病的药物总共才有两种，根本就没有选择的余地。医疗队真正感受到在这里老百姓的健康保障确实是个大问题。吕志排是麻醉专业的，经常见到得了肿瘤因延误治疗而放弃手术的，或不得不截肢致残的；因为没有孕期保健，婴儿期就要做先天畸形手术的……，他无奈地叹息道："在赞比亚，人们都把肿瘤养成这么大才来治疗，挺可惜的！都是因为落后啊，穷啊！"

医疗队员抱着一种责任，一种精神，在一年的援外工作中尽心、尽力、尽责、尽情地奉献着白衣天使的大爱，满腔热情地为非洲人民送去健康的希望、人生的幸福。

张二伟，博士，副主任医师，中国第18批援赞比亚医疗队队员，2004年毕业于郑州大学临床医学系，2007年获得西安交通大学外科学硕士研究生学位，2013年获得首都医科大学外科学博士学位后就职于郑州大学第一附属医院泌尿外科，先后公开发表学术论文7篇，其中SCI收录1篇，参与编写专著一部，特别擅长泌尿外科微创手术及排尿功能障碍疾病的诊治。

第三节 情真时 树知道

——中国医疗队在赞比亚开展植树活动

2012年12月4日 星期日 晴

黄、绿、黑，赞比亚的主色调绘就的人间仙境，就像一幅油画让人赏心悦目。

发展中的赞比亚

旱季，一望无际的大草原波浪起伏，绵延的金色就像万里黄河，翻滚着、流淌着。火热的阳光下，昆虫唧唧，伴随着叶片的弹奏唱起动人的歌谣。站在草原旁，脑海里呈现孩童时代手举蒲公英，迎着太阳奔跑在旷野的场景；想起一群小伙伴们烈日下匍匐在棉花地里捉蛐子、听蛐子闪动翅膀唱歌的时光。此时此刻，真的好想坐上一架马车，慢悠悠，“咕噜咕噜”地穿过非洲的大草原，去和草叶握握手，去和野生动物说说话，去和昆虫唱唱歌。眼睛亮，心宽敞！

赞比亚原野的枯黄季节

雨季，尽收眼底的郁郁葱葱、绿色娇姿就像一部电影大片，飘逸欲仙，美轮美奂。清凉的雨雾中，花儿羞涩，伴随雨水的沙沙声摇曳起醉人的探戈。坐在草棚下，心中回忆起雨过天晴，手里提着小桶在树底下找洞掏知了的趣事；心中荡漾起青春年少，执伞红墙柳下，卿卿我我、雨丝缠绵的柔情浪漫。此情此景，真的好想打一把雨伞，浪八圈，“稀里哗啦”地趟过大地上的道道溪流，去和叶儿抒情，去和花儿和诗，去和游走的卵石唠嗑。意真时，水知道！

美丽的雨后彩虹　　　　摄影　翟香花

黑，衬托和光艳着世间的万般色彩。洁白的牙齿张扬着灿烂的笑容，皓月般的眼睛传递着善意和友情。黑色，是太阳深情的亲吻；黑色，是和风多情的温柔；黑色，是沙砾日久的打磨；黑色，更是汗滴禾下的耕耘印记。

黄、绿、黑点缀着赞比亚美丽的国度，营造着非洲灿烂的自然风光和盛景。

黑，是一种健康色，坚实而有光泽。这几天医疗队在驻地筹划一个植树活动，挖树坑、搬树苗、运底肥，

12 月 4 日下午 3 点，阳光明媚，云卷云舒，植树活动在中国医疗队驻地隆重举行。中国驻赞比亚使馆杨优明大使和耿海凌女士为一颗亲自栽种的古巴棕榈树培土、浇水。杨大使在致辞中说："自 1978 年以来，中国政府已派遣 18 批共 487 名医疗队员抵赞援助当地医疗工作。虽然医疗队的工作环境甚为艰苦，但一代代医疗队员热情工作，不但为赞比亚人民解除了病痛，也为广大华侨华人的身体健康提供了重要保障。他们更化身中赞友谊的使者，为两国民间友好做出了重要贡献。植树活动是功在当代、利在千秋之事。他希望医疗队员精心栽培、好好养护这些树苗，把医疗队驻地变成中赞友谊之园。"华侨华人总会张键会长是一个十足的环境保护主义者，他在他的庄园里每年都要种植很多的树。赞比亚家家户户的庭院里树木虽然很多，但张会长家的不仅树种多，他还把树、草、水、景完美结合，匠心独运，巧夺天工，步入此景，流连忘返，赏心悦目。张会长说："绿色是大自然生命的象征。绿色给予人类清新的空气，绿色给予人类健康的食粮，绿色给予人类愉快的心情。人在赞比亚，爱护赞比亚，绿化赞比亚！"

杨优明大使和夫人为擎天树培土浇水

新老中国医疗队员为擎天树培土浇水

热火朝天的植树活动现场

赞比亚妇女协会栽种关心树

本次植树活动规划了七个主题植树区："擎天树"，在驻地的正前方，六株古巴棕榈树笔直挺拔，象征着中赞友谊直插云天。分别由杨优明大使及夫人耿女士、经商处欧阳道冰参赞、华侨华人总会张键会长、中华商会陶星虎会长、河南省卫生与计划生育委员会、中国医疗队栽种。"关心树"，在驻地外的院墙旁，八株赞比亚棕榈树根壮叶茂，两株红叶树鲜艳似火，象征着赞比亚侨界和医疗队根系相连、心心相印。分别由江西同乡会、福建同乡会、河南同乡会、川渝同乡会、东北同乡会、吉林同乡会、妇女协会、和平统一促进会、武术协会、乒乓球俱乐部栽种。中水电十一局、华安集团、江西中煤、孔子学院等中资企业代表栽种的"爱心树"，由两株兰花楹和两株火焰树组成，花开四季，繁簇似锦，象征着在赞华侨的浓浓亲情。龚老爷子的女婿"九哥"和华侨华人代表栽种的"华侨华人纪念林"，有一树成荫的豹子树，有风舞婀娜的垂柳，有惊艳无比的三色花，有一干撑天的仙人树。新老队员联手种植的“中国医疗队纪念林”，有养胃润肠的香蕉树，有灵丹妙药辣木籽，有消毒败火的仙人掌，有清心静脑的蔷薇花和月季花，还有赞比亚遍野的芒果树。院子中央分别由利维・姆瓦纳瓦萨综合医院、UTH、恩多拉中央医院、利文斯顿总医院、中国军医组的医疗队员栽种下“花儿开来红满天”的红花楹（凤凰树）和“和风扬枝千万条”的刷瓶子树（垂枝千层红）。花开赞比，思绪艰辛。一年的援外经历，有欢喜有伤悲，有甜蜜有苦涩、有付出有收获。回国的时候，我们会回忆起赞比亚的日日夜夜、赞比亚的一树一草和赞比亚的中国情怀，这几棵树就叫“思念树”吧。随后，20 名中国第 18 批援赞医疗队员与在卢萨卡工作的 20 名老医疗队员在院子北边道旁共同栽下了 20 颗鸡蛋花“纪念树”。鸡蛋花开放的时候，红的、粉的、黄的、白的……花团相簇，色染天际。这不正是一批批中国医疗队员“不求回报，但予付出”的人生色彩写照吗！

参加植树活动的华侨合影留念

情真时，树知道。刚刚种下的小苗用嫩绿的叶片儿为嘉宾们起舞跳跃；龚老爷子赠送的桂花树、米兰树扬起米粒样小花，散发着沁人心脾的芳香；院子里飘扬的五星红旗在蓝天白云的映衬下显得格外漂亮、美丽，光彩照人！

与紫梦和莫星副会长在一起

江城梅花引 第18批援赞医疗队植树活动感赋

紫梦(赞比亚华侨)

卫生援助有根芽,植奇葩,树奇葩,暮暮朝朝,不倦在天涯
救死扶伤高标格,专医术,技无瑕,耀夏华
夏华,夏华,纵云霞,唱琵琶。浣指沙
绿野绿野,烂漫赋、温润千家
朗日清风,焕作凤凰花
困苦艰难无所畏。天揽月,海分茶、梦馥佳

第四节 他乡的云

2016年12月12日 星期一 阴有零星小雨

赞比亚的雨季来得急促,但又扭扭捏捏。几场酣畅淋漓的猛雨过后,天上时不时砸下数颗雨滴,让你求之若渴,却又望眼欲穿。树枝吐出了新芽,野草露出了嫩尖,众生都在期待着每年这个季节雨露的滋润。世界变了,气体温室效应使这里的雨量较过去少了许多。

春赏百花,夏嬉河水;秋读飘叶,冬赋冰雪。国内的春夏秋冬,自有不尽味道。赞比亚日月往来,万物皆景,畅游之中,润其肺,悦其目,醉其情,止其欲,自然自在,神飘若仙。陌生的非洲,不来不知道,一来忘不掉。

霞光万丈赞比亚

霞光万丈赞比亚

蓝天白云赞比亚

蓝天白云赞比亚

蓝天白云赞比亚

云卷云舒赞比亚

云卷云舒赞比亚

云卷云舒赞比亚

风起云涌赞比亚

风起云涌赞比亚

傍晚的彩霞流光溢彩

傍晚的彩霞流光溢彩

傍晚的彩霞流光溢彩

书桌前，伏案疲惫时，抬头仰望窗外，一幅幅云的美景就像独一无二的巨幅画卷，把苍穹渲染得如此多娇，诗意盎然。

晨曦初露，太阳藏在云朵里照出万道光芒。清亮的天空飘逸着悠闲的云彩，或浓或淡，或聚或散，恰似一幅水墨画，匠心独运，遐思无限。风，轻轻捎来草原绿色的甘甜，沁人心脾；光，静静递来红花楹的娇姿，风情万千。静则知动，空瞭万物；天地合一，心趋自然。

午阳灿烂，静谧的蓝色躁动着热的波浪。一朵朵云彩在光的照耀下，白得炫目，白得浓烈；时而像大海飞溅的浪花，激情飞跃；时而像麦场里堆起的棉花，厚又松软。蓝衬着白，白托着蓝，静中有动，动在心田。树叶光合太阳的能量，翩翩起舞；花朵吸吮太阳的光芒，绰约妩媚。白亦为色，蓝也空灵，形形色色，心广纳之。

夕阳西下，收起的余晖撩起一池墨颜。燃烧的天际，云彩在游走，似景似物，或写意或抽象；光搅动着云，云渗透着光，赤橙黄绿青蓝紫，梦幻斑斓，多姿多彩。红中有黄，如流淌熔化的岩浆；紫中泛青，像仙女飘起的霓裳；云随光游，恰似“滚滚长江天上来，辽宁航母行云上”。风，拽着云的衣襟在涂画；树，披着云的倩影在炫耀；鸟飞高空衔云，美英点脚擒画。天高云做伴，天地自一色。妙哉“上帝”，美哉自然！

今天是鄙人生日。他乡云，漂泊心：心境随云游，他乡何言愁；友伴小酒饮，共济同行舟。

第五节 金刚钻瓷器活

2016 年 12 月 15 日 星期五 晴

赞比亚的雨季来了。老树添绿，新芽生机；花蕊媚艳，云舞风语。医疗队里有这样一群硕士、博士，就像非洲大地上生长的仙人树一样，土地再贫瘠，他总能扎下根来；骄阳再炽热，他依然茁壮在砂石缝中；或耿直的身躯，刺露锋芒，浴炼成桩；或联手的叶片，环环相扣，独木成林。

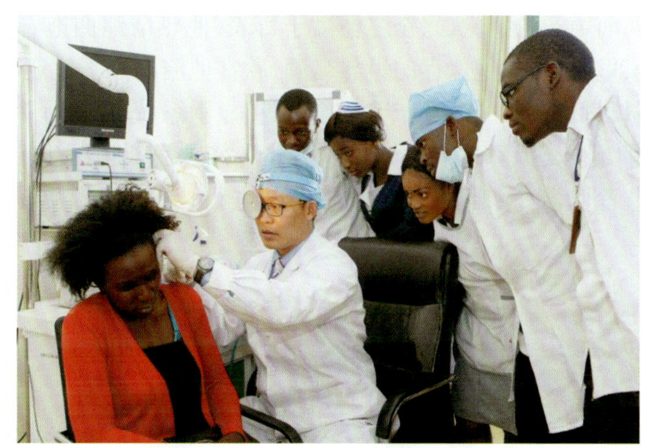

高长辉为患者做检查

在赞比亚，我们没有看过赞比亚自己国家拍摄的电影，但在今天，中国医疗队队员、耳鼻咽喉科高长辉医生却有幸结识了一个赞比亚的电影演员，并为他成功地完成了支撑喉镜下声带息肉切除术。作为电影演员，外表或英俊、或个性，自有角色的需求，但清晰、磁性、独特的声音则是锦上添花、不可或缺的职业要求。这位演员声音嘶哑已经好几个月了，在赞比亚最著名的医院 UTH 药物治疗不见好转，那里的专家建议进行手术治疗，并把他介绍给在赞比亚利维 · 姆瓦纳瓦萨综合医院工作的高长辉医生。

赞比亚全国从事耳鼻咽喉专业的医生屈指可数，UTH 有 2 名，中国军医组有 1 名，还有中国康达诊所的闫莉，利维 · 姆瓦纳瓦萨综合医院的高长辉和乌兹别克斯坦的 1 名医生。人少设备差，技术也跟不上，乌兹别克斯坦医生在这里也只是坐坐门诊，做一些中耳炎切开引流之类的简单手术。

高长辉七年本硕连读，毕业后分配到郑州大学第一附属医院耳鼻咽喉科工作，郑州大学第一附属医院的耳鼻咽喉专业在中国也是小有名气的。小伙子悟性很高，勤于钻研，天生一个做外科的料，还有一副对患者似亲人的火热心肠。接受援外任务来到赞比亚，铆着劲就是想干点事情，做点贡献。休假半年刚上班不久的乌兹别克斯坦医生和高医生合作时间不长，已经把他看成是自己的老师，钦佩不已。

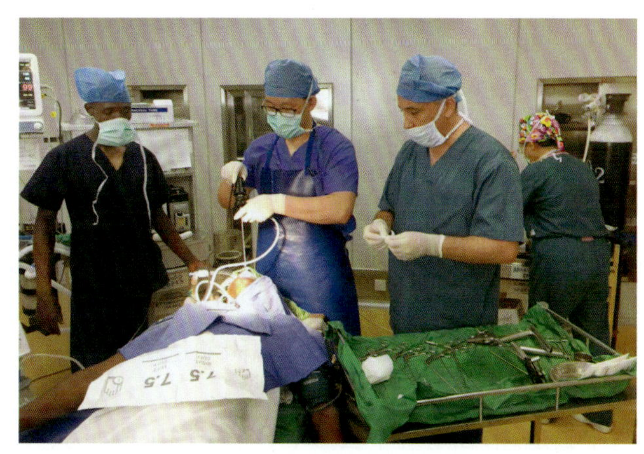

高长辉为患者手术中

高长辉为了实施利维·姆瓦纳瓦萨综合医院的第一例支撑喉镜下手术，并且手术对象是一名职业要求极高的患者，他在前期做了充分的准备。先是找来在库房沉寂多时未用的中国援助的支撑喉镜设备进行调试，又是找手术室的护士进行相关器械的准备和组套，再与同为队友的中国麻醉医师蔡琴讨论支撑喉镜麻醉的有关配合。手术于 12 月 3 日上午进行。进手术室前，高长辉拍着患者的肩膀给予鼓励和安慰，患者攥着高长辉的手露出期待和信任。手术台上高长辉双目视镜，手法娴熟，对着生长在声带上的息肉病变——稳，紧锁目标；准，不差毫厘；狠，斩草除根；不到半个小时，就解决了造成声音嘶哑的疾病元凶。站在一旁的乌兹别克斯坦助手，颇感兴趣。高长辉一点点教，他孜孜不倦学。因为再过几个月中国医疗队就要走了，高长辉要把这些新技术传授给他，这也正是医疗队创新推进的"师带徒"机制，意在为赞比亚留下一支"不走的医疗队"。手术第二天，患者找回了患病前声音的感觉，兴奋之情溢于言表，他热情地拥抱着高医生，相约待休声恢复期过后，邀请高医生一起到他家里坐坐，喝他保存的世界名酒，欣赏他演出的赞比亚电影。

2016 年 12 月 15 日，高长辉医生又采用妇产科的光源和显示系统，开展了利维·姆瓦纳瓦萨综合医院第一例内镜直视下鼻腔息肉切除及鼻窦息肉根治术。以往乌兹别克斯坦医生治疗这类患者采用的是极原始的方式，医生戴着头灯，患者仰着头，瞎子摸象般估摸着进行；鼻窦手术更是开放式的开"大刀"，创伤大，恢复慢。

高长辉与他的赞比亚弟子们

赞比亚缺医少药，全民免费医疗只能在很低保障水平下医治患者的疾痛。国家没有自己的药品生产厂家和医疗器械制造企业。医生很少，少得可怜。医院没有激励医务人员工作的动力和活力。员工休假，哪怕是科室关门停业也是要休的。赞比亚的同道说："赞比亚以前跟着中国学习实行社会主义制度，现在中国与时俱进在改革，医疗也推行了医保制度全覆盖。但我们是制度改成西方的了——没富，医疗还是过去的老样——没变"。是的，医疗是一项民生工程，由不掏腰包到部分掏钱，迈开这一步实在难以决策，毕竟绝大部分的赞比亚人民还很穷。

手术患者术前没有心电图检查，你做不做？肠梗阻患者没查电解质结果，你硬着头皮还得做手术！更不用说手术时必备的监护设备，护士常会告诉你"你这台手术调配不来"，或者常常是一台手术上台的医生只有你自己，各种困难和难题，也只有你硬着头皮去克服、去解决。利维·姆瓦纳瓦萨综合医院院长 Mr. Kaqinmba 说："这就是非洲医疗的现状！"中国医生因为原则拒绝手术或建议完善检查后再做手术，他们会很不高兴："我们的急诊剖宫产一进医院就做手术也没见死过人的，来非洲就要适应非洲的情况"。其实不是这样。赞比亚不实行计划生育，也常见到百岁以上的长寿老人，但 2016 年公布的世界各国的平均寿命排行榜中赞比亚列第 180 位，人均寿命只有 49 岁，原因就是新生儿夭折率高、传染病死亡率高和医疗保障水平低下。理解、无语、敬佩但保留意见。

也罢，队员们只好在融入中去适应，在适应中去影响，在影响中去助力，在助力中促改进。我们有着"金刚钻"，"瓷器活"一定也能够做得更好！

第六节 昙花

2016 年 12 月 16 日 星期五 晴

军医组即将完成使命离开赞比亚了。半年时间的亲密相处、热情相拥，他们给予我们经验、给予我们支持、给予我们关心、给予我们欢乐。今天，医疗队和军医组相约小聚，共度良宵，共叙友谊之情。恰巧恩多拉、利文斯顿医疗点的队员也赶回卢萨卡汇报工作，战友与同道见面，分外高兴。

中国军医组和中国医疗队携手奉献在赞比亚

与栾会长（左一）刘大妈（右一）一起参加伦古总统就职典礼

小聚地点安排在川渝同乡会刘大妈的金筷子饭店，据说这里是许多来赞比亚华人的落脚点和事业起步的地方，吉祥之地，很有灵气。中水电十一局初来时就是在这里办公，由此走向辉煌；安徽外经的沈总外出拼搏也是歇息在这里，在赞比亚创出了一片天地……。这不，就在我们开始晚宴之际，刘大妈精心栽培，养护了八年的一株硕大昙花树，惊艳开放，朵朵鲜花冰洁如玉，娇嫩欲滴，煞是喜人！在场的队员有幸目睹了昙花一现的绝美过程，一生难得此景，心情激动不已。纷纷拿出手机，有与花合影自拍的，有全程录像的，还有激情作诗的……

——苟建军

昙花一现

昙花一现

金俊硕

幽兰处，尽芳容，清新素雅
不沾红尘一点灰，只愿一瞥
莫笑凡尘太轻薄，不解花芯香，只顾花容貌
人间一遭匆匆匆，尘缘尚未了
不屑花蝶飘飘，却为勤蜂恳恳
我自寻香去，花色已逝，情绝人间
奈如何，缘起缘灭再十年

昙花

金俊硕

千娇百媚含苞中，静候有缘人
豪别军医满弓月，千万里叙缘
吐芯芳华献妩媚，芳馨溢满园
他日相聚有前缘，不必花再现

第七节 感动瞬间——人在赞比亚

2016 年 12 月 19 日 星期一 雨

奇特，真奇特！

在非洲大地上，自然天成的奇迹，环境练就的神力，让人叹为观止。仙人掌能成树，那是大自然让它经历了风雨的足够磨炼；白蚁能筑山，那是它们族群中有优胜劣汰繁衍出的勇士；蜈蚣能成精，那是它蛰伏在地下岩石缝隙中不被伤害一天天成长；头顶能载物，那是有为适应生存需要挺起的不弯脊梁。波罗蜜结在树干上、小伙炫酷在大街上……世界很大，处处有精彩！

生命的坚强 摄影 雷颖奇

奇特，是让你耳目一新的东西。感动，则是不知不觉情为之感、心为之动；感伴眼角微润的温暖，动有怦然之声的一种情感冲击。

前些时候，中国援赞医生魏海军的一幅照片入围“大河健康网”评选的最美医生，我拍摄的一副高长辉给赞比亚小朋友体检的照片也荣获了2016年度赞比亚华侨华人摄影比赛第一名。这些照片在构图、取景上并不见得完美，但抓取了体现人性温暖的动情瞬间。

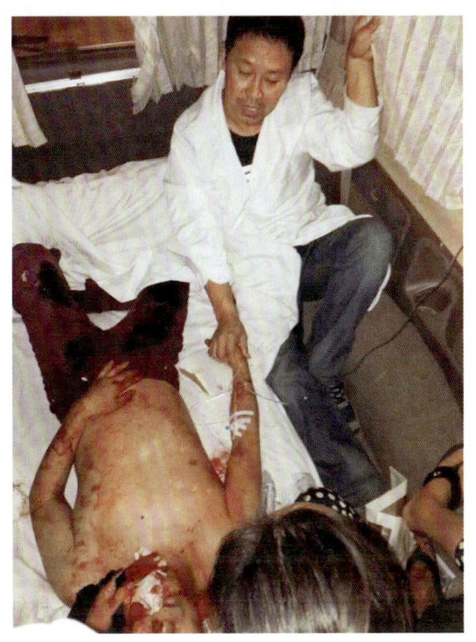

用我的专业抚慰你的痛——麻醉科魏海军

这是魏海军出诊护送患者的一幅照片。魏海军是医疗队到赞比亚第一个罹患疟疾的队员，他工作在恩多拉，那地方是疟疾横行的地方。据一位华人讲他在这里多年了，几乎每年都要至少得一次疟疾。也可能是疟原虫没有彻底被根除的缘故，海军之后又间断寒战发热了几次。就在最近这一次得病的时候，医疗点里接到出诊护送病员到基特韦的任务。这名伤员伤情危重，是在开车运送玻璃时被破碎的玻璃划伤了面部和颈部。海军是麻醉专业的，监护、抢救很在行。他正在驻地输液，拔掉针头，毫无怨言地守护在患者身旁，一路颠簸，将患者安全送达目的地。照片中他那疲惫的眼神和安抚患者的笑容，怎能不让人感动！

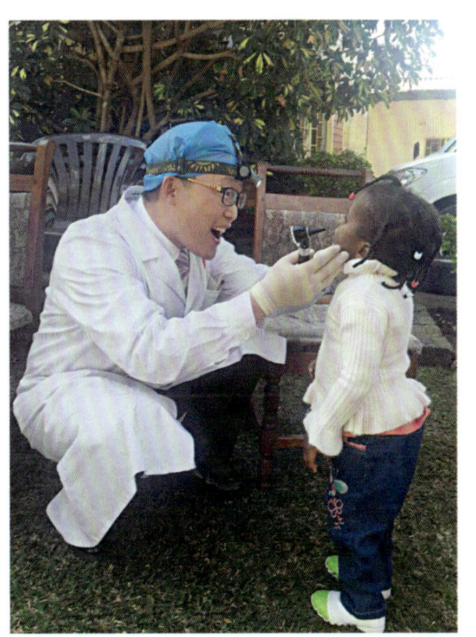

真情奉献赞比亚——耳鼻咽喉科高长辉

这是一张高长辉在孤儿院为赞比亚小朋友检查的照片。一次随意的抓拍，自然、生动跃然画面。中国白衣天使悬壶济世、爱心无限已跨越国界，像和煦的春风荡漾在非洲赞比亚的大地上。

爱心永驻——妇产科杨蕾

万里之外，异国他乡，过生日别有情趣。一个蛋糕，一朵小花，几支蜡烛，备上队员们自以为最拿手的“好菜”，抱团取暖，同行相伴。到非洲援外，这是一生中难忘的经历，苦并快乐着。许个小小心愿吧：“队友们平安吉祥”。这照片没啥说的，就是感动，眼角已经挂上了泪花。

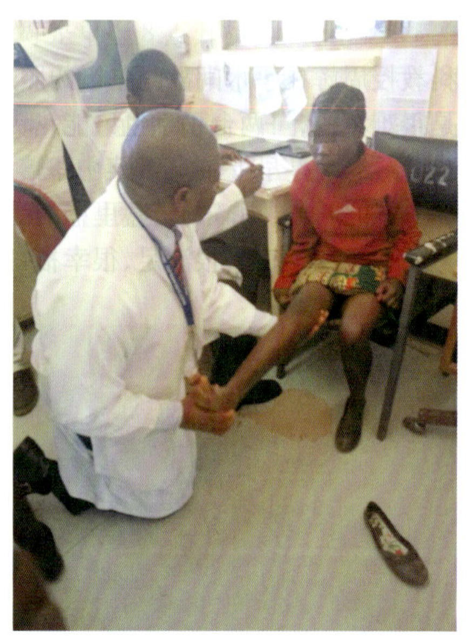

这一跪，跪出职业的崇高——赞比亚医生

“男人膝下有黄金”。这一跪，跪出了职业的崇高，跪出了视患者为“上帝”的无限大爱。“大医生与小患者”，我相信这几幅照片一定会感动你我的，“因为爱着你的爱，因为梦着你的梦，所以悲伤着你的悲伤，幸福着你的幸福……”——本来就是医患一家亲嘛！

敬畏生命，呵护健康。特鲁多的名言：“有时去治愈，常常是帮助，总是去安慰”。在这个世界上你帮助我，我感动你，心与心的碰撞，心与心的交融，满满的正能量，即便是生活在非洲贫瘠的土地上，也会——

花开花落随风去
阳光四季任张扬
天高云淡心气舒
粗茶淡饭满口香

第八节 浓浓的乡情 浓浓的爱

——中国第 18 批援赞医疗队开展巡回医疗服务季活动

2017 年 1 月 22 日 星期六 晴

“上帝”赋予赞比亚的自然条件真的不赖!

旱季,充足的阳光照耀着原野的一片金黄,休整的大地静静地储存着自然赋予的能量;雨季,飘洒的甘露沐浴着世间的众生万物,希望的田野迸发出生命的神奇力量。转眼间,昔日枯黄的草原变得一片翠绿,嫩绿的幼芽几天功夫就已长出了一人多高。这里有一种土叫“黑土”,草木灰入土而成,富含生命的养分,培上一锹,植物就会变得闪亮亮、绿油油的,这就叫“取自于大自然,供奉于大自然”。这里有一种幸福叫“不感冒”,适宜的气候,清亮的天空,真乃宜居的天堂,住上一年,人们就会变得有精神、气爽爽的,很少患感冒,你却又不得不对这片土地深深的“感冒”,这就叫“上帝并不薄,看你咋分享”。“吃饭一棵树”,这里是天然物种的宝库,每当瓜果成熟的时光,硕果累累,自然天成,唾手可得。“穿衣一块布”,全年平均 26℃的气温,根本不需要添置春夏秋冬的服装;爱美,你就身裹一块印有赞比亚风情的布料,足矣;帅气,你就身披一件总统竞选时发放的广告 T 恤,走起。“说话不算数”,前两天在微信群里看到一篇文章题目叫“中国人在非洲的两种特殊死法”,要么“急死”,要么“慢死”,挺有感受也挺有意思!赞比亚医院 on call 班的医生住在家中,十万火急抢救患者的事,你可千万不要“火”,也千万莫要“急”——“我还需路上开车的时间”。“经济靠援助”,赞比亚一般平民的钱是不会存在银行的,今天你给他发工资,明天他就会请假休息,干啥去?跑到酒吧里饱餐一顿、豪饮一番!但后天一上班他兴许就会向你借钱,这就叫非洲的“慢节奏,乐生活”。前一阵子,赞比亚伦古总统派各省要员到中国学习“中国经验”,临行时特别叮嘱他们一定要遵守中国时间,因为中国人常讲“时间就是金钱”。非洲在变化,赞比亚也在进步!

急慢宜适度,钱途累烦恼;健康乃第一,心态更重要。

“融入世界经济是历史大方向,中国经济要发展,就要敢于到世界市场的汪洋大海中去游泳,如果永远不敢到大海中去经风雨、见世面,总有一天会在大海中溺水而亡”。中国不会犯“红眼病”,不会抱怨他人从中国发展中得到了巨大机遇和丰厚回报。中国人民张开双臂欢迎各国人民搭乘中国发展的“快车”“便车”。华侨华人总会张键会长是一个在赞比亚打拼 20 多年的成功人士,他说现在是咱们中国人推着赞比亚在发展。中国企业、中国人在赞比亚真是蛮拼的。

中国医疗队在中资企业开展义诊活动

中国医疗队在中资企业开展义诊活动

从2017年1月份开始,中国医疗队在赞比亚开展了“走进中企,领略风采,服务在赞同胞季”大型义诊送健康活动。安徽华安集团是一个很具实力的中资企业,恩多拉的大型体育场就是他们建设的,宏伟而壮观;他们经营的金孔雀大酒店坐落在首都卢萨卡市,金碧辉煌,高端大气,是赞比亚最好的酒店之一。江西中煤集团的史会总经理虽然只有三十多岁,但他在赞比亚已拼搏了多年,接近施工尾声的赞比亚护理学院和UTH外科大楼工程就是他们承建的,他们企业在2015年世界对外投资业绩榜中位居第220位,相当的牛气。河南国际集团的领头雁徐总和安徽华安沈总一样,都是女同志,她的企业好似基地里的那棵百年橡皮树,根连成林,枝繁叶茂;我特别喜欢听河南国际职工演唱的豫剧折子戏“谁说女子不如男”,这不正是像徐总这样无私无畏、呕心沥血的众多巾帼英雄的赞美史诗吗!河南海外集团基地内停放着一排排的筑路工程车辆,令我最感兴趣的是一台来自中国洛阳生产的“东方红”拖拉机,老牌子新颜值,特有国际范儿。集团曹总是海外创业的“老炮儿”,曾经奋斗在非洲的多个国家。中资企业助力赞比亚的发展,助力赞比亚国计民生的改善。驻赞比亚使馆杨优明大使介绍说:21世纪以来,中赞友好关系正在全面展开,中赞高层互访不断,经贸合作发展迅速。例如,中赞贸易从世纪初只有1亿美元,如今达到了30亿美元左右,最高时达到38亿美元。中国在赞投资达到36亿美元,今年(2016)上半年新增1.56亿美元,同比增长接近25%,在非洲居第一位。

中国公司建设的恩多拉体育场

医疗队的义诊活动每次都选在周六或周日的休息时间,20名队员全体出动、各有分工。高强照相,付军领录像,蔡琴、李莉莉、程美英负责填写体检表、测血压、量体重身高,陈刚负责检测血糖,张洋、王晓孟负责做彩超、心电图,还有内科的、外科的、耳鼻咽喉科的、神经科的、妇科的专家各就其位,细心体检,耐心解答工友们提出的健康问题。体检对象有的是多年驻守国外的决策者和设计师,有的是一身尘土、满脸泥浆的一线工人,还有跟随亲人一起吃苦在赞比亚的家属和孩子。他们很喜欢医疗队,期盼着医疗队的到来。有的一大早起床饿着肚子就是等待着查B超、测血糖,有的到赞比亚四五年了还没好好关心一下自己的健康。陈大姐多年的腰腿痛因这里就医不便就默默忍耐着,今天经过骨科李甲振、王玉州的检查和健康指导,终于可以放下了思想包袱。胖胖的小李子一量血压,高压160mmHg,低压120mmHg,但他浑然不知,却吓了王正斌医生一跳,无症状的高血压引起不良后果的概率要比有症状的高得多。王医生认真地给他讲解高血压的危害以及生活饮食注意事项,并开出了治疗处方。耳鼻咽喉科高长辉的身边围着好多工友,就因为一位听力迟钝的王大哥经过高医生的检查掏出了一大块耳耵,让他听到了世间清晰的声音。在华安集团体检时,在建的办公楼正值浇筑混凝土,活儿不能落下,一班工人空着肚子干着重体力的活,还是轮流参加了医疗队的这次体检。他们多么珍惜这次体检的机会,他们多么渴望身体健康。河南国际徐总说:“员工在国外工作最担心的就是健康出问题,你们主动上门服务真让我们感动!”

中国医疗队每到一处都会被企业骄人的业绩所感染,都会被他们艰苦创业的精神所感动,都会为祖国的强大而自豪。华侨华人爱医疗队，医疗队真诚奉献华侨华人。国家卫计委领导来赞比亚调研，看到医疗队驻地会议室华侨华人赠送的一面面锦旗时说："医疗队如果对所在国的华侨华人都服务不好，哪里还谈得上援外医疗！你们做得太好了，你们的做法值得在援外医疗队中推广！"

再过三个月我们就要结束任务回国了，在这有限的时间里我们已列出了一个行动计划，准备为在赞的侨界、中资企业持续开展巡回体检工作。用我们热情周到的服务，传达祖国对游子浓浓的爱。

第九节　妙术仁心播大爱　汗水浇开友谊花

2017 年 1 月 23 日　星期一　雨

我们中国第 18 批医疗队在赞比亚卓有成效的工作不但在赞比亚本土受到一致好评，随着我们微信公众号一篇篇文章的发出，也在国内掀起了层层波澜。"噢，咱们河南有支中国医疗队工作在赞比亚，真的了不起！""你们干得真不错，为你高尚的情怀点赞！""非洲原来这样美丽，我们有时间组团去看你们！"……中央电视台中文国际频道时常有我们援外的新闻播出，《河南日报》《郑州日报》等媒体也经常刊登我们援外的相关报道。据说看到、了解到我们在赞比亚工作、生活的情况后，现在各医院选派援外队员的任务也变得容易多了。下面就是《河南日报》记者闫良生写的一篇报道《中国第 18 批援赞医疗队做了啥？受到国际赞誉！》

——苟建军

"这是一支非常了不起的医疗队，他们把自己的技术和爱心毫不保留地奉献给了赞比亚。"赞比亚利维・姆瓦纳瓦萨综合医院院长卡钦巴对正在他们医院工作的中国医生团队给予了高度的评价。

"中国医疗队的到来，解除了在赞华侨华人的健康之忧，他们高超的技术和服务同胞的热情，让我们时时感受到了祖国的强大和关爱！"赞比亚华侨华人总会会长张键先生在与到访的河南省卫计委副主任黄玮交谈时一语道出了在赞华侨华人的心声。

中国第 18 批援助赞比亚医疗队承担着中国政府的嘱托，肩负着白衣天使救死扶伤的重任，于 2016 年 4 月 29 日抵达赞比亚，开启了为期一年的医疗援外征程。

在出发前的欢送会上，河南省卫计委主任李广胜对医疗队寄予了殷切的厚望，希望全体队员克服困难，充分发挥专业知识优势和技术优势，致力援外医疗事业，为河南人民争光，为中赞友谊添彩。郑州大学副校长、郑州大学第一附属医院院长阚全程提供 60 余万元医用物资装备医疗队，做好大后勤，全力保障医疗队在赞比亚期间顺利开展工作。河南省卫计委副主任王良启时刻关心着医疗队的工作动态，对医疗队取得的每一点成绩都给予关注和鼓励。祖国的期待、领导的支持、亲人的关爱，为医疗队注入了强大的动力和不尽的源泉。

这是一支实力雄厚的团队，由郑州大学第一附属医院组队，医院副院长苟建军教授担任队长，共 28 名队员，其中博士、硕士 15 名，高级职称 17 名，全部来自郑州大学的附属医院和省会郑州市的部分三甲医院，具有很高的业务技术水平和很强的英语交流能力。

在赞比亚工作半年来，全体队员不忘使命，牢记嘱托，用精湛的技术和博大的爱心，传道授业、除病解痛，服务于赞比亚的医疗卫生事业；用坚定的信念和执着的精神，克服困难，努力工作，展现出中国医生的良好形象和风貌。

是党员　就要树立一面标杆

赞比亚是非洲的一个内陆国家，经济落后，自然条件恶劣，生活物资匮乏，医疗卫生状况还处在我国 20 世纪 70 年代中期的水平，严重缺医少药，艾滋病、疟疾等传染病时刻威胁着人们的生命和健康。中国医生在这个地方行医，不仅要耐受远离家乡、远离亲人的孤单和寂寞，更要承受医生手术、接诊患者可能发生职业暴露的危险。这里需要职业精神，也需要奉献精神，把精神落实到行动上。

医疗队支委会是团队的主心骨，他们把践行“不畏艰苦，甘于奉献，救死扶伤，大爱无疆”的援外医疗队精神作为全队工作的出发点和立足点，结合“两学一做”学习教育制订了医疗队《党建工作实施方案》，通过“四个一”举措，即每月召开一次党员会议、每月学习一次党章、每月找一名队员谈心、每月写一篇心得体会，正态度、硬作风、鼓干劲、传温暖，培养队伍的集体意识、团队意识和奉献意识，增强队员的集体感、使命感和荣誉感。

赞比亚大学教学医院（UTH）医疗点的点长李甲振是郑州大学第一附属医院的骨科党支部书记、教授，他以身作则，身先士卒，积极参与受援医院的疑难病例会诊和学生带教工作，只要科室遇到复杂手术，当地医生都会邀请他上台指导，他从不推脱。

赞比亚医院的产科是最忙的一个学科，在恩多拉中央医院工作的杨蕾几乎把医院当成了家。白天，医院每有难产孕妇便要喊她上台主刀手术；夜晚，医院一有急诊就要呼她前去支援抢救。作为一名党员，她把全部精力投入到援外医疗工作中去。她的家中有年迈的父母，还有天天要送幼儿园的小丫头，当祖国需要的时候，她毅然决然来到非洲赞比亚。当问她为啥来这里吃这种苦时，她的回答很直接：“国家需要我来这里。”

信念牢，不忘初心领头跑；正气足，何惧艰难和困苦。党员就是一面标杆，带领全体医疗队员团结一心，聚神凝力，以饱满的热情、创新的精神、无私的情怀，兢兢业业地奋斗在异国他乡，为赞比亚的医疗卫生事业和赞比亚人民的健康福祉做出了应有的贡献。

中国驻赞比亚使馆杨优明大使对医疗队的表现给予了充分肯定并亲自批示：“对医疗队的优异表现提出表扬，希望再接再厉，发挥技术经验优势，为赞比亚人民提供一流的医疗服务，进一步提升中国医疗队名声，为中赞友谊立新功。医疗队总有不少感人事迹，建议找时间请他们来讲讲在赞经历，作为党建活动的一项内容。”

务实创新　医疗队工作亮点纷呈

在医疗援助工作中，中国医疗队充分发挥国内大型医院的优势，调动专家队伍的主动性和能动性，真心帮助，无私援助，展优良作风，树中国形象。

组建远程医疗中心，助力受援医院业务能力提升。2016 年 7 月 22 日，前来赞比亚考察援外医疗工作的河南省卫计委副主任黄玮和卢萨卡省卫生厅官员共同为设在利维・姆瓦纳瓦萨综合医院的“中赞远程医疗会诊中心”揭牌，这标志着赞比亚第一个国际远程会诊系统正式开通，实现了与我国疑难危重病例会诊、手术演示、学术互动、人员培训等方面的交流与合作。

中赞远程会诊系统是连线中国知名医院——郑州大学第一附属医院的医疗服务专线，设备价值 40 余万元，由郑州大学第一附属医院捐赠建立。这是利用现代信息技术，通过国内大型医院优势、医疗资源提升赞比亚医院医疗服务能力的有益尝试。

目前，会诊中心每月例行 2 次疑难病例会诊，通过会诊不但解决了患者的诊断和治疗问题，也使赞比亚同道获得了不少知识和经验。

捐赠赞方医疗物资，塑造中国良好形象。去年 9 月 23 日下午，中国第 18 批援赞医疗队在利维・姆瓦纳瓦萨综合医院举行了医疗物资捐赠仪式，使馆经商处参赞、卢萨卡省卫生厅官员以及中国医疗队队员、受捐赠医院领导出席了捐赠活动。之后，医疗队又分别向恩多拉中央医院、利文斯顿总医院捐赠了部分医疗物资。据统计，医疗队累计向赞方医院捐赠医疗物资共计 266 项，近 60 万元人民币。

在赞比亚大学教学医院（UTH）神经外科工作的周辉教授，来自郑州大学第一附属医院，看到科室应用的手术装备非常简陋，自费购买了 2 万余元的手术器械捐赠给医院使用。在利维・姆瓦纳瓦萨综合医院泌尿外科工作的张二伟，一心想把中国捐赠的前列腺汽化电切设备利用起来，但缺少一个关键的部件，他便想法与国内生产厂家联系，自己掏钱购买了一个让华侨从国内带回。

中国医疗队的无限大爱就表现在这一点一滴中，每位队员都在用自己的暖流为国旗添彩，感动着赞比亚的官方和民间。

授人以渔,帮助受援医院开展新技术、新业务。医疗队员在各医疗点除完成日常医疗工作外,还结合受援医院的实际情况,致力在临床工作中开展一些新技术、新业务,填补了医院的空白。

神经外科周辉教授,以其在郑州大学第一附属医院积累的娴熟的显微技术经验,结合该院新购置的神经外科手术显微镜,主动帮助培训赞比亚医生显微技术的基本理论和基本操作,并主刀成功实施了UTH首例经鼻蝶入路垂体巨腺瘤切除术,填补赞比亚医疗领域的该项空白,开创了赞比亚神经外科精准治疗的先河。赞比亚各主流媒体和中央电视台中文国际频道(CCTV-4)给予了报道。

在非洲,要想开展一些医疗工作是很难的,简陋的设备、落后的技术、奇缺的人才,制约着当地医疗水平的提高,但医疗队员以一种主人翁的姿态努力帮助受援医院开展工作。泌尿外科张二伟医师利用自己从国内带来的输尿管扩张器材开展利维·姆瓦纳瓦萨综合医院首例"导丝引导下微创耻骨上膀胱造瘘术"和"侧卧位前列腺穿刺术"。耳鼻咽喉科高长辉医师开展的"支撑喉镜手术"和"鼻内镜鼻窦手术"等,在利维·姆瓦纳瓦萨综合医院都属首例。

医术精湛,危重患者救治建奇功。中国医疗队在赞比亚名气很大。赞比亚原某部部长邀请医疗队专家到家里为她诊治;电影明星慕名找中国医生做手术;赞比亚最著名的UTH医院时常派中国医生到其他医院去会诊手术,因为中国医生的技术能够代表他们医疗的地位和水平;赞比亚的医学影像诊断医生奇缺,中国派来的诊断医生在这里便成了香饽饽;麻醉科最具风险的新生儿手术中国医生上,困难的气管插管在中国医生的熟练操作下立马搞定;全赞比亚的疑难心脏彩超会诊基本都要到利维·姆瓦纳瓦萨综合医院找中国医生张洋做最后的确诊。

工作在UTH医院的郑州大学第一附属医院队员李新锋自从上班后就一直被安排在麻醉风险最高的婴幼儿手术室工作,到目前已实施麻醉600余例,最多一天麻醉20多例,无一例失败。麻醉科主任提起他时总是骄傲地说:"中国医生很棒!"

赞比亚的医生基本都是全科医生,样样通但样样都不精;赞比亚的交通事故和安全事故特别多,往往都是重伤和复合伤。在利维·姆瓦纳瓦萨综合医院外科工作的医疗队员普外科程国凌、骨科王玉州、泌尿外科张二伟、耳鼻咽喉科高长辉可以说是这里的黄金组合,查房、手术都会看到他们合作的身影,在一次次抢救中发挥了巨大的优势,使一例例危在旦夕的生命转危为安。有位患肠伤寒穿孔的患者,经历了当地医生三次修补手术,还是再次出现了腹膜炎的症状,骨瘦如柴,生命垂危。关键时候中国医生大显身手,一套支持营养治疗方案,选择时机及时手术,最终挽救了患者的生命。在赞比亚医院有个不成文的规矩,当地医生感觉有困难的手术,都要请中国医生来会诊,去补救。

2016年9月21日,利维·姆瓦纳瓦萨综合医院内科病房收治一例室速并心源性休克的中年女性患者,全身湿冷,意识模糊,需立即行电复律治疗。赞方医师在此之前从未应用过该项技术,拒绝操作;另外,医院唯一一台除颤仪也没有配备必需的电极片。王正斌副教授亲自操作,土法上马,他要来生理盐水和纱布,用刀片把生理盐水浸湿的纱布切成小块,放在患者皮肤和监护电极之间,用胶布固定,两个电极板分别置于心底部和心尖部同时放电,患者很快症状消失,转危为安。这是中国医生不畏困难,适应赞比亚落后医疗条件,尽心尽力成功救治患者的感人范例。中央电视台中文国际频道等媒体给予了报道。

传授新知识,新生代登上赞比亚讲堂。第18批中国医疗队创新开展了"师带徒"模式,让医疗队队员的知识、技术和经验在赞比亚落地生根,造福赞比亚的广大患者。在中国医疗队里活跃着一群充满朝气的80后新生代才子,他们不但技术精,知识面广,还有很强的英语交流能力。医疗队队委会充分利用这一优势,让他们登上讲台为受援医院传授新知识、新技术,培训当地的医务人员。

泌尿科张二伟讲授的"腹腔镜技术在外科领域的应用",激发了外科同道的浓厚兴趣;医学影像科高强讲授的"磁共振技术和在疾病诊断中的应用",拓宽了当地医师的视野;王晓孟的"心电图阅读和复杂心电图的判断",丰富了医师们的基本临床知识;耳鼻咽喉科高长辉讲授的"耳鼻咽喉科常见急症处理和

舒缓了一点。可这时,患者的神志仍处于浅昏迷状态,医疗队专家建议给予患者保护脑神经治疗,但医院没有这类药物,原则上也不允许应用中国的药物,我就与值班的赞比亚医生沟通争取到了他们的同意,闫莉医生随即带领患者单位的同事到康达诊所取回了仅存不多的胞磷胆碱注射液。经过一夜的不懈救治,凌晨6点患者终于睁开了双眼,他问道"我这是在哪里",当他听到同事们介绍夜里惊心动魄的场面和中国医生竭尽全力抢救的过程,眼里禁不住流出感激的泪水。

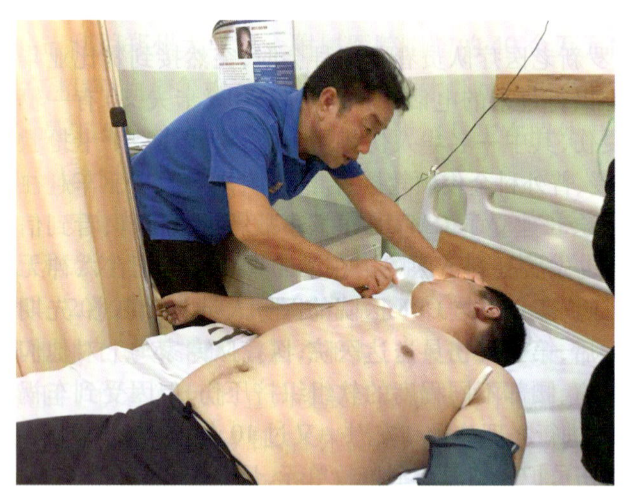

抢救溺水同胞

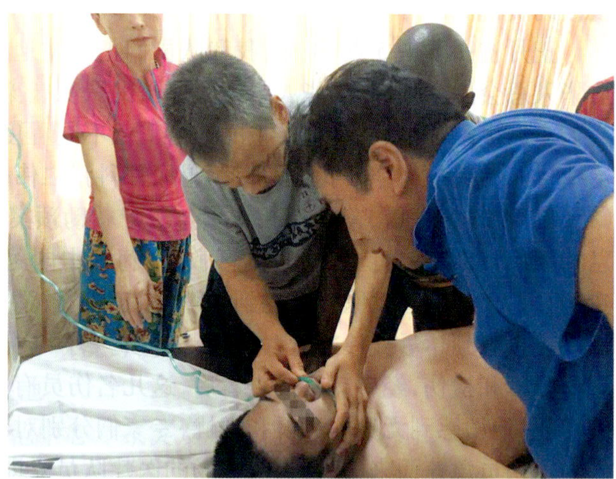

抢救溺水同胞

在驻赞比亚使馆的鼎力支持下,华侨华人总会成立了紧急医疗救助队,在保护华侨华人生命安全和身体健康方面,做出了一桩又一桩突出的成绩。这一侨界民间组织,以医疗救助志愿者、无偿献血志愿者和救助保障志愿者为架构,以中国医疗队、军医组、在赞中国医生为三支核心救治力量,建立了使馆领事保护-紧急医疗救助-突发事件微信群的快速、高效、有力的紧急医疗救援体系,有技献技、有血献血、有力出力,体现了中国海外同胞一家亲的浓浓深情。

这两名华人的成功抢救,充分体现了医疗救援体系的优越性和实效性,也展现了中华民族"人人爱我,我爱人人"的传统美德。在栾春民副会长接到紧急医疗求助信息后,按照紧急医疗救助预案,立即向大使馆领保处吴秘书和在国内休假的华侨华人总会会长张键,以及代理会长、华侨华人总会常务副会长吴明汇报情况,决定联系第18批医疗队立即组建急救分队做好抢救准备。华侨华人总会莫星和张振生两名副会长亲临现场,急救微信群里的人们时刻关心救治的每一步进展。

中国第18批医疗队到赞比亚后,已参与了十余起华侨华人突发紧急医疗状况的救治任务,在赞比亚华侨华人中赢得了良好的声誉。

第十一节 我在赞比亚过大年(一)

2017年2月11日 星期六 雨

年,思念的感觉最浓;年,团聚的味道最香。思念,就像独饮一壶醇烈的老酒,品呀品,品得"月隐星疏空寂静,雨洒风吹凝成冰"。团聚,就像尽享漫天飞舞的白雪,飘呀飘,飘得"晶莹剔透陇千行,情满心悦喜洋洋"。春节,总有一股神奇的力量,让眼睛凝望,让泪花牵挂。

序 曲

人在赞比亚,感受华人圈。春节,中华民族的情结和纽带。这一天,点亮一盏盏火红的灯笼,升腾一朵朵美丽的烟花,中国红漂洋过海,绚丽在世界的各个角落。2017年1月14日,一场盛大的春节庙会拉开了赞比亚华侨华人"欢乐春节"的序幕。

赞比亚华侨华人总会永远是在赞华侨华人的主心骨和凝聚者。这个民间的侨社组织里活跃着一群智慧睿智、多才多艺、大公无私、乐于奉献的干将们，每逢重大节日，他们都会举办丰富多彩的活动，让华侨华人找到家、乐个够。中国驻赞比亚大使馆主办这次的春节庙会也毫不例外的交由华侨华人总会来张罗组织承办。

春节庙会现场设在赞比亚卢萨卡市最大商场LEVE（利维）的立体停车场一层，主会场是一个80m^{2}的大舞台和可供数百人观看演出的观众席，周围布置了中资企业产品展示区、中国特色饮食展示区。我们中国医疗队承担了此次活动的医疗保障任务。整个活动现场张灯结彩，鸡舞龙腾，黄种人、黑种人、白种人川流不息。中国红、中国风、中国情，现场处处欢歌笑语，洋溢着浓浓的新春气息。

龙舞赞比亚

赞比亚演员表演中国功夫

脸上洋溢着快乐的赞比亚儿童演员

上午10点，“欢乐春节”大型歌舞演出正式开始。赞比亚开国总统卡翁达和杨优明大使为“金龙”和“银龙”点睛，顷刻间，龙气升腾，雄狮狂舞，由武术协会两位会长引领的两条巨龙不停地穿梭在兴高采烈的人流当中。南京艺术团献上了精彩的琵琶和二胡古典民乐演奏，或抒情悠扬，或激情奔放，展现了中华文化的博大精深。演出现场我们遇到了中国志愿者，其中一个是我们老乡，河南三门峡义马人。小女孩年龄不大，但从事志愿者工作已经有几年了，她用单薄的身体独自在外闯荡，担起仁慈博爱的崇高事业。她的队伍里还有泰国人、日本人、印度人，今天她们将奉献一幕绝佳的印度舞蹈，演绎的是一个倜傥男孩“臭美”一番去约会一个漂亮女孩的爱情故事，表演滑稽夸张，魅力四射。妇女协会的演出更是美轮美奂，大放异彩。协会刘桂芬会长、川渝同乡会刘秀义会长都是年过半百的人了，可以说为了这台演出，她们“拼出了老命”，不到一个月的时间，她们硬是编排出6个质量上乘的集体舞蹈，其中《汉唐时装秀》，舒缓的音乐，诱人的猫步，雍容的娇姿，五彩的霓裳，展示大唐盛世的歌舞升平与辉煌，让观众欣赏到泱泱大国五千年文明历史的渊源和流长。舞蹈史诗《游子的中国心》里，海外赤子臂膀相连，用坚强的脊梁架起一道中国的

长城，游子们深情地拥抱鲜艳的五星红旗，让人们激情荡漾，热泪盈眶。

赞比亚人民爱中国，中国文化也越来越受赞比亚人民欢迎。由赞比亚学院表演的《少林功夫》，拳脚过处，疾风飕飕；棍棒落地，敲山震虎；一张一弛，刚柔并济；一招一式，恰到火候。“小铜人”的功夫绝技也赢得现场观众的阵阵掌声。在国外能够听上老家的豫剧，真的让我们过上了一把瘾。河南国际的小伙子演唱的经典折子戏《谁说女子不如男》，声音惟妙，字字珠玑，可谓是一个“绝”字了得。最为火爆的还是我们医疗队的小帅哥高长辉，他已是赞比亚华人圈里家喻户晓的歌王，今天他的一曲《向天再借五百年》，低回处委婉似音绕山谷，激情时高亢如声划长空，酣畅淋漓，荡气回肠，提精神，醉心扉。

演出从上午一直持续到夜晚，观看的人群意犹未尽，迟迟不愿离去。在特色中国小吃展上，我们品尝到了道口烧鸡、卤面和女孩们最喜欢的凉皮。中国文化、中国元素正深深地扎根在赞比亚。

赞比亚人喜欢中国的春节，更喜欢中国的味道。

中国医疗队为春节庙会提供应急保障服务

第十二节 我在赞比亚过大年(二)

2017 年 2 月 13 日 星期二 雨

相 思 浓

年的味道有一股无尽的诱惑力和吸引力，驱动着车轮疾驰，牵引着银鹰高飞，每年春运形成的奔涌人流，心里头揣着一份久别的牵挂，脑海里躁动着一份眷恋的乡思。

我们这批援赞医疗队离开祖国的亲人已经九个月了。九个月的生活基本上就是两点一线，白天坐车去医院上班，晚上回到驻地生活，这种生活是在纪律约束下的生活。为了保证队员的安全，医疗队规定凡是出去要请假，回到驻地要报告，并且必须三人以上相伴才被允许外出。虽说两、三个礼拜队里会组织医疗点里的队员集体到附近商场购买些日常生活用品，有时也会搞一些文体娱乐活动，但这只是偶尔精神生活的调剂，大多数寂寞的夜晚要靠自己的毅力去克服、靠队友的互助去淡化、靠亲情的信息去安慰。

医疗队大食堂是一个绝好的交流场所。大家边吃饭边聊天，除了谈论上班见闻，有时海阔天空辩论一番世界大事，有时突发奇想开一个冷不丁的玩笑。同一战壕志相投，情真切，乐融融。

微信是援外队员不可或缺的一大交流平台，即便是看看朋友圈、上上网，也是对时间的充实和精神上的愉悦。更难得的是，可以经常在“援外医疗队群”里与领导谈感受、报报喜；在“援外队员内部群”里给队友解解闷、诉诉苦；在“援外亲情群”里给家属传信息、交交心。队员单向与家里联系是少不了的，每天早上（赞比亚与国内时差 6 个小时）这个时间正好是国内的中午，在驻地公寓的阳台上，队员们对着手机通话成了一道独特的风景线。有喜笑颜开的，那是听到了父母叨叨的声音；有眉头紧锁的，那是爱人在家里操持家务遇到了麻烦；有眼泪吧嗒嗒往下落的，那是看到了自己朝思暮想、日夜惦记着的心爱小宝贝。网络是队员的寄托和生命线，可赞比亚的网络很不争气，时断时续，拍电脑、摔手机都不行，但队里的高强很清楚网络的重要性，每到该缴费的时候都是第一时间把钱续上，免得大家把怨气发泄在他的身上。

集体活动是卸载孤独的最好手段，队委会除搞些娱乐活动外，最为强调的是大家一定要动起来。一个人闷着，即便是心理素质再好，都会闷出一身的毛病。想家、想老婆、想老公、想孩子、想朋友、想酒喝、想烩面……，不一定会出点啥事来。不活动就开会，总得找个理由让大家多一些团聚，少一些独处；多一点互动，少一点寂寞。但想开会的还是少数，一到晚饭后，队员们就会自由组合，或打乒乓球，或沿着驻地小院的道路散步，一圈又一圈，一局又一局；打球的男女搭配，不知劳累；散步闲聊的，掏心掏肺，海阔天宽。

难得的一个假期，一个时间还算不短的假期。按照规定，援外期间队员有 15 天的探亲假，加上春节的 7 天假，就是 22 天。李莉莉的儿子天天闹着要见妈妈，王玉州的老婆心脏安装了起搏器，程国凌无奈孩子正处在考高中的攻坚阶段，李新锋的爱人在一个大医院的腔镜中心工作，忙得不可开交，朱红赤大孝子天天惦记着国内有病的老爸。他们几个决定回国叙叙亲情、履行责任。大部分队员决定：让家属来一趟一生可能不会再来的非洲。

翘首盼望亲人来过年

队里的年轻人急切盼望亲人的到来，抽个时间都要到商场、菜市场挑选一些物品，备着等家属来后开个小灶，过个有滋有味的新年。亲人们陆续来到了赞比亚。在机场，队员们翘首等待的身影和凝望亲人焦急的目光，让人动容，深深体会到“每逢佳节倍思亲”的感觉。孩子们来啦，向小飞燕一样扑向父母的怀抱；爱妻来啦，陈刚一步跨上前去，猛地抱着她在空中转了三圈，这是他们事先在电话里的约定；平时腼腆的高强，见到知己也情不自禁地给她热情的拥抱和亲吻；蔡琴、王梦琦奔向前去拉着老公的手，阵阵能量和温暖直捣心窝。

家，盼望着年；年，祥和着家。援外医疗队驻地的大家庭顿时欢歌笑语，春意浓浓。

团聚多么美好

团聚多么美好

团聚多么美好

团聚多么美好

团聚多么美好

团聚多么美好

第十三节 我在赞比亚过大年(三)

2017 年 2 月 23 日 星期五 晴

唱支心中难忘的歌

年是“爆竹一声辞旧岁,春风送暖入屠苏”的喜悦;年是“拱手相拜道声福,阖家团圆把酒祝”的欢乐。“有钱没钱,回家过年”。虽然我们回不了祖国,但医疗队的家属们来到了万里之遥的赞比亚,和亲人们过了一个非同寻常的新年、一个终生难忘的春节。

我们这届医疗队还是非常幸运的,不但援外期限由两年改为了一年,而且也是第一次赶上允许队员家属来赞探亲的好政策。这得益于援外工作人性化的改革,我们真的幸福啊!

队委会为了做好家属来赞的迎接工作,征求了好几次队员们的意见,开了好几次会议,拿出了很详细的活动和接待方案。司机组负责接机送机,生活组调剂一日三餐,保障组把家属的住宿和在赞的活动都做了提前的准备。事无巨细,样样有指定队员操办。家属的到来是队员久别家乡、日思夜盼的一大幸事,队员个个兴高采烈,一点一滴都特别上心,毫不含糊。

恩多拉医疗点杨蕾和金俊硕的亲人们来了——妈妈、爱人和精灵可爱的小女儿。他们的妈妈辛劳半辈子还没出过远门，早就有个想法让妈妈到非洲一趟，感受非洲清新的空气和美丽的自然环境。距离春节还有几天，在医院上班不能耽误，于是接到家人后第二天一早就乘坐大巴赶回了点里，虽说医疗点的条件有点简陋，但家属的到来一下子为驻地增添了不少的欢乐。杨蕾吃着老公做的“大餐”过了一次嘴瘾，俊硕在院子里的芒果树上绑了个秋千，一下班就逗着女儿乐个不行。陈曦的儿子春节后就要到澳大利亚去留学，但他的夫人还是放心不下已经年过半百在非洲工作的“老头儿”，执意一个人要来赞比亚陪老伴过个年。翻译付军领是个大学的老师，经济比较拮据，为家属探亲的事纠结了很长时间，最后还是岳母伟大，经济支助让他们小两口终能团聚。吕志排只因为过早的要了二胎，最小的也就是在他来赞时刚刚出生的，担心心爱的妻子跋涉中托大带小的辛苦，最终放弃了相会赞比亚的机会。

中赞友谊代代相传

农历腊月二十九，四个医疗点的队员和家属全部集中到了卢萨卡驻地，院子里一下子变成了欢乐的海洋。陈曦、张二伟、高长辉忙活着挂灯笼、贴对联，梅师傅和几个家属在厨房忙活着切菜、剁馅，准备晚上的饺子；“内当家的”一头扎在房间里为丈夫洗衣服、打扫卫生，“大老爷们”则站在门厅里抽烟唠嗑，孩子们在院子里嬉戏追逐，逗着“小黄”和“多拉”尽兴玩耍。好大的一个家，好一番热闹的景象。相聚是真情，团圆真的很幸福。

赞比亚与国内时差晚 6 个小时，高强一大早就调试好了队里的电视和投影。下午 2 点，队员、家属聚集在会议室一起看春节晚会、包饺子。“在白天看春晚，穿着 T 恤过大年”，这还是一生中的第一次，特别的新奇，一样的激动。蔡琴、梦琦、美英、杨蕾的老公在家这一年也难为他们了，“既当爹又当娘，上厅堂下厨房，没忘孝敬丈母娘，里里外外一个忙”呀！不过，没有女人的生活挺锻炼人的，你看，他们个个都是做家务的能手，揉面、搓筋、擀皮、捏饺子样样熟练。晓孟的年轻妈妈一看就是个利索人，一个人不紧不慢，擀饺子皮能供在场的人包个不停。人多力量大，不多大功夫，供五十多人吃的年夜饺子就大功告成。白萝卜、瓠子大肉馅，看着都垂涎三尺。哈哈，一看就知道，卧倒的、肚子圆圆的肯定是男同志包的；站立的、肚子瘪瘪的好像是女同志的杰作。

与我们朝夕相处的梅杰师傅

包团圆饺子

好大一个家

吃罢过年饺子，晚上 6 点钟也就是国内新年钟声敲响的时刻，大家一起聚集在驻地前面的广场上。张二伟点燃了辞旧迎新的鞭炮，噼里啪啦，烟雾梦境，震耳悦心。随后金俊硕、高强、高长辉、张二伟分四组燃放的烟花腾空而起，在夜幕中炸开美丽的花朵。孩子们欢呼雀跃，亲人们相拥微笑，就连驻地的保安戴安娜、帮厨凯缇也忘记了回家的时间，和队员们一起度过一个难忘的“Chinese Spring Festival”（中国春节）。

升国旗唱国歌

升国旗唱国歌

升国旗唱国歌

正月初一早7点30分，驻地安排了一项具有非常意义的春节升旗仪式。三名旗手程美英、杨蕾、吕志排分别代表卢萨卡、恩多拉、利文斯顿，手执中国国旗、赞比亚国旗和中国援助赞比亚医疗队队旗，在雄壮的《国歌》声中，伴随着晨曦的朝阳冉冉升起。微风吹拂，旗帜飘扬，在蓝天白云的映衬下，五星红旗是那么鲜艳，那么豪迈，那么亲切，那么让人肃然起敬、怦然心动。人们仰望着，眼睛里闪耀着晶莹的泪花。

我们想念祖国，我们知道我们在非洲承载着祖国的嘱托。有国旗的相伴，我们永远不寂寞。

第十四节 抢救同胞生命 每个人献出的都是真爱

——2.28华人车祸伤员救治纪实

2017年3月4日 星期六 雨

赞比亚华人圈里有一个"救命"的微信群，这是赞比亚华人各界时时刻刻都会关注和牵挂的一个微信群，他的群主就是"赞比亚华侨华人紧急医疗救助队"。

赞比亚华人圈里有一群热心的人，时时处处体现"血浓于水"的真切感情，每当同胞生命受到威胁的时候，他们都会义无反顾伸出援助的双手，出力流汗，无私奉献。

赞比亚华人圈里有一支名气很大的队伍，他们为赞比亚人民送温暖、解病痛，为华侨华人生命健康保驾护航，他们就是"中国第18批援助赞比亚医疗队"。

2017年2月28日18时53分，一条华人发生严重车祸的信息随着微信的快速转发引起赞比亚华侨华人紧急医疗救助队的关注。华侨华人总会沈要林秘书旋即建立了"2.28华人车祸一死一伤"急救群，副会长、紧急医疗救助队队长栾春民按照紧急医疗救助预案立即启动"A"级响应，一时间华侨华人的各方力量都在急速行动——为了抢救同胞的生命，展开了一场爱心传递的接力赛。

这是一起非常惨烈的车祸。华人驾驶的一辆皮卡车在KAPIRI(卡皮里)行驶过程中与一辆大货车迎面相撞，司机当场殒命，坐在副驾驶位置上的同胞伤势严重。

信息就是命令，时间就是生命。

伤者的病情在微信群里不间断发布着，"患者腹痛厉害，不能站立行走""头部有个伤口，还流着血呢"……，一条条信息就像一把把剪刀，煎熬着救护队员们的心。驻赞使馆领保处陈志宇主任、华侨华人总会张键会长指示动员一切力量全力以赴救治伤员生命。栾副队长马上通知我们中国医疗队和第20批军医组王队长安排好专家，随时做好参与抢救准备。沈秘书急着联系出诊的救护车，就连驻扎在事故现场附近的中资企业三和物流公司也慷慨表示"要车出车，要人出人"。工作在UTH的付惠敏医生匆忙赶到医院血库，未雨绸缪，协调安排在患者到达卢萨卡后一旦手术需要献血和采血的事项……。

华人车祸紧急征募献血志愿者的信息迅速得到许多热心华侨华人响应，"我是AB型的，啥时间到哪里采血?""我就在卢萨卡，无论什么时间通知我都能及时赶到!"……，热血中华儿女身上体现的仁爱美德真的让人们感动和钦佩！不长时间预计的献血名额就被报满。

3月1日凌晨2点20分，一辆载着伤员的救护车呼啸着开进了CFB医院。我和栾春民队长急忙组织普外科程国凌教授、泌尿外科张二伟教授、麻醉科李新锋教授、检验科陈刚上前为患者检查病情。体检查伤认真细致，望触叩听一丝不苟。患者表情痛苦，一脸焦虑的样子。生命体征尚平稳，额头有一5cm的伤口在当地医院已经缝合，双肺下部有湿啰音，腹部右季肋部和右下腹部有两条安全带猛烈收缩的勒痕，腹肌紧张，有明显的压痛和反跳痛，导尿管引流出的尿液清亮，说明没有泌尿系统损伤的迹象。几位专家会商后决定立即行CT检查。栾队长本来就是CBF医院的兼职影像诊断医生，医疗队张二伟的英语也非常流利，在他们的沟通协调下，救治工作在有条不紊地进行。CT结果出来了，和专家原先的判断一样，患者有双肺下部挫伤，肝被膜下出血，腹腔有少量积血，骶尾部腹膜后血肿。因为患者生命体征比较平稳，腹腔出血量不大，当时没有手术剖腹探查的指征。但车祸撞击的猛烈，加上腹部安全带的挤压痕迹明显，专家

不排除肠道损伤的可能，建议严密观察，根据病情发展决定下一步的治疗方案。

大使馆的陈主任自始至终一直待在 CBF 医院指挥着伤员的救治。他是一位非常敬业的公务员，每次华侨华人的抢救，他都是第一时间出现在现场。记得医疗队刚到赞比亚时，也是在风凉刺骨的深夜，也是同样的华人抢救，身为使馆的领导能够坐在车里等候 4 个小时，就是为了一位素不相识同胞的生命和安危，令在场的专家和患者家属无不肃然起敬，他所做的一点一滴不正是“情为民所系”的真实写照吗?！使馆和在赞华侨华人心连心呀！

使馆领保陈志宇(左四)在组织侨胞抢救

时间已经是凌晨 3 点 50 分了，付大夫和献血志愿者还等待在 UTH 采血室，直到专家做出决定后他们才离开。

沈秘书在通知完献血志愿者后，就立马陪同车祸死亡者的老乡一起到 UTH 医院太平间安排遗体存放的事宜。

第二天，栾队长和我又带领专家到医院查看了患者，发现患者腹痛没有缓解，腹胀明显加重，考虑到肠道损伤破裂的可能性较大，与 CFB 医院主管医生一起沟通决定立即进行剖腹探查手术。术中修复了两处损伤的肠管，清理了腹腔积存的血液，目前患者正在康复当中。

“原来在赞比亚遇到这种情况，只能听天由命了。”陪同伤员一起来医院的老乡说，“今天我目睹了紧急医疗队组织救治的整个过程，真是太给力了”，“有紧急医疗救助队的保障，有中国医疗队专家的参与，我们在赞创业真的放心了！”

“一人有难，八方支援”。赞比亚紧急医疗救助队凝聚华人之力，帮助华人之难，彰扬华人之风采，满满的正能量，满满的同胞情。

第十五节 从最大医院到“最大”医院

2017 年 3 月 4 日 星期六 雨

他是医疗队个头最矮的一个，但他工作在赞比亚最大的医院——UTH；他是医疗队身体最单薄的一个，但他工作在医院最繁忙的科室——麻醉科。他浓缩着中国人的才气和智慧，他光大着白衣天使的厚德与博爱；他诙谐幽默有厚度，他兢兢业业有高度，他传递大爱有浓度。这不，他的一篇援赞感受《从最大医院到“最大”医院》一经发出就陡然创造了超过 10 万的点击量。

——苟建军

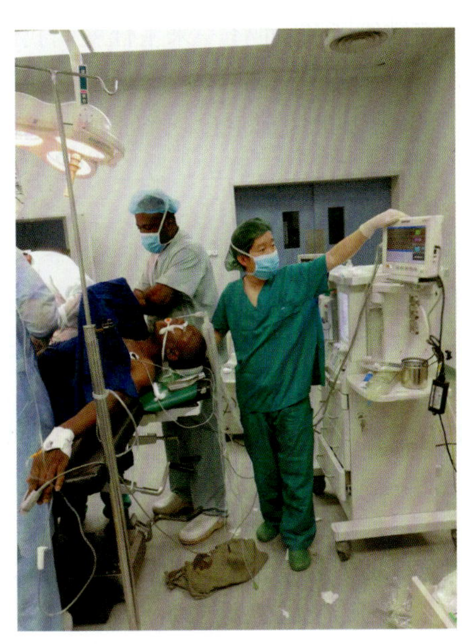

勇挑重担李新锋

转眼已经来赞比亚八个月了，基本适应了这里的环境、生活、文化、气候、交通等，更是早已融入了这里的工作之中。是时候静下心来写点感受了，也向祖国的亲人、朋友、同事们简单汇报一下。

我是从国内最大的医院（郑州大学第一附属医院）来到了赞比亚全国最大的教学医院（university teaching hospital，UTH），但这两个“最大”差距可不是一般的大，UTH 总共有 2 000 张床位，占地面积约 80 000m^2，日门诊量 2 000 人次，单日手术量 60 余例，有四个分散在不同区域的手术部，共约 17 个手术间。除了占地面积大（非洲特色）之外，其他的都是无法跟我们医院相比的。但在赞比亚，这里就是医院中的老大，凡是全国的疑难杂症都会转送到这里。所以相对而言，这所医院的医生都很忙。

最初的时候内心是非常忐忑的，贫穷的国度，传染病肆虐，艾滋病患者到处都是，心里还是有一种恐惧的（毕竟麻醉医生天天要接触艾滋病患者和血液制品）。当然也对非洲这片广袤的土地充满了好奇，原始的生活，纯净的天空，优美的大自然风光，野生动物随处可见。另外还要牢记我们所肩负的责任和使命。

来了以后才知道非洲人民绝大多数一天只吃两顿饭，不吃午饭（我想可能是因为穷，没啥吃的），但我们中华五千年的文明，午饭可是正餐怎能不吃（一顿不吃饿得慌），听老医疗队员说可以跟各自科室的领导谈谈条件，给出午饭时间。到麻醉科报到的第一天，麻醉科的主任（乌兹别克斯坦人）严肃地说：“No lunch time！”（没有吃午饭时间），我的心啊一下子“拔凉拔凉的”，快点给我个小火炉“腾腾”，30℃的气温感觉还是冷。不管怎么说，既来之，则安之，请坐之。为了中赞友谊，还是安心工作吧，面包总会有的。

报到后，领导问我什么时候可以工作，我想技术上绝对没问题，主要是语言交流和熟悉环境，就说我需要一段时间适应一下，回答是“No time！ You need to learn fast fast fast，we are very very very busy！（没有适应时间，快点快点快点学，我们非常非常非常忙）”，这里也流行重要的事情说三遍？看来所有麻醉科的共同点都是“缺人”。

报到第三天就开始给我排手术了，排就排吧，咱也是有“身份”……证的人，毕竟咱是来自全球最大的医院，什么没见过？可一旦工作起来，真的是困难重重啊。首先是我的英语真的很一般，再加上他们当地的方言口音，我晕，感觉跟外星人说话似的（其实我也不知道外星人怎么说话的），一帮人叽里呱啦，我一头雾水。每天见面同事都会问我“How are you？（你好）”，我说“Fine（好。读音：烦）”，他们竟然也很开心。有个人让我给他递个东西，他说了个词“不灵（bring：取来）”，我愣了半天也没明白，心想就你这口音到我这里真的就“不灵”了，好在我带的学生英语发音还相对纯正，他就充当了我和外科医生的翻译。

经过一两周的磨合，也逐渐适应了他们的英语和口音，慢慢交流也多了起来，加上很多工作不用语言，示意一下就能明白，所以工作也很快步入正轨，并被“委以重任”。这里没有特别复杂、特别大的手术，神经外科手术时间比较长，小儿外科手术特别多，巴掌大的小儿，麻醉风险还是相当大的，麻醉科的几个骨干

都不太愿意做这两类手术，我一来就安排给了我，难怪一来主任就问我做过小儿麻醉吗。

黑人绝大多数都很友好，而且健谈、还很幽默，手术室工作氛围很轻松，医生、护士经常会开玩笑，偶尔因为工作上的事有争执，双方吵了起来，但很快会被某个人的一句玩笑逗乐全场，看来“一笑泯恩仇”全世界通用。每天接近全天手术结束的时候，巡回护士，麻醉医生会开心地在手术间又唱又跳。幸福其实可以很简单。

非洲人有很多优点，热情、幽默、乐观、健谈、皮肤黑（哦，这个不算，可以忽略），在路上随便遇到一个人，都会很友好地跟你打招呼，甚至还有许多人会用中文跟你说“你好”，让我瞬间感觉中文原来这么好听。但他们也有些缺点，慢悠悠、不靠谱！经常医院给我安排好的学生，第二天不打招呼也不来上班，我打电话过去，永远都是一个理由“I am sick”（我不得劲，我要休息）。有时候带的黑人学生上班期间跟我请假，说有事需要出去一个小时，然后一天都不再回来，所以绝大多数工作还不如我自己一个人单干，单干也无所谓，关键是什么东西都得去找，药物、设备、机器、耗材，零零碎碎，一台手术下来得跑 20 多趟。

最不可思议的是，有台脑外手术关颅的时候，外科医生要脑膜缝针，护士找了半天说没有了，最后给了一个足足有 10cm 的大弯针。我迷茫了，这是缝脑膜还是缝被子呀？我在这里的首例双腔支气管插管麻醉，单肺通气，手术做了 8 个小时，外科的助手医生下台后连连感叹，太神奇了，说从来没见过还可以这样麻醉的。

麻醉科由于工作性质中午下不了班，加上我们医院距离驻地很远，所以午饭也是需要解决的一件大事，UTH 五名队员，只有放射科的程美英教授有一间独立的办公室，队长给我们购置了冰箱、微波炉、电风扇等，成了我们集娱乐、休息、餐饮、更衣、茶歇于一体的多功能办公室，地方虽然不大，但我们乐在其中，像一个家一样温馨，我们一起吃饭，一起上下班……

绝大多数时间我因为手术下不来无法和他们几个共进午餐，李四保教授每天把饭热好给送到手术室，这待遇羡煞旁人啊！每天工作虽然辛苦，但吃到热腾腾的午饭心里也就偷着乐吧！

赞比亚的气候非常舒服，没有想象中的那么热，可能由于海拔 1 000 多米的缘故吧，最热的夏天气温 30℃左右，而且晚上和清晨还有一丝凉风，惬意得很。最冷的冬季，只需衬衣加穿外套即可，有华人做过统计，全年室内不用空调，室温可保持在 10~30℃。与国内的雾霾相比，这里是不是超幸福。优美的环境，鸟儿也愿意在这里比翼双飞。

只是旱季几乎半年没有一滴雨水，当地居民一天中最重要的事就是提水，让我们真正体会到了水的重要性，看来“节约水资源”不能仅仅当成是一句公益广告词，我们需要付诸行动。

说赞比亚贫穷，但是也有很多富人，贫富差距很大。有些人穷到一天只有一顿饭，一块钱的小面包就着一小包盐就可以算一顿饭。我问他们吃的是什么，回答是“不赖的”（bread：面包），看来能填饱肚子的东西确实不赖，当地人还爱吃“希玛”（玉米面做的窝窝头），我问他们为什么不爱吃米饭，回答是米饭不顶饿，顶不了一晌。他们都认为中国人很有钱，路上随处一走，都会有黑人小孩跟你打招呼，然后伸出小手说“money”（钱），其实我也没钱啊，双手一摊就说“no money”（没有钱），他们也不生气，依然欢快地跑开了。无忧无虑有时候是最大的幸福。

这里的物价很贵，绝大多数物品要比国内贵很多。到了超市，我们队员大部分都是买点水果或牙刷、牙膏、洗衣粉等生活用品，就这都感觉消费不起啊，甚至有人专挑打折商品买。但看到有些当地人一车一车的购物，心中暗想“赞比亚也有有钱的主呀?”。

说说赞比亚的交通。在国内时出门经常堵车，没想到来到贫穷的非洲也会经常堵车（上下班高峰期和主干道），究其原因可能是道路较窄。赞比亚的大部分道路都是双向两车道，没有非机动车道，也几乎见不到交警，十字路口也没有红绿灯，车辆通行全靠自觉和全国约定俗成的交通规则，小路的车要主动让大路上的车，环线外的要让环线内的车辆，虽然堵车但不堵心，所以司机在这里开车还是比较舒心的。但是这个国家几乎没有公共交通，也没有出租车，出行还是要有私家车方便些。

这里的电力供应很紧张，经常停电，有时候一停就是一天，甚至连医院也会停电，就连全国最大的医院也不例外（偶尔停电，有备用电路），脑外手术，术中停电，我捏皮球坚持了一个多小时，把手术完成。网络就更不用说了，手术室里几乎没有信号，一上班就仿佛与世隔绝。

这里的脑积水患者特别多，尤其是“大脑袋”的小孩特别多，怪就怪产前筛查和围产期保健难以保障和实现。神经外科手术日，一天能做十几台小儿脑积水手术，中国有个成语“熟能生巧”，虽然这里的医生其他方面没有优势，但神经外科做脑室腹腔分流手术非常快，最快的从切皮到结束只用十分钟。

这里虽然贫穷、落后，但也有很多是值得我们学习的地方。儿科手术室每天有很多手术，小儿患者聚集在手术等候区，哭声一片，麻醉科为他们准备了很多玩具和拼图。有了这些玩具和拼图，妈妈再也不用担心“我”在手术室紧张恐惧了。

政府有规定，我们在这里可以休国内的法定假期，麻醉科由于缺人，请假很困难，当我提出要休中国假期时，主任说“No，you are in Zambia！（不行，你现在是在赞比亚）”，我说我们签的协议有这项规定，并且已经把节假日表送给主管院长了，主任说“I need the director inform me！（我需要你们领导的通知）”，唉！我英语不好，憋得脸通红竟无语应答啊！我要努力学英语！……最终经过据理力争，还是同意了休假，不过每次节假日请假都心里发怵。

麻醉科由于缺人，每天的手术量很大，所以工作还是很忙的，看看手术排班表，我带两个下级医师一天的手术量，虽然会有取消的手术，但还会临时添加急诊手术，绝大多数还是要完成的。一天工作下来，脑袋要炸裂。

每天下班最开心的是坐在回家的车上看风景，看到这些，所有的烦恼都成了浮云，一天的疲劳也烟消云散了。蓝天，白云，红花，绿叶，加上清爽的气候，悠闲的生活节奏，这就是赞比亚。

好了，内心的想法，胡乱的表达，东拼加西凑，将就着看吧，如有不妥处，只当是笑话，想了解更多，请来赞比亚。

作者简介：李新锋，郑州大学第一附属医院麻醉科副主任医师，毕业于原湖南医科大学（现更名为中南大学），从事临床麻醉工作十余年，积累了丰富的临床麻醉经验，擅长临床各专业的麻醉工作，尤其是心胸外科、小儿科、疑难、危重患者的麻醉及抢救复苏工作。现为中国第18批援赞比亚医疗队队员，工作在赞比亚大学教学医院。

第十六节 中赞首例微创手术直播，临床医学教育再创新

2017年3月8日 星期三 晴

“想事，干事，干成事”这是我在队里开会经常强调的要求。抓紧一年的时间，多干些好事，多干些有意义的事，不枉来赞一年的光景。创新是赋予援外医疗工作新的生命力，保持可持续有成效的不竭动力。今天，我们就利用在赞比亚建立的首个远程会诊系统，把国内开展的先进技术传播到了赞比亚援建医院，这可乐坏了当地的医务人员，“不出国门就能学到国际一流的技术，这种方式太棒了！”赞比亚援建医院院长、神经外科“一把刀”奇考亚院长如是说。今天的日记就是非洲华侨周报记者写的报道，《中赞首例微创手术直播，临床医学教育再创新》。

——苟建军

在中国援赞比亚第18批医疗队的牵线下，3月7日，郑州大学第一附属医院神经外科主任刘献志通过远程连线向赞比亚利维·姆瓦纳瓦萨综合医院的中赞医生直播了摘除患者颅内血管瘤的手术。值得关注的是，这是中赞首例微创手术直播。

据悉，这位53岁的外国患者颅内有海绵状血管瘤，已影响到身体功能的正常运转，今天是他来到郑州大学第一附属医院（郑大一附院）进行手术摘除肿瘤的日子。

开始手术时，屏幕另一方的刘医生利用神经导航系统，精准判断肿瘤所在位置，在病患的头颅表面画线，确定最佳手术路线。随后，他切开病患头皮，用电钻打开颅骨，切开硬脑膜，在显微镜的显示下，找到肿瘤果断切除，并未过多损伤周围脑组织，手术伤口与肿瘤大小相同。

利维·姆瓦纳瓦萨综合医院的普外科医生侯赛因表示远程手术直播的意义重大。“它颠覆了一直以

来的手术观摩学习方式，打破了时空限制，让本地医生也可以'现场'学习手术，节省了学习成本，提高了学习效果。"他说。"除了手术直播，利维·姆瓦纳瓦萨综合医院与郑大一附院每个月还会进行两次医疗会诊，通过这种方式，当地医生可以向中国医生请教疑难杂症的解决方法，为病患确定最佳治疗方案。"侯赛因表示。

第18批医疗队队员、郑大一附院神经外科主任医师周辉对记者说由于医疗水平有限，目前赞比亚当地医院还不能展开这种微创神经外科手术，但通过手术直播，赞比亚医生知道了微创手术的思路和操作方法，对显微手术有了清晰的认知，了解了新的医学理念，这有利于微创手术在赞比亚的发展。

"神经外科手术中最常引入微创观念，微创并不意味着手术的伤口有多小，而是通过这种技术，患者的神经组织被最大限度保护。"周辉说。

去年11月，中国援赞比亚第18批医疗队还开展了"师带徒"系列医学讲座，让医疗队员的知识、技术和经验在赞比亚落地生根，造福赞比亚的患者。

第十七节 医生，"上帝"派来的使者

2017年3月9日 星期四 晴

"教堂比医院多，医院比学校多"，在赞比亚的市井里，随处可见林立的教堂。虽比不上欧洲教堂的雍容华贵、富丽堂皇，但在整个城市高楼还比较少、房屋还比较破旧的环境里，看上去倒还是特别醒目、肃穆庄重。赞比亚人信奉"上帝"，笃信神明的赐予和宽恕，就连伦古政府也在久旱无雨的季节在赞比亚全国设立了"祈祷日"，全体民众放假一天，或隆重聚会，或到教堂顶礼膜拜，祈求"上帝"天降甘露，恩泽赞比亚人民的干渴和安康。

在赞比亚，医生就像"上帝"派来驱除病魔的天使，深得民众的信赖和爱戴。有个头痛脑热、急病重症，来到医院，投奔医生，心也就放进了肚里了。医生具有很高的权威性，患者也有很明智的依从性。在门诊看病，喊一个进一个，没有人会加塞插队的；医生看完病让患者什么时间来住院患者就会按时来住院，今天做完手术明天让出院，患者也会按医生要求办理出院手续，没有人会"怒气冲冠"的；做检查要预约，检查完还要再预约时间来拿结果，没有人飞扬跋扈"抱怨出气"的；到急诊科看病得一步一步来，慢节奏的医疗现状，更没有等来"恶语相向"的。在赞比亚当医生，那真是：白领的生活——宽心；高高的薪酬——舒心；和谐的医患环境——放心；八小时以外的生活——静心。

中国医生的准则是——视患者如"上帝"，即便你是读了硕士、博士，甚至在临床工作中已经是身经百战的老手，一切都要为患者医治好、沟通好、服务好。中国医生的理念——以患者为中心，急患者所急，想患者所想，这一点毫不含糊。在赞比亚中国医生同样也是这样，这是习惯，这是职业操守，好的传统就要弘扬光大。门诊患者看不完不下班，内科的王正斌和耳鼻咽喉科的高长辉经常坏了人家的规矩，总是中午一两点才收摊。起初，陪着叫号的护士真的老大的不高兴，后来也被中国医生的"work hard（努力工作）"所感动。赞比亚患者喜欢中国医生，那就尽可能让更多的患者"享受享受"中国医生的医术，最后的结果是"你不走，我陪着；肚子饿，更快乐，多看一个是一个"。麻醉科的吕志排和眼科的靳忠良，他们的驻地就在利文斯顿总医院的附近，什么值班不值班、假日不假日的，还是在伸手不见五指的深更半夜，只要医院呼叫，他们都会毫无怨言地走向救死扶伤的岗位。在赞比亚，人家把咱视为"上帝"，咱就更应该付出百倍的努力。

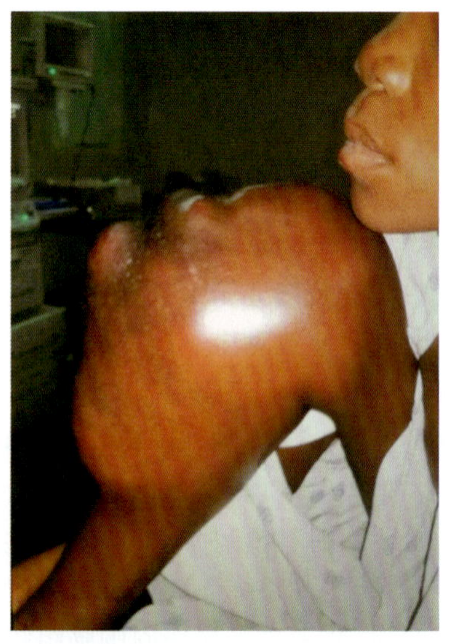

疾病是赞比亚人民的负担

赞比亚真的很苦，苦得有些人每天就吃一顿饭还是只有蘸酱的“希玛”，饿了就是用水冲白糖或盐补充身上的能量和电解质。赞比亚真的很穷，有些人因为几夸查的费用就放弃了检查和治疗。赞比亚的医疗真的是捉襟见肘，虽说是全民免费医疗，但基本医疗保障水平很低，药房的药品种类少得可怜，医用耗材也常常出现断顿的现象，患者预约时间常常几个月甚至半年。今天我的队友就发过来一张照片，说是利维·姆瓦纳瓦萨综合医院手术室的手术帽子已经断货好几个星期了，护士和医生只好把一次性手术衣扯成条状缠在头上。也许是困难的环境往往会催生一些意想不到的办法，他们缠得很老练、很漂亮。

居民们排队等待体检

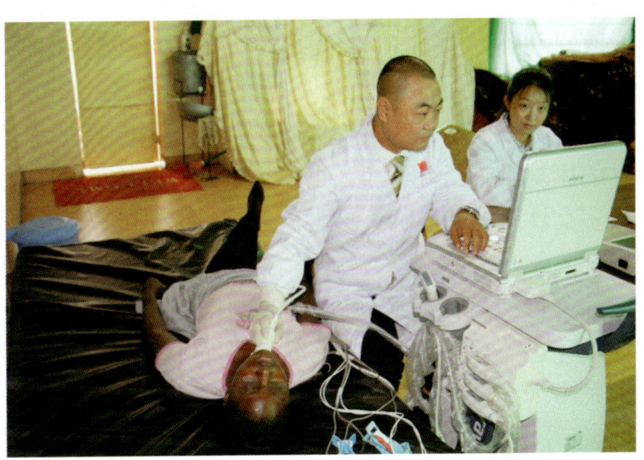

中国医疗队在为赞比亚社区居民做健康体检

中国医疗队在为赞比亚社区居民做健康体检

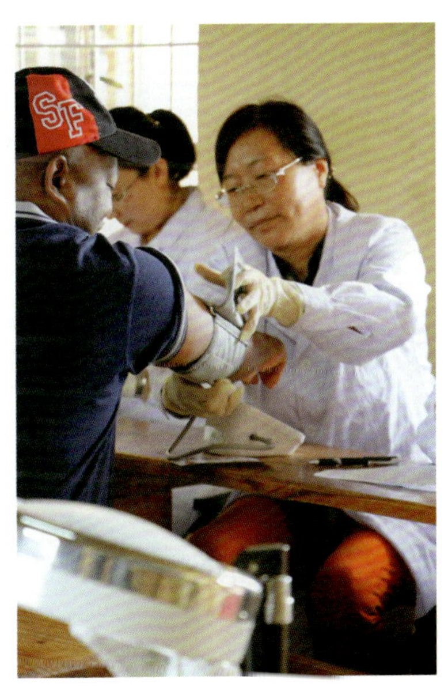

中国医疗队在为赞比亚社区居民做健康体检

3 月 5 日，中国第 18 批援赞医疗队来到位于卢萨卡市的 Deiverance Church（传递教堂），为在这里祈祷的市民和附近的居民进行一场大型义诊活动。这是一个基督教教堂，院内还有一所附属学校。主教 40 岁左右，慈悲开朗，经常在教堂里为前来礼拜的教民做一些慈善公益活动。他仰慕中国，对中国人很友好，非常期待中国医生能够到他们这里进行一次健康义诊。9 点钟，中国医疗队如约来到了教堂，提前得到消息的赞比亚民众早已在这里排起了长龙。义诊在教室里进行，设登记填写体检表区、测量体重血压区、内科区、外科区、妇产科区、五官科区和超声、心电图检查区，因参加的民众太多，教堂的一位大妈主动承担起排序叫号和维持秩序的重任。前来健康体检的人里有男的女的、老的少的，个个脸上都露出喜悦的笑容，因为在赞比亚这样的机会实在是太难得了，有的活了半辈子还没去过医院，对自己的健康状况一点也不清

楚;有的明知身体有毛病,但考虑到囊中羞涩,还是不得不放弃关注自己健康的机会;有的已到医院预约,但“猴年马月”能看上病还不好说。一位体态有点丰满的大姐,量体重时磅秤打到了满格,测血压时差点把我们的体检的专家吓晕,高压 200mmHg,低压 120mmHg,高度危险但她浑然不知。内科王正斌教授、陈曦教授给她做了细致的检查和耐心的健康指导,严厉地告知她必须规范吃药治疗、多运动减体重、改变不良的饮食生活习惯,在数据和风险面前,这位大姐点头应诺好好关心自己的身体。有位大爷在张二伟教授面前“纠缠”了半天,说是医院医生说他心脏有问题,张教授就给他开单让他去王晓孟那里做个心电图,结果没事;拐过来他又给张教授说医院的医生还说他前列腺有点大,张教授是泌尿外科的,询问症状,没有;但张教授明白他的意思,就让他去找张洋做了个 B 超;就这样一来一往,全身器官做了个遍;最后他趴在张教授的耳旁轻轻地说:“我看到你们带来这么好的设备,就是想把身体好好检查检查,这要是在医院要花好多钱呐!”骨科李甲振教授、王玉州教授那里的体检者特别多,颈肩腰腿疼的都会在他们这里得到科学的康复操练指导。今天可忙坏了妇产科的王梦琦教授,信教的群体里以女性居多,由于自我卫生意识较差,很多女性患有的腹痛大多是由盆腔炎引起的;看来妇女健康,任重道远。从耳鼻咽喉诊位离开的体检者个个都喜笑颜开,赞比亚人得耳耵聍的特别多,经过高教授的妙手回春,他们终于听到了世界美好的声音。

义诊一直持续到中午 12 点半医疗队才看完最后一位体检者,这次活动共体检近 80 人。很多体检者体检完也不愿意回去,就是等着要跟中国医生合个影。“你们很棒,你们是‘上帝’派来的使者,给赞比亚人民带来了福祉。赞比亚人民欢迎你们,喜欢你们”,上车离开前,主教一一与医疗队员握手道别时激动地说。

义诊活动得到赞比亚人民的一致好评

第十八节 党旗熠熠生辉

——杨优明大使到中国医疗队讲党课

2017 年 3 月 11 日　星期六　晴

三月的赞比亚,天空蔚蓝,清风习习。11 日下午,驻赞比亚使馆党委书记、大使杨优明同志来到中国医疗队卢萨卡驻地,为正在赞比亚执行援外医疗任务的中国第 18 批医疗队、在赞工作的历届老医疗队党员及部分队员代表做了一场精彩的党课教育讲座。

中国驻赞比亚使馆十分关心医疗队在赞比亚的工作、生活和学习情况,杨优明大使和耿海凌夫人曾两次到医疗队驻地看望医疗队员,同大家进行亲切的沟通和交流,并对医疗队在赞比亚的援外工作提出了具体要求。经商处欧阳道冰参赞亲自率领使馆同志到医疗队基层驻地看望和慰问医疗队员,考察受援医院帮扶情况,帮助医疗队解决遇到的实际困难,使全体队员备受感动和鼓舞。

杨大使讲课前对医疗队近一年在赞比亚的工作和表现给予了充分肯定,他说:“你们是医疗队派出机制改革后的第一批医疗队,是第一批由三甲医院组成的医疗队。你们不辱使命,不辜负祖国和人民的期

杨优明大使及夫人耿海灵观看中国医疗队党建图片展

杨优明大使在为新老医疗队员讲党课

杨优明大使在为新老医疗队员讲党课

望，也不辜负在赞华侨华人以及当地赞比亚人民的期待，显示了中国大夫的高超医术和医德，也展示了中国医疗卫生事业的发展和进步。你们的技术得到了赞比亚方面的充分肯定，我同赞卫生部长谈过，也同卫生部常秘谈过，他们众口一词，都夸奖你们的技术，认为是历届当中最高的。这里的华侨华人也对你们赞赏有加，你们作为医疗救助队的主力，参与了多起紧急医疗救助，大年初一你们还参与了对溺水同胞的抢救，最近连续发生的几起重大车祸你们也都在第一时间参与救治。你们积极参加华人社团的集体活动，用你们的才能为华人社团增添了活力。"

接着，杨大使用翔实的资料、鲜活的事例，从历史的经验、全球的角度、现实的视野和唯物主义的观点阐述了中国共产党的光荣、正确和伟大。

大使为大家上了一堂生动的赞比亚历史课。从赞比亚 2 000 年前的"BUSHMEN"（灌木丛人）到 11 世纪"牛躺着"集市的出现，从 1 500 年前部落王国的形成到 1889 年英国掠夺铜矿资源对赞比亚的殖民统治，从 1920 年赞比亚工人阶级的产生到 1964 年赞比亚反抗殖民主义统治和争取独立取得的胜利，以及赞比亚社会主义建设、私有化改造、社会变迁和赞比亚的风风雨雨，大使脉络清晰，谙熟在心，抑扬顿挫，娓娓道来。谈到赞比亚，最为中国人熟知的就是："一个人""一条路"和"一个物"。

"一个人"，就是富有传奇色彩，叱咤赞比亚政坛数十年的开国总统卡翁达。卡翁达不吃肉，原因是殖民时期肉店不让黑人出入，卡翁达买肉时碰壁受辱，发誓再也不吃肉，民族气节令人仰视敬佩。卡翁达今年已 93 岁高龄，小时却体弱多病，经常发热；上小学时参加足球队，锻炼身体，结果足球踢得相当不错；当总统后喜欢打高尔夫，八十多岁时还在坚持。卡翁达爱好音乐，据说小时候他哥哥拿回来一把琴，他爱不

释手，天天练，无师自通，常常是自编自弹自唱；有一次到津巴布韦去找工作，工作没找到，费用却用完了，他犹豫再三没有卖掉那把琴，却下决心用衣服换取了回家的路费。中国和赞比亚，相互理解，相互尊重，情同手足，并肩战斗，建立了牢不可破的“传统友好关系”。赞比亚是南部非洲第一个同我们建交的国家，也是中国重返联合国的提案国、推动者和坚定支持者。

“一条路”，就是闻名遐迩的坦赞铁路。当时中国自身还十分困难，在卡翁达总统提出请求之后，毅然决然帮助赞比亚建设了坦赞铁路，为赞比亚打开了一条通往海港的通道，也为支持南部非洲民族独立打开了一条历史性的通道。直到今天，赞比亚人民只要谈到中国，必然要谈到坦赞铁路，坦赞铁路是中赞友谊的丰碑，也是中非友谊的丰碑。

“一个物”，就是赞比亚蕴藏丰富的铜矿资源。

大使为大家上了一堂立场鲜明的党性教育课。赞比亚现行的是多党制，但多党制没能解决党争问题、权力之争问题。就说 2016 年的大选，全民的投票，最终是由宪法法院的五位法官确定的，3∶2伦古胜出。于是现在有一种反思，赞比亚选择的道路是否适合赞比亚，有不少学者开始问这个问题，有不少爱国阵线党务工作者开始思考这个问题。他们到中国去看了看，回来后觉得更有问题了，更觉得要向中国学习。中国共产党为什么能执政近七十年经久不衰？这就是中国的制度适合中国国情，不仅如此，还是高效的，确保中国近三十多年的不断发展。而且在到过中国的赞比亚人看来，中国的政治体系也是民主的，完全不像西方报纸上说的那样不民主。中国的政治体制在保证民主方面，也值得他们学习。“所以现在有句话，就是出过国的人往往更爱国。为什么呢，就是因为有了比较，才有区别，才有更客观的认识。对我们国家是如此，我想，对我们的党也是如此”，杨大使深情地说。

大使为大家上了一堂振奋人心的爱国主义教育课。中赞两国关系五十年来，与时俱进，合作广泛，在很多方面都取得了长足的进展。在两国历史的足迹中，有中国人“勒紧裤腰带”帮助建设的坦赞铁路，也有中国人民慷慨相助的 MULUGUSHI（穆伦古希）纺织厂，有中国人创造奇迹在沼泽地里建造的 TUTA（图塔）大桥，也有无私相助、造福赞比亚人民的中国医疗队和军医组。特别是近些年来，在中非战略的大格局中，在中国强大助力的推动下，中赞经贸快速提升，赞比亚的国计民生取得了很大的进步和发展。中国有色矿业集团有限公司（简称中有色）就是中国在赞比亚投资的成功范例。20 世纪 90 年代末，中有色在基特韦市杰比西镇买下了铜矿，成立了中有色非洲矿业有限公司，后又创办了冶炼厂，目前年生产 20 多万吨铜，成为赞比亚重要的铜矿企业。中有色的到来，也带来了其他与铜矿相关的产业，创办了中赞经贸合作园区，现在已发展到 40 多家企业在园区经营，被称作是非洲最成功的合作园区。现在中国在赞比亚的整个投资超过了 30 亿美元，中资企业达到 600 多家。中赞贸易在 2000 年的时候还不足一亿美元，而现在每年达到了 30 亿左右，最高是 2014 年达到 38 亿美元。我们和赞比亚的贸易是逆差，以 2014 年为例，我们进口 30 亿美元，出口才不到 10 亿美元。

杨大使最后说：“救死扶伤是医疗队的首要宗旨，体现中国人民对非洲人民的友好情谊。但在今天，医疗队还应担负新的使命，就是在展示中国医疗水平的同时，把中国医疗卫生标准、产业带出来，这是更高层次的对非洲的援助。这不是一件容易的事情，需要我们做不懈的努力。你们是用实际行动在朝这方面努力。”

整个党课讲座历时 2 个小时，杨大使一气呵成，队员听得全神贯注。在赞比亚工作的老医疗队队长龚梅灵说：“大使到医疗队讲党课，这是我在赞比亚十几年来见到的第一次，也是一名老党员在国外参加的唯一一次组织活动，领悟很多，感受很深！”我代表医疗队表示，全体医疗队员一定再接再厉、不辱使命，充分利用好在赞的每一天，利用一切可以利用的资源，尽己所能，更多、更好地为赞比亚人民和在赞华侨华人服务，继续展示中国医生的精湛技术和高尚医德，争取再创佳绩。许多医疗队员表示：这是一堂特殊的党课，一场在非洲参加的组织生活，这注定是难以忘怀的美好回忆和经历。

在此之前，医疗队还邀请了在赞比亚奋斗的老医疗队龚梅灵队长和于会振队长到医疗队驻地为队员们进行援外医疗光荣传统教育。

中国第 18 批援赞医疗队党支部十分重视党建工作，充分发挥党员干部的先锋队作用和模范带头作用，制订了党建工作实施方案，把“两学一做”活动与援外医疗工作有机结合起来，在党员中开展了“四个一活动”，即每月召开一次党员生活会，每月学习一次党章，每月给一位队友谈心，每月抄一段党章或写一篇心得体会。组织生活丰富多彩，先后开展了“在援外岗位上争创标兵”“走进中资企业，感受中国风采，为华侨华人送健康”“老医疗队员讲援外医疗光荣传统”等专题活动。今天邀请“大使讲党课”也是党建活动的一项重要内容。

党员在党旗下重温入党誓词

第十九节 中国医生在赞比亚：每天救死扶伤与在河南没有本质的不同

2017 年 3 月 15 日 星期三 晴

黄正骊，青年建筑师和城市研究者，同济大学建筑系博士研究生，曾在联合国人居署实习，并在肯尼亚贫民窟修建小学。爱心人士兼澎湃专栏的特约撰稿人。她端庄秀丽，像花儿一样鲜艳；她不知疲倦，像鸟儿一样飞翔在五湖四海；她笔墨染色，涂画着世界的多姿多彩；她文字激昂，记录着播散爱心的各行各业。在赞比亚，她根植在中国医疗队，洞察着医疗队的一言一行，体验着医疗队的医者大爱。拼搏的中国医疗队在她妙笔生花的渲染下，伟大而自豪。我们做了该做的，我们干了必须干的，正骊把我们的相处和感受写得实实在在，一点也没有夸张。今天就欣赏一下正骊的文章《**中国医生在赞比亚：每天救死扶伤与在河南没有本质的不同**》。

——苟建军

站在一旁的妇科医生王大夫笑盈盈地说：“是‘开瓢儿’呀。”

北京时间 2017 年 3 月 7 日下午 2 点多，郑州大学第一附属医院的磁共振手术室里正在进行一场开颅手术。参与这场手术的除了患者以及在场的医生护士之外，还有 10 000 公里之外另一个房间里的一群人。这里是赞比亚首都卢萨卡 Levy Mwanawasa 医院（卢萨卡综合医院），又称“卢萨卡中赞友好医院”二楼的“远程医疗会诊中心”，时间是赞比亚时间 3 月 7 日早上 8 点半。

在这所医院里上班的援助医生张大夫提前完成了病房查房的工作，来到了这间会诊中心。开颅手术已经开始，会诊中心里站着十来个人，有赞比亚人、华人、印度裔的医生，也有在中山大学拿到医学学位的本地医生，讲一口流利的普通话。坐在房间正中间的是神经外科的专家周大夫，他也从郑州大学第一附属医院来到赞比亚，此时正在给身旁的 Kachimba 医生用英语讲解手术的过程。Kachimba 曾是卢萨卡当地最大医院 UTH 的院长，也是当地最有名的泌尿外科医生之一。显示屏中的影像展示了郑州大学第一附属医院十分先进的医疗设备，Kachimba 和其他医生都看得目不转睛。

不过对于第一次观看开颅手术的人来说，却不是什么容易回味的过程。

找到肿瘤所在位置后，医生在患者的脑壳上画个框，接着就是把头皮切开、翻起，把颅骨锯开、取走，期间伴随着小心翼翼地止血过程，看得人头皮发麻膝盖发僵。不过不论是手术现场还是屏幕这端，医生的情

绪都很平静。周大夫说,这个病例并不属于疑难杂症,主刀医生也很有经验,只要找准肿瘤位置,不出意外的话两三个小时就可以完成手术。

会诊中心的交流混杂着中文、英语、赞比亚方言(Nianja),以及屏幕中传来的、略带延时的"河南普通话"。这种时空错位的知觉仿佛是对这间"远程会诊中心"最好的国际化注解。

2016 年 7 月,援赞医疗队在综合医院里设立了远程会诊中心,用于中赞两边医生的交流和会诊。Levy Mwanawasa 医院建成于 2011 年,现在拥有 170 多张床位,30 多个常任医生。医院建筑坐落在赞比亚大学附近的一座小土坡上。一条细长的坡道通往小山上白色的尖顶建筑,山坡上溢来一种恬静的气氛,仿佛这里不是一座医院而是一座教堂。这座安静的白色建筑是一个中国援助项目,由中国江苏国际经济技术合作集团有限公司承建。它并不是本地最大的医院,但是这两年一直得到患者以及卫生部的好评。

远程会诊中心装修十分简单,墙面涂成了墨绿色,于是原本并不庞大的显示屏也特别显眼。在手术的过程中,屏幕下方时常出现"丢包率(信号丢失率)达到 41%,请检查网络"的提示,也可以感觉到 3~5 秒的延时,不过基本不影响交流。在手术进行到一些比较关键的步骤时,电脑那头传来大夫嘹亮的河南普通话:"我们已经找到肿瘤位置了,现在就要进行切除!"周大夫用英语对本地大夫讲解,这是定位肿瘤的工作、那里是要避免脑脊液溢出。讲了一半的时候他抱歉地转头小声问道:"脑灰质……脑灰质怎么说?"

"the grey matter"站在一旁的张大夫推了推眼镜,"卢萨卡市中心有一家书店就叫 Grey Matter,我觉得这个名字起得很有智慧。"

周大夫感激地笑了笑,继续详细解释着手术的过程:医生不可以大刀阔斧地将肿瘤切除,而是要小心地翻动肿瘤,一边切除肿瘤一边止血。因为脑部血管分布非常复杂,颅内出血也是很严重的问题,此时谨慎止血才能防止切除后出现内出血的问题。观众看着屏幕中主刀医师娴熟精确的手法,无不聚精会神、屏住呼吸。而正当大家注意力高度集中在屏幕中的手术刀上时,咔嚓一声,屏幕一片漆黑。卢萨卡综合医院停电了。

由于基础设施的不足,在赞比亚遇到停电本是很平常的事情。卢萨卡的供电主要来自于城外凯里巴水库,当水位下降,城里各片区就会轮流停电,人们已经习以为常了。不过在实时手术的节骨眼上停电,医生们都觉得又好气又好笑。医院是配有备用发电设施,但是两条电路还没有实现实时切换。于是,摄像头原地转了一圈,花了一两分钟自动重启。不一会儿,郑州的手术室又重新出现在了赞比亚的屏幕上。

上午十点半,经过了两个多小时的手术,鹌鹑蛋大小的肿瘤被从患者脑中成功取出。在一系列的止血工作之后,就开始了缝合的工作。手术进行到这一步,大家都很放松满意,于是开始畅谈起了中赞双方医疗条件和医保条件的差距。听说这个手术室非常昂贵,比造一家医院还贵,当地医生啧啧感叹了两声。其中一位医生略带玩笑地说:你看你们中国人把医院都建起来了,为什么不干脆好人做到底,再送一个高级手术室呢? 援助非洲?

用中文搜索援非医疗队的故事,网络会展现给你许多可歌可泣的事迹。援非医疗队的历史开启于 1960 年,由各省卫生厅选派医生,一个省对口几个国家。自那时起,河南省的医生就一直对口援助赞比亚、埃塞俄比亚和厄立特里亚。在几十年的实践中,非洲的医疗条件也在蓬勃发展,中国医生在其中扮演了怎样的角色虽不好一概而论,但援非医生在岗位上辛勤付出、甚至牺牲的事迹是不难找到的。

不过英文搜索就截然不同了。即使搜索卢萨卡综合医院的名字,也几乎找不到什么与中国有关的报道。英国卫报曾刊载过一篇名为"中国医院治疗赞比亚疮伤"的文章,在采访 Kachimba 医生时,也"不忘"借他的口提到华人开发者在赞比亚铜矿的负面新闻。

中国驻赞比亚大使馆的网站试图通过一些新闻图片对此类媒体做有力回击。图片中,赞比亚总统正兴致勃勃地为综合医院剪彩。配文写道:"班达总统在致辞中感谢中国政府送给赞比亚人民这份珍贵的礼物,……称此医院的竣工和交接是中赞两国开展互利合作、巩固传统友谊的又一光辉典范。"

这样的文学套路要在媒体的竞争中扳回一局是挺难的,不过这些高度概括的双边关系背后的医疗队,并不是一个抽象的概念,而是几十个鲜活的血肉之躯。在赞比亚的这些河南医生们,他们的生活既不像英勇杀敌那么壮烈,也不如投资失败那么苦闷。他们中的有些人是被委派之后被动接受的,也有些人是主动请缨前来非洲的;有些人对非洲十分憧憬,也有些人把它想象成一个漆黑穷困的蛮荒之地。自从 2016 年 4

月飞机降落之后，赞比亚就变得具体得多了。每天救死扶伤的工作与在河南并没有本质的不同，可能多了一些“白求恩”的情怀，但每天也跑不掉那些柴米油盐的小烦恼，也有找不到搭班子打牌的小无奈和想念家人的小寂寞。

来到卢萨卡综合医院的，除了医疗队队长和随行翻译外，一共有13个专科大夫，他们分别来自普通内科、心内科、普通外科、耳鼻咽喉科、泌尿外科、产科、麻醉科、针灸、骨科、检验科、CT、超声、心电图科室，在国内都拥有多年的工作经验。同样在卢萨卡，还有5个医疗队的大夫进驻了当地最大的医院UTH。

所有的医生在出发前都接受了几个月的培训。培训主要是针对语言，另外也给医生充分时间做心理准备和家庭的安排。“来的时候真的是做好了最坏的打算，可以说是把生死置之度外了。”不过来了之后，发现赞比亚并不像他想象的那样可怕：缺医少药的情况有，但并不像电视里那样处处有人惨死。患者在就诊时也非常尊重医生，排队时秩序井然。

卢萨卡综合医院是一座干净整洁的现代化医院。与国内相比，它的规模和设备当然是不那么先进，但是患者数量也比国内少了很多。就患者数量而言，郑州大学第一附属医院是国内“最大”的医院，除此之外还要经常应付患者及其家属的情绪宣泄，医生的工作压力是可想而知的。在卢萨卡综合医院，虽然也常常有人排队，相比国内还是好了很多。不再需要一直站在手术台边，周大夫惬意地说：“就像是放了个假。”

在赞比亚南部的利文斯顿市，也有四个医疗队的医生。这里华人不多，有客人来访时，吕医生就特别高兴：“就去吃个冰淇淋吧，这边也没什么娱乐活动。”不过他也觉得这种慢节奏的生活十分惬意。吕医生的太太是郑州同一家医院的医生，但去年刚生了孩子，因此不能同来赞比亚，连春节假期同事们的家人都来赞比亚探亲旅游，吕太太也没能前来。吕医生享受非洲生活的这种心情，太太也自然很难体会。“同她讲话的时候必须要说是思乡心切、十分想家，”吕医生说，“不过内心其实是怡然自得的，嘿嘿。”在哪里生活不是生活？

工作起来可能就没那么怡然自得了。卢萨卡医院的内科王大夫，自从早上8点多匆匆走进办公室，患者就络绎不绝地进来，有时连中饭都来不及吃，一上午能接待30多个门诊患者。与在国内不同，王大夫在卢萨卡综合医院的诊断说明都是用英语填写。尽管专业英语过硬，但有些当地人英语也不太流利，沟通起来毕竟还是有困难，王大夫还是配了一个助理，帮他做一些必要的翻译和帮助患者排队。让王大夫不习惯的另一件事是手写病历卡。现在国内的大型医院都已经电子化了，每个患者的身体情况、化验结果都是一刷卡就解决了，但在这里，病例还是纸质的，写一个上午手臂发酸。

跟王大夫同样受欢迎的医生很多，其中也包括针灸医生李大夫。针灸室里有很多小隔间，每天都有很多人光临，有中国人也有当地人。针灸文化博大精深，当地人也感到这种治疗方式非常有趣，队伍常常排到走廊上，需要时这里也会借作病房使用。李大夫扎针快准狠，名声在外，但她从容地从针灸室里走出来时还是会让人大吃一惊：这是一位年轻的女大夫，一张娃娃脸，柔软的声音和人们想象的很不一样。像李大夫、王大夫这样常常忙到吃不上饭，在卢萨卡综合医院是一种常态，它也不是中国医生的专利，本地医生同样忙得顾不上休息。医疗队到达的第一天，院长就敬告大家：你们没时间适应、没时间犹豫，因为我们“very very very busy（非常非常非常忙）”。

医疗队的驻地和医院一样，平躺在绿色的旷野上。医生的日常就是驻地和医院的两点一线，不过好在一年的外派时光很快就过去了。年前医疗队员亲手在院子里种下的小树苗，如今也隐约蹿起了几十厘米。

其实在赞比亚有许多河南老乡。往届的医疗队员在任期结束之后，竟有人选择留在了赞比亚。当被问到原因时，他们的回答很简单。这里医疗条件差，气候却十分怡人；生活艰难，文化却十分朴实。在哪里生活不是生活呢？

王大夫坐在门诊室里，一对夫妻带着偏瘫的老父亲来就诊。小伙子穿着黑色的西裤和衬衫、套着白色的西装，浑身收拾得整整齐齐，搀扶着老父亲严格配合王大夫的要求。王大夫让患者躺在病床上，对他做了全面仔细的检查后，又请儿子把患者扶起来，耐心解释了病情、开了药。儿子将父亲搀扶出诊室前，认真地回过头朝王大夫鞠了个躬，说，谢谢你，医生。

窗外的天色很亮，云压得很低，树林是墨绿色的，好像不一会儿就要下雨了。王大夫看着窗外做了个深呼吸，对助手说：请下一位。

第二十节 来自福建同乡会的感谢

2017 年 3 月 16 日 星期四 晴

吴明副会长是我在赞比亚的挚友，由于他是国内“海格”客车在赞比亚分公司的老总，因此大家都喜欢叫他“海哥”。他近期需回国处理一些要务，可能在我们离赞的时候不能亲自送行，他一而再、再而三地要求在他回国前期一定要与医疗队聚会，以感谢这一年的默契配合、手足之情。情难舍，意相通，聚会上他特意安排了一个为中国第 18 批医疗队定制的生日蛋糕，蛋糕上 18 支彩色蜡烛火苗闪动，中赞两国国旗鲜艳夺目。中赞友谊他一直在耕耘着、培育着，“海格”牌大巴驰骋在非洲的原野，驰骋在赞比亚的大街小巷。

海哥的海格客车厂区

使馆经商处欧阳道冰参赞共贺医疗队取得卓越成绩（从左至右：沈要林 吴明 欧阳道冰 荀建军 栾春民）

第二十一节 渴望——中国医疗队赞比亚乡村巡回医疗纪实

2017 年 3 月 19 日 星期日 晴

渴望 摄影 宋文瀚

这幅压题照片，是我的一位华人摄影师朋友宋师傅在赞比亚的偏僻乡村拍摄的。黑白的色调虽然看不到非洲灼热的太阳、贫瘠的土地和破落的寒舍，但从这位可爱小女孩的眼神中可以看到她对生命之源的渴望，不禁让人为之心酸、为之动容。

就在前几天，中国援助赞比亚的医疗物资到货了，集装箱内堆放着 15 个 1.5m×1.2m 的大箱子，这些箱子里面有手术床、手术器械、监护仪、药品等贵重物品。运货的大卡车停在驻地的门外，怎样把这些笨重货物卸下来储放在指定的地方，可难坏了在现场指挥的军领、二伟和陈曦。喊来驻地的园丁艾利克斯，请他到附近找了十几个年轻力壮的黑人小伙子，答应给每人 50 夸查（约 35 元人民币）的劳务费。这活实在是难干得很，每个箱子重达 300kg，要把这些庞然大物从 2m 高的车上卸下来，再抬到 50m 开外的走廊里，那可就全凭体力了。这不，才卸了 2 个箱子，黑人小伙个个都累得气喘吁吁、汗流浃背了。就在这时，一个 20 出头的小伙子突然晕倒在车旁，声音微弱，面色苍白，大家伙赶紧把他抬到墙边阴凉的地方休息。一问才明白，小伙子早上没吃任何东西，出现了低血糖虚脱。二伟急忙跑到厨房抓了一大把白糖，又弄来了一大茶缸温水让黑人小伙一口气吞下，这才慢慢地缓过了劲来。真的不容易，赞比亚很多人每天就吃一顿饭，为了这仅仅的 50 夸查，他们都不愿放弃。这个小伙虽没能干活，但也坚持到了最后。当把他应该得到的血汗钱递到他手中时，我看到了他眼神中的那种感激和满足。

我们的援外医疗，展示的就是中国和非洲弟兄的深厚情谊。这一年，队员们没别的祈求和奢望，铆足劲，就是想法子，尽所能，出把力，流点汗，多做些力所能及的工作，为赞比亚的医疗卫生事业，为赞比亚人民的健康平安，尽一些微薄的力量。

3 月 19 日，中国第 18 批医疗队首次开赴赞比亚农村巡回医疗，体验民情，慈善捐赠，开展以“关爱健康，传递温暖”为主题的为赞比亚人民服务季活动，展示中国医疗队的国际主义境界和白衣天使的大爱情怀。

早上 8 点半，医疗队员统一身着印有中赞两国国旗的文化体恤，携带彩超、心电图和专科检查装备，向义诊的目的地 CHIKUMBI（奇空碧）村出发。

车辆穿过还算繁华的卢萨卡市区，沿着大北路前行很快转入到颠簸起伏的艰难行程。这是一条刚刚开挖拓宽的土路，凹凸不平，时不时可见雨水冲刷的沟壑，车辆忽左忽右，寻找可以行进的轨迹。遇到水淹路面时，更是不敢冒然而过，只有见到勇敢者的车辆开路后才敢涉水前行。道路边一人多深的野草还在疯长，地里的玉米无精打采地垂落着叶子，倒显得有点营养不良。偶尔看到妇女头顶箩筐，带着自家成群的孩子在路旁的地埂上行走着。一个黝黑的小男童骑着毛驴，手里拿着一根细细的棍子在不停地抽打着小毛驴的屁股，见到我们的车辆驶过，脸上露出非洲孩子可爱的笑容。

经过近两个小时的行程，医疗队终于来到了义诊的现场。这是一个尚未完工的小教堂，地上积满厚厚的尘土，空心窗户透射的一束束阳光，折射出尘埃舞动的样子。屋里屋外已经挤满了等候体检的人群，老的少的、男的女的，脸上都洋溢着幸福的荣光，这次免费诊疗可能也是他们一生中难得的福利。

队员们七手八脚地布置义诊的场地。周辉、高强、陈刚在教堂的外墙上挂起“中国医疗队义诊活动”的横幅，蔡琴、美英、莉莉因陋就简用一个纸箱搭起了测量血压的台子。看病没有桌子，队员们就把长条椅

义诊现场爆棚满座

子横过来，前面放上几把凳子让群众坐在上面。张洋和晓孟的超声、心电图检查就放在一个不大、还算有点隐私保护的小里屋，地面不平就用砖块支着机器的轮子。没有检查床，搬来长条椅将就着用吧！没有电，我们早有准备，在驻地已把机器充足了电备用。

义诊刚开始，原本英语还很熟练的队员们一下子就被当地人的“本巴”语给搞蒙了。他们听不懂英语，无法进行交流和沟通。还好，在现场组织的牧师、村长和个别受过教育的年轻人临时当起了翻译，队员们用简单的语言，形象的肢体动作，很快让活动进入了正常状态。入乡随俗，在这样的环境下看病确实不是一件容易的事，队员们弯腰检查，俯身细听，写体检报告也只能垫在自己的膝盖上书写。长辉为群众体检得很认真，一会让张大嘴巴，用手电检查咽腔；一会扶着头部，用精细的器械为群众掏去耳中的耵聍。正斌体检不大一会，就拿着体检表给我说：“这里的高血压患者还真多，我得了解了解他们的饮食生活习惯。”四保面前围着一群天真可爱的小朋友，都在等着这位和蔼可亲的中国叔叔给“摸摸肚子”。梦琦的脸上不一会就浸出了汗珠，体检完有问题的，她都不厌其烦地给予耐心的解答和指导，怎样母乳喂养，怎样保持女性生理卫生，讲得妇女们全神贯注，不停点头示好。骨科甲振、玉州两位大专家手法娴熟，或站起双手托起体检者的头部询问感受，或俯身用小锤子敲打体检者膝盖部位观察下肢的反应。普外的国凌和泌尿科二伟坐在一起，“望、触、叩、听”，共同讨论体检者的异常情况。

村长和牧师都是热心人，一个上午都在不停地忙前忙后为他们村里人服务着。据村长介绍，他们的村很大，有一千多口人，分散在不同的地方，今天来参加体检的只是一少部分群众。他们村深处穷乡僻壤，经济落后，交通不便，好多群众有些小病都忍着，患了大病因手中没钱也不得不拖着。看到今天的场面他非常激动地说：“今天中国医疗队来到这里免费给群众看病，真是天上掉下来个大馅饼，太谢谢你们了！”

教堂外面，草丛随风舞动着，一只公鸡旁若无人似地追逐田地里蹦跶的昆虫；一条崎岖的小路尽头看到 CHIKUMB 村一座座茅草屋的屋顶，已经中午了，没见袅袅的炊烟，只有几户人家懒洋洋地坐在没有院墙的空地上休息着。义诊结束后，全体队员来到孩子中间，为他们分发医疗队带来的礼物，每个孩子拿着中国叔叔阿姨们给的棒棒糖，眼神是那么的友善，笑容是那么的灿烂。酋长的妹妹代表村民接受医疗队赠送的 300kg 希玛。参加完体检的群众高声喊着“China medical team，very good！（中国医疗队真棒）”，纷纷涌上前来和队员们一起合拍了一张和谐、友好的中赞人民欢乐照。

下午 1 点，医疗队队员开始了返回驻地的行程。队员们坐在车上沉默无语，思绪万千。

为赞比亚小朋友分发小礼物

为赞比亚小朋友分发小礼物

赞比亚的路难走，坐在车里的上下颠簸，就像队员们的心在撞击——赞比亚民众真的需要我们！赞比亚的路难行，汽车的油门轰鸣声，就像队员们催征战鼓——我们一定要在有限的时间里为赞比亚民众多做些事情！在路过一片泥潭时，车陷入了路边的深沟，队员们高喊“一、二、三”，还有路过的赞比亚民众纷纷相助，大家齐心协力，把车抬回到了行驶的道路上。

这时，那个骑着小毛驴的小孩从地头返回村里，看到我们队伍的力量，他的笑容很友善，他的笑容很灿烂！

为赞比亚小朋友分发小礼物

向村民赠送食品

人心齐泰山移

第二十二节 中国医疗队助赞比亚构建远程医疗服务体系

2017 年 3 月 22 日 星期三 雨

使馆商务参赞欧阳道冰代表中国医疗队向赞比亚卫生部捐赠远程医疗会诊设备

作者：彭立军

21 日下午，中国驻赞比亚第 18 批医疗队在赞比亚卫生部向赞方捐赠三套远程医疗设备，以帮助赞比亚改善医疗服务水平。三套远程医疗设备将分别安装在赞比亚大学教学医院、利文斯顿总医院和恩多拉中央医院。远程医疗设备不仅可以帮助中赞两国医生远程会诊，也可以加强赞比亚当地医生之间的相互交流。赞比亚卫生部常秘杰宾·姆万达表示，远程设备的运用将提高赞比亚医疗服务现代化水平，赞方感激中国长期以来在各领域的帮助和支持。

2016 年 7 月，中国-赞比亚远程医疗会诊中心在由中国援建的利维·姆瓦纳瓦萨综合医院正式成立。远程医疗会诊中心将利维·姆瓦纳瓦萨综合医院和河南郑州大学第一附属医院连接，双方通过远程医疗系统进行了多次会诊和教学，实现异地专家与患者、专家与专家的面对面交流，取得积极成效。

中国驻赞比亚大使馆经济商务参赞欧阳道冰、赞比亚卫生部部分官员等出席了捐赠仪式。

第二十三节 中国援赞医疗队周辉又创了个先例

2017 年 4 月 11 日 星期二 晴

和赞比亚人打交道有点难，真的很难，有些区区小事一拖就是十天半个月、年儿半载的，那是不稀罕的事。和赞比亚黑人共事也许会很容易，只要你是真心，有实力，有能力。

前一段我们去赞比亚卫生部与他们商谈队员值 on call 班报酬的事，谈来谈去官员总是以各种理由搪塞，今天拖明天，明天拖后天，最终还是以经济困难为由被拒绝。但当我们跟他们说医疗队准备为赞比亚卫生部捐赠四套远程会诊系统设备时，他们满脸高兴，很快确定了时间："就后天吧，我们马上跟 PS 说"，办事效率出奇的高。PS 是赞比亚卫生部的常务秘书。

这批医疗队的队员个个都是好样的，业务棒棒哒，工作很给力，每位同志都很好地融入科室工作，成为受援医院的主力。这不，神经外科队员周辉最近又创造了个先例，让华侨华人圈里看到一丝曙光和希望。

在赞比亚创业生活的华人大概有 30 000 人，健康问题一直是困扰他们的一大难题。在赞比亚，有点小病还可以到中国诊所瞧瞧，一旦得了大病、急病，那可就呼天不应、叫地不灵啦。到赞比亚公立医院去，一是缺医少药，二是语言沟通不畅。到私立医院就诊，虽说条件好点，服务倒还可以，但费用高得惊人。一个怀疑肠梗阻的患者，连胃肠减压都没做，住院不到 24 小时费用就高达 20 000 夸查；救护车转运 4 个车祸患者，单程 240 公里，你猜猜能需要多少运费？说出来吓你一跳："九千九百美元"！除此之外，华侨华人更担心的是这里的"急病慢大夫"，慢的毫无道理，慢的习以为常，慢的让赞比亚人学会了无语等待，慢的让华侨华人焦躁不安、毫无脾气。一位车祸受伤的华人怀疑是髂总动脉阻塞，如果超过 6 个小时不能手术就会面临截肢的危险。患者被紧急送到 CFB（印巴医院）时已经距受伤近 5 个小时了，医疗队、军医组的专家建议紧急探查手术，可从家里赶来的赞比亚值班医师，又是让拍胸片，又是让做膝关节 CT，一来二去几个小时又耽误过去了，急得在现场指挥抢救的使馆陈主任大发雷霆。没办法，"我的地盘我做主"。最后虽然手术做了，但没过几天腿也截了，坏死组织吸收造成的急性肾功能衰竭夺去了这位患者的生命。

华侨华人多么希望在赞比亚有所中国人开的医院，多么希望中国医疗队和军医组的专家们能够亲自参加同胞的抢救、手术和治疗呀！

周辉教授来自郑州大学第一附属医院，一身的武艺，在国内已是一个小有名气的神经外科专家。来到赞比亚后，他工作在赞比亚最大的教学医院，与赞比亚国内享有盛名的神经外科专家齐考亚共管患者、同台操刀，深得齐考亚的赏识。你别小瞧赞比亚的医生，个个还是挺牛的。他们大多毕业于赞比亚知名学府，或在欧美留过学，或在中国深造过，虽说眼高手低，但确也见过很多场面，你没有两把刷子，想得到他们的认可和赏识那可是件非常不易的事。在病房，周辉教授放下架子，同赞比亚医生一起管患者、查房、讨论病例，新的理论、新的知识和对疾病的独到见解，常常让同道啧啧称赞；在手术台上，周辉教授技惊四座，娴熟的操作、微创的理念和极高的效率，深得麻醉师和手术室护士的喜爱。原本其他医师一天安排 2 台手术就困难重重，但只要是看到周辉教授主刀的手术单，哪怕一天 4 台，麻醉师和护士都乐于安排，因为"中国·周"做的手术不仅过程流畅、看着舒服，还不会耽误他们的正常下班时间。年前，齐考亚调到了利维·

姆瓦纳瓦萨综合医院当了院长，临走时跟周辉教授有个约定，以后每周邀请他到姆瓦纳瓦萨综合医院做一次手术。这是对中国医疗队高度的认可和最大的肯定啊！

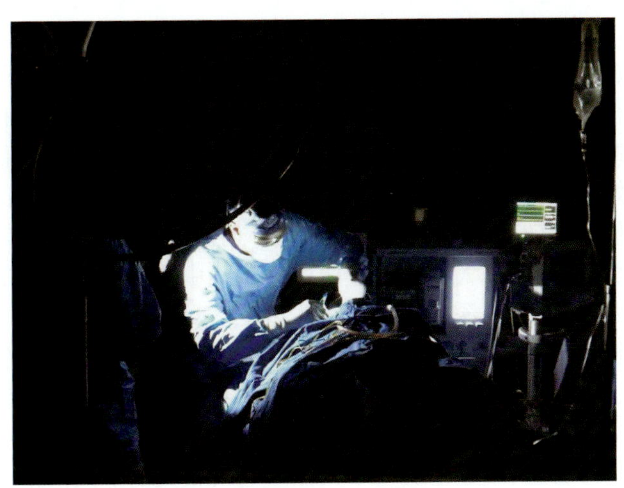

周辉在同事的手电筒光照下继续手术

“有病找中国医疗队，他们全天候接待同胞，还免费提供诊疗服务”，这在赞比亚华侨华人圈里已成为广为传播的佳话。但在以往，遇到华人有大病到其他医院住院，中国医生也只能做检查，提出参考意见，直接参与治疗根本就是不可能的事。今天，周辉教授终于打破了这一现状，成为到其他医院参与救治华人同胞的第一人。这是一位车祸头颅外伤致迟发硬膜下血肿的华人病友，出现头痛后被急送到 CFB 医院住院。当家属听到要开刀手术时即刻被吓蒙了，不知所措。在场华人朋友拨通了紧急医疗救助队栾春民队长的电话，求助中国医疗队专家参与抢救。周辉教授接到任务后立即赶到医院，与援建医院齐考亚院长取得联系，说是有同胞在 CFB 住院需要手术治疗，希望能够自己亲自为同胞主刀。齐考亚了解周辉的实力和技术，爽快地说“No problem！（没有问题）”，马上推荐和协调院方，同意周辉进入手术室开始工作。齐考亚是赞比亚国内医界的名人，说话很有分量。手术非常顺利，一个小时就结束了战斗。

术后 4 个小时，周辉教授在深夜 12 点又到监护室查看患者，患者已恢复完全清醒状态，看到周教授后满怀感激地说：“身在异国他乡，是中国医生救了我一命，太感谢您了！”

第二十四节 活跃在赞比亚的健康使者

2017 年 4 月 19 日 星期三 晴

赞比亚没有你想象的那么好，但也不是你听说的那么糟。非洲，就是这样神秘的一片土地，让你胆怯，让你向往。

医疗队驻地里，今年刚种下的仙人树上驻足一只别样的昆虫，看似蚂蚱，但远比见过的蚂蚱体态硕大。我叫她“花姑娘”，因为她是如此的美丽。一袭的绿色，晶莹剔透，润到心扉；项背上的点点红色围绕成环，就像一串美到极致的珊瑚项链，佩戴得体，颜值增辉；修长的大腿，轻盈的步伐，毫不惊慌地展示她的雍容和华丽。仙人树上盛开的朵朵羞涩的米黄色小花，陪衬着花姑娘显得浪漫而和谐。

赞比亚是个绿色的世界，草舞风动，绿树掩映，花织如海；赞比亚是个生态的世界，雀鸟喳喳，昆虫嬉戏，动物成群；赞比亚是个自然的世界，云蒸霞蔚，星烁月语，风雨传情。

生活在赞比亚并不总是风和日丽、轻轻松松的，这里也有惹人心烦、担惊受怕的“雾霾”。但这里的雾霾并不是 PM 2.5，而是压在华人心头的“三座大山”——疾病威胁、交通事故和心理压抑。

疾病最可怕的是传染病和毒虫咬伤。在我们援外的一年时间里，听说或见到的就有好几位同胞，因患脑性疟被夺走了生命。艾滋病的高携带率和极度的隐私保护，以及对艾滋病知识缺乏了解，让生活在这里的侨胞忧心忡忡。曾经有一位同胞生活在赞比亚，娶了个赞比亚妻子，由于艾滋病在夫妻之间也属于隐

私，婚前和婚后的生活中，一直不知道妻子是艾滋病病毒的携带者，最后身染艾滋愤然离世。赞比亚地处热带，各类昆虫艳丽但深藏剧毒。前几天，一个刚从国内来赞比亚的同志，夜里不知让何物叮咬了一下，起初叮咬处红肿奇痒，出现了几个透明发亮的小水泡，后慢慢溃烂，形成一个 8cm×5cm 的不愈伤口，半个月都没好。芒果好吃蝇毒辣，每当芒果成熟的季节，飞舞的芒果蝇会将虫卵产在你在外晾晒的衣服和被单上，当你穿上衣服或躺在被单上睡觉时，虫卵就会顺着皮肤的汗孔进入你的皮下，靠喝你的血、吃你的肉寄生，长大的虫子可达 1cm，然后腐烂组织、顶破皮肤，再从体内钻出来。听着害怕，看着恐惧。温暖的气候，充足的阳光，丰厚的植被，蛇也会经常遇到，在我们的驻地就见到在小路上蠕动爬行的毒蛇不止 5 次，吓得队员们晚上散步的时候只好提着手电探路前行。一朝被蛇咬，十年怕井绳。赞比亚的蛇大多都有毒，但在赞比亚可没有治疗毒蛇咬伤的特效药，更没有蛇毒血清，一旦被蛇咬伤只有在焦虑和恐惧中顺其自然。

赞比亚需要医药，赞比亚的华侨华人更需要健康的守护。中国援赞医疗队的大门始终为华人敞开，并主动走出去，讲健康知识，做义诊体检，深受华侨华人欢迎。

张二伟是医疗队抵达赞比亚后罹患疟疾的第二个队员，在高热的经历中，在寒战的考验下，他不但抗过了痛苦难熬的一周，也从自己的感受中学习到了疟疾的许多知识和抗击疟疾的许多经验。在赞比亚期间，他到大使馆、到华人群体，到身患疟疾患者的床前，用通俗的语言，形象的讲解，以及专业的知识，为大家传授疟疾的预防措施和治疗方法，现在已成为华人圈里名气很大的疟疾防治专家。

高长辉经常在手术台上操刀，对艾滋病的预防绝不可掉以轻心。体液的污染、血液的喷溅、操作的误伤，在艾滋病高发的患者群体里，要时刻注意和提防。一旦职业暴露，心理的巨大压力和阻断治疗的痛苦，是常人难以想象的。因此，作为高风险行业的从业者，高长辉对艾滋病知识十分熟悉，他走向为赞比亚华侨华人举办的科普讲堂，利用多媒体幻灯，从艾滋病的发现、世界流行的现状，到艾滋病的传播途径、预防措施，讲得言简意赅，栩栩如生。

针灸科的李莉莉，一根“银针”治百病，在赞比亚名气可是大得不得了，前来找她看病治疗的人络绎不绝。上班时间等候治疗的患者排成长龙，下班后驻地的医务室就变成了她为华人服务的专场。大老张严重失眠，经莉莉治疗后“鼾声如雷、梦境甜蜜”。小刘正值豆蔻年华，脸上长满了小痘痘，极度痛苦之时寻医莉莉，针灸补泄，艾灸调理，一个月下来“面如桃花，笑靥灿烂”。最近两周做个不完全的统计，她治疗的患者就不下 250 人次。大使馆搞了一场活动，特邀莉莉为赞比亚华侨华人里的女同志们进行中医健康保健知识专题讲座，阴阳五行，贯通经络，祖国传统医学的博大精深，让在场的听众听得如醉如痴，好评如潮。

医疗队还有一个深受赞比亚华侨华人喜爱的健康平台，那就是“中国第 18 批医疗队健康大讲堂”。张洋是大讲堂的“堂主”，每周都要把一些华侨华人最为关注的健康问题，挑选医疗队的专家、国内的医学专家进行答疑解惑，并制作成“美篇”在华人圈里普及健康知识，深得侨胞喜爱。

医疗队以传播健康理念、保护民众平安为己任，不断努力着、践行着自己的诺言。一位老侨胞深有感触地说：“我在赞比亚这么多年，还是第一次享受到中国医疗队主动上门服务，做了 B 超、心电图，查了血糖，还有这么好的专家体检指导。你们发的每一篇健康知识，我都留心保存着。你们真的是健康使者，有你们在，我们身在异国他乡也感到心里踏实！”

第二十五节 中国力量，让“CT”变“OK”转动起来

2017 年 4 月 21 日 星期五 晴

2017 年 4 月 21 日上午 10 点，利维・姆瓦纳瓦萨综合医院的会议室里正在举行一场爱心捐赠活动，参加仪式的有中国驻赞比亚使馆经济商务参赞处欧阳道冰参赞、崔文嘉主任，中国中铁七局集团赞比亚公司总经理李松泉、商务经理刘非、中铁七局海外事务部赵红燕，中国第 18 批援赞医疗队部分医疗队员，卢萨卡省卫生厅主任希姆潘维、利维・姆瓦纳瓦萨医院院长齐考亚及部分科室负责人。当慷慨捐助方李松泉总经理将一张近 120 000 夸查的 CT 维修专项经费支票递交到齐考亚院长手中时，全场顿时响起了热烈的掌声。

利维・姆瓦纳瓦萨综合医院已经坏了“long long time（很长很长时间）”的 CT 终于运转起来了，院长齐考亚笑得合不拢嘴。CT 高速运转才能采集到满意的图像，power（能量）是不可缺少的动力，但怎样让一台坏了的 CT 重新工作，在赞比亚绝非易事。

赞比亚很穷，穷得真的是“勒紧了裤腰带”。在医院里，像 CT 这样的装备简直就是一件奢侈品，全赞比亚总共也不超过 10 台。利维·姆瓦纳瓦萨综合医院配置的这台 CT 是中国生产的“东软”品牌，在我们医疗队到达赞比亚时，影像专业高强医师看到这台设备甚是高兴，准备用中国的装备和中国医生的诊断水平大干一场，但经与科室负责人交谈，才知这台 CT 已经在这里静息了很长时间，不能正常工作，他不得不天天趴在普通 X 线机前给患者拍片、写报告，真是大材小用。再者，原本在公立医院检查很便宜的 CT，到私立医院一个部位就得花费 2 000 夸查(磁共振 4 500 夸查)，患者根本掏不起腰包，他也替赞比亚贫穷的老百姓急啊！

利维·姆瓦纳瓦萨综合医院经历了两任院长卡钦巴和齐考亚，他们整日为医院的这台“宝贝”发愁。维修报告一个接一个地递交到卫生部，但次次如石沉大海，杳无音信，一切只因两字“钱紧”呀！赞比亚医疗的管理体制很奇怪，医院的一院之长既没财权，又没人事权，大钱小钱都需要向卫生部申请，人员今天在你医院干得好好的，明天卫生部一纸调令就会走人。院长的唯一职能，管理；院长的唯一欣慰，高薪；院长想干点事很难，真的很难，难于上青天。

高强每天催着我抓紧把机器修好，想干事；我也把 CT 的事记在心上，当回事。于是找来 19 批军医组的丁工程师对机器进行了全面诊断，找出来不少问题，一是机器操作键盘失灵，二是 UPS 配置太低，三是稳压设备不稳压。赞比亚的电力供应是个大问题，电压不稳，且经常停电是常有的事，特别像 CT 这样的“娇嫩”的设备，在这样状况下极易损坏。经过进一步询问，这台 CT 是中航国际提供的，医疗队又联系到操办购进的阳明先生，他很是热心，不几日就安排工程师来赞比亚为这台 CT“体检把脉”，找出了故障的确切原因。

就在这时，刚刚来赞履职不久的欧阳道冰参赞到利维·姆瓦纳瓦萨综合医院调研并看望医疗队员，听我介绍到 CT 的情况后马上表态：“经参处会把这个事当成一项重要工作来处理，争取 CT 早日投入使用”。没过几日中铁七局的李松泉总经理就打电话联系医疗队，并亲自带领有关人员到现场了解情况，当场拍板无偿出资赞助维修这台设备。公益担当，大爱情怀，让人深为感动。至此，使馆经商处、中国医疗队、中铁七局、中航国际、东软公司，为了利维·姆瓦纳瓦萨综合医院这台 CT 的维修建立起了热线联系，一切都在快节奏、有条不紊地推进。

中铁七局赞比亚项目部总经理李松泉(右二)向医院捐赠 CT 维修款

捐款仪式上，齐考亚院长激动地说：“中国第 18 批援赞医疗队过去一年的工作非常突出，对医疗队牵线修复 CT 设备表示由衷感谢。希望利维·姆瓦纳瓦萨综合医院和中国医疗队能够继续深化合作！”欧阳道冰参赞表示：“中国政府出资援建了利维·姆瓦纳瓦萨综合医院，向其捐赠了医疗设备并派遣医疗队进行援助。如今，中国政府再出资 4 亿多人民币，升级扩建利维·姆瓦纳瓦萨综合医院，项目竣工后，医院的床位将从 150 张增加到 850 张。这是在中非合作论坛约翰内斯堡峰会框架下落实的又一重要成果，将增进中赞两国人民友谊，提升当地民众的社会福祉。”

中国医疗队到中铁七局为华侨及赞比亚员工做健康体检

心里想着事，把事当回事；公事当己事，努力办成事。这是一种责任，这也是中国人的作风。中赞友谊根植于民间，众人拾柴火焰高，硕果累累万年青！

利维·姆瓦纳瓦萨综合医院东边的工地上，机器轰鸣，人头攒动。不久以后，一座现代化的医院将在这里拔地而起，再次竖起中赞传统友谊的又一座丰碑！

第二十六节 中国医疗队盛誉赞比亚

2017 年 5 月 1 日　星期四　晴

“金杯银杯不如赞比亚人民的口碑”。一年的援外任务即将结束，我们在奋斗中收获着友谊，我们在奋斗中收获着喜乐。汗水滋润着非洲的绿色，热情拥抱着灿烂的骄阳，我们把“苦”咽在肚里，我们把“乐”尽情潇洒；我们把“难”踩在脚下，我们把“劲”举在头上。为了一个共同的责任，28 名队员热情相拥，书写这一年非凡的经历。

4 月 26 日，赞比亚卫生部在卢萨卡市为中国第 18 批援赞医疗队颁发荣誉证书，表彰医疗队在援赞期间为当地医疗事业发展做出的贡献。

赞比亚卫生部特别代表马拉玛、中国驻赞比亚使馆临时代办陈世杰、经济商务参赞欧阳道冰、武官孙明、中国第 18 批援赞医疗队队员、第 20 批援赞军医组成员等出席荣誉证书颁发仪式。

赞比亚卫生部为中国第 18 批医疗队颁发健康大使奖

赞比亚为中国医疗队员颁发健康大使证书

中国医疗队向赞比亚卫生部赠送礼物

中国驻赞比亚使馆临时代办陈世杰对第 18 批援赞医疗队荣获赞比亚卫生部颁发的荣誉证书表示祝贺。他说："过去一年中，第 18 批援赞医疗队在 4 个派驻医疗点上有序开展医疗工作，为赞比亚百姓消除病痛。医疗队不仅为当地带去了先进的医学临床技术，也引进了针灸、推拿等中国传统医疗诊治方法。援赞期间，医疗队通过临床带教、学术讲座等方式为当地培训了大批医务人员，同时还开展新技术项目，为当地医生带去了世界先进的医疗手段。"

陈世杰代办称，中赞两国在医疗领域合作成果丰硕，中国每年向赞派遣医疗队，进行医疗援助，并援建了利维·姆瓦纳瓦萨综合医院疟疾防治中心，捐赠医疗设备，实施移动医院项目等。如今，为落实中非合作论坛约翰内斯堡峰会框架下的中非卫生领域合作计划，中方将出资升级扩建利维·姆瓦纳瓦萨综合医院。近日，赞卫生部长签署了中赞双方开展医院对口支援合作的协议，中方将为姆瓦纳瓦萨综合医院建造腔镜诊疗中心，为当地民众提供更优质的医疗服务。他说，中方愿同赞方一道努力，推动卫生领域合作迈向更高水平。

赞比亚卫生部特别代表马拉玛在致辞中讲到，约从 1970 年起，中方就开始向赞方提供医疗援助，期间还积极在当地开展医疗卫生人力资源培训项目，中国驻赞使馆也大力支持帮助赞比亚医疗卫生事业发展。特别是近些年来，中方不断加大对赞医疗援助力度，赞比亚从中受益良多，他对此深表感激。援赞期间，第 18 批中国医疗队严于律己，以高超的医疗技术服务患者，很好地融入了当地医院。此外，医疗队在外科、内科医学等领域进行创新，为赞比亚带来了先进医学知识、先进医疗技术和先进管理理念，希望今后在此基础上，中赞医疗合作不断深化、不断加强。

致辞结束后，在嘉宾见证下，赞比亚卫生部特别代表马拉玛依次为第 18 批援赞医疗队队员颁发"健康大使"荣誉证书，队长代表中国医疗队向马拉玛赠送礼物。

5 月 1 日，赞比亚像往年一样在首都卢萨卡举行了盛大的"五一"国际劳动节游行庆典活动。不同于往年的是，今年的游行队伍里多了一支闪亮而耀眼的中国队伍，在我们游行所过之处，都会引起人群难以抑制的欢呼和尖叫声，因为在当地人民的眼中，我们不仅仅是唯一一支全部由外国人组成的队伍，更是一支不同寻常、受人尊敬的来自中国的最可爱的人！我们不但是中赞两国的友谊使者，更是承担救死扶伤光荣使命的健康大使——中国第 18 批援助赞比亚医疗队。

我和医疗队党支部副书记李甲振教授从赞比亚劳工部部长手中接过金光闪闪的"五一"劳动奖奖杯和证书，这也是中国援赞医疗队在四十多年的援助历程中首次登上赞比亚"五一"劳动奖的领奖台，大家兴高采烈地合影留念，留下这难忘的时刻。

过去一年中，中国第 18 批援赞医疗队共接诊门诊患者 1.2 万余人次，完成手术病例 1 500 余例，麻醉病例 1 800 余例，抢救危重病患 200 余人，开展创新项目 30 余项，带教指导学生 300 余人。在完成日常诊疗工作的同时，医疗队还向赞比亚捐赠了四套远程医疗会诊设备，帮助受援医院成立"中赞远程医疗会诊中心"，把中国的优质医疗资源与卢萨卡、恩多拉、利文斯顿三个城市的赞比亚最大的四家医院对接，可以

参加“五一”大游行展现中国医疗队风采

中国第 18 批医疗队荣获赞比亚“五一”劳动奖奖杯

直接连线郑州大学第一附属医院的 3 000 名知名专家，实现了异地专家与患者、专家与专家的面对面交流，不但提高了诊治效率和诊治能力，还可以定期为赞比亚的青年医师提供远程医学培训和手术实时转播示教，也为赞比亚的医学教育开拓了新的途径和方法。援赞期间，医疗队还积极向当地医生“传道授业”，定期为受援医院开展学术讲座，为当地培养高层次的专业技术人才。医疗队还利用周末及节假日时间，一年中近二十次深入到赞比亚社区、农村和中资企业、侨社团体，为当地人民群众和华人同胞进行义诊和健康指导，受到了赞比亚人民和在赞华侨界的一致好评。

亮闪闪的奖杯，沉甸甸的奖状，记录着中国第 18 批医疗队在赞比亚一年来的辛勤劳动和收获。医无国界，大爱无疆。夜无眠，点燃患者生命的希望是医务工作者最大的欣慰；精技艺，妙手除病痛是医务者始终追求的目标。崇尚劳动，用劳动的汗水浇灌地球的绿色；劳动光荣，用劳动的果实奉献人类的幸福。走在游行的队伍里，我们为中赞的传统友谊而自豪；接过奖杯和奖状，我们为同为世界的劳动者而骄傲。

第二十七节 大爱情怀誉满赞比亚华侨界

2017 年 5 月 18 日 星期四 晴

2017 年 5 月 13 日上午，赞比亚华侨华人总会与中国第 18 批援助赞比亚医疗队在总会基地召开欢送座谈会。总会张键会长，吴明、栾春民常务副会长，及众多副会长、理事单位代表齐聚一堂，与我和李甲振副书记率领的中国第 18 批援赞医疗队全体成员一起召开欢送座谈会，对医疗队成员进行表彰，并送上了总会对第 18 批医疗队的感谢与祝福！

赞比亚华侨华人总会张键会长（左二）主持座谈会

张键会长主持会议并致辞。他高度肯定了第 18 批医疗队的功德和业绩。他说："第 18 批中国医疗队是德艺双馨的一流团队，在杰出领头羊荀建军队长的带领下，以精湛的医术、高尚的医德和大爱胸怀全身心投入到赞比亚的医疗服务工作中，多次配合总会的医疗救助活动，以诊治患者 1.2 万余次、手术 1 500 余台、麻醉 1 800 余例、抢救危重病患 200 多人的突出业绩，圆满完成了这一年的工作任务，并组织开展了义诊服务、免费体检、专题讲座等多项具有创新、突破意义的活动，将赞比亚华人群体的医疗保障工作升到了一个新的高度，赢得了社会各界的赞誉。"张会长认为："第 18 批医疗队的实干精神和优良品德，为中国援外服务工作树立了的榜样，同时也为海外侨社建设提供了诸多有价值的启发和经验，应当作为典范在总会工作中进行宣传和推广！"

欢送会上，我对医疗队在赞比亚一年来的工作进行了简要总结和汇报，讲道："我们作为中国政府派出的使者，医疗队全体队员注重树立和宣传中国的大国形象，不辱使命，勇于担当，全身心投入到赞比亚的医疗服务工作中，为赞比亚医疗界带来了先进的医疗技术和医学理念，展现了中国医生的敬业精神和优良作风。第 18 批中国医疗队从抵达赞比亚的第一天起就得到了华侨华人总会的有力支持和帮助，我们在完成好援外任务的同时，竭尽所能为在赞比亚的同胞提供便捷的健康保健和医疗救治服务，另外还积极参加华侨华人总会开展的各类活动，队员们很好地融入赞比亚华人这个大家庭，大家倍感幸福和温暖。"

会上，医疗队队员分享了援赞服务工作的经验和心得，医疗队李莉莉表示："能将自己的所学用于救助海外侨胞病患，同时在非洲宣传针灸之术、弘扬中国传统中医文化，这是她的荣幸和骄傲。"

总会副会长吴明、栾春民、莫星、余望平，妇女联合会许琼副会长，以及部分曾得到医疗队医治过的患者代表分别发言，表达了对第 18 批医疗队的充分认可和感激之情。大家一致认为，第 18 批医疗队的精湛医术、高尚医德和奉献精神向赞比亚人民充分展现了中国医生的良好精神风貌，也将赞比亚医疗服务能力提升到了新的高度；同时，医疗队与华侨华人总会等侨社工作者结下了深厚的情谊，为广大侨胞留下了美好的记忆。

赞比亚侨界向中国医疗队赠送锦旗

华侨华人总会为医疗队颁发优秀团队奖

会上，张键会长和总会代表对第 18 批医疗队进行了表彰，为医疗队送上了"德艺双馨情济世，大爱无疆暖侨胞"的锦旗，医疗队获"优秀团队"荣誉奖牌，我自己也被授予"优秀队长"称号，李莉莉获"银针展技艺，岐黄誉赞国"铜牌，医疗队全体成员均被授予荣誉证书。

参会代表为即将回国的医疗队全体成员送上了深切祝福，祝愿医疗队与在赞侨胞、与赞比亚人民的情谊长存！祝愿医疗队成员在今后的医疗事业中再创辉煌！

5 月 18 日，赞比亚华侨华人总会在卢萨卡市金桥宾馆为第 18 批与第 19 批援赞医疗队举办离任和到任招待会。中国驻赞比亚大使杨优明、赞比亚卫生部官员、河南省卫计委代表团、援赞新老医疗队全体队员、在赞中资机构及华侨华人代表等 200 余人出席招待会。

杨优明在致辞中高度赞扬中赞医疗卫生合作取得的巨大成绩以及第 18 批援赞医疗队在赞工作期间的优异表现。他说："在一年援外期间，第 18 批医疗队以高度的使命感和责任感，克服困难，履职尽责，开拓创新，奉献大爱。他们帮助赞比亚建立了第一个"中赞远程医疗会诊中心"，覆盖到赞比亚三大城市的四家医院，为医疗援外工作开辟了新渠道。他们利用业余时间多次深入中资企业和偏远地区开展体检义诊送健康活动，受到当地民众

和政府的高度好评，非常出色地完成了援外任务。”杨优明还对刚刚抵赞的第 19 批中国医疗队表示热烈欢迎，勉励他们秉承前任医疗队的优良传统，牢记使命、不负重托，与赞比亚卫生部门和当地医护人员团结协作，为赞比亚人民提供优质的医疗服务，为赞比亚医疗事业的发展和中赞友谊做出更大的贡献。

杨优明大使在欢送会上致辞

赞比亚卫生部官员在欢送会上致辞

赞比亚卫生部代表在发言中高度评价了第 18 批援赞医疗队的责任心和专业精神，点赞中国医生不辞辛苦、治病救人的崇高美德，对我们在赞比亚取得的成绩表示感谢和祝贺。他对新一批医疗队的到来表示热烈欢迎，称赞比亚卫生部将最大程度支持和配合医疗队的工作，推动中赞两国医疗卫生合作不断向前发展。招待会上，董家农场的董总代表华侨华人动情地讲述了医疗队无私救助的事迹，在赞中资企业代表向第 18 批医疗队赠送了锦旗。招待会气氛友好热烈，华侨华人纷纷与医疗队合影留念。

杨优明大使（后排中）与中国医疗队成员合影留念

与赞比亚医疗界官员合影留念

杨优明大使与到访河南省卫计委领导及专家合影

第二十八节　这一年　爱在赞比亚

中国援外医疗队是中国政府对非洲援助的一张名片。近40年来，一代又一代、一批又一批白衣天使不远万里来到赞比亚，克服千难万苦，以精湛的技术和大爱的胸怀，为赞比亚人民谋求安康和幸福，赢得了赞比亚政府和人民的肯定和赞誉。

中国第18批援助赞比亚医疗队在一年援外期间，以加强党建工作为抓手，以树立标杆为引领，凝聚团队力量，弘扬援外精神，以援外医疗中心任务统揽援外工作大局，创新举措，大胆探索，务真求实，扎实工作，开创了援外医疗工作的新局面。

这一年，医疗队捐赠4套价值近100万元的远程医疗会诊设备，帮助赞比亚建立了第一个国际性的“中赞远程医疗会诊中心”，覆盖赞比亚三大城市的最大四家医院，开展了远程疑难病例会诊、远程手术演示转播、远程授课讲座、远程国际学术交流等卓有成效的工作。

这一年，医疗队向赞比亚受援医院捐赠了价值60余万元医疗物资，助力赞比亚医疗服务装备的改进和提升，并争取到了中国政府近700万元人民币的“中赞腔镜中心”援助项目，在利维·姆瓦纳瓦萨综合医院引进和开展包括胃镜、肠镜、纤维喉镜、纤维支气管镜和腹腔镜在内的最新腔镜诊疗技术。

这一年，全体医疗队员不怕条件的艰苦，不惧传染病威胁，不怨设施的简陋，以正确的态度、硬朗的作风、担当的勇气，兢兢业业，乐于付出，积极融入赞比亚的医疗管理和医疗工作中去，展示出中国医疗队的高超技能和良好医德，广受赞比亚人民的爱戴和赞誉。在赞一年，医疗队共完成门诊诊查患者12 000余人次，手术病例1 500余人次，麻醉1 800余人次，抢救危重患者200余人次，书写检验检查报告20 000余份，开展创新项目30余项，值on call班400余次，带教指导学生400余人次。

这一年，医疗队首次走向赞比亚的讲台，为赞比亚的医务人员传授新知识、新理论、新业务；首次开展“师带徒”模式，为赞比亚培养一支带不走的医疗队。

这一年，医疗队员开展的新技术让赞比亚同道大开眼界，抢救危重患者能力让赞比亚医生叹为观止。神经外科周辉教授主刀实施的“显微镜下经鼻蝶入路垂体巨腺瘤切除术”填补赞比亚医疗领域的该项空白；耳鼻咽喉科高长辉医师成功开展了利维·姆瓦纳瓦萨综合医院第一例支撑喉镜下声带肿物切除术、第一例腮腺肿瘤切除+面神经解剖术、第一例喉外伤修复+喉功能重建术等手术；泌尿外科张二伟医师自己设法从国内带来输尿管扩张器材和引流瓶，利用中国捐赠的设备开展了受援医院首例“导丝引导下微创耻骨上膀胱造瘘术”“侧卧位前列腺穿刺术”等新技术……

这一年，医疗队热心赞比亚公共服务事业，先后参加了非洲公共服务日、赞比亚农展会等公益活动，在赞比亚电台传播中国针灸传统医学的奥妙精深。深入赞比亚基层社区、乡村、孤儿院，开展以“关注健康，传递温暖，为中赞友谊谱新篇”为主题的体检义诊和慈善捐助活动，共体检居民近千人，捐赠物资价值万余元。

这一年，医疗队把守护赞比亚侨民的健康作为己任，自筹40万元设备建立医务室，全天候、全免费，全力以赴地为赞比亚华侨华人提供医疗服务，一年内，共诊治侨胞2 200余人次。

这一年，医疗队作为赞比亚华侨华人紧急医疗救援队的核心力量，为赞比亚华侨华人的生命安全尽心尽力，共参加突发事件救治30余起。

这一年，医疗队为侨胞开展健康讲座3次；对赞比亚中国诊所医生进行培训交流1次；通过“中国第18批援赞医疗队健康大讲堂”微信平台发布健康科普知识27篇；深入中资企业开展体检义诊15次，受益侨胞千余人。

这一年，医疗队邀请了杨优明大使到医疗队驻地为医疗队员讲党课，邀请了龚梅灵、于会振老队长为医疗队员进行援外医疗光荣传统再教育；在全体党员中开展了重温入党誓词和以学习党章为主题的“四个一活动”，在全体队员中开展了“走进中资企业、感受中国风采”和“升国旗，唱国歌”的爱国主义主题教育活动。

这一年，医疗队在驻地开展了很有意义的植树活动。杨优明大使和夫人栽种的树苗壮成长，擎天有

力；欧阳道冰参赞种植的树日益向上，覆盖宽广；各侨领种植的树枝繁叶茂，飘逸花香；各位新老医疗队员共同播种的纪念树花儿朵朵，象征着中赞友谊源远流长。

这一年，医疗队努力践行“不畏艰苦，甘于奉献，救死扶伤，大爱无疆”的援外医疗队精神，撒下了辛勤的汗水，耕耘了满满的收获。医疗队展现的中国风采，共计36次被赞比亚主流媒体报道，100多篇援外医疗队的新闻在国内广为传播。正能量永远展示着蓬勃向上的力量，为中赞友谊的赞歌续写新的篇章。

这一年，医疗队第一次荣获了赞比亚政府颁发的五一劳动奖章；第一次荣获了赞比亚卫生部授予的“健康大使”称号；第一次受到了大使馆向国家卫计委和河南省人民政府的明电嘉奖；第一次得到了华侨华人总会颁发的荣誉证书；第一次受到受援医院给予的奖励和赞誉。

医疗队圆满完成了祖国交给的任务，带着赞比亚医界同道拥抱的余温，带着赞比亚人民注目礼的宽慰，带着侨界侨领盛情的留恋，带着华侨华人不舍的泪水，踏上归国的行程。

赞比亚天空辽阔，赞比亚云卷云舒。这一年，医疗队一路走来，充实而富足、幸福而快乐！许多艰辛，许多收获，许多留恋、许多记忆，将是中国第18批援赞医疗队全体队员人生经历的华丽篇章！

第二十九节 记忆赞比亚

2017年5月22日 星期一 晴

风清气爽，艳阳高照。鸟儿在空中盘旋，花儿在院里绽放。年初队员们栽下的树苗郁郁葱葱，茁壮成长，靠大门口保安室东边的那颗木瓜树已结出数颗果实，绿油油的，很是诱人。

“小黄”这几天似乎察觉出将会有情况发生，整天伴随着我的左右形影不离。队员们都在整理回国的行装，我也把房间的里里外外摩挲个遍，或者在驻地的小院子里不停地来回溜达。真的舍不得呀！一年了，这里的味道，这里的生活，这里的一草一木，这里的左邻右舍，慢慢地熟悉了，逐渐地产生了感情，马上就要离开了，心里确实有种说不出的滋味。

熟悉的医疗队驻地公寓

忠心耿耿陪伴我们一年的“小黄”

这里的人特别好。大街小巷、官员商贩，遇到中国人虽然有点自傲的神态，但是他们知道，中国人才是最可爱的人。中国人入乡随俗，包容和谐，体现的是中华民族的传统美德；中国人吃苦耐劳，投资兴业，为的是赞比亚经济的发展；中国人慷慨解囊，无私援助，为的是赞比亚人民的福祉安康。

深入赞比亚各个阶层才知道中赞关系底蕴深厚，源远流长。赞比亚卫生部的常秘（PS）很是友好，记得他邀请柴之京参赞和我到他家做客的时候，特意让厨师制作了上乘的“希玛”和可口的西餐配菜，有绝好的牛排、味道极佳的色拉，还有赞比亚的红酒和啤酒。我也特意带去了中国的国酒“茅台”和中国书法“龙”的精品。席间中赞友谊、医疗援助、民间点滴，无语不谈，无话不交，就像一家人一样无拘无束，沟通无限。他打开茅台酒给每人斟上一杯，品入口中，啧啧称赞“好酒，好酒，中国茅台好喝”，旋即又把盖子拧上放进了他的储酒柜里，好酒就得自己独享呀！PS 身为卫生部高级官员，他的身上也体现出了为幸福身体力行、拼搏奋斗的精神。卷起裤腿耕地浇水，撸起袖子养鸡喂鸭，没有当官的悠闲，没有官“老爷”的威严。还有援建医院卡钦巴院长，只要我们坐在一起就说中国的无私和伟大，只要谈起工作就是伸手物资和援助，当提出闲暇到他的农场去参观时，他直摇头说他没有农场，但我听说他也拥有一个很大的农场，并且养了好多头牛。赞比亚“当官的”白天就是理政，下班就是生活，虽然不“小资”，但很接地气。

向赞比亚友人传递“龙”的精神

向赞比亚友人传递“龙”的精神

艾利克斯是我们驻地的园丁，可亲可爱，一年里和队员们打成了一片。记得在赞比亚大选伦古获胜后，他便直奔李甲振房间急促敲门：“伦古当选总统了，给我点夸查，我要喝酒庆贺！”“来吧，我这里有啤酒，咱们一起庆贺吧”甲振说。“不，我要回家跟家里人一起庆贺！”最后还是甲振慷慨解囊满足了他的心愿。这几天，我把整理出来的衣物，有衬衣、裤子、运动衣、运动鞋，还有许多美食，厚厚的一叠，大大的几包，全部送给了相伴我们一年的赞比亚真诚的朋友艾利克斯，并把剩下的没有兑换的夸查也赠给了这个好弟兄。在驻地大门口，队员们奉送给他的礼品堆成了小山，艾利克斯喜上眉梢，但又愁眉苦脸。我上前一问，原来是他想叫一辆出租车把这些东西运到他家里，但不想花费我给他的夸查，直说：“No money！（没有钱）”我二话没说便从口袋里掏出美元支付了出租车费。兄弟一场，慷慨相助嘛！戴安娜，医疗队驻地的美女保安，人见人爱，但她特别喜欢满头雪花卷发的“型男”金俊硕，每次俊硕回到卢萨卡他们都会迫不及

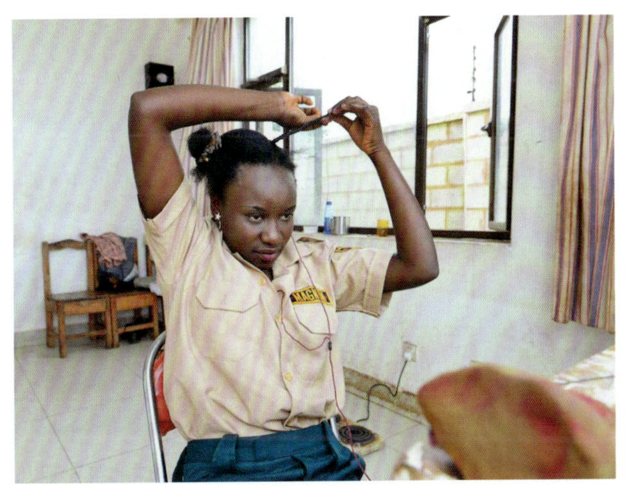

驻地美女保安戴安娜

待地聊上几句，可是时间总是太短暂，未曾畅谈。她的发型千变万化，有时长发及肩，微风吹拂，飘逸若仙；有时钢发四射，阳光照耀，秀美时尚。据说，她每次和我请假就是去打理她的头发，很复杂，是美发师将编制好的成品辫子与她天生的柔发一束一束粘接在一起的，一次大概需要七八个小时。看来爱美之心人皆有之啊！凯缇，我们卢萨卡驻地的帮厨，是一个很优秀、有思想的姑娘；穷人的孩子早当家呀，为了养家糊口她没完成学业就下地干活、出外帮工，辛苦挣钱供弟弟妹妹上学；刚到驻地工作时，她对中国人的生活习俗不理解，比如吃狗肉，对中国的国情不知晓，比如中国地大物博、人口众多，有飞速的高铁、有入云的高楼大厦，相处当中有隔阂、有距离，但时间久了，她对中国有了更多的了解，她与我们队员们交流很投机，感情很融洽，就像一家人一样。

在卢萨卡的大街上，在赞比亚的大学校园里，常常会见到身着一袭白色运动装的年轻小伙，戴着耳麦，手拿平板电脑，很是个性，很是张扬，黑白分明，充满阳光。医疗队驻地的旁边有一小学，每天都能听到孩子们朗朗的读书声和欢乐的笑声。院后的“草原”上，孩子们自力更生，整理出一片空地，用木棍搭起个简易的球门，这就是放学后他们最幸福的场所。青年人是赞比亚的希望，孩子们是赞比亚的未来！

热爱足球的赞比亚儿童　　摄影　梅新林

热爱足球的赞比亚儿童　摄影　梅新林

热爱足球的赞比亚儿童　摄影　梅新林

赞比亚的华侨华人就像一个大家庭。这一年，我们生活在这个大家庭中无比的荣光、无比的温暖，时时处处、无时无刻无不享受到亲人们的关心、关爱和关怀。总会张键会长，心比天大，能容五湖四海；肩比山宽，能扛千斤重担；胸装万件事，操办有条不紊；心系众同胞，团结情之所到。河南同乡会栾春民会长，在他身上永远看不到什么叫疲惫，一腔热情化作的是对华侨华人满满的爱。还有神通广大的福建同乡会会长"海哥"，足智多谋的总会副会长莫大哥，侠胆仗义的总会副会长张老大，多才多艺的妇女联合会会长刘大姐，热情奔放的川渝同乡会会长刘大妈……人心齐，泰山移。华侨华人总会、地方同乡会总会在重大节日里组织丰富多彩的活动，加强联谊，凝聚人心。成立的医疗紧急救援队、治安联防队、法律援助中心，总是在华侨华人急需的时候，鼎力相助，非常给力。

在赞比亚的中资企业是我们的坚强后盾。记得刚到赞比亚不久，中水电十一局的夏局长带领局里的同志们来驻地看望我们，他称赞我们这批医疗队员"素质高、业务棒、一看就是来干事的"，当他了解到我一日三餐"早上只喝点奶，中午吃的捞面条，晚上喝中午剩下的面汤，吃中午留下的剩菜"时，关心地说："出门在外，这怎么行呢？在国外队员生活一定要解决好，生活好了，你们队员的思想工作也就做好了一大半。"他是局长，但他大多数时间就工作在非洲贫困的国家，很有工作经验、很有工作思路，有带队伍的独特妙计良方，他当即安排部下选调一个局里最好的厨师梅杰师傅到医疗队支援。一年的效果确是这样，"肚里有粮，心里不慌"，大食堂不仅为队员们改善了伙食，也为队员们提供了交流沟通的空间。美食馋味蕾，工作力倍添。安徽国际的沈总、河南国际的徐总、河南海外的曹总……都与医疗队建立了良性互动关系，同胞之情体现在方方面面、点点滴滴。

非洲华侨周报记者杜莉莎（右三）与医疗队员在一起

非洲华侨周报的杜莉莎、申倩文，新华非洲的记者彭立军，还有赞比亚媒体的朋友，他们是我们在赞比亚的亲密合作伙伴。医疗队悬壶济世，辛勤耕耘，屡创佳绩；他们妙笔生花，驻点采风，时刻传递正能量，让中国人民的大爱根植在赞比亚人民的心中。

记者申倩文工作中的风采

2016 年 5 月 22 日，深爱的赞比亚难以说再见。太阳隐去刺眼的光芒，风儿带来草原的清香。我们第 18 批医疗队在赞比亚经历 389 天的日日夜夜，圆满完成使命，今天就要启程回国了。早晨 8 点，全体队员和前来访问的省卫计委

与赞比亚记者在一起

与赞比亚记者在一起

郭维群处长，郑州大学第一附属医院刘延锦主任、吕蕴琦教授、王红建教授一道，在驻地广场举行了庄严的升国旗仪式，再次听到国歌在异国他乡上空回荡，眼含泪花，心潮澎湃。仰望鲜艳的五星红旗，我们此时可以自豪地说："这一年我们全队拧成一股绳，不忘使命，克难攻坚，救死扶伤，展现风采，圆满地完成了组织交给的光荣任务！"全体队员在队旗上庄重地签下自己的名字，写得那么认真，签得那么潇洒，这将是我们最珍爱的纪念，我们将永远记在心中。

这几天，蔡大姐收到了利维·姆瓦纳瓦萨综合医院麻醉科主任穆罗西的礼物——风铃，她想让中国的白衣使者回国后仍能听到赞比亚的声音。普外科主任侯赛因送给张二伟一对黑木雕刻——"Ma Ma"和"Da Da"，在赞比亚"Ma Ma"是对女性的统称，中国医生就像"妈妈"一样为赞比亚的患者奉献着爱心。高长辉被他医治好的电影明星邀请到家里做客，并用赞比亚的礼节向他献上印有赞比亚国旗的围巾……

龚老爷子来了，还有他的儿子和孙子，一下车就和队员一一拥抱，没有语言，只有眼里的泪花；老董家来了，和队员那个亲呀，就像送孩子出门一样，叮嘱再三，恋恋不舍；总会的莫会长、张会长、温秘书来了，带来了远在英国张键会长的问候和感谢；老医疗队队员来了，翟老师、付老师、王老师、徐老师、李老师、吴老师……一年啊，情同手足，志同道合，难以言再见！中资企业、同乡会的亲人们来了，医疗队医治过的病友来了，赞比亚卫生部的官员、受援医院的领导和同事来了……院子外车辆排成了长龙，院子里挤满了前来送行的人群，情难舍，意难别。老胡家的姑娘丁丁从家里拿来了万头长鞭，顿时中国声音响彻云霄，中国红纷纷飘扬在卢萨卡城市的上空。

为医疗队送行的车队排成长龙

使馆经参处欧阳道冰参赞和崔文嘉秘书驱车赶来，同队员们一一握手，带来了杨优明大使的亲切问候。他说："第 18 批医疗队不辱使命，成效卓著，彰显了中国白衣天使的风采，希望大家回国后继续为中赞两国的友谊做出新的贡献！"

总会吴明、栾春民副会长来了，与他们同时来到的还有赞比亚政府安排的为第 18 批医疗队送行的护卫车队，警察荷枪实弹，威风凛凛，这在赞比亚援外历史上尚属首次。

中午 12 点，队员们怀着深情、依依不舍地登上了大巴车，真的难以说再见。参赞再次登车与队员们道别，大家眼眶湿润了；老董家挥着手，看着车窗内的莉莉哭成了泪人；我下车独自溜到后院，找到我心爱的"小黄"，拥抱良久,叮嘱再三,她已经知道我不要她了,头一个劲地往我身上吻,大老爷们的眼泪止不住“吧嗒、吧嗒”地滴落下来……

车辆徐徐开出了大门,吴会长、栾会长坐在前面的车上,警车开道,后面是送行队伍长长的车流。这是超高规格的礼遇,这也是赞比亚人民和华侨华人对中国医疗队丰功伟绩的赞许!

瞭望赞比亚的原野,仰望赞比亚的蓝天,火焰树花开正艳,阳光从云层中散射出万丈光芒。再见,赞比亚!再见,忘不掉的赞比亚!

下午2点50分,我们起航,飞往日夜思念的故乡——祖国。

第十章

再见赞比亚

心语：任何人的成功，都是经过艰苦努力获得的。他们今天的精彩，源于他们当初不变的执着。付出不一定马上会有回报，除非你的定位是钟点工。对于事业，再大的梦想也抵不过傻傻的坚持。

——佚名

《情洒赞比亚之援赞医疗日记》的下面部分就把华侨华人的祝福、医疗队员和家属的感受、新闻媒体的报道作为主要内容予以录用。也算我们这一年结出的累累硕果吧。相见时难别亦难，我们的非洲朋友们！难言再见，我们的华侨华人兄弟姐妹们！一年的相遇，一生的感情。我们的日日夜夜，在我的日记里记录的只是只言片语、细枝末节，但这文字、这情感、这记忆，汇成发自内心的一句话就是——赞比亚，我爱你！

第一节 热情与静怡演绎、贫穷与快乐谱写的赞比亚

作者：王旭虹

从赞比亚回国两个月了，一直想找时间把所见、所闻、所想记录下来，不仅仅是宝贵的经历和回忆，更为重要的是几年来难得轻松愉悦的感受以及亲身体验外人眼里非洲人的所谓“水深火热”，但毅然、真诚、快乐的氛围，那种精神时刻影响着我、伴随着我……

团　聚

1 月 24 日晚，我拉着行李直接从公司的会场奔到机场，和最后一批到赞比亚的亲属碰面。最早的家属 1 月 8 日就启程了，而推迟到大年二十七的我们五个，大概是最难割舍国内的吧。

北京时间 1 月 26 日凌晨，飞机因当地暴雨，在赞比亚首都卢萨卡上空盘旋了一个多小时后，终于降落了。看到了亲人们在机场望眼欲穿、翘首以盼，也看到大半年来瘦了近 40 斤的 Mr. GAO（我的先生高强）。不管日常白衣天使的他们有多么严肃，看到他们脸上自然流露的快乐，我想你也会觉得很幸福。连一向内敛的 Mr. GAO 在小年轻时期的浪漫过去很多年后，又一次情不自禁地抱起我，转了几圈，竟然还主动用他的手机跟我自拍。

小夫妻久别后的激动

春风十里，不如意外热情的你！

中国医疗队小院

正值雨季的赞比亚，一言不合就下雨，但一小会儿就晴空万里，彩虹自然就经常到访，晚上九点甚至十点，还可以看到白云朵朵。你有多久没有看到过繁星点点了……就到咱们中国医疗队的赞比亚驻地吧，这里绿草茵茵，树茂花红，还有惹人喜爱的“小黄”“小黑”和“大灰”。这里笑语欢歌，亲情满园，犹如一个温馨的大家庭！

过 大 年

春节了，挂灯笼、贴对联、换新衣、扎小辫、包饺子、放烟火、过新年。在队长的精心安排下，中国传统新年的仪式活动井井有条。一大早旗手升国旗，我们唱国歌，28 名队员与 30 多名家属齐声祝愿祖国繁荣昌盛，卢萨卡中心的医疗队小院充满了欢声笑语，而铿锵有力的国歌仿佛一直回荡在非洲大地上……

虽然不是有生之年第一次大白天看春节晚会直播，但确实第一次穿着短袖过中国年。而新年有传统，新年有意义，我们有多少年没有如此过春节，又有多少年没有这种由心而生的民族自豪感了！

为迎接中国医疗队及家属欢庆春节，河南同乡会在卢萨卡金孔雀酒店举行晚宴。据统计，目前在赞比亚工作、生活的河南人近千人，国有企业及私营企业 70 余家，从事的行业包括进出口贸易、商品批发零售、房地产开发、基础设施建设、农业和餐饮等，医疗服务成为当地的重要力量。

卢萨卡城市观光

在卢萨卡随意溜达的几天，虽然还是时不时要处理工作，别人谈笑风生的时候，我常常自己在一个角落，抱着手机分析运营情况，但这几天是我近几年来，身心最放松的时光。医疗队的组织很强大，每天的衣食住行安排得妥妥帖帖，我们每天除了享受湛蓝的天空与醉人的空气，什么闲事都不用操心。

都说拥有丰富水资源的赞比亚是非洲最美丽的花园，这里地处南部非洲，四季如春。春节期间正值赞比亚的夏天，但气温最高也就二十五六（摄氏）度，阳光不觉得暴烈，和煦的微风吹着，整个人都焕然一新。

度假的心态，看世界的好奇心，爱人与朋友的陪伴，心愿的达成，自然的和谐，这一切美好的交融，让我深度体会生活的静怡与惬意！

酒店位于卢萨卡的郊区，进入酒店大门后还需要再开车三四公里，才能进入住宿区。这三四公里的小小森林，就是野生动物的活跃区了。

非洲的野生动物不怕人，行车的马路中间会时不时蹦出来几只狒狒大摇大摆地走过，猴子可以因不满我的大惊小怪而来调戏我，斑马、梅花鹿、长颈鹿没有被圈养，可以近距离观察。而他们生活的地方只是某一家酒店的后花园，并非动物园。

虽然赞比亚是不发达国家，基础设施建设贫乏落后，但首都不乏这种高质量星级酒店或者度假村。或

独有情调的赞比亚度假酒店

许大概只有1 000多万人口的原因，或许互联网信息传播落后，又或许人家只是纯粹的资源共享，如此层峦叠翠、奇花异草的美妙酒店，是可以随意进入游玩的。不管是园内游泳池设施、游乐场设施，还是室内的棋牌、钢琴，可以随意摆弄。你可以点上一杯咖啡、果汁，或是一毛不拔，酒店的服务人员依然笑容满面、真心诚意地为你服务。重点是，除了寥寥几个住客外，几乎没人！没人!!没人!!!

by the way(顺便说一下)，赞比亚的咖啡浓郁润滑，coffee shop(咖啡馆)、高档酒店、亦或是马路边的小店，都是味道纯正，值得回味的，比国内星巴克、COSTA美味多了。但钢琴就不怎么样了，仿佛被无情使用了上百年，琴盖掉了，琴腿断了一个，脚踏只有一个，尽管我这小学一年级的弹琴水平，琴键按下去，整个钢琴都快散架了……

利文斯顿的某一酒店，虽然不是酒店的住客，但酒店为每一位到访游玩、休息的人提供免费的观光车和司机服务，带你到酒店后花园深处，寻找自由活动的长颈鹿。我就想坐在这里欣赏落日余霞、海天一色，看着度假的人们愉悦地窃窃私语，听着赞比亚哥们悠扬的长笛声，我没去，但同行的大家伙们，还真看到了。

医疗队旁边的高尔夫球场，从医疗队小院走过去，只要三五分钟。面积大到据说我那天只走了它的十分之一。如此得天独厚、绿草蓝天的地方，除了屈指可数的正在打高尔夫的几个人和球童，竟是荒无人烟的。我和Mr. GAO来漫步的这天是周五傍晚，虽然之前在地图上看了无数次医疗队旁边这一大块绿色，这却是我第一次踏上这里。当然，那天也是我最后一次在非洲的活动，因为第二天一早就要乘飞机回国了。Mr. GAO催促我“走吧，回去吃晚饭了”的时候，我是有多么的意犹未尽、恋恋不舍……

我一直都认为，如果不去一望无际的大草原、不去人迹罕至的沙漠，就不算到过非洲。虽然时间受限，远的地方不能跑，在我离开非洲前的最后一天，队长特批带我去动物园看看。

这里的动物园不是国内传统带栏杆有边界的动物园，而是一片大草原。原始、狂野，没有人修剪的野草，不是路的车辙子痕迹，不知何时被动物撞倒的小树，迎风乱入的各种不知名从未见过的小虫，加上越野车行驶中带来的野风，一切都是如此动人的自然旋律！

去动物园的路上，有一个多小时的路程都是红土泥坑，坑洼不平，车辆忽左忽右，试图寻找能够行驶的印记，一路颠簸，一路上除了看见狗还是看见狗，这哪是去动物园啊，不说的话我以为是去建筑工地。我曾一度认为，落后的赞比亚的道路都是这样的。幸好同行的张教授开车技艺高超，既没有沦落到让我们去推车，也没有把我们谁撂到窗外去。

动物园的快艇是免费的，船长带我们奔了个够，温度适宜、微风刚好，怎么一个“爽”字形容的了！Mr. GAO硬是说看着可危险，会游泳的他坚决不下去，excuse me(请原谅)？越是危险，不越应该在媳妇身

狒狒的母子情　　摄影　翁爱军

美丽的斑马　　摄影　方力

美丽的斑马　　摄影　方力

大象的家庭　　摄影　方力

非洲的狂野　　摄影　方力

边，以便随时跳下去，救媳妇于湖水之中吗？

船长带我们在湖中心现摘荷花，第一次见识了荷花的根茎竟然那么长，我情不自禁地插在了头上。

湖里面有水蛇出没，估计生活拮据的船长觉得抓一条蛇可以卖个好价钱，带着我们来来往往、反复掉头十几次向水蛇撞去，他拿一根棒球棍似的木棍，一边开船撞蛇，一边警觉地盯住蛇的动向，还得意告诉我们，一旦水蛇蹦上来，他会一棒打晕它！我坐在船头，眼看着那只蛇双眼盯着我们，吐着可能有毒的叉舌头，蛇头一勾又一勾，感受着船长越接近，它越猛烈的加速度，眼前出现了我脖子上最粗的那根大动脉，一半已经在蛇嘴里的画面感，这小命儿仿佛瞬间会没的恐惧与刺激，我和嘉嘉（援外队员陈刚的爱人）尖叫的回声蔓延着……还是后排的李教授理智，连喊："No no no，stop stop stop，life is important（不不不，停停停，命重要）！"船长却完全不当回事，继续努力捕获他的猎物。直到李教授几乎发火了，船长才好不情愿地迅速送我们到岸边，自己继续返回捕蛇去了。

当地人的生活有多拮据呢，一对一的服务结束后，我们将随身带的已使用的防蚊喷剂、风油精等送给了船长，两位船长满足兴奋地连说："Thank you，thank you（谢谢，谢谢）！"

赞比亚市井民众的普通生活

在首都卢萨卡，有清新的草地与河水，有井然有序的大学校园，有草长莺飞的度假村，有广袤的草原与自由的动物，有大自然落英缤纷的美好。如果你只是一个游客，如果你不去看看本地人的生活，如果你只相信社会的进步和发达国家带来的繁华，这一趟非洲之行情何以堪。

褪去外表的浮华，当地人真正的生活，才是最触动人心深处的地方。

赞比亚星期二市场就在离医疗队5分钟车程的地方，就像国内的农贸市场，但没有屋子没有顶，只是这样简单的棚，衣物、食物、生活用品、通信服务一应俱全。这里的衣服鞋子都是二手、三手的，连女人的文胸都是二手、三手的，这样一件衣服标价K2.5，大概就是人民币1.8元。有人买吗？当然，你看这熙熙攘攘的人群，有些妇女挑选完毕，当场套上，付钱就走。

卢萨卡街头的旧货市场

赞比亚小商贩　　摄影　宋文瀚

赞比亚的农贸市场　　摄影　宋文瀚

赞比亚的路边小摊位　　摄影　宋文瀚

当地人不知道是不会使用重量称，还是买不起，所有的蔬菜水果都是按堆儿销售的。

卢萨卡有几家大型现代化的购物中心和超市，有庞大的停车场，琳琅满目的商品，步入大门，会有一种在欧美商场购物的错觉。听说来这里消费的，都是外国人，或者特别有钱的当地人。看了商品的价格，毫不意外，由于赞比亚几乎没有工厂，大部分商品依赖进口，超市销售的生活用品，我们常见的家用牌子，都要比国内的价格高出50%~80%，而首都的上班族，月均收入不过1 000元人民币。

去赞比亚大学那天，刚好赶上毕业典礼，大学主路的道路两旁，多了很多卖小工艺品和礼品的摊贩，而这些所谓礼品的外观和质量，是在国内无论如何都拿不出手的，在这里，却是亲朋好友买来送给大学毕业生的毕业小礼品。

因为没钱，香烟是按根卖的；当地人买不起面粉，几乎不吃面粉；他们大部分人不吃中午饭，因为没有

赞比亚的马路市场　　　摄影　宋文瀚

钱,吃不起,有些人一天只吃一顿饭。有次看到一个非洲记者报道说,从中国回到赞比亚,就像是被拽回了 10 个世纪……

那他们幸福吗?你看看他们脸上流露出真诚的微笑就知道了。这三个孩子穿两双鞋,即使是在坑洼不平的土路上,一样开心地玩耍,我给了他们 1 夸查(约 0.7 元),他们高兴地蹦起来。这个卖文具的女孩子,脸上的微笑没有停止过。他们虽然贫穷,但有良好的"英国绅士"的人文氛围,礼让谦逊,不管什么时候你从他们身边路过,不管你和他们有多大的外表区别,他们会摆起双手给你打招呼,会微笑着对你说:"Good morning, how are you!"

亚里士多德说:"幸福就是自足,幸福的自足就是无求于外物,而自满自足。"对比他们,你会发现我们生命中很多物质的追求是多么空洞与苍白;对比他们,你会明白生活态度是一个人一生修养的体现。

这个时候,我多想放慢、再放慢、停下我前进的脚步。

文化与风情

在卢萨卡的时间里,我总是和 Mr. GAO 叨叨要去当地的学校、教堂、商店或者周日市场,我还特地从国内带了大白兔奶糖,想分给孩子们。虽然只是浅尝辄止,但这仍是能看到他们生活的最真实的地方。未能如愿以偿。

吹萨克斯的赞比亚艺人
摄影　雷颖奇

每次开车路过乡镇村落,总能看到上下学途中穿戴整齐校服的孩子们,有的还背着弟弟妹妹,虽然条件、环境、卫生都远不如 20 世纪 80 年代的我们,但总能想起当时我和发小们上下学的情景。

这个国家的人民有很强的宗教信仰,他们每个星期都会穿戴整齐去教堂参加礼拜,虔诚的感谢赐予他们幸福的神明。是的,虽然衣不遮体、食不果腹、上无片瓦、破旧不堪,但他们仍然幸福、仍然感恩、仍然发自内心地微笑,仍然满足富裕的内心和平静安全的生活。

所以,有村庄的地方虽然不一定有学校,但一定有教堂。虽然这个教堂只是在村口扎了块破旧的木牌,木牌上用油漆歪歪斜斜,但一笔一画写着"CHURCH"……

2017 年 3 月,中国医疗队传承发扬"不畏艰苦,甘于奉献,救死扶伤,大爱无疆"的援外医疗队精神,在苟队长的联络与带领下,利用周末,又一次义务帮助非洲人民,这次在卢萨卡的 CHIKUMBI 村义诊,义诊在当地的教堂里进行。

所谓穿衣一块布,就是形容强悍的赞比亚妇女的吧。她们这块布,既用来兜着孩子在背上到处行走,又能用来当裙遮体。你看她们带着孩子,头上顶着的各种大自然恩赐的商品,还能同时解放双手。

卢萨卡是首都,但最宽的一条马路只有双向四车道。只有在这条主路上,偶尔能看到几辆小巴公交车颤颤巍巍、破旧不堪,自行车很罕见,私家车是主要的出行方式。

所有司机开车都很守规矩,处处体现绅士礼让。听老司机说,即使堵车,也从未遇到过堵死的状况。即使在很窄的双向两车道的道路上,如果对向有来车,司机就会打开右转灯,提醒后面的司机暂时不要超

车，否则会有危险。车辆等待进入环岛，没有加塞，也没有快速占用对向车道的情况。

由于职业关系，路上看到大货车，我就会多看几眼。琢磨着一个17m的平板车，一路上遇到几十辆，个个都只是装了那么一点货，根本不存在超宽、超长、超高、超重。跟一个超市的供应链经理聊，才知道这些货车上装的都是从赞比亚到津巴布韦的食品，所有货车货物的总重不会超过8t。

维多利亚瀑布与津巴布韦

维多利亚瀑布，当地人又称莫西奥图尼亚瀑布（Mosi-ao-tunya），它的意思是“雷鸣般的烟雾”。瀑布位于赞比西河中游，赞比亚与津巴布韦接壤处，宽1 700多米，最高处108m（平均高92m），为世界上数一数二的瀑布。

维多利亚瀑布，为赞比亚和津巴布韦所共有，赞比亚境内仅有维多利亚瀑布的1/3。远远地，在瀑布几公里外的酒店里，就能看到瀑布激起的巨大水雾，江翻海沸，气壮山河。到处是彩虹，满眼望去，同时可以看到两三个，忽隐忽现，长短不一地悬挂在瀑布峡谷中，蔚为壮观。

这时我和Mr. GAO身着两件雨衣，但水雾太大，像是在下中雨，在震耳欲聋的瀑布声中，我们竭尽全力喊叫着对话。我们被大自然的鬼斧神工，被彩虹的美轮美奂，被瀑布的气势磅礴，被峡谷的天翻地覆所折服，我们手舞足蹈，歇斯底里，全然不顾里里外外、上上下下湿了一遍又一遍。

晴晓初春日，高心望素云。彩光浮玉辇，紫气隐元君。

医疗队吕教授拍摄的双彩虹，不知道世界上有多少人可以如此幸运地欣赏到这种壮丽恢宏！

瀑布游览完毕，大家伙们就地转起了公园，听说步行几分钟就是赞比亚和津巴布韦边境了，不安分的Mr. GAO和本小姐，迅速溜达过去了。

这道门过去就是津巴布韦了。把门的军人都背着枪，威风凛凛的劲儿就是帅，不小心被他们看到我拍照，让我把照片都删掉了。说话的功夫，竟然了解到在隔壁的边境大厅办理一下就可以通过了，可惜Mr. GAO的工作签证不行，必须要护照，为了充分利用这次意外的惊喜，他爽快地让我独自一人去津巴布韦溜达一圈，我们俩就被这道门隔开了。难以掩盖心中的小兴奋，我一手护照一手拿手机，连个钱都没装就上路啦。

穿过这条小路，就到了所谓的“bridge”（桥），对于来自什么都重视外表的国家的我很惊讶，一个国家展示给世人的第一印象，竟是如此简陋的铁门和如此平庸的小路。铁桥把维多利亚瀑布分隔开，一边属于赞比亚，而另一边属于津巴布韦。

我们在铁桥上留影。Mr. GAO跟边境的军人说他是中国医生（在当地很受人尊敬的职业），闲扯几句，竟然啥证件也不要，就放他进了津巴布韦境内。这在中国或在任何一个发达国家，怎么可能哇……这个国家最有特色的产物，每张分别是50亿、100亿、200亿、500亿，一共是850亿津巴布韦元！！！有生之年第一次见这么大金额的钱，后面的零多得数不过来！

归程途中手机捕捉到难得的画面。有医疗队的精心安排，有利文斯顿点长吕教授的事无巨细，有大自然的鬼斧神工，有我和Mr. GAO的珠联璧合，这次瀑布之行，是我体会到的最震撼触心、最魂牵梦萦的旅程！

一生的震撼

赞比亚很美，迷人的赞比西河，壮丽的维多利亚瀑布，温柔清新的微风，湛蓝透彻的天空，一切都那么和谐，一切都那么值得歌颂。这里繁华与简陋融合、现代与原始同在，期待与落差交错，贫穷与富有并存，看似的矛盾，却让我更加着迷。

人们常说在沙漠中行走的人眼里，幸福只是一滴水；在饿汉的眼里，幸福只是一块面包。我唯一遗憾的是：没有带着孩子一起留下足迹，没能让孩子经历这里的风土民情、文化底蕴，没能让孩子体会如何在生活不如意的时候，仍然可以战胜与超越自己，仍然可以热情奔放、无忧无虑，仍然可以随时随地快乐，仍然可以感受到幸福。

行走在这样的土地上，才后知后觉的明白，我们的祖国很强大，要感恩现在的幸福生活！

最后，衷心感谢医疗队的安排，你们用实际行动向世人诠释了悬壶济世、殚心竭力。期待你们凯旋！

后记 坦桑尼亚的桑给巴尔岛

桑给巴尔被誉为印度洋上的“明珠”“绿松石”。有人说，“如果你还没有去过马尔代夫，也没有去过巴厘岛，那么，我建议你不要先来桑给巴尔岛，看海的起点太高，会毁掉自此以后对所有岛屿的美好印象。”

这里蔚蓝的天空，翡翠绿的海水，牛奶色的沙滩，温热的海风，这里一切治愈系的大自然，请听我下回分解。

第二节 我在卢萨卡开车——一个老司机眼中的赞比亚

作者：王正斌

我们驰骋在赞比亚的大道上

时间都去哪了？还没有好好感受赞比亚就已经完成为期1年的援非任务。回国1个月了，一直想写一些东西，关于赞比亚的，每次提起笔又放下，总觉得时间还多着呢，再等等，再感受感受这里的风土人情再写。现在却不得不写了，援赞工作已经结束，队里建议写一篇关于赞比亚工作或感受的文章的通知也反复下发多次了。

承蒙苟队长及各位队友的信任，使我有机会在卢萨卡开车为队友服务1年。首先当然要谈一谈医疗队的车。卢萨卡医疗队驻地有6辆车，除了1辆宇通大巴（26座）是国产的以外，其余多是他国产四驱SUV，在非洲这个地方，四驱确实有用。不过通过这一年的开车经历，队里的车我全开过了，他国产的车很省油，但毛病也不少，耐用的神话是破灭了。除了我最常开的柴油小面包车外，其余4辆均为原装进口的SUV，行驶里程均在3万~5万公里之间，可每辆车的车况并不好，都有各种各样的小毛病，其中一辆车的转向杆竟然断了，这令我这个有多年驾驶经验的老司机百思不得其解，这怎么可能呢？到底是质量差还是司机太暴力，难道练过“一指禅”吗？柴油小面包车我常开来接送队友上下班，除了喇叭响之外，其他地方也响，开车的时候要时刻紧握方向盘，稍一松手车子便向左侧严重跑偏，过密集小减速带时（赞比亚路上的减速带是用水泥砌成的高约40cm、宽约1m的小坡），雨刷有时会突然刷起来，后来才发现是震动导致雨刷挡杆自动开启所致。更要命的是还特别费油，每次和领导请示需要加油的时候我都不好意思，这油怎么用得这么快呢？传说中他国车不是很省油吗？

下面谈一下卢萨卡交通状况。赞比亚曾是英国殖民地，最大的贡献是对英语的普及，并建立了一套完善的设施管理及运行体系。不过并没有留下任何像样的欧式建筑，道路也是近年来大多由中国公司修建，原来基本上都是土路。赞比亚车辆为右舵，靠左车道行驶，实行英式行车及交通管理规则。卢萨卡红绿灯

很少，在没有红绿灯的十字路口也不会堵车，因为这里的司机素质都很高，一般一个方向过两三辆车便会停下来，让另一方向的车通过，如此交替，没有交警，完全凭自觉。在车流大的主要路口有大型转盘，转盘里面的车优先通行，所有司机都很遵守规则，因此通行效率比红绿灯路口还要高，从没见过转盘处堵车堵得水泄不通。还有一个不同于国内的地方是卢萨卡道路的主道和次道，主道车辆一般速度很快，即使在通过路口时也不减速，次道上一般有红色 stop（停）标志，次道车辆在进入主道行驶前，需先停下来观察，当附近主道上无车辆通过时才能进入主道行驶。总之，次道车辆不能影响主道车辆通行。一年来，给我的感觉是赞比亚的司机都很遵守交通规则，从不抢道，从不违规占用其他车道，即使对面很长的路没有来车，也不会有司机逆行占用对方车道。由于赞比亚道路大多是双向单车道，当你想超车时，前车司机往往会用车灯提示你对面前方有来车，不能超车，当无来车时，又会用车灯提示你现在可以超车，并主动降低车速。这太让人感动了。

在卢萨卡大型超市前均有大型停车场，从不收费，这在财政收入捉襟见肘的赞比亚是难能可贵的。有两次我在停车锁车后准备离开时被停车场保安喊住了，他竟然提醒我关好车窗玻璃再走！不收费还这么关心我这位国际友人，真是让人钦佩。

一篇文章，几天过去了，还没写完，才思枯竭。我狠狠心，拿出在冰箱里珍藏了一个星期的南非红酒，满满的倒上两杯，两口气喝完，看能不能才思敏捷，下笔如有神。

除了稀疏的几条主要道路外，卢萨卡郊区的许多道路状况很差。雨季的时候大坑套小坑，坑里积水，坑外泥泞，这可是真真正正的“水泥路”呀！一次去郊区 lilayi lodge（利拉以宾馆），让我真真切切感受到“水泥路”的威力了。导航给了一条近路，爬坑涉水，一路颠簸，一路险情，就在快要到达目的地的时候，为了让你更进一步感受到它的威力，给您留下难忘的回忆，一激动方向盘打得太猛了，让车子陷入了路边水坑里，怎么加油也出不来。苟队长一句责备的话都没有，而是第一个挽起裤腿，跳进淹没小腿肚深的黄泥汤里，指挥若定，大家齐心协力，想尽各种办法，使出吃奶的劲也推不出来，还弄了一身黄泥巴。在旁边干活的黑人小伙子主动过来帮忙，最后七八个黑人小伙子硬是把 15 座的小中巴车从泥水坑里给抬了出来，苟队长给了他们 300 元，一帮人高高兴兴地走了。当我们开车进入 lodge 大门的时候，所有人都被我们全身黄泥的景象惊呆了。我担心的事情并没有发生，lodge 的工作人员并没有阻止我们这些全身是泥、狼狈不堪的国际友人进入，工作人员还拿来了许多干净的浴巾，让我们坐在草坪上用自来水冲洗。

还有一次去郊区义诊回来的路上，队里一辆 SUV 为了躲避路中央的大坑，陷在了路边的泥土中，好在车子是四驱的，在队员的合力推动下摆脱了困境。让我们感动的是在一旁路过的一辆汽车，看到我们的车子陷进泥坑里出不来的时候，主动停下车准备帮忙，看到我们很多队友从另一辆车下来后才开车离开。对比起来，赞比亚的交通设施跟国内没法相提并论，但司机的素质极高，这确实值得我们国内的老司机们深思。

王正斌在赞比亚周日市场

再来谈谈我在受援医院的工作和感受吧。利维·姆瓦纳瓦萨综合医院又称援建医院，是中国政府无偿援建的，白色建筑，在大东路旁的一个小山岗上，外观看起来很漂亮。病床 170 张，内科住院患者多为艾滋病出现并发症（如肺结核）的患者，也有一些扩张性心肌病、心衰患者及高血压脑卒中患者。患者对医生非常尊重，临终的危重患者从不过度救治，几乎没有医师会正确使用除颤仪，患者家属都很平静地接受死亡，从没有医患纠纷。

门诊患者都很安静地排队，没有大声喧哗，没有加塞的情况发生。一年来，我用完了厚厚的 20 本处方笺。

赞比亚的普通老百姓是贫穷的，又是快乐的，我感觉他们从没有烦心事，对我们很友善，经常在路上有陌生的黑人扬起真诚的笑脸用中文“你好”打招呼。当我们开着有中国医疗队标识的大巴车出去时，总能引起路边黑人朋友的欢呼“Chinese medical team”。常年在赞比亚投资兴业的中资企业达200余家，华人30 000余人，赞比亚大部分的基础建设是中国公司在做。中国正在不知不觉中影响着非洲，影响着世界。

可能有耐心看完也细心的读者发现，文不对题，并不是全写的开车。不过没关系，又不是高考命题作文，荀队也不给我打分。有队友告诉我，老司机在现在是贬义词，当然我也知道，随着时代的变迁，老司机被赋予了新的含义。为什么还要用呢？主要还是因为新锋队友那篇10万多点击量的文章，让我压力山大，取一个有争议的题目，以“博人眼球”，提升惨不忍睹的点击量，仅此而已。

第三节　我在赞比亚坐大巴

作者：徐磊

2017年的春节，我和儿子远赴非洲，去看望在赞比亚执行国家医疗援助任务的老公。

为了这次远行，我终于学会了在手机上操作各种旅游APP，学会了在网上订机票、付款，谁说人过40不学艺，那是没把你逼到一定程度，当形势所迫时，你什么都能学会！当一切准备停当，顺利登机、转机、抵达，还没出机场就看到了机场外望眼欲穿等候的亲人们。毕竟在这里，中国人是外国人，黄皮肤在黑皮肤的映衬下也显得格外突出。回到医疗队在首都卢萨卡的驻地，厨师长梅师傅已经准备好了一大锅热腾腾、香气浓郁的牛肉汤为大家接风，熟悉的语言、熟悉的食物、熟悉的面孔，让初到异国的我们没有一点出国的感觉，我们沉浸在亲人团聚、朋友见面的欢乐中。

到赞比亚与老公团聚

幸福的时光总是过得很快，在首都休整两天后，我们准备启程去老公在赞比亚的驻点恩多拉。

恩多拉是赞比亚的主要城市，铜带省的省会。驻点有4位援助人员，点长是4人中唯一的女性，也是4人当中年龄最小的。别看年纪小，办起事来干脆利索，很有女汉子的担当。几天接触下来，我就开始凡事依赖这个点长妹妹了。返程的行程安排当然也是点长妹妹说了算。当我们急着想打听恩多拉的情况时，点长妹妹总是说，还是好好享受一下在首都的生活吧，恩多拉跟卢萨卡比，就是一个小乡村，条件也比较艰苦。小乡村?！不会吧，有号称全国主要城市的小乡村吗？不过反正我们也没看出来卢萨卡的首都担当，估计点长妹妹的话还是有几分确实吧。但是当点长妹妹说坐大巴回去，而且要坐5~6个小时的大巴时，我还是心里小嘀咕了一下。大巴空间小，行动受限，路途颠簸，时间长还有晕车的可能，5~6小时的车程估计不会很舒服。但是，转而一想，能和当地人一起坐大巴，体验一下非洲老百姓的日常生活，好像还真的挺有挑战性。

点长妹妹提前一天就开始给我们洗脑：“你们一定不要把大巴条件想得太好，五六十人一辆车，空调肯定是不开的，我们需要早点走，坐当天第一班，一是早上凉快一些，二是一般情况下第一班车发车时间比较靠谱。对了，汽车站人多车多，比较乱，很像我们20世纪八九十年代郑州的一马路长途汽车站，大家一定要看好自己的行李、注意安全。”“哦！好吧~”但是，我晕晕乎乎地想了半天也没想起来20世纪八九十年

代的一马路长途汽车站是什么样子。

转眼到了出发的日子，一大早，两家7口人，3个大箱子，N个小箱子、背包、拎包，浩浩荡荡来到“赞比亚的一马路长途汽车站”。泥泞的道路，成堆的垃圾，扛着大包小包、推来搡去的乘客，大声叫卖、见缝插针的商贩，高声鸣叫、左右突围的大客车，除了人的肤色是黑色的以外，好像真的跻身国内某个城乡接合部的长途汽车站，久远的记忆被瞬间激活，对即将开始的旅程也瞬间没了底气。放眼望去，没有找到售票大厅，只看到一个一个的小简易房，房子的窗户翻下、支起来，就是售票台子，门口支起的简易牌上可能写的有发车区间、时间，反正我也没仔细看，估计看了也不明白，全权交给点长妹妹处理吧。点长妹妹就地给家属“划了个圈”，严肃地交待：等着！然后和男同胞一起跑去找售票窗口。家属们老老实实地等着，对任何试图搭讪的商贩说“thank you”，同时接受周围人们好奇的目光。好像等了一个世纪才终于看到点长妹妹返回的身影。点长妹妹告诉大家，大巴6点发车，现在一块儿去找汽车，还有15分钟时间，虽然非洲的大巴一般不准点，但万一准点了，大家就惨了，所以行动要迅速。于是大家一起拖着行李跟着跑，点长妹妹边跑边给大家分了工，找到大巴车之后谁负责放行李，谁负责上车抢座，并特别交代，要抢最后一排，方便大家坐一起。找到车后，男人们在车下装行李，我立刻带孩子们上车“抢座”。其实根本不用“抢”的吧，最后一排根本没人坐，我圆满地完成了点长妹妹交代的任务，还多占了倒数第二排的两个连座，不免心里有点小得意。所有人上车落座安顿好后，终于可以喘口气，慢慢地等待发车了。对此我们是有心理准备的，以前在国内，大巴不也从来没正点过吗？所以，当汽车准点点火出发并直接驶上公路时，我不免长舒了一口气，感觉有点小确幸。

鲜花点缀的城市

摄影 雷颖奇

汽车在城市中穿行，点长妹妹给我介绍沿途的建筑，并不时提示我，这可是在赞比亚的首都哦，这是最大的商场、那是最高的建筑，其实我心里没有一点感觉，毕竟国内现在的发展已经可以用飞速来形容了，那最大的商场顶多也就跟住宅小区附近的大型超市差不多规模，跟市中心的超级商场是不能比的。那最高的建筑，在任何一个二线城市都不稀奇吧。所以首都……但是很快我就发现，卢萨卡的交通还是有独到之处的。首先，这里没有红绿灯，也看不到交通警察，十字路口都设计成了环岛。各类汽车虽然很多，但是就是不堵车。所有车子在直行道上开得很快，需要插入的车子会等在路边，等直行道上没车时，再快速切入。即使在市中心，车流比较拥挤的路段也没有人插队，没有人“别”车，按序驶入驶出，不禁让人叹服非洲人的规矩意识，同时也为国内的交通环境汗颜。

车子很快驶出城市，驶上“国道”。道路状况不错，当然也是援建的。车内果然没有开空调，只能开着车窗，好在赞比亚早晚温差比较大，早晨的空气清新，还有点小凉爽，我们又在最后一排，相对独立，没有跟当地人混杂，所以看看窗外的异国风景，享受享受国内少有的清新空气，欣赏欣赏DVD里播放的非洲民俗歌舞，感觉也蛮好的。可是随着车外气温的升高，车内空气也开始浓郁起来。车窗开着吧，空气可以对流，但酷热的风吹在身上并不好受；车窗关上吧，闷热的受不了。坐直了吧，累；歪着吧，腿没地方放。看看周围大块头的当地人，真想象不出他们是怎么塞在那狭小的空间里的。想想剩下的几个小时行程，外部气温会更高，车里估计会更不好过，心里不禁有点郁闷，同时也不禁暗暗庆幸，庆幸出发早，坐上了当天第一班汽车。虽然早上起床时，孩子们都是直接从床上拎起来的，当时还觉得有点不忍，现在看来那可能是最能忍受的事情啦。

3 个小时后，车子在一个中转站稍做停留，大家能稍微下车活动一下。我一边时刻“监视”着自己所坐大巴车的动向，一边随意逛了逛。有卖食物、饮品的小店，也有临街叫卖的小商贩，大多卖一些花生、玉米什么的。玉米都是女人们在路边支个小炉子现烤现卖的，看上去卫生条件堪忧，但抵不住一颗馋嘴的心，忍不住上去买了两个，一吃才发现，真的很好吃！从此上了瘾，只要坐大巴，就盼着路边卖烤玉米，过去买两个，能吃一路！玉米是赞比亚主要粮食作物，当地人会把玉米面做成很稠的玉米糊，沾菜汁吃，这种玉米糊还有个专有名词“希玛”，比国内的玉米粥稠很多，但是比馒头类的面食又稀一些。希玛听起来很好听，但是吃起来却一点也不好吃，对于有着忠诚“中国胃”的我来说，玉米面如果做成玉米粥或者蒸成窝窝头，都会比希玛好吃很多。

经过休整重新上路后，大家的精神好了不少，毕竟离“家”是越来越近了。半路上，有警察上来检查，对我们几个外国人当然要“重点”照顾一下喽，护照是肯定要看的，还要问问题，好在点长妹妹对答如流，而当年曾经拿到国家英语六级合格证书的我却听得目瞪口呆，一句也对不上。但是当看到一脸严肃的警察听到“Chinese doctor”表情明显放松，再也不为难我们时，我也牢牢地记住了这个词，知道了“中国医生”在当地人心中的地位。医生在当地本来就是受尊敬的职业，医疗纠纷几乎没有，但是“Chinese doctor”声名远播却是由于 40 多年来，一批又一批的中国援非医疗队不仅无偿将先进的医疗技术带到了受援国，还成功治疗了一个又一个疑难杂症，创造了一个又一个医学奇迹，得到了当地政府和人民的认可。而我作为一名援非医疗队员的家属，为老公能成为其中的一员而感到由衷的自豪和骄傲。也许，国内家里的老人病重需要照顾，孩子高考需要陪伴，但国家荣誉高于一切，国家需要高于一切，和国家这个大家相比，小家的一点点舍弃又算得了什么呢！大巴车重新开动，看着远方越来越近的城市，我的心也激动起来，那里有老公为我们准备的家，虽然简陋，但是温馨；那里有老公的事业和追求，虽然朴素，但是真挚；那里有一代又一代援非人的梦想和希望。

恩多拉，我们来了！

第四节　一万多公里之外的坚守

作者：程美英

与赞比亚卫生部官员在一起

三百六十五天前机场泪别亲人和祖国，怀着忐忑的心情踏上援助赞比亚的征程。赞比亚，到底是怎样的一个景象？未知的国度，未知的民族，未知的工作、生活环境，未知的心情，一切都是未知数……

经过三十多个小时的旅程，拖着大包小包的行李和疲惫的身躯，终于踏上赞比亚这块神奇的土地，大使馆经参处、华人代表及老医疗队员的热情接机让我们于万里之外感受到了祖国的温暖。赞比亚的蓝天白云给了我们意外的惊喜，火红的凤凰树，凄美的蓝花楹，艳丽的火焰树，还有许许多多叫不上名字却争奇斗艳的花草树木，在蓝天白云的映衬下，如诗如画，令人心醉，街头随手一拍，处处都是风景。首都卢萨卡居然就有大片大片的草地，让我们着实觉得奢侈，路边木炭、石块、蔬菜、水果等都是成堆售卖，简易搭起的小木棚子就成了临街旺铺，当然也有几个现代化的商场，超市，最让我们羡慕的就是偌大的停车场，所有停车场都免费。

位于非洲中南部的赞比亚是亚热带气候，蚊子非常多，疟疾流行，这是来之前队员最担心的，虽然准备好了蚊帐及防蚊液，还是经常被蚊子咬得半夜醒来，尤其傍晚，蚊子特别多，好几名队员都不幸患上疟疾，还好大家警惕性都很高，及时输液及口服药物治愈。还有一个传染病就是艾滋病在这里也是感染率非常的高，艾滋病合并结核最为常见，在这样的医疗环境中，最担心的就是职业暴露，尤其手术科室的队员，总是慎之又慎。除了传染病的预防，吃饭问题也是我们面临的最大问题，因为我们 5 名队员援助的医院离驻地距离较远，中午并不能回驻地吃午饭，所以一大早就得把午饭做好，带到医院，等到中午再加热一下，所以援助赞比亚一年的 365 天，我们吃了一年的盒饭，哪怕知名的专家教授也毫无怨言。

安顿好了生活，与赞比亚卫生部协调，尽快安排培训进入医院开展工作。我与另外 4 名专家所援助的赞比亚大学教学医院（university teaching hospital，UTH）是赞比亚最大的医院，占地约 80 公顷，直线距离约 1. 5km，拥有床位约 1 800 张，工作人员约 3 000 余名。UTH 从管理层又细分成 5 个院区，分别是成人医院，儿童医院，妇女新生儿医院，眼科医院以及卢萨卡护理学院。在 UTH 院区还有一个公立医院是肿瘤医院（cancer disease hospital，CDH）。在行政人员的带领下，我们首先熟悉医院。UTH 之初印象，除了医院之大，还有医院病房确实和国内有许多的不同，大大的病房以帘子相隔，病房里有患者专用的浴室，定点给患者送免费的希玛（Nshima，当地主食），虽然患者很多，却井然有序。简单参观一下医院，就入科开始工作。影像与核医学科是一个比较大的科室，仅机房就有 9 个，X 线机、胃肠透视机、CT、导管室和 SPECT，另外还有彩超机，唯一遗憾的是没有磁共振。主任办公室、医生办公室、技师办公室、读片室、教室、秘书办公室、工作人员休息室和培训中心等房间多得就像迷宫一样，虽然科室很大，患者很多，但是一点有没有嘈杂的声音，大家都安静地排队等待，偶尔会有幼儿的啼哭声。据说当地人是非常讲究的，即便是到医院看病也会沐浴更衣，穿上最好的衣服，所以在医院，会看到许多不富裕的人依然穿着洗得泛白的西服领带，擦得锃亮的皮鞋。经过和科室负责人以及相关工作人员的沟通，我负责 CT 诊断工作，经过了解，UTH 这么大一个医院，本科工作人员数十名，技师居多，居然只有 2 个影像诊断医生，一个是主任，目前在加拿大进修，还有一个来自乌兹别克斯坦的医生，目前在休假，现在负责诊断的是一个实习医生，看到我，就像看到救命稻草，她拿出了厚厚的一摞等着出报告的申请单，告诉我，这仅仅是头部急诊申请单，我随手一翻，2 个月前的头部外伤报告还没有出。就这样，入科第一天，就开始投入紧张的工作中，首先了解工作流程，他们是手写报告，交给秘书打印，然后秘书交给医生复核，无误签字发报告，有错误更正重新打印，有时候遇到粗心点的秘书，可能一份报告要三四遍才能完成，这太浪费时间了。第二天我就把自己的手提电脑拿到科室，开始自己打印报告，这样大大提高了工作效率，一天最多可完成三十多份报告。眼看着厚厚的申请单越来越薄，我的沉重的心情也变得越发轻松起来。除了负责 CT 诊断工作，还有参与科室 on call 值班、学生带教工作及外院片子的会诊工作。尤其是带教，确实是我们国内值得学习的地方，无论多忙，医院每天都会给学生安排讲课，从理论到实践，非常的正规，能让学生沉下心把基础打好。工作中，多与同事们沟通，遇到不懂的流程就咨询询问，很快工作起来得心应手，同时与同事们也熟络起来，每天工作之余，同事们之间还经常开开善意的玩笑，整个科室环境轻松愉快，我也经常被他们的快乐感染，很快融入其中。

说起来赞比亚人民，感触最深的是他们的热情。无论走在哪里，他们都会跟你热情地打招呼，仿佛就是熟悉的朋友，大部分当地人见到中国人都会开心地说“你好”。赞比亚人民还是一个快乐的群体，也许物质上他们不是那么富有，但是他们精神上却是大富翁，随时随地都能看见欢乐舞动的人们，也许在我们眼中一点不起眼的、无谓的小事就可以让他们非常快乐。孩子们自制的小玩具或者刻的木质手枪就可以开心地玩很久，当地的孩子最喜欢的运动应该是踢足球，他们会在荒草地把草打平，用木棍支起来当球门，一个简易的天然的足球场就是他们的乐园。

援外生活是非常单调的，工作之余，我们除了周末给当地居民、华侨华人义诊及购买日常生活用品外，很少外出，几乎都只能待在驻地，对亲人及祖国的思念，孤独寂寞，没有离家的人是永远也体会不了的。有时候难免会有负面的情绪，但是，总得学会调节，如何排遣，每个人都有自己的方法，有的队员运动健身，有的队员学习英语，队里也会经常组织一些乒乓球赛、台球赛等文体活动，丰富队员的生活。队员之间，更像是一个大家庭里的兄弟姐妹，互相照顾，互相体谅，互相扶持，平平安安度过这辛苦的一年。在这里也特别感谢包容我、照顾我、帮助我、开导我的队友，有幸认识你们，真好。

援外这一年，是辛酸的一年。远在万里之外的幼儿不能陪伴，年迈的父母亲人不能孝敬，错过了许多学习上进的机会，脱离了国内新知识、新技能，然而当看到当地患者因为我们的努力而得到更好的救治，当看到赞比亚人民对我们热情地竖起大拇指，当得到赞比亚同事及院领导的肯定和赞誉的时候，我觉得，这一年的辛苦付出是值得的。我们用真诚付出换得赞比亚人民的真心回报，于国家，我们为中赞友谊做出了自己的贡献，提升了中国及中国人在赞比亚的形象；于个人，援赞比亚这一年是成长的一年，丰富了个人生活的经历，结识了许多优秀的战友，跟各位教授学到了许多的东西，学会了如何更好的与人相处，人生观及价值观都受到了很大的影响。

我只想说，一万多公里之外的坚守，援赞比亚这一年，有经历，有付出，有成长，有收获，值得！

第五节 醉在非洲

作者：蔡琴

我们第 18 批医疗队任期马上就要结束，回国的脚步越来越近。回顾近一年的工作经历，我有欢乐和感动、汗水和泪水，以及面对非洲现状的无奈。一路走来，我没有豪言壮语，没有做惊天动地的大事，只有不忘初心，专注做事，使命重于一切，现拾起工作中的片段共分享。

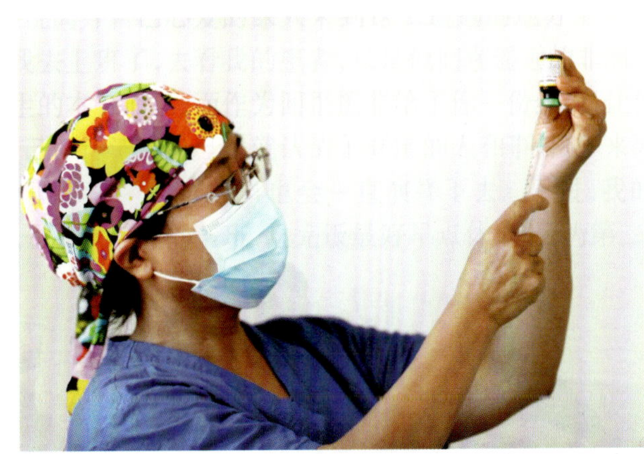

蔡琴工作在赞比亚

赞比亚人的“tomorrow”。在麻醉科工作需要每天更衣。我刚来上班，就与主任讲，想要一个更衣柜使用，他微笑着说“tomorrow”；第二天一上班，我见到主任非常高兴，相互热情打招呼，说想要柜子用，他仍然说“tomorrow”。一直到现在，我仍然没有要到一个柜子。一年来，在工作中我有什么要求和想法与他们说时，得到的仍然是一句“tomorrow”，但第二天见到他们就好像没有什么事一样。现在我太理解了赞比亚人了，对他们的拒绝也是一句礼貌的“tomorrow”。

赞比亚的慢节奏。来赞比亚工作生活十一个月了，还是对赞比亚的慢节奏难以适应。周二是骨科手术日，一早我看到排了八台手术，我想今天又是一个忙碌的日子，立刻准备物品和药品，为今天的麻醉做准备。九点钟接来了一台手术，因骨科主任还没有来，年轻大夫不能决定手术方式就把患者送回了病房。赞

4月28日离开家、医院，离别家人、同事，然后从郑州新郑机场历经13 000公里左右的飞行抵达赞比亚首都Lusaka（卢萨卡）机场的每个场景，几经转机，终于于2016年4月29日抵达赞比亚，并于5月12日抵达赞比亚南方省Livingstone（利文斯顿）市。回首这一年工作、生活中的点点滴滴，每个场景却又是那么清晰和难忘，相信在未来的日子里，一定会是一段非常美好的经历和永远值得回味的回忆。

记得刚到这个城市，有着太多的新鲜感，但更多的却是陌生和不适应，和老队员匆匆的不能再匆匆地进行交接后，就开始了一种全新的工作和生活，时时处处都是比较陌生的英语发音和四五种当地语的混合使用，彼此交流的双方总能感到相互之间非常迷茫和期待的眼神。5月16日周一在利文斯顿总医院放射科工作第一天，感觉完全蒙掉了，非常简陋的环境，完全开放式的CT机房（所有的CT报告都是在机房工作站上完成的），脏兮兮的办公桌上已经积压了将近3个月厚厚的一沓CT报告申请单。记得和科室负责人Mr. Sydney（悉尼医生）简单地寒暄了几句之后，还没有来得及开口说适应熟悉两三天后再开始写报告，他就"一盆冷水"浇灭了心中仅存的一点希望，义正言辞地说"You must start to write the CT report at once!"（你必须马上开始写CT报告），没有办法，只能硬着头皮开始工作，一边查字典，一边和科室实习医师沟通，现在还清晰地记得自己花费将近半个小时完成的第一份英文报告之后的情景，怎一个开心形容，现在想来，彼时应该是这一年中感觉最幸福的时刻了。完成了第一份，后边的就相对简单多了，专业知识没有任何问题，唯一存在的就是语言问题，经过大约半个月的适应之后，我已经能够快捷、顺利、准确完成放射科急、平诊影像报告的书写。

放射科科室医生工作内容烦琐、多样，涵盖包括普通X线、X线造影、CT以及外院MRI等多方面报告的书写，科室当地工作人员均为radiographer（放射科技师），除了中国医生，报告医师人数基本等于零，没有中国医生的情况下，放射科所有报告基本上是不发的。没有办法，除了工作时间（8:00—12:30，14:00—16:00）需要在科室外，晚上、周末及节假日随叫随到总是"on call"，一年内，已经记不清非工作时间总共来医院处理急诊报告多少次了，估计平均每个月总有10~15次之多，却从无任何不满和怨言。另外，工作中时刻提醒自己肩负的使命和责任，不仅代表自己，更重要的是代表国家形象，代表中国医疗队白衣天使的形象，保证所发出的每一份报告的医疗安全，并适时改进创新及帮传代教当地年轻医生，与科室同事和睦相处、密切配合，教会他们疾病的诊断要点及鉴别诊断。遇到疑难、罕见病例，积极主动联系他院或国内专家进行会诊，争取给出最优的诊断。重点医疗教学培训当地初级医师Dr. Muwala（马维拉）及多名实习医师，针对当地医疗现状及常见病、多发病，时时进行工作指导培训，重点是影像报告的书写，以及部分罕、少见病例的影像学表现及鉴别诊断（如前脑无裂畸形与积水性无脑畸形等）的讲解。密切结合当地医疗环境及疾病谱，认真完成每一份报告的书写，无一例责任事故的发生。科室负责人总是用"good english，good report"（表达很好，报告很好）来评价我的工作能力。制作专业幻灯（MSCT的基本临床应用）大范围讲课1次，参与小范围科室内专业讨论100余次。与此同时，还积极参与了多期当地华侨华人医疗服务工作，诊断、治疗方面给出本专业的中肯意见。

工作创新方面及时发现问题并沟通，迅速提出意见及解决问题的方法，如：①CT对比剂注射方案的优化，不同扫描部位对比剂用法、用量的改良，双通道注射对比剂等，之前CT增强扫描对比剂注射速度慢，触发扫描晚，血管对比剂浓度偏低，靶器官病变强化特征不明确，经过沟通，改进采用双通道注射对比剂方案，在不增加患者负担的前提下，明显增加了对比剂注射速度，扫描触发时间明显提前，特别是对于怀疑肺动脉栓塞患者以及肝脏需要多期扫描患者的图像质量明显提高，使得诊断更有把握，改进后，及时正确诊断肺动脉分支栓塞患者5例；肝癌20例，肝脏血管瘤8例；肾脏肿瘤25例等；②CT非标准扫描体位的后处理重建及重组，主要针对扫描视野小及危重症患者的CT扫描，经过改进采用大视野重建序列重建及后处理三维任意角度重组，观察更多扫描区之外内容，共意外发现肿瘤性病变约40例，包括肺癌、肾癌、腹膜后淋巴瘤、直肠癌等；③提高报告书写效率及发出时间，特别是急诊危重症患者，时间就是生命，患者扫描完成后由技术员将图像迅速传输至后处理工作站，两名医生分别阅读图像并协商给出一致诊断意见后，分别书写不同患者的报告。

工作之余，时刻不忘学习，每周定期在医疗点点长的组织下开会总结一周内的工作、生活及学习情况，并通过网络、电视等多种途径主动学习援外医疗队相关文件，以此来规范自己的言行，并积极向党组织靠拢，平时积极参加党员同志组织的学习活动，充分认识到党和国家对我们的关心和重视。还有积极向当地人学习语言、工作等诸多方面，融入他们，减少沟通交流障碍。与队友、同事关系融洽，并多次参加与院方及科室间的交流活动，虚心接受院方及科室的意见和建议并积极改进，提高自身能力，做到每一份影像报告都是最高质量的，对临床专业医生时常提出中肯的建议，为临床治疗方案的选择提供最大的帮助。

生活方面，医疗点4名队员齐心协力，锲而不舍，想方设法克服居住环境恶劣，如蚊虫、苍蝇、蚂蚁、蟑螂等许多“小动物”的困扰，生活物资相对匮乏等诸多困难。共同努力在楼下开荒种菜、浇水施肥，种植花生、中国洋白菜、辣椒、丝瓜、南瓜等，调节单调枯燥生活的同时，不仅部分解决匮乏的可食用物资又丰富了业余生活。与此同时，不忘积极参与体育锻炼，充分利用既有的锻炼设施，进行慢跑、快走、打乒乓球等丰富多彩的活动。

援外医疗工作，光荣而神圣，时时处处鼓舞激励着自己，愿意始终用我们的热情、智慧、努力和吃苦耐劳的精神服务当地医院。援赞医疗工作一年时间很短，我们已经圆满完成了医疗任务。回首过往，有酸甜苦辣，也有开心幸福，我们带来了许多，也在这里收获了许多。我们一点微小的付出，收获的却是心中永远的感动，充分赢得了患者、院方的信任和尊重。援助期间也曾出现并亲自处理过一些纷繁复杂的问题及严峻突发事件，如此许多已着实成为人生的一大考验，但始终坚信有各级领导作为我们队员坚强的后盾，保证了总能有一个良好的心态，抛弃一切负面情绪，冷静沉着面对所遇到的一切，尽我所能，做我能做的，成功的应对了一切。

在赞比亚这片相对贫瘠的土地上，我们全体医疗队员不辱使命，用实际行动始终践行着“不畏艰苦、甘于奉献、救死扶伤、大爱无疆”的中国医疗队精神，相信经过一批批中国医疗队专家们带来的诊疗技术和诊疗理念，赞方的医疗条件和医疗水平定能得到逐步的提高。

第九节　柴那玛山的春天

作者：张二伟

张二伟与赞比亚医师在一起

张二伟与治疗的小患者合影

一年前的四月，中国的春季，我们带着祖国的神圣使命，来到赞比亚，就安营扎寨在这个叫 Chinama hill（柴那玛山）的地方，中国医疗队的驻地。也许这就是缘分，这个地名与中国的英语 China 颇有几分相似，“ma”无论是中文还是英文都有母亲的意思。也许当时选址兴建这个驻地的时候，他们已经考虑了许久，终于选址在中国母亲山附近，好让我们这些远离祖国的游子，似乎还停留在祖国母亲的怀抱。

赞比亚全年四季如春，最热的雨季室内温度不过30℃，最冷的旱季也不过是10℃。初到赞比亚是这里的旱季，从中国的春季进入赞比亚的春季，这里繁花似锦，道路两旁的大树上都开满了鲜花，有红花楹、蓝花楹、还有火焰花。旱季整整6个月滴雨不见。随着10月份的第一场雨，赞比亚退去春装，进入雨季，

繁花落尽，进入果实累累的季节，芒果挂满枝头，牛油果也探头探脑，木瓜更是第一次看到，还不知道树分雌雄，而雄株不会结果。当地的医生还用木瓜丝敷感染伤口，治疗创伤。我查遍文献，未见相关报道，看来有必要深入研究一下。再次进入四月我们也进入回家的倒计时，再次进入春季。

第一次见到成群的赞比亚黑人是刚下飞机的机场，由于我们是政府派出，有赞方官员到机场迎接，出关还是很顺利的。一到驻地，看到我们的园丁，开始试探着用并不自信的发音与他沟通，还好他能听懂，我们出国前的培训总算没有白费。在这里不得不提到一位黑人朋友，Mr Tomas（托马斯先生），他是一名司机，4 个孩子的父亲，每个月收入大概有 1 600 元人民币。为人淳朴，他送我们到恩多拉看望队员，我多喝了几杯，呕吐了一夜的我不得不蜷缩在后排座椅上，在他的眼神里我看到了久违的那种关怀，感情恐怕是这个世界上最通用的语言了。

当你走在驻地的周围，当地的孩子会大方的给你打招呼“你好”，他们说的可是中文。在异国他乡，听到当地人说中文，那自然是格外亲切，这都是我们的前辈留给我们的礼物。

经过大约 1 周时间的准备，我们正式进入各自的工作单位，我是在中国援建的医院泌尿外科，这个医院总共有 170 张床位，这在赞比亚可是省级以上医院的规模。而国内我们科就经常有超过 500 名患者同时住院。院长是我的同行，前赞比亚外科学会的主席，Dr. John Kachimba，作风干练，为人一丝不苟。由于工作忙，我们出门诊的那一天他甚至要求患者早上 6 点就来就诊。在这里你真正体会到自己的博士学位没有白搭，就连开国总统都会在名字前面自豪的加上 Dr.。时至今日，我偶尔也会在前面加上 Dr.，虚荣心小小的满足一下。这里的医生简直就是小联合国，有英国、日本不同国家的志愿者医生，有当地的医生，有印度、乌兹别克斯坦的医生，也有勤劳的中国医生。日常工作顺利开展，门诊、急诊、夜班、查房、手术，都和国内一样，只是这里患者少点，患者艾滋病阳性率高点，根据我的统计，我手术的患者 35% 为艾滋病患者。我发现 1 个特点，70 岁以上的人基本上没有艾滋病，因为得了艾滋病很难活到 70 岁。在这里共计做了 118 例手术，也许这个工作量在国内是 2 个月左右的手术台数，其中最长的一位是年龄 91 岁患者的前列腺剜除，最小的是 2 岁孩子的疝气修补。职位最高的是为前部长两次手术。最惊心动魄的莫过于一例前列腺剜除术中出血 2 000ml，当费尽千辛万苦稳定患者后，我的衣服从内到外已完全湿透。曾经有人说，当你躺倒在手术床上，最不想让你死的一定是你的主刀医师。如果有一天我离开中国来到赞比亚行医，我想那一定是这里淳朴的民风和患者对医生的尊重打动了我。

与当地华人打交道最多的是我们的前辈们，他们来自医疗队，扎根赞比亚，取得了很好的发展。最为传奇的莫过于当时的大厨，在那个靠邮信互通信息的时代，他留守赞比亚，这一留守就是几十年，如今在赞比亚已经是根深叶茂。令我们感动的是他们的精神，中国家长重视教育的传统得到很好的保留，他们来到这里，孩子大部分到发达国家学习深造，大部分都取得优异成绩。另一个经常打交道的群体就是生病的华人，在赞比亚华人最头痛的问题恐怕就是生病。这里道路狭窄，路况不好，经常有同胞发生车祸，轻则重伤，重则失去生命。由于我的专业原因，经常接触输尿管结石的患者，在国内很容易处理。但是，这里没有碎石机，没有输尿管镜，我们能做的不多，大的只能开刀取石，小的就靠药物排石，看到同胞因输尿管结石痛不欲生，我觉得赞比亚急需更先进的医疗设备，也因此我们医院与援建医院合作建立了远程会诊系统，筹建腔镜诊断治疗中心，希望给他们带来世界一流的设备和技术。

来非洲自然少不了和疟疾打交道，初到赞比亚 1 个多月的下午突然发冷，接下来持续 4 天的高热，我第一次感到自己的生命受到了威胁。那一刻是多么的思念家人，人到中年，虽不说是家里的顶梁柱，但在我妈的眼中我想那一定是的。好在在队友们的帮助和治疗下我逐渐恢复了正常。发热期间我曾到医院检查，发热的我没有一点胃口，当地医生给了我 2 个水果糖，也许这是我能记起的最好吃的 2 个水果糖了。所以有时候不成功，不是你不优秀，而是出现的时机不对。当我追不到漂亮女孩时，总是这么安慰我自己，这 2 个赞比亚糖果再次给了我理论依据。当然，我早已过了追女孩子的青春年华，不过同样的道理我也许会讲给我儿子听。

理科生不善修辞，扯得有点远了。

一年很长，因为有 365 天要过；一年很短，因为你还没有过完这个春天，就结束了。

Chinama hill 的春天，每一天都是春天。我不禁又想起了伯父赠我的那首词中的一句话，“承云山下春常在，迈步更上一层楼”，是时候迈开这一步啦！

第十节 赞比亚之行

作者:赵琰桦

2017年的1月底,郑州小学放寒假,我就携幼儿和几位其他队员家属前去赞比亚探亲,一路上带着期盼和忐忑,飞到银川,再飞到迪拜,之后才飞到了赞比亚首都卢萨卡,路上辗转17个小时。时至今天,已经过去一年了,这一年里专注于柴米油盐酱醋茶,蓦然回首那里发生的种种已经变成了遥远的记忆了,但时不时有些闪光的记忆片段在脑海里浮起又沉下,时隐时现。孩子又放寒假了,偷得浮生半日闲,就把这些思绪记录下来,以飨读者吧。

中国小朋友与赞比亚小朋友在一起

赞比亚的气候

赞比亚共和国是非洲中南部的一个内陆国家,大部分属于高原地区。出发时,时值郑州冬天,雾霾正浓时,穿越赤道来到赞比亚,肺泡都兴奋了,感觉着它们都压抑了很久了,终于可以自由呼吸了。这里正是雨季的尾声阶段,空气非常湿润,天空蔚蓝,大朵大朵的白云飘浮在天上,感觉着就在半空。

彩虹之路　摄影　翁爱军

在那段时间里，几乎每天都在下雨，上午阳光明媚，洗的衣服刚拿出去，一会儿就开始下起雨来，只得赶紧收进来，虽然衣服大部分是晾干的，总觉得有点潮。更奇特的是，经常是出着太阳还下着雨。雨不会一直下，一般大约一两个小时就停了，然后依然阳光灿烂，还会经常看到彩虹，引得大家纷纷驻足拍照。我就小时候看到过彩虹，长大后就几乎没见过了。下雨似乎对本地人来说太正常了，下着雨也不急不慢在雨中漫步。

那里的晚霞也是让人难以忘怀。傍晚，天边大片云彩在日光的照耀下，有些火红，有些橙黄，加上云边缘的金光，和蓝天交相呼应，有种壮观的感觉。

赞比亚的人

到了之后我发现赞比亚兄弟们皮肤虽然黑，因地区不同，还是有深浅之分的。没去之前，老公说赞比亚是非洲最安全的地方了，不用担心。刚到驻地时，打理园林的艾利克斯和我闲谈，让我别随便出去，可能会有危险，可见他对他们的治安还是没信心的。驻地的三个黑人朋友还是比较友好的。我心里也没底，所以晚上没有集体活动，根本就不敢走出驻地。

这里的人基本信奉基督，因为以前是英属殖民地，所以这里官方语言就是英语。他们的头发很有意思，以前只知道他们是卷曲的，不知道他们天生卷曲，并且还长不长，所以中国的假发在那里很受欢迎。我很惊奇，我第一次得知他们头发不会长长的，听我这样说，当时有位队员很幽默地说我们认为他们的假发是真的，他们以为我们的头发是假的。

辛勤的赞比亚工人

摄影 雷颖奇

辛勤的赞比亚工人

摄影 雷颖奇

奉献的赞比亚工人 摄影 宋文瀚

中国人很是有忧患意识的,吃着今天的想着明天的甚至更长远的计划和打算。在赞比亚大部分人是享受今天的不管明天的,但我也看到了他们那种知足常乐的心态。毕竟经济落后,在路上经常看到有些人肩上搭件衣服,双手再展开一件,或者有人干脆就拿一双鞋子,或拿一串电话卡,在汽车等红灯时,走到车窗示意你要不要买。也时时在车窗处碰见乞讨的人。对待华人还是相当友好的,应该知道中国提供了不少的援助,另外中国医疗队长期驻扎,也让他们受益颇多吧。

赞比亚的物

得到充沛的雨水滋润,加上非洲肥沃的黑色土壤,一切都长得那么热烈、那么疯狂。一辈子也没见过长得那么高的草,竟然有两米多高,所以人们就把它晒干,用来盖茅草屋。我儿时也见过中国的茅草屋,是用麦秸秆做的,其道理应该是相同的。在国内,我们只听说过割草,顾名思义,就是弯腰用镰刀一把一把地割。然而在赞比亚,我看到的是当地人站着在那里抡起类似镰刀的工具在打草,不一会儿就打了一大片草,看着还怪省劲哩。

我们家属很有幸和队员一起得到华人朋友邀请去其庄园里参观。在那里,看到一种很奇特的植物,结出来像四季豆一样形状的果实,不同的是,这个个头也实在太大了,竟然像一把古代兵器宝刀,儿子拿着在那里耍着,爱不释手。

水草多滋生的蚊虫也多。天天房间里都有蚊子进出,即使进出立马关门,很奇怪是房间里依旧"嗡嗡"作响,不知它们是从哪个地方钻进来的。我们在出国前打了黄热病疫苗,还发了防止蚊虫叮咬的涂抹膏药,还有预防疟疾的青蒿素,但蚊子叮咬传播的疾病太多,所以心里还是很害怕的。能避免叮咬肯定要尽量避免了,所以我们用了两层蚊帐,其中一个是以前队员留下来的,就这样的双保险防范措施,有时在蚊帐夹层中还能看到蚊子爬行。因此,我们每天睡前总会拿上电蚊拍,四处找蚊子、打蚊子。好吧,这也算非洲的特色吧。

去利文斯顿的路上,看到路边的田地里时不时地出现一个个土堆,也不相连,而是隔一段距离出现一个,大小不一。土堆的样子很奇特,不是半球状,坡度很陡,很突兀地出现在平地上。我很纳闷,旁边都种着庄稼,为什么不把这小土堆给平了都种成庄稼呢,后来被告知那是白蚁的巢穴。当时脑子里一下浮现出曾经看过的地理杂志上的一个画面,倍感新奇的非洲原始环境生态。这么一大堆土丘,里面藏了多少的白蚁啊!它们竟然和人类能和平相处着。我想想觉得有点害怕。

肥沃的土地滋养了肥壮的动物。我们去了南卢安瓜国家野生动物园,晚上还在野生动物园里停留了一个晚上,那里有好几个 VILA(旅馆),供游客住宿体验。且不说成群的蚂蚁屋里屋外地爬,床上床下地钻,睡到半夜还听到一种动物在很近的地方嗷嗷叫,吓得我们也不敢说话,生怕它们破门而入。早上起来,VILA 的工作人员告诉我们说那是河马经过 VILA。VILA 就建在河岸,并且四周没什么围墙,完全和周围环境都是畅通为一体的。

还有一个好笑的事,是队员分享给我的。说一位华人朋友随手折了根树枝用来支黄瓜瓤子,结果是这根树枝也发芽了。让我想起国人形容东北黑土地的话了,"插根筷子都能发芽"。种种就证实一个事实,土地肥沃,物种奇特。

赞比亚的景

其实,在赞比亚所看到的人、物、天、地都属于景。我们也去了一些其他的景点,确实让人流连忘返,但在这里我很想单独说说,队里安排队员和探亲家属去的世界闻名的维多利亚大瀑布,很是震撼。从卢萨卡到利文斯顿一路上的风景也是美不胜收。

维多利亚大瀑布还有一个故事呢。1855 年苏格兰传教士戴维·利文斯顿(David Livingstone)抵达瀑布所在地,为第一个见到该瀑布的白人,他就用当时英国女王的名字来命名这个瀑布。后来人们为了纪念他使这里成为世界级旅游胜地,就把这个城市叫作利文斯顿。

瀑布在当地名字是"Mosi-oa-tunra"(莫西奥图尼亚),译为"雷鸣之烟"。我们到利文斯顿后不久,在路上绕着还没见到瀑布,早早就听见很大的"轰轰"声,根本不是喷泉河水那种"哗哗"声。见到瀑布

就知道为啥是“轰轰”声了，瀑布规模很大，非常宽，大约2公里，落差又很大，我无法目测，回来查资料显示约百米，这么大的瀑布只能用震撼来形容。有队员还给我普及地理知识说这个瀑布虽然规模世界排名第二（也有说第一），但是世界上水流量最大的瀑布。我们又是雨季去的，所以水流量更大，震撼程度更强。进入瀑布景区前，先得装备起来，大家纷纷穿上透明塑料雨衣，有的打着伞。进去出来变成“水人”后才知道，为啥门口人家在出租那种厚实笨重又难看的雨衣了，吃一堑长一智，后来进去的人听先进去又出来的人提醒，就租上雨衣，并且还要绑好，淋不透，吹不开。我们则是先进去的那批，还未靠近瀑布，就觉得天上一直在下雨，因水汽太大了，雾蒙蒙的，明明是大晴天，可水汽已经遮住了太阳，这里应该365天都在“下雨”，然而植物依然很繁盛翠绿，就像走在下雨的山中树林里。走到距离瀑布越近，雨下得也越大，并且空气流动也很快，总觉得风很大，所以打雨伞的人更悲催了，伞翻了，干脆不打了，任你风吹雨打，潇洒！我们则是雨衣被掀得高高的，鞋湿了不说，裤子也湿到腰部了，头发也湿了。还有戴眼镜的就甭提了，镜面上都是水，一片片白茫茫的。有近视的游客就更不方便了，不戴眼镜看不清远景，戴眼镜看不到美景，心里也是“窝火”呀。

其实在游览瀑布的前一天，我们曾在瀑布上游待过，那是一个VILA，很不错的休闲度假地。坐在河边，看着偌大一条河——赞比西河，在几百米外突然消失在一个断层里，有些水流还在某些地方形成一些涡流，水里靠近岸边也有些突出的土地，时不时有小鸟停留。最美的还是傍晚的太阳把余晖洒在河面上，波光粼粼，只见眼前突然消失的赞比西河的上空，水汽腾腾，遮住了半个天空，而这边则是晚霞四射，美不胜收。坐在椅子上，赏美景，听着萨克斯，美哉！言归正传，还是回到瀑布上，我们这个景点也正在瀑布正前方的山上，基本高度和瀑布持平，只见白花花的水流似万马奔腾之势飞泻而下，李白曾夸赞庐山瀑布“飞流直下三千尺，疑是银河落九天”，如果李白来这里会如何感叹呢！瀑布的水一股脑倾泻到下面峡谷里，而峡谷又很狭窄，水在峡谷里肆意撞击着岩石，在峡谷里沸腾，打着旋涡往前奔腾而去。瀑布的正对面，建了一座桥，桥下就是奔腾的瀑布流下来的水。瀑布落差有多大，这个桥基本就有多高，走在上面心惊胆战的，下面是百米深的悬崖，对面是轰隆隆的瀑布，那种震撼绝对来自于心底，时隔多年也是磨灭不去的。故作大摇大摆走上桥面，到了尽头又折回来，算是彻底看到它的真实面目，一眼千年，感叹大自然的神奇和鬼斧神工啊！回忆我们当时的处境记忆深刻，风飒飒，声隆隆，眼迷离，心惶惶，衣漉漉，脸上水自流，再加上孩子怕高哇哇叫，那真是手忙脚乱，心里滋味只有自己体会了。不过依然抓紧每分每秒，多看一眼是一眼。

走出“雨林”，又绕着瀑布边上一条小路，来到了赞比西河的断流处，前一日是远远地看，现在离这个断流处非常近，就在眼前。就在这时，看到了两道彩虹横跨在这边飞瀑与对岸的悬崖处，恰是两个赤橙红绿青蓝紫的同心圆令人叹为观止，这种奇景来赞比亚之前我是没有见过的。

赞比亚的事

我们在国内买东西，一般都是用秤称，然后按多少斤两算钱。而在赞比亚我发现了一个很奇怪的现象让我记忆犹新。这个国家常见的农作物就是西红柿、玉米，路边及市场上时常见到有人售卖，但他们在出售商品时是论堆卖而不是论斤两卖。西红柿四五个，或者七八个摞起来，一摞摞的摆在摊主面前，然后用纸写一个价格，那价格就是这一摞的价钱。他们还卖一种本地特产的水果，形状似核桃，可直接食用，也是用小盆装着卖，一盆多少钱。即便是木炭，他们也是装好的，一袋袋的，一袋多少钱。他们也有散装的谷物，具体是什么我不能辨别，但是他们在出售时却用一种容器来给他们（顾客）盛，和中国人用的“斗”作用一样，计量着去卖。不同的是，“斗”在中国已经淘汰不用了，而在这里那个东西还在继续发挥作用。

在赞比亚待了一个月左右，自然发生了很多事。毕竟每次过年都是冷呵呵的，在这里温暖如春天，有种错觉是没到春节过年。和国内亲人朋友的时差晚六个小时，所以各种红包都没抢到，好在，祝福收到了。大家在驻地就像一个大家庭，一起包饺子，其乐融融。队里还买来对联，买了些烟花爆竹，为过年增添一点年味。真的很感动，为了不让家属思念家乡，为了让大家过个好年，队里把每天的日程都给安排妥妥当当，让大家并不觉得无聊，一起嘻嘻哈哈出去，一起快快乐乐回来，每次出去大家就“拍、拍、拍”，回国后我手机内存已满，全是值得珍藏的非洲美景和赞比亚记忆的照片。在去卢萨卡动物园路上面包车陷到淤泥里，打滑出不来了，大家下车，男士们去推车，女士们看管孩子，给他们鼓励加油，大家在困境中也显得那么高兴，这也许就是以苦为乐的精神吧。说起车陷到淤泥里，我不得不说我们在南卢安瓜的事了，当地导游开着大型越野车带我们去找野兽，见到了成群的大象、斑马、长颈鹿，还有其他的小鹿，由于草木茂盛，狮子很少见到，所以热心的导游就带我们到处去寻找。因为雨季路上都是泥水，还有深深的车辙印，有的地方淤泥太深，以至于这台马力十足的大型越野车也陷进去了，导游兼司机尝试了很多办法都没成功，最后我们都下了车，男士们鞋袜脱了去推车，我们女士紧张地四处张望守护，生怕哪堆草丛里突然蹿出一头狮子来，刚刚还是很期盼，这会儿倒盼望着千万别出现了。还好，他们七手八脚地终于把车整出来了，男士们溅了一身泥水，我们也无心再找狮子了，就催导游打道回府了。只能说明一个道理，雨季不适合去看野生动物，这是经验之谈啊。

路边卖水果的女人　　摄影　雷颖奇

赞比亚现代气息的商场
摄影　雷颖奇

每到饭点，梅师傅就开始扯着嗓子喊："吃饭啦！"大家拿着碗盘筷子，说着笑着出来，有的端回房里吃，有的聚到会议室吃，那里大家可以一边吃一边聊聊天。就连小黄、小黑几条狗也闻着饭香跑过来，眼巴巴地在桌子下绕来绕去。难为梅师傅了，他每天变着法给大家改善伙食，竟然在异国他乡还能吃到羊肉汤、胡辣汤、花卷和油条，享受着家乡的味道，自感幸福无比。

晚饭后，就看见队员们还有家属们自发地在院子里顺着围墙绕圈子散步，大家几个一拨，边散步边谈论，或工作或生活或趣事。孩子们则在院子里撒野般戏耍着，不一会儿就是满头大汗，夜深了，大人便叫上孩子回屋歇息去了，院里顿时恢复了宁静。晚上可能是最热闹的时候了，因为白天大家都出门了，留着队长守着驻地。咋说呢，谢谢队长了！还要谢谢他们和她们，一切的一切，都记在心里了。

还有一件事，记忆深刻，就是卢萨卡华人大聚会时，我们一家三口竟得了两个大奖。看到华人能在这里艰苦创业、扎根发芽，一个个企业在这里发展很好，真的也为他们高兴。最后，本人不才献丑一首小诗，来描述下那次华人春节大聚会吧！

肥美黑土绿如茵，难阻游子华夏亲；
佳节团聚福不尽，血脉相通情相印；
满满酒香盛乡音，朝朝寸功医德馨。

第十一节 “慢漫”非洲生活

作者:王晓孟

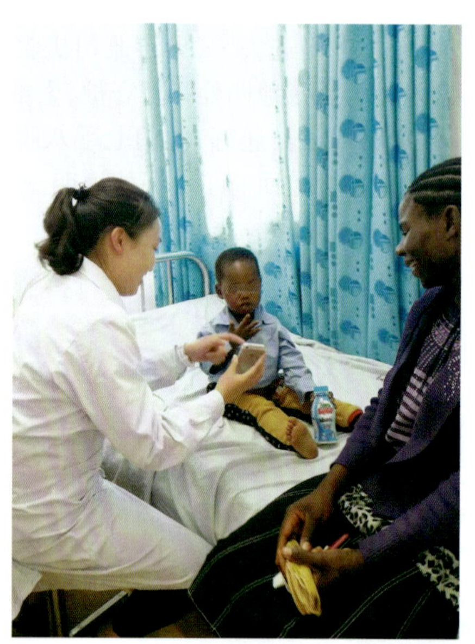

王晓孟与小患者在有效沟通

2015 年 6 月接到郑州市卫计委援外任务安排,9 月通过面试选拔之后正式成为中国第 18 批援助赞比亚医疗队的一员,开始参加出国前培训。通过 4 个月学习,在 2016 年 1 月以优异的成绩考核过关。在完成相关手续后,于 2016 年 4 月 28 日出发,前往赞比亚进行为期一年的援外任务。

没来过非洲的人,或者说没来非洲工作和生活过的人,永远不会明白在非洲生活和工作是怎样一种感受。

在到赞比亚之前,一提起非洲,我的脑海中便会浮现约翰内斯堡的钻石和枪支,泛滥的艾滋病,中部非洲的赤贫,北非宏伟的运河和金字塔,草原上上千公里的动物迁徙,亦或是乞力马扎罗山的雪,撒哈拉的沙漠等等,在我有限的认知中,非洲是一个集贫穷、疾病、战乱、野蛮于一体的大洲。然而如果不曾踏上非洲的土地,恐怕很难了解这块遥远、神秘的大陆正在发生什么;如果不曾与非洲人接触,恐怕很难想象生活在这片土地上的人们有着怎样的梦想和希冀。

刚来非洲生活和工作的人,往往觉得什么都是新鲜的。路边顶着箱子走的妇女,小孩子们露出白牙的笑容,路上跑来跑去的羊群,路边摊卖的各种水果,超市里稀奇古怪的本地食物,女孩们头上的假发,贫民窟的草棚,地里长的木薯,草原上跑来跑去的羚羊,地平线上出现的大象,马路边树上跳来跳去的猴子,窗外空地上开着的小花,还有非洲热情洋溢的 brother(兄弟)和 sister(姊妹),他们扭着身体节奏感极强地起舞和唱歌……

刚来的时候,看什么都是新鲜的,非洲的一切都是那么热烈,那么友好,那么阳光,这个地方比我们想象的都要好呀!然而事情并不是像想象中那么美好的。

慢 生 活

以前电视上看到的动物,总在奔跑、逃窜或捕猎,实际上,在非洲看到的动物,比如那些狮子真悠闲,都在懒洋洋地晒太阳。它们自得其乐,有它们自己的生活,在它们生活的自然里和谐相处。

非洲人的时间观念不强,感觉守时成了一种另类的教条。我想,这可能是“上帝”赐予非洲得天独厚条件的缘由。非洲地大物博,人口不多,树上有一年四季结的果实可以果腹充饥;赞比亚温度适宜,也不需要人们一年四季频繁地更换衣物。悠闲地生活，尽享大自然的赋予也不失为一种生活方式。没了再干，饿了才吃，饱了就小憩，再不就是漫无目的地溜达或者晒晒太阳、聊聊天、吹吹牛。看到这样的情形，中国人会感叹，非洲人真“懒”啊。然而在非洲，你必须遵守“非洲时间”——和非洲人约好的时间，需要再加上一小时或半小时，“不守时”在非洲是一种根深蒂固的观念。事情可以悠闲地做，为什么要和时间赛跑？“走得慢并不是到不了！”

南非俚语中，“非洲时间”（African time）就是“不守时”（unpunctual）。在西非，外国人将西非国际时间（Western Africa international time）缩写成 WAIT，嘲讽当地人不守时。在这里，粗线条的时间只有雨季和旱季之分，似乎完全不需要精确到分秒甚至日月。在非洲，仿佛一切事儿都不着急，一切事儿都“No problem. There is no hurry in Africa.（没问题，在非洲没有‘着急’二字）”。超市的收银员总是不急不忙，任收银台前队伍再长，还是不能耽误聊天；中国人在店里买东西，为非洲人算不出简单的账目急得跳脚，他们却还是不紧不慢地冲你竖大拇指；电话里说“I'm coming now（我这就来）”，这意味着恐怕你还要等几个小时……后来我们负责宣传的队友总结出了经验：凡是邀请当地媒体参加医疗队的活动，通知他们的开始时间提前至少一小时为宜。

有趣的是，在下班时间上，非洲人倒是很守时。在这里，让非洲雇员加班必须给钱或是做调班的安排，没有人会把加班当作美德。非洲人往往觉得中国人的勤劳是不可思议的。

漫　节　拍

非洲没有那么多剧场和演出队，天地就是他们欢歌狂舞的舞台，个个是本色演员，自娱自乐，其乐融融。非洲人极少有“过劳死”，对抑郁症似乎也很陌生。他们在慢节奏中把清淡的生活过得有滋有味，以欢悦、自在、不受物役的活法，展现了值得称道的生活理念。

这个世界上或许就是有那么一些地方、那么一群人，在他们的观念里，生活并不是一个需要被人为施力改变的进程。很多事情做得好就做好，如果做不好就算了；日子能过得宽裕点就好，如果不能的话就算了；能活着就好，如果不能活着也就算了。这些地方没有野蛮的斗志，也没有不息的欲望，没有打了兴奋剂般的拼劲，也没有不安本分的理想，甚至没有深入骨髓的爱恨情仇，不知紧张与压力为何物，生活的严重性几乎为零，保持着与现代社会的人性距离。

这段话初读时或许还带有些浪漫主义色彩，但是，对于在非洲真正与黑人共过事的人来说，这样的工作环境没有丝毫的浪漫可言，这里只有无穷无尽的心力操劳和水深火热的精神煎熬。当你在生活中、工作中接二连三遇到的都是如此不靠谱的事情，即使是脾气再好的人，都会被逼到忍无可忍甚至狂躁崩溃的地步。

在赞比亚办事的最典型流程是，一件在中国人看来一天可以完成的事情，当地人很可能要拖上好几个礼拜，周一说周二来，周二忘记来，周三有事周四来，周四终于来，磨磨蹭蹭没做完周五继续来，周五处理好了又出问题还得重来，休息日肯定不能来，等到下周再来，然后又是新的一轮，周一说周二来，周二忘记来……以此类推，循环反复，无穷无尽，生生不息。

留在赞比亚的前辈说：在非洲，耐心不是一种美德，而是生存下去的必要本领。委实如此，需要耐心并且有耐性。

非洲人下班时间一到就走人，决不加班，给多少加班费也不动心。医院毕竟是一个特殊行业，我们曾经好奇如果手术没做完，非洲同行会下班走人吗？然而我们麻醉科的队友告诉我，正常情况下如果快要下班了，他们是不会开始手术的，会一直等，等到接班的医生来了交给下个班的医生……不过现在嘛，因为有中国医生在，所以不管什么时候都可以开手术，因为有中国医生在！赞比亚有一个词很流行就是 tomorrow（明天），所有的事情都是要在 tomorrow 做的，不是 today（今天），而是 tomorrow，tomorrow 是非常重要的一天！

我想说的是，黑人开口可能没有准头，但绝大多并非有意欺骗，而确实是囿于整个思维方式与办事态度的限制。在黑人的世界里，时间的钟盘仿佛一块赌场里的转盘，结果是一个随机性事件，无从事前预测。

非洲生活

刚开始一个简单的工作，你交代了无数遍，结果最后你发现还是错的；你实在忍不住，朝着本地工作人员发脾气，人家大眼睛长睫毛无辜地看着你，让你再度无语。

到后来的后来：你的计划永远赶不上变化，计划泡汤了；你看到警察已经知道他要什么了，你是必须要满足的；面对同事开口问你要东西你已经习以为常了，你便会开玩笑说让他给你带点啥；你也不再大声和本地人发脾气了，因为你知道发脾气了也没有用啊，人家还是慢腾腾的按照自己的节奏来……

这个时候的你，已经非常淡定了，也学会了在非洲生存下去的丛林法则。你不着急了，因为知道了着急根本就没有用，在这里很多事情解决得用入乡随俗的方法，我们文绉绉的方式、人情的方式、口头协议的方式在这里完全是不适用的！

慢慢的你又重新发现非洲自有非洲的妙处，这蓝天白云和大自然的环境以及吃不完的新鲜水果，这点到国内可没有那么容易；这一年，还是遇到了很多好的非洲人，他们会在马路上和你真诚的微笑；他们会免费给你搭车；你说要走了，你的同事也会送礼物给你；你也被邀请到同事家里做客，参加各种家庭聚会；你还学会了一些本地的语言，你逐渐掌握了和他们打交道的方式，你又会开始觉得生活在非洲也是一件非常安逸的事情。

一个人的人生很长，这一年很短，你给了非洲一年，那么非洲会给你什么呢？这是一个只有你自己才知道的答案吧！

在漫漫援非路上，各行各业，有人把生命留在了这片人类的发源地，有人的孩子诞生在这片土地上；有人在这片土地上获得爱情，有人在这片土地上失去家人；有人在这片土地上悲哭，有人在这片土地上欢笑；有人在这片土地上失去一切一无所有，有人在这片土地上收获满满；有人恨这片土地，有人爱这片土地；然而，不管怎样，中国人对这片土地有不一样的情谊、不一样的动力，“慢漫”非洲生活也依然会继续……

第十二节 援外感想

作者：吕志排

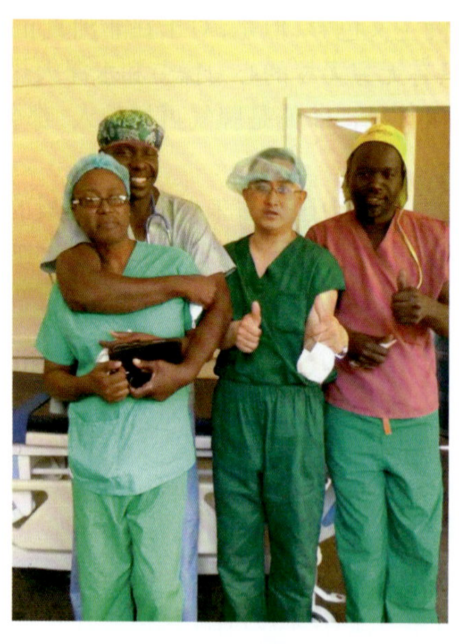

志同道合一家人

一年的援助赞比亚医疗工作很快就要结束了，回想从接受任务、培训、组队出发到这里的点滴生活和工作经历，感慨万千。能够参加国家任务是我的荣幸，领导的重托，家人的支持是我工作一年的坚强动力；

团队合作，集体主义观念，解决、处理各种问题和作为其中一个点负责人带领团队完成任务是我宝贵的财富；正确处理队友间的人际关系是我最大的收获；发扬伟大的援外医疗队精神是我以后生活工作的强大精神力量。

非洲赞比亚医疗所见所想

我所在的医院是距离首都500公里的利文斯顿总医院，据说是全国第三大医院，床位300张左右，科室设置相对齐全，医院面积宽敞，绿化环境好，从不堵车，患者也不像国内一样拥挤。

赞比亚实行全民医保，但是是相对低水平的医保，整体医务人员少，设备落后，缺医少药，诊断不明确，治疗不规范。

我从事麻醉专业，主管临床手术麻醉和ICU，接触手术患者和抢救重患者比较多，最大的感受是这里从没有医疗纠纷。

从我本专业来说，和国内有很大不同。麻醉前不用签字，手术和麻醉协议知情书同一张内容，也就简单一句话（有相关风险），由手术大夫提前完成。

术前检查很不完善，抽血化验也就有个血常规，从不查传染病项目，只能都当作阳性患者对待，很少有个肝功、肾功检查，重大疾病有个黑白超声结果，普通CT是最高级的检查项目，我这里没有MRI，甚至没有心电图（ECG）和其他部位超声，所以无论年龄大小，心肺情况全部一无所知。

这里没有电极片（首都也没有），手术监护仪不能检测心电图，只能有个BP（血压）和SPO_2（氧饱和度），两个麻醉机其中一个还是手控呼吸，设备很落后，患者使用的各种气管导管，消毒后重复使用。

麻醉药品缺少，主要的镇痛药——氯胺酮是主打产品，包用一切患者，维持主要靠吸入麻醉，无论大人还是小孩，手术后也没有苏醒室，所以必须等到患者恢复良好，稍微观察下没事直接送到病房。

我所在的医院没有病理科，所有诊断都是肉眼瞎猜，如果有需要病理的，标本送到500公里外的首都医院等结果，所以诊断不明确，治疗不规范也不精细。

所有手术都是开放传统手术，开大刀，和国内相比，没有内镜检查和微创手术，所以患者创伤比较大，感染和外伤患者比较多。

医生缺乏，所以这里外请了很多外国医生，印巴、津巴布韦、俄罗斯大夫比较多，没有心脏和胸外科，普外科医生能做基本上所有常见手术，有眼科手术和脑外手术，没有口腔和耳鼻咽喉手术。

也许这里医疗条件技术落后，这也是我们援非的需要所在。我们按照总队的要求，在正常工作的同时，有能力有条件的话，开展新技术、新观念培训指导，我给他们带来了新生儿、婴幼儿麻醉技术和管理，颈外静脉和深静脉穿刺留置导管方法，心肺复苏流程和规范等力所能及的指导。

按照总队的要求，中国医生的工作是无偿的，全天候的服务赞比亚人民还有华侨华人，有求必应，尽心尽力，手机24小时开机。一年来，手术麻醉400例，危重病抢救20余起，疑难病例讨论30多次，华人会诊、急诊、接诊治疗30余人次，带教学生3人次，on call班60多次，全年周日额外加班值班，忠于职守，忠于岗位，全力以赴，圆满完成任务。

做好援外队员和医疗点负责人

援外工作是一项特殊的任务，援外医疗是国家任务，政治任务，也是国家外交工作的重要组成部分。援外医疗40多年来，一代又一代前辈辛勤工作，无怨无悔，形成和实践了“不畏艰苦、甘于奉献、救死扶伤、大爱无疆”的中国医疗队精神，所以作为一名队员要从思想上高度认识此项工作的重大意义，党和政府主管部门选拔组建一批又一批医疗队，花费了大量时间和金钱，组织和单位给了我们很大的关心、照顾和荣誉，为了更好地管理和做好工作，主管部门调查研究后做出援外制度修改。一是时间上由两年变为一年，二是由多个地区组队变为一个地区组队。我们这批医疗队赶上了改革后的第一年，所以作为医疗队员还有什么理由不去好好工作，安心生活，踏实勤奋，努力完成任务！作为一名队员，服从管理，遵守纪律，严格规范，团结合作是基本的集体生活要求。出门在外不容易，特别是在贫穷落后的国家，生活上不攀比，不抱怨，更不能埋怨发牢骚，是一名队员应该做到的责任和义务。医疗队有四个点，总队根据专业要求和人员

岗位能力分配，让去哪就去哪，不挑三拣四，保持稳定、平常、平和的心态很重要，每一名队员都要顾全大局，党员干部更要起模范带头作用，发挥党支部的战斗堡垒作用在这里至关重要。

作为一名点长，基层医疗点负责人，就要付出多点，操心多点，奉献多点，这是总队和组织的信任和重托。时时处处公正公平，严于律己，起模范带头作用。生活上要对队员关心照顾，每一天每一件事都要落实到位；安全上时刻保持警惕，安全驾驶，安全生活，安全工作是总队要求的头等大事；顾全大局，不随声附和，有委屈自我调整，别人可以发牢骚说抱怨，作为点长，一定要及时发现问题解决问题，自己从不要情绪化，要心胸宽阔，凡事从不要斤斤计较。团结队员，心情愉快，关系融洽，完成任务是总队给我的要求；把握大方向，不能制造矛盾，还要善于解决小矛盾，高度重视小事，不让酿成大事，医疗队出了问题可能就影响很大，所以这点感受和体会使我受益匪浅，就是回国后也会指导我的工作生活和为人处世。

出国更加爱国

来到非洲，来到赞比亚，现实生活的对比才使我感受伟大中国的繁荣昌盛、安定团结、和谐进步，“出国更爱国”这句话深深植根于我的内心。一年来，医疗队思想政治教育和党建工作不断推进，加强党性修养，理论与实践相结合，特别是聆听了杨大使的党课，了解了中非、中赞历史脉络，战略意义，经贸发展史，政治制度对比，更加增强了爱党爱国心，也使我们更加坚定中国特色社会主义的道路自信、理论自信、制度自信、文化自信。

一点感想，一点收获，感谢组织，感恩第 18 批医疗队，让我们互道珍重，友谊长久。

第十三节 似水流年

作者：朱骊

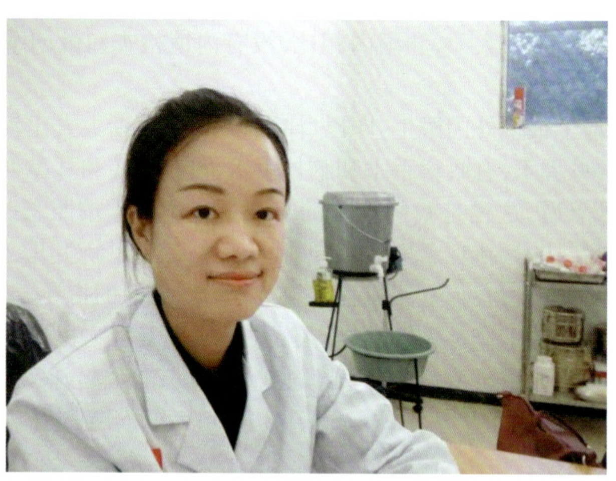

阳光灿烂的朱骊

人生不是百米赛跑，而是一辈子的马拉松，走出多少距离是我们自己来选择的。只要不放弃，就会拥有未来，就会创造生命的奇迹。霍金只有一根手指可以活动，医生曾经预测他活不过 20 岁，但他活到了今天（文章写于 2017 年），并成为世界上最著名的科学家、未来学家。

我们无法预测未来，唯一能做的就是在成长的道路上不断前进，克服一个又一个困难，不放弃才会出现生命的奇迹。德国哲学家费尔巴哈说过：人活着的第一要务就是要使自己幸福。只要我们每一个人努力去争取、去奋斗，我们就会享有自己的幸福。

人生也许就是这样，去掉了经历，去掉了情感波动，去掉了思索与拼搏，也许就剩下了一个躯壳，但至少可以要求这个躯壳简单地爱着这个世界，就已经满足了。

我们所受的教育、从事的工作，从来没有承诺我们会拥有“TOP 级”的物质生活，更多的是让我们无论在什么样的环境中，都不失德，都不丧志。就像保罗说的“我知道怎样处卑贱，也知道怎样处丰富，或饱足，或饥饿，或有余，或缺乏，随事随在，我都得了秘诀。我靠着那加给我力量的，凡事都能做。”北京大学前身燕京大学的校训亦然：因真理，得自由，以服侍。既然通过教育晓得真理，就得以自由，不追随世俗的潮流，而是努力去服侍和影响更多的人，让更多的人过上更好的日子。

知识给予知识分子最宝贵的能力也许是思想的能力。因为靠思想的能力，无论被置于何种孤单的境地，人都不会丧失最后一个交谈的伙伴，而那正是他自己。自己与自己交谈，哪怕仅仅做这一件在别人看来什么也没做的事，也足以抵抗很漫长的寂寞。

身居陋巷的颜回，只有粗粮清水，但快乐无比；宗教的苦行者，可以在极其恶劣的生活条件下感受到常人难以感受到的幸福。幸福本身不由你获得多少决定，而是决定于你感受到了多少。一盏灯，一把椅，一张桌，没有尘世的喧嚣与繁华，亦没有世间的人情冷暖，有的只是自己平实的心境。一个人的世界，静静的，悄悄的。平凡的生活，有着浓烈的烟火味道。回首那些逝去的日子，简单如同蜻蜓点水，轻轻地划过水面，没有荡起丝毫涟漪。如今，想要忆起，竟不知从何忆起。一片片、一簇簇、或浓或淡、或清或白，似缕缕祥云，轻盈飘飘，如行云流水，飘飘荡荡，在空中缭绕。

但愿我们都有那么一天，活成了自己想要的模样，让过去所有的狼狈与伤痕，都变成不辜负自己的勋章。

第十四节　人在赞比亚

作者：付军领

工作中的医疗队翻译付军领

每个人眼中的赞比亚都千姿百态。你很难用截然分明的语言去描述、判断一个民族，这里的人，像其他民族一样，展现了一种多面性。

赞比亚地广人稀，政局比较稳定。去年8月大选前后，虽有个别地区出现了一些小冲突，但整个国家并未发生严重的政治动荡或骚乱，环境相对安全。一般民众并无排外情绪，对外国人也很友好，超市里经常见到白人、华人像当地人一样推着购物车悠闲地挑选商品。

让人印象深刻的莫过于这里的市内交通。奇怪的是，卢萨卡（赞比亚首都）市内的街道两边没有修人行道，马路似乎专门是为有车族准备的。路两边很少有行人，偶尔见有人骑自行车经过，很少。在街上步行，须十分小心，路边供行人走的空间很窄，车辆就从你身边飞驰而过。出门没有车简直寸步难行。这里

的公交车都是小中巴，没有国内大城市里通常见到的大型公交车。曾经乘坐过这种小中巴，车主为了照顾生意，尽量揽客，里面常常塞得满满的。从外面看，小小一辆车坐那么多人，像要把车子撑破似的，实在令人惊奇。

在赞比亚开车是右舵左行，有红绿灯的路口并不多，在十字路口也没有交警指挥交通，除非有什么重大活动，但大家开车秩序井然，很守规矩。开车时，主道上车辆优先行驶，车速很快；辅道上车辆主动避让，需要转弯或并道时须等主道上车辆过去后才可以。每天早上七八点上班高峰和下午四五点下班高峰期间，马路上小汽车排起长龙，行车虽然慢了些，但一直在动；有时会出现拥堵，但不会持续很久，路很快就会畅通。在一个没有红绿灯的路口，你常常看到这样的景象：东西方向行驶的车过一辆或几辆后，后面的车会自动停下来耐心等待，让南北方向行驶的车辆通行，反之亦然，如此循环往复。看到此情此景，觉得太不可思议了：没有红绿灯，没有交警，路口竟然没有堵成一锅粥！

汽车避让行人。如果有行人从车前经过，汽车会减慢速度让行人先行。在一些小路口没有红绿灯，汽车不管从哪个方向开过来，如看到有行人要穿越马路，都会停下来让行人过去。如果你让他们先走，他们也会向你致意表示感谢。有时过路口，你不经意向后一看，有辆车就在你身后不知不觉停下，等你先过，他们也不会鸣笛提醒催促你快走。

春节期间家属来探亲，那天和爱人、女儿步行准备到大东路乘公交或出租车去 Arcades（阿克兹）周日市场逛逛。走到援建医院停车场，见有两三辆出租车在等活儿，就过去问价钱，正在讨价还价时，司机说你的朋友叫你。一回头，看见路边车里有人向我招手。走到近旁才看清是医院的工程师约瑟夫·穆潘迪（Joseph Mphande），问我们一家人去什么地方，我说去 Arcades，他说自己去 Manda Hill（迈德海），顺路，正好捎我们一程。路上，他说有他最喜欢的音乐愿意与我们分享，一听，原来是张信哲的歌曲，好惊讶！聊天中，才知道他去过中国，还想以后有机会去中国读一个本科学位。把我们送到 Arcades 时，他没有在路边停，而是开到停车场，在停车位停下，才让我们下车。挥手告别之后，与爱人不禁感慨万千！

路上要听到救护车呼啸而来，正在行驶的车辆会自觉向路边避让，腾出一条道来，让救护车通行。

如果出现交通事故，路上两辆车相撞了，没有人员受伤并且车还能行驶的情况下，他们会先把车开到警察局处理，而不是把车留在事故现场等候警察来拍照。这样做是为了不影响交通。在警察局，警察首先会要你出示驾照，然后将双方个人材料进行登记，分别问双方问题，要求陈述事故过程，进行记录，最后给出鉴定报告。双方回去之后准备驾照、保险等复印件，并带上警察的鉴定结果，上交保险公司，保险公司会找三家维修店让其报价，选出一家来负责维修。在一家超市门口，亲眼见到一辆车倒车时把后面的车给撞了，他下来查看，这时车主刚好从店里走出来。双方并没有争吵，而是用手机拍下事故现场和车牌，拿出纸和笔，好像是要留下电话号码，然后就离开了。

赞比亚人很友好。我们工作的医院离驻地一二里路，去医院办事有时步行就过去了。路上遇到当地人迎面而来，他们会友好地打声招呼，“Good morning！”有时还会听到一句中文，“你好！”

去超市买打印机墨盒，一看标价，五六百夸查，好贵！就问有没有便宜的地方售卖同样款式的，工作人员会建议你到附近什么什么商店看看，他们不会爱搭不理的。找到那家商店一看，是专卖店，价钱果然低了很多。

鞋掌开了，找到一家修鞋店。店主端着饭盒正在吃粥，我问能否把鞋粘一下，让他看了看情况，他说可以，你得等 10 分钟让胶水晾干。忽然想起事先没问店主粘鞋要多少钱，万一他漫天要价怎么办？想到此，就问店主收费多少，他说这是免费的（It's free）。我简直不相信自己的耳朵，又弱弱地问了一句：“Really（真的吗）？”他看了看我，笑着说：“Not for everything you need to pay（不是什么东西都要收费的）！”临走时，我还是放下 10 夸查，表示感谢。他笑笑说：“I'll buy talk time（那我就买电话费了）。”

也遇到过不一样的情形。我们有几位老师的手表需要换电池或者表盖里要清理。在一家药店找到一个修表师傅，他竟然说我们的表打开后盖后他没有工具给合上，推荐我们去一家表店看看。满怀着希望进去了，店员竟说换块电池要收 600 夸查，还不能马上换。这价钱足够买一块普通电子表了。摇头叹息！

路上不时碰到有人向你讨工作。他们会问：“Boss，do you have jobs（老板，有活干吗）？”，怕你听不懂，他们还用手比画比画干活的样子。当你摊摊手说，对不起，我不是什么老板，没啥活儿让你干，他们就走开了。小孩子会跟着你讨要一两枚硬币。在商店或在外面，有时会碰见小男孩问你要钱，“Money，money.”。想给就给，或者给他们水果什么的，他们就高兴地跑开了。也可以向他们笑笑，径直走过去，他们跟一段距离就走开了。不仅小孩，大人也会向你要钱，他们笑着，“Give me coins（给些硬币吧）！”“Sorry，I don't have coins（抱歉，没带硬币）！”他们笑笑，也不再纠缠下去。

这里贫富差距很明显。我们附近的黑人居住区里，路边有许多简陋的小摊和商店，卖蔬菜水果的，卖日常用品的，卖衣服的，卖木炭的，不一而足。那里熙熙攘攘，人来人往，在这里购物的是生活水平一般的人。我们很少来这里买东西，大多是乘车从这里穿过。平常周末出来购物，去的最多的是 EAST PARK，Arcades 和 Manda hill 这几个地方，这里有宽敞的停车场，这里的超市和卖场现代化程度不亚于国内。来这里购物的当地人，推着满满一车商品，刷卡消费，让你见识到赞比亚光鲜富裕的一面。

赞比亚的生活是慢节奏。请当地人吃饭，约好晚上 6 点，有时会让你等上半个小时、1 个小时，甚至更长。也有准时到的，但你请了五六个人，只来了一两个，也不是个事儿，只好聊着等着。一打电话，问他们走到哪儿了，回答总是这样，“I'm coming（快到了）！”。给你点儿希望，你以为就等十几分钟，结果可能是 1 个小时。有时一联系，他们说晚上来不成了，也不及时通知你。如果宴请女士，她们会问能否带着丈夫一起来。男士们来赴宴，常常西装革履，很正式的。他们在餐桌上品尝中国美食、中国白酒，非常赞赏。也很直言自己喜欢什么菜，不喜欢什么菜。最后，还愿意打包带走自己喜欢的菜肴，说回去让家人品尝品尝，也不觉得不好意思。这种愿与家人分享的心态，让人心里有所触动！

工作上也是如此。记得刚来时，卫生部说好上午 9 点派车过来接送我们部分队员到利文斯顿和恩多拉的医院去开始工作。约定时间到了，车还没到。打电话过去，回答你说“再过 20 分钟就来了”。等了半小时还不见人影，再打过去他反而说“别老催了，一定会到的”。等吧！等到 11 点，车终于出现了。

援建医院上午 8 点上班。在手术室，清洁工打扫房间要花 1 个小时。有手术的医生准时来到手术室，可是患者还没有推进来，有时要等上一两个小时才开始手术。骨科就一位当地大夫，他不来，手术就不能开始，而这位大夫总是姗姗来迟，有时到达手术室已是 11 点了。手术也可能会临时取消。即便是急诊，也会莫名其妙地耽搁很久。一天上午九点多在急诊科遇到一位遭遇车祸的女患者，右手手腕处粉碎性骨折，需要立即动手术。说是半小时就可把患者送到手术室，我们的医生就急忙赶往手术室进行准备，可左等右等也不见把患者送来。患者终于来了，以为可以安排手术了，可这台手术是临时安排的，要等其他手术结束后才会有护士等人手腾出来。眼见患者在手术床上就那样一声不吭地坐着干等，到下午 2 点手术也没开始。有手术的医生们常说，不怕安排多少手术，就怕老在那儿坐着空等。

几个受援医院麻醉科的医生们工作都很繁重。有时一个人要管理几个学生，学生会请假说出去一会儿办点儿事，然后……然后就不回来了，我们的医生不得不替他们看管手术。中午 1 点当地医生要来接班，可他们常常迟到半小时或 1 个小时，很不靠谱儿。

走进医院大厅，会看到来就诊的患者排队领取病历表，或安静地坐在长椅上等候，看不到人们交头接耳闹哄哄的场面，耳朵里听不到嘈杂的声音。护士按顺序叫患者进去看门诊。有时医生正看着患者，有急事儿被叫出去，要患者等一会儿，患者就会在外面等待。医生也许会去好长时间，但患者只是静静地等。

赞比亚人很注重外表形象，穿衣打扮很讲究，每天他们都会穿不同的服装。去卫生部办事，那里的男工作人员一律着西装领带，皮鞋锃亮。女士们着工装，戴假发，假发的式样经常更换。彼此熟悉了，他们也喜欢开开玩笑。如果你说一句当地的方言来夸奖女士：“你很漂亮！”“你很美！”她们会乐不可支。

第十五节　第 18 批医疗队离赞，医疗队精神延续

作者：申倩文/杜莉莎　非洲华侨周报

中国援赞比亚第 18 批医疗队共有 28 名队员，均来自河南省郑州市三甲医院，专业涵盖骨科、神经外科、普外科、泌尿外科、妇产科、耳鼻咽喉科、麻醉科、消化内科、心内科、超声科、影像科、中医科等。队员在利维・姆瓦纳瓦萨综合医院、赞比亚大学教学医院、恩多拉中央医院和利文斯顿总医院四个地点工作。

以上这段文字第一次出现是在 2016 年 4 月 29 日。那天，第 18 批援赞医疗队刚刚踏上赞比亚的土地，开始为期一年的援外医疗工作。而如今，时光如白驹过隙，转瞬即逝，这段文字的再次出现已经变成了与医疗队话别，一个个专业名字的背后多了援赞医疗的故事和脚踏实地的付出换来的收获。5 月 22 日，第 18 批援赞医疗队圆满完成援外医疗任务，告别赞比亚，启程回国。

过去一年中，他们屡次创新，开创多个"首例"；深入当地社区和中资企业，为赞比亚民众及侨胞进行义诊；以过硬的医疗技术为当地病患消除病痛，屡获赞比亚政府褒奖，为中赞友谊书写了动人篇章。

"随着一年的援赞工作到期，如今启程回国，心情既激动又复杂。虽然心里想念远在祖国的亲人，但在这一年的时间里，我和赞比亚侨胞及当地患者建立起了深厚的感情，对这份友谊恋恋不舍。"第 18 批援赞医疗队队员、中医针灸医师李莉莉说。

虽然现在每天到门诊室进行针灸、拔罐治疗的患者络绎不绝，但当初在赞比亚开展针灸医疗工作时，李莉莉可谓面临重重困难。"我刚到利维 · 姆瓦纳瓦萨综合医院工作时，那里没有专门的工作室，后来理疗科主任将理疗室中的一个小隔间分离出来作为针灸室，条件十分简陋。"她说道。

尽管有了针灸室，但在赞比亚人中间推广针灸仍是难题。当地人怕疼，看到针就紧张，对中医针灸疗法并不熟悉，于是李医生就主动推广针灸治疗，向患者解说中医原理。"针灸是传统中医学的一部分，它强调人体系统和经络的概念。经络是经脉和络脉的统称，相当于人体的通路。气血在通路上运行，当通路发生阻塞，人体经络不通，就会产生疾病。针灸就是通过刺激经络上的点，也称作穴位，达到疏通经络，让气血运行再次通畅的作用。针灸治疗后人体系统恢复正常状态，疾病就得到了治愈。"对于不熟悉针灸治疗的患者李医生耐心地解释道。

随着患者对中医针灸理念逐渐接受，体验到针灸治疗带来的益处后，前来进行治疗的患者也越来越多。"黑皮肤的赞比亚人、棕皮肤的巴基斯坦人、黄皮肤的中国人和韩国人以及白皮肤的俄罗斯人在我这个小小的诊室里汇成了一道独特的风景线。"李莉莉回忆道。

患者对她的信任更来自于她那神奇的"飞针"手法和显著的治疗效果。曾经，一位利维 · 姆瓦纳瓦萨综合医院女性职工的孩子淋巴结肿大，孩子母亲让其服用了抗生素后仍是不见好转，到医院做了病理切片后发现淋巴并无异常，就在他们急得不知所措之际，医疗队队员、耳鼻咽喉科医生高长辉介绍他们到李莉莉医生这里进行针灸治疗。经过李医生的 9 次针灸治疗后，孩子的淋巴结肿块消失了，孩子的母亲大呼神奇，不停地夸赞中国医生真棒！这些小小的事例让当地患者知道了中医针灸的神奇之处，诸如此类的例子不胜枚举。

李医生认为，中西医是两套不同的医疗体系，若各取所长用于临床治疗，病患会获得较好的治疗效果。"曾经有一位 28 岁的赞比亚女性患者，患有尿频 5 年，疾病让她饱受折磨，苦不堪言，她也曾接受过多种治疗，但症状依旧没有减缓。后来，她来到利维 · 姆瓦纳瓦萨综合医院接受针灸治疗。同时，理疗科的医生也对她的盆体肌肉进行锻炼。中西医疗法同时进行，经过 15 次的治疗后，她再未出现过尿频症状，多年顽疾得以治愈。这就是中西医结合治疗的案例。"李医生解释道。

虽然自己离开赞比亚了，但李莉莉希望一届届医疗队员能将中医针灸在赞比亚发扬光大，让当地人更好地了解中国传统医学。

过硬技术获称赞

在赞比亚大学教学医院（UTH）的手术室里，周辉正专心致志地看着显微镜里的组织结构，小心翼翼地分离、钳夹、电凝、刮除，步骤精准。"肿瘤全部切除，正常垂体组织保护良好，止血过程顺利。"一旁的医生欣喜地说道。通过显微镜看到瘤体切除后的创面十分彻底，时任赞比亚大学教学医院的副院长齐考亚连连称赞。患者也在麻醉师的看护下很快恢复意识。

这是第 18 批援赞医疗队队员、神经外科医生周辉在赞比亚开展首例神经外科显微手术时的场景。手术患者是一名 52 岁患有"垂体瘤"的赞比亚男性。患者曾准备去印度接受治疗，但当得知赞比亚大学教学医院引进了手术显微镜，加上有精通神经外科技术的中国专家在这里工作时，他决定在本国进行手术。周辉果真没有令他失望。

周辉所在的医院是赞比亚最大的教学医院，患者多，医生少，医疗条件差，国内一些比较普通的病例在这里却变得复杂起来。尽管如此，他依然克服了医疗设备简陋的困难，完成了很多复杂的神经外科手术。

除了周辉，第18批援赞医疗队还有其他身怀“绝活”的医生。去年12月，医疗队队员、耳鼻咽喉科医生高长辉曾在利维·姆瓦纳瓦萨综合医院实施了第一例支撑喉镜下手术，这次的病患是赞比亚电影明星马普兰伽。当时这位明星的声音已经嘶哑了好几个月，在赞比亚大学教学医院接受了多次药物治疗仍是不见好转，于是专家将他介绍给了在利维·姆瓦纳瓦萨综合医院工作的高长辉。

经过诊断，高长辉决定为患者实施手术。手术室里，高长辉手法娴熟地切除了生长在声带上的息肉病变。手术第二天，这位明星就找到了患病前声音的感觉，现在已经完全康复。

同月，高长辉又采用妇产科的光源和显示系统，开展了利维·姆瓦纳瓦萨综合医院的第一例内镜直视下双侧鼻息肉切除加鼻窦开放手术，术后患者完全康复，再次开创赞比亚先河。

第18批援赞医疗队的每位队员都兢兢业业，履行着各自的岗位职责。门诊、查房、手术、急诊、写报告、与院方沟通等各个环节一丝不苟。队员们以精湛的医疗技术和敬业的精神服务病患，得到了赞比亚人民和在赞侨胞的交口称赞。

远程会诊是亮点

2016年7月22日，在第18批援赞医疗队的牵线下，中国-赞比亚远程医疗会诊中心在由中国援建的利维·姆瓦纳瓦萨综合医院正式成立。远程医疗会诊中心将姆瓦纳瓦萨综合医院和河南郑州大学第一附属医院相连接，双方可以通过远程医疗系统进行会诊，实现异地专家与患者、专家与专家的面对面交流。

同年9月，利维·姆瓦纳瓦萨综合医院正式迎来首次中赞远程医疗会诊，赞方时任院长卡钦巴、副院长奇鲁巴与郑州大学第一附属医院的医疗专家通过远程会诊系统为患者诊治，给出诊断意见。

2017年3月7日，郑州大学第一附属医院神经外科主任刘献志通过远程连线向利维·姆瓦纳瓦综合医院的中赞医生直播了摘除患者颅内血管瘤的手术。值得关注的是，这是中赞首例微创手术直播。

赞方医生评价说，远程手术直播意义重大，它颠覆了一直以来的手术观摩学习方式，打破了时空限制，让本地医生也可以“现场”学习远在中国的医生进行的手术，节省了学习成本，提高了学习效果。

据统计，除远程医疗系统外，第18批援赞医疗队共向受援医院和当地卫生部捐赠了价值近百万人民币的远程医疗会诊设备，以帮助赞比亚提高医疗服务水平。

服务当地群众获政府嘉奖

过去一年中，第18批援赞医疗队热心公共服务事业，深入赞比亚基层社区、乡村和孤儿院，为当地居民进行义诊，并捐赠了价值数万人民币的物资。在关爱赞比亚当地人的同时，医疗队也到中资企业开展了多次免费义诊活动，受益侨胞近千人。

此外，医疗队还积极促成“中赞腔镜中心”援助项目。待项目正式落地执行时，利维·姆瓦纳瓦萨综合医院将引进最新的腔镜诊疗技术，提升医疗服务水平。

过去一年中，第18批援赞医疗队积极投入到受援医院的医疗管理和医疗工作中，共接诊门诊患者1.2万余人次，完成手术病例1 500余例，麻醉病例1 800余例，抢救危重病患200余人，开展创新项目30余项，带教指导学生400余人。

2017年5月1日，在赞比亚“五一”国际劳动节纪念活动中，中国第18批援赞医疗队被授予五一劳动奖章，赞比亚劳动与社会保障部部长乔伊斯·西姆科克亲自向他们颁发了证书和奖杯。同年4月，赞比亚卫生部向医疗队全体队员颁发了荣誉证书，并授予他们“健康大使”的奖章，以表彰医疗队为当地卫生事业发展做出的突出贡献。

当地同事这么看

“第18批援赞医疗队的队员很好地融入了当地医院，他们英文流利，和当地及外籍医生交流顺畅；医疗技术高超，带来了很多先进的医疗理念，我从中受益良多。”利维·姆瓦纳瓦萨综合医院耳鼻咽喉科的外

籍医生卡玛拉斯这样说。

妇产科主任马卡萨说，第18批医疗队是一支优秀的医疗队伍，每个医生都可以说是所在领域的专家。他们不仅医术精湛，能迅速处理紧急医疗事故，更能大胆创新，开创了援赞医疗工作新局面。

在中赞医疗合作方面，马卡萨说，作为一个国家，赞比亚的很多医疗领域都应该得到强化。因为世界医学每天都在进步，但是赞比亚的医疗水平却远远达不到先进水准。若中国能帮助赞比亚推动专业医疗领域的发展，赞方将不胜感激。

理疗科代理主任罗伊斯·姆温雅回顾说，第18批医疗队积极投入工作，勤奋努力。中国派遣医疗队这样的中赞医疗合作方式让赞比亚受益匪浅。中国医学发达，医生经验丰富，希望这种合作能够继续。她也建议赞比亚政府加强医疗基础设施建设，培训和雇佣更多医生和医务人员。

援赞一年感受如何？医疗队队长这么说

第18批援赞医疗队队长苟建军表示，在过去一年中，医疗队帮助赞比亚构建了远程医疗会诊系统，这是最有意义的事情。远程会诊系统弥补了技术缺陷，即使医疗队离开赞比亚，郑州大学第一附属医院仍可向受援医院进行手术转播，开展远程培训等项目，这对医疗队与受援医院建立持久联系提供了很好的平台。在服务华侨华人方面，在赞侨胞可通过远程会诊系统与郑州大学第一附属医院的专家预约时间，进行疑难杂症的诊断。同时，医疗队从国内带来的心电图、彩超等医疗设备将继续留在赞比亚，服务侨胞。

自1963年中国向非洲派遣第一支医疗队至今，中国累计向50个非洲国家派遣援外医疗队员2万名，诊治非洲患者近2.1亿人次。中非卫生合作是中非合作的重要组成部分，为中非友谊书写了浓墨重彩的一笔。习近平主席曾高度评价援外医疗队工作，并提炼总结出了崇高的中国医疗队精神——不畏艰苦、甘于奉献、救死扶伤、大爱无疆。中国医疗队精神激励一代又一代医疗队员不懈奋斗。

如今，第18批援赞医疗队离赞，第19批援赞医疗队接过接力棒，继续发扬中国医疗队精神，为当地患者和在赞侨胞服务，谱写中赞友谊新篇章。

第十六节 “健康丝绸之路”的援非“河南版”（节选）

作者：闻有成 新华网

在长达半个世纪的时间里，从撒哈拉沙漠到维多利亚大瀑布，从乞力马扎罗火山到东非大裂谷，中国医疗队像珍珠般洒落在非洲大地，为受援国人民带来健康福祉，树立了一座座人道主义的丰碑。

2017年1月18日，随着《中华人民共和国政府与世界卫生组织关于“一带一路”卫生领域合作的谅解备忘录》签署，促进与“一带一路”沿线国家等重点合作伙伴开展合作，携手打造“健康丝绸之路”，推动人类命运共同体可持续发展，成为推进全球健康促进发展的重要里程碑。

在“一带一路”建设热潮中，去年4月，由郑州大学第一附属医院副院长苟建军教授担任队长，并带领由博士、硕士、高级职称等28名队员组成的中国援助赞比亚第18批医疗队，不远万里，来到了非洲的赞比亚。

在中国援赞比亚第18批医疗队队长苟建军的带领下，这支医疗团队不忘中国政府的嘱托，以提升中国同“一带一路”沿线国家赞比亚人民健康水平为主线，用精湛的医术赢得当地人民的称赞。在“健康丝绸之路”上，谱写了“不畏艰苦、甘于奉献、救死扶伤、大爱无疆”的精神，树立了中国人民热爱和平、珍视生命的国际形象。

365天屡屡创新，开创出多个“首例”，中国援赞比亚第18批医疗队，让患者们对中国医生有了一种依赖感

UTH医疗点的点长李甲振是郑州大学第一附属医院的骨科党支部书记、教授，他以身作则，身先士卒，积极参与受援医院的疑难病例会诊和学生带教工作，只要科室遇到复杂手术，当地医生都会邀请他上台指导,他从不推脱。

利维·姆瓦纳瓦萨综合医院队员王玉州来自郑州大学第五附属医院,年龄已经58岁,功名利禄早已经看淡,他撇下心脏安装有起搏器的患病妻子,毅然决然来到赞比亚,勤勤恳恳工作在临床第一线。回国后他就要退休了,当问他这把年纪为啥还来这里吃这苦,他的回答很直接:"国家需要我来这里。"

充分发挥中国医疗技术领先的优势,给赞比亚输送优质医疗公共技术,通过国际合作平台,造福于"一带一路"国家人民健康

如今,中国医疗队在赞比亚名气很大。赞比亚原某部部长邀请医疗队专家到家里为她诊治;赞比亚最著名的UTH医院时常派中国医生到其他医院去会诊或手术,因为中国医生的技术能够代表他们医疗的地位和水平;赞比亚的医学影像诊断医生奇缺,中国派来的诊断医生在这里便成为了香饽饽;麻醉科最具风险的新生儿手术中国医生上,困难气道插管在中国医生的熟练操作下立马搞定;全赞比亚的疑难心脏彩超会诊基本都要到中国医生工作的利维·姆瓦纳瓦萨医院做最后的确诊。

2016年6月15日清晨,医疗队妇产科、麻醉科蔡琴在手术室看到赞比亚医生Dr. Mwanza正在做的手术出现异常,刚娩出的新生儿出现窒息,躺在手术台上的产妇血压陡降为零,她们马上上台帮助救治。她们以精准的判断、密切的配合、熟练的操作和丰富的救治经验,最后成功挽救了母子的生命,这是一例死亡率极高的羊水栓塞病例。

2016年9月21日,利维·姆瓦纳瓦萨综合医院内科病房收治一例室速并心源性休克中年女性患者,全身湿冷,意识模糊,需立即行电复律治疗。赞方医师在此之前从未应用过该项技术,拒绝操作;另外医院唯一一台除颤仪也没有配备必需的电极片。王正斌副教授亲自操作,土法上马,他要来生理盐水和纱布,用刀片把盐水浸湿的纱布切成小块,放在患者皮肤和监护电极之间,用胶布固定,两个电极板分别置于心底部和心尖部同时放电,患者很快症状消失,转危为安。

援建中国-赞比亚远程医疗会诊中心,实现跨国专家与患者、专家与专家的网上交流,让现代信息技术在非洲留住不走的中国医疗队

将大爱洒向非洲。中国第18批援赞医疗队在"健康丝绸之路"上的援非"河南版",为中非友谊书写了浓墨重彩的一笔。

第18批援赞医疗队队长苟建军更不会忘记:在出发前的欢送会上,河南省卫计委主任李广胜对医疗队给予了殷切的厚望;郑州大学副校长、郑州大学第一附属医院院长阚全程提供60余万元医用物资装备医疗队;河南省卫计委副主任王良启时刻关心着医疗队的工作动态。为医疗队援非注入强大的动力和不尽的源泉。

第十七节 讲党性 为中国医疗队添彩增辉

——中国第18批援赞医疗队党建活动纪实

来源:党建之窗

第18批援赞医疗队在上级主管部门的正确领导下,始终坚持发挥支委会的战斗核心作用和党员的先锋模范带头作用,全体队员团结一心,凝神聚力,以饱满的热情、硬朗的作风、创新的精神、无私的情怀,勤勤恳恳地奋斗在异国他乡,为赞比亚的医疗卫生事业和赞比亚人民的生命和健康做出了应有的贡献。中国驻赞比亚杨优明大使对医疗队的表现给予了充分肯定,并做了亲自批示:"对医疗队的优异表现提出表扬,希他们再接再厉,发挥技术经验优势,为赞比亚人民提供一流的医疗服务,进一步提升中国医疗队名声,为中赞友谊立新功。医疗队总有不少感人事迹,建议找时间请他们来讲讲他们在赞经历,作为党建活动的一项内容。"

一、制订实施方案 把党建工作定格在援外工作主题上

第18批援赞医疗队共有28名队员,其中党员13名。医疗点比较分散,党员分布不均衡,首都卢萨卡驻地有党员9名,恩多拉2名,利文斯顿2名。

支委会结合医疗队实际情况，制订了《第18批援赞医疗队党建工作实施方案》。方案以党的十八大、十八届三中、四中、五中全会精神和习近平总书记系列讲话精神为指导，以切实增强“四个意识”，大力倡导先锋引领作用，努力践行“不畏艰苦、甘于奉献、救死扶伤、大爱无疆”的援外医疗队精神为工作重点，着力加强思想、组织、作风、党风廉政和制度建设，为圆满完成援外工作目标，增进中赞友谊贡献力量。方案与国内正在开展的“三学一树”活动有机结合，通过“四个一”活动，即每月召开一次党员会议、每月学习一次党章、每月开展一次谈心、每月写一篇心得体会，统一党员干部思想，提高党员干部的觉悟，凝聚党员干部合力，为援外医疗工作做好思想和认识上的保障。加强党小组建设，针对基层医疗点党员人数少，不便开展活动的具体情况，方案根据党章规定，明确可接纳在赞老医疗队员中的党员组建党小组，完善组织架构，对党小组规范、常态开展活动奠定了基础。

二、丰富活动内容 把党建工作落实在“学”“做”上

援外工作对于医疗队员们来说都是一个新的挑战，陌生的工作环境，简陋的医疗条件，贫穷落后的生活状态，传染病的肆虐和威胁，远离家乡的孤独和寂寞等，无时无刻不在影响大家的心态、情绪和工作。怎样带领全体队员以良好的状态、积极地热情投入到援外医疗工作中去，怎样舒缓队员们的心情、营造和谐温馨的团队生活，是支委会持之以恒要做的艰巨工作。

集体决策，凝聚力量，充分发挥党支部的战斗堡垒作用。党支部坚持每月召开一次会议，各医疗点汇报阶段工作情况，支部书记布置近期工作任务，做到工作有计划、有方案、有落实。大事集体决策，难事共同协商，一切从援外工作出发，时刻关注队员思想动态，把问题解决在当下，把矛盾处理在萌芽，着力营造风清气正、干事创业的支部生活和工作环境。

统一思想，提高认识，保持和发扬党员干部的先锋模范带头作用。切实落实“四个一”活动的组织和实施，定期组织党员干部学习理论，学习党章，学习党的路线、方针和政策，交流学习的体会，总结工作中的得失对错，用党章、党规激发党员干部的积极性和主动性，约束和规范党员干部的举止行为。

开展“重温入党誓词活动”，时刻牢记作为一名党员干部的责任和义务，不断提高党员干部的政治觉悟和党性修养，培养大家的大局意识、团队意识和奉献意识，增强大家的集体感、使命感和荣誉感，不忘初心，继续前行。学党章、知政策、写心得，按照“照镜子、正衣冠、洗洗澡、治治病”的要求，每个党员每月都要“对照党章谈体会，对照党章看工作，对照党章找不足”。吕志排、付军领在写的工作体会中，认真梳理了参加援外工作以来的点点滴滴，把远离故土的得和失，从作为合格一个党员的高度去剖析，端正思想，信心满怀。李甲振、程国凌、王玉州、李新锋、朱骊、程美英，把党章学习与自身的工作相结合，领悟到作为一名优秀党员在援外工作中应站的高度和应发挥的作用。杨蕾、张洋、高长辉、魏海军抄写党章，一丝不苟；支部书记苟建军用毛笔书写党章细致认真；通过抄写党章深刻理解党章每字每句的真谛和内涵，使自己的觉悟得到提高和升华。

开展与队员谈心活动，充分发挥党员干部在医疗队中的表率和引领作用。主动了解队员思想动态，及时掌握队员在工作中遇到的困难和问题，注重人文关怀，用正确的思想、良好的行为、务实的作风，去影响和带动全体队员，使全体队员能够始终保持积极向上、态度端正、精神饱满的工作热情，投入到努力完成援外医疗工作的各项任务中去。

第十八节 援赞凯旋欢迎回家

作者：邢进 谷长乐 郑报融媒

2017年5月31日下午5时35分，郑州新郑国际机场T2航站楼到达大厅，在鲜花和掌声中，中国第18批援助赞比亚医疗队28人走出机场，结束了他们一年的援赞生活。“爸爸，我想你了，欢迎回家”“女儿，辛苦了”……50多名援赞队员家属组成的亲友团提前几个小时就已经来到机场到达大厅，当看到亲人出来时，纷纷上前拥抱，诉说这一年多来的想念。

爸爸　欢迎回家　　　　摄影　王治

非洲色的骄傲　摄影　王治

据悉，2016 年 4 月 29 日第 18 批援赞医疗队踏上赞比亚的土地，开始为期一年的援外医疗工作。28 名队员的背后，有无数动人的援赞医疗故事。过去一年中，他们开创多个“首例”；深入当地社区和中资企业，为赞比亚民众及侨胞进行义诊；以过硬的医疗技术为当地病患消除病痛，屡获赞比亚政府褒奖，为中赞友谊书写了动人篇章。

28 名队员，组成最强援赞阵容

赞比亚是非洲一个内陆国家，经济落后，自然条件恶劣，生活物资匮乏，医疗卫生状况还处在我国 20 世纪 70 年代中期的水平。我国自 1978 年开始，已经派出了 19 批援赞医疗队，共 515 名援赞医生。

中国援赞比亚第 18 批医疗队共有 28 名队员，由郑州大学第一附属医院（郑大一附院）组队，副院长苟建军教授担任队长。医疗队中有博士、硕士 15 名，高级职称 17 名，均来自河南省及郑州市三甲医院，专业涵盖骨科、神经外科、普外科、泌尿外科、妇产科、耳鼻咽喉科、麻醉科、消化内科、心内科、超声科、影像科、中医科等，具有很高的业务技术水平和很强的英语交流能力。队员在利维·姆瓦纳瓦萨综合医院、赞比亚大学教学医院、恩多拉中央医院和利文斯顿总医院 4 个地点工作。

他们于 2016 年 4 月底抵赞。苟建军介绍：过去一年中，第 18 批援赞医疗队积极投入到受援医院的医疗管理和医疗工作中，共接诊门诊患者 1.2 万余人次，完成手术病例 1 500 余例，麻醉病例 1 800 余例，抢救危重病患 200 余人，开展创新项目 30 余项，带教指导学生 400 余人。

各种肤色的患者，小小诊室独特的“风景”

医疗队员身着皮围裙、眼戴护目镜、脚穿防针刺拖鞋，挥汗手术台的画面，深夜乘车往返医院抢救垂危生命的一幕幕，经常出现在赞比亚媒体和国内媒体上。医疗队里有 4 位队员患了疟疾，但他们从不惧怕，病情稍有好转就又走向了工作岗位。麻醉专业队员蔡琴大姐得了面神经麻痹，她天天戴着口罩去上班。

赞比亚医院的产科是最忙的一个科，在恩多拉中央医院工作的杨蕾几乎把医院当成了家。白天，医院每有难产孕妇便要喊她上台主刀手术；夜晚，医院一有急诊就要呼她前去支援抢救。她的家中有年迈的父母，还有天天要送幼儿园的女儿。

中医针灸医师李莉莉的门诊，进行针灸、拔罐治疗的患者络绎不绝。黑皮肤的赞比亚人、棕皮肤的巴基斯坦人、黄皮肤的中国人和韩国人以及白皮肤的俄罗斯人在这个小小的诊室里汇成了一道独特的风景线。

一丝不苟的普外科医师金俊硕身后时常跟随着一班铁杆粉丝的黑人医生和学生，拜师学艺在无影灯

下;普外科、泌尿外科、妇产科、耳鼻咽喉科、麻醉科等,经常一忙就是一个通宵,但他们从无怨言。

远程会诊系统架起郑州和赞比亚的桥梁

赞比亚的医生基本都是全科医生,样样通但样样都不精。授人以鱼不如授人以渔。医疗队员在各医疗点除完成日常医疗工作外,结合受援医院的实际情况,致力在临床工作中开展一些新技术、新业务,填补了医院的空白。

苟建军介绍,过去一年医疗队帮助受援医院建立远程医疗会诊系统——“中赞远程医疗会诊中心”,捐赠4套价值40余万元的远程医疗会诊设备,连线中国河南郑州大学第一附属医院,开展了远程疑难病例讨论、远程手术演示转播、远程国际学术交流等工作,为加强中赞医疗领域交流与合作发挥了积极作用。

3月7日,郑大一附院神经外科主任刘献志通过远程连线向利维·姆瓦纳瓦萨综合医院的中赞医生直播了摘除患者颅内血管瘤的手术,这是中赞之间的首例微创手术直播。

据统计,医疗队累计向赞方医院捐赠医疗物资共计266项,近50万元人民币。

在赞比亚大学教学医院神经外科工作的周辉教授,来自郑大一附院,看到科室应用的手术装备非常简陋,自费购买了2万余元的手术器械捐赠给医院使用。在利维·姆瓦纳瓦萨综合医院泌尿外科工作的张二伟,一心想把中国捐赠的前列腺汽化电切设备利用起来,但缺少一个关键的部件引流瓶。他便想法与国内生产厂家联系,自己掏钱购买了一个让华侨从国内带回。

援赞一年感受如何? 让人落泪

“赞比亚的条件非常艰苦,队员们凭借着精湛的医术和坚强的心理素质挺了过来。”昨天的接机现场,苟建军回忆起援赞这一年多的工作,数次落泪。

医疗队抵赞后,队委会把融入华侨华人、服务华侨华人作为医疗援外的一项重要工作来抓,建立了驻地服务和上门服务机制,队长电话24小时对华侨华人开放。在驻地,他们利用郑大一附院捐赠的40余万元的医疗装备筹建了医务室,免费为华侨华人开展心电图、超声、血糖等检查。他们利用节假日休息时间开展巡回医疗和健康讲座,半年时间为赞比亚中资企业500余名员工体检。

过去一年中,他们屡次创新,开创多个“首例”:深入当地社区和中资企业,为赞比亚民众及侨胞进行义诊;以过硬的医疗技术为当地病患消除病痛,屡获赞比亚政府褒奖。赞比亚卫生部在第18批援赞医疗队欢送会中致辞,对中国援赞医疗队,特别是第18批医疗队的援赞医疗工作给予了高度赞赏。医疗队被赞比亚政府授予了集体五一劳动奖章及健康大使称号。

郑大一附院副院长文建国表示,第18批医疗队在赞期间不仅收获了当地人民的友情,也获得了许多荣誉。他还透露,由我省派出的中国第19批援赞医疗队已经抵达赞比亚。

第十九节 非洲夜空那群最亮的星

作者:蔡建华 大河健康报

2017年5月31日,第18批援助赞比亚(以下简称“援赞”)医疗队圆满完成各项援外医疗任务,顺利抵达新郑国际机场。

第18批援赞医疗队共有28名队员,由郑州大学第一附属医院组队,副院长苟建军任队长。队员在利维·姆瓦纳瓦萨医院、赞比亚大学教学医院、恩多拉中央医院和利文斯顿总医院四个地点工作。

一年的援赞时间里,医疗队共完成门诊诊察患者12 000人次,手术病例1 500人次,麻醉1 800余人次,抢救危重患者200余人次,书写检验检查报告20 000余人次,开展创新项目30余项,带教指导学生400余人次。

最值得一提的是,他们组建了中国-赞比亚远程医疗会诊中心,给赞比亚留下了一支带不走的医疗队。

他们屡次创新,开创多个“首例”;他们深入当地社区和中资企业,为赞比亚民众及侨胞进行义诊;以过硬的医疗技术为当地患者消除病痛……

默默奉献的援赞医疗队，由于贡献巨大，受到赞比亚卫生部授予的“健康大使”荣誉称号，政府为每位队员颁发荣誉证书，医疗队队长苟建军被授予五一劳动奖章。

队长苟建军心很细，被医疗队亲切地称为“男保姆”。出发前，他向每一位队员通过微信推送了“援赞医疗队生活秘籍”。在援赞的1年时间里，他写下了100多篇日记，记录了援赞背后的艰辛、喜悦、汗水和荣耀。

2016年5月4日　晴

我把手机号公布在华人圈里

提到非洲，人们的印象可能是荒漠草原，酷暑难耐。非洲的其他国家我没去过，但这次因承担援外任务来到赞比亚，给我的感觉是wild Zambia！

赞比亚共和国是非洲中南部的一个内陆国家，湿度低，比起其他热带非洲国家气温较为凉爽，全年可穿夏季服装，但在干冷季时日夜温差大，得穿毛衣。我们4月29日到达卢萨卡的那几天，穿个短袖T恤正好。出国前，听别人讲带些夏季服装、一个毛巾被就行了，现在看来，我们还需要购买一些防寒用品。

华侨华人在为赞比亚经济发展做贡献的同时，也面临着医疗保健的诸多问题。我的手机号已公布在华侨华人圈里，这是救急的生命线，我们时刻准备着。

2016年5月10日　晴

条件简陋但大家很开心

驻地距援建医院有4 000m左右，因为赞比亚的路况确实糟糕：路很窄，没有人行道，会车的时候，两辆车就能占满道路，行人只能退避到路旁的野草丛中，很是危险。我们上班，今后只能坐队里派的专车去，这是规定，为的是保障同志们的安全。

医院共有207张病床，医生仅有二十几个，辅助检查科室医生更是奇缺无比。我们的到来将会给他们带来很大帮助。赞比亚不实行计划生育，每家都有几个孩子，所以这里的产科医生最忙。

急诊室条件很简陋，每天要接诊5~20个患者，但也有加床现象。重症监护室有6张床位，配有呼吸机、监护仪等装备。在放射科，我们看到了中国生产的东软牌CT。这里仅有1台DR和1台CT，且CT已因故障停机，有一段时间没有使用了。

不过，大家还是信心满满，很开心。

2016年5月14日　晴

队员发微信给我：这里的蟑螂真大啊

这一周的工作主要是加快协调，让各个点的医疗队员能够尽快到位开展工作。但在赞比亚办事，他们的答复永远是“No problem！”，但是办起来事总是困难多、效率低。还好，到目前为止，已有队员与援建医院恩多拉中央医院、利文斯顿总医院联系上，准备下周上班就开始工作。

原想着下面两个医疗点的居住条件、生活条件应是万事俱备，队员一到就能入住使用的。可是，医疗点点长和队员一到住处，大失所望，条件差得不可想象。

先是恩多拉点长杨蕾打来电话：“队长，我们这里没水没电，就一台洗衣机，还不能用。”

金俊硕也发来微信调侃：这里的蟑螂真大啊！

2016年5月19日　晴

困难再多也要踢响头三脚

常言道：万事开头难，这头三脚不好踢。

一些年纪较大的队员感觉“累，压力大，语言不通”，但他们还是很用功、很投入。

陈曦，医疗队里的大哥大，每天都待在病房、门诊，跟同行和患者主动交流，随队翻译付军领这几天也都陪着他，帮助解决沟通难题。

蔡琴，医疗队里的大姐大，搞麻醉的，已经独立自主地开展了好几台手术的麻醉工作。

王梦琦，妇产科医生，她适应得挺快，跟主任上了一台手术后，第二台、第三台子宫全切的手术就能主刀了。

住院的艾滋病患者很多，手术医生的自我防护还是很到位的，护目镜、皮围裙、防护拖鞋等，都是全副武装，就连手套也要戴双层的。

这里的工作都是慢节奏，设备坏了你急他不急。患者只要不是急诊，统统按预约来处理。医疗条件简陋，各种操作规范执行得就不太严格。

医疗队队委会给大家提出了几点要求：不要强调困难，要用我们的真心和行动树立中国医疗队的良好形象。

2016 年 9 月 13 日　晴

医疗队做了赞比亚首例神经外科显微手术

赞比亚大学教学医院手术室里，神经外科专家周辉教授正专心致志地观察显微镜里的组织结构，小心翼翼地分离、钳夹、电凝、刮除……

“肿瘤被全部切除，正常垂体组织保护良好，减压效果明显，无脑脊液渗漏，鞍区止血过程顺利。”周辉教授脸上露出满意的微笑。

患者今年 52 岁，曾准备去印度接受手术治疗，恰好这时该院新引进的一台神经外科手术显微镜安装到位，患者又了解到有精通此项手术技术的中国医疗队专家周辉在这里工作，由于患者对中国专家很信任，决定留在赞比亚进行手术治疗。

2016 年 10 月 1 日　晴

在异乡怀念祖国

今天是你的生日，我的祖国。

9 月，我们医疗队干了 3 件非常漂亮而有意义的事。

一是在赞比亚华侨华人第二届中秋歌会上，医疗队包揽了合唱和独唱两个冠军，展示了第 18 批医疗队队员的个人才华和团队的凝聚力。

二是成功进行了利维·姆瓦纳瓦萨综合医院和郑州大学第一附属医院的首例远程疑难病例会诊，这标志着第 18 批援赞医疗队建立的远程会诊系统已进入应用阶段，必将为提升赞比亚医院的疾病诊疗救治能力发挥积极有效的作用。

三是第 18 批援赞医疗队为赞方医院捐赠共计 300 余项、价值 50 万元人民币的医疗物资，其中捐给利维·姆瓦纳瓦萨综合医院 277 项。

第二十节 2017 年最美援外医疗队颁奖词

架铁轨刺破贫穷
伸援手救助危难
施仁术医治病患
一路及时雨不负期盼
一条红飘带擎起承担
爱无疆界善可达远
古道热肠大国风范

获 2017 年最美援外医疗队(提名)

郑州大学第一附属医院远程医学中心搭建的中国国际远程医学平台作为我国“健康丝绸之路”的标志性成果推向“一带一路”国家。

2016 年 4 月 5 日,郑州大学第一附属医院派出中国援赞比亚第 18 批医疗队,该团共有 28 名队员,实力雄厚,医术精湛,由郑州大学第一附属医院组队,副院长苟建军教授担任队长,其中博士、硕士 15 名,高级职称 17 名。

施展仁术,妙手回春,第 18 批援赞医疗队利用赞方现有条件,为受援医院捐赠医疗物资,努力提高赞比亚医疗服务水平,不仅在医院开展了很多新技术、新业务,同时还走上赞比亚讲台,定期为受援医院开展专业学术讲座,实行“师带徒”模式,为赞比亚留下了“带不走”本土医疗团。

第二十一节 她的故事,上了央视

来源:郑州市中医院

赞比亚位于非洲中南部,是非洲较为贫困的地区之一,也是医疗卫生事业相对匮乏的地方。在这片土地之上,常常奔走着这样一群人:他们肩负着祖国和医院的重托,放下原本安适的生活,克服陌生环境中生理与心理的双重挑战,为当地的医疗事业无私奉献着自己的才华与力量。

他们,就是援赞医生。

李莉莉,是中国第 18 批援助赞比亚医疗队当中的一名针灸师。她曾在一次问诊当中,与艾滋病擦肩而过。李莉莉介绍说,赞比亚是世界上艾滋病感染率最高的国家之一,但是医院为了保护患者的隐私,是不允许检查患者是否感染或者携带艾滋病的,这让医生面临了极大的危险。李莉莉在一次治疗的过程当中,给患者针灸的针头不小心刺破了手指,医院赶紧为她和患者进行了检查,争取时间。万幸的是,患者在接受检查之后,结果显示为阴性。半年之后,他们再次接受了检查,确认完全脱离了危险。

针灸治病,对中国百姓来说很常见,然而在赞比亚给患者针灸却面临着很多困难。

初到赞比亚,李莉莉守在“一桌一椅一床一人”的小隔间里等待接诊,偶尔推开门的患者,一进来就问“你会不会马杀鸡(源于英语单词 massage 的直接音译。按摩、桑拿的意思)?”虽然对此哭笑不得,但李莉莉还是耐心解释“你选择的是针灸医生,不是推拿医生。”

赞比亚人看到针就紧张,对中医针灸疗法并不熟悉,于是李医生就主动推广中国针灸治疗,向患者解说中医原理。

为了让更多的人了解中医,了解针灸这种治疗方式,李莉莉在前期参加了六月公共服务日、农业与商

业展览会与电台栏目等很多活动。

渐渐地，治愈的患者开始向周围人讲述"银针"的神奇，慕名的患者开始拥向小小的诊室。不得已，李莉莉撤走了桌子和椅子，紧挨着唯一的一张床旁又放了一张。

虽然从来没有午休和周六周日双休息，她还是为越来越多的患者主动来接受针灸治疗而高兴。很多人不能在工作时间来医院，于是李莉莉申请在医疗队的驻地开辟了一间诊疗室，在下班时间和周六周日接诊有需要的患者。

随着患者对中医针灸理念逐渐接受，体验到针灸治疗带来的益处后，前来进行治疗的患者越来越多。黑皮肤的赞比亚人、棕皮肤的巴基斯坦人等，在李莉莉的小小诊室里汇成了一道独特的风景线。

在初到赞比亚开展针灸治疗遇到的重重困难面前，在时常存在的职业暴露的风险面前，李莉莉没有退缩，没有畏惧，没有忘记国家的嘱托，依然坚守着把中医福祉带给了异国他乡的人民，把中医文化播洒在非洲大地。

第二十二节 "最美援外医生"：一群和疟疾艾滋病打交道的人

来源：广电一号

近日在北京举办的2017"大爱无疆——寻找最美援外医生"公益活动年度盛典上，郑州大学第一附属医院咽喉头颈外科主治医师高长辉获得"最美援外医生"荣誉称号，高长辉是全国卫生计生系统受到该项表彰的七名援外医疗队员之一。同时，他所在的中国援赞比亚第18批医疗队获得2017年"最美援外医疗队"提名团队。

郑州大学第一附属医院医生高长辉：其实当时我们去领这个奖的时候，还是内心比较忐忑的，我们医疗队每一位队员，都非常优秀。感觉我上去领这个奖，是代表我们医疗队。

据了解，中国援赞比亚第18批医疗队由郑州大学第一附属医院牵头组建，28名医疗队员来自郑州市各大医院，涵盖内科、外科、妇科、儿科等医学临床专科。医疗队员抵达当地后，积极帮助赞方提升医疗服务水平，主动为驻赞比亚外交人员、华侨华人提供医疗保健服务，被誉为"驻赞比亚外交人员和华侨华人生命安全的守护神"。

没有疆界的守护

河南省自1973年开始承担援外医疗队派遣任务，44年来累计派出援外医疗队53批、1 069人次，为受援国群众诊治670多万人次。2016年4月28日，怀着对祖国援外医疗事业奉献的热情，中国援助赞比亚第18批医疗队从郑州出发，来到了赞比亚，丰满的理想与骨感的现实中的差距，让这些援外医生第一次感到任务的艰巨。

郑州大学第三附属医院医生吕志排：每天都停水，停水时间超过12小时，停水就停电，停电就没网络，就和外界无法联系。

生活条件差还能克服，但非洲的传染病却时刻威胁队员们的生命安全，据统计，有一半的队员都被传染上了疟疾。

郑州大学第一附属医院医生高长辉：在当时环境下，得疟疾就和感冒一样，并没有觉得有什么特殊的，但是回国以后你会后怕，因为赞比亚的疟疾95%以上都是恶性疟疾，一旦转移到脑内，一旦昏迷是没救的，在国内也仅仅有一丝希望。

在赞比亚，普通人群艾滋病感染率高达27%，再加上当地医疗条件较差，手术器械陈旧，每一次手术都是在刀刃上跳舞，而医疗队重要的工作就是给当地居民做外科手术，稍有不慎就会有被感染的风险，医生称之为职业暴露。随着时间的推移，医疗队逐步进入正轨，并开始融入当地居民和华侨华人当中。除了正常的工作，医疗队还积极开展义诊、讲座等一系列活动。医疗队还建立了公众号，传授医疗技术的同时，又积极地传播中国文化。

一年的时间里
医疗队在赞比亚上演了
许许多多个第一：
第一例中赞远程医疗会诊、
第一例显微镜下颈部手术、
第一次获得赞比亚卫生部颁发的赞比亚健康大使奖、
第一次获得赞比亚五一劳动奖章。

第二十三节　在赞比亚书写中医传奇的援外医疗队：是“战士”，亦柔情

作者：韩静　中国中医药报

最近，河南省郑州市中医院正忙着给3位医生接风洗尘，他们刚刚从赞比亚返回故土。2016年4月29日，中国第18批援助赞比亚医疗队踏上异国的土地，3位郑州市中医院的医生和其他队员一起，开始为期一年的援外医疗工作。

赞比亚是位于非洲中南部的陆地国家，属于热带气候，但是由于地处海拔1 000~1 300m的台地，湿度低，因此和其他热带非洲国家气温相比还算凉爽。可是刚开始的一段时间，队员们都深深感到不适。听他们讲述援赞时的经历才知道，其实让他们深感不适的无关饮食与气候。

初来赞比亚：“水土不服”

“前期有很多不适应，因为它那儿的条件有点艰苦。”郑州市中医院麻醉科副主任医师蔡琴被分到了赞比亚首都萨卡的利维·姆瓦纳瓦萨综合医院（赞比亚援建医院）。刚一到医院她就立刻换上了从国内带来的手术服、鞋子和帽子，推门走进手术室。还没来得及自我介绍，麻醉科主任就递过来一个小儿喉罩，一个孩子正躺在手术台上等待做腹腔肿瘤手术。

每次麻醉前她都会用酒精（乙醇）反复擦拭要使用的工具，但还是担忧达不到无菌的要求，作为有着30多年工作经验的麻醉医生，在中国的手术室里蔡琴一直严格遵守着碘伏（聚维酮碘）、酒精（乙醇）各擦3遍后才做手术的要求。然而在赞比亚很多时候都没有碘伏（聚维酮碘）。

临床医学影像专业的朱红赤被分到了330多公里之外的恩多拉中央医院放射科。虽然是赞比亚第二大医院，但眼前的X射线检查仪看起来已经有些年头了。“它的像素很低，在中国这样的机器早就不用了。”

朱红赤上班的第一天为一位患者拍了X线片，随后通知他来取检验报告。“上午拍的上午就能取到？”拿着报告单，这位患者满脸惊讶。工作了一段时间后朱红赤才逐渐了解到，在赞比亚，两三个月取不到检查报告并不值得大惊小怪。

初步统计了一下，科室已积压了七八百份报告。朱红赤开始一张张查看，一份份撰写。在国内，胸片、CT、造影等不同类型的检查结果都是由不同医生撰写，而在这里朱红赤几乎包揽了各种类型的检查报告，包括积压的和日常的。

“麻醉科不同于其他科室，只要手术不停，麻醉医生就不能休息，所以我在国内的工作时间大概在4小时左右。”而现实是利维·姆瓦纳瓦萨综合医院4个手术室只有6个麻醉医生。手术一台接着一台，蔡琴不吃东西也不敢喝水，更从没有在中午吃上饭；因为麻醉机不能机控，所以在几个小时的手术中，蔡琴要一直用手挤压呼吸囊；手术室没有凳子，麻醉医生也要全程站着……

在一次连续7个小时的工作后，蔡琴生病了。

历久弥香：“银针”好神奇

眼前的蔡琴一直微笑着，看不出脸上有什么异样。但是在那时候，她被确诊为面神经炎（面瘫），喝进

去的水又从嘴角流了出来，闭不上的眼睛不停地流出泪水。

白天在上班之前输液，晚上回到驻地，李莉莉就来给蔡琴针灸。针灸了一段时间后，蔡琴高兴地发现自己不流泪了。李莉莉解释道："还是会反复的，所以要坚持治疗。"针灸 4 个月后，面部基本恢复。"我现在还能见大家，多亏了莉莉的帮助。"

针灸治病，对中国百姓来说很常见，然而在赞比亚给患者针灸却面临着很多困难。"之前有一段时间，不管是在医院还是私人诊所，针灸都被认定为一种违法行为。"李莉莉注意到，近几年赞比亚卫生部改变了之前的观念，官方正一点点接纳着这种来自遥远友邦中国的传统医术。"第 17 批援赞医疗队派出了 2 个针灸医生，打开了新局面。"虽然此次赞比亚卫生部对第 18 批援赞医疗队只提交了一个针灸医生的名额需求，但是李莉莉却忙得不可开交。

刚开始人不是很多，李莉莉守在"一桌一椅一床一人"的小隔间里等待接诊，偶尔推开门的患者，一进来就问"你会不会马杀鸡（源于英语单词 massage 的直接音译。按摩、桑拿的意思）?"虽然对此哭笑不得，但李莉莉还是耐心解释，你选择的是针灸医生，不是推拿医生。

为了让更多的人了解中医，了解针灸这种治疗方式，李莉莉在前期参加了很多活动。

六月的公共服务日是赞比亚政府部门组织的一场公益性活动，各医院会宣传相关医疗知识，接待群众咨询。在利维·姆瓦纳瓦萨综合医院的展位上，呈现出一抹独特的风景：一张画满圈圈点点的人体挂图前站着一位黄皮肤黑眼睛的姑娘。很多人被吸引过来，询问什么是中医，什么是针灸。

卢萨卡的农业与商业展览会（简称农展会）在七月如期举行，这场声势浩大的展览会被称为赞比亚第一大展。在展位上，几幅经络穴位挂图、印有中医知识的折扇和中草药香囊吸引了很多好奇的目光。虽然问题五花八门，但是李莉莉都会耐心地解答。

除此之外，赞比亚 5FM 电台《三人行》栏目邀请了李莉莉和她的患者为听众介绍中医和针灸。一位 28 岁的姑娘因尿频而苦恼，五年来无论怎样控制饮水，每隔 5 分钟就要去一次厕所。她尝试了很多西医的治疗，病情并没有好转。"医生推荐我来理疗室找那位中国的针灸医生试一试，针能治病?"姑娘来到李莉莉的诊室，怀疑地看着一枚枚小小的"银针"。"即使我给她仔细地解释经络腧穴，她仍是摇摇头表示不可思议。"在第三次治疗结束时，姑娘高兴地告诉李莉莉她上午只去了三次厕所。一个半疗程后，她的症状已经完全消失。姑娘兴奋地抱住李莉莉说："这简直太神奇了，中国医生真棒!"

时任赞比亚土地、自然资源和环境保护部部长克里斯贝拉·恩吉布女士因为脊柱上的肿瘤而导致双下肢的感觉障碍，她感觉两只脚又肿又胀，火辣辣疼痛不止。"我已经几天几夜没有睡觉了。"恩吉布说，她当时进行了一些西医治疗，效果不是很好，后来她通过一些华人找到中国医疗队，医疗队会诊后建议她做针灸治疗。李莉莉让恩吉布趴到病床上，扎完针后，恩吉布说感受到了症状的减轻，正聊着，枕头那边忽然鼾声如雷。

治愈的患者向周围人讲述"银针"的神奇，慕名的患者拥向小小的诊室。不得已，李莉莉撤走了桌子和椅子，紧挨着唯一的一张床旁又放了一张。

虽然从来没有午休和周六周日双休，她还是为越来越多的患者主动来接受针灸治疗而高兴。很多人不能在工作时间来医院，于是李莉莉申请在医疗队的驻地开辟了一间诊疗室，在下班时间和周六周日接诊有需要的患者。中国驻赞比亚大使夫人耿女士和赞比亚大使馆经赞处参赞欧阳道冰都接受过几个疗程针灸的治疗，并收到了很好的治疗效果。

不管是经赞处还是其他地方的华人，不论是当地居民还是外来居住者，李莉莉说自己的针灸诊室为所有人敞开大门。黑皮肤的赞比亚人、棕色皮肤的巴基斯坦人、黄皮肤的韩国人和华人还有白皮肤的乌兹别克斯坦人在小小的诊室里绘出了一幅美妙的风景。

挥别赞比亚："战士"的柔情

能来赞比亚做一名援助医生，是李莉莉心底埋藏了十多年的梦想。

"在我还在上大学的时候，一位曾经援非的教授在课堂上讲述他在非洲工作的故事，幻灯片的最后有一张照片，那是一树盛开的蓝花楹。"当时，李莉莉就萌生了援非的强烈愿望。毕业后，李莉莉成为一名理疗科医生，然而由于职称的限制，当时的愿望一直没能实现。后来她随同是医生的丈夫转到郑州市中医院。如今，拥有十余年临床经验的她已成为一名主治中医师。

2015 年 6 月的一天中午，丈夫告诉她医院正在招募援赞医生。“真的吗？太好了”听到这个消息，李莉莉跑到人事科报了名。

在赞比亚的一年内，她共治疗两千余名患者，除了参加各种活动，她也会在义诊时教患者几个穴位按摩，传授几个治病的中医妙招。华侨华人总会为她颁发了“银针展技艺，岐黄誉赞国”的荣誉奖牌，一个华侨代表还为她展开了一面绣有“神针除病暖侨心，热情似火如家人”的锦旗。

离开前，李莉莉还收到了医院同事送来的一块布和一个包。按照当地人的习俗，送布是很郑重的礼节。能收到这些，李莉莉感到很意外。

比起忙碌的李莉莉，300 公里以外恩多拉中央医院的同事们下班回到住所，孤独感幽幽袭来。“很想给家人打个电话，但是推算了下此时的中国时间，已经是半夜 12 点多了”朱红赤犹豫了很久，还是把手机揣回兜里。安静的夜晚里，他总想找人说说话。“刚开始拉着同一个医疗队的队友在院子里聊天，后来就没什么可说的了。”新鲜的事说尽了，工作上的事也聊完了，朱红赤就在院子里仰着头看星星。在异国他乡生活需要一颗强大的心，工作上也是如此。

“离开赞比亚的那天，很多人来送行，基本上都是莉莉的患者。”朱红赤还记得，一位 80 多岁的老太太一把抱住了李莉莉，哭声逐渐变得嘶哑“姑娘啊，我舍不得你走。”旁边一位老爷子紧紧拉着李莉莉的手“莉莉，你不能走啊，你走了我们家没有主心骨了。”董家集团是在赞的华人，一家十几口人中有 8 个是李莉莉的患者，因为董老太太和老爷子行动不便，李莉莉经常去家里针灸。虽然不舍，一家几口人还是开了两辆车来送行，他们和很多患者一起从医疗队驻地的“黄房子”送到赞比亚卢萨卡机场。直到过了安检，李莉莉才看不到那些送行的身影。

赞比亚是世界上艾滋病感染率最高的国家之一，据统计就诊患者中艾滋病感染率高达 50%。然而，医院为保护患者隐私，不允许检查患者是否感染或携带艾滋病，这却让医生面临极大的危险。“蔡医生在一次手术时不小心被针扎到了手，我在针灸时不小心扎到了手，这样的职业暴露有三次。”李莉莉说得一脸平静。万幸的是患者的检查结果为阴性。然而半年后，他们还要再次检查以确认是否完全脱离危险。赞比亚传染病极多，除了感染艾滋病，每年还有近 5 万人死于疟疾。朱红赤多次感染疟原虫，在检查中他看到自己那块外周血的涂片上满满的都是疟原虫。经历了一个长期的潜伏期，在回国的前一个月朱红赤疟疾发作。5 天的输液和 7 个疗程的服药后，朱红赤终于不再高热和寒战。然而很多“休眠”状态的疟原虫现在还寄居在他的肝细胞中。

他们平静地谈论着自己的经历，仿佛从未和危险擦肩。然而他们也谈到了之前一位援赞的前辈，因为一场霍乱而在异国他乡永远地闭上了双眼。

因为怕父母担心，蔡琴直到临行前才告诉他们自己援赞的事。88 岁的母亲从来不关心国家大事，但是女儿去赞比亚这一年，天天盯着非洲的新闻看。“又打仗了，是不是你姐那儿？”老人总是这样问蔡琴的弟弟。“报名那一年 53 岁，觉得自己还没那么大，现在已经 55 岁了。”当时没考虑那么多，但是现在她想花时间陪陪父母。

李莉莉现在每次在门口穿鞋，6 岁的儿子就会追到门口“妈妈，妈妈，你又要出差一年了？”

朱红赤一谈到独自照顾生病的老人和两个年幼孩子的妻子，眼圈就红红的。“临行前和回国后，我会给爸妈恭恭敬敬磕三个头”，他拿起一旁的纸巾擦着眼角，半晌无语。但是在前几日回国后的欢迎宴会上，他郑重地对院长说“以后如果有这样的机会，我还去。”

第二十四节　援非去救人，河南骨科医生却险些因艾滋病毒命丧赞比亚

作者：王苗苗　河南商报

12 月 1 日是世界艾滋病日。日前，“2017 大爱无疆——寻找‘最美援外医生’”年度盛典及座谈会在

北京召开。中国(河南)援赞比亚第18批医疗队,荣获2017“最美援非医疗队”提名团队称号。

得知这一消息后,第18批医疗队的成员们都十分开心,尤属这一批中年龄最长的骨科医生王玉州为最。

“这辈子最难忘也是最难过的事情,都在赞比亚那一年发生了。”被助手用给患者缝合伤口的针扎住,不愿放弃工作的王玉州打了人生最大的赌——拒绝服用抗艾滋病的阻断药。

【想法】在艾滋病携带率高的国度多点专业指导等于一救多命

“Morning.”2017年春节后,在赞比亚生活工作了10个多月,来自郑州大学第五附属医院的中国(河南)第18批援赞比亚医疗队成员王玉州,已渐渐习惯了这里的一切,跟当地医务人员也成了熟人。“跟咱国内差别很大,门诊接诊时间是国内的八九倍。”按照赞比亚当地医院的规定,王玉州每周一至周五要全天工作,每天早八点就要赶到诊室,至于何时下班,就要看手术安排和当天接诊的患者数。

“当地不少人生病不做手术,觉得费用高。”如此一来,门诊量陡增,真正能实操的手术却少了,而这些手术受医疗资源短缺的限制,也被集中到了一天进行。

因为“难得”,每次做手术,王玉州都会带上跟着他实习的当地骨科医生,“想着让他多学学,多操作积累点经验,以后不是能帮更多人,也能保护自己吗?”

作为医疗队最年长的人,55岁的王玉州深知,在这里,没有更加完备的医疗装备,且手术前未经患者同意,又不能做艾滋病的相关检查,这让骨科、外科、妇产科等医生做手术时,就犹如在刀尖上行走。

“那边医疗条件差,咱既然去了,一方面把技术带到那边,再一个也尽可能让技术扎根,毕竟当地的医生是长期生活在那儿的。”说话间,王玉州笑了,只因为55岁的他为此,还偷偷学起了英语,“说得不老好,一股河南味儿,但交流起来好多了。”

【突发】助手的一个不小心让他被扎了手

2017年2月的一天,给自己做了点早餐,不到早上8点,王玉州就到了医院。这天,他要做三台手术,患者都是当地人,而这也就意味着存在职业暴露的风险。

“当地人穷,可多人都不愿主动去做艾滋病检测,最主要是医院不能要求患者做检查。”这样的情况是王玉州始料未及的,因为在国内,做手术的患者,术前都要做一些传染病的筛查,但在赞比亚这个“规矩”并不存在,“那你没办法,只能自己多注意点呗。”

上手术台前,王玉州穿上了自制的防护装置:自己买的皮围裙、防针刺拖鞋,以及防护眼镜。

“骨科得一直给伤口冲洗,穿上皮裙能避免患者被脏水感染,也能避免手术中有血或分泌物溅到我们的眼里、身上。”如此穿着,常常让王玉州几台手术下来,浑身衣物被汗水浸湿。

然而,即便如此注意,意外还是发生了。

当天三台手术中的一台,王玉州要为一名十几岁的赞比亚小男孩行接骨术。即便没有电钻,钢针也得拿锤子敲进去,但这台手术在工作了几十年的王玉州手中,依旧进展十分顺利。

到了最后的缝合阶段,王玉州让跟着他实习的当地医生操作,自己则做起了助手。“想多指导一下他的实操。”手术顺利完成,可当下了手术台,脱掉手套后,王玉州却蒙了。

“当时就看到手套破了,手指也出血了,心想,坏了。”王玉州心里咯噔了一下,职业暴露,这个他一直小心翼翼躲避的事情,终究还是发生了,“他还是技术不熟练,这也不能怪他。”

【坚决】拒绝服用阻断药打了一个这辈子最大的赌

“可能是注意力高度集中吧,扎到我都没有感觉。”回忆起9个月前的经历,王玉州坦言这辈子都不会忘记,“咋不害怕啊,肯定害怕。”

王玉州被针扎住后不久,医疗队队长和当地医院的相关负责人都赶了过来,大家建议他立即服用阻断药。要知道,不管那名赞比亚男孩儿是否为艾滋病携带者,吃上阻断药,就能最大限度地避免被艾滋病病毒感染,可是,王玉州却拒绝了服药。

“那药副作用大,影响身体不说,工作也干不成了。”点燃了一根烟,王玉州轻嘬了一口,“那是我这辈子打的唯一也是最大的一个赌。”

简单消毒后,王玉州又开始继续工作,而在艾滋病3个月的“窗口期”内,王玉州坦言,他度过了自己人生中最煎熬的一段时光。

“心是悬着的，晚上也会做梦，但你白天还得正常上班，不能有一点分心。”那段时间，王玉州甚至觉得自己分裂了，但是作为一名援外医生，该做什么，他并不敢忘。

在担心和不安中，王玉州度过了 3 个月，直到今年 5 月回国，相关检查显示未感染 HIV 后，心中的大石才算放下，而那一年，没放下工作的王玉州，共给 320 多人做过手术，教过 26 名当地医生。

【选择】承担了医生的职责却未尽人父之关爱

“那边除了艾滋病多，就是创伤事故较多，致残率较高，后期并发症特别多。”2016 年 8 月 16 日，王玉州值 on call（随叫随到）班，接到急诊科的电话，他来了医院。

面前的患者，是一名 18 岁的男孩儿，其右脚骨折，大量出血。在与普外科程国凌医生及泌尿外科张二伟医生商议后，他们决定先抢救患者，待病情稳定后再手术。

可等了些时日，医院一直未给男孩儿安排手术。“医生匮乏，处理伤口的观念也陈旧，在咱国内执行的 6~8 小时手术最佳时间，在当地常常就变成三四天。”王玉州和两位医生见到男孩儿时，男孩儿的伤口已经严重化脓，再拖下去只有截肢的份儿。

一番沟通后，手术开始，且术中一切事物，都被要求按照中国的程序操作。

三位中国医生要为患者反复冲洗伤口，清理异物、泥土，剪除失活的组织，没有双氧水（过氧化氢溶液），他们就用碘伏（聚维酮碘）加生理盐水稀释后用，但就这样，还引来一旁黑人护士的小声嘟囔：“别用太多了。”

“我们就跟她反复沟通呗，最后她也是挺支持。”王玉州说，他能理解护士此话的原因，但是作为医生，他们更希望保住患者的右脚，不希望 18 岁的男孩儿成为残疾。

承担了身为医生的职责，可人在赞比亚的王玉州，却未能实现当初对家人的承诺，而这也成了他不愿轻易提及的事情。

“我女儿去年流产了，我不在身边，我媳妇心脏搭桥，我也一点忙也帮不上。”原本侃侃而谈的王玉州，突然一言不发，十几秒后，他突然开口，“这辈子最难忘的经历都在那儿了，也很难得。”

第二十五节 站在领奖台上

作者：高长辉

“最美援外医生”高长辉

我叫高长辉，是一名普通的咽喉头颈外科医生，来自郑州大学第一附属医院（郑大一附院），今天能够站在这里发言，我倍感光荣和荣幸，感谢各级领导同志们对我的厚爱和帮助。

2016年的4月28日，我受单位和组织委派，有幸成为中国第18批援赞比亚医疗队的队员，我怀着一颗忐忑的心，挥泪告别年幼的儿女及家人，离开祖国，奔赴万里之外的赞比亚，当时的心情是非常复杂的，有兴奋，有不安，有激动，有不舍，因为提起非洲首先想到的就是传染病、贫穷、饥饿和战乱，因为一双儿女尚未成年，家中老人年迈体弱，但自古忠孝不能两全，作为一名共产党员，我责无旁贷。

在一年的援外任期内，在河南省卫生与计划生育委员会（河南省卫计委）、中国驻赞比亚大使馆和苟建军队长的强力领导下，在郑州大学第一附属医院的大力支持下，我们中国第18批援外医疗队28名队员团结一致，凝神聚力，在赞比亚开展了一系列创新性工作，用我们的实际行动践行了"不畏艰苦、甘于奉献、救死扶伤、大爱无疆"的援外医疗队精神。

作为一名普通的援非医生，我也非常感谢组织上给了我这样一个成长进步的机会，在踏出国门的那一刻，我便深感肩上责任之重大，使命感油然而生，因为你的一言一行代表的不仅仅是郑大一附院，也不仅仅是河南，而是中国。在为期一年的援外任期内，按照组织上的安排，尽快熟悉赞方医院管理方式、医疗工作流程和语言环境，以最快的速度投入到临床工作当中。赞比亚耳鼻咽喉科大夫极度缺乏，全国只有4位耳鼻咽喉科医生，我所工作的受援医院唯一的一位耳鼻咽喉科医生在我抵赞时刚好休假，这一休便是半年，所以我在抵赞半个月后便独自承担起受援医院的耳鼻咽喉科门诊、手术、查房、急诊值班、学生带教等工作。赞比亚条件艰苦，医疗物资匮乏，艾滋病、疟疾等传染病高发，住院患者一半以上都是因为艾滋病并发症而住院。手术衣不够用，只能戴着护目镜、穿着皮围裙做手术；电力不足，经常停电，只能用头灯、手电筒来代替无影灯，因为共产党员应该时刻牢记自己的责任和使命，"平常时期看得出，关键时刻站得出，危难时刻豁得出"，这是我们党员在不同时期所应表现出来的与群众不同的时代本色。我们有责任、有义务利用一切可以利用的条件，创造一切可以创造的条件，尽己所能为受援国人民和在赞华侨华人解除病痛，展示中国医生的高超技术和高尚医德；树立中国大国形象，传递中赞友谊。

这一年，我利用自己的专业优势，先后帮助受援医院顺利开展第一例支撑喉镜下喉部肿瘤切除术、第一例鼻内镜下鼻窦开放术、第一例甲状舌管囊肿切除术、第一例腮腺部分切除加面神经解剖术、第一例喉部重大外伤修复及喉功能重建术等新技术。业余时间为受援医院进行耳鼻咽喉专业知识讲座，积极参加医疗队创新援外医疗模式，参加远程医疗会诊系统的筹建并积极开展"师带徒"教学模式，尽量培养一批当地不走的医疗队。和赞比亚的同事及患者都结下了深厚友谊，也得到赞比亚同行的一致好评。

工作之余，积极参加当地社会活动，积极融入赞比亚华人朋友圈。参加队里组织的义诊讲座活动，传播疾病预防和健康知识；参与当地公共卫生活动，树立中国医疗队良好形象；到中国驻赞比亚大使馆进行"艾滋病诊治及预防知识"和"耳鼻喉常见急症防治"的科普讲座。参加赞比亚华侨华人第二届中秋歌会比赛并获得个人演唱组冠军，参加赞比亚华侨华人摄影比赛并获得冠军。参加赞比亚春节华人庙会演出，积极参加当地社会活动，很好地融入了当地生活。

援外期间我还负责援赞医疗队宣传工作，创建医疗队公众号，共推出90期援赞日记专辑，业余时间积极联系赞比亚及国内主流媒体对医疗队相关新闻进行报道，和赞比亚当地记者广交朋友，积极融入当地生活，和当地主流媒体十余位记者结下了深情厚谊。在一年任期内，共联系当地报纸、电视台及广播电台等主流媒体对医疗队援外事迹进行报道36次，极大提高了医疗队的海外知名度和国际影响力。

回首过往的一年，说长不长，说短不短，援赞路上有艰辛、有喜悦；有汗水、有荣耀。2017年11月9日由中国人民对外友好协会与国家卫生与计划生育委员会、中央军委后勤保障部卫生局联合主办，中国友好和平发展基金会承办的2017大爱无疆——寻找"最美援外医生"公益活动年度盛典在京举行。该活动从最近两年全国近2 500名援外队员中评选出了7名最美援外医生，我有幸成为这7名获奖者之一并受到刘延东副总理的亲切接见。在感到光荣和自豪的同时我也深感惭愧和不安，因为这份荣誉不属于我个人，这是属于我们18批援赞医疗队，更是我们河南的荣誉，是国家卫生与计划生育委员会对我们河南省援外医疗工作的认可，河南省45年的医疗援外历程中一批又一批前赴后继的前辈们比我们付出更多，比我优秀的队员也比比皆是，每一批援外队员的送出和迎来都让省卫计委的领导牵肠挂肚。在此，请允许我感谢一直在大后方为医疗队员加油鼓劲、默默操劳和奉献的河南省卫计委的领导们，感谢郑大一附院对18批援赞医疗队的大力支持和无私帮助，感谢河南省所有的无私奉献的援外医疗队员们，同时也感谢和我一起在赞比亚同甘苦、共患难的18批援赞医疗队的每一位战友们。

作为一名医生，救死扶伤永远是我们的天职，无论环境如何恶劣、条件如何艰苦，无论何时何地，只要我们能通过我们的双手解除患者的病痛并得到患者的认可，我们就是幸福的，患者的认可和感谢就是对我们的最大鼓励和奖赏。每一次荣誉的获得是认可，更是鼓励，未来的路还很长，别人上山能打虎，咱敢下海把龙擒。我们应该珍惜荣誉，不忘初心，砥砺前行，争取为河南的援外事业做出更大的贡献。

第二十六节　来自驻赞比亚使馆的表扬信

河南省人民政府：

国家卫生和计划生育委员会：

第18批援赞比亚医疗队是派出机制改革后抵赞工作的首支医疗队，是第一批由河南省从三甲医院选派出来的医疗队。队伍整体素质高，业务能力强，语言适应快，团队作风硬。他们不辱使命，不负祖国和人民的期望，不辜负赞比亚人民以及在赞华侨华人的期待，显示了中国医生的高超医术和良好医德，展示了中国医疗卫生事业的发展和进步。第18批援赞比亚医疗队在苟建军队长的带领下，大胆探索，创新举措，求真务实，扎实工作，开创了援外医疗工作的新局面。他们帮助赞比亚建立的“中赞远程医疗会诊中心”“中赞腔镜中心”，提高了赞比亚的医疗技术服务能力和水平，他们开展的“师带徒”模式和学术交流活动，通过新技术、新业务传授，培养了一支带不走的赞比亚医疗队伍；他们不惧怕传染病威胁，不抱怨医疗条件简陋，一心一意扑在工作岗位上，救死扶伤，治病救人，解除赞比亚患者的痛苦，挽救了许多患者的生命；他们深入赞比亚社区乡村，义诊体检，捐赠物品，传递中国人民对赞比亚人民的深情厚谊。医疗队为赞比亚医疗卫生事业所做的成绩和贡献多次受到当地媒体和国内媒体的宣传和报道。

第18批援赞比亚医疗队是赞比亚华侨华人紧急医疗救助队的中坚力量，他们积极参与每次突发意外事故的救治，在侨界赢得了极高的赞誉。他们利用节假日到中资企业、侨社开展送健康活动，让在赞比亚的华侨华人倍感温暖。他们融入华人团体，免费提供医疗保健服务，普及健康知识，被赞比亚华侨华人称为生命安全的守护神。

第18批援赞医疗队所取得的骄人成绩，受到了赞比亚卫生部、赞比亚受援医院的一致肯定和好评，他们的精湛医术和良好医德也深受赞比亚人民和华侨华人的信任和喜爱。他们的努力和付出，充分体现了习总书记提出的“不畏艰苦、甘于奉献、救死扶伤、大爱无疆”的援外医疗队精神，他们为祖国取得了荣誉，为中赞友谊增添了光彩。在医疗队即将圆满完成援助任务返回祖国之际，特向医疗队提出表扬，并感谢国家卫计委长期以来对赞比亚医疗卫生事业发展和中赞传统友谊做出的无私贡献！

驻赞比亚使馆

2017年5月17日

第二十七节 2017年感动中原十大人物(集体)颁奖辞

中国第18批援外医疗队获感动中原十大人物(集体)

中国第18批援外医疗队获感动中原十大人物(集体)

中国第18批援外医疗队获感动中原十大人物(集体)

飞跃赤道沙漠，
你们抵达没有硝烟的战场；
超越肤色国界，
你们谱写济世救人的华歌。
赞比西河水，
流淌着对中国白衣天使的怀恋，
如歌生命里，
刻下不辱使命的勋章！

第十一章

解码赞比亚

第一节 援赞医疗队生活秘籍(一)

中国援外医疗队好大的责任！祖国的嘱托、政府的重任、华侨华人的期待、非洲人民的渴望、传递友谊的使者。所以，有备而来是必须的，业务、语言、生活、心理等方方面面。

战友们即将踏上艰苦的征途，您准备好了吗？赞比亚人民已经张开双臂欢迎您们的到来！

赞比亚不是想象中的那么好，但也不是听说的那么糟。“正能量、好心态、重团队、真功夫”是度过在外历程的四大法宝。抱团取暖，才不会觉得寒冷；挽手前行，方能走得更远。放下包袱启程，相信一定会谱写潇潇洒洒的人生。

说说管理

温馨的医疗队驻地小院

出门在外，医疗队就是一个家。家的氛围、家的和谐、家的欢乐，要靠每个成员去营造、去呵护、去奉献。队长就是这个临时家庭的家长，成员来自不同的单位，大的小的，男的女的，住在一个院，吃在同一桌，要想让每个人都满意，真的很难。在国内，你我有父母关爱，有爱人宽心，搁不住队长去管，但在异国他乡，队长就必须想着大家的工作、学习、生活和安全，把各种事项想细、管细、管到位。家有家教，队有队规，原则必须守，规矩不能破。说的重了，那就是提醒你不要违反纪律；挨了批评，那是告诉你不要触碰底线。不要抱怨队长管得太细太严，千里之堤毁于蚁穴。队长不容易，衣食住行，万事装心中。提起精神干工作，互相理解讲团结，这一年，锅碗瓢勺奏出的交响曲终将成为一生美好的记忆和留恋。

谈谈着衣

人文赞比亚　　摄影　翁爱军

野性赞比亚　　摄影　方力

清新赞比亚　　摄影　宋文瀚

赞比亚风和日丽，气候宜人，就像国内的昆明一样，适宜人们生活和居住。赞比亚一年之中分为旱季和雨季，基本上各占1/2，旱季从4月末到10月底，雨季自10月底到来年4月末。旱季那可真叫旱，老天爷一点雨都不给你，雨季则每天都可能在下雨，但赞比亚的天就像孩子的脸，说下就下，说晴就晴，东边太阳西边雨也是常见的景象，因此来赞比亚带把雨伞还是必须的。

赞比亚海拔800~1 300m，平均温度在26℃左右，最热的时段在10月份，最冷的日子在7月。在这里热也热不到哪里去，只要你不在太阳底下暴晒，躲在可以遮阴的地方，赞比亚唯一不缺的风就会吹过来，还是感觉挺舒服的，要不在赞比亚卖空调的商家都快要"急疯了"。这里的"冬季"，你见不到白雪，也看不到人们嘴里冒出的白气，只要你不在深夜外出，白天20℃左右的温度还是蛮舒服的。你不能跟赞比亚人比，他们只是觉得一年到头就穿个衬衣、T恤或花衣裙子不过瘾，在这个季节，赞比亚的街头你会看到一年四季的色彩，有穿皮衣的，有带头套的，还有穿短裤和露背裙子的。

中国人皮实，不娇气，加上医疗队换防恰好在四五月份，正好跟赞比亚的气候一样，甚至比国内还要凉爽一些，你在国内穿什么就带什么衣服，不需要在13 000公里的行程上走一路脱一路，到赞比亚就能适应这里一年四季的生活。衬衣4件（纯白色的2件，其他颜色的2件）、薄夹克1件、裤子4条（深颜色的2条，浅颜色的2条），袜子若干，皮鞋2双（黑颜色的至少1双），里边穿的在这里就不再建议了。墨镜、太阳帽自己决定。女同志除参考上述意见办理外，最好多带些长袖衣服和裤子，咱不是时装模特，但也是个知识分子。怕晒黑，是每个女性最担心的，防晒霜是一定要带的。有想法的话，量身定做一件旗袍，在社交场合可一展中国女性婀娜多姿的风采。

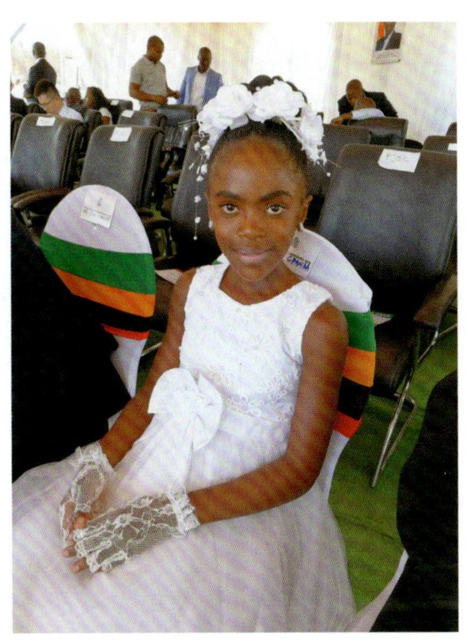

赞比亚新娘　　摄影　雷颖奇

赞比亚原属英国殖民地，绅士遗风很重。重要场合、会见朋友、参加活动，最好着装得体，这是对别人的尊重，别人也会高看你一眼。可带西装 1 套，领带 2 条，领带夹 1 个。虽说赞比亚人在时间上总是不靠谱，但在你与黑人朋友见面时佩戴只手表，会让他们感觉到中国人时间观念很强，时间就是金钱。医疗队参加的活动还是很多的，最好能够统一服装，胸前别上“中国医疗队”和中赞两国国旗的徽章，再把皮鞋擦得锃亮，一看这就是一个积极向上、有组织、有纪律的队伍。

女同志“清水出芙蓉，天然去雕饰”，美还是要讲的，只要你喜欢，该带的就带，该穿的就穿。只是提个醒，赞比亚治安不太好，暴露太多的衣服尽量放在国内，千万不要带来。另外，赞比亚的女人很少穿高跟鞋的，路不平，容易崴脚。

聊 聊 饮 食

做希玛的赞比亚女人
摄影　雷颖奇

赞比亚的生活主食是希玛，一种白玉米面掺杂其他粉剂做成的比糊状还要稠一些的半固体食物，蘸着简单的蔬菜酱汁，每日食用一两次。中国人吃不习惯，偶尔品尝也算不白来一次非洲。赞比亚目前的状况很像中国20世纪70年代末、80年代初的情形。

医疗队员在赞比亚的生活基本上是自给自足、自做自用，偶尔几个队员聚个餐、队员生日会个餐，也是改善生活、其乐无穷的事。因此，在出国之前让爱人教几招好的厨艺是很有必要的。

中国的口味，中国的食材，做起来才会可口。这些你不必担心，赞比亚不少的中国超市会满足你的需求，柴米油盐、花椒大料、鸡鸭肉蛋，样样都有，甚至方便面都能买到正宗的中国产品。但是你要喝河南人难忘的胡辣汤，这里没有，你可带几包速成料包到这里过嘴瘾。葱姜菜椒，虽说医疗队驻地附近的黑人市场、PICKNPAY（皮克培）都有卖的，也很便宜，特别是黑人市场样样都是论堆买，但是不新鲜、不干净。我们更喜欢到中国人开办的农场去购买，比如老董家农场、老胡农场、大老张农场、冯可红农场，规模都很大，品种也很多。或者到赞比亚卢萨卡很著名的星期二市场去买，一方面可了解赞比亚底层人的生存现状，另一方面可以体验赞比亚的风土人情。河南人很爱吃面食，驻地有压面条机，只要几个人张罗，不大功夫的“产品”就可供很多人食用；蒸馒头、做卤面可是个技术活，最好在家里拜师学一下。说这么多，也就是说在赞比亚，中国制造、中国产的东西很多，不必担心在赞比亚的“中式”生活。但是，因为利文斯顿的华人较少，工作在那里的队员相对困难一些。

赞比亚的商场还是很多的，有些档次不低于国内的商场。首都卢萨卡的LEVY（利维）、EAST PARK（东方广场）商场商品丰富，PICKNPAY（皮克培）、SHOPRITE（肖普莱特）全赞比亚连锁，在这里只有你想不到的，没有你买不到的，就看你手中的钱啦。水果、甜点、牛奶是队员们经常要买的，歇息时可以品尝商场里印度人经营的比萨，蛮好吃的。

吃自己做的饭吃腻了，可以到饭店调剂胃口。喜欢中国口味的可以到中国饭店；喜欢吃烩面、凉皮的可以到河南饭店；辣味最过瘾，抽时间可到成都饭店；蓝天饭店、远东饭店、东方饭店、江西饭店也别具特色。金孔雀酒店是个正规的大酒店，中国人开的，很有气派。赞比亚的白人酒吧和西餐馆也很多，偶尔去一次也算开开洋荤。赞比亚当地人开的小酒吧可千万别去，那里很乱，不安全。

第二节 援赞医疗队生活秘籍（二）

看看驻地

安居才能乐业。赞比亚是一个不发达的国家，有居住阔绰的名家豪门，但大多数平民百姓居住的是“茅屋为秋风所破歌”的寒舍。

驻地是医疗队生活的基地，驻地条件好了，队员的心里也就会踏实些。过去，医疗队的居住条件确实很艰苦。我们曾到老的驻地去看过，板材建的两层简易小楼，走在上面“咯吱、咯吱”响得让人心里发怵，这还是在首都卢萨卡的驻地，下面医疗点的条件更不用说了，想都不敢想老前辈是怎样经历过来的。现在，援外虽说每个人舍弃很多，但国家给咱创造的条件也今非昔比。

“苦不苦想想红军两万五，累不累看看革命老前辈”。用河南豫剧《朝阳沟》里的一句唱词“想想烈士比比咱，有什么苦来怕什么难”。来赞比亚不必有太多的负担。

在首都卢萨卡援建医院和UTH医院的队员都住在中国政府2015年9月新建启用的驻地里，距离援建医院和UTH医院约3km。驻地的两排两层黄墙红顶小楼，在市区里算得上气派醒目。院子里绿草如茵，莺歌燕舞。杨优明大使夫妇、欧阳道冰参赞和各侨界人士今年5月刚种下的一颗颗爱心树，根深叶茂，生长茁壮；月季花连成一片，迎着朝阳开出五颜六色的花朵；木瓜树黑黝黝的叶片下面颗颗小果头顶白色的花瓣，天天在变大，真是喜煞人也。

国家在驻地公寓建设时超前考虑，是个一竣工就可以拎包入住的工程。设施配备很齐全，每个队员一个小两室一厅，还有厨房和卫生间，这样的设计可能基于队员援外期间家属探亲的考虑，同居也可以，分房居住也没问题。房间里桌椅板凳、电视洗衣机、锅碗瓢勺、铺的、盖的样样齐全。厨房做饭用的是电炉，四

蓝天白云下的中国医疗队驻地

个档位，炖点肉做个稀饭还可以，按照中国人的习惯煎炒烹炸似乎有些不太应手。再者，赞比亚的旱季经常停电，这时电炉就不好用了，还好驻地有台发电机，队长需安排一个懂电的人员专门负责。市政供电的电缆有点细，负荷不够，队员都集中在驻地时做饭需要有计划的分批来做，不然电缆承受不了，一旦烧坏，那可是不知道什么时候才能修好。特别提醒，如果断电了，一定掐断电源，否责后果非常严重！

驻地里有个活动室，就一张乒乓球案子，这可是队员们的最爱，常常打得不亦乐乎。会议室有台卡拉OK，喜欢唱歌的可以亮亮嗓子，但在夜晚也总怕影响周围赞比亚人民的休息。院子里的小路是晚饭后大家散步的最好场所，三五成群，说话唠嗑，悠哉游哉。驻地的院子前面有一个很漂亮的高尔夫球场，闲暇时间一定要到那里走走啊，舒心解闷，放飞心情，何乐而不为呢！

出发来赞比亚是可以根据自己的喜好带些娱乐活动的用品。喜欢打球的买副质量上乘的乒乓球拍，可让你天下无敌手；羽毛球这里不好使，赞比亚的风大，咱们驻地没有室内场所；队长还可以考虑再带些扑克牌、跳棋、毽子、跳绳之类的，大家寂寞时活动活动以增加活力。另外，喜欢垂钓的带副海杆，鱼容易上钩；绅士的不妨购置一套高尔夫球杆，在赞比亚潇洒走一回；运动装、运动鞋还是要有的，户外运动是用得上的。

恩多拉和利文斯顿医疗点的驻地要比卢萨卡的条件稍差一些。恩多拉的队员住在一个小院子里面，每人一套赞比亚当地人居住风格的老房子，面积还是有的，就是旧了些。利文斯顿队员住的是一栋排楼，小两室，楼里面还有同在医院工作的其他人士居住，没有院墙，有点乱。陋室出枭雄，甘自苦中来。援外不在条件好坏，就看精气神，能够在最艰苦的地方坚持，个个都是好样的！

唠唠出行

“行路难，难于上青天”，这句话用在非洲的赞比亚再恰当不过了。这里的路是给开车人修的，几乎没有人行道，所以在赞比亚骑摩托的、马路上行走的人很少。赞比亚的车是右方向盘的，路上的车即便是在市区，开得都非常快，只要他认为自己守规矩，就根本不顾左右，油门一踹，一往直前。所以由辅道进入主道或转弯处，一定要一停、二看、三观察，否则后果十分严重。据《非洲华侨周报》报道，2017 年第一季度赞比亚共登记 7 068 起交通事故，伤亡 343 起，严重交通事故 637 起；其中，侨胞“2・28”车祸一死一伤，“3・7”车祸多人伤势严重，“3・22”三名侨胞车祸遇难；就这样的数字，统计资料显示与去年同期相比，交通事故和死亡人数还是有所减少。问题严重就在于赞比亚只有 1 600 万人口，你算下比率，吓得你还是少开车、不开车，开车守规矩、开车慢点好。

正因为赞比亚严峻的交通状况，医疗队的队员上班、外出购物、外出活动，都是在严密的安排下进行的。队里的司机是固定的，即便是你在国内有驾照、开车很老练，队长还是要指定人员来驾驶车辆。上班乘车一块去，下班坐车一块回；购物，队长会考虑队员的需求，有计划地安排司机带大家一起去。司机一定是队长指定的司机，不能谁说开车就开车，安全永远是队长考虑的头等大事，队员一定要理解和接受。

前面说的赞比亚的交通状况，你会明白，队长绝对不会让哪一个队员独自外出的。

司机是医疗队最辛苦的兼职职业，队长一般会安排有责任心、乐于付出的同志来担任。因为队员上下班、队员集体外出、加班队员的接送等，都需要咱们可爱的司机同志来完成。所以，一年过后，所有队员最感谢的就是司机，队长和大家看在眼里、记在心上，司机同志好好干吧，为战友们付出，值得！

到赞比亚后，要先着手办理队里司机的驾照。这里办事是很慢的，可以先办理个临时驾照，有效期3个月，需要中国驾照的复印件，所以被队里指定开车的同志要记着带自己的驾照。

赞比亚的道路上设岗很多，也经常会以各种理由查车。出门在外多一事不如少一事，遵守赞比亚交通规则是第一要求。开车出门时，司机一定记着携带驾照、工作签，有时工作的胸卡也会派上用场。车里可备一些清凉油、风油精之类的小礼品，真的遇到警察查车找麻烦事，偷偷塞上一个小礼物，说句"我们是医生，有外出会诊患者任务"，一般情况下，赞比亚警察还是蛮给面子的。

第三节 援赞医疗队生活秘籍(三)

谈谈通信

援外一年最大的痛苦是寂寞，工作辛苦，生活单调。出门上班，进门驻地，没有亲朋好友相伴，没有业余活动可做，准军事化的管理，队员们几乎天天就限制在不大的城区里，封闭在医疗队小小的院落里。还好，现代化的通信技术连通了世界，可以让队员守着电视娱乐，抱着电脑上网，发个微信聊天，拿着手机视频。信号好、网络通，是医疗队员最大的愿望。

驻地里，每个队员的住所都配备有一台电视机，有线电视提供的节目还算丰富。赞比亚电视台的节目制作比较粗糙，没有太多的好看内容。有时，一个教堂的祈祷、一个总统的活动都能转播一个时日。队员们大多就是看看赞比亚新闻，了解赞比亚时政，或看一些其他节目熟悉巩固英语。电视台提供的频道是根据每月交的费用决定的，医疗队的费用有限，只选择了含有几个中国频道的套餐。中央电视台中文国际频道可以了解到祖国每天发生的新闻事件，华人世界也会时常播放些援外医疗队的事情，我们医疗队一年内就有五次在节目中与大家见面；凤凰卫视也是大家喜欢的一个频道，军情演播室、锵锵三人行，让大家了解到世界风云的变化；湖南卫视、东方卫视、江苏卫视，播放的经典剧场，时常让大家一饱眼福。

中国品牌手机在赞比亚名气很大，卢萨卡的大街上到处都有标语和宣传广告，总部建得也非常气派，真的让我们感到骄傲和自豪。连赞比亚人见到中国人拿着中国品牌手机都会羡慕不已，直呼："Very good"！这不，援外任务结束了，队员们的考核鉴定需要赞方科室的负责人签字，他们毫不掩饰地说："你把你的手机给我，我就给你签。"手机可以给，但里面的大量信息咋办呢？

在赞比亚虽说有3G网络，但用于打国际长途，必须把手机设定为2G模式。医疗队驻地安装有路由器，可Wi-Fi信号很不稳定，这也是队员们很头疼的事。赞比亚通信公司也很有意思，医疗队刚到赞比亚的那段时间，网络费是按套餐交的，这个月用不完可以累计到下一个月，后来就变成霸王条款了，计时又计费；中途费用用完了要去续交，时间到期了费用清零还要再交。因此，负责网络的同志要时刻关注驻地Wi-Fi的流量，欠费要及时补交上，要不队友们与家里联系中断会找你抱怨的。

电话卡有很多公司代理，有095的，还有096、097的。095的优势是与095之间通话免费，缺点是出了城区信号有点差；096、097费用有点贵，但通话质量好。萝卜白菜各有所爱，可根据自己的喜好来选择，但不可像长期在赞比亚生活的同胞们一人拿几部手机。

建议：可携带一部中国品牌手机，与国内联系使用，一部外国品牌手机安装赞比亚当地的电话卡，这些手机照相功能蛮强大的，效果好。手提电脑是必须要带的，写个东西上上网很有必要。充电宝可以带一个，以解停电时燃眉之急，但太大的充电宝过不了机场安检，会被机场没收的。

扯扯 money

出远门钱一定要带得足足的，一日无钱心里发慌呀。

虽说在赞比亚这个贫穷的国家，没有太多花钱的地方，但买个水果，采购些日常用品、充个电话费等，也是需要用钱的，更何况，有些队员青睐赞比亚本土的祖母绿、钻石，那可是价格比较昂贵的。出国队员有补贴，但大部分都在国内办理的银行卡上，不解近渴，发到队员手里的只有每个月200美元的生活费。原来赞国卫生部还给参加值on call班的人员发点值班费，但由于经济困难在一年前就给停发了。要肯定是要不过来了，我们也努力了几次，人家总是有板有眼地讲一大通道理，最终就是一句话“没钱”，这个政策以后想都别想了。200美元对于队员来说还是蛮紧张的，得计划着花，不能大手大脚。赞比亚虽穷，但物价很贵。队员们吃的、用的都喜爱自己国家的产品，但在赞比亚购买，价格最起码要比国内高三倍。

因此，出国时兜里装500美元不多，拿1 000美元不少，这是在没有其他需求的情况下。如果有别的想法，最好带张信用卡，又救急、又方便、又安全。人民币在这里可以消费，但仅限于中国人开的饭店，中国人经销的用品。

赞比亚有个中国银行，服务很到位。医疗队到赞后，他们一般都会主动上门为大家办理业务。真的钱不够用时，也可以通过银行汇款，很方便的。此时美元兑换当地币夸查在9.7左右，但这些年浮动比较大。

再说点必须的

在赞比亚当医生要有足够的防止职业暴露意识。赞比亚是艾滋病的高发区，公开报道数字发病率在14%左右，在就医人群中比例会更高，有人说可达到40%。这一点也不夸张，内科管理的危重患者中绝大部分都是艾滋病患者。更令人担心的是，因为隐私保护，这些人群住院时不做传染病筛查，谁有没有携带艾滋病病毒，事先就根本心里没数。常常是医生被针扎了，才去给患者做化验。

有风险就必须做好防范。出国前，队里可给队员们准备些防护用品，特别是外科医师、麻醉医师和做有创操作和接触患者体液的医师。护目镜、手套、拖鞋、手术衣，医疗队驻地配备都有，但最好自己带一双即防水又能护脚面的拖鞋，一身皮围裙和适合自己体型的手术衣帽。手术室里没有专人的更衣柜，这里的外科医生上班时都被一个双肩包，里面装着个人的行头和用品，专人专用。

第四节　解码非洲赞比亚

来源：中非企业家投资协会（2016年）

赞比亚共和国（The Republic of Zambia）是非洲中南部的一个内陆国家，大部分属于高原地区。北靠刚果民主共和国、东北邻坦桑尼亚、东面和马拉维接壤、东南和莫桑比克相连、南接津巴布韦、博茨瓦纳和纳米比亚，西面与安哥拉相邻。

赞比亚因赞比西河而得名，别称为铜矿之国。赞比亚是撒哈拉南部城市化程度较高的国家，一千万人口中约有一半的人口居住在城市内。相比周围各国，赞比亚有良好的基础设施和交通。

赞比亚在2014年前列为不发达国家而不是发展中国家。然而于2014年人类发展指数报告中，赞比亚的人类发展指数已达“中”水平，意味着赞比亚已发展成一个发展中国家。

【国名】赞比亚共和国（The Republic of Zambia）。

【面积】752 614平方千米。

【人口】1 463万（2014年），大多属班图语系黑人。有73个民族，奔巴族为最大部族，约占全国人口的33.6%。官方语言为英语，另有31种部族语言。80%的人信奉基督教和天主教。

【首都】卢萨卡（Lusaka），人口310万。海拔1 280m，10月最热，日平均最高气温31℃，最低18℃；7月最凉，日平均最高气温23℃，最低9℃。

美丽的维多利亚大瀑布

【国家元首】总统埃德加·查格瓦·伦古(Edgar Chagwa Lungu),2015 年 1 月 25 日就任。

【重要节日】青年节:3 月 12、13 日。非洲解放日:5 月 25 日。独立日:10 月 24 日。

【简况】非洲中南部内陆国家,东接马拉维、莫桑比克,南接津巴布韦、博茨瓦纳和纳米比亚,西邻安哥拉,北靠刚果(金)及坦桑尼亚。大部分地区海拔 1 000~1 500m。属热带草原气候,5~8 月为干凉季,气温为 15~27℃;9~11 月为干热季,气温为 26~36℃;12 月至次年 4 月为雨季。年平均气温 18~20℃。

赞境内先后建立过卢巴、隆达、卡洛洛和巴罗兹等部族王国。1889—1900 年,英国人罗得斯建立的“英国南非公司”逐渐控制了东部和东北部地区。1911 年,英国将上述两地区合并,以罗得斯的名字命名为“北罗得西亚保护地”。1959 年,北罗得西亚联合民族独立党(简称民独党)成立,发动群众通过“积极的非暴力行动”争取民族独立。1964 年 1 月,北罗得西亚实现内部自治,同年 10 月 24 日正式宣布独立,定国名为赞比亚共和国,仍留在英联邦内。民独党领袖卡翁达任首任总统。1973 年卡翁达取消多党制,实行由民独党执政的“一党民主制”。1990 年恢复多党制。1991 年 11 月举行多党选举,多党民主运动(简称多民运)领袖奇卢巴当选总统,1996 年 11 月连任。2001 年 12 月,多民运领袖姆瓦纳瓦萨当选总统,2006 年 10 月连任。2008 年 8 月,姆瓦纳瓦萨总统因病在巴黎病逝。10 月 30 日,赞举行总统补选,多民运候选人、代总统班达当选总统。2011 年 9 月,赞比亚举行总统、议会和地方政府“三合一”大选。爱国阵线领袖萨塔当选赞总统。2014 年 10 月,萨塔总统在伦敦病逝。2015 年 1 月 24 日,赞比亚举行总统补选,爱国阵线候选人伦古当选赞比亚新一任总统。

【行政区划】全国下设 10 省 81 区。

【重要人物】埃德加·查格瓦·伦古(Edgar Chagwa Lungu):总统。1956 年生。赞比亚大学法学学士。曾长期从事法律工作。2011 年当选国会议员。2012 年出任内政部长。2013 年担任国防部长兼任司法部长和爱国阵线总书记。2015 年 1 月当选赞比亚第六任总统。2015 年 3 月来华进行国事访问并出席博鳌亚洲论坛 2015 年年会。

肯尼思·戴维·卡翁达(Kenneth David Kaunda):第一任总统。1924 年 4 月生于北方省钦萨利县,奔巴族人。曾获名誉法学博士学位。独立后首任总统。

【资源】自然资源丰富,以铜为主。铜蕴藏量 1 900 万吨,约占世界铜总蕴藏量的 6%,素有“铜矿之国”之称。钴是铜的伴生矿,储量约 35 万吨,居世界第二位。此外还有铅、镉、硒、镍、铁、金、银、锌、锡、铀、绿宝石、水晶、钒、石墨、云母等矿物。全国森林覆盖率为 45%。

【旅游业】有世界著名的维多利亚瀑布和 19 个国家级野生动物园,其中卡富埃国家公园占地面积最大。赞还辟有 32 个狩猎管理区。游客人数保持增长势头。2013 年 8 月,赞比亚和津巴布韦联合举办了第 20 届世界旅游组织大会。

【交通运输】以公路为主,铁路次之。

公路:总长 3.73 万 km,其中柏油路 7 000km 左右。公路运输量约占赞国内货运总量的 83.4%。

铁路:总长 2 100km,由坦赞铁路(赞境内为 886km)和其他一些线路组成。赞国内货运 15.3%左右依靠铁路。除坦桑尼亚外,赞还与津巴布韦和刚果(金)有铁路相连。

空运:全国有四个国际机场,即卢萨卡、恩多拉、利文斯顿和姆富韦国际机场,五个二级机场和五个简易机场,共有 11 家航空公司经营国际客货运业务。

【人民生活】赞比亚国民平均寿命为 52 岁,婴儿死亡率为 10.2%。贫困率较高。赞比亚艾滋患者感染率为 14.3%。近年来,赞比亚政府在艾滋病防治方面取得显著成绩,除部分偏远和农村地区外,已经基本实现向所有艾滋病感染者免费发放药物。目前全国有 2.2 万名专业医护人员,每千人中有 1.4 名临床工作者,低于世界卫生组织建议的每千人 2.5 名临床工作者标准。

【文化教育】实行 9 年制普及义务教育。成人识字率约为 75%。目前全国有基础学校 8 801 所,高中 690 所,技术教育和职业培训院校 268 所,大学 3 所,即赞比亚大学、铜带省大学和穆隆古希大学。约 95%的适龄儿童能入学,其中有 20%可继续升入中学,20~24 岁的青年中有 2%能享受高等教育。赞比亚政府在各地设有文化村或文化中心,以保留和发展民间传统文化和艺术。近年来,政府利用外国援助,不断加大对教育部门的资金投入。

第五节 轻描淡写赞比亚

作者:叶藏 掌上赞比亚

赞比亚,岩困之地,因境内最大河流——赞比西河得名,国土面积稍大于法国,是中南部非洲的一个内陆国家。一直以来,它以铜矿和祖母绿闻名于世,但想必每个看到它国土形状的中国人都会有股亲切感。简直就是一只被切去肚子和腿的公鸡嘛。一张没有南方的中国地图。这只公鸡的鸡冠上,是沿东非大裂谷纵横的坦噶尼喀湖,如祖母绿般镶嵌其上,连接起了坦桑尼亚、赞比亚、刚果和布隆迪四个国家。它曾只是以地理考点出现在我生命里,「世界第二深的淡水湖泊」,仅此而已。后来我在卢阿普拉省的曼萨医院工地上做事,看着那些当地人就会想:在他们的身体里、血液里,应该也承载着一部分那圣洁宽广的湖水吧。而布隆迪北面就是卢旺达了。坦噶尼喀湖东西侧是坦桑尼亚和刚果,这两个国家同时也是赞比亚的北面邻国。坦赞之间的联结自不必多说,有意思的是卢阿普拉河曲折向北,汇合发源于坦噶尼喀的卢阿拉巴河后,转向西去,以刚果河的名字,注入了大西洋。距刚果河源头约1 000m的地方,赞比西河开始了它的“折腾”。在安哥拉打了个转后,赞比西河进入赞比亚境内。好像要和刚果河做对一般,它缓缓向南,跨过整个西方省,在卡蒂马穆利洛东去。接着就是世界少有的四国交界地区,也是著名的维多利亚大瀑布所在地利文斯顿了。过利文斯顿不久,赞比西河向北注入卡里巴湖。过卡里巴大坝后,它再次自西向东流入莫桑比克境内的卡博拉巴萨湖,而流出湖水后,方向转为东南,斜斜的注入印度洋。马拉维位于赞比亚的正东方,它有个马拉维湖,湖内流出的希雷河是赞比西河最大的支流。溯游而上,就是坦桑尼亚。当年德意志想从陆路连通自己的两块殖民地——纳米比亚和坦桑尼亚,和大英签了个换地协议,获得了从纳米比亚横插到赞比西河的卡里普埃地带。可惜英国探险家利文斯顿早在几十年前就发现了莫西奥图拉瀑布,而瀑布又是在数千万年前就存在了。

能歌善舞的赞比亚人民 摄影 申倩文

在最初的历史上,中南部非洲居住着科伊桑人,一晃十多万年,他们成了地球上最古老的民族。漫长的岁月里,他们重复着祖先的生活。然后班图语系的自西非而来,在卢阿普拉河谷和现在的卡里巴水库地区建立起了两个王国,而后卡里巴地区的王国又被其他族人打败,迁往了如今的马拉维。又后来,洋鬼子们来了,在这边土地上划出了一些线条,把线条这边叫北罗德西亚,线那边叫做南罗德西亚。一北一南,也就是今天的赞比亚和津巴布韦。再然后啊,凭借着两国总统之间的友谊,南斯拉夫人开始了在赞比亚的建设。从铜带省到我待过的曼巴,那些成片的、连在一起的、编有门牌号的矿工房就是他们留下的了。不过很快,南斯拉夫成了前南斯拉夫。最后呢,就是说着支离破碎的英语的中国人来啦,主要是江西的施工队和河南的医疗队。有大小七十二个族群分布在赞比亚这块仅和中国一个省一般大的国土上。赞比亚人就喜欢这样问中国人。

「China, how many tribe/nation?」

(中国有多少民族?)

「fifty-six」(56)

这时他就会开始摇头,得意的说出他们有七十二个。那神情里蕴含着简单的淳朴,让我印象深刻。细细追究起来,说是七十二个部落会更合适一些。这其中又以三个部落为主,第一是聚居北方的本巴族,人数最多;第二是在中部地区的娘家族,直接受惠于国家发展;第三是南方的通加族,最先来到这片土地,现在却因为自己族人(赞比亚首富)竞选总统失败而郁郁不得志,愤愤不平的样子。真是率真啊,常常是我在电视上看到总统发表演讲的时候,曼巴的通加人就会摇头撇嘴的说伦古(总统)坏话,不然就是我看到什么不好的事情时,他们就会说都是伦古不拨钱给他们的缘故。真是令人苦笑不得。寥寥几笔,简单的叙述,希望读者对这个国家有大概的了解,有所了解才能有所交流,而后互敬修好,为人为业为国,作长久计。

后　记

> 心语：一木是木，两木是林，三木是森，只有一片森林才能改变空气质量，才能抵御风暴灾难！一人是人，两人是从，三人是众，只有众人才有强大的能量，凝聚在一起才是团队！一只独秀不是春，百花齐放春满园。
>
> ——佚名

中赞卫生合作源远流长，可追溯至 1978 年中国派遣的第一支援赞比亚医疗队。在过去的几十年间，一支又一支医疗队来到赞比亚为赞比亚提供医疗服务，并与赞比亚同道交流医疗技术。

第 18 批中国援赞比亚医疗队是其中优秀的一支。然而，他们是第一支援助时间由 2 年改为 1 年的医疗队，这种转变意味着需要更快地适应当地环境，更迅速地克服语言障碍。第 18 批中国援赞比亚医疗队主要由来自在中国处于领先地位的郑州大学教学医院的专家组成。他们很快在不同的部门迅速适应工作，并迅速显示出专业性。他们为所在部门赞比亚患者提供专业和有价值的医疗服务，技术和学术的交流也进入更高层次。他们出色的表现广受所在部门的称赞。

他们在利维·姆瓦纳瓦萨大学教学医院建立了赞比亚最大的内镜治疗中心和中赞远程会诊中心，这一切成就都是在富有领导力的苟建军队长协调下完成的。

因此，我细读记录他们在赞比亚一年生活的这本书后，回想起中国医疗队与我们并肩工作的一幕幕场景，真的从内心里喜欢。他们在赞比亚的经历是值得的，并且将作为经得起时间检验的中赞合作的瞩目成果。

拉斯通-齐考亚　医生
神经外科学　博士
赞比亚利维・姆瓦纳瓦萨大学教学医院高级医学总监
神经外科顾问
中部及东南部非洲外科学院副秘书长
2018 年 5 月 4 日

中国第 18 批援助赞比亚医疗队风采录

图后记 1 1　出征前拓展训练中的队友英姿

混 搭 英 雄

—苟建军

红杉挺立英姿爽，(拓展教练:红杉)
左轮一声号角响；(拓展教练:左轮)
枪套腰间红缨舞，(郑州大学第一附属医院苟建军:枪套)
黑豹突击征战场；(郑州大学第一附属医院高长辉:黑豹)
野马驰骋纵草原，(郑州大学第一附属医院金俊硕:野马)
雕展羽翼蓝天翔；(郑州大学第五附属医院谭延召:雕)
考拉依树撒娇情，(郑州大学第一附属医院杨蕾:考拉)
熊猫憨态青竹旁；(郑州大学第三附属医院吕志排:熊猫)
龙女献爱普雨露，(郑州大学第五附属医院王玉州:龙女)
兔子撒欢性张扬；(郑州市第一人民医院王晓孟:兔子)
玉米脱衣喜收获，(郑州大学外语学院付军领:玉米)
杨过秋天满眼黄；(英语老师杨天笑:杨过)
小龙西邻妙龄女，(郑州大学第一附属医院李甲振:李小龙)

小姐高家花芬芳;(郑州大学第一附属医院张二伟:高小姐)
胖嘟提灯道贺喜,(郑州市中医院李莉莉:胖嘟)
导弹升空炸雷光;(郑州大学第一附属医院李新锋:导弹)
八戒垂涎弄大耙,(郑州市中医院朱红赤:八戒)
张飞站岗心中凉;(郑州市妇幼保健院朱骊:张飞)
钢炮一支烟花落,(郑州大学第一附属医院陈刚:钢炮)
熊大边鼓敲得响;(郑州大学第三附属医院李四保:熊大)
翠花送波明醋意,(郑州大学第三附属医院程美英:翠花)
貂蝉笑靥迷情郎;(郑州大学第五附属医院陈曦:貂蝉)
大虾上桌节节红,(郑州大学第五附属医院魏海军:大虾)
鱿鱼爆炒众口香;(郑州大学第一附属医院靳忠良:鱿鱼)
石头小溪皆音符,(郑州大学第一附属医院张洋:石头)
李逵弹奏声高亢;(郑州市中医院蔡琴:李逵)
苹果一曲醉心扉,(郑州大学第三附属医院王梦琦:小苹果)
高潮迭起神魂荡;(郑州大学第一附属医院高强:高潮)
展昭才艺群雄谱,(郑州大学第一附属医院程国凌:展昭)
桂显淡雅共欣赏;(河南省卫计委国际合作处苏桂显主任)
脑壳一摇大智慧,(郑州大学第一附属医院周辉:脑壳)
培仁志高走四方;(河南省卫计委国际合作处王培仁处长)
正斌医道播非洲,(郑州大学第一附属医院王正斌)
王者何惧苦荒凉;
相聚一起世精彩,
赞比西河筑梦想。
——2016 年 1 月 1 日写在拓展训练时